KB239979

①게르느제 섬 오뜨빌하우스의 룩 아웃. 위고는 오뜨빌하우스 맨 위층에 크리스탈룸을 만들어 바다
를 가까이하는 생활을 즐겼다. ②제르제 섬 마린떼라스의 추억. 샤를르 위고 사진. 1856년쯤.

①위고와 아델의 초기 결혼생활 앨범 가운데 한 장면. ②아델과 아들 샤를르, 드베리 그림. ③1827년의 위고, 드베리아 그림. ④1836년의 위고와 아들 프랑수아 빅또르, A. 샤테이용 그림. ⑤샤를르 노디에의 살롱, 토니 죠아노 그림.

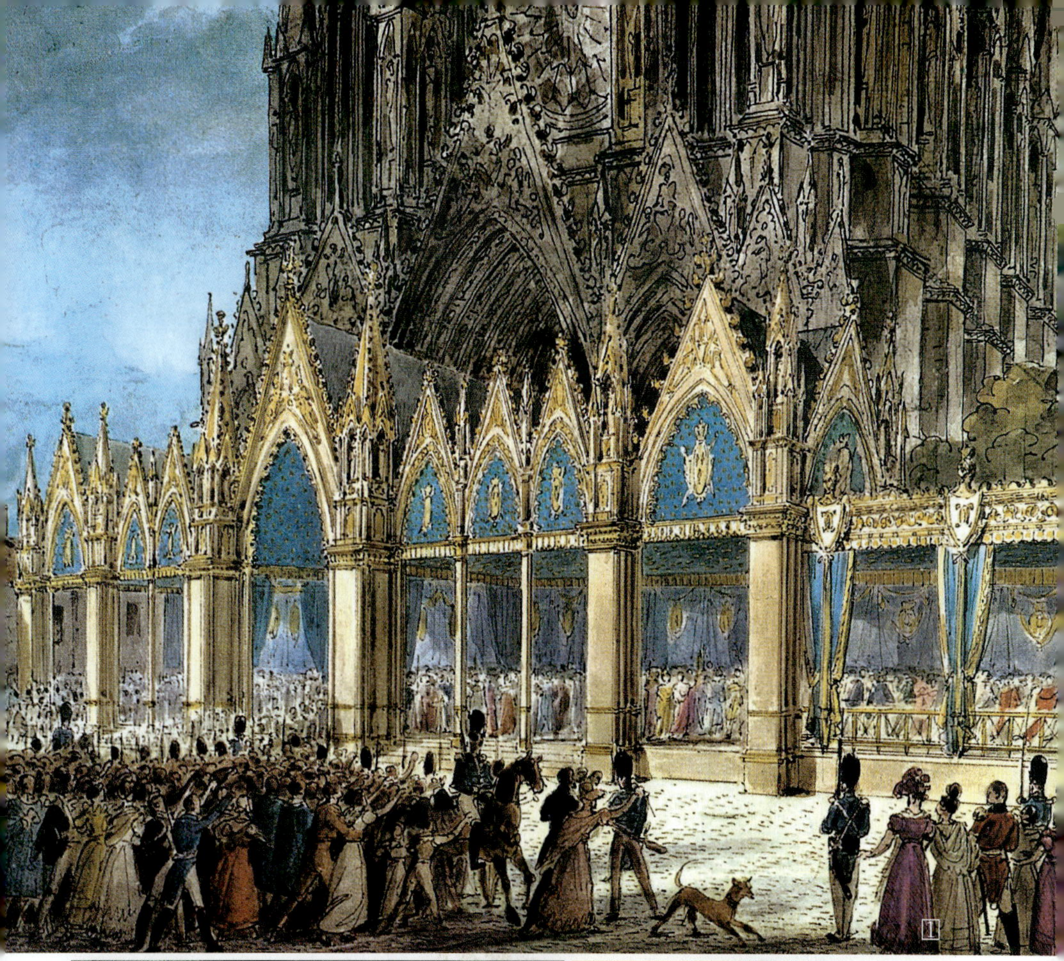

1 1825.5.29. 랭스 대성당은 샤를르 10세의 대관식을 위해 꾸며졌다. 위고는 이 의식에 초대받아 한 편의 송시를 짓는다. 2 위고의 「동방시집」에서 영감을 얻은 "유령들", 블랑제 그림. 3 프랑스에서의 위고, 아로 그림.

① 크로드 괴가 훔친 빵을 가족들에게 들고 왔다, 스탄텐 그림. 1834년 위고는 도둑질로 1832년에 기요틴(단두대)에서 사형당했던 「크로드 괴」 이야기를 출판한다. ② 「마리옹 드 로름므」 제4막 가운데 한 장면, 블랑제 그림.

1 코메디 프랑세즈 극장에서의 대본 낭독. 하이무 그림. 베르사이유 미술관 소장. 오른쪽 끝에서
네 번째가 위고. 2 위고의 「에르나니」가 1830. 2. 25에 첫 공연되자 고전・낭만파 사이에 이른바 '에
르나니 싸움'이 일어난다. 3 4 희곡 「에르나니」에 착상한 만화.

①버림받은 팡띤느, 캐리엘 그림. ②'레 미제라블' 영화에서 주연을 맡았던 프랑스 배우 장 가뱅. ③「레 미제라블」의 삽화. 장 발장을 맞이한 미리엘 주교. ④「레 미제라블」의 삽화. 은촛대를 훔친 장 발장.

1위고의 아버지 레오뽈 위고. 2위고의 어머니 소피 트레뷔셰. 3브장송에 있는 위고가 태어난 집. 19세기 태어날 때의 모양. 4브장송에 있는 위고가 태어난 집의 현재 모습. 5몽페르메이유 시의 거리. 6「레 미제라블」의 삽화. 꼬제뜨를 데리고 떠나는 장 발장. 7「레 미제라블」의 삽화. 무거운 수레를 떠올리는 장 발장.

1 「레 미제라블」 가운데 아라스의 법정에 나온 장 발장, 앙드레 드봔베 그림. 2 제르제 섬의 마린 떼라스 온실 앞에서 검술을 배우는 아들 샤를르와 위고, 오귀스트 바끄리 작, 1854-55년. 3 연인 마리우스와 꼬제뜨.

송면(宋勉)

강원도 고성군 통천면 장전에서 출생
메이지대학 문학부 불문과 졸업
와세다대학원 문학연구과 박사과정 졸업
와세다대학 문학박사 학위 취득
고려대학교·이화여자대학교·연세대학교 교수
한국불어불문학회 회장
논문 : 〈Bouvard et Pécuchet의 기원〉(1968) 등 다수
저서 : 《프랑스 문학사》《플로베르—그 문학사상과 소설미학》
《플로베르의 형이상학》《프랑스 사실주의문학론》
《소설미학》《프랑수아 비용—그 생애와 시 세계》
역서 : 《비용 시전집 유언집》《위고 레미제라블》

1956

레 미제라블 ②팡띤느의 슬픔
빅또르 위고 지음/송면 옮김

1판 1쇄 발행/1973년 10월 1일
2판 1쇄 발행/2002년 8월 8일
2판 11쇄 발행/2013년 1월 10일
발행인 고정일/발행처 동서문화사
창업 1956. 12. 12. 등록 16-345(윤)
서울 강남구 도산대로 163(신사동)
☎ 546-0331~6 (FAX) 545-0331
www.dongsuhbook.com
총6권 각권 8,000원
잘못 만들어진 책은 바꾸어 드립니다.

*

이 책의 출판권은 동서문화사가 소유합니다.
의장권 제호권 편집권은 저작권 법에 의해 보호를 받는 출판물이므로 무단전재와 무단복제를 금합니다
사업자등록번호 211-87-75330
ISBN 978-89-497-0075-5 04860
ISBN 978-89-497-0073-1 (총6권)

Victor Hugo
LES MISÉRABLES
레 미제라블 2
팡띤느의 슬픔
빅또르 위고/송면 옮김

레 미제라블 2/팡띤느의 슬픔
차례

주요인물

장 발장 가난과 굶주림 때문에 한 조각의 빵을 훔치다가 붙잡혀 뚤롱의 감옥으로 가게 된다. 탈옥을 거듭한 끝에 19년간의 형기를 마치고 석방되는 1815년이 이야기의 시작이다. 그뒤 그는 몽트뢰이유 쉬르 메르의 시장 마들렌느 씨가 된다. 그러나 운명은 그를 또다시 암흑의 세계로 들게 한다. 뒤에 르블랑, 윌띠므 포슐르방이라고 이름을 바꾼다. 그의 파란만장한 생애를 둘러싸고 펼쳐지는 이 이야기는 그의 죽음으로 끝난다.

샤를르 프랑스와 비앵브뉘 미리엘 디뉴의 주교(主敎). 덕망있는 인물로 도형수 장 발장에게 큰 정신적 영향을 준다.

바띠스띤느 미리엘 주교의 누이동생. 노처녀.

마글르와르 미리엘 주교와 그 누이동생을 보살피는 늙은 하녀.

쁘띠 제르베 굴뚝 청소를 하며 떠도는 사브와의 소년.

루이 18세 정통 왕조파 국왕. 프랑스 대혁명으로 처형된 루이 16세의 아우. 1814년 나뽈레옹 실각 후 왕위에 오른다. 1815년 나뽈레옹의 백일 천하 뒤에 중임. 1824년 사망. 아우 샤를르 10세가 그 뒤를 이음(1830년까지). 왕정 복고 시기의 국왕.

팡띤느 몽트뢰이유 쉬르 메르 출신의 고아. 빠리에서 재봉사 노릇을 함. 남자에게 버림받고 고향에서 여공 노릇을 하다가 끝내는 매춘부가 되어 마들렌느 씨의 진료소에서 폐병으로 죽는 불행한 여인. 꼬제뜨의 어머니.

펠릭스 똘로미에스 팡띤느를 유혹했다가 버린 빠리의 불량한 대학생.

꼬제뜨 팡띤느와 똘로미에스 사이에 태어난 사생아. 고아가 되어 시골에 맡겨져 '종달새'라고 불리며 학대받는다. 장 발장에게 구원되어 빠리로 나와 그의 딸이 된다. 라느와르라고도 불리며, 뒤에 행복한 결혼을 한다.

떼나르디에 부부 몽페르메이유의 여관 주인. 둘 다 냉혹하고 욕심이 많다. 남자는 워털루 참전 중사라고 하지만 꺼림칙한 과거가 있다. 꼬제뜨를 맡아 부려먹으며 학대한다. 가족은 뒤에 빠리로 나와 비천한 생활을 하게 된다.

자베르 장 발장을 철저히 추적하는 청렴 결백하고 냉혹한 경위.

포슐르방 몽트뢰이유 쉬르 메르에서 마차에 치었을 때 마들렌느(장 발장) 씨에게 구출된다. 뒤에 수도원의 정원사가 되어 장 발장을 헌신적으로 돕는다.

샹마띠외 장 발장으로 오인되어 처형당할 뻔한 노인.

쌩쁠리스 수녀 나사로회 수녀로, 마들렌느 씨의 진료소에서 일하는 자선 간호원. 병든 팡띤느를 헌신적으로 간호하며 그의 임종을 보살피는 성스러운 동정녀. 마들렌느 씨(장 발장)를 자베르의 손에서 벗어나게 하기 위해 평생 처음이자 마지막인 거짓말을 한다.

나뽈레옹 보나빠르뜨 워털루 전투에 대한 지은이의 회상에 등장한다.

이노쌍뜨 수도원장 늘 성체조배를 하는 르 쁘띠 삑 뿨스 수도원 원장.

마리우스 뽕메르씨 나뽈레옹으로부터 남작 작위를 받은 군인과 빠리의 부르주아 딸 사이에 태어난 젊은이. 꼬제뜨의 연인이 되어, 바리케이드에서 장 발장에게 목숨을 구원받는다.

조르즈 뽕메르씨 마리우스의 아버지, 용맹 과감한 육군 대령. 나뽈레옹에게 헌신하였으며 워털루 전장에서 떼나르디에에게 구출받는 것처럼 된다. 왕정 복고 뒤 가족들과 떨어져 고독하게 살다가 죽는다.

뤼끄 에스프리 질노르망 마리우스의 외할아버지. 여자를 좋아하는 사교인으로 통했던 부르주아 노인. 완고한 왕당파.

에뽀닌느 떼나르디에 부부의 맏딸. 남몰래 마리우스를 사랑하여 그의 목숨을 구하려다가 바리케이드에서 희생되어 죽는다.

가브로슈 떼나르디에 부부의 아들. 가족들의 사랑을 받지 못한 끝에 빠리의 부랑자 무리에 섞여든다.

루이 필립 왕 오를레앙 왕조파 국왕. 1830년 7월 혁명으로 프랑스 국민의 왕이 된다(1845년의 2월 혁명까지). 7월 왕정기(王政期)의 국왕.

마뵈프 쌩 쒈삐스 성당의 교구 재산 관리 위원으로 식물 연구가. 마리우스에게 호의를 갖고 있는 노인. 뒤에 바리케이드에서 죽는다.

떼오뒬르 질노르망 씨 조카의 아들. 맏딸인 질노르망 양에게 귀염을 받는 육군 중위.

앙졸라, 꽁브페르, 프루뻬르, 꾸르페락, 푀이, 바오렐, 레글르(보쒸에), 졸리, 그랑떼르 정치 비밀 결사 'ABC의 벗'회의 회원. 정열적인 공화주의 혁명가들. 앙졸라는 그들의 우두머리격. 마리우스를 가입시켜 1832년 6월 5일의 반란을 일으키고 샹브르리 거리의 바리케이드에서 농성하여 국민군에 저항하다가 전멸한다.

제7편 샹마띠외 사건(이어서)

출발을 서두르다

우리가 중도에 놓아두고 헤어진 마차가 아라스의 우편 여관에 들어섰을 때는 거의 저녁 8시가 되어 있었다. 우리가 이제까지 이야기해 온 그 사나이는 마차에서 내려 여관 사람들의 정중한 인사도 받은 둥 마는 둥 하고 보조 말을 돌려 보낸 다음, 작은 백마를 직접 마굿간으로 끌고 갔다.

그리고 아래층에 있는 당구장 문을 밀고 들어가, 거기 앉아 테이블 위에 턱을 괴었다. 6시간 예정이었던 그 여행길이 14시간이나 걸렸던 것이다. 그는 그것이 자기 탓은 아니었다고 스스로 변명했다. 그러나 마음 속으로는 화내고 있지 않았다.

여관 안주인이 들어왔다.

"손님은 주무실 겁니까? 식사는 어떡하실 건지요?"

그는 고개를 가로저어 필요없다는 시늉을 했다.

"마굿간지기 말로는 손님의 말이 몹시 지쳐 있다고 하던데요."

그제야 그는 입을 열었다.

"말은 내일 아침에 다시 떠날 수 없을까요?"

"웬걸요, 손님, 적어도 이틀은 쉬게 해야겠던걸요."

그는 다시 물었다.

"여기에서 우편 사무를 다루고 있지요?"

"네, 그렇습니다, 손님."

여관 안주인은 그를 우편 사무실로 안내했다. 그는 통행증을 제시하고, 오늘 밤 우편마차로 몽트뢰이유 쉬르 메르에 돌아갈 수 없느냐고 물었다. 마침 우체부 옆자리가 비어 있었다. 그는 그것을 예약하고 돈을 치렀다.

"나리, 오전 1시 정각에 떠나니, 어김없이 오셔야 합니다." 하고 사무원은 말했다.

그는 여관을 나와 거리를 걷기 시작했다.

그는 아라스의 지리를 잘 알지 못했다. 게다가 거리는 어두워 발길 닿는 대로 걸었다. 길가는 사람에게 길을 물으려고도 하지 않았다. 작은 크랭송 강을 건너니 좁은 골목길이 이리저리 나 있어 길을 알 수 없게 되었다. 한 시민이 초롱불을 들고 걸어왔다. 좀 망설인 뒤 그는 그 사나이에게 물어보려고 생각했다. 그리고 자기가 묻는 말을 누가 듣지나 않을까 두려워하는 것처럼, 우선 앞뒤를 잘 살펴본 뒤 말했다.

"잠깐 여쭙겠습니다만, 재판소는 어느 쪽입니까?"

"당신은 여기 사시는 분이 아니군요?" 꽤 나이 지긋해 보이는 그 사람은 대답했다. "날 따라오십시오. 나도 마침 재판소 쪽으로, 아니 실은 도청 쪽으로 가는 길입니다. 지금 재판소는 수리중이어서 임시로 도청에서 재판이 열리고 있지요."

"거기서 중죄 재판도 합니까?"

"물론입니다. 사실 지금의 도청 건물은 혁명 전에 주교관이었지

요. 1782년에 주교였던 꽁지에 각하가 거기에 넓은 홀을 만들게
했던 겁니다. 재판을 하고 있는 곳은 바로 그 큰 홀이지요."
길을 걸으면서 그 사나이는 그에게 말했다.
"만일 재판을 보러 오신 거라면 좀 늦으셨군요. 대개 6시면 폐정
이니까요."
두 사람이 넓은 광장에 다다랐을 때, 사나이는 어둠 속에 우뚝 솟
은 큰 건물 정면의 불이 환히 켜진 네 개의 창문을 그에게 가리켜
보였다.
"아, 이것 마침 잘됐군요. 늦지 않았습니다. 운이 좋으시군요. 저
기 네 개의 창문이 보이지요? 저게 중죄 재판정입니다. 불이 켜
져 있으니, 아직 끝나지 않은 겁니다. 사건을 오래 끌어 저녁까지
계속하는 모양이군요. 당신은 저 사건에 관계가 있습니까? 형사
문제라도 있으십니까? 증인으로 나갑니까?"
그는 대답했다.
"나는 그런 볼일로 온 게 아닙니다. 그저 변호사와 이야기할 게
좀 있어서요."
"아, 그러시군요. 자, 여기가 입구입니다. 문지기가 있을 텐데.
바로 저 큰 층계를 올라가시면 됩니다" 하고 사나이는 말했다.
그는 사나이가 가르쳐 준 대로 따랐다. 그리하여 조금 뒤 넓은 홀
로 들어갔다. 거기에는 많은 사람들이 있었고, 법복을 입은 변호사
를 둘러싼 몇몇 사람들이 여기저기서 수군거리고 있었다.
법정 입구에서, 서로 낮은 목소리로 수군대는 검은 옷 입은 사람
들을 보는 것은 언제나 가슴 아픈 일이다. 자비와 연민이 그런 수군
거림 속에서 나오는 일은 매우 드물다. 대부분의 경우 거기서 나오
는 것은 미리 정해진 형벌이다. 생각에 잠겨 거기를 지나가는 방관
자에게는 숱한 인간들이 머리를 맞대고 윙윙거리면서 힘을 합해 온
갖 종류의 암흑의 건물을 쌓아올린 기분나쁜 벌집 같이 보인다.

단 한 개의 램프가 비치고 있는, 널찍한 그 홀은 본디 주교관 응접실이었으나 지금은 법정 대합실로 사용되고 있었다. 두 짝으로 된 여닫이문이 그때는 닫혀져 중죄 재판이 열리고 있는 큰 방을 가로막고 있었다.

안이 몹시 어두웠으므로 그는 처음 만난 변호사에게 태연하게 말을 걸었다.

"심문은 어디까지 진행되고 있습니까?"

"벌써 끝났소." 변호사는 말했다.

"끝났다고요!"

이 말이 너무도 날카로운 말투로 되풀이되었으므로 변호사는 저도 모르게 돌아보았다.

"실례지만 당신은 친척되는 분이십니까?"

"아니, 여기에 아는 사람은 아무도 없어요. 그런데 형을 선고했습니까?"

"물론입니다. 다른 도리가 없었지요."

"징역입니까?"

"종신형입니다."

그는 거의 알아들을 수 없을 만큼 약한 목소리로 말을 이었다.

"그럼, 본인이라는 게 뚜렷이 증명되었군요?"

"본인이라고요? 본인이라는 증명 같은 건 필요없었소. 사건은 간단했지요. 그 여자는 어린아이를 죽였는데 영아 살해 사실은 증명되었으나, 배심원은 계획된 범죄로 인정하지 않았소. 그래서 종신형이 된 거지요."

"그럼, 그건 여자 사건이군요?"

"그렇소. 리모쟁 집안의 딸이오. 당신은 대체 무슨 사건을 말씀하는 겁니까?"

"아니, 아무것도 아닙니다. 그런데 재판이 끝났다면서 왜 아직 법정에 불이 켜져 있는 겁니까?"

"다음 사건이 두어 시간 전부터 시작되었지요."

"그건 어떤 사건입니까?"

"그것도 뭐 뻔한 겁니다. 피고는 말하자면 무뢰한으로 재범자이고, 전과자며, 도둑질한 놈입니다. 이름은 기억나지 않습니다만, 보기에도 흉악한 인상이더군요. 나 같으면 그 인상만 보고도 항구의 감옥으로 보냈을 거요."

"그런데 법정으로 들어갈 방법이 없나요?" 하고 그는 물었다.

"아무래도 어려울 거요. 여간 사람이 많아야지요. 그렇지만 지금은 휴정중이라 나간 사람도 꽤 있을 겁니다. 재판이 시작되면 한번 알아 보시지요."

"어디로 들어갑니까?"

"저 큰 문으로."

변호사는 가버렸다. 그동안 그는 온갖 감정이 어지럽게 뒤섞이는 것을 느꼈다. 무심한 변호사의 말은 얼음송곳처럼 또는 불에 달군 칼날처럼 번갈아 그의 가슴을 찔렀다. 아직 아무것도 끝나지 않았다는 것을 알았을 때 그는 크게 숨을 내쉬었다. 그러나 그가 느낀 게 만족인지 고뇌인지 그 자신도 말할 수 없었으리라.

그는 여기저기 모여선 사람들 옆으로 다가가 그들의 이야기에 귀를 기울였다. 재판이 많이 밀려 있어 재판장은 그날 하루 동안에 간단한 사건 두 개를 처리하려고 했다. 먼저 영아 살해 사건의 심리가 있었고, 지금은 전과자이며 재범자인 '늙은 너구리'가 재판받을 차례인 것이다. 그 사나이는 사과를 훔쳤다고 했으나, 증거가 불충분한 것 같았다. 그러나 그가 예전에 뚤롱 감옥에 있었다는 증거가 드러나 사건은 악화되었다. 피고에 대한 신문과 증인들의 진술이 끝나고 변호사의 변론과 검사의 논고가 남아 있었지만, 이 일은 밤중까지도 끝날 것 같지 않았다. 그 사나이는 틀림없이 형을 받게 되리라. 검사는 매우 똑똑한 사람으로 피고를 결코 '잘못 보는' 일이 없었고, 또 시까지 쓰는 재주꾼이다.

법정으로 들어가는 입구에 수위가 하나 서 있었다. 그는 그 수위에게 물었다.

"이 문은 곧 열리나요?"

"아니, 열리지 않습니다" 하고 수위는 대답했다.

"뭐라고요! 개정되어도 열리지 않는단 말입니까? 지금 재판은 휴정중이지요?"

"지금 막 개정되었습니다만, 문은 열지 못합니다."

"왜지요?"

"만원이니까요."

"그래요! 빈 자리가 하나도 없나요?"

"하나도 없습니다. 문은 닫혔습니다. 이제 아무도 들어갈 수 없어요."

수위는 잠시 입을 다물더니 다시 덧붙였다.

"재판장님 뒤에 아직 두어 개 자리가 있지만, 관리에게만 허용됩니다."

그렇게 말하고 수위는 그에게서 등을 돌렸다.

그는 고개를 숙이고 물러나, 대합실을 가로질러 망설이듯 천천히 층계를 하나 하나 다시 내려갔다. 아마도 자기 자신과 마음 속으로 의논하고 있었던 것이리라. 어제부터 그의 마음 속에서 벌어지고 있던 그 치열한 격전이 아직도 끝나지 않고 있었다. 그리고 그는 시시각각 새로운 국면에 부딪혔다. 층계 한가운데 있는 층계참에 이르렀을 때, 그는 난간에 기대어 팔짱을 꼈다. 그리고 갑자기 프록코트의 가슴을 헤쳐 수첩과 연필을 꺼내고 종이를 한 장 찢어내어, 등불 아래에서 다음과 같이 휘갈겨 썼다. '몽트뢰이유 쉬르 메르 시장 마들렌느'. 그리고 다시 성큼성큼 층계를 올라가 사람들을 헤치고 똑바로 수위에게 다가가 쪽지를 건네주며 위엄있게 말했다.

"이것을 재판장에게 갖다 드리시오."

수위는 쪽지를 받아 흘끗 보고 그 말에 따랐다.

특별 입장

그 자신은 그렇게 생각하고 있지 않았지만, 몽트뢰이유 쉬르 메르의 시장은 세상에 명성을 떨치고 있었다. 이 7년 동안 그의 덕망은 바 불로네 언저리에 널리 퍼지고, 마침내 그 좁은 지방을 넘어서 이웃의 몇몇 도에까지 알려져 있었다. 그 검은 유리구슬 제조 공업을 부흥시켜 그 중심 도시에 막대한 공헌을 했을 뿐 아니라, 몽트뢰이유 쉬르 메르 지방의 141개 마을 가운데 그에게서 무언가 혜택을 받지 않은 마을은 하나도 없었다. 필요에 따라서는 다른 지방의 산업도 도와서 진흥시키고 있었다. 이를테면 그는 경우에 따라 자기의 신용과 자본을 제공하여 불로뉴의 망사 직조업을 돕고, 프레방의 마사(麻糸) 방적업을 돕고, 브베르 쉬르 깡슈의 수력에 의한 직조업을 지원했던 것이다. 어디를 가나 마들렌느 씨의 이름은 존경과 더불어 사람들 입에 오르내렸다. 아라스며 두웨의 시민들은 그러한 시장이 있는 몽트뢰이유 쉬르 메르라는 행복한 작은 도시를 부러워하고 있었다.

아라스의 중죄 재판 법정에서 재판장을 맡고 있는 두웨의 공소원 판사는, 그처럼 널리 존경받는 이름을 세상 사람들과 마찬가지로 익히 알고 있었다. 수위가 평의실에서 법정으로 통하는 문을 살그머니 열고, 재판장 의자 뒤로 가 몸을 구부리고 그 글씨가 씌어진 쪽지를 내밀면서 '이 분이 법정으로 들어오시겠다고 하십니다'라고 덧붙였을 때, 재판장은 선뜻 경의를 나타내는 몸짓으로 펜을 들어 그 쪽지 아래 무언가 써주면서 들어오시게 하라고 말했다.

우리가 여기서 그 신상 이야기를 하고 있는 불행한 사나이는, 수위가 갔을 때와 똑같은 자리에 똑같은 태도로 법정 대합실 문 앞에서 있었다. 그가 멍하니 생각에 잠겨 있을 때 누군가가 "어서 이쪽으로 오십시오"라고 말하는 소리를 들었다. 바로 조금 전 그에게 등을 돌려 냉담하게 대하던 바로 그 수위가 지금은 허리를 구부리고 있었다. 그리고 수위는 그에게 쪽지를 건네주었다. 그는 그것을 펼쳤다. 마침 가까이에 램프가 있어 그것을 읽을 수 있었다.

'중죄 재판장은 마들렌느 씨에게 경의를 표합니다.'

그는 그 쪽지를 손 안에 구겨 쥐었다. 마치 이 몇 마디가 그에게 몹시 쓴 뒷맛을 남겨 주기라도 한 것처럼.

그는 수위를 따라갔다.

조금 뒤 그는 벽에 판자를 두른 방 안에 혼자 남았다. 두 개의 촛불이 초록색 융단을 깐 그 방을 비춰 어쩐지 엄숙한 기운이 감돌고 있었다. 지금 나간 수위의 마지막 말이 아직도 그의 귓전에 생생했다. "여기는 평의실입니다. 저 문의 구리쇠 손잡이를 돌리면, 법정의 재판장님 팔걸이의자 뒤로 나가시게 됩니다." 그 말이 그의 머릿속에서, 방금 지나온 좁은 복도와 어두운 층계의 어렴풋한 기억과 뒤얽히고 있었다.

수위는 그를 혼자 남겨 놓고 나가 버렸다. 마침내 최후의 순간이 왔다. 그는 생각을 가다듬으려고 애썼으나 잘 되지 않았다. 사색의 실이 뇌리에서 모두 끊어져 버리는 것은, 특히 인생의 비통한 현실에 그 사색을 더할 필요가 가장 절실할 때이다. 그는 판사들이 토의하고 형벌을 내리는 그 자리에 와 있는 것이다. 그는 어리둥절한 침착함으로 무서우리만큼 고요한 그 방 안을 둘러보았다. 얼마나 많은 인간의 삶이 여기서 파멸되었던가. 마침내는 그의 이름도 여기서 논의되리라. 그리고 그의 운명은 지금 이 방을 지나가고 있다. 그는 물끄러미 그 벽을 바라보고, 다음으로 자기 자신을 돌아보았다. 그것이 이 방이고, 그것이 자기 자신이라는 사실에 그는 스스로 놀랐다.

벌써 24시간 넘게 아무것도 먹지 않고, 또 마차에 흔들려 지쳐 있었으나, 그는 그것을 그리 느끼지 못했다. 아무 느낌도 없는 것 같았다.

그는 벽에 걸린 검은 액자 앞으로 다가갔다. 그 사진틀 유리 아래에는 빠리 시장이며 대신이었던 장 니꼴라 빠슈의 낡은 자필 서간이 들어 있었다. 그 날짜는 아마도 잘못된 모양인 듯 혁명 제2년 '6월 9일'이라고 되어 있었다. 그것은 빠슈가 자택에 연금되어 있던 대신과 대의원들의 명부를 빠리 정부로 보낸 것이었다. 이때 만일 그를 보고 자세히 관찰한 사람이 있었다면, 그 편지가 그의 호기심을 몹시도 자아낸 모양이라고 생각했으리라. 왜냐하면 그는 그 편지에서 눈을 떼지 않고 두어 번씩 되풀이 그것을 읽었기 때문이다. 그러나 그는 아무 주의도 기울이지 않고 거의 무의식적으로 그 편지를 읽고 있었다. 그는 팡띤느와 꼬제뜨의 일을 생각하고 있었던 것이다.

멍하니 생각에 잠겨 그는 문득 고개를 돌렸다. 그러자 그의 눈은 중죄 재판 법정으로부터 그를 막아 주고 있는 문의 구리 손잡이와 마주쳤다. 그는 그 문을 거의 잊어버리고 있었다. 그의 눈길은 조용히 그 구리쇠 손잡이로 가서 멈추더니 이어서 미친 듯이 그것에 고정되어 차츰 공포의 빛을 띠기 시작했다.

땀방울이 머리카락 사이에서 솟아올라 관자놀이로 흘러내렸다. 문득 그는 반항 섞인 위엄을 드러내며 무어라 표현할 수 없는 기이한 몸짓을 했다. 이런 행동은 '빌어먹을! 누가 이런 짓을 내게 강요한단 말인가?' 하는 뜻인 듯 홱 돌아서서 아까 들어왔던 문을 바라보더니 그 앞으로 다가가 열고 나갔다. 그는 이제 그 방에 있지 않았다. 그는 복도에 나와 있었다. 복도는 길고 좁으며 층계와 쪽문으로 막히고, 이리저리 구부러지고, 군데군데 환자용 램프 비슷한 반조명 등이 달려 있었다. 그는 이 복도를 조금 전에 지나왔던 것이다. 그는 안도의 숨을 내쉬고 귀를 기울였다. 뒤에서도 앞에서도 아무 소리 나지 않았다. 그는 쫓기는 사람처럼 달아났다.

복도 모퉁이를 몇 번인가 돌았을 때, 그는 다시 귀기울였다. 주위는 여전히 같은 침묵, 같은 어둠이 깔려 있었다. 그는 숨이 차고 어지러워 벽에 몸을 기댔다. 벽의 돌은 차서 이마 위에서 땀이 얼어붙는 것 같았다. 그는 몸을 떨며 서 있었다.

그리고 거기에서 홀로 그 어둠 속에 우뚝 서서, 추위와 아마도 다른 어떤 일 때문에 떨면서 생각했다.

그는 이미 밤새도록 생각하고, 하루 종일 생각했다. 이제는 다만 마음 속에서 '아!' 하고 외치는 소리만이 들렸다.

그렇게 15분쯤 지났다. 이윽고 그는 머리를 떨어뜨리고 괴로운 듯 한숨지으며 두 팔을 늘어뜨리고 다시 발길을 돌렸다. 기진맥진한 듯 천천히 걸음을 옮겼다. 흡사 도망치다 붙잡혀 끌려가는 것 같았다.

그는 평의실로 돌아갔다. 그의 눈에 맨 먼저 들어온 것은 문의 손잡이였다. 반들거리는 둥근 구리쇠 손잡이는 무서운 별처럼 그를 향해 반짝거리고 있었다. 그는 마치 새끼염소가 호랑이 눈을 바라보듯 그것을 바라보았다.

그의 눈은 그 손잡이에서 떨어질 수 없었다.

조금씩 사이를 두고 한 발 한 발 내디뎌 그는 문 앞으로 다가갔다.

만일 귀를 기울였다면 어렴풋한 속삭임 같은 옆방의 수런거림이 들려왔을 것이다. 그는 귀기울이지 않았다. 그에게는 아무것도 들리지 않았다.

갑자기 그는 어떻게 했는지도 모르게 문 옆에 와 있는 자기 자신을 발견했다. 그는 떨리는 손으로 손잡이를 잡았다. 문이 열렸다.

그는 법정 안에 있었다.

유죄로 판정되어 가는 장면

그는 한 걸음 들어서서 등 뒤의 문을 기계적으로 닫고 눈앞의 광경을 물끄러미 바라보았다.

그곳은 불빛이 희미하게 비치는 널찍한 방으로, 왁자지껄 시끄러운가 하면 또 금방 물을 끼얹은 듯 조용해지곤 했다. 거기에 모인 사람들 속에서 형사재판이 천박하고 비통한 장중함을 갖추고 전개되고 있었다.

그가 지금 서 있는 홀 한쪽 끝에는, 낡은 법의를 입은 판사들이 사뭇 맥풀린 듯한 얼굴로 손톱을 깨물기도 하고 눈을 감기도 하고 있었다. 다른 한쪽에는 허술한 옷을 걸친 사람들이 한 무리 있었다. 그리고 또 갖가지 자세를 취한 변호사들, 직무에 충실한 엄격한 얼굴의 병정들. 얼룩진 낡은 벽판자, 때묻은 천장, 녹색이라기보다 차라리 황색이 되어 버린 서지 헝겊을 덮은 테이블, 손때로 꺼멓게 된 문, 벽판자 못에 걸린 불빛보다 그을음을 더 많이 내고 있는 목로 술집에나 있음직한 램프, 테이블 위의 구리 촛대에 꽂힌 초, 흐릿한 어둠과 추악함과 서글픔. 이 모든 것에서 어떤 존엄한 인상이 배어나오고 있었다. 왜냐하면 거기서는 법률이라고 부르는 인간의 중대사와 정의라고 부르는 위대한 신의 중대사가 느껴졌기 때문이다.

군중들은 아무도 그에게 주의하지 않았다. 모든 시선은 오직 한 점에 집중되어 있었다. 거기에는 재판장 왼편의 벽을 따라 조그만 문에 기대어 놓은 나무 벤치가 있었다. 몇 개의 촛불이 비추고 있는 그 벤치에는 두 헌병 사이에 끼어 한 사나이가 앉아 있었다.

그 사나이가 바로 그 사람이었다.

그는 별로 찾지 않고도 곧 그 사나이를 알아보았다. 그의 눈은 마치 거기에 그 사나이가 있는 것을 미리 알고 있기라도 했던 것처럼 자연히 그쪽으로 돌려졌다.

그는 자신의 늙은 모습을 보는 것 같은 기분이 들었다. 물론 얼굴은 전혀 같지 않았으나 태도도 풍채도 꼭 닮은 모습이었다. 거꾸로 뻗친 머리카락에 들짐승 같이 불안스러운 눈동자를 하고 작업복 윗옷을 입은 모습. 19년 동안 감옥의 돌바닥 위에서 키워 온 무서운 마음을 남몰래 영혼 속에 숨겨 증오심을 불태우며 디뉴로 들어오던 날의 그와 똑같은 모습이었다. 그는 몸이 오싹해지며 마음 속으로 생각했다.

'아, 나는 다시 저렇게 될 것인가?'

그 사나이는 적어도 60살쯤 되어 보였다. 무어라 말할 수 없는 거칠고 우둔하며 겁에 질린 듯한 모습이었다.

문 소리에, 거기 있던 사람들은 옆으로 비켜 그에게 길을 열어주었다. 재판장은 고개를 돌려, 들어온 인물이 몽트뢰이유 쉬르 메르의 시장이라는 것을 알고 눈인사를 했다. 검사는 직무상 가끔 몽트뢰이유 쉬르 메르에서 마들렌느 씨를 만나고 있었으므로, 그의 모습을 알아보고 마찬가지로 눈인사를 보냈다. 그러나 그는 그것을 깨닫지 못하고 있었다. 그는 일종의 환각에 사로잡혀 있었다. 그는 주위를 둘러보았다.

판사들, 서기 한 사람, 헌병들, 잔인할만큼 호기심이 담긴 눈을 크게 뜨고 있는 방청객들. 그는 그러한 것들을 이미 27년 전에 한 번 본 적이 있었다. 끔찍스러운 것들을 그는 지금 다시 보고 있는 것이다. 그것들은 거기에 있고, 움직이고, 존재하고 있었다. 그것은 이미 기억 속의 것이 아니요, 그의 상념이 그려낸 신기루도 아니었다. 그것은 현실의 헌병, 판사, 방청객이었으며, 뼈와 살을 갖춘 인간들이었다. 이제 모든 게 끝장이다. 그는 과거의 그 끔찍스럽던 광경이 현실이 지닌 모든 두려움을 고루 갖추고 자기 주위에 되살아나는 것을 보았다.

이 모든 것들은 그 앞에 커다랗게 입을 벌리고 있었다.

그는 공포에 사로잡혀 눈을 감고 마음 저 밑바닥에서 외쳤다.

"안돼, 결코!"

더욱이 그의 마음을 두려움에 떨게 하며 거의 미치게 만드는 운명의 비극적인 장난에 의해, 지금 그 법정에 끌려나와 있는 것은 또 하나의 그 자신이 아닌가! 재판을 받고 있는 그 사나이를 사람들은 모두 장 발장이라고 부르고 있지 않은가!

자기 생애에서 가장 무서웠던 한 순간을 다시금 자기의 그림자가 연출하고 있는 것 같은 기이한 착각에 사로잡혔다.

모든 것이 거기에 있었다. 똑같은 기관, 똑같은 밤 시각, 거의 똑같은 판사와 헌병과 방청객들의 얼굴들이. 다만 재판장의 머리 위에 걸려 있는 십자가만이 그가 처형받을 때는 법정에 없었다. 그가 판결받았을 때는 하느님이 계시지 않았던 것이다.

그의 뒤에 의자가 하나 있었다. 사람들 눈이 두려워 그는 엉겁결에 거기 주저앉아 버렸다. 자리에 앉고 보니 판사 책상 위에 쌓인 두꺼운 서류철 더미에 가려져 홀 안의 사람들로부터 자기 얼굴을 가릴 수가 있었다. 조금씩 그는 침착해졌다. 그는 완전히 현실감을 되찾았다. 외부의 일에 귀를 기울일 수 있는 평온한 상태에 이르렀다.

바마따브와 씨도 배심원의 한 사람으로 거기에 있었다.

그는 자베르를 찾았으나 보이지 않았다. 증인석은 서기의 책상에 가려져 있었다. 게다가 아까도 말한 바와 같이 홀 안은 불빛이 어두워 잘 보이지 않았다.

그가 들어왔을 때는 피고의 변호사가 변론을 끝마치려 하는 참이었다. 사람들의 주의는 극도로 긴장되어 있었다. 사건은 3시간 전부터 계속되고 있었다. 3시간 전부터 방청객들은 한 사나이가, 정체를 알 수 없는 그 사나이가, 몹시 우둔한 것인지 아니면 교활한 것인지 알 수 없는 그 사나이가 무서운 진실의 중압 아래 차츰 굴복해 가는 것을 바라보고 있었다. 그 사나이는 독자들도 이미 아는 바와 같이, 부랑자로서 삐에롱이라고 불리는 가까운 과수원의 사과나무에서 잘

익은 사과가 달린 가지를 꺾어 달아나다가 그 옆 밭에서 붙잡혔던 것이다. 그는 과연 어떤 인간이었던가? 조사는 이미 끝났다. 증인들의 진술도 있었으며, 그들의 말은 모두 일치하고 있었다. 사건은 처음부터 명료했다. 기소 내용은 다음과 같았다.

'피고는 단순히 과실을 훔친 절도범만이 아니다. 피고는 실로 무뢰한이고, 감시 위반의 재범자이고, 전과자이며, 몹시 위험한 악한이다. 피고는 당국에서 오래 전부터 수배중이던 장 발장이라 불리는 악인으로, 8년 전 뚤롱 형무소에서 나오자 쁘띠 제르베라는 사브와 소년의 금품을 대로상에서 강도질했다. 이것은 형법 제383조에 규정된 범죄로, 법적으로 인물 증명이 성립됨을 기다려 다시 추가고소할 것이다. 피고는 이번에 또 새로이 절도죄를 범했으니 이는 재범에 해당된다. 이 새로운 범죄에 대해 우선 처벌하고, 지난 사실에 대해서는 뒤에 다시 재판할 것이다.'

이와 같은 기소에 대해, 또한 증인들의 일치하는 의견에 대해, 피고는 무엇보다도 우선 놀라는 듯했다. 그는 그것을 부인하려는 것 같은 몸짓과 손짓을 하고 또 천장을 멀거니 바라보기도 했다. 그는 가까스로 입을 열어 당혹한 대답을 하고, 머리에서 발 끝까지 온 몸으로 부인하는 뜻을 나타내고 있었다. 그는 자기를 포위해 공격하는 유식한 자들 앞에서 마치 백치와도 같고, 그를 붙잡으려는 사람들 속에서 마치 아무 상관도 없는 사람 같았다. 그러나 그것이 그의 미래에 가장 치명적인 결과로 작용했다. 진상은 시시각각으로 쌓여져 가고, 방청객들은 당사자보다도 더 근심하면서 불행스러운 판결이 차츰 그의 머리 위로 내려지려는 것을 바라보고 있었다. 같은 사람인 게 인정되어 쁘띠 제르베 사건의 죄마저 덧씌워진다면, 징역은 물론이려니와 사형이 선고될지도 모를 일이었다.

그러면 이 사나이는 대체 어떤 자인가? 그의 무감각은 어떤 성질의 것인가? 우둔함에서 오는 것인가, 교활함에서 오는 것인가? 그는 자기 입장을 너무도 잘 알고 있는 것인가, 아무것도 모르는 것인가? 이런 의문으로 방청석은 두 파로 나뉘어지고 배심원까지도 양분된 듯했다. 이 사건의 공판에는 사람을 두렵게 만들고 어리둥절케 하는 것이 있었다. 이 사건의 내용은 단순히 암울할 뿐 아니라 몽롱하기까지 했다.

변호인은 오랜 세월에 걸쳐 이른바 법조계의 웅변이 되어 있던 지방적인 말투로 상당히 유창하게 변론했다. 지난날에는 모든 변호사가 로모랑땡이나 몽브리종에서는 물론 빠리에서까지도 그런 말투를 썼지만, 오늘날에는 일종의 고전이 되어 법조계의 공식 변론에만 사용되며 그 장중한 음과 당당한 구법(句法)에 의해 잘 조화되고 있다.

이를테면 남편이나 아내를 '배우자', 빠리를 '학예와 문명의 중심지', 왕을 '군주', 주교 각하를 '성스러운 대사제', 검사를 '형벌의 웅변적인 소송 해석자', 변론을 '방금 청취하신 논고', 루이 14세 시대를 '위대한 세기', 극장을 '멜뽀멘의 전당', 왕가를 '역대 제왕의 존엄한 혈통', 연주회를 '음악의 성전', 사단장을 '……에서 그 이름도 드높은 용장', 신학생을 '상냥한 레위인', 신문지상의 착오를 '신문기관의 난에 독을 뿌리는 기만'이라는 등의 말로 표현하는 것이었다.

그런데 변호사는 먼저 사과를 훔친 일에 대한 설명부터 하기 시작했다. 이를 미사여구로 변론하기에는 꽤 까다로웠다. 그러나 베니느 보쒸에(17세기의 주교 웅변문학의 대가)도 지난날 추도사 속에서 암탉 한 마리를 언급하지 않을 수 없지 않았던가! 더욱이 그는 그것을 훌륭하게 해냈던 것이다. 변호사는 사과를 훔친 것은 사실 아무 증거도 없다고 주장했다. 변호인 입장에서 샹마띠외라고 계속 부르고 있던 그의 의뢰인이 담장을 넘어가 사과나무 가지를 꺾었다고 하지만 아무도 본 사람이 없다. 그는 다만 그 가지(변호사는 굳이 그것을 '작은 가지'라고 말했다)를 가지고 있다가 붙잡힌 것에 지나지 않는다. 더욱이 그는 땅바닥에 떨어져 있는 것을 주웠을 뿐이라고 말했다.

이에 대한 반증이 어디 있는가? 아마도 그 가지는 담장을 넘어 들어가 꺾고 훔친 뒤 갑자기 주인에게 들킨 어떤 밭도둑이 거기 버린 것이리라. 그러나 그 도둑이 샹마띠외였다고 내세울 만한 증거가 어디 있는가? 오직 한 가지 전과자였다는 그의 신분, 그 신분이 불행하게도 충분히 확증된 듯하다는 것은 변호사도 부인하지 않았다. 피고는 파브롤에 산 적이 있다. 피고는 거기서 가지치기 인부 노릇을 했있다.

샹마띠외라는 이름은 본디 장 마띠외였을 것이다. 그런 것들은 모두 사실이다. 그리고 네 사람의 증인도 아무 망설임없이, 샹마띠외를 죄수 장 발장이라고 확인하고 있다. 그러한 증언에 대해서는 변호사도 피고의 부인, 이기적인 부인밖에 제시하지 못했다. 그러나 그가 죄수 장 발장이라고 하더라도 그것이 사과를 훔쳤다는 증거가 될 수 있는가? 그것은 어디까지나 추정이지 증거는 되지 못한다. 그러나 피고는 '불리한 태도'를 취했다. 그것은 사실이었고, 변호인도 '솔직하게' 그것을 인정하지 않을 수 없었다. 피고는 모든 것을 완강하게 부인했다. 절도 행위도, 전과자라는 신분도. 그러나 이 후자의 사실에 대해서는 확실히 자백하는 편이 좋았을 것이다. 그렇게 했으면 판사들의 관대한 처분을 바랄 수 있었을지도 모른다. 변호사도 그렇게 할 것을 피고에게 권고해 두었으나 피고는 그것을 완강히 거부했다. 아무것도 자백하지 않으면 틀림없이 풀려날 거라고 생각한 것이리라.

그것은 분명 잘못이었다. 그러나 이 사나이의 생각이 모자라기 때문이라는 것을 당연히 고려해 주어야 하지 않을까? 이 사나이는 확실히 어리석었다. 감옥에서 오랜 세월에 걸친 불행한 생활을 하고 형무소를 나온 뒤 처참한 생활을 오래 해 왔기 때문에 우둔해져 버린 것이다, 등등. 피고의 변명은 졸렬했지만, 그것이 그를 처벌할

담장을 넘어가 사과나무 가지를 꺾었다고 하지만……

이유는 되지 않는다. 쁘띠 제르베 사건에 관해서는 변호사도 논의할 만한 것을 갖고 있지 못했다. 그것은 아직 피고의 기소 내용 속에 들어 있지 않았다. 변호사는 배심원과 법관을 향하여, 여러분께서 피고가 장 발장과 동일인이라고 명확하게 단정을 내릴지라도 감시 위반 죄인에 대한 경찰법에서만 죄를 묻고 재범에게 과하는 중죄는 적용하지 말아 달라고 탄원하면서 변론을 끝맺었다.

검사는 변호사에게 반박했다. 그의 논고는 검사들이 으레 그렇듯 신랄하고 번지르르했다.

그는 변호사의 '공정한 판단'을 찬양하고, 그 공정한 판단을 교묘하게 이용했다. 그는 변호사가 유보한 모든 사실에 대하여 피고를 비난했다. 변호사는 피고가 장 발장이라는 의견에 동감인 듯 했는데, 검사는 그 점을 지적했다. 피고는 따라서 장 발장이다. 그것은 기소 내용에서도 이미 밝혀진 바로 더 부인할 여지가 없다. 여기서 검사는 교묘하게 말머리를 돌려 범죄의 근원과 원인으로 거슬러 올라가 낭만파의 부도덕을 거론했다. 낭만파는 그즈음 오리플람 지며 꼬띠에엔느지의 평론가들이 붙여 준 '악마파'라는 이름 아래 활동하고 있었던 것이다. 검사는 아주 그럴 듯하게 샹마띠외의, 아니 바꾸어 말해서 장 발장의 범죄를, 그와 같은 패덕 문학의 영향으로 돌렸다. 그러한 고찰이 끝난 뒤, 검사는 문제를 장 발장 개인에게로 돌렸다. 장 발장은 어떠한 자인가? 그는 장 발장에 대해 자세히 설명했다. 이 세상이 뱉어낸 괴물이라는 등등. 이러한 묘사의 모델은 떼라메느(라신느 비극〈페드르〉중의 인물. / 이뺄리드 죽음을 웅변조로 이야기함.)의 과장된 이야기 속에서 볼 수 있거니와, 그런 종류의 화술은 비극에는 합당치 않지만 법정에서의 웅변에는 날마다 크게 이바지하고 있다. 방청객들과 배심원들은 '몸서리를 쳤다'. 설명이 끝나자 검사는 이튿날 아침 '도민(道民) 일보'의 찬사를 얻기 위한 더욱 격렬한 연설투로 말을 이었다.

"피고는 실로 이와 같은 사나이다, 등등. 부랑자이며, 걸인이며,

생계 수단을 갖지 못한 자이다. 피고는 과거의 생애에서 범죄 행위에 익숙하고, 감옥에서도 그 성질이 바로잡아지지 않았다. 쁘띠 제르베에게 저지른 죄가 그것을 증명하는 바이다, 등등. 피고는 극악무도한 놈이다. 타고 넘은 담장에서 몇 걸음 안되는 들길에서 절도 현행범으로 체포되었고, 그 손에 아직 훔친 물건을 가지고 있었으면서도 현행범을, 절도를, 불법 침입을 모두 부인하고, 심지어는 자기 이름까지도, 동일인이라는 것까지도 부인하고 있다! 그러나 우리는 여기에 일일이 제시한 것 외에도 수없이 많은 증거가 있다. 게다가 네 사람의 증인이 그를 인정하고 있다. 네 증인은 자베르, 저 공명정대한 경위 자베르와 피고의 그 옛날 오욕의 동료였던 부르베와 슈닐디외와 꼬슈빠유 세 명의 죄수이다. 이처럼 움직일 수 없는 확고한 증언에 대해 피고는 뭐라고 반박할 것인가? 피고는 단순히 부인한다. 이 무슨 어리석은 일인가? 배심원 여러분, 여러분은 공정한 판단을 내려 주리라고 믿는 바이다, 등등.”

검사가 이렇게 논고를 펼치는 동안 피고는 입을 딱 벌리고 감탄이 깃든 놀란 얼굴로 멍하니 듣고 있었다. 인간이 이다지도 입심좋게 지껄일 수 있는 것일까 하고 그는 실로 어안이 벙벙했던 것이다. 때때로 논고가 최고조에 이르러 억누를 길 없는 웅변이 굴욕스러운 형용사의 격류가 되어 넘쳐흐르고 폭풍우처럼 피고를 에워싸는 순간 그는 오른쪽에서 왼쪽으로, 왼쪽에서 오른쪽으로 천천히 머리를 흔들었다. 그것은 변론의 시초부터 참고 견뎌온, 슬픈 무언의 항변이라고 할 수 있었다. 바로 그의 옆에 앉아 있던 방청객들은, 두어 번 그가 이렇게 중얼거리는 것을 들었다.

‘발루 영감한테 잘 물어보았더라면, 이렇게 되지는 않았을 텐데!’

피고의 바보스럽고 어처구니없는 그 태도를 검사는 배심원들에게 지적했다. 그것은 분명 고의적인 수작으로, 피고의 우둔함을 나타내는 게 아니라 교묘하고 교활한 수단으로 법을 기만하는 그의 상습성을 나타내는 것이며, 이 사나이의 '엄청난 악랄함'을 유감없이 드러내고 있는 것이라고. 거기서 검사는 쁘띠 제르베 사건은 보류해 두고, 엄한 형벌을 요구하면서 논고를 끝냈다.

엄한 형벌이란 독자도 알고 있듯 종신형을 가리키는 것이다.

변호사는 일어나서 먼저 '검사님'의 그 '훌륭한 논고'에 찬사를 보내고, 다음으로 힘 자라는 데까지 답변을 시도했으나 그 논조는 훨씬 약화되어 있었다. 그가 서 있는 지반이 분명 허물어지고 있었다.

부인하는 방식

변론을 끝맺음할 때가 왔다. 재판장은 피고를 일어서게 하여 형식적인 질문을 했다.

"피고는 무슨 할 말이 없는가?"

사나이는 우뚝 선 채 때묻은 모자를 손으로 만지작거리고 있을 뿐 재판장의 말도 들리지 않는 모양이었다.

재판장은 같은 질문을 되풀이했다.

이번에는 그 말이 들려 그 뜻을 알아들은 듯, 잠이 깼을 때와 같은 몸짓을 하고 주위를 두리번거리며 방청객과 헌병과 변호사와 배심원과 법관들을 바라보고 자기가 앉았던 의자 앞의 목책 가장자리에 그 커다란 주먹을 올려놓고 여전히 주위를 둘러보다가 갑자기 검사에게 눈길을 멈추고는 지껄이기 시작했다. 그것은 마치 불이 뿜어나오는 것 같았다. 그 말들은 지리멸렬하고, 격렬하고, 거칠고, 뒤죽박죽 뒤섞여 마치 그의 입에서 한꺼번에 튀어나오려고 서로 앞을 다투며 밀치고 잡아당기는 것 같았다. 그는 말했다.

"내가 할 말이란 이렇습니다요. 나는 빠리에서 수레 수선공을 하고 있었습죠. 발루 영감 밑에 있었습니다. 그건 참 고된 일이었습죠. 수레 수선공이란 사시사철 밖에서, 안마당에서 일을 해야 하니까요. 친절한 주인을 만나면 헛간에서 일을 시키기도 하지만, 그것도 거의 문을 닫아 놓고 하는 법이 없지요. 어쨌든 넓은 자리를 차지하는 일이니까요. 겨울 같은 땐 너무나 추워서 제가 제 팔을 주물러 몸을 따뜻하게 하지만 주인은 그러는 걸 좋아하지 않습니다요. 그런 짓은 시간을 허비한다는 거지요.

길바닥에 깔린 돌도 얼어붙는 추운 날씨에 쇠를 다룬다는 건 여간 고된 일이 아닙니다요. 그러니 몸이 빨리 늙어 버리게 되지요. 그런 일은 젊은 놈을 그대로 늙게 해버립죠. 40살쯤만 되면 영 쓸모없게 됩니다요. 나는 53살이었으니 지독히 고생했습지요. 게다가 물건 만드는 장인이란 놈들은 정말 심술궂어서 좀 늙었다 싶으면 저놈은 허리 부러진 참새니, 늙다리니 하고 놀려댄답니다요! 나는 하루 30수밖에 받지 못했습죠.

주인은 내가 늙었다는 핑계로, 되도록 삯전을 싸게 하려고만 했습지요. 그리고 내겐 딸아이가 하나 있어 개울가의 세탁장에서 일하고 있었습니다요. 거기서 들어오는 수입도 뻔한 것이었습지요만, 그걸로 우리 둘은 겨우 어떻게 꾸려나갔습죠. 딸년도 꽤 고생을 했지요. 하루 종일 허리께까지 닿는 물통 속에 들어가 일하는데, 비가 오나 눈이 오나 얼굴을 에는 듯한 바람이 불거나 늘 마찬가지였습죠. 물이 얼어도 상관없이 빨래를 해야 했습니다. 여벌 셔츠를 갖고 있지 못한 사람들이 재촉하기 때문입지요. 얼른얼른 빨아 주지 않으면 손님이 없어져 버립죠.

물통 판자 조각이 딱 들어맞지 않아 물이 마구 새어서, 딸년을 보면 스커트는 위 아래 할 것 없이 온통 물에 젖었고 몸뚱이마저 젖어들었습죠. 그리고 또 딸년은 앙광 루즈의 세탁장에서도 일했는데, 거기는 물이 수도꼭지에서 나오니까 물통 속에 들어가지 않아도 되었습니다. 앞의 수도꼭지를 틀어놓고 빨아서는 뒤의 대야에서 헹구는 거지요. 거기는 문이 닫혀 있어 몸은 그리 춥지 않지만 뜨거운 물에서 김이 굉장히 나와 눈이 못쓰게 되었습죠. 딸년은 저녁 7시에 돌아와서는 이내 자버립니다요. 몹시 지쳐 있으니까요. 그런데다 남편에게 두들겨 맞아, 그러다가 딸년은 죽어버렸습죠. 우리들은 정말 불행했습니다요. 언제나 얌전하고 춤 한번 추러 간 일도 없는 기특한 딸년이었는뎁쇼. 딸년은 꼭 한 번 카니발의 맨 마지막 날 8시에 돌아와 잔 일이 있었을 뿐입니다요. 나는 사실을 말하고 있습죠. 사람들에게 물어보시면 아실 겁니다요. 아, 그렇습죠. 사람들에게 물어본다고 해도 빠리는 어마어마하게 큰 바다 같은 곳이니 누가 이 샹마띠외라는 늙은이를 알고 있겠습니까요 그렇지만 발루 영감만은 알고 있을 겁니다. 발루 영감댁에 가서 물어봐 주셔유. 그러고 나서도 또 이러쿵저러쿵한다면 나는 이제 모르겠지만유."

사나이는 입을 다물고 그대로 우두커니 서 있었다. 그는 이러한 말을 빠르고 목쉰 것 같은 숨가쁜 소리로 지껄였는데, 그 소박함 속에는 거친 노여움이 깃들어 있었다. 단 한번 꽉 들어찬 방청석의 누군가에게 인사하기 위해 말을 중단했을 뿐이었다. 씹어뱉듯 내던진 그 말들은 마치 딸꾹질처럼 튀어나왔다. 한 마디 한 마디 할 때마다 그는 장작을 패는 나무꾼 같은 몸짓을 했다. 그가 말을 마쳤을 때 방청석에서 와아 웃음이 터져나왔다. 그는 그러한 방청객들을 바라보고, 그들이 웃는 것을 보고, 까닭도 모르면서 자기도 따라 웃었다.

그것이 그에게 불리하게 작용했다.

조심스럽고 동정심 많은 재판장은 입을 열었다.

그는 '배심원 여러분'에게 '피고를 고용하고 있었다는 수레 수선공 발루라는 자를 소환했으나 출두하지 않았다, 그 사나이는 파산하여 행방불명되었다'는 사실을 알렸다. 이어서 피고 쪽을 향해, 이제부터 하는 말을 잘 듣도록 주의시키고 이렇게 덧붙였다.

"피고는 지금 신중하게 생각하지 않으면 안될 입장에 있소. 피고에 대한 굉장히 중대한 추정이 이루어지고 있으며, 경우에 따라서는 최악의 결과가 생길지도 모르오. 나는 피고를 위해 마지막으로 다시 한 번 더 묻겠는데, 다음 두 가지 점에 대해 똑똑히 설명해주시오. 첫째로, 피고는 삐에롱 과수원 담장을 넘어들어가 사과나무 가지를 꺾고 사과를 훔쳤는가 안 훔쳤는가. 곧 침입 절도죄를 범했는가 안 범했는가? 둘째로, 피고는 전과자 장 발장인가 아닌가를 말해 주시오."

피고는 상대방이 하는 말을 잘 알아듣고, 어떻게 대답해야 좋은지 잘 알고 있는 듯 자신 있는 모양으로 고개를 끄덕였다. 그는 입을 열고 재판장 쪽을 보며 말했다.

"첫째……"

그리고 그는 자기 모자를 보고 천장을 쳐다보더니 그대로 입을 다물어 버렸다.

검사는 준엄한 목소리로 말했다.

"피고, 주의하라. 그대는 이쪽의 질문에 아무 대답을 하지 못하는데, 그 당혹한 태도는 죄를 범했다는 증거이다. 그대 이름이 샹마띠외가 아님은 이제 모두 명백한 사실이다. 그대는 전과자 장 발장이다. 처음에는 외가의 성을 따서 장 마띠외라는 이름으로 숨어지냈다. 그대는 오베르뉴에 간 적이 있었고, 파브롤 태생으로 거기서 가지치기 인부 노릇을 했다. 그대가 삐에롱 과수원에 침입하여 익은 사과를 훔친 것도 틀림없다. 배심원 여러분도 이 점은 충분히 인정하리라고 생각한다."

피고는 어느새 다시 의자에 앉아 있었다. 그러나 검사가 말을 마치자 갑자기 일어나 외쳤다.

"나리는 정말 지독한 사람이오, 나리는! 나는 처음부터 말하고 싶었지만, 어떻게 말해야 좋을지 몰랐던 거요. 난 아무것도 훔치지 않았소. 우리 같은 인간은 날마다 먹지 않아도 사는 사람이오.
나는 그때 아이이에서 오던 길이었소. 그 시골길을 걷고 있는데,
소나기가 온 뒤라 들은 온통 누렇게 되고, 웅덩이는 물이 넘치고,
길에는 흙모래에 덮인 풀잎이 끝만 뾰족뾰족 내밀고 있을 뿐이었
소.

　나는 부러진 가지가 하나 땅바닥에 떨어져 있는 것을 보았소.
그 가지에는 사과가 달려 있었는데, 설마 이렇게 시끄러운 일이
될 줄은 모르고 아무 생각 없이 그것을 주웠단 말이오. 그것 때문
에 나는 벌써 석 달째 감옥에서 썩으면서 이리저리 끌려다녔소.
그리고 뭐라고 해야 좋을까, 모두들 나에게 지독하게 굴고, '어서
대답하라 !'고 몰아세우고, 헌병 나리는 친절하게도 내 팔꿈치를
쿡쿡 찌르며 낮은 소리로 대답하라고 하지만, 나는 어떻게 설명해
야 좋을지 모르겠소. 나는 못 배운 가난뱅이오. 그것을 몰라 주다
니 나리들 잘못이오. 나는 아무것도 훔치지 않았소. 땅바닥에 떨
어진 것을 주웠을 뿐이란 말이오. 당신들은 장 발장이니 장 마띠
외니 하고 말하지만, 나는 그런 사람들은 모르오. 마을에 사는 사
람일지도 모르오. 나는 로삐딸 거리의 발루 영감네 집에서 일하고
있었소. 나는 샹마띠외요. 나리들은 어지간히 심술궂은 사람들인
모양이오. 내가 태어난 고장까지 함부로 만들어내니 말이오. 그러
나 나는 내가 어디서 태어났는지 모르오. 집에서 태어나지 못하는
자도 있소. 그러는 편이 편리할지도 모르오. 우리 아버지 어머니
는 이리저리 떠돌아다니는 사람이었던 모양이오. 그러나 그것도
나는 잘 모르오.

　나는 어려서는 꼬마라고 불렸고, 지금은 늙은이라고 불리고 있
소. 그것이 내 세례명이오. 어떻게 생각하든 그건 나리들 자유요.
나는 오베르뉴에도 있었고, 파브롤에도 있었소. 그래서 어쨌다는
게요 ! 감옥에 있었던 인간이 아니면 오베르뉴나 파브롤에 있었

을 리 없다는 거요? 몇 번이나 말한 대로 나는 훔친 일이 없소. 나는 샹마띠외라는 늙은이오. 나는 발루 영감네 집에 있었소. 엄연히 그 집에서 살고 있었소. 나리들은 터무니없는 억지를 써서 나를 골탕먹이려 하는구려! 대체 왜 그렇게 모두들 원수처럼 내 뒤를 쫓는 거요!"

검사는 그때까지 선 채로였다. 그는 재판장을 향해 말했다.

"재판장님, 피고는 모호하면서도 교묘하게 부인하며 백치임을 가장하려고 합니다만, 쉽사리 그렇게 되지는 않을 테고 우리도 그 수법에 넘어가지 않을 것입니다. 그러므로 피고의 이러한 부인에 대해, 이제 우리는 재판장과 법정의 여러분에게 다시 요청합니다. 죄수 부르베와 꼬슈빠유와 슈닐디외와 경위 자베르를 여기로 불러내어 마지막으로 다시 한번 피고와 죄수 장 발장이 동일인인지 아닌지 그들에게 물어 주시기 바랍니다."

재판장은 말했다.

"검사에게 주의 주겠는데, 경위 자베르는 공무 때문에 이웃 군으로 가기 위해 진술을 마친 뒤 곧바로 법정을 나가 이 도시를 떠났소. 검사와 피고 변호사의 동의를 얻어 본관이 허락했던 것이오."

"아, 그렇지요, 재판장님" 하고 검사는 말을 이었다. "그럼, 자베르 씨가 지금 여기 없으므로, 그가 두세 시간 전에 이 자리에서 진술했던 것을 본인이 다시 한 번 배심원 여러분에게 말씀드릴 필요가 있다고 생각합니다. 자베르는 훌륭한 인물이며, 낮은 직책에 있으면서도 엄격한 정직성으로 그 중요한 직무를 수행하고 있습니다. 그의 진술은 대략 다음과 같습니다. '본인은 피고의 부인을 뒤엎을 심리적 추정이나 물질적 증거는 필요로 하지 않습니다. 본인은 이 사나이를 잘 알고 있습니다. 이 사나이는 샹마띠외라는 이름이 아니라, 장 발장이라는 매우 악질적이고 무서운 전과자입니다. 그러나 형기 만료로 유감스럽게도 석방하지 않을 수 없었습니다. 그는 흉악한 절도죄로 19년 동안 죄수로 복역했습니다. 그는 그동안 대여섯 번에 걸쳐 탈옥을 꾀했습니다. 쁘띠 제르베의 돈을 빼앗은 것과 삐에롱에서 도둑질한 것 외에, 디뉴의 돌아가신 주교 각하 댁에서 저지른 절도도 나는 그의 짓으로 보고 있습니다. 나는 뚤롱 감옥에서 간수보를 지낼 무렵 그를 여러 번 본 적 있습니다. 본인은 되풀이 말하거니와 이 사나이를 잘 알고 있다는 것을 진술합니다.'"

아주 간결한 이 진술은 방청객과 배심원들에게 강한 인상을 준 것 같았다. 검사는 자베르를 제외한 세 증인 부르베와 슈닐디외와 꼬슈빠유를 다시 불러내어, 엄격하게 신문할 것을 주장하며 말을 끝냈다.

재판장은 한 수위에게 명령을 전달했다. 그러자 곧 증인실 문이 열렸다. 수위는 만일의 경우를 대비해 헌병의 도움을 받으며 죄수 부르베를 끌어냈다. 방청석에는 순간 불안의 빛이 감돌고, 모든 가슴이 하나인 듯 일제히 두근거렸다.

죄수 부르베는 중앙 형무소의 짙은 잿빛 윗옷을 입고 있었다. 부르베는 60살쯤 된 사나이로, 사무원 같은 인상과 악당다운 모습을 함께 갖추고 있었다. 그 두 가지는 흔히 잘 어울리는 법이다. 그는 새로운 범행을 저지르고 다시 형무소에 들어갔으나, 지금은 거기서 문지기 비슷한 노릇을 하고 있었다. 상관들은 그를 가리켜 "놈이 제법 사람 구실을 하려고 애쓰는 걸"이라고 했다. 물론 그것은 왕정복고 뒤의 일임을 이야기해 두어야겠다.

재판장은 말했다.

"부르베, 그대는 수치스러운 형을 받은 자이므로 선서는 할 수 없다!……"

부르베는 눈을 내리깔았다.

"그러나" 하고 재판장은 계속했다. "법률에 의해 지위가 떨어진 인간의 마음 속에도, 하느님의 자비로 명예감과 정의감은 남아 있을 수 있다. 이제 이 결정적 순간에 본관은 그 감정에 호소하고 싶다. 그대 마음 속에 그 감정이 아직 살아 있다면——본관은 그것을 희망하는 바이지만——본관에게 대답하기 전에 깊이 생각해 보라. 한편에는 그대의 발언으로 파멸에 굴러떨어질지도 모르는 사람이 있고, 다른 한편에는 그대의 발언으로 밝혀질 정의가 있다는 것을 알아라. 중대한 순간이다. 그대가 잘못이었다고 믿어질 때는 언제라도 먼저 한 말을 취소해도 좋다——피고, 기립하라. 부르베, 이 피고를 잘 보고 기억을 가다듬어, 피고가 그대의 옛 감옥 친구인 장 발장이라고 지금도 변함없이 인정하는지 어떤지, 그대의 영혼과 양심으로 진술하라. "

부르베는 피고를 바라보고 나서 재판관 쪽으로 돌아섰다.

"네, 재판장님. 이 사나이를 맨 처음 알아본 건 저입니다. 제가 한 말에는 지금도 변함이 없습니다. 이 사나이는 장 발장입니다. 1796년 뚤롱에 들어와 1815년에 그곳을 나갔습니다. 저는 1년 뒤에 나왔습니다. 지금은 바보스러운 얼굴을 하고 있습니다만 나이 탓으로 멍청해진 것이겠지요. 감옥에서는 꽤 만만찮은 놈이었습니다. 저는 이 사나이를 확실히 기억하고 있습니다. "

"착석하라" 하고 재판장은 말했다. "피고는 그냥 서 있어. "

슈닐디외가 끌려 들어왔다. 붉은 죄수복과 푸른 모자가 말해 주듯 그는 무기수였다. 뚤롱 감옥에 복역중이며 이 사건 때문에 불려왔다. 50살쯤 된 성미가 급하고, 얼굴은 주름투성이고, 몸은 빈약하고, 누르퉁퉁하고, 뻔뻔스럽고, 차분하지 못한 키작은 사나이로, 손발과 몸 전체가 병약하고, 그 눈초리에는 까닭 모를 날카로움이 서려 있었다. 감옥 동료들은 그를 즈니디외(나는 신을 부정한다는 뜻으로, 슈닐디외를 풍자한 것임)라는 별명으로 불렀다.

재판장은 부르베의 경우와 거의 같은 말을 했다. 그 수치스러운 행위 때문에 선서할 권리가 없다고 지적되었을 때, 슈닐디외는 머리

를 쳐들고 똑바로 방청석을 바라보았다. 재판장은 그에게 잘 생각하
도록 타이르고, 부르베 때와 마찬가지로 지금도 변함없이 피고를 인
정하느냐고 물었다.

슈닐디외는 커다랗게 소리내어 웃었다.

"이거 원, 인정하느냐고요! 우리는 5년 동안이나 같은 사슬에 묶
여 있었지요. 어이, 영감, 뭘 그리 뿌루퉁해 있나?"

"착석하라." 재판장은 말했다.

수위가 꼬슈빠유를 데리고 왔다. 슈닐디외와 같은 감옥에서 온 붉
은 옷을 입은 무기수였다. 이 죄수는 루르드의 시골뜨기로 피레네의
두메산골 사나이였다. 산에서 양떼를 지키고 있었는데 양치기에서
도둑으로 전락한 것이다. 꼬슈빠유는 피고에 못지 않은 거친 사나이
로 피고보다도 더 우둔해 보였다. 자연이 들짐승으로 만들어내고,
사회가 무기수로 끝마치게 하는 저 불행한 인간의 하나였다.

재판장은 감동을 주는 엄숙한 말로 그의 마음을 움직이려고 했다.
그리고 먼저 두 사람에게 한 것과 마찬가지로, 앞에 서 있는 사나이
를 지금도 서슴없이 확실하게 알아보겠느냐고 물었다.

"이 사람은 장 발장입니다. 기중기 장이라고 불릴 만큼 힘이 장사
였지요" 하고 꼬슈빠유는 말했다.

이 세 사람의 단언은 확실히 성실하고 진지하여 한 사람의 증언이
끝날 때마다 방청석에서는 피고에게 불리한 조짐인 속삭임이 일고,
그 속삭임은 차츰 커져 갔으며, 새로운 진술이 거듭됨에 따라 더욱
더 길게 꼬리를 이었다. 한편 피고는 그 놀란 듯한 얼굴로 그것을
듣고 있었는데, 그런 태도는 그를 책망하는 측에서 볼 때 상투적 수
법이며 자기 방어 수단으로 보였다. 첫번째 증언 때 피고의 양 옆에
있던 헌병들은 그가 입 속으로 이렇게 중얼거리는 소리를 들었다.
"그렇군! 저것도 놈들 가운데 하나로구나!" 두 번째 증언 뒤에는
좀더 큰소리로, 거의 만족스러워 보이는 태도로 말했다. "좋아!"

세 번째 때에는 소리를 높여 외쳤다. "잘한다!"

재판장은 그에게 물었다.

"피고, 잘 들었는가, 무슨 할 말이 없는가?"

그는 대답했다.

"다들 잘하는군!"

수런거림이 방청석에서 일더니 배심원석까지 퍼졌다. 그 사나이가 이제 구원받을 수 없는 게 명백해졌다.

재판장이 말했다.

"수위, 장내를 진정시키오. 이로써 변론을 마치겠습니다."

그때 재판장 바로 옆에서 사람이 움직이는 기척이 나며 이렇게 외치는 소리가 들렸다.

"부르베, 슈닐디외, 꼬슈빠유! 이쪽을 보라!"

이 목소리를 들은 사람들은 모두 몸이 얼어붙는 것을 느꼈다. 아주 비통하고 또 무서운 목소리였다. 사람들의 눈은 이 목소리가 나는 쪽으로 돌려졌다. 한 사나이가 법관석 뒤의 특별 방청인들 사이에서 일어나 법정과 재판관석을 가로막고 있는 무릎 높이의 낮은 문을 밀어젖히고 나와 홀 중앙에 우뚝 서 있었다. 재판장, 검사, 바마따브와 씨와 그밖의 많은 사람들이 그의 모습을 알아보고 일제히 소리쳤다.

"마들렌느 씨!"

더욱 어안이 벙벙해진 샹마띠외

과연 그는 마들렌느 씨였다. 서기의 책상 위에 놓인 램프가 그의 얼굴을 비추고 있었다. 한 손에 모자를 들고, 복장은 조금도 흐트러진 데가 없으며, 프록코트도 단정하게 단추가 채워져 있었다. 그는 창백한 얼굴로 가볍게 떨고 있었다. 아라스에 닿았을 때만 해도 아직 잿빛이었던 그 머리가 지금은 새하얬다. 여기에 있는 1시간 동안

하얗게 세어 버린 것이다.

모두들 고개를 쳐들었다. 무어라 말할 수 없는 놀라운 광경이었다. 방청객들은 한순간 멈칫거리고 있었다. 아까 그 목소리는 폐부를 찌르는 것 같았는데, 거기 서 있는 사나이가 너무도 태연해 보여 처음에는 모두들 영문을 몰라 어리둥절했다. 대체 누가 외쳤는가 하고 사람들은 의아해 했다. 그런 무서운 외침 소리를 지른 것이, 저렇게 조용한 사나이리라고는 믿어지지 않았다.

그러나 이 어리둥절함은 얼마 계속되지 않았다. 재판장과 검사가 입을 열 사이도 없이, 헌병과 수위가 몸을 일으킬 겨를도 없이 모두가 마들렌느 씨라고 부른 그 사람은 이미 증인인 꼬슈빠유와 부르베와 슈닐디외가 서 있는 쪽으로 다가가고 있었다.

"자네들은 날 모르겠나?" 하고 그가 말했다.

세 사람 모두 얼이 빠진 듯 고개를 저어 모른다는 시늉을 했다. 꼬슈빠유는 겁을 집어먹고 엉겁결에 군대식 경례를 했다. 마들렌느 씨는 배심원과 법관석 쪽을 향해 가라앉은 목소리로 말했다.

"배심원 여러분, 피고를 석방해 주기 바라오. 재판장님, 나를 체포해 주십시오. 당신들이 찾고 있는 사람은 이 사나이가 아니라 바로 본인입니다. 내가 장 발장입니다."

모두 숨을 죽이고 있었다. 놀라움이라는 최초의 충격에 이어 무덤 속 같은 침묵이 이어졌다. 사람들은 무슨 위대한 행위가 이루어질 때 느끼는 종교적 공포 같은 것에 사로잡혀 있었다.

한편 재판장의 얼굴에는 동정과 슬픔의 빛이 떠올랐다. 그는 검사와 재빨리 눈짓하고는 배석한 판사들과 낮은 목소리로 몇 마디 주고받았다. 그는 방청객들을 바라보며 모든 사람이 알아들을 수 있는 소리로 물었다.

"이 가운데 의사가 안 계십니까?"

검사가 입을 열었다.

L'AFFAIRE CHAMPMATHIEU

마들렌느 씨는 죄수 세 사람에게 다가가 말했다. "자네들은 날 모르겠나?"

"배심원 여러분, 법정은 실로 예기치 못한 사태로 어지러워지고, 여러분들도 우리도 여기 설명이 필요없는 감정에 휩싸이고 있습니다.

여러분들은 모두 적어도 그 명성만으로도 존경할 몽트뢰이유 쉬르 메르의 시장 마들렌느 씨를 알고 계시리라 믿습니다. 방청석에 의사가 계시거든 마들렌느 씨를 도와 자택으로 모셔가 주실 것을 재판장님과 더불어 부탁드리는 바입니다."

마들렌느 씨는 검사가 말을 채 끝내기도 전에 온후하고 위엄에 찬 목소리로 상대방의 말을 가로막았다. 그는 다음과 같이 말했다. 그리고 이것은 그 자리에 있던 목격자 한 사람이 방청 뒤에 곧 기록해 둔 그대로이며, 그것을 들은 사람들 귀에는 40년이 지난 오늘날까지도 아직 생생하게 남아 있는 그대로이다.

"검사님, 대단히 감사합니다만 나는 정신이 돈 게 아닙니다. 이제 곧 아시게 될 겁니다. 당신은 큰 잘못을 저지르려 하고 있습니다. 이 사나이를 석방해 주십시오. 나는 내 의무를 다하고 있을 뿐입니다. 내가 바로 그 몹쓸 범죄인입니다. 이 사건을 똑똑히 알고 있는 것은 나 하나뿐입니다. 나는 당신에게 진실을 말씀드리고 있습니다. 지금 내가 하고 있는 일은 하늘에 계신 주님께서 보시고 계십니다. 그것만으로 충분합니다. 당신은 나를 체포할 수 있습니다. 나는 지금 이렇게 출두해 있으니까요.

그러나 나는 이제까지 최선의 노력을 다 해왔습니다. 거짓 이름 뒤에 숨어 부자가 되었고, 시장이 되었습니다. 나는 정직한 인간들 속으로 되돌아가려고 했습니다. 그러나 그것은 아무래도 불가능한 일인 것 같습니다. 요컨대 다 털어놓을 수 없는 일이 많이 있는 것이지요. 나는 지금 이 자리에서 내 생애를 이야기하려는 것은 아닙니다. 언젠가는 다 아시게 될 겁니다. 내가 주교 각하의 물건을 훔친 것은 사실입니다. 쁘띠 제르베의 것을 훔친 것도 정말입니다. 장 발장은 실로 나쁜 놈이었다고, 당신이 들으신 것도 무리가 아니지요.

그러나 모든 죄가 장 발장에게만 있는 건 아닐 겁니다. 판사 여러분, 잘 들어 주십시오. 나같이 밑바닥에 떨어졌던 인간은, 하늘의 섭리에 불평하고 사회에 항변할 자격이 없습니다. 그러나 잘 들어 주십시오. 내가 벗어나려고 애쓴 오욕의 세계는 오히려 인간을 나쁘게 만드는 곳입니다. 감옥은 죄수를 만들어냅니다. 그 점을 깊이 생각해 주시기 바랍니다. 감옥으로 끌려 가기 전에 나는 가난한 시골뜨기며 좀 모자라는, 말하자면 일종의 백치였지요.

그런 나를 감옥은 완전히 바꾸어 놓았습니다. 우둔했던 나는 악인이 되었고, 나무토막에 지나지 않던 나는 위험한 인간이 되었습니다. 그러다가 감옥이 나를 파멸로 이끌었던 것과 같이, 그 뒤 관용과 친절이 나를 구해 주었습니다. 아니, 실례했습니다. 여러분들은 내가 하는 말을 잘 알아 듣지 못하실 겁니다. 그러나 내 집을 조사해 보십시오. 난로 재 속에 내가 7년 전 쁘띠 제르베에게서 빼앗은 40수짜리 은화가 있을 것입니다. 이 이상 더 말해서 뭘 하겠습니까. 나를 체포해 주십시오.

아, 검사님은 머리를 젓고 계시군요. 마들렌느는 머리가 돌았다고 생각하시는 건가요! 당신은 믿지 않으시는군요! 정말 딱한 일입니다. 어쨌든 저 사나이만은 죄에 떨어뜨리지 말아 주십시오! 뭐라구요, 여기 있는 저 사람들이 나를 몰라본다고 말씀하시는 겁니까! 자베르가 여기 있었다면 그 사람은 나를 알아보았을 텐데!"

이렇게 말하는 어조 속에는 얼마나 깊은 연민의 정과 침통한 비애가 깃들어 있는지 도저히 표현할 수 없을 정도였다.

그는 세 죄수 쪽으로 돌아섰다.

"이봐, 나는 자네들을 잘 알고 있다! 부르베! 자네 기억하고 있지 않나?"

그는 말을 멈추고 잠시 머뭇거리다가 다시 말했다.

"자네가 감옥에서 사용하던 그 바둑판 무늬로 된 양복지 멜빵이 생각나지 않는가?"

부르베는 흠칫 놀라며 그를 머리 끝부터 발 끝까지 훑어보았다. 그는 계속하여 말했다.

"슈닐디외, 자네는 별명이 즈니디외였지, 자네 오른쪽 어깨에는 지독한 흉터가 있지 않나. T.F.P라는 세 글자(무기징역을 받은 죄수를 뜻하는 형벌의 人黑)를 지우기 위해 어느 날 화톳불에 그 어깨를 태웠지만, 그 글자는 없어지지 않고 여전히 남았어. 안 그런가?"

"그대로요" 하고 슈닐디외는 말했다.

그는 이번에 꼬슈빠유를 향하여 말했다.

"꼬슈빠유, 자네는 왼쪽 팔 안쪽에 화약으로 지진 퍼런 글씨로 날짜가 씌어 있어. 그것은 황제가 칸느에 상륙한 날짜인 1815년 3월 1일이지. 소매를 걷어 봐."

꼬슈빠유는 소매를 걷었다. 모든 사람의 시선이 꼬슈빠유의 드러난 팔 위로 쏠렸다. 헌병 하나가 램프를 가까이 갖다 댔다. 거기에는 과연 날짜가 씌어져 있었다.

그 불행한 사나이는 미소를 띠면서 방청석과 판사들 쪽으로 돌아섰다. 그 미소를 본 사람들은, 지금도 그것을 생각하면 가슴이 저려옴을 금치 못한다. 그것은 승리의 미소이며 동시에 절망의 미소였다. 그는 말했다.

"이제 여러분께서도 잘 아시겠지요. 나는 장 발장입니다."

법정 안에는 이미 판사도 검사도 헌병도 없었다. 다만 물끄러미 바라보는 눈과 감동에 떠는 마음이 있을 뿐이었다. 자기가 해야 할 직무를 생각하는 사람은 아무도 없었다. 검사는 구형하기 위해 거기 있는 것을 잊고, 재판장은 법정을 주재하기 위해 거기 있는 것을 잊고, 변호사는 변호하기 위해 거기 있는 것을 잊어버리고 있었다. 기이한 일은, 아무 질문도 없고, 아무 권력도 개입되지 않았다는 것이다. 무릇 숭고한 광경의 본질은, 모든 사람의 영혼을 사로잡고 모든 목격자를 방관자로 만들어 버리는 데 있다. 아마도 그 자리의 모든 사람들은 자기가 느끼는 감정을 말로 나타내지 못했으리라. 그 사람들은 모두 현혹되고 있음을 마음 속으로 느꼈다.

분명히 그들은 눈앞에 장 발장을 보고 있었다. 그것이 빛을 뿜어내고 있었다. 그 사나이의 출현은 한 순간 전까지 그토록 어두웠던 이 사건을 빛으로 가득 채우기에 충분했다. 이제 더 어떤 설명을 기다릴 필요도 없이, 그 자리의 모든 사람들은 자기 대신 처형받게 될 사람을 구하기 위해 스스로 이름을 밝히고 나선 그의 단순하고도 장려한 행위를 마치 번갯불처럼 단숨에 이해했다. 그에 대한 세세한 사실이나 주저나 하찮은 반대 같은 것은 찬연히 빛나는 이 사실 속에 사라져 버렸다.

그 인상은 이내 스쳐지나가 버렸지만 그 순간에는 항거할 수 없는 힘을 지니고 있었다.

"나는 이 이상 법정을 소란케 하고 싶지 않습니다. 나를 체포하지 않으니 나는 나가겠습니다. 나는 여러 가지 해야 될 일이 있습니다. 검사님은 내가 누구인지 어디로 가는지 알고 계실 테니 언제고 체포하실 수 있으실 겁니다."

장 발장은 말을 마치자 출구 쪽으로 걸음을 옮겼다. 그를 붙들기 위해 소리지르는 사람도 없고 팔을 뻗치는 사람도 없었다. 모두 길을 비켜 주었다. 그 순간 군중을 물러서게 하면서 한 사나이 앞에 길을 비켜 주게 만드는 어떤 성스러운 것이 있었다. 그는 천천히 사람들 사이를 빠져나갔다. 언제 누가 문을 열었는지 알 수 없지만, 그가 거기 이르렀을 때 문은 분명 열려져 있었다. 거기까지 와서 그는 뒤돌아보고 말했다.

"검사님, 어느 때고 처분대로 해주십시오."

그리고는 방청석을 향해 말했다.

"여러분, 이 자리에 계신 여러분, 여러분께서는 나를 동정할 만한 인간이라고 생각하실 겁니다. 아, 그러나 나는 내가 이렇게 하려던 순간의 일을 생각할 때, 나는 동정을 받을 게 아니라 오히려 원망을 받아야 할 인간이라고 생각합니다. 그렇지만 이런 일은 처음부터 일어나지 않았던 편이 더 좋았을 겁니다."

그는 나갔다. 그리고 문은 열렸을 때처럼 어떤 사람의 손에 닫혔다. 숭고한 행위를 하는 사람에게는 언제나 군중 속의 누군가 도와주는 사람이 생기게 마련이다.

그로부터 한 시간도 되기 전에 배심원의 평의 결정은 샹마띠외의 모든 기소 사실을 취하했다. 그리고 곧바로 석방된 샹마띠외는 모두 미친 놈들뿐이라고 생각하면서 그 광경을 전혀 이해하지 못한 채 어처구니없다는 얼굴로 돌아갔다.

제8편 반격

마들렌느 씨는 어떤 거울에 머리를 비춰 보았나

날이 새기 시작하고 있었다. 팡띤느는 즐거운 환상을 계속 보는 높은 열에 들떠 잠 못이루며 하룻밤을 지냈다. 아침에야 그녀는 잠이 들었다. 곁에서 밤을 새운 쌩쁠리스 수녀는 그녀가 잠든 틈을 타 새 해열제를 만들러 갔다. 존경할 만한 이 수녀는 잠시 진료소 약국에 들어가, 희미한 새벽빛 속에서 약병 위로 몸을 구부리고 이것저것 약을 들여다보고 있었다. 갑자기 그녀는 고개를 돌리고 가볍게 소리질렀다. 마들렌느 시장이 어느새 소리도 없이 들어와 그녀 앞에 서 있었던 것이다.

"어머나, 시장님이시군요!" 그녀는 외쳤다.

마들렌느 시장은 낮은 목소리로 대답했다.

"그 가엾은 여자는 좀 어떻소?"

"지금은 나쁘지 않은 것 같습니다. 그렇지만 한때는 얼마나 걱정스러웠는지 몰라요!"

그녀는 시장에게 경과를 설명했다. 팡띤느의 병세가 어제는 몹시 나빴으나 지금은 시장님이 그녀의 아이를 데리러 몽페르메이유로 가신 줄로만 알고 좋아졌다는 것을. 수녀는 시장이 어디 갔었는가 차마 물어볼 수 없었으나 시장의 표정으로 미루어 거기에 다녀 온 건 아니라는 걸 곧 알아차렸다.

"그것 잘됐군. 사실대로 말하지 않기를 잘했소" 하고 그는 말했다.

"그래요. 하지만 시장님, 지금 팡띤느가 시장님을 만나뵙고 아이가 없는 것을 알게 되면 저희들은 뭐라고 말해야 좋을지."

마들렌느 씨는 잠시 생각에 잠겼다.

"하느님께서 가르쳐주실 테지요" 하고 그는 말했다.

수녀는 입 속으로 중얼거렸다.

"하지만 거짓말은 할 수 없어요."

밝은 햇살이 어느 새 방 안을 가득 채우고 있었다. 마들렌느 씨의 얼굴은 그 빛을 정면으로 받고 있었다. 문득 수녀는 고개를 들었다. 그녀는 외쳤다.

"어머나 시장님! 어떻게 되신 거예요? 머리가 새하얗게 되셨으니!"

"새하얗게 되었다고?" 마들렌느는 되물었다.

쌩쁠리스 수녀는 거울을 갖고 있지 않았다. 그녀는 의료 기구가 든 상자 속에서 작은 거울을 찾아냈다. 그것은 이 진료소에서 의사가 병자가 죽어서 호흡이 끊어졌는가를 확인할 때 사용하는 도구였다.

마들렌느 씨는 거울을 손에 들고 자기 머리를 비춰보면서 말했다.

"이런!"

마치 다른 일에 생각이 팔려 있는 사람처럼 무심한 말투였다.

수녀는 어쩐지 불길한 생각에 몸이 오싹해졌다.

"지금 만나도 괜찮겠지요?" 마들렌느가 물었다.

수녀는 겨우 용기를 내어 물어보았다.

"시장님께서는 분명 어린아이를 데려다 주실 작정이시지요?"

"그야 물론이지만 적어도 2, 3일은 걸릴 거요."

"그러면 그때까지 그녀를 만나지 않으시는 게 어떻겠어요?" 수녀는 조심스럽게 말을 이었다. "그녀는 시장님께서 돌아오신 걸 모를 테니 기다리게 하는 건 쉬운 일이에요. 그리고 어린아이가 오면 시장님도 어린아이와 함께 돌아오실 거라고 자연스럽게 생각할 거예요. 그렇게 하면 거짓말하지 않아도 되지요."

마들렌느 씨는 잠시 생각에 잠기는 듯 했으나 이윽고 가라앉은 목소리로 입을 열었다.

"아니, 나는 그녀를 만나야겠소. 어쩌면 시간이 없을지도 모르니까."

수녀는 이 '어쩌면'이라는 말에 주의하지 않았다. 그러나 그것은 시장의 말에 애매하면서도 특별한 어떤 의미를 주고 있었다. 수녀는 정중하게 고개숙이고 목소리를 낮추면서 대답했다.

"어쨌든 그녀는 지금 잠들었으니 들어가 보시지요."

마들렌느 씨는 문이 삐걱거리는 소리에 팡띤느가 잠을 깰지도 모른다고 조심하며, 병실 안으로 들어가 침대로 다가갔다. 그리고 휘장을 살그머니 열어 보았다. 팡띤느는 잠들어 있었다. 그녀의 숨소리에는, 병들어 죽음의 선고를 받은 아기가 잠든 옆에서 밤을 지새는 가엾은 어머니들의 가슴을 도려내는 듯한 특유의 비통함이 섞여 있었다. 그러나 그 고통스러운 숨결도 그녀의 얼굴에 어린 형언할 수 없는 고요함과 편안함을 어지럽히지 못했으며, 그 때문에 잠든 그녀의 모습은 몰라볼 정도로 달라져 보였다.

그녀의 창백한 얼굴은 밝은 흰 빛이 되고, 뺨은 고운 연짓빛을 띠고 있었다. 순결과 청춘이 그녀에게 남겨 준 단 하나의 아름다움인

금빛나는 긴 속눈썹은 낮게 감겨져 떨리고 있었다. 그녀의 온몸은, 눈에 보이지 않지만 움직이는 게 느껴지는 어떤 날개가 바야흐로 나래를 펼쳐 그녀를 데려갈 것같이 희미하게 떨리고 있었다. 그러한 그녀의 모습을 보고 있으면, 거의 절망적인 병자라고 도저히 믿어지지 않을 것이리라. 그녀는 지금 죽어간다기보다 차라리 날아가려 하는 듯했다.

꽃을 꺾으려고 손을 내밀면, 꽃가지는 떨면서 몸을 빼는가 하다가도 다가와 몸을 내미는 듯 여겨진다. 죽음의 신비로운 손가락이 영혼을 꺾으려 다가오는 순간, 인간의 육체도 때로 그것과 비슷하게 떨리는 모양이다.

마들렌느 씨는 두 달 전 처음으로 이 진료소에 그녀를 보러 왔던 날처럼 한참 동안 침대 옆에 우두커니 서서 병자와 십자가를 번갈아 바라보았다. 지금도 두 사람은 그때와 똑같은 자세를 하고 있었다. 그녀는 잠자고, 그는 기도드린다. 다만 두 달이 지난 지금, 그녀의 머리는 잿빛이고 그의 머리는 새하얘져 있었다.

수녀는 그와 함께 안으로 들어오지 않았다. 그런데도 그는 침대 옆에 서서, 마치 방 안의 누군가에게 말하지 말라고 이르기라도 하는 듯 손가락을 입에 대고 있었다.

팡띤느는 눈을 떠 그를 보고 방긋 웃으며 조용히 말했다.

"저, 꼬제뜨는?"

행복한 팡띤느

그녀는 놀란 몸짓도, 기쁨에 찬 몸짓도 하지 않았다. 그녀는 기쁨 그 자체였다. "저, 꼬제뜨는?"라는 간단한 물음은 불안과 의혹이 털끝만큼도 없는 실로 깊은 신념과 강한 확신에 넘쳐 있었으므로 그는 대답할 말을 찾지 못했다. 그녀는 말을 계속했다.

"저는 시장님이 거기 계신 걸 알고 있었어요. 저는 잠들었지만 시장님 모습을 보고 있었거든요. 오랫동안 보고 있었어요. 밤새도록 눈으로 쫓고 있었는걸요. 시장님은 영광에 싸이고, 하늘 나라의 온갖 것이 시장님을 에워싸고 있었어요."

마들렌느 씨는 십자가를 우러러보았다.

"그런데 말씀해주세요, 꼬제뜨는 어디 있는지? 제가 잠에서 깨어날 때를 위해 왜 제 침대 위에 올려놓아 주시지 않으셨나요?"

그는 기계적으로 뭐라고 대답했으나 무슨 말을 했는지 나중에 전혀 생각나지 않았다. 다행스럽게도 알림을 받고 의사가 왔다. 의사는 마들렌느 씨를 도왔다.

의사는 말했다.

"자, 조용히 해야 합니다. 어린아이는 저기 와 있으니까요."

팡띤느의 눈은 광채를 띠고 온 얼굴이 빛에 싸였다. 그녀는 기도하는 사람들에게서 볼 수 있는 격렬하고도 부드러운 표정으로 두 손을 모아 쥐었다.

"아, 어서 여기로 안아다 주세요!" 그녀는 외쳤다.

가슴을 울리는 거룩한 어머니의 모습이여! 꼬제뜨는 언제까지나 그녀의 품에 안기는 조그만 아기였다.

의사는 말을 이었다.

"아직 안 되오. 지금은 안 됩니다. 열이 있으니까요. 아기를 보면 흥분해서 몸에 좋지 않아요. 우선 당신 병이 좋아져야 합니다."

그녀는 성급하게 의사의 말을 가로막았다.

"어머나, 저는 나았어요! 다 나았대도요! 아무것도 모르시네요, 선생님은! 아, 우리 아기를 보고 싶어요! 나는!"

"그것 보시오. 그렇게 계속 흥분하면 나는 아이를 만나는 일에 반대하겠소. 아이를 만나기만 해서 되는 게 아닙니다. 아이를 위해 살지 않으면 안 돼요. 당신이 진정하면 내 손으로 아이를 데려다 주겠소."

가엾은 어머니는 머리를 숙였다.

"선생님, 죄송합니다. 부디 용서해 주세요. 예전 같으면 지금처럼 버릇없는 말은 하지 않았겠지만, 너무 자꾸 불행이 겹치니 가끔 제가 무슨 소리를 지껄이는지 모를 때가 있어요. 저도 잘 알고 있어요. 선생님은 제가 너무 감격할까봐 걱정하시는 거지요? 허락하실 때까지 기다리겠어요. 그렇지만 딸아이를 만난다 해도, 몸에 아무 지장이 없을 거예요. 저는 딸아이를 보고 있어요. 어제 저녁부터 눈을 떼지 않고 있다구요. 아시겠어요, 선생님? 지금 누가 아기를 안고 이리로 온다 해도 저는 침착하게 이야기하겠어요. 그것뿐이에요.

몽페르메이유까지 일부러 가서 데려 온 자기 아이를 보고 싶어하는 건 당연한 일이 아니겠어요? 저는 흥분하지 않았어요. 이제부터 행복해지리라는 걸 저는 잘 알고 있어요. 밤새도록 저는 무언가 흰 모습의 것, 제게 웃어 보이는 사람들을 보았어요. 선생님이 괜찮다고 생각되실 때 우리 꼬제뜨를 안아다 주세요. 열도 없어요. 다 나은 걸요. 이젠 아무렇지도 않은 것 같아요. 그래도 여기 수녀님들의 마음에 들도록 병자처럼 움직이지 않겠어요. 제가 꼼짝 않고 가만히 있는 것을 보시면, 아기를 만나게 해줘야겠다고 생각하시겠지요."

마들렌느 씨는 침대 옆 의자에 앉아 있었다. 팡띤느는 그에게로 얼굴을 돌렸다. 인간을 마치 철없는 어린아이로 만들어 버리는 병든 쇠약함 속에서, 그녀 자신의 말대로 얌전하고 조용하게 누워 있는 것처럼 보이려고 분명 애쓰고 있었다. 그렇게 하고 있으면, 그렇게 진정된 그녀를 보고 꼬제뜨를 데려오는 일에 아무도 반대하지 않을 거라고 생각하는 모양이었다. 그러나 그토록 자제하면서도 그녀는 마들렌느 씨에게 여러 가지 질문을 하지 않고는 견딜 수 없었다.

"시장님, 여행 도중에 아무 일 없으셨나요? 저를 위해 그애를 데리러 가주시다니, 시장님은 매우 친절하신 분이세요! 그애가 어떤 모습을 하고 있는지 조금만 말씀해 주세요. 오는 길에 지치지는 않았나요? 아, 저를 기억하고 있을까요! 그 뒤로 저를 잊어버렸을 거예요, 아, 가엾은 우리 아기! 어린아이란 기억력이 없으니까요. 작은 새 같지요. 오늘은 이걸 보나 싶으면 내일은 다른 것을 보고, 그리곤 이미 아무것도 기억하지 못하지요. 속옷은 깨끗한 걸 입고 있던가요? 떼나르디에 부부는 그애를 말쑥하게 해 두었던가요? 어떤 것을 먹고 지냈을까요? 아, 제가 고생하고 있을 때는, 그런 생각을 마음 속으로 이것저것 되풀이하며 얼마나 괴로워했는지 몰라요! 그렇지만 지금은 모든 게 사라져 버렸어요! 저는 기뻐요! 아, 정말이지 그애가 무척 보고 싶군요. 시장님, 그애를 귀엽다고 여기셨어요? 우리 딸애는 예쁘던가요? 시장님, 마차 속에서는 추우셨지요! 아주 잠깐만이라도 딸애를 데려다 주실 수 없을까요? 그런 뒤 곧 데려가셔도 좋으니까요. 시장님, 시장님은 모든 사람의 주인이시니, 시장님만 좋다고 하시면!"

마들렌느 씨는 팡띤느의 손을 잡으며 말했다.

"꼬제뜨는 예뻐요. 꼬제뜨는 건강해요. 곧 만날 수 있게 해드리리다. 하지만 우선 마음을 진정시켜야 하오. 그렇게 조급하게 말하고 침대 밖으로 팔을 내놓으니까 자꾸만 기침이 나는 거요."

과연 팡띤느는 기침이 복받쳐 거의 토막토막 말이 끊어지고 있었다.

팡띤느는 불평을 그쳤다. 그녀는 너무 지나치게 불평을 늘어놓음으로써 사람들을 안심시키려 한 일이 모두 허사로 돌아가지 않을까 두려운 마음에 다른 이야기를 하기 시작했다.

"몽페르메이유는 아주 좋은 곳이지요? 여름엔 사람들이 곧잘 놀러들 가지요. 떼나르디에네 집은 장사가 잘되던가요? 그곳은 여

행하는 손님들이 그리 많이 들르지 않아요. 그래서 그 여관은 그
저 싸구려 음식점 정도에 지나지 않아요.”

마들렌느 씨는 여전히 그녀의 손을 잡은 채 걱정스러운 눈으로 얼
굴을 들여다보고 있었다. 그는 팡띤느에게 할말이 있어서 왔는데,
지금 애처로움이 가슴을 짓눌러 말을 꺼낼 수 없었다. 의사는 이미
회진을 끝내고 나가 버렸고 쌩쁠리스 수녀만이 그들 곁에 남아 있었
다.

그러다가 침묵을 깨뜨리고 팡띤느가 외쳤다.

“아기의 목소리가 들린다! 아, 우리 아기의 목소리가 들리는군
요!”

그녀는 옆 사람들에게 소리내지 말라고 팔을 뻗어 제지하면서 숨
죽여 황홀하게 귀기울이고 있었다.

마침 안마당에 나와 놀고 있는 한 어린아이가 있었다. 문지기네
아이인지, 아니면 다른 어느 여직공의 아이인지, 그것은 애처로운
사연의 신비로운 무대에서 한 부분을 차지하는 언제나 흔히 있는 우
연의 한 장면이었다. 그 아이는 어린 여자아이로, 몸을 따뜻이 하려
고 왔다갔다 뛰어다니며 큰소리로 웃고 노래부르고 있었다. 아, 어
린아이가 노는 소리까지도 이다지 미묘하게 이 자리에 끼어드는 것
일까! 팡띤느가 들은 것은 그 여자아이의 노랫소리였다.

“오, 우리 꼬제뜨예요! 저 목소리로 알 수 있어!”

그 목소리는 다가왔을 때와 마찬가지로 문득 다시 멀어지며 사라
져 버렸다. 팡띤느는 그래도 한참 동안 귀기울이고 있었다. 그러다
가 얼굴이 흐려지며 낮은 목소리로 이렇게 말하는 것을 마들렌느 씨
는 들었다.

“의사는 정말 심술쟁이야. 딸애를 만나게 해주지 않다니! 얼굴도
심술궂게 생겼다니까!”

그러나 다시 그녀의 머릿속에는 즐거운 생각들이 되살아났다. 그

녀는 베개 위에 머리를 올려 놓고 혼잣말을 계속했다.

"우리는 앞으로 얼마나 행복하게 살까! 무엇보다도 먼저 작은 정원을 갖게 돼! 마들렌느 시장님이 약속해 주셨거든. 우리 아기는 그 정원에서 놀거야. 그리고 이젠 글을 가르쳐 줘야 해. 맞춤법도 익히게 해줘야지. 아기는 풀 속에 날아드는 나비를 쫓을 테지, 나는 그 모습을 바라보고. 그리고 또 첫 영성체도 받게 해야지. 아, 그 첫 영성체는 언제 하게 될까?"

그녀는 손가락으로 꼽아 보기 시작했다.

"……하나, 둘, 셋, 넷…… 5년이 지났으니 벌써 7살이구나. 하얀 베일에 비치는 긴 양말을 신겨야지. 정말 어엿한 아가씨로 보일 거야. 어머나, 수녀님. 난 정말 어처구니없는 바보인가 봐요, 벌써 딸아이의 첫 영성체를 생각하다니!"

그리고 그녀는 웃기 시작했다.

마들렌느 씨는 어느새 팡띤느의 손을 놓고 있었다. 그는 그러한 말들을 바람결처럼 흘려 들으면서, 마룻바닥에 눈길을 떨어뜨리고 까닭모를 깊은 생각에 잠겨 있었다. 갑자기 팡띤느가 입을 다물었다. 그래서 마들렌느 씨는 기계적으로 머리를 들었다. 팡띤느는 겁에 질린 얼굴을 하고 있었다.

팡띤느는 아무 말도 않고 숨도 쉬지 않았다. 침대 위에 반쯤 몸을 일으키고, 말라빠진 어깨는 잠옷 밖으로 드러나고, 조금 전까지도 밝게 빛나던 얼굴이 새파래져서, 방 저쪽 구석의 무언가 무서운 것을 바라보고 있는 듯 보였다. 그녀의 눈은 공포로 크게 뜨여져 있었다.

"아니! 왜 그러는 거요, 팡띤느?" 마들렌느 씨가 외쳤다.

팡띤느는 대답하지 않고, 무엇인가 쏘아보며 눈을 떼지 않았다. 그녀는 한 손으로 마들렌느 씨의 팔을 잡고 한 손으로는 뒤를 보라는 시늉을 했다.

마들렌느 씨는 뒤돌아보았다. 그리고 자베르가 서 있는 것을 보았다.

만족한 자베르

그 동안의 일은 이러했다.

마들렌느 씨가 아라스의 중죄 재판소 법정을 나왔을 때는 한밤중인 12시 반이 울리고 있었다. 그가 여관에 돌아오니, 우편마차로 출발하기에 꼭 알맞은 시간이었다. 그 마차의 좌석을 예약했던 일을 독자들도 기억하고 있으리라. 아침 6시 조금 전에 몽트뢰이유 쉬르 메르에 닿은 그가 맨 먼저 하려고 생각한 일은, 은행가 라피뜨 씨에게 쓴 편지를 우체국에 보내고 이어 진료소로 가서 팡띤느를 문병하는 일이었다.

한편 마들렌느 씨가 중죄 재판소 법정을 떠나자, 검사는 처음의 충격에서 깨어나 존경하는 몽트뢰이유 쉬르 메르 시장의 상식을 벗어난 그 행위를 유감스레 생각한다고 말하고 차츰 밝혀질 이 기괴한 사건의 개입으로도 자기의 확신은 조금도 변함이 없음을 밝히고, 지금은 우선 진짜 장 발장임에 틀림없는 저 샹마띠외의 처형을 요구한다고 단언했다. 검사의 강한 주장은, 방청객과 법관과 배심원 등 다른 모든 사람의 의견과 뚜렷이 대립되었다. 변호사는 쉽게 검사의 논고를 반박하고, 마들렌느 씨 곧 진짜 장 발장의 고백 때문에 사건의 국면이 완전히 뒤엎어져 배심원은 눈앞에 죄없는 한 사람을 보고 있을 뿐임을 입증할 수 있었다. 변호사는 다시 그것을 실마리로 하여 재판상의 과오며 그밖의 여러 가지 것에 대해 그리 새로울 것도 없는 감탄할 만한 결론을 내렸다. 재판장은 변호사의 변론에 동의한다고 하며 간단하게 결말짓고, 배심원은 몇 분 뒤 샹마띠외를 기소 면제했다.

그러나 검사로서는 어떻든 장 발장이라는 사람이 필요했다. 그러므로 상마띠외가 소용없게 되자 마들렌느 씨를 붙잡기로 했다.

상마띠외를 석방하자 곧 검사는 재판장과 한 방에 들어박혔다. 두 사람은 '몽트뢰이유 쉬르 메르 시장 긴급 체포'에 대해 논의했다. 이 문장은 검사가 만들어 낸 것으로, 검찰총장에게 보내는 보고서는 모두 그의 필적으로 되어 있다. 최초의 감동은 이미 가라앉은 뒤이므로, 재판장은 거의 이의를 말하지 않았다. 정의의 행진을 가로막을 수 없었던 것이다. 더욱이 털어놓고 말한다면, 재판장은 선량하고 몹시 생각 깊은 사람이었으나 동시에 열렬한 왕당파였으므로 몽트뢰이유 쉬르 메르의 시장이 칸느 상륙을 말할 때 '부오나빠르뜨'라고 하지 않고 '황제'라고 한 데 분개하고 있었던 것이다.

그리하여 체포 영장이 발부되었다. 검사는 특사를 급히 몽트뢰이유 쉬르 메르로 보내 자베르 경위에게 체포하도록 명령했다.

진술을 마친 뒤 자베르가 몽트뢰이유 쉬르 메르로 곧장 되돌아간 일은 독자들도 이미 알고 있는 대로이다.

아침에 자베르가 막 일어나려고 했을 때 특사가 체포 영장과 구속 영장을 전했다. 특사로 온 사나이도 능숙한 경찰관이었으므로 아라스에서 일어난 일을 자베르에게 간단하고 명료하게 알렸다. 검사의 서명이 든 체포 영장에는 다음과 같이 적혀 있었다.

'자베르 경위는 오늘 법정에서 전과자 장 발장으로 인정된 몽트뢰이유 쉬르 메르 시장 마들렌느 씨를 체포하라.'

자베르라는 인간을 모르는 사람이 그가 진료소 대합실로 들어서는 것을 보았다면 무슨 일이 일어났는지 전혀 알아차릴 수 없었을 것이며, 그가 여느 때와 조금도 다름없는 모습임을 알았을 것이다. 그는 냉정하고 침착하고 의젓했으며, 잿빛 머리를 관자놀이에 곱게 빗어붙이고 늘 그렇듯 느릿한 걸음걸이로 층계를 올라왔다. 그러나 그를 속속들이 잘 아는 사람이 그를 조심스럽게 살펴보았다면 몸이 떨려옴을 느꼈으리라. 가죽으로 된 칼라 핀은 그의 목줄기 한복판에 있지 않고 왼쪽 귓불께로 가 있었다. 그것이 그의 심한 동요를 뚜렷이 나타내 보이고 있었다.

자베르는 꼼꼼한 성격의 사나이로, 자기 의무며 옷차림에 조금도 빈틈이 없었다. 악인에게 가차없음과 동시에 자기 옷단추에도 엄격했다. 칼라 핀이 제자리를 찾지 못한 것으로 미루어, 마음의 지진이라고 할 만한 어떤 감정이 그의 마음 속에 있음에 틀림없었다.

그는 다만 가까운 경찰서에서 하사 하나와 헌병 넷을 파견해 줄 것을 요청하여 데리고 와 안마당에 남겨둔 채 문지기 여자에게 팡띤느의 병실을 물었는데, 문지기 여자는 시장님을 찾아오는 경찰관을 늘 보아 왔으므로 그리 수상쩍게 여기지 않았다.

팡띤느의 병실에 이르자 자베르는 손잡이를 돌려, 간호사나 밀정처럼 살그머니 문을 밀고 안으로 들어왔다. 바른 대로 말하면 그는 안으로 들어온 게 아니었다. 모자를 쓴 채 턱 밑까지 단추를 채운 프록코트에 왼손을 찌르고 반쯤 열린 문 어귀에 서 있었던 것이다. 구부린 팔 안에서는 등 뒤로 감춘 커다란 지팡이의 납 손잡이가 고개를 내밀고 있었다.

그런 모습을 한 그는 아무 눈에도 띄지 않은 채 1분쯤 가만히 서 있었다. 그러자 갑자기 팡띤느가 눈을 들어 그를 보고 마들렌느 씨를 돌아다보게 했던 것이다.

마들렌느 씨와 자베르의 눈길이 부딪친 순간 자베르는 꼼짝하지 않고, 움직이지도 다가오지도 않은 채 그대로 무서운 형상이 되었다. 무릇 인간의 감정 가운데 희열만큼 무서운 형상을 할 수 있는 것은 없다.

그것은 지옥에 떨어진 인간을 찾아낸 악마의 얼굴이었다.

마침내 장 발장을 붙잡았다는 확신이 자베르의 영혼 속에 있는 모든 것을 그 얼굴 위로 떠오르게 했다. 휘저어놓은 물 밑바닥의 것이 수면으로 떠오른 것이다. 샹마띠외로 말미암아 얼마쯤 착오를 일으켰던 굴욕감은, 처음부터 너무도 잘 알아보고 실로 오랫동안 올바른 육감을 지녀왔다는 자만심 아래 사라져 버렸다. 자베르의 만족감은 그 고압적인 태도 속에 나타났다. 승리를 뽐내는 추한 감정이 좁은 이마 위에 빛났다. 그것은 만족한 얼굴이 한껏 나타낼 수 있는 공포의 발현이었다.

자베르는 그 순간 하늘 위에 있었다. 스스로 그것을 뚜렷이 자각하지는 않았으나 자기가 없어선 안될 인간이라는 것과 성공하리라는 희미한 직감으로 악을 분쇄하는 거룩한 사명에 정의와 광명과 진리를 한 몸에 구현하고 있었다. 자기의 앞뒤 좌우에 무한한 깊이로 권위며 정의며 심판이며 합법적 양심이며 중죄 공소 등 모든 뭇별을 거느리고 있었다. 그는 질서를 옹호하고, 법으로 벼락을 떨어뜨리고, 사회를 위해 응징하고, 절대자에게 협력하고, 하늘의 영광 속에 우뚝 서 있었다.

그의 승리 속에는 도전과 투쟁의 흔적이 남아 있었다. 그는 하늘 높이 솟아올라 찬연히 빛나고, 흉포한 천사장의 초인간적인 야수성을 푸른 하늘 한복판에 펼치고 있었다. 그가 수행하는 행위의 무시무시한 그림자는, 타오르는 불 같은 사회의 칼 끝을 꽉 쥔 주먹 속에 어렴풋이 드러나 보이고 있었다. 그는 희열과 분노에 타오르며, 죄악과 악덕과 반역과 영원한 벌과 지옥을 발 아래에 짓누르고 있었다. 그는 빛 가운데에서 지옥을 짓누르며 미소짓고 있었다. 이 기괴한 성 미카엘(하늘의 대천사) 속에는 항거할 수 없는 웅대함이 있었다.

자베르는 그처럼 무시무시하면서도 야비한 데는 없었다.

청렴과 강직과 진지와 결백과 확신과 의무감 등은 나쁘게 이용될 때는 혐오스러운 게 되지만 그래도 웅대함을 잃지 않는다. 인간의 양심만이 갖는 그러한 위엄은 사람을 두렵게 만들면서도 의연하게 존속한다. 그것들은 착오에 빠질 수도 있는 하나의 결점만을 지닌 미덕이다. 흉포하기 이를 데 없는 광신자의 무자비하고도 외곬으로 달리는 희열 속에는 비통하면서도 존경할 만한 광채 같은 것이 있다. 자베르는 스스로 깨닫지 못했으나, 승리를 뽐내는 모든 무지한 인간처럼 그 포악한 행복 속에서 가엾은 존재가 되어 있었다. 선이 갖는 악이라고도 할 수 있는 것이 나타나 있는 그의 얼굴만큼 무섭고 또 가슴을 때리는 것은 없었다.

권력을 되찾은 관헌

팡띤느는 오랫동안 자베르를 만난 적이 없었다. 시장이 그녀를 그 사나이에게서 빼내준 뒤로 처음이었다. 그녀의 병든 머리로는 아무것도 알 수 없었지만 이 사나이가 다시 자기를 잡으러 왔다는 것만은 믿어 의심치 않았다. 그녀는 자베르의 무서운 얼굴을 바라보고 있을 수가 없었다. 숨이 끊어질 듯했다. 그녀는 두 손으로 얼굴을 가리고 고통스럽게 외쳤다.

"마들렌느 씨, 살려 주세요!"

장 발장은——우리는 이제 앞으로 이 이름만 부르기로 하자——일어서 있었다. 그는 매우 정답고 침착한 목소리로 팡띤느에게 말했다.

"안심해요. 저 사람은 당신 때문에 온 게 아니오."

그리고는 자베르를 향해 말했다.

"무슨 일로 왔는지 알고 있소."

자베르는 대답했다.

"자, 어서!"

덤벼드는 듯한 이 두 마디 억양 속에는 무슨 흉포한 짐승을 느끼게 하는 것이 들어 있었다. 자베르는 "자, 어서!"라고 했다기보다도 "자서!"라고 한 것 같았다. 어떤 말로도 그의 말투를 표현할 수 없었을 것이다. 그것은 이미 인간의 말이 아니라 포효였다.

자베르는 관례에 따르지 않았다. 한 마디 설명도 하지 않고 구속 영장도 제시하지 않았다. 그에게 장 발장은 도저히 붙잡을 수 없는 신비로운 투사 같아서 5년 동안이나 덮치고 있으면서도 때려눕히기 어려운 암흑의 용사였다. 이 체포는 이제 시작이 아니라 끝이었다. 그는 다만 "자, 어서!"라고 할 뿐이었다.

그렇게 말하면서도 그는 한 걸음도 앞으로 나오지 않았다. 그는 장 발장에게 갈고리 달린 사슬 같은 눈길을 던졌다. 그렇게 함으로써 언제나 악당들을 자기에게로 끌어당겼던 것이다. 두 달 전 팡띤느가 뼛속까지 찌르는 듯 느꼈던 바로 그 눈초리였다.

자베르의 외침 소리에 팡띤느는 다시 눈을 떴다. 그러나 거기에는 시장이 있었다. 두려워할 필요가 뭐 있겠는가? 자베르는 방 가운데로 걸어나와 외쳤다.

"자, 어서 나와!"

불행한 팡띤느는 주위를 둘러보았다. 수녀와 시장 말고는 아무도 없다. '이 지독한 반말은 누구에게 한 것일까?' 자기밖에 없다. 팡띤느는 몸을 떨었다.

그때 팡띤느는 기이한 일을 보았다. 그처럼 기이한 일은 높은 열에 들뜬 가장 심한 혼미상태일 때에도 일찍이 본 적이 없었다. 그녀는 자베르 경위가 시장의 멱살을 잡는 것을 보았다. 그리고 시장이 고개를 떨어뜨리는 것을 보았다. 그녀는 이 세상이 사라져 버리는 것 같이 생각되었다.

자베르는 과연 장 발장의 멱살을 잡고 있었다.

"아, 시장님!" 팡띤느가 외쳤다.

자베르는 소리내어 웃었다. 이빨을 모두 드러내 놓은 무시무시한 웃음이었다.

"이제 시장 따윈 여기 없어!"

장 발장은 자기 프록코트의 깃을 잡고 있는 손을 뿌리치려고도 하지 않았다. 그는 말했다.

"자베르……"

자베르는 그 말을 가로막았다.

"경위님이라고 해."

"나는 당신에게 한 마디 청할 게 있소!"

"큰소리! 큰소리로 말해! 내게는 모두들 큰소리로 말한단 말야!"

장 발장은 목소리를 낮추며 말을 이었다.

"꼭 한 가지 당신에게 청할 것이 있는데……"

"글쎄, 큰소리로 말하라니까."

"하지만 다른 사람이 들어서는 안 될 이야기여서!"

"뭐라고? 나는 듣지 않겠다!"

장 발장은 그를 향해 재빨리 아주 낮은 목소리로 말했다.

"사흘만 여유를 주시오! 이 불쌍한 여자의 아이를 데리러 가는데 사흘의 여유를 주시오! 필요한 비용은 내가 치르겠소. 나를 따라가도 좋소."

"잠꼬대 같은 소리!" 자베르는 외쳤다. "난 벌써부터 알고 있었어, 네가 보통 놈이 아니라는 걸! 달아나게 사흘의 여유를 달라는 거지! 저 화냥년의 자식새끼를 데리러 가기 위해서라! 핫 핫 핫! 그것 참, 좋은 생각이군! 참 좋은 생각이야!"

팡띤느는 부르르 떨었다. 그녀는 외쳤다.

"우리 아이를! 우리 아이를 데리러 간다고요! 그럼, 그 아이는 여기 와 있지 않군요. 수녀님, 대답해 주세요. 어디 있어요? 네? 우리 아이를 주세요! 마들렌느 씨! 시장님!"

자베르는 발을 쾅 굴렀다.

"이번에도 또 네년이로구나! 닥쳐, 이 화냥년 같으니! 죄수가 관리가 되고, 창녀를 귀부인처럼 떠받들다니 참으로 형편없는 곳이로군! 그러나 이제부턴 아주 달라질걸. 이젠 어림도 없어!"

그는 팡띤느를 무섭게 쏘아보고, 장 발장의 넥타이와 셔츠 깃을 다시 움켜잡으며 덧붙였다.

"잘 들어, 이젠 마들렌느 씨도, 시장도 없어. 도둑이 있을 뿐이야. 악당이, 장 발장이라는 전과자가 있을 뿐이야. 그놈을 지금 내가 이렇게 붙잡은 거야! 알겠나? 그것뿐이야."

팡띤느는 뻣뻣해진 두 팔과 두 손으로 몸을 버티며 침대 위에 벌떡 일어나 앉았다. 그녀는 장 발장을 보고, 자베르를 보고, 수녀를 보고, 무슨 말을 하려는 것처럼 입을 열었다. 가래가 목구멍에서 끓어오르고 이가 덜덜 떨렸다. 그리고 고통스러운 나머지 두 팔을 뻗쳐올리고, 경련을 일으키듯 두 손을 펴서 물에 빠진 사람처럼 허우적거리며 갑자기 베개 위로 쓰러졌다. 머리가 침대의 가로쇠에 부딪쳐 가슴 위로 수그러지고, 입은 벌어졌으며, 뜨여진 눈에서는 빛이 사라지고 있었다.

그녀는 죽었다.

장 발장은 멱살을 붙잡은 자베르의 손 위에 자기 손을 얹어, 어린아이의 손이라도 떼내듯 그것을 떨치며 자베르에게 말했다.

"당신은 이 여자를 죽였소."

자베르는 분격하여 외쳤다.

"어서 끝내! 나는 설교를 들으러 여기 온 것이 아니야. 그런 것 따윈 필요 없어. 호위 경관이 아래 있다. 어서 가야 해, 그렇지 않으면 수갑을 채울 테다!"

방 한 구석에 낡은 쇠침대가 하나 있어, 자선 간호사들이 숙직할 때 잠자리로 사용하고 있었다. 장 발장은 그 침대로 다가가, 이미 거의 망가져 있는 가로쇠를 눈깜짝할 사이에 떼내어——그의 억센 팔힘으로는 손쉬운 일이었다——그 굵직한 가로대 쇠몽둥이를 움켜잡고 자베르를 쏘아보았다. 자베르는 문 쪽으로 뒷걸음질쳤다.

장 발장은 그 쇠몽둥이로 앞을 가로막으며 천천히 팡띤느의 침대

쪽으로 걸어갔다. 침대까지 다가가자 뒤돌아보며 자베르를 향해 들릴락말락한 소리로 말했다.

"잠시 동안 방해하지 않기를 바라오."

자베르는 분명 떨고 있었다.

자베르는 호위 경관을 부르러 가려고 생각했으나, 장 발장이 그 틈에 달아날까 봐 하지 못했다. 그래서 그냥 남아 지팡이 한쪽 끝을 잡고 장 발장에게서 눈을 떼지 않으며 문 가장자리에 등을 기대고 서 있었다.

침대 머리맡에 팔꿈치를 올려놓고 손으로 이마를 짚고 있던 장 발장은, 그곳에 드러누워 움직이지 않는 팡띤느를 물끄러미 들여다보기 시작했다. 그는 그 모습으로 말없이 있었다. 더 이상 아무것도 생각하고 있지 않는 게 분명했다. 그의 얼굴과 태도에는 말로 다 할 수 없는 연민의 정만이 떠올랐다. 그렇게 잠시 명상에 잠겼던 그는 팡띤느 위로 몸을 구부리고 낮은 목소리로 속삭이기 시작했다.

장 발장은 팡띤느에게 무슨 말을 했던가? 이 세상에서 버림받은 이 사나이가 죽은 이 여자에게 무엇을 말할 수 있었겠는가? 그가 한 말은 무엇이었던가? 이 세상의 어느 누구도 그것을 알아듣지 못했다. 죽은 여자는 그것을 들었을까? 이 세상에는 감동을 주는 환상이 있다. 이 환상은 숭고한 현실일지도 모른다. 다만 의심할 수 없는 사실은 이 현장의 유일한 목격자인 생쁠리스 수녀가 자주 이야기한 바에 따르면, 장 발장이 팡띤느의 귓가에 무언가 속삭인 순간 무덤을 앞에 두고 놀라움에 가득차 빛을 잃은 눈동자와 희푸른 입술 사이에 무어라 말할 수 없는 미소가 떠오르는 것을 분명 보았다는 것이다.

장 발장은 두 손으로 팡띤느의 머리를 받들어 어머니가 아기를 누일 때처럼 베개 위에 편안히 올려놓고, 그녀의 잠옷 끈을 매어 주고, 흩어진 머리를 모자 속으로 쓸어넣어 주었다. 그리고 나서 그는

자베르는 장 발장의 멱살을 잡고…… "악당이, 장 발장이라는 전과자가 있을 뿐이야." 팡띠느는 고통스러운 나머지 두 팔을 뻗쳐올리고……

그녀의 눈을 감겨 주었다.

그때 팡띤느의 얼굴은 환하게 밝아오는 것 같았다. 죽음, 그것은 광대무변한 밝음으로 들어가는 문이다.

팡띤느의 한 손은 침대 밖으로 늘어져 있었다. 장 발장은 그 손 앞에 무릎꿇고, 그 손을 살그머니 들어올려 입맞추었다.

그리고 그는 일어서서 자베르에게로 돌아서며 말했다.

"자, 이젠 마음대로 하시오."

어울리는 무덤

자베르는 장 발장을 시의 형무소에 집어넣었다.

마들렌느 씨의 체포는 몽트뢰이유 쉬르 메르에 일대 흥분을 일으켰다. 아니, 차라리 기괴한 동요를 일으켰다고 하는 편이 옳겠다. '그는 전과자였대.' 단지 이 말 때문에, 거의 모든 사람이 장 발장을 버리고 돌보지 않은 사실을 슬프게도 숨길 수 없다. 두 시간도 못 되는 사이에 그가 한 온갖 선행은 잊혀지고 다만 '죄수일 뿐'이었다. 그러나 아라스 법정에서 있었던 자세한 이야기는 아직 이곳에 알려지지 않았다고 덧붙여야 하겠다. 하루 종일 시내의 어디에서나 이런 대화를 들을 수 있었다.

"자넨 아직 모르나? 그 사람은 전과자였대! 누구? 시장 말이야. 뭐라구? 마들렌느 씨가? 아니, 정말인가? 그 사람 이름은 마들렌느가 아니고 베장이라나 보장이라나, 아니 부장이라든가, 아무튼 무시무시한 이름이야. 그것 참, 놀라운데! 그런데 붙잡혔대. 붙잡혔어! 시의 형무소에 갇혀 있다는데, 차차 옮기겠지. 옮긴다고! 옮기다니! 어디로? 예전에 시골길에서 강도질을 했기 때문에 중죄 재판에 회부된다지, 아마. 옳아, 어쩐지 수상쩍다고 생각했어. 그 자는 너무나 친절하고 지나치게 선량하고 점잖더라니까. 훈장은 사양하고 떠돌이 아이녀석들을 만나면 아무에게나

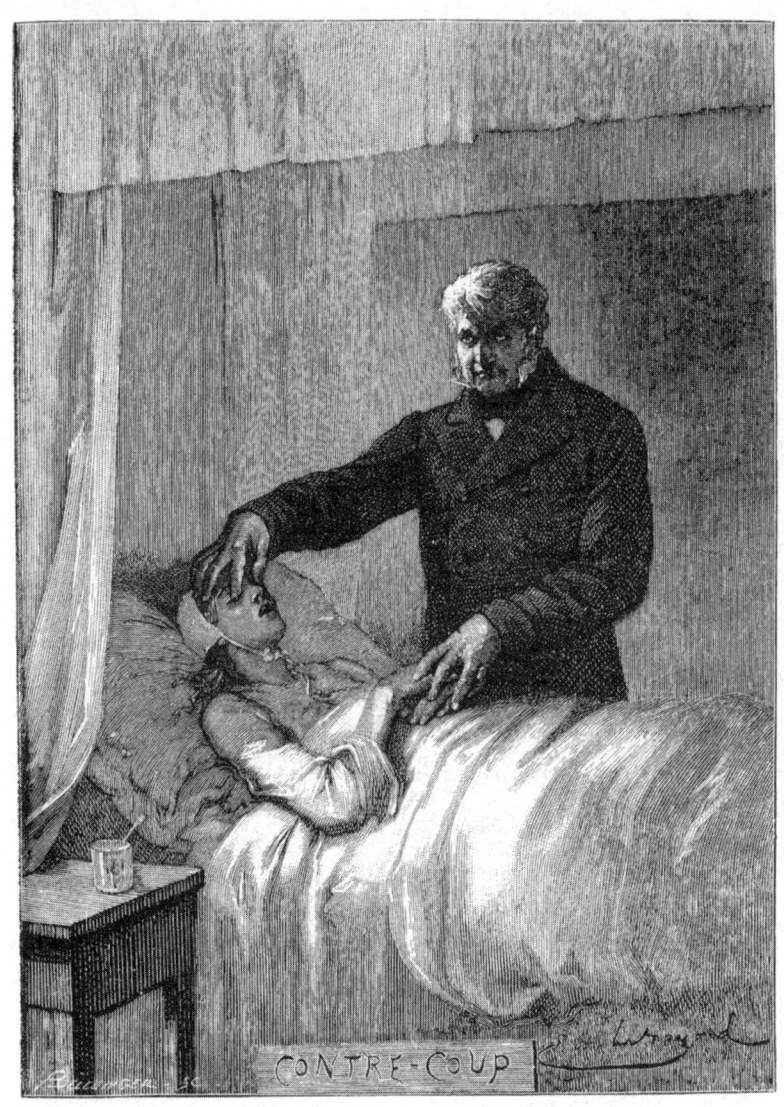

CONTRE-COUP

장 발장은 팡띤느의 눈을 감겨 주었다. 그녀의 얼굴은 환하게 밝아오는 것 같았다.

돈을 주어 보냈잖나. 나는 늘 여기에 무슨 심상치 않은 곡절이 있을 거라고 생각했었지."

이 이야기는 특히 사교계에서 화젯거리가 되었다. 〈드라뽀블랑〉 지의 구독자인 한 노부인은, 헤아릴 수 없이 깊은 뜻이 담긴 의견을 말했다.

"가엾다고는 생각지 않아요. 부오나빠르뜨 당 놈들에게 좋은 본보기가 될 거예요."

이리하여 마들렌느 씨라고 불리던 그 환영은 몽트뢰이유 쉬르 메르에서 사라져 버렸다. 온 시내에서 뒷날까지 충실하게 그 기억을 간직하고 있던 사람은 서너 사람밖에 없었다. 그의 시중을 들던 문지기 아주머니도 그 가운데 하나였다.

그날 밤 이 충실한 아주머니는 여전히 겁먹은 슬픈 생각에 잠겨 문지기방에 앉아 있었다. 공장은 하루 종일 일을 쉬고, 바깥문은 빗장을 질렀으며, 한길에는 인기척 하나 없었다. 집 안에는 팡띤느의 시체 옆에서 밤샘하고 있는 뻬르뻬뛰아 수녀와 쌩쁠리스 수녀 두 사람뿐이었다.

마들렌느 씨가 늘 돌아오는 시간이 되자, 이 충직한 문지기 아주머니는 기계적으로 일어나 서랍에서 마들렌느 씨의 방문 열쇠를 꺼내고 저녁마다 마들렌느 씨가 들고 올라가는 휴대용 촛대를 집어들었다. 그리고 마들렌느 씨가 늘 가지러 가는 열쇠걸이에 열쇠를 걸고, 촛대를 그 옆에 놓고 마치 그를 기다리고 있는 것 같았다. 그런 다음 그녀는 의자에 앉아 다시 생각에 잠기기 시작했다. 사람좋은 가엾은 문지기 아주머니는 그 모든 일을 무의식중에 하고 있었던 것이다.

그녀가 그러한 미몽에서 깨어나 다음과 같이 외친 것은 그로부터 두 시간 넘게 지난 뒤였다.

"어머나! 내가 이게 무슨 짓이람! 그분의 열쇠걸이에 열쇠를 걸어놓다니!"

그때 문지기방의 유리창문이 열리고, 열린 틈으로 손이 하나 들어와 열쇠와 촛대를 집어서는, 불타는 다른 초에서 불을 붙였다. 문지기 여자는 고개를 들고 입을 크게 벌린 채 목구멍에서 치밀어오르는 소리를 눌러 삼켰다. 손, 팔, 프록코트의 소매가 그녀의 눈에 낯익었던 것이다.

마들렌느 씨였다.

문지기 아주머니는 한참 동안 말을 하지 못했다. 그녀가 뒷날 이 일을 사람들에게 이야기하면서 흔히 말했던 것처럼 완전히 '얼이 빠져' 버렸던 것이다.

"아이구, 시장님." 그녀는 가까스로 말했다. "저는 시장님께서……"

그녀는 말이 막혔다. 그녀가 끝까지 말해 버렸다면 처음 한 말에 실례가 되었으리라. 그녀에게 장 발장은 여전히 시장님이었던 것이다.

장 발장은 그녀가 못하고 있던 말을 대신 했다.

"형무소에 있는 줄 알았겠지. 과연 거기 있었소. 나는 쇠창살을 부수고 지붕에서 뛰어내려 이리로 온 거요. 지금 방으로 올라가 있을 테니 쌩쁠리스 수녀를 불러 주구려. 틀림없이 그 가엾은 여자 곁에 있을 거요."

문지기 아주머니는 서둘러 그 말에 따랐다.

그는 문지기 아주머니에게 아무 주의도 주지 않았다. 그는 자기 자신이 조심하는 이상으로 그녀가 조심해 주리라고 확신했다.

바깥문을 열게 하지 않고 그가 어떻게 안마당으로 숨어들어왔는지는 아무도 알 수 없었다. 그는 작은 사잇문을 여는 열쇠 하나를 언제나 몸에 지니고 있었다. 그러나 당연히 몸수색을 당하고 그 열쇠는 빼앗겼을 것이다. 이 점에 대해서는 끝내 밝혀지지 않았다.

그는 자기 방으로 통하는 층계를 올라갔다. 위까지 올라가자 휴대용 촛불을 층계 맨 윗단에 놓고, 소리나지 않게 문을 열어 창문과 덧문을 손으로 더듬어 닫은 다음 돌아와 촛불을 들고 방 안으로 들어갔다.

이렇게 조심해야만 했다. 그 방 창문이 한길에서 보이는 건 독자도 이미 알고 있을 것이다.

그는 주위를, 책상과 의자와 사흘 전부터 손도 대지 않았던 침대를 흘긋 바라보았다. 그제 밤 어질러 놓았던 흔적은 조금도 남아 있지 않았다. 문지기 여자가 '방을 정돈해 두었던' 것이다. 다만 그녀는 지팡이에 끼워놓은 양끝의 쇠붙이와 불에 그을어 꺼멓게 된 40수짜리 은화를 재 속에서 주워 깨끗이 닦은 다음 책상 위에 올려놓았다.

그는 종이를 한 장 집어 이렇게 썼다. '이것은 내 지팡이에 끼웠던 양 끝의 쇠붙이와 내가 중죄 재판소에서 이야기한 쁘띠 제르베에게서 훔친 40수짜리 은화이다.' 그리고 방으로 들어오면 맨 먼저 눈에 띄도록 그 종이 위에 은화와 두 개의 쇠붙이를 올려놓았다. 그는 벽장에서 낡은 셔츠를 꺼내 찢었다. 그리고 셔츠 조각으로 촛대 두 개를 쌌다. 그러나 그리 서두르거나 허둥대지 않았다. 주교의 촛대를 싸면서 그는 검은 빵 한 조각을 씹고 있었다. 아마 감옥에서 도망칠 때 가지고 나온 빵인 모양이었다.

그것은 나중에 경찰의 가택 수색이 있었을 때 방바닥에 흘려진 빵 부스러기로 확인되었다.

누군가 문을 두 번 두드렸다.

"들어오시오." 그는 말했다.

쌩쁠리스 수녀였다.

그녀는 얼굴이 창백하고 눈이 충혈되어 있었다. 손에 든 촛불이 흔들거리고 있었다. 운명의 격렬한 힘은 아무리 나무랄 데 없고 냉

나는 쇠창살을 부수고 지붕에서 뛰어내려 이리로 온 거요.

정한 사람일지라도, 그 사람이 지닌 본성을 폐부의 밑바닥에서 끌어
내어 밖으로 드러나게 하는 특성이 있다. 이 날의 감동으로 수녀는
다시 인간인 여성으로 돌아가 있었다. 그녀는 울었던 것이다. 그리
고 지금은 떨고 있었다.

장 발장은 종이에 무언가 몇 줄 쓰고 나서, 그것을 수녀에게 건네
주면서 말했다.

"수녀님, 이것을 사제님에게 전해 주시오."

그 종이는 펼쳐져 있었다. 수녀는 그것을 흘끗 보았다.

"읽어도 좋소" 하고 그가 말했다.

수녀는 읽었다. '여기 남기는 모든 것을 사제님이 관리해 주시기
바랍니다. 이것으로 저의 소송 비용과 오늘 세상을 떠난 여인의 장
례를 치러 주십시오. 나머지는 가난한 사람들을 위한 것입니다.'

수녀는 무엇인가 말하려 했으나, 혀가 돌아가지 않는 중얼거림 비
슷한 소리를 겨우 냈을 뿐이다. 그러다가 가까스로 이렇게 말할 수
있었다.

"시장님은 마지막으로 한 번 더 그 불행한 여자를 보실 생각은 없
으신가요?"

"아니오, 나는 쫓기고 있소. 그 방에서 붙잡히게 될 따름이오. 그
렇게 되면 오히려 그 여인의 영혼을 어지럽히게 될 거요."

말이 채 끝나기도 전에 떠들썩한 소리가 층계에서 울렸다. 그리고
쿵쾅거리며 층계를 올라오는 발소리와 외마디 소리를 지르는 문지
기 아주머니의 목소리를 두 사람은 들었다.

"이것 보세요, 하느님께 맹세하지만 낮에도 밤에도 하루 종일 아
무도 여기 들어오지 않았어요. 나는 이 문 어귀에서 조금도 떠나
지 않았단 말이에요."

한 사나이가 말했다.

"그런데 저 방에 불이 켜져 있잖소."

두 사람은 그것이 자베르의 목소리임을 알았다.

그 방은 문을 열면 오른쪽 벽구석이 가려지게 되어 있었다. 장 발장은 휴대용 촛대의 불을 불어 끄고 그 구석에 몸을 숨겼다.

쌩쁠리스 수녀는 책상 곁에 무릎을 꿇었다.

문이 열렸다.

자베르가 들어왔다.

몇몇 사나이가 수군대는 소리와 복도에서 문지기 여자가 애써 버티는 소리가 들려 왔다. 수녀는 고개를 들지 않았다. 기도를 드리고 있었던 것이다.

촛불은 벽난로 위에서 희미한 빛을 던지고 있을 뿐이었다.

자베르는 수녀를 발견하고 흠칫 멈춰섰다.

독자도 기억하고 있겠지만 자베르의 본질, 그의 원소(元素), 그의 호흡의 중심이 되는 것은 권위에 대한 존경이었다. 그는 그야말로 외곬으로 이론(異論)도 제한도 인정하지 않았다. 말할 나위도 없이 그에게 있어 교회의 권위는 모든 권위의 가장 으뜸 가는 것이었다. 다른 모든 것에 대해서와 마찬가지로 그는 이 점에서도 근엄하고 정확했다. 그의 견해에 따르면 사제는 과오를 저지르지 않는 사람이며, 수녀는 죄를 짓지 않는 사람이었다. 그들은 진실을 말하기 위해서만 열리는 유일한 문으로 이 세상과 통하는 닫혀진 영혼인 것이다.

수녀를 발견하자 그는 곧 물러가려고 했다.

그러나 다른 한편으로 그를 붙잡는 또 하나의 의무가 있었다. 그것은 그를 반대 방향으로 억지로 떠밀어 갔다. 그래서 그는 그냥 거기 머물러 일단 물어보기라도 해야겠다고 느꼈다.

더욱이 상대는 평생 거짓말이라곤 한 적 없는 쌩쁠리스 수녀였다. 자베르는 그것을 알고 있었고, 이 점 때문에 특별히 수녀를 존경하고 있었다.

자베르가 물었다.

"수녀님, 수녀님은 이 방에 혼자 계십니까?"

무서운 순간이었다. 가엾은 문지기 아주머니는 기절할 것만 같았다. 수녀는 고개를 들고 대답했다.

"그렇습니다."

자베르는 말을 이었다.

"그런데 이렇듯 끈덕지게 물어보아 죄송합니다만, 제 의무이니 용서해 주십시오. 오늘 저녁에 한 사나이를 보지 못하셨습니까? 탈옥한 놈을 찾고 있습니다. 장 발장이라는 놈인데 못보셨나요?"

"못 봤습니다." 수녀는 대답했다.

수녀는 거짓말을 했다. 계속해서 두 번이나 서슴지 않고, 아무 주저도 없이 재빠르게 헌신하듯 거짓말한 것이다.

"실례했습니다."

자베르는 정중하게 절하고 물러갔다.

오, 거룩한 동정녀시여! 오래 전부터 당신은 이미 이 세상에 계시지 않습니다. 당신은 자매인 동정녀들과 형제인 천사들과 더불어 빛 안에 계십니다. 이 거짓말이 하늘나라에서 부디 당신을 위한 것이 되기를!

쌩쁠리스 수녀의 확답은 자베르에게 있어 어떤 결정적인 것이 되어 이제 방금 불어 꺼 책상 위에서 연기가 나던 초 같은 것은 그리 수상쩍게 여기지도 않았다.

한 시간 뒤 한 사나이가 몽트뢰이유 쉬르 메르에서 나무숲과 안개 사이를 헤치고 빠리 쪽으로 급히 멀어져 가고 있었다. 그 사나이는 장 발장이었다. 그와 마주쳤던 몇몇 마차꾼의 증언에 따라 그는 보통이 하나를 들고 작업복 윗옷을 입고 있었다는 게 밝혀졌다. 작업복 윗옷을 어디서 났을까? 아무도 알 수 없었다. 그러나 며칠 전 공장 진료소에서 한 늙은 직공이 죽었는데, 그 사나이는 작업복 윗

팡띤느가 묻힌 곳은 가난한 사람들이 사라져가는 묘지의 한 구석이었다.

옷 하나만 남겨놓았다. 장 발장이 입고 있었던 것은 아마도 이 옷이 었으리라.

팡띤느에 대해 마지막으로 한 마디 하자.

우리들 모든 인간에게는 어머니인 대지가 있다. 팡띤느는 그 어머니 품으로 돌아갔다.

사제는 장 발장이 남긴 것 가운데에서 가난한 사람들을 위해 되도록 많은 돈을 간직해 두는 게 좋겠다고 생각했다. 그리고 그가 그렇게 한 것은 아마도 옳은 일이었으리라. 요컨대 누구에게 관계되는 일이었던가? 한 전과자와 한 매춘부에게 관계된 일이 아니었던가? 그래서 사제는 팡띤느의 장례를 간단하게 치르고 비용을 줄이기 위해 공동묘지에 묻기로 했다.

따라서 팡띤느가 묻힌 곳은, 모든 사람들의 것인 동시에 그 누구의 것도 아닌 묘지의 한구석, 가난한 사람들이 사라져 가는 공동묘지의 한구석이었다.

다행스럽게도 하느님께서는 그러한 영혼을 어디서 찾아내야 하는지 알고 계신다. 사람들은 저 이름 모를 죽은 이들의 유골이 있는 어둠 속에 팡띤느를 뉘었다.

그녀는 흙먼지 속에 파묻혔다. 그녀는 공동묘지에 던져졌다. 그녀의 무덤은 그녀의 잠자리와 비슷했다.

제2부 꼬제뜨

COSETTE

제1편 워털루

니벨에서 오는 길에 있는 것

지난해(1861년) (레 미제라블이 발행되기 전해) 5월 어느 화창한 날 아침, 한 나그네인 이 소설의 작가는 니벨 쪽에서 와서 라윌쁘 쪽으로 가고 있었다. 그는 걸어서, 가로수가 양쪽에 늘어서고 돌이 깔린 넓은 길을 따라 나아갔다. 길은 큰 물결처럼 구불구불 이어진 언덕 위로 굽이치고 있어, 올라갔다 내려왔다 굴곡이 심했다. 리르와와 브와쎄뇌르 이자끄는 이미 지났다. 서쪽으로는 브레느 랄뢰의 슬레이트 지붕 종탑이 꽃병을 거꾸로 한 것 같은 모습으로 보였다. 나지막한 숲을 하나 지나고, 다시 어느 갈림길 모퉁이에 '옛 관문 제4호'라고 쓴 벌레먹은 푯말이 서 있는 그 옆에 '네 바람집, 개인 경영의 까페 에샤보'라고 쓴 간판을 밖에 내건 음식점 하나를 지났다.

그 음식점에서 반 마일쯤 더 가서 그는 어느 조그마한 골짜기 기슭에 다다랐다. 한길 둑 쪽으로 뚫어놓은 아치 아래로 한 줄기 냇물이 흐르고 있었다. 성글지만 짙은 녹음진 나무숲이 길 한쪽 골짜기를 메우고, 그것이 길을 넘어 목장까지 뻗으면서 다시 브레느 랄뢰 쪽으로 듬성듬성 이어져 가는 광경은 참으로 아름다웠다.

그 길 오른쪽으로 여관이 하나 있었다. 문 앞에 네 바퀴 짐수레와 커다란 홉 덩굴 다발과 쟁기가 놓여 있고, 산나무 울타리 옆에는 건초더미가 쌓여 있다. 네모진 구덩이 속에서 석회가 연기를 내고, 짚으로 칸막이한 낡은 헛간에는 사다리가 하나 있었다. 젊은 아가씨가 혼자 김매고 있는 밭에는, 아마도 께르메스 축제(네덜란드·플랑드르 지방에서 교구단 위로 베풀어지는 축제. 이때 장도 선다곡)의 유랑 극단이 들어와 있다는 표지인 듯한 누렇고 큰 선전 깃발이 바람에 펄럭이고 있었다. 여관 모퉁이 오리떼가 헤엄치고 있는 못가에, 돌도 제대로 깔리지 않은 외줄기 길이 풀숲으로 뻗어들어가고 있었다. 나그네는 그 길로 들어섰다.

기와를 어슷비슷 얹어 놓은 뾰족한 벽돌 박공을 붙인 15세기풍 담장을 따라 100걸음쯤 걸어가 커다란 아치형 돌문 앞에 이르렀다. 그것은 아치를 떠받치는 직선식 인방석(引枋石)이 붙은 무게 있는 루이 14세식 건축으로, 두 개의 편편한 원형 부조(浮彫)가 양쪽에 새겨져 있었다. 어마어마한 건물의 정면이 그 문 위로 우뚝 솟아 있었다. 정면과 직각을 이룬 한쪽 벽이 거의 문까지 뻗쳐와, 그 문과도 빈틈없이 직각을 이루고 있었다. 문 앞 풀밭에는 세 개의 써레가 나뒹굴고, 그 사이에 5월의 갖가지 꽃들이 뒤섞여 피어나고 있었다. 문은 닫혀 있었다. 낡아 빠진 쌍닫이 문으로, 그것을 두드리는 데 쓰이는 녹슨 헌 쇠고리가 달려 있었다.

날은 화창했다. 나뭇가지들은 바람 때문이라기보다 새들의 둥지에서 전해오는 듯한 5월의 조용한 살랑거림을 보이고 있었다. 아름다운 작은 새 한 마리가 아마도 사랑을 하고 있는 모양이리라. 큰 나무에서 정신없이 노래하고 있었다.

왼쪽 문설주 아랫돌에 눈자위처럼 꽤 크고 둥그렇게 뚫린 구멍이 있었으므로 나그네는 몸을 구부리고 들여다보았다. 그때 문이 열리며 한 시골여자가 나왔다.

그녀는 나그네를 보고, 또 그가 무엇을 들여다보고 있는지를 알았다.

"그 구멍을 뚫어 놓은 것은 프랑스의 대포알이에요" 하고 여자는 그에게 말했다. 그리고 덧붙였다. "문 위쪽의 못 박힌 언저리에도 있지요. 그건 커다란 비스까이앵 총구멍이에요. 비스까이앵 총은 나무도 뚫지 못했던 거예요."

"여기는 뭐라는 곳이오?" 하고 나그네는 물었다.

"우고몽이에요" 하고 시골여자는 말했다.

나그네는 몸을 일으켰다. 그는 두어 걸음 걸어나가 울타리 너머를 바라보았다. 나무들 사이로 지평선에 나지막한 언덕이 보이고, 그 언덕 위로 멀리 사자 모양 비슷한 것이 보였다.

그는 워털루 전쟁터에 와 있었다.

우고몽

우고몽은 불길한 장소였다. 나뽈레옹이라 부르는 유럽의 거대한 벌목꾼이 워털루에서 부딪힌 장애의 실마리였고, 최초의 저항이었으며, 도끼질하여 처음으로 드러난 옹이였다.

이곳은 성채였으나 지금은 농원이 되어 있다. 우고몽(Hougomont)을 고고학자들이 부를 때는 '위고몽(Hugomons)'이라고 한다. 이 성은 빌레르 대수도원에 여섯 번째 성당 영지를 기증한 쏘무렐의 영주 위고가 건립했다.

나그네는 문을 밀어 열고 현관의 낡은 마차 옆을 지나 안마당으로 들어갔다.

안마당에서 맨 먼저 눈에 띈 것은, 옆부분이 다 망가지고 부서져 아치형 기둥만 남은 16세기풍 문이었다. 기념물다운 모습은 흔히 폐허에서 생겨나는 법이다. 그 아치 옆에 앙리 4세 시대의 이맛돌이 박힌 또 하나의 문이 벽에 붙은 채 열려 있어, 과수원 나무들이 들여다보였다. 그 문 옆으로는 거름 구덩이, 곡괭이와 삽, 짐수레 몇 대, 판석이 깔린 낡은 우물, 뛰어돌아다니는 망아지, 꼬리를 펼치고 있는 칠면조, 자그마한 종탑이 달린 성당, 그 성당벽을 따라 꽃을 피운 배나무 등이 있는 이 안마당이야말로 나뿔레옹이 점령하려고 꿈꾸었던 곳이다. 이 작은 땅을 손아귀에 넣었더라면 그는 아마도 세계를 점령했을 게 틀림없다.

지금은 암탉들이 부리로 먼지를 일으키고 있다. 으르렁거리는 소리가 들린다. 이빨을 드러낸 커다란 개 한 마리가 영국군을 대신하고 있는 것이다.

이곳에서 영국군의 활약은 참으로 훌륭했다. 쿡크가 이끄는 4개 근위 중대는 여기서 일곱 시간에 걸쳐 한 군단의 돌격을 막아냈다.

실측도로 보면, 우고몽은 건물과 담장을 포함해 모서리 하나가 떨어져 나간 불규칙한 직사각형 같은 모양이었다. 떨어져 나간 그 모서리에 남문이 있고, 총을 바싹 들이대고 쏠 수 있는 벽이 이 문을 보호했다. 우고몽에는 입구가 둘 있는데, 하나는 성곽의 출입구였던 남문이고, 또 하나는 농원의 출입구가 되는 북문이다. 나뿔레옹은 우고몽 공격에 아우 제롬을 파견했다. 기유미노와 프와와 바슐뤼의 세 사단이 여기로 돌진하고, 레위의 군단이 거의 모두 여기 투입되었으나 실패하고 말았다. 껠레르망의 포탄은 이 용감한 벽면 쪽으로 한 알도 남김없이 다 쏘아졌다. 보뒤앵 여단은 우고몽을 뒤쪽에서 탈취하려 했으나 성공하지 못하고, 쓰와 여단은 앞쪽에 돌파구만 만들어 놓았을 뿐 점령하지 못했다.

안마당 남쪽에는 농원 건물이 늘어서 있다. 그리고 프랑스군에게 파괴당한 북문의 잔해가 벽에 걸려 있다. 그것은 두 개의 가로대에 못박힌 넉 장의 널판때기로 공격당한 흔적이 역력히 보인다.

프랑스군이 격파시킨 북문은 벽에서 드리운 장식 판자 대신 나뭇

조각 한 장을 붙여 놓았으며, 안마당 쪽으로 반쯤 열려 있다. 안마당 북쪽으로 둘러쳐진, 아랫부분은 돌이고 위는 벽돌로 된 담장 속에 네모지게 뚫려 있다. 어느 소작지에서나 흔히 볼 수 있는 짐마차가 드나드는 간단한 문으로, 허술한 판자로 된 커다란 두 짝 문이다. 그 저쪽은 목장이다. 이 출입구의 공방전은 치열했었다. 문설주에 피투성이 손의 갖가지 자국이 오래도록 지워지지 않고 있었다. 보뒤앵이 전사한 곳도 바로 여기다.

격전의 태풍은 아직도 이 안마당에서 가시지 않아 무서운 광경이 눈에 보이며, 요란했던 대접전은 화석으로 남아 있다. 어떤 사람은 살고 어떤 사람은 죽는 것이 눈에 선하게 보이며 마치 어제 일인 것만 같다. 벽은 지금도 죽음에 허덕이고, 돌은 떨어지고, 틈바구니가 울부짖는다. 구멍은 상처이고, 기우뚱한 채 떨고 있는 나무들은 도망치려 몸부림치는 듯 보인다.

1815년(워털루 전투가 있었던 해)에는 이 안마당이 지금 보는 것보다 훨씬 더 튼튼하게 구축되어 있었다. 그 뒤로 무너져 버린 여러 가지 양상의 구조들은 그즈음 성가퀴며 포루며 망루를 형성하고 있었던 것이다.

영국군은 이곳에 바리케이드를 치고 있었다. 프랑스군이 쳐들어왔지만 끝내 버티어내지 못했다. 성당 옆에는 우고몽 성곽 단 하나의 유적이라 할 수 있는 성채의 한쪽 날개가 무너져 가고 있다기보다도 마치 복부를 도려 파낸 것 같은 모습으로 서 있다. 성곽 본채는 망루가 되고, 성당은 방어사가 되었다. 양군은 여기서 치열한 전투를 벌였다. 벽 뒤에서, 헛간 위에서, 지하실 속에서, 모든 창과 바람구멍과 돌 틈 등 사방에서 화승총을 쏘아댔으므로 프랑스 군은 장작다발을 가져다 벽과 적군에게 불을 질렀다. 산탄에의 응전은 방화였던 것이다.

그리하여 허물어진 성곽의 한쪽 날개에 쇠창살 달린 창문 너머로 벽돌로 된 본채의 벽이 파괴된 방들이 보인다. 영국 근위병들은 그 방들에 숨어 있었다. 나선형 층계는 1층에서 꼭대기까지 균열되어 깨진 소라껍질 속처럼 보인다. 층계는 두 층으로 되어 있다. 층계 위로 쫓겨올라가 포위된 영국군은 아래 층계를 끊어 버렸다. 지금은 커다랗고 푸른 판석만이 쐐기풀 속에 수북이 쌓여 있다. 열 계단쯤 은 아직도 벽에 붙어 있다. 맨 아랫단 위에는 삼지창 모양이 새겨져 있다. 올라가지 못하게 된 그 층계는 아직도 벽 속에 견고하게 박혀 있다. 그 밖에도 어느 곳이나 다 이빠진 턱 같은 모양을 하고 있다. 거기에 고목 두 그루가 서 있는데, 하나는 죽고 또 하나는 둥치에 상처를 입었지만 4월이 되면 다시 파란 싹이 돋아난다. 이 나무는 1815년부터 층계를 뚫고 나와 자라기 시작했다.

양군은 성당 안에서도 백병전을 벌였다. 지금은 본디의 고요를 되찾고 있지만 그 내부는 어쩐지 야릇해 보인다. 피를 흘린 뒤로는 미사 한 번 드린 일이 없다. 그런데도 제단은 그대로 남아 있다. 그것은 안쪽의 거친 돌벽에 기대 세워진 허술한 나무 제단이다. 석회유로 칠해진 네 벽, 제단 맞은편의 입구, 두 개의 조그만 아치형 창문, 입구 위 커다란 나무 십자가, 십자가 위의 건초 한 다발로 틀어막은 네모진 공기창, 마룻바닥 한구석에 떨어져 유리가 박살난 낡은 액자, 그러한 것들이 이 성당 안의 광경이다.

제단 옆에 15세기풍의 성 안나 나무상을 못으로 박아놓았다. 아기 예수의 머리는 비스까이앵 총에 맞아 떨어져나가 버렸다. 프랑스군은 한때 성당을 점령했으나 다시 쫓겨나 이 성당에 불을 질렀다. 불꽃이 허술한 이 집을 가득 채워 불을 뿜는 용광로 같았다. 문이 타고 마루도 탔으나 나무로 된 그리스도상은 타지 않았다. 불은 나무상의 발을 핥아 지금 보는 바와 같이 검게 그을렸으나 불은 거기서 그쳤다. 이 고장 사람들은 참으로 기적이라 말하고 있다. 머리가 없어진 아기 예수는 이 그리스도상처럼 행복하지 못했던 셈이다.

벽면은 온통 글씨투성이다. 그리스도의 발 언저리에는 '헹키네즈'

라는 이름이 보인다. '리오 마이오르 백작', '알마그로 후작과 후작 부인(하바나)' 같은 이름도 보인다. 프랑스 사람의 이름 밑에 감탄 부호가 붙어 있는 것은 분노의 표시다. 벽은 1849년에 다시 희게 칠해졌다. 여러 민족이 그 벽면에서 서로 욕하고 있었기 때문이다.

도끼를 손에 쥔 시체가 꺼내진 것은 이 성당문에서였다. 그것은 르그로 소위의 시체였다.

성당을 나오면 왼편으로 우물이 하나 보인다. 이 안마당에는 우물이 둘 있는 셈이다. 그런데 이 우물에는 왜 두레박도 도르래도 없느냐고 물을 것이다. 이제는 여기서 물을 긷지 않기 때문이다. 왜 이제 물을 긷지 않느냐고? 해골이 잔뜩 들어 있기 때문이다.

이 우물에서 마지막으로 물을 길은 것은 기욤므 반 킬솜이라는 사나이였다. 그는 우고몽에 사는 농부로 여기서 정원사 노릇을 하고 있었다. 1815년 6월 18일, 그의 가족은 달아나 숲 속에 숨어 있었다.

빌레르 대수도원을 에워싸는 숲은 흩어진 이 불행한 사람들을 몇 날 몇 밤 품어 주었다. 지금도 타다 만 고목 둥치 같은 흔적이 여기 저기 남아 있어, 가엾은 그 사람들이 숲 속에서 떨면서 지냈던 자리를 뚜렷이 알아볼 수 있다.

기욤므 반 킬솜은 '성곽을 지키기 위해' 우고몽에 남아 어느 지하실에 몸을 숨기고 있었다. 영국군이 그를 발견했다. 병정들은 숨어 있는 곳에서 그를 끌어내어 겁에 질린 그를 군도로 후려치면서 이것 저것 심부름을 시켰다. 그들은 목이 말랐으므로 기욤므가 그들에게 물을 떠다 주게 되었다. 그가 물을 길은 것이 바로 이 우물이었다. 수많은 병정이 여기서 마지막 물을 마셨다. 죽어가는 많은 인간에게 물을 준 이 우물도 스스로 죽어 버린 것이다.

싸움이 끝난 뒤 사람들은 시체를 묻기에 바빴다. 죽음은 승리를 골탕먹이는 독특한 방법을 가지고 있다. 그리고 죽음은 영광에 이어

흑사병을 가져다 준다. 티푸스도 승전에는 으레 따르는 것이다. 이 우물은 깊었으므로 무덤으로 만들었다. 300명의 시체를 우물에 던졌다. 아마도 지레 서두른 경우도 있었겠지. 거기에 던진 시체는 과연 모두 죽었던가? 전하는 말로는 그렇지 않다. 매장한 날 밤 희미하게 부르는 목소리가 그 우물에서 새어나왔다고 한다.

이 우물은 안마당 한복판에 외떨어져 있다. 돌 반 벽돌 반으로 쌓아올린 삼면의 벽은, 병풍처럼 굳혀져 'ㄷ'자 모양으로 우물을 둘러싸고 있다. 나머지 한쪽은 트여 있다. 물은 그 쪽에서 긷는다. 안쪽 벽에는 볼썽사나운 둥근 창 비슷한 것이 하나 뚫려 있는데 아마도 포탄 구멍이리라. 이 바람막이 벽에는 본디 지붕이 있었으나 지금은 서까래밖에 남아 있지 않다. 오른쪽 벽의 버팀쇠는 십자가 모양을 하고 있다. 구부리고 들여다보면, 눈은 어둠이 꽉 들어찬 벽돌의 깊은 원통 속으로 빨려들어가 버린다. 우물 주위와 그 바람막이 벽 아래는 온통 쐐기풀이 뒤덮고 있다.

이 우물에는 모든 벨기에식 우물 앞에 달려 비막이 구실을 하는 크고 푸른 판석이 없다. 그 푸른 판석 대신 가로대가 하나 있어, 그것을 커다랗고 마디진 뼈처럼 구불구불한 통나무 대여섯 개가 떠받치고 있다. 두레박도 사슬도 도르래도 없어져 버렸으나 물이 흘러 빠지던 나팔꽃 모양 물통은 아직 남아 있다. 여기에 빗물이 괴어, 가끔 가까운 숲의 새가 와서 물을 마시고 날아간다.

이 폐허 속의 외딴 집인 농원 안집에는 지금도 사람이 살고 있다. 그 집 입구는 안마당으로 향해 있다. 그 문에는 고딕식 자물쇠의 고운 판금 옆에 클로버 모양 쇠손잡이가 비스듬히 달려 있다. 하노버(옛날에는 한 왕국. 지금은 독일의 한 도시임)의 빌다 중위가 농가 안으로 피신하려고 이 손잡이를 잡은 순간, 한 프랑스 공병이 그 손을 도끼로 단숨에 찍어 버린 그 손잡이다.

이 집에 사는 가족의 할아버지뻘 되는 사람은 예전에 정원사였던

이 우물은 안마당 한쪽에 외떨어져 있었다.

기욤므 반 킬솜으로, 그는 이미 오래 전에 죽었다. 머리털이 잿빛이 된 한 여자가 이런 이야기를 들려 준다.

"그때 나는 여기 있었어요. 3살이었지요. 언니는 무섭다고 울었어요. 우리는 어른들을 따라 숲으로 갔지요. 나는 어머니 품에 안겨 있었어요. 사람들은 땅바닥에 귀를 대고 무슨 소리를 듣더군요. 나는 대포 소리를 흉내내어 '뻥뻥' 소리내고 있었답니다."

안마당 왼쪽 문은 앞에서도 말한 바와 같이 과수원으로 통하고 있었다.

과수원도 이만저만 황폐해져 있지 않다.

그것은 세 부분으로 나뉘어 있어, 마치 연극의 세 장면을 보는 것 같다. 처음 부분은 정원, 둘째 부분은 과수원, 셋째 부분은 숲이다. 세 부분은 공통된 울타리를 갖고 있다. 출입구 쪽은 성곽과 농가 건물이고, 왼쪽은 산나무 울타리, 오른쪽과 안쪽은 벽이다. 오른쪽 벽은 벽돌이고 안쪽 벽은 돌이다. 들어서면 맨 먼저 정원이다. 정원은 낮고 구즈베리나무를 심었으며, 잡초가 우거지고 웅대한 돌축대로 경계를 지어 축대 위에 아래가 넓은 화병을 거꾸로 이어 놓은 것 같은 기둥으로 된 난간이 붙어 있다. 르노트르(베르사이유 공원 설계자) 이전의 초기 프랑스식으로 된 영주 저택의 정원이었으나 지금은 황폐하여 가시덤불이 제멋대로 뻗고 있었다. 난간 기둥 위에는 대포알처럼 동그란 돌꼭지가 붙어 있다. 난간 밑바닥 위에는 지금도 43개의 기둥이 서 있는 것을 헤아릴 수 있다. 그밖의 기둥들은 풀 속에 뒹굴고 있다. 거의 모두 총알 자국이 나 있다. 부서진 기둥 하나는 부러진 다리처럼 난간 앞머리 바닥 위에 넘어져 있다.

과수원보다도 낮은 이 정원으로 돌진해 온 제1경보병(輕步兵) 연대의 정예병 6명은, 굴 속의 곰처럼 쫓기고 몰리며 여기서 빠져나가지 못하게 되자 하노버군의 2개 중대와 맞붙어 싸울 수밖에 없었다. 적의 1개 중대는 기병총을 갖고 있었다. 하노버군은 그 난간을 따라 늘어서서 위에서 사격했다. 6명의 정예병은 200명을 상대로 구즈베리 나무숲만을 방패삼아 밑에서 용감하게 응전하며 15분 동안 버티다가 전사하고 말았다.

몇 층계 올라가면 이 정원에서 과수원으로 들어간다. 거기 몇 평의 땅에서는 150명의 병정이 한 시간도 안 되어 쓰러졌다. 그 벽을 바라보고 있노라면 이제라도 다시 격전이 벌어질 것 같은 기분이 든다. 갖가지 높이로 영국군이 뚫어놓은 38개의 총안이 지금도 거기 남아 있다. 16번째 총안 앞에는 화강암으로 된 영국병 무덤이 두 개 누워 있다. 총안은 남쪽 벽에만 있다. 공격은 주로 여기서 벌어졌다. 그 벽 바깥은 커다란 산나무 울타리로 가려져 있다. 프랑스군이 거기 도착하여 산나무 울타리인 줄만 알고 그것을 타고 넘으니, 벽이 앞길을 가로막고, 그 벽 뒤에 숨어 있던 영국 근위병의 38개 총안에서 일제히 불이 뿜으며 산탄과 총탄이 빗발치듯 날아왔다. 그리하여 쓰와 여단은 거기서 분쇄되었다. 워털루 전투는 이렇게 시작된 것이다.

그 과수원도 점령되었다. 사다리가 없었으므로 프랑스군은 손톱 발톱으로 기어올라갔다. 나무 밑에서는 백병전이 벌어졌다. 풀밭이 온통 피로 물들었다. 나쏘 대대 700명이 여기서 격멸되었다. 벽 바깥은 껠레르망의 2개 포병중대가 포화를 퍼부어 포탄 구멍투성이가 되었다.

이 과수원도 지금은 다른 곳처럼 5월이 찾아와 있다. 미나리아재비와 데이지꽃이 피고, 풀이 우거지고, 밭갈이 말은 풀을 뜯고, 말총으로 꼰 빨랫줄이 이 나무에서 저 나무로 쳐져 지나가는 사람들의 머리를 수그리게 했다. 이 황무지를 걸으면 두더지굴 속에 발이 빠지는 수도 있다. 덤불 속에 나무둥치 하나가 뿌리째 뽑혀 넘어진 채 푸릇푸릇 새싹이 돋고 있는 것이 보인다. 블랙만 소령이 거기에 기대어 운명했고, 그 옆 거목 아래에서는 낭뜨 칙령 폐지 때 망명한 프랑스 가문 출신인 독일군 장교 뒤쁠라 장군이 죽었다. 바로 그 옆에 병든 사과나무 고목 하나가 짚과 흙을 붕대처럼 감고 기우뚱하니 서 있다. 사과나무는 거의 모두 늙고 병들어 죽어 가고 있다. 총탄이나 산탄을 받지 않은 나무는 한 그루도 없다. 이 과수원 안에는 썩은 나무의 잔해가 가득차 있다. 까마귀떼가 가지 사이를 날고 있다. 그 안쪽에는 오랑캐꽃이 가득 핀 숲이 있다.

보뒤앵은 전사하고, 프와는 부상하고, 방화와 살육과 학살이 있었다. 영국군과 독일군과 프랑스군의 피는 미친 듯 뒤섞여 냇물을 이루고, 우물은 시체로 가득찼으며, 나쏘와 브룬스비크의 연대는 하나씩 전멸했다. 뒤쁠라도 블랙만도 전사하고, 영국 근위대는 붕괴되고, 프랑스군의 레유 군단 40개 대대 중 20개 대대가 섬멸되었다. 우고몽의 쓰러져 가는 이 집 하나에서 3천의 병사가 칼에 베이고 학살되고 총살되었다. 그래서 이 모든 것에 대해 오늘날 한 농부는 나그네에게 이렇게 말한다.

"나리, 3프랑만 주십시오. 그러면 워털루 이야기를 해드립죠!"

1815년 6월 18일

과거로 되돌아가는 것은 작가가 가진 권리의 하나이므로 1815년으로 가보자. 더욱이 이 책 제1부에서 이야기한 사건이 시작되기보다 좀더 그 이전으로 거슬러 가보자.

1815년 6월 17일에서 18일에 걸쳐 밤에 비가 오지 않았더라면 유럽의 미래는 달라졌을 것이다. 비가 몇 방울 많았느냐 적었느냐 하는 것이 나쁠레옹의 운명을 좌우했다. 워털루를 아우스테를리츠의 승리의 결말로 만들기 위해서 하늘은 오직 비를 조금 뿌리기만 했을 뿐이고, 계절과 역행하여 하늘을 가로질러 가는 한 조각 구름은 세상을 뒤집어 놓기에 충분했다.

워털루 전투는 11시 반까지도 시작되지 않았고, 그래서 블뤼헤르 장군이 전장으로 달려갈 시간의 여유를 주었다. 왜 그때까지 기다리지 않으면 안 되었던가? 땅이 젖었기 때문이다. 포병이 움직이기 위해서는 땅이 좀 굳어지기를 기다려야만 했다.

나뽈레옹은 본디 포병대 장교 출신으로 그 특질을 갖추고 있었다. 이 비범한 장군의 본질은 집정관 정부에 보내는 아브키르 전투 보고서 속에서 '아군 포탄 가운데 어떤 것은 6명의 적을 쓰러뜨렸다'고 말한 것에 여실히 나타나 있다. 그는 모든 작전을 오로지 포탄을 위해 세웠다. 어느 한 자리에 포병을 집중시키는 것이 그의 승리의 열쇠였다. 그는 적장의 전술을 마치 하나의 요새로 생각하고 그 틈바구니를 공격했다. 산탄으로 적의 약점을 압도하고 대포로 전세를 좌우했다. 그의 천재 속에는 사격법이 있었다. 방어선을 돌파하고, 연대를 분쇄하고, 전선을 끊어놓고, 밀집 부대를 분산시켜 쫓고, 그는 오직 끊임없이 치고 또 쳤는데, 그는 그 일들을 모두 포탄에 맡겼다. 실로 무서운 이 전법은 천재와 결부되어 불가사의한 전쟁의 투사로서 15년 동안 패배를 모르게 했던 것이다.

1815년 6월 18일, 그는 수적으로 훨씬 우세했으므로 더욱 포병을 믿고 있었다. 웰링턴은 159문의 화포밖에 갖지 못한 데 비해 나뽈레옹은 240문을 가지고 있었다.

이를테면 땅이 말라 있었다고 치자. 포병이 움직일 수 있었으므로 전투는 아침 6시에 시작되었을 것이다. 그리고 이 전투는 프러시아군 때문에 싸움의 국면이 갑자기 바뀌기 3시간 전인 오후 2시에 그의 승리로 끝났을 게 틀림없다.

그 패전에서 나뽈레옹 쪽에는 과연 얼마만큼 과실이 있었던가? 그 파선은 사공의 책임이었을까?

나뽈레옹은 확실히 몸이 쇠약해져 있었지만 그 때문에 정신력마저 떨어졌던 것일까? 20년 동안의 전쟁으로 칼집과 더불어 칼날마저 무디어지고, 몸과 더불어 정신까지도 소모된 것일까? 전군을 거느리고 선 이 장수의 정신에 불길하게도 늙음의 그림자가 비치고 있었던 것일까? 한 마디로 말해 수많은 훌륭한 역사가가 그렇게 믿은 바와 같이 이 천재도 빛을 잃어 가고 있던 것일까? 자신의 노쇠를 스스로 감추기 위해 광포해졌던 것일까? 모험의 충동으로 정신이 어지러워져 비틀거리기 시작했던 것일까? 장군으로서는 실로 중대한 일이지만 그는 위험을 의식하지 못하게 된 것일까? 행동의 거인이라고도 할 수 있는 이러한 육체적 위인들의 천재가 근시안이 되는 나이가 있는 걸까? 노년도 사상의 천재는 붙잡지 못하고 단떼나 미켈란젤로 같은 사람들에게 늙음은 성장인데 한니발이나 보나빠르뜨 같은 사람에게는 쇠퇴인가? 나뽈레옹은 승리를 어김없이 움켜잡는 감각을 잃어버린 것일까? 이제는 암초를 분간해 내고 함정을 짐작하며 무너져가는 심연의 낭떠러지를 알아 내지 못하게 된 것일까? 불행을 맡아낼 후각조차 잃고 말았던가?

예전에는 승리의 길을 잘 알고 번갯불이 번쩍이고 천둥소리 요란한 수레 위에서 전능의 손가락으로 그 길을 가리키던 그도, 지금은 질서없이 뒤따르는 군대를 끔찍하게 벼랑으로 이끌어 넣을 만큼 자신을 잃어버렸던가? 46살 나이에 그는 벌써 망령이 들었던가? 운명의 안내자였던 저 거인도 지금은 다만 엄청난 만용에 찬 인간에 지나지 않았던가?

작자는 그렇게 생각하지 않는다.

그때 그의 작전 계획은 모든 사람이 인정했듯 탁월했다. 동맹군의 중앙을 단번에 무찔러 적진을 뚫고 들어가 둘로 갈라 한쪽의 영국군은 하르 방면으로 다른 한쪽의 프러시아군은 똥그르 방면으로 밀어내고, 웰링턴과 블뤼헤르를 갈라 놓아 몽 쌩 장을 탈취하고 브뤼셀을 점령해 독일군을 라인 강으로 영국군을 바다로 몰아넣으려 했던 것이다. 나뽈레옹에게는 모든 게 이 전투에 달려 있었다. 그 다음은 더 말할 것도 없으리라.

물론 여기서 워털루 역사를 쓰려고 하는 것은 아니다. 작자가 하려는 이야기의 밑바탕이 되는 장면 하나가 이 전투에 관련있기 때문이며 그 역사가 목적은 아니다. 더욱이 그 역사는 이미 엮어져 있다. 하나는 나뽈레옹의 관점에서, 다른 하나는 기라성 같은 역사가들(월터 스코트, 라마르띤, 볼라벨, 샤라스, 끼네, 띠에르스 등)의 관점에서 훌륭하게 완성되어 있다. 우리는 그들 역사가들이 논쟁하는 대로 맡겨 두기로 한다. 우리는 멀리서 바라보는 구경꾼이고, 벌판을 지나가는 나그네이고, 인간의 살로 다져진 이 땅 위에 몸을 구부리는 탐구자에 지나지 않아 겉모양을 사실로 잘못 받아들이는 일이 있을지도 모른다. 우리로서는 반드시 공상이 섞였을 그 전체의 사실들에 대해 학문의 이름을 쳐들어 대항할 권리도, 하나의 학설을 내세울 만한 실전 경험도, 전술상의 능력도 없다. 다만 우리가 보는 바에 따르면 몇 가지 우연이 워털루에서 두 장수를 지배하고 있었다는 것이다. 그리고 운명이라는 저 신비로운 피고에 대해 민중이라는 저 소박한 재판관의 판단에 언제나 따를 뿐이다.

A

　워털루 전투에 대해 뚜렷이 알고 싶다면 땅 위에 눕힌 대문자 A를 상상하는 것으로 충분하다. A의 왼쪽 다리는 니벨 길이고, 오른쪽 다리는 주나쁘 길이며, A의 가로대는 오앵에서 브레느 랄뢰로 가는 낮은 길이다. A의 꼭대기는 몽 쌩 장으로, 거기에 웰링턴이 있다. 왼쪽 아래 끝은 우고몽이며, 여기에 제롬 보나빠르뜨와 더불어 레유가 있다. 오른쪽 아래 끝은 라 벨 알리앙스로, 나뽈레옹이 여기에 있다. A의 가로대가 오른 다리와 마주치는 지점에서 조금 내려온 데가 라 에 쌩뜨이다. 그 가로대의 한가운데가 바로 승패가 결정난 지점이다. 저 사자상이 세워진 곳은 바로 거기로, 그 사자는 뜻하지 않게도 나뽈레옹 황제의 근위군에게 다시없는 무용의 상징이 되었다.

A의 위쪽인 두 개의 다리와 가로대 사이의 세모꼴은 몽 쌩 장 고지로, 그 고지의 쟁탈전이 이 싸움의 모두였다.

양군의 두 날개는 주나쁘와 니벨 두 길의 양옆으로 펼쳐져 있다. 에를롱은 픽턴과, 레유는 힐과 맞서고 있다.

A의 꼭대기 뒤인 몽 쌩 장 고지 배후에 쓰와뉴의 숲이 있다.

벌판 그 자체는 기복있는 넓은 지면을 상상하면 된다. 어느 능선에서나 다음 능선이 내려다보이고, 그 기복은 차츰 몽 쌩 장 쪽으로 올라가 거기서 숲에 다다른다.

전장에 마주선 두 군대는 두 사람의 투사이다. 그것은 담판 씨름이다. 서로 상대방을 쓰러뜨리려고 한다. 그들은 무엇에든 달라붙는다. 한 무더기 덤불도 발판이 되고, 벽 모서리 하나도 거점이 된다. 뒷방패로 삼을 허물어진 집 한 채가 없어도 한 연대가 패주한다. 평지의 우묵한 곳, 땅의 기복, 알맞게 비스듬한 오솔길, 숲, 움푹 팬 땅 같은 것이 군대라고 부르는 저 거인의 발목을 묶기도 하고 퇴각을 훼방하는 방해물이 되기도 한다. 전장에서 벗어나는 자는 패자다. 그러므로 책임있는 사령관은 보잘것없는 수풀도 조사하고 땅바닥의 작은 기복도 깊이 살펴볼 필요가 있는 것이다.

두 장군은 오늘날 워털루 평원이라고 부르는 몽 쌩 장 평원을 미리 주의깊게 연구해 두었다. 이미 그 전해부터 웰링턴은 이미 어떤 대전투에 대비하여 그곳을 조사해 둘 정도의 선견지명을 가지고 있었다. 그리하여 6월 18일 이 땅에서 예상한 대로 결전이 벌어지게 되자, 웰링턴은 유리한 위치를 차지하고 나뽈레옹은 불리한 위치에 놓였다. 영국군은 위쪽에, 프랑스 군은 아래쪽에 자리잡았던 것이다.

1815년 6월 18일 새벽, 로쏘므 고지에서 말을 타고 쌍안경을 손에 든 나뽈레옹의 모습을 여기에 그리는 것은 군더더기가 되리라.

로쏘므 고지에서 말을 타고 쌍안경을 손에 든 나뽈레옹의 모습

누가 그것을 보여 줄 것까지도 없이 이미 누구나 보았다. 브리엔느 사관학교의 조그만 모자를 쓴 조용한 옆얼굴, 초록빛 군복, 별 모양 표장을 가리고 있는 그 군복 앞 가슴의 하얀 옷깃, 견장을 감추고 있는 잿빛 외투, 조끼 안으로 엿보이는 붉은 훈장의 한 모서리, 가죽 반바지, N의 장식 대문자와 독수리 무늬를 온통 아로새긴 자주빛 우단 안장을 얹은 백마, 비단 양말 위에 신은 승마용 구두, 은 박차, 마렝고에 승리를 가져왔던 칼에서 드러나는 마지막 황제의 이 모습이야말로 만인의 상상 속에 살아 있어 어떤 사람들은 칭송하고 어떤 사람들은 싸늘한 눈초리로 바라본다.

이 모습은 오랜 동안 빛 속에 싸여 있었다. 그것은 대부분의 영웅이 발산하여 언제나 얼마쯤 진실을 감추는 그 어떤 전설적인 모호성에 힘입는 것이었다. 그러나 지금은 그것을 비추는 역사와 밝은 빛이 있다.

역사인 이 밝은 빛은 참으로 무자비하다. 그것은 불가사의하고 신성한 어떤 것을 지니고 있어 빛이면서도, 아니 빛이기 때문에 사람들이 빛만 보는 자리에 그늘을 던지는 일이 흔히 있다. 그것은 한 인간에게서 서로 다른 두 그림자를 만들어낸다. 그 하나가 다른 하나를 공격하고 탄핵하며, 독재자의 어두운 그림자가 장군의 광채와 겨룬다. 따라서 민중의 여러 평가 가운데 최후의 평가에 가장 진실된 척도가 존재하는 것이다. 침략당한 바빌론은 알렉산더의 가치를 떨어뜨리고, 속박된 로마는 시저의 가치를 떨어뜨리며, 멸망된 예루살렘은 티투스(로마황제)의 가치를 떨어뜨린다. 폭군은 마침내 폭력으로 보복당한다. 자기 모습을 가리는 어둠을 뒤에 남기고 가는 것은 인간에게 하나의 불행이다.

전세를 뒤덮는 어둠
이 전투의 처음 형세에 대해서는 모두들 익히 알고 있다. 양군 모두 처음에는 불안하고 확실하지 않아 주저하고 위협을 느꼈으나, 프랑스군보다 영국군이 훨씬 더 심했다.

밤새도록 비가 내렸다. 억수같이 비가 쏟아져 땅은 진구렁이 되어 있었다. 평원의 낮은 지대에는 그릇에 담아 놓은 것처럼 물웅덩이가 여기저기 생겨났다. 어떤 곳에서는 군수품 마차 행렬이 바퀴 굴대까지 흙탕에 잠기고 있었다. 말의 배띠에서는 흙물이 뚝뚝 떨어졌다. 만일 이 수송대의 어수선한 행군으로 흩어진 밀과 호밀이 바퀴 자국을 메우며 수레바퀴 밑에 깔려 있지 않았더라면, 특히 빠쁠로뜨 언저리 골짜기에서는 움직이지 못하게 되었을 것이다.

일은 늦게야 시작되었다. 앞에서 설명한 대로, 나뽈레옹은 늘 포병 전체를 마치 권총처럼 손에 휘어잡고 전장 이쪽 저쪽을 겨냥했으므로 말이 끄는 포병대가 자유롭게 움직이고 돌아다닐 수 있을 때까지 기다리기로 했던 것이다. 그러기 위해서는 햇볕이 땅을 말려야만 했다. 그러나 해는 좀처럼 나오지 않았다. 아우스테를리츠 전투와 사정이 달랐다. 첫번째 대포 소리가 울렸을 때, 영국 장군 콜빌은 시계를 보고 11시 35분임을 확인했다.

전투는 치열하게 전개되었다. 황제가 원하던 것보다 더 치열하게, 프랑스군의 좌익에 의한 우고몽 공격으로 시작되었다. 동시에 나뽈레옹은 끼오 여단을 라 에 쌩뜨로 진격시켜 적의 중앙을 치게 하고, 네는 빠쁠로뜨에 진치고 있는 영국군의 좌익을 향해 프랑스군 우익을 돌진시켰다.

우고몽 공격은 말하자면 위장 전술이었다. 웰링턴을 거기로 끌어내어 좌익으로 쏠리게 하려는 전략이었다. 만일 영국 근위대 4개 중대와 빼르뽕세르 사단의 용감한 벨기에군이 그 진지를 굳게 지키지 못했다면 이 작전은 성공했을 것이다. 그리고 웰링턴은 거기에 병력을 집중시키지 않고, 원군으로서 다른 4개 중대의 근위대와 브룬스비크의 1대대를 파견하는 것만으로 그칠 수 있었다.

빠쁠로뜨에 대한 프랑스군 우익의 공격은 철저했다. 영국군의 좌익을 무너뜨리고, 브뤼셀에서 오는 길을 끊어 어쩌면 올지도 모르는 프러시아군의 진로를 차단하고, 몽 쌩 장을 빼앗아, 웰링턴을 우고 몽 쪽으로 밀어내 브레느 랄뢰 쪽으로 후퇴시켜 다시 하르 쪽으로 격퇴시킨다는 전략은 매우 명료했다. 사실 두어 가지 사건을 빼면 그 공격은 성공했다. 빠쁠로뜨는 점령되었고 라 에 쌩뜨도 손아귀에 들어왔다.

여기서 주의해 둘 일이 하나 있다. 영국 보병대, 특별히 켄트 여단에는 많은 신병이 있었다. 그 젊은 병사들은 무서운 프랑스 보병을 맞아 용감하게 싸웠다. 그들은 경험이 없었으므로 오히려 대담했다. 그 가운데에서도 산병전에서는 얼마쯤 제멋대로 할 수 있으므로, 이를테면 자기 스스로 지휘관이 되는 것이다. 이 신병들은 프랑스군에게서 볼 수 있는 독창성과 용맹함을 발휘했다. 경험이 없는 이 보병대에는 혈기가 있었다. 그러나 웰링턴의 마음에는 들지 않았다.

라 에 쌩뜨의 점령 뒤 싸움터는 혼란에 빠졌다.

그날의 전투에는 정오에서 4시까지 전혀 확실치 않은 어떤 시간이 끼어든다. 전투의 중심이 거의 명확하게 붙잡히지 않고 흐리멍덩한 혼전의 구름이 덮였다. 거기에 황혼의 빛까지 깃들었다. 이 안개 속을 유심히 바라보면 우람한 파동이 있고, 눈부신 환영이 어른거리고, 오늘날에는 거의 알려지지 않은 그즈음의 군인 복장이던 불꽃 같은 새빨간 깃달린 털모자, 허리 가죽띠에 달려 철렁대는 장식, 가죽 멜빵, 수류탄 가방, 소매 긴 경기병 외투, 쭈글쭈글한 붉은 장화, 몰술로 장식된 묵직한 군모, 거무튀튀한 브룬스비크 보병과 다홍빛 영국 보병의 뒤섞임, 견장 대신 커다란 흰 몰을 둥그렇게 어깨에 단 영국 병사, 구리쇠 벨트와 빨간 깃이 달린 삐죽한 가죽 투구를 쓴 하노버 경기병, 무릎을 드러내고 체크무늬 망토를 걸친 스코틀랜드 병정, 프랑스 척탄병의 커다란 흰 각반 등이 있어——이 모든 것은 전선이 아닌 그림 같은 광경으로 그리보발(1세기 프랑스의 전술가)이 좋아하는 게 아니고 살바또르 로자(17세기 이탈리아 화가)가 좋아할 만한 것이었다.

전투에는 언제나 폭풍우가 얼마쯤 섞여드는 법이다. '그 어떤 암담한 것, 그 어떤 하늘의 뜻인 것'이다. 그러한 혼전속에 역사가는 저마다 제멋대로 줄거리를 세워 보려 한다. 그러나 장군들의 작전계획이 어떤 것이든 무장한 집단이 서로 부딪칠 때에는 예측할 수 없는 역류가 일어난다. 실전에서 양군 사령관의 두 계획이 서로 엇갈리고 서로 방해한다.

전장의 어떤 지점은 다른 어떤 지점보다 많은 병사를 삼켜 버린다. 그것은 마치 땅의 부드럽고 딱딱한 정도의 차이에 따라 스며드는 물의 속도가 다른 것과 비슷하다. 그러한 지점에는 예상 이상으로 많은 병사를 투입할 수밖에 없다. 이것은 뜻밖의 손실이다. 전선은 실처럼 굽이치고, 피는 무작정 흘러내려 냇물을 이루고, 군대의 최전선은 물결치고, 들락날락하는 연대가 곶과 만을 이루며, 암초들은 끊임없이 앞다투며 이동해 보병이 있던 곳에는 포병이 도착하고 포병이 있던 곳에는 기병이 쇄도한다. 군대는 마치 연기와도 같다. 거기에 무엇이 있는 줄 알고 찾아가면 벌써 사라지고 흔적도 없다. 찢어진 구름 사이로 얼굴을 내밀었던 푸른 하늘은 이내 사라지고, 검은 구름이 일진일퇴한다. 무덤에서 불어오는 것 같은 바람이 그 비장한 무리들을 불어내고 불어들이고 부풀어올리고 흩날린다.

혼전이란 무엇인가? 하나의 진동이다. 움직임이 없는 수학적 도면에서는, 한순간의 일은 설명할 수 있어도 하루의 일은 설명하지 못한다. 하나의 전투를 그려내려면, 화필에 혼돈을 깃들인 역량 있는 화가가 아니면 안 된다. 그러므로 렘브란트는 반 데르 모일렌보다 뛰어나다. 반 데르 모일렌은 정오의 것에는 정확하나 오후 3시에는 진실에서 벗어난다. 기하학은 오류를 가져오고, 폭풍만이 진실을 전한다. 폴라르가 뽈리비오스에 대하여 이설(異說)을 주장하는 것도 당연한 일이다. 한 마디 더 덧붙인다면, 전투에는 언제나 국지전으로 변화하는 어떤 순간이 반드시 있고 그때 전투는 따로따로 쪼개져 무수히 작은 부분으로 분산된다. 그 부분들은, 나뽈레옹 자신의 말을 빌린다면 '군대의 역사에 속한다기보다 차라리 각 연대의 전쟁기록에 속하는 성질의 것이다.' 역사가는 그런 경우, 물론 그것을 요약할 권리가 있다. 그러나 그렇게 해서는 그 전투의 대강 윤곽밖에는 파악할 수 없으며, 또 아무리 충실한 서술가라 할지라도 전투라고 부르는 저 무시무시한 먹구름의 형체를 완전히 그려낼 수 없다.

이상 말한 바는 어떠한 대전투에서나 진실이지만, 특별히 워털루에 더욱 들어맞는 것이라 하겠다.

그러나 오후의 어느 순간에 이르러 대세는 명백해졌다.

오후 4시

4시쯤 영국군은 위험한 상태에 빠져 있었다. 오랑쥬 대공은 중앙을, 힐은 우익을, 픽턴은 좌익을 지휘하고 있었다. 물불가리지 않는 대담무쌍한 오랑쥬 공은, 네덜란드·벨기에 연합군을 향해 외치고 있었다. "나쏘! 브룬스비크! 한 발짝도 물러서지 말라!" 힐은 기진해서 웰링턴에게 의지하려 들었으며 픽턴은 전사했다. 영국군이 프랑스군 제105연대의 부대기를 빼앗는 것과 동시에 프랑스군 탄환이 영국군 픽턴 장군의 머리를 꿰뚫었던 것이다. 웰링턴에게 전투의 주축이 되는 지점은 우고몽과 라 에 쌩뜨 두 곳이었다.

그러나 우고몽은 아직 버티고는 있으나 불타고 있었고, 라 에 쌩뜨는 빼앗기고 말았다. 그곳을 지키던 독일 대대 가운데 살아 남은 것은 42명뿐으로, 장교는 5명만 남고 모두 죽거나 포로가 되어 있었다. 3천 군사가 그곳 헛간에서 죽어 갔다. 영국의 으뜸가는 권투

영국 제일의 권투선수이며 불사신으로 통하던 한 영국 근위병도 죽었다.

선수이며 동료들 사이에 불사신으로 통하던 한 영국 근위병도 거기서 프랑스군의 한 북치는 소년이 죽였다. 베어링도 격퇴당하고 알텐도 칼을 맞았다. 수많은 부대기를 빼앗겼으며, 그 중에는 알텐 사단기와 되 뽕의 어느 명문 귀공자가 기수로 있던 루네부르끄 대대의 것도 있었다.

잿빛의 스코틀랜드 병정은 이제 남아 있지 않았다. 폰손비의 용기병도 궤멸되고 있었다. 그 용감한 용기병은 브로의 창기병과 트라베르의 흉갑기병에게 패퇴되었다. 1200기 가운데 남은 것은 600이었고, 세 중령 가운데 두 사람이 쓰러졌다. 해밀턴은 부상하고 메이터는 전사했던 것이다. 폰손비도 일곱 군데나 창에 찔려 쓰러져 있었다. 고든도 전사하고 마츠도 죽었다. 제5, 제6의 2개 사단이 분쇄되었다.

우고몽은 위험해지고, 라 에 쌩뜨는 적의 수중에 떨어졌으며, 이제는 오직 하나의 거점인 중앙만 남아 있었다. 이 거점은 여전히 버티고 있었다. 웰링턴은 그곳을 더욱 굳게 수비했다. 그는 거기로 메르브 브레느에 있던 힐을 불러들이고, 브레느 랄뢰에 있던 샤쎄도 불렀다.

영국군의 중앙은 가운데가 좀 우묵한 형체의, 굉장히 두껍게 밀집한 부대로 진지를 굳히고 있었다. 그것은 몽 쌩 장 고원을 차지하여, 뒤로는 마을이 있고 앞으로는 꽤 가파른 경사를 안고 있었다. 뒷 방패로 삼는 견고한 석조 건물은 그즈음 니벨이 소유한 공공건물로, 매우 튼튼한 16세기식 건물로 포탄을 맞아도 퉁겨내며 허물어지지 않았다. 지금도 도로 교차점의 푯말 구실을 하고 있다.

고원을 삥 둘러싼 영국군은 여기저기에서 산나무 울타리를 베어 쓰러뜨리고, 아가위나무숲에 포문을 설치하고, 나뭇가지 사이에 포문을 감추고, 덤불 속에 총구멍을 뚫어놓고 있었다. 포병은 가시덤불 아래 잠복해 있었다. 어떤 함정을 파놓아도 상관없는 전쟁에서는 그런 음흉한 수법도 물론 허용되지만 그렇더라도 그것은 정말 교묘하게 만들어져, 적의 포열을 탐색하기 위해 오전 9시에 황제가 파견한 악쏘도 전혀 알아보지 못하고 돌아와 니벨과 주나쁘의 두 길을 가로막은 두 개의 바리케이드 외에는 장애물이 없다고 보고했다. 때마침 밭의 곡식이 한창 높이 자랄 때여서, 고원 끝에는 켄트 여단의 한 대대인 제95대대가 카빈총을 가지고 높이 자란 밀 사이에 매복하고 있었다.

이런 모양으로 안전하게 수비진을 굳히고 영국과 네덜란드군의 중앙은 좋은 위치에 자리해 있었다.

그 진지에서 위험한 것은 쓰와뉴숲뿐이었다. 이 숲은 그즈음 전장과 잇닿아 있었으며 그레넨텔과 브와포르의 두 늪으로 끊겨 있었다. 그곳으로 퇴각한다면 대오가 흐트러질 게 분명하며 연대는 삽시간에 산산조각나버릴 것이 틀림없었다. 포병은 늪 속에서 꼼짝도 못하게 될 게 틀림없었다. 여러 전문가 의견에 따르면, 그곳으로 퇴각하는 것은——물론 이의를 내세우는 사람도 있었지만——완전한 패배가 되고 말리라는 것이었다.

웰링턴은 우익에서 샤쎄의 1개 여단을 빼내고 좌익에서 윙케의 1개 여단을 빼내어 중앙에 보태고, 거기다 다시 클린턴 사단을 보강했다. 자기 휘하의 영국군과 할케트의 몇 연대와 미첼의 여단과 메이트랜드의 근위대를 돕는 지원대로, 브룬스비크의 보병대와 나쏘의 징집병과 키엘만게제의 하노버 병과 옴프테다의 독일병들을 보충했다. 이로써 그는 26개 대대를 한 손에 쥐게 되었다. 샤라스가 말한 대로 '우익은 중앙 배후에 고쳐 세워졌다'. 포병의 대부대는, 오늘날 '워털루 박물관'이라는 건물이 서 있는 주위에 흙을 쌓아올려 진지를 위장하고 있었다. 웰링턴은 그밖에도 어느 낮은 지대에 서머세트의 근위 용기병 1400기를 매복시키고 있었다. 그것은 명성도 드높은 저 영국 용기병의 반을 차지하는 숫자였다. 폰손비는 패퇴했으나,

서머세트는 남아 있었다.

일단 대오를 갖추기만 하면 거의 하나의 각면보(角面堡)가 될 정도의 그 포병대는, 지극히 얕은 담장 뒤에 배치되어, 모래포대와 육중한 흙의 둑으로 서둘러 덮어놓았다. 그러나 이 공사가 완전히 끝난 것은 아니었다. 거기에 울타리를 둘러칠 만한 겨를이 미처 없었던 것이다.

웰링턴은 내심 불안했으나 태연하게 말등에 올라앉아, 몽 쌩 장의 낡은 풍차방앗간 조금 못 미쳐 있는 한 그루의 느릅나무 아래에서 온종일 같은 자세로 버티고 있었다. 풍차방앗간은 지금도 남아 있으나, 느릅나무는 그 뒤 어느 영국인 예찬가가 200프랑에 사서 베어가 버렸다. 웰링턴은 거기에 침착하고 용감하게 머물러 있었다. 부관 고든은 방금 그의 옆에서 쓰러졌다. 힐 경은 작렬하는 포탄을 가리키며 그에게 말했다.

"각하, 만일 각하께서 전사하게 되신다면 저희에게 어떤 지시를 내리시겠습니까?"

"나처럼 하라." 웰링턴은 대답했다. 그는 클린턴에게 간단명료하게 "최후의 한 사람까지 여기를 지키라"고 했다. 전투는 눈에 띄게 불리해져갔다. 웰링턴은 탈라베라와 비토리아와 쌀라망크 같은 옛 전우에게 이렇게 외치고 있었다.

"제군! 어찌 감히 퇴각을 생각할 수 있겠는가? 예로부터의 영국을 생각하라!"

4시쯤 영국군 전열은 후방으로 움직였다. 그러자 별안간 고지 꼭대기에는 포병과 저격병밖에 보이지 않고 나머지는 사라졌다. 모든 연대는 프랑스군의 유탄과 포탄에 쫓겨 훨씬 후방으로, 지금도 몽쌩 장의 농원으로 통하는 오솔길이 가로지르고 있는 언저리까지 퇴각했다. 이같이 후퇴 작전이 이루어져, 영국군 진지는 텅 비어 버리고 웰링턴도 후퇴했다. "퇴각하기 시작했다!" 하고 나뽈레옹이 외쳤다.

유쾌해진 나뽈레옹

황제는 몸살 기운이 있어 뼈마디가 쑤시고 말타기가 거북스러웠으나, 이날처럼 기분이 유쾌했던 적은 일찍이 없었다. 늘 마음 속을 드러내놓지 않는 그 얼굴이 아침부터 미소를 띠고 있었다. 대리석 탈을 쓴 그의 깊은 마음도 이 날 1815년 6월 18일에는 유난히 밝게 빛나고 있었다.

아우스테를리츠에서 승리했지만 침울했던 그도 워털루에서는 명랑했다. 숙명의 위대함은 모순을 드러내는 것이다. 우리들 인간의 기쁨은 그림자에 불과하다. 최상의 미소는 하느님의 것이다.

'시저는 웃고 폼페이우스(시저와 싸우며 쫓긴 로마의 장군·정치가)는 운다'고 풀미나트릭스군 병정들은 말했다. 그런데 폼페이우스는 이번에 울지 않아도 되었다. 그러나 시저가 웃고 있었던 것은 확실하다.

이미 지난밤 1시에 비바람을 무릅쓰고 베르트랑과 함께 로쏘므 근방 언덕을 말타고 돌며 야영하는 영국군의 긴 화톳불이 프리슈몽에서 브레느 랄뢰에 걸친 지평선 일대를 비추고 있는 것을 보고 만족한 나뽈레옹으로서는, 자기가 날을 받아 워털루 평원에서 대결하기로 작정해 놓은 운명이 자기 생각대로 정확하게 진행되고 있는 듯 여겨졌던 것이다.

그는 말을 멈추고 잠시 그 자리에 가만히 서서 번갯불을 바라보고 천둥소리를 들었다. 그때 이 운명의 사나이가 어둠을 향해 다음과 같은 신비로운 말을 던지는 것이 들렸다.

"우리는 일치하고 있다."

그러나 나뽈레옹은 잘못 알고 있었다. 그 둘은 이미 일치하고 있지 않았다.

나뽈레옹은 그날 밤 한 잠도 자지 않았다. 그 밤은 시시각각 그에게 기쁨을 안겨 주었다. 그는 전선의 전초 부대를 돌아보며, 여기저기서 발을 멈추고 기마보초병에게 말을 건네곤 했다. 2시 반, 우고몽 숲 언저리에서 그는 한 종대가 행진하는 소리를 들었다. 한때 그는 그것을 웰링턴의 퇴각으로 짐작했다.

나뽈레옹은 베르트랑에게 말했다.

"저것은 영국군 후위대가 퇴각해 가는 것이다. 나는 오스텐드에 갓 도착한 6천의 영국병을 포로로 잡고 말 테다."

그는 가슴 벅찬 듯 구변 좋게 말했다.

그의 말투는 활달했다. 3월 1일 상륙(엘바 섬에서 돌아오던 때)할 때 열렬하게 환영하는 쥐앙 만의 농부들을 가리키며, "저것 봐 베르트랑, 저기에 벌써 원병이 있다!"고 외쳤던 활기를 되찾고 있었다. 지금 6월 17일에서 18일에 걸친 밤에 나뽈레옹은 웰링턴을 비웃으며 "잘난 체하는 그 영국놈에게 본때를 보여 줘야지"라고 했다. 비는 더욱 세차게 퍼붓고, 황제가 이야기하는 동안 천둥 소리가 요란하게 울려퍼졌다.

오전 3시 반, 나뽈레옹은 하나의 공상에서 깨어났다. 정찰하러 나갔던 장교들이 적은 조금도 움직이지 않는다고 그에게 보고한 것이다. 아무것도 움직이지 않고 있었다. 야영지의 화톳불 하나도 꺼져 있지 않았다. 영국군은 꼼짝 않고 있었다. 지상에는 깊은 정적이 감돌고 폭풍우 일고 천둥치는 하늘만 소란스러웠다.

4시에 한 농부가 척후병에게 붙잡혀 그에게 끌려왔다. 농부는 어느 영국군 기병 여단, 아마도 비비앙 여단이 맨 좌익인 오댕 마을로 진지를 구축하러 가는 길을 안내해 준 모양이었다. 5시에는 벨기에군 탈주병 두 명이 와서, 자기들은 지금 연대를 빠져나왔으며 영국군은 전투에 대비하고 있다고 그에게 알렸다.

나뽈레옹이 외쳤다.

"더 좋아! 나는 그들을 퇴각시키기보다 무찌르고 싶다."

아침이 되자 쁠랑쓰느와로 통하는 길모퉁이 둑 위에서 그는 진창

위로 말을 내려, 로쏘므 농장 부엌의 식탁과 농부들 걸상을 가져오게 하여 짚 한 다발을 깔고 걸터앉은 다음 식탁 위에 싸움터 지도를 펼치고 쑬뜨에게 말했다.

"근사한 장기판이다!"

밤새도록 내린 비 때문에 식량 수송대는 진흙탕 길과 실랑이하느라 아침이 되어도 와닿지 못했다. 병정들은 잠을 못잤고, 비를 맞은데다 먹지도 못하고 있었다. 그런데도 나뽈레옹은 들뜬 마음으로 네에게 외쳤다.

"십중팔구 승리는 우리 것이다."

8시에 황제의 아침식사가 날라져왔다. 그는 몇몇 장군을 초대했다. 식사하는 동안 그들은, 웰링턴이 그저께 브뤼셀의 리치몬드 공작부인이 주관하는 무도회에 참석했다는 이야기를 했다. 그러자 대주교 각하 같은 얼굴의 엄격한 군인인 쑬뜨가 말했다.

"무도회는 오늘이다."

"웰링턴도 폐하를 가만히 기다릴 정도로 바보는 아닐 겁니다 (이 말은 앞의 "십중팔구 승리는 우리 것이 다"라고 한 나폴레옹의 승산에 대한 대답임)"라고 말하는 네를 황제는 놀렸다. 그런 식으로 놀리는 것은 그의 버릇이었다. '그는 즐겨 농담을 했다'고 플뢰리 드 샤블롱은 말하고 있다. '그의 본성은 쾌활한 기질이었다'고 구르고는 말하고 있다. '그는 재치가 있다기보다 오히려 기발한 농담을 잘했다'고 뱅자맹 꽁스땅은 말하고 있다. 거인의 이러한 명랑함은 강조할 만한 가치가 있다. 근위병들을 근황병이라고 바꾸어 부른 것도 그였다. 그는 그들의 귀를 비틀고 수염을 잡아당기곤 했다. '황제는 우리들을 놀리기만 하셨다'고 그들 가운데 한 사람은 말하고 있다.

엘바 섬에서 프랑스로 은밀하게 항해하며 돌아가던 2월 27일에 프랑스 군함 '제피르'호가 나뽈레옹이 숨어 있는 '앵꼬스땅'호를 만나 나뽈레옹의 소식을 묻자, 엘바 섬에서 그가 창안한 모표(帽標)

——흰 빛과 맨드라미 빛 벌을 새긴 모표——를 그때까지도 그냥 모자에 달고 있던 황제는 웃으면서 메가폰을 들고 "황제는 안녕하다"고 직접 대답했다. 그런 우스갯소리를 할 수 있는 인간은 어떤 사건이 일어나도 태연한 법이다. 나뽈레옹은 워털루에서 아침을 먹으면서 그런 우스갯소리를 여러 번 했다. 아침을 먹은 다음 그는 15분쯤 생각에 잠겨 있었으나, 이윽고 두 장군이 짚단 위에 걸터앉아 손에 펜을 들고 무릎에 종이를 펼쳐 놓자 전투 대형을 받아 그리게 했다.

9시에 사다리꼴 5열 종대로 행군하고 있던 프랑스군은 넓은 간격을 두고 펼쳐져 각 사단은 2열 횡대가 되고, 포병대는 여단과 사단 사이에 자리잡고, 군악대를 선두로 북을 둥둥 울리며 나팔부는 행진곡에 따라 씩씩하고 우람스럽고 기쁨에 넘쳐 널리 흩어져 군모와 군도와 총검이 벌판 일대에 바다를 이루었을 때 황제는 감동하여 두 번이나 거듭 외쳤다.

"훌륭하다! 훌륭해!"

9시부터 10시 반까지 전군은 믿을 수 없을 만큼 신속하게 진을 치고 6열로 늘어서, 황제의 말을 빌면 '여섯 개의 V자 모양'이 되었다. 전선이 정돈된 얼마 뒤, 폭풍 전야의 저 깊은 고요 속에 테를롱과 레위와 라보의 세 군단에서 명령으로 뽑은, 니벨과 주나쁘 두 길의 교차점인 몽 쌩 장을 포격함으로써 전투를 개시할 임무를 띤 3개 포병중대, 12파운드 포를 가진 3개 포병중대가 분열 행진을 하는 것을 보고 황제는 악쏘의 어깨를 치며 말했다.

"어떤가 장군, 저 24명의 아리따운 아가씨들이."

전쟁 결과에 자신있던 그는, 몽 쌩 장 마을을 점령한 뒤 바로 바리케이드를 치도록 지시해 둔 제1군단의 공병중대가 앞을 지나갈 때, 웃으며 그들을 격려했다. 황제의 화창한 이 마음은 꼭 한 번, 거드름떠는 동정에 찬 한 마디로 잠시 흐려졌을 뿐이었다. 황제는 오늘날 커다란 묘석이 하나 서 있는 주위에 잿빛 제복을 입은 늠름한 스코틀랜드 병사들이 훌륭한 말과 함께 밀집해 있는 왼쪽을 보고 이렇게 말했던 것이다.

"참으로 아까운 일이로다."

그 뒤 그는 말을 몰고 로쏘므 앞쪽으로 가서, 주나쁘에서 브뤼셀로 통하는 길 오른쪽에 있는 나지막하고 좁은 풀밭을 관측소로 택했다. 이곳은 전투하는 동안 그의 두 번째 관측소가 되었다. 세 번째 관측소는 오후 7시에 그가 있었던 곳으로, 라 벨 알리앙스와 라 에 쌩뜨 사이에 있는 무시무시한 곳이었다.

이곳은 지금도 남아 있는 꽤 높은 언덕으로 그 뒤의 들판 비탈에 근위병이 집결되어 있었다. 언덕 주위에서는 포탄이 길에 깐 돌에 맞아 튀어 나뽈레옹이 있는 데까지 날아왔다. 브리엔느에서와 마찬가지로, 그의 머리 위로 탄환과 비스까이앵 총탄이 쌩쌩 날았다. 그의 말이 발을 딛고 서 있던 거의 그 자리에서 사람들은 그 뒤 삭아빠진 포탄이며 헌 군도 칼날이며 형체도 알아볼 수 없이 녹슨 총탄 같은 것을 주웠다.

몇 년 전에는 화약이 그대로 들어 있는 60밀리 포탄 하나를 거기서 파낸 일이 있었다. 그 신관은 포탄 표면까지 부서져 있었다. 이 마지막 관측소에서, 한 경기병의 안장에 묶인 채 적의를 드러내며 겁내고 있던 라꼬스뜨라는 길잡이 농부가 산탄이 날아올 때마다 돌아서서 자기 등 뒤로 숨으려는 것을 보고 황제는 말했다.

"천치 같은 놈! 부끄럽지도 않으냐, 등을 맞고 죽으려 하다니."

지금 이 글을 쓰고 있는 작자 자신도 그 언덕의 쉽사리 부스러지는 비탈의 모래흙을 파서, 46년 동안 산화되어 완전히 망가진 포탄의 쇠부스러기와 손가락 사이로 겨우살이 덩굴처럼 흩날려 떨어지는 낡은 쇳조각들의 나머지를 얻었다.

나뽈레옹과 웰링턴의 전투 장소였던 갖가지 비탈을 이루고 있는 들판의 기복은 오늘날 물론 1815년 6월 18일 그때의 모습 그대로가 아니다. 이 처참한 들판에서 기념될 만한 것을 사람들이 모조리 빼앗아 가버렸기 때문에, 이 땅 본디의 기복은 없어져 버렸다. 그리고 이젠 역사의 그림자도 엷어져 그 옛날을 되살릴 방도가 없다. 사람들은 이 땅에 영광을 주려다가 그 그림자를 허물어뜨렸다. 2년 뒤 워털루를 다시 찾은 웰링턴은 이렇게 외쳤다.

"나의 싸움터는 변해 버렸다."

오늘날 사자상이 서 있는 거대한 피라미드 모양으로 흙을 쌓아올린 자리는 그즈음 봉우리를 이루고 있었고, 니벨로 가는 길 쪽은 올라갈 수 있을 만큼 낮은 비탈면으로 이루어졌으며, 주나쁘로 가는 길 쪽은 벼랑처럼 되어 있었다.

그 벼랑의 높이는, 주나쁘에서 브뤼셀로 통하는 길을 사이에 끼고 거대한 두 묘지가 자리한 양쪽 언덕의 높이로 잴 수 있다. 하나는 영국군 묘지로 왼쪽에 있고, 다른 하나는 독일군 묘지로 오른쪽에 있다. 프랑스군 묘지는 없다. 프랑스로서는 이 벌판 전체가 무덤이다. 높이 150피트에 둘레 반 마일의 봉우리를 쌓아올리기 위해 몇천 수레의 흙을 파 옮긴 덕분에, 몽 쌩 장 고원은 오늘날 느릿한 오르막길을 따라 올라갈 수 있게 되었다.

그러나 그 전투 때의 고원은, 더욱이 라 에 쌩뜨 방면은 기복이 심한 험난한 길이었다. 경사가 너무 가팔라서 영국 포병대는 전투의 중심지인 골짜기 안쪽에 자리한 농장을 찾아내지 못했다.

1815년 6월 18일 험난한 그 고원의 땅을 비가 더욱 깊이 파헤쳐 진창이 되어 오르기 어려워, 기어오르며 진창 속에 빠져야 했다. 멀리서 잘 알아볼 수 없는 구렁 같은 것이 능선을 따라 길게 뻗어 있었다.

이 구렁은 대체 무엇이었던가? 그것을 설명하기로 하자. 브레느 랄뢰는 벨기에의 한 마을이며, 오앵도 역시 그렇다. 이 두 마을은 모두 지면의 기복 사이에 가려져 있으며 1리그 반쯤 되는 길 하나로 이어지고 있다.

이 길은 물결처럼 굽이치는 들판을 가로지르며 가끔 밭고랑처럼 언덕 사이로 뚫고 지나가고 있어서 군데군데 협곡을 이루고 있다. 1815년에도 오늘날과 마찬가지로, 길은 주나쁘와 니벨의 두 길 사이에서 몽 쎙 장 고원의 능선을 끊어 놓고 있었다.

다만 오늘날에는 평지와 같은 높이로 되어 있으나, 그 무렵에는 푹 패어 들어간 길이었다. 기념 묘지를 쌓아올리느라고 양쪽 경사면을 허물어냈던 것이다. 이 길은 옛날에도 지금과 마찬가지로 대부분 참호 같은 모양을 하고 있었다. 그것도 자리에 따라서는 12피트나 되는 깊은 참호로서, 너무나도 가파른 경사면의 그 흙은, 더욱이 겨울이면 모진 비바람으로 여기저기 사태가 났다.

여러 가지 사건이 여기서 일어났다. 브레느 랄뢰 어귀는 길 폭이 너무나 좁아 먼 옛날 통행인 하나가 마차에 깔려 죽은 일이 있었다. 무덤 옆에 서 있는 돌십자가가 이 사실을 알려 주고 있다. 십자가에는 '베르나르 드 브리 씨, 브뤼셀의 상인'이라고 죽은 사람의 이름이 새겨져 있으며, 사고 날짜는 '1637년 2월'로 되어 있다.

또 몽 쎙 장 고원의 길은 너무나 깊이 패어 있어서 마띠외 니께즈라는 농부가 1783년에 흙사태로 깔려 죽었다고 또 다른 돌십자가에 적혀 있다. 그러나 이 십자가 꼭대기는 이곳을 개척했을 때 없어지고, 뒤엎어진 받침돌은 지금도 라 에 쌩뜨와 몽 쎙 장 농장 사이의 길 왼쪽 풀밭 언덕 위에 남아 있는 게 보인다.

전투가 있었던 그 날, 몽 쎙 장의 능선을 타고 달리는 벼랑 위 구렁이며, 땅 속에 감춰진 바퀴 자국이며, 아무도 그 소재를 모르는 움푹 팬 그 길은 사람 눈에 전혀 띄지 않았다. 그것은 무서운 것이었다.

황제가 길잡이 라꼬스뜨에게 묻다

워털루의 아침에 나뽈레옹은 만족하고 있었다. 당연한 일이었다. 그가 세운 작전 계획은 아까 작자도 인정한 바와 같이 실로 훌륭했다.

일단 싸움이 시작되자, 그야말로 갖가지 변화가 작전에 맞서 일어났다. 우고몽의 저항, 라 에 쌩뜨의 용전, 보뒤앵의 전사, 전투력을 상실한 프와, 뜻밖의 벽에 부딪친 쓰와 여단의 좌절, 폭발 기구도 화약 주머니도 준비하지 않았던 기유미노의 치명적인 경솔, 진창에 빠져버린 포병대, 호위없는 15문의 대포가 악쓰브리즈에 의해 어느 구렁길에서 전복당한 일, 영국 전선에 떨어뜨린 폭탄이 물기 머금은 땅 속으로 빠져들어가 진흙만 튀겼을 뿐 아무 효과도 내지 못한 일, 브레느 랄뢰 방면에서 삐레느를 위협하는 공작이 헛수고로 돌아간 점, 거의 전멸해 버린 15개 중대의 기병, 별다른 타격도 받지 않은 영국군 우익, 역시 대단한 손해를 입지 않은 좌익, 제1군단의 네 개 사단을 사다리꼴로 하지 않고 집중시킨 네의 엉뚱한 착각, 그로 말미암아 200명씩 27열을 이루는 대부대가 산탄 세례를 정면으로 받게 된 일, 그 밀집 부대 한복판을 포탄이 뚫어 놓은 무시무시한 구멍, 대오가 무너져 버린 공격 종대, 그 측면에 느닷없이 나타난 횡사포(橫射砲) 부대, 위기에 놓인 부르즈와와 동즐로와 뒤레뜨, 격퇴당한 끼오, 저 이공대학 출신의 힘센 비외 중위가 라 에 쌩뜨의 성문을 도끼로 부수다가 주나쁘에서 브뤼셀로 통하는 길모퉁이를 가로막고 있는 영국군 바리케이드에서 쏘아 대는 총화에 부상당한 일, 보병과 기병에게 협공당하고, 브레스트와 팩에게 밀밭에서 총격당하고 폰손비에게 여지없이 무찔러진 마르꼬네 사단, 발이 묶여 꼼짝 못한 일곱 문의 대포, 에들롱 백작의 공격에도 끄덕없이 프리슈몽과 스모앵을 끝까지 지켜낸 작스 바이마르 대공, 제105연대와 제45연대의 군기를 빼앗긴 일, 아브르와 쁠랑스느와 사이의 길을 정찰하던 300기의 경기병 유격대 척후병들이 잡은 검은 옷을 입은 프러시아의 표기병(驃騎兵), 그 포로가 진술한 여러 가지 불안스러운 일들, 그루시의 뒤늦은 움직임, 한 시간도 못되어 1500명이 우고몽 과수원에서 전사한 일, 그보다 더 짧은 동안에 1800명이 라 에 쌩뜨 부근에서 쓰러진 일. 모진 비바람과도 같은 이 모든 사건들이 전운처럼 나뽈레옹의 눈앞을 지나갔으나 그의 눈은 거의 흔들리지 않고, 확신에 찬 얼굴도 흐려지지 않았다. 나뽈레옹은 전투를 응시하는 일에 익숙해져 있었다.

그는 자질구레한 일을 일일이 셈에 넣고 걱정하는 일 따윈 결코 하지 않았다. 하나하나의 숫자는 그 합계, 즉 승리를 얻기만 하면 조금도 걱정스러울 게 없었다. 초반전이 어지럽다고 해도 결과는 예상대로 자기 것이 될 거라고 믿어 의심치 않았다. 만사에 초연한 자신을 품고 있는 그는 때를 기다릴 줄 알았고, 운명을 자기와 대등하게 다루고 있었다. 그는 운명을 향해 말했다.

"네 마음대로는 되지 않을 것이다. "

빛과 그림자 속에 반씩 있던 나뽈레옹은 자신을 행운이 보호하고 재액이 너그럽게 봐주는 듯 느꼈다. 그는 모든 사건이 자기에게 불리하지 않고 오히려 도움되며, 저 고대의 불사신과도 대등한 것을 자신이 지녔음을 알고 있었다. 또는 적어도 그렇게 믿고 있었다.

그러나 과거에 베레지나(러시아에 있는 강. 1821년 11월 나뽈레옹의 비극적인 후퇴로 유명함)와 라이프찌히(1813년 나뽈레옹은 여기서 동맹군에게 패했음)며 퐁뗀블로(프랑스 궁전. 1814년에 나뽈레옹은 여기서 퇴위에 서명함)를 거쳐 온 그로서는 워털루를 경계해도 좋았으리라 생각한다. 저 신비의 눈썹이 찡그리고 있는 것이 하늘 저쪽에 보이지 않는가.

웰링턴이 후퇴하자 나뽈레옹은 크게 감동하여 떨었다. 그는 영국군의 최전선이 몽 쌩 장 고원에서 갑자기 철수하여 자취를 감추는 것을 보았다. 영국군은 일단 집결했지만 곧 자취를 감춰 버렸던 것이다. 황제는 등자 위에 반쯤 일어섰다. 승리의 빛이 그의 눈 속을 스쳤다.

웰링턴이 쓰와뉴숲으로 쫓겨가 궤멸된다. 영국이 프랑스의 칼에 숨통을 찔리는 것과 같았다. 크레씨와 쁘와띠에와 말쁠라께와 라밀리의 원수를 갚는 일이었다. 마렝고의 용사(나쁠레옹)가 아쟁꾸르(1415년 10월 25일, 오를레앙 공작이 이끄는 프랑스군이 영국군에게 패배한 곳)의 치욕을 씻는 것이었다.

황제는 이때 운명의 무서운 변천을 생각하면서, 마지막으로 다시 한번 쌍안경으로 전장의 모든 지점을 훑어보았다. 그의 등 뒤에서는 총을 받들고 선 근위대가 신을 보듯 그를 우러르고 있었다. 그는 생각에 잠겼다. 경사면을 살피고, 언덕에 주의하고, 나무숲과 호밀밭과 오솔길을 유심히 보았다. 덤불까지도 하나하나 세는 모양이었다. 그는 두 길을 차단하고 있는 영국군의 바리케이드를, 가시나무로 엮은 그 두 개의 커다란 방어물을 물끄러미 쏘아보았다. 하나는 라 에쌩뜨 위로 통하는 주나쁘 한길의 바리케이드로, 영국군 전 포병대 가운데에서 그때까지 남아 전장의 아래를 내려다보는 두 문의 대포로 방비되고 있었다.

다른 하나는 니벨 가도의 바리케이드였다. 거기는 샤쎄 여단에 속한 네덜란드 병정의 총검이 번뜩이고 있었다. 황제는 그 바리케이드 옆의 브레느 랄뢰 쪽으로 통하는 지름길 모퉁이에 있는 하얗게 칠한 낡은 성 니꼴라 성당에 눈길을 멈추었다. 그는 몸을 구부려 길잡이 라꼬스뜨에게 작은 소리로 무언가 물었다. 길잡이는 아니라는 듯 머리를 가로저었는데, 이 사람의 생각 따위는 믿을 만한 게 못 되었으리라.

황제는 다시 몸을 일으키고 생각에 잠겼다.

웰링턴은 퇴각해 버렸다. 이렇게 되었으니 남은 문제는 그 퇴각을 철저하게 분쇄해 버리는 일이다.

나쁠레옹은 갑자기 휙 돌아서서 빠리로 전승을 알리기 위한 전령을 전속력으로 달리게 했다.

나뽈레옹은 뇌신을 업은 천재의 한 사람이었다.

그는 지금 막 그 장기인 뇌격을 감행하려고 마음먹었다.

그는 밀로의 흉갑 기병대에 몽 쌩 장 고원 탈취를 명령했다.

뜻밖의 일

그들은 3500명이었다. 그들이 1㎞에 걸쳐 포진했다. 거대한 군마를 탄 거대한 병사들이었다. 그들은 26개 중대로 편성되었고, 전후방 엄호로는 르페브르 데누에뜨 사단과 106명의 정예 헌병과 근위 경기병 1197명과 근위 창기병 880명이 있었다. 그들은 모두 깃장식 없는 철모를 쓰고, 무쇠 갑옷을 입고, 장전된 권총에 긴 군도를 차고 있었다. 그날 아침 9시, 나팔이 울리고 전 군악대가 '제국을 지키자'를 연주함에 따라 그들이 밀집 종대로 도착하여, 그 포병의 1개 중대를 측면으로 다른 1개 중대는 중앙으로 하고, 주나쁘 가도와 프리슈몽 사이에 2열 횡대로 펼쳐서, 나뽈레옹이 실로 교묘하게 편성한 저 강력한 제2선의 전투 위치에 자리잡았을 때, 전군은 감탄하며 그들에게 눈길을 빼앗겼다. 그 제2선은, 왼쪽으로는 껠레르망의 흉갑기병이 있고 오른쪽으로는 밀로의 흉갑기병이 있어 철로 된 두 날개를 이루고 있는 것 같았다.

부관 베르나르가 그들에게 황제의 명령을 전달했다. 네는 군도를 빼어들고 선두에 섰다. 대기병대는 행동을 개시했다.

그때 사람들은 어마어마한 광경을 보았다.

기병대 전체가 칼을 높이 빼들고 군기를 바람에 펄럭이며, 나팔 소리도 우렁차게 사단마다 종대를 이루었다. 발걸음을 맞춰 한덩이가 되어 돌파구를 뚫는 청동의 대들보처럼 힘차게 라 벨 알리앙스의 언덕을 내려가 이미 많은 병사들이 쓰러진 무시무시한 골짜기로 뛰어들어 화약 연기 속으로 사라졌다. 그러다가 다시 그 어둠 속에서 튀어나와 골짜기 저편에 나타나고 여전히 촘촘히 밀집한 채 머리 위에서 마구 퍼부어대는 포탄이 파열하며 일어나는 구름을 헤치며 몽쌩 장의 무시무시한 진흙탕 언덕을 단숨에 달려 올라갔다. 그들은 위풍당당하고 태연자약하며 늠름하게 올라갔다.

소총과 대포 소리 사이사이 그 거대한 발굽 소리를 들을 수 있었다. 2개 사단이므로 그들은 2열종대를 이루고 있었다. 와띠에 사단은 오른쪽, 들로르 사단은 왼쪽, 멀리서 보니 고원 등성이로 커다란 강철 구렁이 두 마리가 기어 올라가는 것 같았다. 그것은 기적의 군사처럼 전장을 가로질러 가고 있었다.

이러한 광경은 중기병대가 모스끄바 강가의 대각면보(大角面堡)를 점령한 뒤로 일찍이 볼 수 없었던 일이다. 그때의 뮈라는 없었으나, 네는 다시 여기에 있었다. 그 집단은 마치 한 개의 괴물이 되고 단 하나의 넋을 가지고 있는 것 같았다. 각 중대는 강장동물의 촉수처럼 물결치며 부풀어 있었다. 자욱한 화약연기가 여기저기 갈라진 틈새로 그들 모습이 보이고 있었다. 철모와 함성과 군도가 뒤얽히고, 대포와 나팔이 울리는 속에 말 엉덩이가 하늘로 치솟고, 정연하고도 무시무시한 혼란이 일고, 그 위로 히드라(그리스 신화에 나오는 머리가 일곱 달린 뱀)의 비늘 같은 갑옷이 겹쳐졌다.

이러한 이야기는 마치 옛 이야기처럼 들리기도 한다. 이 광경과 비슷한 어떤 것이 분명 오르페의 옛 서사시에 나와 있다. 이 서사시에는 얼굴은 사람이고 몸뚱이는 말인 타이탄 족이 무시무시하고 끄떡없으며 숭고한 기세로 올림포스 산을 올라갔다는 이야기, 신이면서 짐승인 괴물들의 이야기가 담겨 있다.

그 26개 중대를, 이상스럽게도 같은 수인 26개 대대의 영국군이 맞아 싸우려 하고 있었다. 고지 봉우리 뒤 덮개를 씌운 포대 곁에서 영국 보병대는 2개 대대씩 13개의 방진을 만들어 제1선에 7개, 제2선에 6개를 두어 두 줄로 진을 치고, 개머리판을 어깨에 대고, 바야흐로 앞에 나타날 것을 겨누어 조용히 말없이 움직이지 않으며 기다

그들은 위풍당당하고 태연자약하며 늠름하게 올라갔다.

리고 있었다.

그들에게는 흉갑기병들이 보이지 않고, 흉갑기병들에게는 그들이 보이지 않았다. 그들은 다만 인간의 물결이 밀려올라오는 소리에 귀 기울이고 있었다. 그들은 차츰 커져 오는 3천 군마의 요란한 소리를, 굉장히 빠른 속도로 달려오는 말발굽의 리드미컬한 울림을, 갑옷이 스치는 소리를, 군도가 부딪는 소리를, 거칠고 커다란 숨결 같은 소리를 듣고 있었다. 그리고 무서운 한순간의 침묵이 있었다.

그때 느닷없이 군도를 뽑아 쳐든 팔들의 기다란 한 줄이 등성이에 나타나고, 철모들이, 나팔들이, 깃발들이, 그리고 잿빛 수염을 기른 3천의 얼굴이 나타나 "황제 만세!"를 외치며, 기병대 전체가 일제히 고원 위에 넘쳐 흘러 마치 지진이 덮치는 것 같았다.

그러다가 갑자기 비장하게도 영국군의 왼편, 프랑스군의 오른편으로, 흉갑기병의 종대 선두가 처절한 외침과 더불어 말의 두 발굽을 허공으로 던져올렸다. 방진도 대포도 단숨에 섬멸해 버리려고 미친 듯 돌격하여 죽을 힘을 다해 고지 봉우리에 다다른 흉갑기병들은, 그들과 영국병들 사이에 있는 구렁을, 무덤 구멍을 보았던 것이다. 그것은 오앵으로 통하는 골짜기 길이었다.

무시무시한 순간이었다. 뜻하지 않은 골짜기 길이 말굽 아래로 절벽을 이루어 벼랑과 벼랑 사이에 2뜨와즈(⁴미터/롭) 깊이로 입을 딱 벌리고 있었다. 그 속으로 제2열이 제1열을 밀어뜨리고, 제3열이 제2열을 밀어뜨렸다. 말들은 길길이 뛰어오르고, 뒤로 젖혀지고, 자빠지고, 네 발굽을 모아 들고, 미끄러져 떨어지며, 기병을 내동댕이치고 짓밟았다.

후퇴할 길은 전혀 없었다. 전 종대는 마치 이미 쏘아버린 탄환과도 같았다. 영국군을 짓누르기 위한 힘이 도리어 프랑스군을 깔아뭉개었다. 냉혹한 골짜기 길을 가득 채우기 전에는 지칠 줄 몰랐다. 기병도 말도 한덩어리가 되어 굴러떨어지고 서로 짓밟아, 이 심연

말들은 길길이 뛰어오르고, 뒤로 젖혀지고, 자빠지고, 네 발굽을 모아 들고, 미끄러져 떨어지며, 기병을 내동댕이치고 짓밟았다.

속에서는 다만 한덩이의 살점에 지나지 않았다. 그리고 그 무덤 구멍이 산 사람으로 가득 채워졌을 때, 그 위를 다른 사람들이 짓밟고 지나갔다. 뒤브와 여단의 3분의 1이 그 심연으로 굴러떨어졌다.

여기서부터 패배가 시작되었다.

그 고장에 전해 내려오는 말로는, 물론 과장된 것이겠지만, 2000 마리 말과 1500명의 군인이 오앵의 구렁길에 묻혔다고 한다. 이 수는 아무래도, 싸움이 끝난 다음날 그 구렁 길에 던져넣어진 다른 시체까지 포함한 것 같다.

말이 난 김에 하는 말이지만, 1시간 전에 단독으로 공격하여 루네브르그의 대대기를 빼앗은 것은 이토록 처참한 꼴을 당한 바로 이 뒤브와 여단이었다.

나뽈레옹은 이 돌격 명령을 밀로 흉갑기병대에 내리기 전에 지면을 세밀히 조사했다. 그러나 고원 표면에 한 오리의 주름조차 접히지 않은 그 구렁길만은 알아내지 못했던 것이다.

뒤브와 여단 거의 3분의 1이 그 심연으로 굴러떨어졌다.

그렇지만 그 길과 니벨 가도의 교차점을 나타내고 있는 하얗게 칠한 작은 성당을 보고 경계심을 일으킨 그는, 아마도 뜻밖의 장애물을 걱정했음인지 길잡이 라꼬스뜨에게 한 마디 물어보았지만 길잡이는 아니라고 대답했다. 한 농부가 머리를 한 번 가로저음으로써 나뽈레옹이 파멸하게 됐다고 해도 지나친 말은 아니리라.

이 밖에도 피할 길 없는 재앙이 잇따라 일어났다. 대체 나뽈레옹은 이 전투에서 이길 가망이 있었던가? 우리는 아니라고 대답한다. 왜냐고? 웰링턴 때문에? 블뤼헤르 때문에? 아니다. 그것은 신의 뜻 때문이다.

보나빠르뜨가 워털루에서 승리하는 것은, 이미 19세기의 법칙에 없었다. 나뽈레옹이 더 끼어들 여지 없는, 생소한 일련의 사건들이 일어나려 하고 있었다. 불운의 싹은 오래 전부터 움트고 있었다. 이 거대한 인물도 쓰러질 때가 왔던 것이다.

인류의 운명에서 이 사람의 과도한 비중은 평형을 깨뜨리고 있었다. 이 개인은 혼자서 전 인류보다도 더 큰 비중을 차지하고 있었다. 전 인류의 생명력이 한 사람의 머릿속에 지나치게 집중되어, 세계가 한 인간의 두뇌 속에 포괄되어 있는 이런 일이 계속된다면, 그것은 문명의 파멸을 초래하리라. 침범할 수 없는 우주의 올바른 길을 다시 세워야 할 때가 온 것이다.

아마도 물질 세계와 마찬가지로 정신 세계에도 규정된 중력 관계가 있어, 그 관계의 바탕이 되는 원칙과 요소가 불만을 호소했을 게 틀림없으리라. 넘쳐흐르는 피, 그득한 무덤, 눈물로 지새우는 어머니들은 두려운 고발자이다. 대지가 너무도 무거운 중압에 시달릴 때는 신비로운 신음소리가 어둠 속에서 일어나 무한한 깊이까지 그 소리를 듣게 한다.

나뽈레옹은 시대를 뛰어넘어 고발되었으며, 그의 몰락은 예정되어 있었다. 그는 신의 뜻을 거스르고 있었던 것이다.

워털루는 단순한 전쟁이 아니라 세계의 방향 전환이었다.

몽 쌩 장 고지

골짜기 길과 포대가 한꺼번에 모습을 나타냈다.

60문의 대포와 열 셋의 방진은 총포를 들이대고 흉갑기병에게 포화를 퍼부었다. 대담무쌍한 들로르 장군은 영국군 포대에 거수 경례를 해보였다.

영국군의 기마 포병대는 모두 서둘러 방진 속으로 돌아와 있었다. 흉갑기병은 잠시 발을 멈출 겨를조차 없었다. 구렁 길의 불운은 수많은 전우를 죽였지만 용기를 꺾지는 못했다. 그들은 수가 줄면 줄수록 더욱 용기가 솟는 그러한 용사들이었다.

그 불행한 난을 당한 것은 바띠에르의 종대뿐이었다. 네는 마치 함정을 미리 짐작했던 것처럼 들로르의 종대를 왼쪽으로 돌렸으므로 이 종대는 모두 무사히 도착해 있었다.

흉갑기병은 영국군 방진으로 진격했다. 고삐를 늦추고, 군도를 입에 물고, 권총을 손에 쥐고 전속력으로 돌진했다.

전투 중에는 정신이 사람을 강경하게 하여 끝내는 병정을 조각으로 만들어 온몸이 화강암이 되게 하는 그러한 순간이 있다. 영국군의 각 대대는 광풍 같은 공격을 받으면서도 꿈쩍하지 않았다.

그때야말로 무시무시한 광경이 되었다.

영국군의 각 방진은 사방에서 한꺼번에 공격당했다. 미쳐날뛰는 소용돌이가 그들을 에워쌌다. 그러나 냉정한 이 보병대는 태연히 움직이지 않았다. 제1열은 무릎을 땅에 대고 총검으로 흉갑기병들을 막아내고, 제2열은 포화를 퍼부어댔다. 제2열 뒤에서는 포병들이 대포에 포탄을 장전하고, 방진 앞쪽이 열리고, 포탄을 마구 쏘아대고는 다시 닫혔다. 흉갑기병들은 거기에 대응하여 적진을 유린했다.

그들의 거대한 말들은 뒷발로 서서 전열을 뛰어넘고, 총검 위를 건너뛰어 그들 살아 있는 벽 한복판에 산더미처럼 무너져 떨어졌다. 포탄은 흉갑기병 속에 구멍을 뚫고, 흉갑기병은 방진을 꿰뚫었다.

병사의 대열은 말굽에 짓밟혀 허물어졌다. 총검은 그와 같은 반인 반수의 괴물 옆구리를 정통으로 찌르곤 했다. 이리하여 보기에도 무참한 살상극이 벌어졌다.

영국군 방진은 광포한 기병대에 의해 파손되었으나 붕괴하지 않고 축소되었다. 방진은 포탄을 무진장 뿜어내면서 그것을 공격군의 한복판에서 폭발시켰다.

전투 광경은 실로 처참했다. 방진들은 더이상 대오가 아니라 분화구였다. 흉갑기병은 기병대가 아니라 폭풍우였다. 각 방진은 구름안개에 뒤덮인 화산이며, 용암은 뇌성벽력과 싸우고 있었다.

오른쪽 끝의 방진은 모든 방진 가운데에서 가장 많이 노출되어 있어 충돌이 시작되자 심한 타격을 받고 맨 먼저 거의 전멸해 버렸다. 그것은 스코틀랜드 고지 사람들의 제75연대로 편성되어 있었다. 중앙에 자리한 피리부는 사나이는 주위에서 살육전이 벌어지는 동안 얼이 빠져 고향의 숲과 호수의 환영이 어린 우울한 눈을 내리깔고 북 위에 걸터앉아, 피리를 팔에 끼고 고향 산과 들의 노래를 불고 있었다. 그 방진의 스코틀랜드 병사들은 그리스 인들이 아르고스를 생각하며 죽었던 것처럼, 벤 로티안(스코틀랜드 남부의 중요 / 한 평야를 에워싼 봉우리)을 생각하며 죽어갔다. 한 흉갑기병은 피리와 피리부는 사나이의 팔을 군도로 내리쳐 죽여 노래를 멈추게 했다.

흉갑기병은 움푹 팬 구렁 때문에 터무니없이 수가 줄어들었으나, 거의 모든 영국군과 교전하며, 저마다 열 사람 몫의 공을 세워 수를 보충했다. 그러는 동안에 하노버의 몇몇 대대가 굴복하기 시작했다. 웰링턴은 이것을 보고 자신의 기병대를 생각해 냈다. 만약 나뽈레옹이 이 같은 순간에 자신의 보병대를 생각해냈더라면 그는 승리를 얻었을지도 모른다. 나뽈레옹이 이를 잊어버린 것은 돌이킬 수 없는 중대한 실수였다. 공격에 열중해 있던 흉갑기병대는 갑자기 자신들이 공격당하기 시작한 것을 알았다. 영국 기병이 그들 등 뒤로 돌아와 있었다. 앞에는 방진이 있고 뒤에는 서머세트가 있었다. 서머세트는 근위 용기병 1400명을 거느리고 있었다. 서머세트 오른쪽에서는 도른베르히가 독일 경기병을 지휘하고, 왼쪽에서는 트리쁘가 벨기에 중기병을 지휘하고 있었다. 흉갑기병은 옆으로, 위로, 앞으로, 뒤로 공격받아 사면팔방으로 응전하지 않으면 안 되었다. 그러나 흉갑기병들은 무서울 것이 없었다. 그들은 회오리바람이었다. 그들은 더욱 용맹스러워졌다.

그뿐 아니라 그들 뒤에서도 끊임없이 포성이 울리고 있었다. 이 용사들의 배후에 상처를 입히기 위해서는 그렇게 하는 수밖에 없었다. 비스까이앵 총탄으로 왼쪽 견갑골 근처를 꿰뚫린 그들의 갑옷 하나가 워털루 박물관 진열품 속에 지금도 보존되어 있다. 이런 프랑스 용사에게는 실로 이런 영국군이 필요했던 것이다.

그것은 이미 단순한 혼전이 아니라 음영이며, 광란이며, 정신과 용기의 열광적인 분노이며, 번개 같은 칼날의 선풍이었다. 눈깜짝할 사이에 근위 용기병 1400명은 800명으로 줄어들었다. 그들의 중령 풀러는 전사했다.

네가 르페브르 데누에뜨의 창기병과 경기병을 거느리고 달려왔다. 몽 쌩 장 고지는 빼앗겼고, 탈환되었다가 또다시 빼앗겼다.

흉갑기병은 상대하던 기병대를 내버려둔 채 다시 보병대를 맞아 싸웠다. 싸웠다기보다도 천지를 진동하는 이 군상들은 서로 떨어지지 않고 한덩어리를 이루고 있었다. 방진은 여전히 가로막고 있었다. 12번이나 돌격이 감행되었다. 네가 타고 있던 말은 4번이나 죽음을 당했다. 흉갑기병의 반수가 고원 위에서 쓰러졌다. 이 전투는 두 시간이나 계속되었다.

이로 말미암아 영국군은 몹시 동요했다. 만일 흉갑기병이 구렁길

피리부는 사나이는 주위에서 살육전이 벌어지는 동안 우울한 눈을 내리깔고 북 위에 걸터앉아, 고향의 산과 들 노래를 불고 있었다.

에서 재액으로 처음의 공격력이 약해지지 않았다면, 그들은 틀림없이 적의 중앙을 무찌르고 승리를 차지했을 것이다. 이 용감무쌍한 기병대는 달라벨라와 바다호즈의 싸움에 참가한 일이 있는 클린턴을 놀라게 했다. 웰링턴은 4분의 3까지 지고 있으면서도 영웅답게 적을 칭송했다. 그는 낮은 목소리로 말했다.

"참으로 훌륭하다 (그는 splendid) !"

흉갑기병대는 열 셋의 방진 가운데 7개를 무찌르고, 대포 60문을 노획하거나 부수고, 영국 연대기 6개를 빼앗아 그것을 세 흉갑기병과 세 근위 경기병이 라 벨 알리앙스 농장 앞에 있는 황제에게로 가져갔다.

웰링턴의 정세는 나빠지고 있었다. 이 무서운 전투는 마치 서로 싸우고 끝끝내 버티면서 피를 모두 잃고 있는 상처입은 두 사람의 맹렬한 결투와 흡사했다. 두 사람 가운데 누가 먼저 쓰러질 것인가?

고원의 전투는 계속되고 있었다.

흉갑기병은 과연 어디까지 진격하여 들어갔던가? 그것은 아무도 말할 수 없었으리라. 다만 확실한 것은 전투 다음날 몽 쌩 장에 있는 마차의 짐을 다는 계량대 뼈대 속에서, 곧 니벨과 주나쁘와 라 위쁘 브뤼셀의 네 길이 교차되는 지점에서 죽어 있는 흉갑기병 하나와 말이 발견된 사실이다. 그 기병은 영국군 전선을 돌파했던 것이다. 시체를 처리한 한 사람은 아직도 몽 쌩 장에 살고 있다. 그의 이름은 드와즈로, 전투 당시에 18살이었다.

웰링턴은 형세가 몹시 나빠져 가고 있음을 느꼈다. 위기가 눈앞에 닥치고 있었다. 흉갑기병은 적의 중앙을 돌파하지 못한 점에서는 성공하지 못했다. 양쪽 다 고원을 점령하고 있었지만 어느 쪽의 소유도 아니었으며, 아직은 거의 대부분 영국군 수중에 있었다. 웰링턴이 마을과 높은 평지 일대를 차지한 데 비해, 네는 고지의 봉우리와 비탈밖에 차지하지 못하고 있었다. 양쪽 모두 음산한 이 땅에 뿌리를 내리고 있는 것 같았다.

그러나 영국군의 약화는 돌이킬 수 없는 것으로 보였다. 이 군대의 출혈은 무시무시했다. 켄트가 좌익에서 원병을 청해 왔다.

"한 명도 없다, 거기서 사수하라!" 하고 웰링턴은 말했다.

거의 같은 때 네도 나뽈레옹에게 보병을 요청하여 양쪽 군대는 똑같이 기진맥진해진 것을 드러냈다.

나뽈레옹은 외쳤다.

"보병이라고! 어디서 내라는 거야? 날더러 만들어내라는 건가?"

그러나 영국군의 타격은 이만저만한 것이 아니었다. 강철 같은 가슴에 무쇠 갑옷을 입은 위대한 프랑스 기병대의 광포한 돌진은 영국 보병대를 여지없이 분쇄해 버렸던 것이다. 몇 사람이 군기 하나를 에워싸고 서서 한 연대의 위치를 나타내는 데도 있었는데, 그와 같은 연대는 이미 대위나 중위의 지휘를 받고 있을 뿐이었다.

라 에 쌩뜨에서 이미 심한 타격을 받았던 알텐 사단은 거의 전멸되었다. 반 클루쎄 단의 용감한 벨기에 병사들은 니벨로 통하는 길 옆 호밀밭에 어지럽게 흩어져 있었다. 1811년 스페인에서 프랑스군에 섞여 웰링턴과 싸우고, 지금 1815년에는 영국과 손잡고 나뽈레옹과 싸우던 네덜란드의 척탄병들은 살아남은 자가 거의 없었다.

장교들의 손실도 막대했다. 악스브리즈 경은 무릎뼈가 부스러져 그 이튿날 한쪽 다리를 매장했다. 프랑스군 쪽은 흉갑기병의 전투에서 들로르와 레리띠에와 꼴베르와 드노쁘와 트라베르와 블랑까르가 전투력을 상실하고 있었고, 영국군 쪽은 알텐과 반이 부상하고 테렌씨는 전사하고 웰링턴의 막료 대부분이 전사했다. 그리하여 그 출혈을 비교할 때 영국군 쪽 비중이 더 컸다. 근위 보병 제2연대는 중령 5명과 대위 4명과 기수 3명을 잃었다. 보병 제30연대 제1대대는 장

교 26명과 112명의 병사를 잃었다. 스코틀랜드 산악병 제79연대에
서는 장교 24명이 부상하고, 장교 18명이 전사하고, 병사 450명이
전사했다.

쿤베를란드의 하노버 경기병대는, 뒷날 재판에 회부되어 면직처분
을 받게 되는 연대장 학케를 선두로 하여 연대 전원이 싸움을 앞에
두고 길을 되돌아와 쓰와뉴숲 속으로 도망쳐 브뤼셀에 이르기까지
혼란의 분위기를 만들었다.

군수품을 실은 차며 탄약차며 화물차나 부상병을 가득 실은 유개
차들은 프랑스군이 전진하여 숲으로 다가오는 것을 보고 앞다투어
숲 속으로 달아났다. 프랑스 기병대에 여지없이 짓밟힌 네덜란드 병
정들은 "위험해!"라고 외쳐댔다.

베르 꾸꾸에서 그레넨델까지, 브뤼셀 방면으로 이십 리에 걸쳐 도
망병이 들끓고 있었다고, 아직 살아 있는 몇몇 목격자가 말하고 있
다. 이 공포는 너무도 심하여 말리느에 있던 꽁데 대공과 강에 있던
루이 18세에게까지 번졌다.

몽 쌩 장 농장 안에 세운 야전병원 후방에 사다리형 진을 치고 있
는 소수의 예비군과 좌익을 지키고 있는 비비앙과 방들뢰르 2개여
단 말고는 웰링턴에게 기병이 없었다.

수많은 대포는 산산조각나 나자빠져 있었다. 이러한 사실들은 시
본느가 고백하고 있는 바이다. 프링글은 불운을 과장하여, 영국군과
네덜란드군은 3만 4천 명밖에 남지 않았다고까지 말하고 있다. 무
쇠 공작(웰링턴)은 여전히 침착했으나 입술은 새파랗게 질렸다.

영국군 참모부의 일원으로 참전하고 있던 오스트리아의 관전(觀
戰) 무관 빈첸트와 스페인의 관전 무관 알라바는 무쇠공작이 패배
했다고 믿고 있었다. 5시에 웰링턴은 시계를 꺼냈다. 그리고 우울하
게 중얼거리는 소리를 들을 수 있었다.

"블뤼헤르가 먼저냐, 밤이 먼저냐!"

그때 멀리 한 줄의 총검이 프리슈몽쪽 언덕 위에 번뜩였다.

그리하여 거대한 이 참극이 급변하였다.

나뽈레옹에게는 나쁜 길잡이, 뵐로우에게는 좋은 길잡이

알려진 바와 같이 나뽈레옹의 착각에는 가슴을 찌르는 듯한 것이 있다. 그루시를 고대하고 있던 때 뜻밖에 나타난 블뤼헤르는 생명이 아니라 죽음을 가져온 것이다.

운명이란 이런 모양으로 전환한다. 세계를 지배하는 제왕의 옥좌를 기대했는데 세인트 헬레나가 눈앞에 나타난다.

만약에 블뤼헤르의 부관 뵐로우의 길잡이인 목동이 숲으로 진출하려면 쁠랑쓰느와 아래로 가는 것보다 프리슈몽 위쪽으로 돌아가는 게 더 좋다고 가르쳐 주었더라면 19세기의 형세는 아마도 오늘날과 달라져 있을 것이다. 그랬더라면 나뽈레옹은 워털루전투에서 이겼을 것이다. 쁠랑쓰느와 아랫길 이외의 길을 택했다면 프러시아군은 도저히 포병이 통과할 수 없는 그런 협곡에 맞닥뜨려 뵐로우는 도착하지 못했을 것이다.

프러시아의 무풀링 장군이 공언하는 바이지만 한 시간만 더 늦었더라면 블뤼헤르는 살아 있는 웰링턴을 보지 못했으리라.

"싸움은 패하고 있었다."

누구나 알 수 있듯이 뵐로우가 도착하지 않으면 안 될 시간이었다. 그뿐 아니라 그는 이미 늦어지고 있었던 것이다. 뵐로우는 디옹르몽에서 야영하고 있다가 날이 새자마자 출발했다. 그러나 길은 걸음을 옮기기조차 힘든 형편이었고 어느 사단이나 진흙탕에 발이 빠져 버렸다. 포차는 바퀴 자국에 굴대까지 파묻혔다. 게다가 좁다란 와브르 다리로 딜 강을 건너야만 했다. 그리고 그 다리로 통하는 도로에는 프랑스군이 불을 질러 놓고 있었다. 포병대의 탄약차와 식량차는 불타는 동네 사이를 빠져나갈 수 없어, 불이 꺼질 때까지 기다려야 했다. 뷜로우의 전위 부대가 아직 샤뻴 쌩 랑베르에 닿기도 전에 벌써 정오가 되어 있었다.

전투가 2시간 더 이르게 시작됐더라면 오후 4시에는 끝났을 터이고 블뤼헤르는 나뽈레옹이 이미 승리를 움켜잡은 뒤에야 전장으로 달려왔을 것이다.

우리 인간이 이해할 수 없는 무한에 어울리는 엄청난 우연이란 으레 그와 같다.

정오에 황제는 맨 먼저 망원경으로 지평선 끝에서 무엇인가 알아보고 주의를 기울였다. 그는 말했다.

"저기 구름 같은 것이 보이는데, 어쩐지 군대와 비슷하구나."

그리고 달마씨 공작(鉢)에게 물었다.

"쏠뜨, 저 샤뻴 쌩 랑베르 방면에 보이는 것을 어떻게 생각하나?"

원수는 망원경을 그쪽으로 돌려보고 대답했다.

"4, 5천의 군사입니다, 폐하. 그루시임에 틀림없습니다."

그런데 그것은 안개 속에서 꼼짝도 않고 있었다. 참모부의 모든 망원경은 황제가 지적한 그 '구름'을 자세히 살펴보았다. 더러는 이렇게 말했다.

"저것은 정지하고 있는 중대입니다."

그러나 대부분의 사람들은 이렇게 말했다.

"저것은 나무숲입니다."

확실한 것은 그 구름이 움직이지 않는다는 것이었다. 황제는 도몽의 경기병대를 파견하여 그 뚜렷하지 않은 것 쪽으로 정찰대를 파견했다.

뷜로우는 과연 움직이지 않았다. 그의 전위 부대는 수가 매우 적어 아무 힘도 없었다. 그 전위 부대는 군단의 주력을 기다릴 수밖에 없었고, 또한 전선에 나가기 전에 집결하라는 명령을 받았다. 그러나 5시에 웰링턴의 위기를 알아차린 블뤼헤르는 뷜로우에게 공격할 것을 명령하면서 놀랄 만한 말을 했다.

"영국군의 숨구멍을 열어주어야겠다."

얼마 뒤에 로스틴과 힐레르와 학케와 리쎌의 각 사단은 로보의 군단 앞에 전개되고, 프러시아의 빌헬름 대공 기병대는 빠리스 숲에서 출격하여 쁠랑쓰느와는 불꽃에 휩싸였다. 그리고 프러시아군의 포탄이 나뽈레옹의 배후에 예비대로 대기하고 있던 근위병 대열에까지 빗발치듯 쏟아지기 시작했다.

근위대

그 뒤의 일은 이미 알려진 그대로다.

제3세력의 돌입, 전투의 분열, 갑자기 불을 뿜기 시작한 86문의 대포, 뷜로우와 함께 도착한 피르히 1세의 기습, 블뤼헤르가 몸소 지휘하는 씨텐 기병대, 프랑스군의 후퇴, 오앙 고원에서 소탕된 마르꼬네, 빠쁠로뜨에서 퇴각한 뒤뤼뜨, 동즐로와 끼오의 퇴각, 측면으로 공격당한 로보, 장비를 잃은 아군 각 연대에 황혼과 더불어 덮쳐온 새로운 전투, 다시 공세를 취하고 전진해 온 모든 영국군의 전선, 프랑스군 속에 뚫린 거대한 구멍, 서로 엄호하는 영국군과 프러시아군의 산탄, 섬멸전, 정면과 측면의 참패, 그 무서운 붕괴 아래 근위대의 전선 참가.

근위대는 죽음이 다가옴을 느끼자 "황제폐하 만세!"를 외쳤다. 마침내 그러한 함성까지 지르게 된 최후의 그 고통보다 더 감동을 주는 것은 역사상 유례가 없다.

하늘은 온종일 흐려 있었다. 그런데 갑자기 그 순간에, 저녁 8시였는데, 지평선의 구름이 갈라지며 지는 해의 불길한 붉은 빛이 니벨 가도의 느릅나무들 사이로 커다랗게 번져나왔다. 아우스테를리츠에서는 이 해가 솟아오르는 것을 보았었는데.

근위병의 각 대대는 이 종국을 위해 저마다 장군의 지휘를 받고 있었다. 프리앙, 미셸, 로게, 아를레, 말레, 뽀레 드 모르방이 모두 거기 있었다. 커다란 독수리 휘장이 달린 근위 척탄병의 높은 모자가 가지런히 줄지어 숙연히 위풍당당하게 이 혼전의 안개 속으로 나타났을 때에는 적군조차도 프랑스군에 대한 존경심을 느꼈다. 마치 수많은 승리가 날개를 활짝 펼치고 전장으로 들어오는 것을 보는 것 같았으며, 승자가 패자인 듯한 마음이 들어 뒤로 물러났다. 그러나 웰링턴은 외쳤다.

"일어섯, 근위병! 정확하게 겨눠라!"

울타리 뒤에 엎드리고 있던 붉은 옷의 영국 근위연대는 일어섰다. 빗발치는 듯한 포탄이 프랑스군의 독수리 용사들 주위에서 바람에 나부끼고 있는 삼색기에 구멍을 수없이 뚫고, 전군이 서로 부딪치며 최후의 살육전이 벌어지기 시작했다.

황제의 근위병들은 그들 주위에서 퇴각해 가는 군대를, 쫙 깔린 패전의 흔들림을 어둠 속에 느꼈다. "황제 폐하 만세!" 이 소리가 "달아나라!"는 소리로 바뀐 것을 들었다.

그리고 달아나는 그 소리를 뒤에 들으면서도 그들은 한 걸음 한 걸음 더욱 더 포화의 세례를 받고 쓰러지면서 계속 전진했다. 주저하는 자도, 겁내는 자도 없었다. 이 근위대에서는 한낱 병졸도 장군 못지않은 영웅이었다. 죽음을 각오하지 않는 사람은 하나도 없었다.

네는 미친 듯 날뛰며, 죽음을 감수하는 인간만이 갖는 저 극한의 위풍으로, 이 난전의 모든 타격에 몸을 내맡기고 있었다. 이때 그가 탄 다섯 번째 말이 죽음을 당했다. 땀에 범벅이 되어, 눈에 불을 켜고, 입에 거품을 물고, 군복 단추는 떨어져 달아나고, 한쪽 견장은 영국 근위기병의 군도를 받아 반동강이 나고, 레지옹 도뇌르 최고 훈장의 독수리 휘장은 탄환을 맞아 우그러들고, 피를 뒤집어쓰고, 흙투성이가 되어, 용감무쌍하게 부러진 칼을 손에 들고 그는 말했다.

"자, 프랑스의 원수가 전장에서 어떻게 죽어 가는지를 보러 오라!"

그러나 그렇게 말한 보람도 없이 그는 죽지 않았다. 그는 살기를 띠고 미쳐 날뛰었다. 그는 드루에 데를롱에게 내뱉듯 말을 던졌다.

"자네는 전사하지 않을 텐가, 자네는?"

병사들을 몰살시켜 가는 포탄 속에서 그는 외치고 있었다.

"나를 맞힐 총탄은 그래 없단 말인가! 오! 영국놈들의 포탄은 모두 내 뱃속으로 들어오너라!"

불운한 네여, 그대는 프랑스 군대의 탄환에 맞기 위해 남겨진 것이다! (나뽈레옹의 몰락 뒤 네는 왕당파에 의해 총살되었음)

파멸

근위대 뒤에서 일어난 패주는 처참했다.

군대는 한꺼번에 사방에서——우고몽에서, 라 에 쌩뜨에서, 빠쁠로뜨에서, 쁠랑쓰느와에서 황망하게 퇴각했다. "배신자!"라는 소리에 "달아나라!"는 외침이 이어졌다. 패퇴하는 군대는 마치 눈사태와 같다. 모든 것이 휘어지고, 금이 가고, 깨어지고, 흘러가고, 뒹굴고, 미끄러 떨어지고, 부딪치고, 앞을 다투고, 왈칵 밀린다. 처참한 해체다. 네는 말을 빌어 타고, 모자도 넥타이도 검도 없이 브뤼셀 가도에 가로막고 서서, 영국군과 프랑스군을 동시에 제지했다. 그는 군대를 저지하려고 애쓰며 소리지르고, 욕을 퍼붓고, 패주하는 병사들을 몸으로 가로막았다. 그러나 병사들은 넘쳐흘러 그의 옆을 빠져나가 "네 원수 만세!"라고 외치며 달아났다.

뒤뤼뜨의 2개 연대는 독일 창기병의 칼과 켄트와 베스트와 팩크와 라일란트 같은 여러 여단의 틈바구니에서 마치 공깃돌이 굴러다니듯 어찌할 바 몰라 우왕좌왕한다. 혼전 중에서 가장 최악의 것은 도망이다. 도망가기 위해서 전우끼리도 서로 죽인다. 기병대와 보병대는 싸움의 거대한 거품처럼 서로 부딪쳐 산산이 흩어진다. 한쪽 끝에서는 로보가, 다른 한 끝에서는 레유가 저마다 그 물결에 휘말려 든다. 나뽈레옹은 근위대의 나머지 병력을 모아 방어벽을 구축하려 하나 힘이 미치지 않았다. 최후의 노력도 헛되어 측근 기병중대를 소모시켜 버린다.

끼오는 비비앙 앞에서 물러나고, 껠레르만은 반델뢰르 앞에서 물러나고, 로보는 뷜로우 앞에서 물러나고, 모랑은 페르히 앞에서 물러나고, 도몽과 쒺베르빅은 프러시아의 빌헬름 대공 앞에서 물러난다. 기요는 황제의 기병 중대를 거느리고 돌격했으나 영국 용기병의 말발굽 아래 쓰러진다. 나뽈레옹은 도망병들 사이로 말을 달리며, 훈계하고, 재촉하고, 으르고, 애원한다.

그날 아침 황제 만세를 외쳤던 그 입들이 지금은 모두 어이없이 헤벌어지고 있을 뿐이다. 그들은 황제조차도 알아보지 못하는 모양이었다. 갓 도착하여 밀어닥친 프러시아의 기병대는 뛰고 날고 치고 베고 부수고 죽이고 무찌른다. 말은 수레를 내동댕이치고, 대포는 그 자리에 버려진다. 보급병들은 탄약차에서 말을 끌러 그 말을 타고 도망친다.

식량차는 네 바퀴를 위로 쳐들고 자빠져 길을 가로막아 거기서 수많은 학살이 벌어지고 있다. 사람들은 서로 밀치고 짓밟으며, 죽은 사람과 산 사람의 몸 위를 마구 타고 넘는다. 팔이란 팔은 모두 기를 쓰고 서로 붙잡으며 죽을 힘을 다한다. 엄청난 군중이 한길을, 작은 길을, 다리를, 들판을, 언덕을, 골짜기를, 숲을 메우며 4만 군사가 도망치고 있다.

절망에 찬 아비규환, 호밀밭에 내팽개친 배낭과 총, 칼을 휘둘러야만 겨우 열리는 통로에 이제는 전우도 장교도 장군도 없고 오직 말로 다할 수 없는 공포만이 있을 뿐. 제멋대로 프랑스군의 목을 베어 쓰러뜨리는 씨텐. 사자는 이제 사슴새끼가 되었다. 이러한 것들이 실로 패주하는 광경이었다.

주나쁘에서 사람들은 뒤돌아서서 대항하고 적을 막아 보려고 시도했다. 로보는 3백의 병사를 모았다. 그들은 마을 입구에 바리케이드를 쳤다. 그러나 프러시아군이 처음으로 포탄을 마구 쏘아대기 무섭게 그들은 다시 도망치기 시작했다. 그리고 로보는 포로가 되었다. 그 연발된 포탄 자국은, 주나쁘로 들어가기 조금 전 길 오른편의 허물어진 벽돌집 낡은 박공 위에 있어 지금도 볼 수 있다. 너무나 반응이 없는 승리자가 되는 게 싫기라도 한 것처럼 프러시아군은 주나쁘에 돌입했다. 그 추격은 맹렬했다.

블뤼헤르는 적을 몰살하도록 명령했다. 이보다 먼저 로게는 프랑스의 모든 척탄병에게, 저마다 한 명씩 프러시아 병사를 포로로 잡아오지 않으면 목을 베겠다고 위협한 저 비통한 전례를 남긴 바 있었다.

블뤼헤르는 로게 이상으로 잔혹했다. 연소한 근위대 장군인 뒤에므는 주나쁘의 한 여관 문 쪽으로 몰려들어가, '죽음의 사자'라고도 할 수 있는 한 경기병에게 항복한다는 뜻으로 자기 칼을 건네주었는데(^{항복한
다는 뜻}), 경기병은 그 칼을 받아서 포로가 된 장군을 찔러 죽였다. 승리는 패자를 학살함으로써 완성되었다. 그러나 우리는 이것이 역사이므로 단죄하는 견지에서 늙은 블뤼헤르가 스스로 자신의 명예를 더럽혔다고 말하리라.

이 만행의 참상은 극에 달했다. 필사의 도망자들은 주나쁘를 지나고, 레캬트르 브라를 지나고, 고쓸리를 지나고, 프란느를 지나고, 샤를르와를 지나고, 뛰앵을 지나 국경까지 이르러서야 겨우 멈추었다. 아, 그토록 도망친 것은 대체 누구였던가? 그것은 다름아닌 저 '위대한 육군'이다.

유사 이래 전무후무한 일이라고 일컬은 용맹의 이 착란, 공포, 전락, 이것은 과연 까닭없이 일어난 것이었을까? 아니다. 하느님의 거대한 오른손 그림자가 워털루 위에 떨어져 있었다. 운명의 날이었다. 인간을 초월한 힘이 이 하루를 빚어낸 것이다. 그렇기 때문에 사람들의 머리는 공포로 인해 수그러졌다. 그래서 그처럼 위대한 정신들이 고스란히 항복했다. 유럽을 정복했던 그들도 이제는 손을 들고 땅 위에 쓰러져, 할 말도 취할 방도도 없이, 다만 그 그림자 속에 어떤 무시무시한 것이 있음을 느꼈을 뿐이다. '이것이 그들의 운명이었다.' 이 날 인류의 앞날에 대한 예상은 완전히 달라졌다.

워털루, 그것은 19세기의 돌쩌귀다. 그 위인의 소멸은 위대한 세기가 도래하기 위해 필요했다. 항거의 말을 허락하지 않는 어떤 것이 그 일을 감당해 주었던 것이다. 영웅들이 두려움에 떨며 뒷걸음질친 것도 이러한 까닭에서였다. 워털루 전투 속에는 풍운 이상의 것, 유성과 같은 것이 있었다. 하느님이 지나가신 것이다.

밤의 장막이 내릴 무렵, 베르나르와 베르트랑은 주나쁘 근처 밭 속에서 일그러지고 생각에 잠긴 듯한 사나운 한 사나이의 외투자락을 붙잡아 세웠다. 그 사나이는 패군의 흐름에 휩쓸려 거기까지 와서는 이제 막 말에서 내려 말고삐를 팔에 끼고, 혼미된 눈을 하고 홀로 워털루 쪽으로 되돌아가는 길이었다. 그는 아직도 전진을 계속하려던 사나이, 허물어져 버린 꿈의 엄청난 몽유병환자 나뽈레옹이었다.

마지막 방진

근위대의 몇몇 방진은 흐르는 물 속의 바위처럼 패군의 흐름 속에서 엄연히 밤이 될 때까지 버티고 있었다. 밤이 오고 죽음도 더불어 왔다. 그들은 그 이중의 어둠을 기다리며 조금도 흔들림 없이 포위당하는 대로 내버려두었다. 연대마다 서로 고립되고 사방에서 본대와 단절되어 저마다 죽음을 기다릴 뿐이었다. 그들은 그 최후의 전

아직도 전진을 계속하려던 사나이, 몽유병환자 나뽈레옹이었다.

투를 위해 로쏘므 고지며 몽 쌩 장 벌판 여기저기에 진을 치고 있었다. 버림받고 격파되고 처참한 꼴이 된 그들의 방진은 몸서리쳐지는 단말마의 고통에 시달리고 있었다. 월름, 바그람, 예나, 프릴랑이 모두 그 속에서 전사했다.

해가 지며 어둑어둑해지는 밤 9시 무렵 몽 쌩 장 고원 아래 그러한 방진이 하나 남아 있었다. 불길한 그 골짜기에서, 아까는 흉갑기병들이 기어오르고 지금은 영국병들이 가득차 있는 그 비탈 기슭에서, 승리를 구가하는 적의 포병이 집중하는 포화 아래에서, 무섭고 치열하게 쏟아지는 총알 아래에서 그 방진은 싸우고 있었다. 이 방진은 깡브론느라는 한 이름없는 장교가 지휘하고 있었다. 적탄이 일제히 사격될 때마다 방진은 줄어들면서 응전하고 있었다. 줄곧 사위를 좁혀 가면서 산탄에 소총전으로 응하고 있었다. 도망병들은 숨이 차서 이따금 발길을 멈추고, 차츰 약해져 가는 이 음산한 울림을 멀리 어둠 속에서 듣고 있었다.

그 부대가 벌써 한줌의 인원에 지나지 않게 되었을 때, 그들의 군기가 걸레 조각에 지나지 않게 되었을 때, 탄환을 다 쏘아버린 그들의 총이 막대기에 지나지 않게 되었을 때, 시체더미가 살아남은 사람의 부피보다 커졌을 때, 승리에 도취한 자들 사이에 거룩하게 죽어 가는 용사들을 에워싼 그 어떤 신성한 공포심이 일어나 영국군 포병은 한숨을 쉬며 침묵했다.

그러나 그것은 잠깐 동안의 휴식에 지나지 않았다. 그들 용사의 주위에는 유령이 몰려들 듯 기마 병사들의 실루엣이며, 대포의 검은 측면이며, 수레바퀴와 포가(砲架) 사이로 보이는 희부연 하늘 같은 것이 에워싸고 있었다. 영웅들이 싸움의 배경인 화약 연기 속에서 언제나 보는 저 죽음의 거대한 머리가, 그들의 머리 위로 바싹 다가들어 그들을 바라보고 있었다. 그들은 어슴푸레한 어둠 속에서 포탄이 장전되는 소리를 가려낼 수 있었다.

밤의 어둠 속에 번뜩이는 호랑이 눈처럼 불붙은 화약 심지가, 그들 머리 위에 원을 그리고 영국군 포대의 모든 도화선이 대포로 다가갔다. 그때 감동하여, 그들 용사 위에 닥친 최후의 순간을 제지하면서 한 영국군 장교가, 어떤 자는 콜빌이라고도 하고 어떤 자는 메일랜드라고도 하는 사람이 그들에게 외쳤다.

"용감한 프랑스 병사들이여, 항복하라!"

깡브론느는 대답했다.

"Merde (똥, 빌어먹을이라는 뜻의 속어이기도 함)!"

깡브론느

프랑스의 독자는 모두 허영심 많고 체면차리기를 좋아하니까, 기왕에 프랑스 인이 말한 아마도 가장 아름다운 이 말 'Merde!'를 여기에 되풀이하는 것은 실례되는 일이 될는지도 모르겠다. 역사 속에서 숭고함을 입증하는 것은 금기다.

그러나 모든 책임은 작자가 지기로 하고 그 금기를 굳이 깨고자 한다.

그리하여 감히 말하건대 이들 모든 거인들 속에는 거인 깡브론느가 있었다.

이 말을 하고 나서, 곧이어 죽는다! 이 이상 위대한 일이 또 있을까! 왜냐하면 이 말을 하는 것은 죽음을 원한다는 일이기 때문이다. 이 사나이가 마구 쏟아지는 포탄을 뒤집어쓰고도 살아 남았다 해도 그의 잘못은 아니다 (깡브론느는 전사하지 않고 영국군의 포로가 되었음. 1815년 12월에 프랑스로 돌아가 복고된 왕정의 육군에 근무하고 1822년에 은퇴, 1824년에 죽음).

워털루 전투에서 이긴 사람은 패주한 나뽈레옹도 아니고, 4시에 퇴각하고 5시에 절망한 웰링턴도 아니고, 전혀 싸우지 않은 블뤼헤르도 아니다. 워털루 전투에서 이긴 사람은 실로 깡브론느이다.

자기를 죽이려는 포성을 그런 말로 분쇄하는 것은 곧 승리다.

파국을 향하여 이러한 대답을 하고, 운명을 향하여 이러한 말을 던지고, 뒷날에 세워질 사자상에 대하여 이러한 터전을 주고, 간밤의 비와, 우고몽의 음험한 방벽과, 오앵의 골짜기 길과, 그루시의 지연과, 블뤼헤르의 도착 등에 대해 이러한 항변을 내뱉고, 무덤 속에 다리를 처넣고도 익살을 부리고, 다들 쓰러진 뒤에도 서 있을 수 있고, 단 한 마디 'Merde!' 속에 유럽 동맹을 빠뜨려 가라앉게 하고, 이미 황제들에게 알려져 있는 변소를 제국의 국왕들에게 진상하고, 프랑스의 예지를 깃들임으로써 최하의 말을 최상의 말로 만들고, 마르디 그라(사육제 환락의 마지막 날. 그 다음날부터 금육재로 들어감)로 오연하게 워털루의 막을 내리고, 라블레(16세기 프랑스 작가. 신랄한 풍자에 뛰어났음)에 의하여 레오니다스(고대 그리스 스파르타의 왕. 테르모필레 싸움에서 페르시아 대군을 맞아 싸우다 전사. 스파르타 정신의 화신으로 일컬어짐)를 보충하고, 입에 담기도 어려운 이 최상의 한 마디로 이 승리를 요약하고, 진지를 잃고도 역사를 쟁취하고, 그러한 살육 뒤에도 적을 웃음거리로 만들었으니, 이거야말로 실로 엄청난 일이 아닌가.

이것은 으르렁거리는 뇌성에 던지는 모멸이다. 이것은 아이스킬로스의 위대함에까지 다다른다.

깡브론느가 내뱉은 이 말 한 마디는 파열을 느끼게 한다. 그것은 격한 경멸로 가슴이 터지는 것이며, 충만된 고민이 폭발하는 것이다.

누가 이겼는가? 웰링턴이었던가? 아니다. 블뤼헤르가 오지 않았더라면 웰링턴은 패했을 것이다.

그렇다면 블뤼헤르였던가? 아니다. 웰링턴이 처음에 싸우지 않았더라면 블뤼헤르는 싸움의 끝마무리를 지을 수 없었을 것이다.

이 깡브론느는, 이 최후의 시각에 다다른 사나이는, 이 이름없는 전사(戰士)는, 이 전쟁에서 무한히 작은 이 사람은 거짓이 있음을, 파국 속에 겹겹이 가슴을 누르는 하나의 거짓이 있음을 느낀다. 그리하여 그가 분노를 폭발시켰을 때, 적들은 그에게 뼈저린 조롱을 던진다, 생명을! 어찌 격노하지 않을 수 있으랴?

깡브론느

그들은 거기에 있다. 유럽의 모든 나라 왕들이, 행복한 장군들이, 우레를 몰고 오는 주피터들이. 그들은 승리를 구가하는 10만 병사를 가졌고, 10만의 뒤에는 다시 100만의 병사를 가졌고, 그들의 대포는 화승줄에 불을 붙이고 포문을 열고 있으며, 그들은 황제의 근위대와 '위대한 육군'을 발 밑에 짓밟고 있으며, 그들은 방금 나뽈레옹을 분쇄해 버린 참이며, 이제 깡브론느 하나만 남아 있다. 저항하는 것은 이제 이 한 마리 지렁이뿐이다. 이 지렁이는 저항할 것이다.

그리하여 깡브론느는 칼을 찾듯이 말을 찾는다. 그의 입에서는 거품이 솟아난다. 이 거품이야말로 그가 찾고 있는 말이다. 괴이하고도 실로 허무맹랑한 승리 앞에, 승리자 없는 승리 앞에, 절망한 이 사람은 감연히 일어선다. 그는 승리의 거대함에 압도되지만 그것의 허망함을 안다. 그는 승리에 침을 뱉는 것만으로 만족하지 않았다. 수와 힘과 물량에 압도되면서도 그는 마음 속에서 하나의 표현을, 똥을 발견한다. 되풀이 말하거니와 그것을 내뱉고, 그것을 외치고, 그것을 행하고, 그것을 발견하는 것은 승리자가 되는 것이다.

엄숙한 심판의 정신이 최후의 이 한순간에 이름없는 이 사나이의 머릿속으로 들어갔던 것이다. 마치 루제 드 릴이 '라 마르세예즈 (프랑스 국가가 된 이 노래는 대혁명 때 마르세이유 의용병)를 찾아낸 것처럼, 하늘의 숨결이 불의 빠리 진격 때 불려진 것임. 하룻밤새 만들어졌다고 함)'를 찾아낸 것처럼, 하늘의 숨결이 불어 내려와 깡브론느는 워털루의 말을 찾아낸 것이다. 한 줄기 신성한 비바람이 하늘에서 불어와 이 두 사람을 스쳐 지나가고, 그들은 부르르 몸을 떤다. 한 사람은 그지없이 숭고한 노래를 부르고, 한 사람은 끔찍한 외침 소리를 지른다.

깡브론느는 타이탄의 경멸과도 같은 그 한 마디를 제국의 이름으로 유럽에 던지는 것만은 아니다. 그것만으로는 너무나도 모자랄 것이리라. 그는 이것을 대혁명의 이름으로 과거에 던지고 있는 것이다. 사람들은 그것을 듣고 깡브론느 속에서 옛 거인들의 정신을 발견해내리라. 당뙁이 외치고 끌레베르(대혁명 시/대 장군)가 부르짖는 것 같다.

깡브론느의 한 마디에 영국군은 대답했다. "쏴라!" 하고. 대포는 불을 뿜고, 언덕은 진동하고, 그들의 모든 청동 포문에서는 마지막으로 무시무시한 기세로 산탄을 토하고, 뭉게뭉게 솟아오르는 화약연기가 떠오르는 달빛을 받아 희부옇게 퍼져올랐다. 그리고 그 연기가 흩어진 뒤에는 이미 아무것도 없었다. 그 무서운 잔병들은 전멸해 버리고 없었다. 근위병들은 모두 죽어 있었다.

그 각면보의 네 벽도 이제는 허물어져 버리고, 여기저기 시체 사이에 무언가 움직거리는 게 이따금 보일 뿐, 이리하여 로마 군단보다도 위대했던 프랑스 근위대는 몽 쌩 쟝의 비와 피로 적셔진 땅 위에서, 어두운 호밀밭 속에서 사라져 버리고 말았다. 지금은 그곳을, 유쾌하게 휘파람불고 말에 채찍질을 하면서 니벨의 우편마차를 모는 조제프가 아침 4시에 지나다닌다.

지휘관을 어떻게 평가할 것인가?

워털루 전투는 하나의 수수께끼다.

이긴 쪽이나 진 쪽이나 마찬가지로 불가해했다. 나뽈레옹에게는 이 전투가 하나의 공황이었다. (다 끝난 싸움, 다 지나간 하루, 그릇된, 그러나 바로잡혀진 방책, 이튿날이면 더욱 확실해졌을 대성공, 그러한 모든 것은 시간의 무시무시한 공황으로 사라져 버리고 말았다—나뽈레옹 《세인트 헬레나 미述》에서)

블뤼헤르는 마치 여우에 흘린 기분이었고, 웰링턴은 뭐가 뭔지 아무것도 이해하지 못했다. 보고서를 보면 알 수 있다. 전황보고서는 모호하고, 전쟁회상록은 갈피를 잡을 수 없다. 후자는 머뭇거리고 전자는 더듬거리고 있다.

조미니(프랑스 장군. 1839년 간행된 《1815년 전쟁의 정치적·군사적 개요》라는 저서가 있음)는 이것을 네 개의 국면으로 나누고 있다. 무풀링(프러시아 장군. 1816년 간행된 《영국과 하노버와 네덜란드 연합군에 의해 이루어진 1815년의 모든 역사》라는 저서가 있음)은 이것을 세 개의 국면으로 나누고 있다. 오직 샤라스(프랑스 군인, 중령. 1858년 간행된 《1815년의 모든 역사, 워털루》라는 저서가 있음)만이, 비록 몇 가지 점에서 우리와 다른 견해를 가지고 있지만, 그만의 날카로운 안광으로, 신성한 우연과 싸우는 천재적인 인간의 파멸상을 뚜렷이 포착하고 있다. 그밖의 역사가들은 모두 하나의 현혹에 사로잡혀, 그 속에서 더듬거리고 있다.

무리도 아닌 일이다. 실로 섬광 같은 하루였다. 실로 여러 나라의 왕들이 아연해 있는 동안 일어난, 모든 왕국을 휩쓴 군국주의의 붕괴요 힘의 전락이며 전쟁의 파탄이었다.

인간을 초월한 필연의 자취가 역력히 새겨져 있는 이 사건 속에서 인간이 관여한 바는 아무것도 없다.

워털루를 웰링턴이나 블뤼헤르에게서 떼어내는 것은 영국이나 독일에서 무엇을 빼앗는 일이 될 것인가? 그렇지 않다. 저 빛나는 영국도, 저 정체불명의 독일도, 워털루 문제에서는 실로 미미한 존재였다.

다행스럽게도 민중들은 처참한 교전의 폭거 밖에 있으면서도 위대한 것을 얻었다. 독일도 영국도 프랑스도 칼집 속에 들어 있지는 않다. 그 시대, 워털루가 단순히 칼 부딪는 소리에 지나지 않는 그 시대에, 독일에는 블뤼헤르 위에 괴테가 있었고 영국에는 웰링턴 위에 바이런이 있었다. 광대한 사조(思潮)의 용솟음은 19세기 특유의 것이고, 오직 그 여명 속에서만 영국도 독일도 그 장려한 빛을 발하게 된다. 그 나라들은 그들 사상 때문에 장엄하다. 그들이 문명에 이바지한 수준의 향상이야말로 그들의 본질이었다. 거기에 있어서는 그들 자신이 근원이지 어떤 사건이 근원은 아니다.

19세기에 그들이 강대해진 원천에 워털루가 있었던 것은 아니다. 전쟁의 승리 뒤에 갑작스러운 성장을 보이는 것은 야만 민족일 뿐이다. 그것은 큰 비에 불어난 급류의 일시적인 허영에 불과하다. 문명한 민족, 더욱이 현대에는 한낱 장군의 행운이나 불운 여하에 따라 지위가 높아지거나 낮아지지는 않는다.

인류에 있어서 나라마다 특유한 민중의 비중은 단순한 전쟁 이상의 그 무언가에서 유래한다. 다행스럽게도 한 나라의 명예며 위신이며 광채며 정신은, 영웅이라든가 정복자라 불리는 저 도박꾼들이 전쟁이라는 제비뽑기에 걸 수 있는 숫자가 아니다. 싸움에 패하고 진보하는 일이 흔히 있다. 영광이 적을 뿐 그만큼 자유는 많다. 북소리가 울리지 않을 뿐 이성은 입을 여는 수가 있다. 그것이야말로 지는 자가 이기는 도박이다. 그러므로 워털루에 대해서도 냉정하게 두 가지 면에서 살펴보기로 하자.

우연에 속한 것은 우연에, 신에 속한 것은 신에게 돌리자. 그러면 워털루란 과연 무엇이었던가? 하나의 승리였던가? 아니다. 하나의 요행이었다. 유럽에 요행수가 붙어 프랑스가 손해를 입게 된 노름판이었다. 거기에 사자상을 세우게 된 것은 당치도 않은 일이다.

워털루는 역사상 가장 불가사의한 전투다. 나뽈레옹과 웰링턴, 그들은 서로 적이 아니라 상반되는 양극일 뿐이었다. 대립을 좋아하는 신도 일찍이 이처럼 사람을 놀라게 한 대조와 이토록 기이한 비교를 빚어낸 적은 없었다. 한편에는 치밀, 선견지명, 기하, 신중, 안전한 퇴각, 예비 병력의 보존, 끈덕진 침착, 확고부동한 병법, 지형을 이용한 전술, 각 부대 사이의 평형을 유지하는 방법, 일망타진의 살육, 시계로 계산해 내는 전쟁, 온갖 임의행동의 금지, 고전적인 낡은 용기, 절대의 규율. 다른 한편에는 직감, 통찰, 신출귀몰한 전법, 초인의 본능, 번뜩이는 눈초리, 독수리처럼 쏘아보고 번개처럼 후려치는 그 무엇, 사람을 깔보는 격렬한 기상 속에 감춰진 불가사의한 기술, 심오한 영혼이 갖는 온갖 신비, 운명과의 결합, 복종을 강요당한 것 같은 강이며 들이며 숲이며 언덕, 싸움터마저 제멋대로 억압하려는 전제 군주, 천운을 일으킴과 동시에 헤쳐 버리면서 병법과 함께 그 천운을 믿는 마음. 웰링턴은 전쟁의 바레므^(계산 수학자)였고, 나뽈레옹은 전쟁의 미켈란젤로였다. 그래서 이번에는 천재가 계산에 패배한 것이다.

양쪽 모두 누군가를 기다리고 있었다. 성공한 것은 정확한 계산가 편이었다. 나뽈레옹은 그루시를 기다리고 있었으나 오지 않았다. 웰링턴은 블뤼헤르를 기다리고 있었다. 그리고 그는 왔다.

웰링턴, 그는 보복을 행하는 고전적 전법의 화신이다. 보나빠르뜨는 욱일승천(旭日昇天)의 기세를 떨칠 무렵 이탈리아에서 그 고전적 전법을 만나 보기좋게 쳐부수었다. 늙은 올빼미는 젊은 독수리 앞에서 도망쳐 버렸다. 낡은 전술은 분쇄되었을 뿐 아니라 흙을 뒤집어쓰기까지 했다.

저 26살의 코르시카 젊은이는 대체 어떤 자였던가? 모두 적으로 돌리고, 자기 편은 하나도 없이, 군량도 탄약도 대포도 구두도 없이, 거의 군대조차 없이, 한줌의 병사로 대군단과 맞서고, 전유럽 동맹에 달려들어 신기하게도 불가능 속에서 승리를 붙잡은 그 불가사의한 사나이는 대체 무엇을 뜻하고 있었던가?

거의 숨 돌릴 겨를도 없이, 언제나 변함없는 한줌의 전투원을 비장의 장기말로 내놓아 알빈씨에 이어 볼리외를, 볼리외에 이어 우름제르를, 우름제르에 이어 멜라스를, 멜라스에 이어 막크를 무찔러 쓰러뜨리고, 독일 황제의 다섯 군단을 차례차례로 격파해 간 그 우뢰 같은 광인은 대체 어디서 나왔던 것일까? 혹성 같은 철면피인 그 전쟁의 신참자는 대체 어떤 자였던가?

군사 전문 아카데미파는 꼬리를 사리고 도망치면서 그를 파문했다. 그리하여 새로운 무단정치에 대한 옛 무단정치의 철천지원이, 불꽃 같은 검에 대한 정통적 군도의 철천지원이, 천재에 대한 장기판(순서가 정해진 작전)의 철천지원이 생겨났다. 1815년 6월 18일 그 원한은 마침내 앙갚음을 하게 되어, 로디와 몬테벨로와 몬테노테와 만투아와 마렝고와 아르꼴라(모두 나뽈레옹 歷戰의 지명임) 같은 곳 아래에 '워털루'라는 한 마디 말을 적어 놓음으로써 그 숨통을 찔렀던 것이다. 그것은 다수인에게 환영받는 보통파의 승리였다. 운명은 이 아이러니를 허용했다. 나뽈레옹은 무너져 가는 비탈에 서서 자기 앞에 이번에는 젊은 우름제르 (오스트리아 장군. 1797년 만투아에서 나뽈레옹에게 항복한 그해 73살로 죽음)를 발견했던 것이다.

하긴 우름제르를 보기 위해서는 웰링턴의 머리를 하얗게 물들이기만 하면 충분하다. 워털루는 이류 장군이 승리를 거둔 일류의 전투이다.

워털루 전투에서 칭송해야 할 것은 영국, 영국의 강인함, 영국의 결단, 영국의 뜨거운 피다. 영국이 거기서 보여 준 숭고한 점은 미안하지만 영국 그 자체다. 그 장군이 아닌 그 군대다.

기괴하게도 웰링턴은 그러한 은공을 잊어 버리고 버서스트 경에게 보낸 편지 속에서 자기의 군대, 즉 1815년 6월 18일 싸운 군대는 '경멸할 만한 군대'였다고 공언하고 있다. 워털루 들판에 무더기로 파묻힌 저 음산한 해골들은 그 말을 어떻게 생각할 것인가?

영국은 웰링턴에 대해 너무나 지나치게 양보했다. 웰링턴을 그토록 위대하게 만드는 것은 영국을 깎아내리는 일이다. 웰링턴은 흔히 있는 한 사람의 영웅에 지나지 않았다. 잿빛 제복의 스코틀랜드 병정, 근위기병, 메일랜드와 미첼의 연대, 팩크와 켄트의 보병대, 폰손비와 서머세트의 기병대, 산탄 아래에서 피리를 불고 있던 하일란드 병사, 라일랜트 대대, 총을 다루는 법조차 제대로 모르면서 에슬링과 리볼리 전투 이래 노련한 프랑스 군단과 대적한 풋내기 신참병 ——이들이야말로 위대했다.

웰링턴은 끈기가 있었으나, 그의 가치는 그것이 모두였다. 작자는 그 점에 대해 그를 낮게 평가하려는 것은 아니다. 그의 보병과 기병의 가장 미미한 자에 이르기까지 모두 그와 똑같이 강인했다. 무쇠 공작에 어울리는 무쇠 병정들이었다. 우리는 영국 병사, 영국군, 영국 국민을 모두 다 한껏 칭찬하고 싶다. 만약에 전승 기념패가 있다면 그것을 차지할 자는 영국이다. 워털루의 원기둥탑이 만일 지금과 같은 한 인간(웰링턴)의 얼굴 대신 한 국민의 상을 하늘 높이 떠받들어올린다면 그것은 더욱 정당한 게 되리라.

그러나 그 위대한 영국은 이렇게 말하는 작자에게 화를 낼 것이 틀림없다. 영국은 그들의 1688년(^{명예}혁명)과 우리 프랑스의 1789년(^{프랑스}혁명) 뒤에도 오히려 봉건적 환상을 가지고 있다. 영국은 아직도 세습제도와 계급제도를 받들고 있다. 힘으로나 영광으로나 그 어느 면에서도 다른 나라에 지지 않는 이 나라 사람들은 민중이 아닌 국민으로 자처하고 있다.

민중이면서도 그들은 기꺼이 복종하고 우두머리로 한 군주를 받들고 있다. 노동자는 모멸을 감수하고, 병사는 몰매를 감수한다. 사람들이 기억하듯 잉케르만의 싸움(^{크림}전쟁)에서, 한 하사관이 전군을 구출했다고 여겨진 일이 있었으나 래글런 경 때문에 이름을 내세우지 못했다. 영국군의 계급제도는 장교 이하의 계급은 보고서에 그 이름을 기록할 수 없기 때문이다.

워털루 같은 전투에서 우리가 먼저 무엇보다도 감탄하는 것은 놀라울 만큼 교묘하게 우연이 개입한 점이다. 밤에 내린 비, 우고몽의 방어벽, 오앵의 골짜기 길, 대포 소리를 듣지 못한 그루시, 나뽈레옹을 속인 그의 길잡이, 븰로우를 재치있게 이끈 길잡이와 같은 모든 것을 보더라도 큰 변동은 실로 교묘하게 조종되고 있었다. 그리고 통틀어 말하자면 워털루에는 전투가 있었다기보다 학살이 있었다.

워털루는 정연히 대치한 싸움 가운데에서, 그토록 막대한 병사수에 비해 가장 협소한 전선을 가진 전투였다. 나뽈레옹은 3km, 웰링턴은 2km의 전선, 고작 거기에 양군이 저마다 7만 2천의 군사. 이와 같은 밀집으로 말미암아 저 대살육이 빚어졌던 것이다.

사람들 계산에 의하면 다음과 같은 숫자와 비례가 나타난다. 군사의 손실로 말하면 아우스테를리츠에서 프랑스군 14%, 러시아군 30%, 오스트리아군 44%. 와그람에서 프랑스군 13%, 오스트리아군

14%. 모스끄바에서 프랑스군 37%, 러시아군 44%. 바우쩬에서 프랑스군 13%, 러시아와 프러시아군 14%. 워털루에서 프랑스군 56%, 연합군 31%. 워털루에서 합계 41%. 즉 양군 전투원 14만 4천에 대해 전사자 6만. 오늘날 워털루 평원은, 인간을 무감동하게 받아들이는 대지 특유의 평온한 모습을 지니고 다른 평원과 비교하여 조금도 다를 바 없다.

그러나 밤에는 무슨 환상의 안개 같은 것이 솟아올라 만일 어떤 나그네가 거기서 발길을 멈추고, 지켜보고, 귀기울이고 저 처참한 필립의 평원 앞에 선 베르길리우스처럼 명상에 잠긴다면, 그는 거기에서 일어났던 참극의 환각에 사로잡히고 말리라. 처참했던 6월 18일이 되살아나고, 인공으로 이룩된 기념 언덕은 사라지고, 그 사자상인가 무엇인가도 스러지고, 싸움터가 역력히 눈앞에 떠오른다. 보병대의 행렬이 평원을 굽이치고 미친 듯 달리는 기병은 지평선을 지나간다.

명상에 잠긴 현혹된 나그네의 눈앞에 군도의 번뜩임이, 총검의 불꽃이, 포탄의 작렬이, 대포의 으르렁거림이 무섭게 교차한다. 무덤 밑바닥에서 들려오는 신음 소리와 같이 환상 속 싸움터에서 아련한 절규가 들려온다. 저 그림자는 척탄병, 저 번뜩임은 흉갑기병, 이 해골은 나뽈레옹, 저 해골은 웰링턴. 모든 것이 이제 허깨비에 지나지 않건만 서로 부딪치며 아직도 싸우고 있다.

골짜기는 피로 물들고, 나무는 떨고, 구름 위까지 광포한 기운이 퍼지고, 깜깜한 어둠 속에 몽 쌩 장과 우고몽과 프리슈몽과 빠쁠로뜨와 쁠랑쓰느와의 저 참혹한 고원이 희미하게 떠오르고, 그 위에서 서로 살육하는 유령들의 소용돌이가 일고 있다.

워털루를 시인할 것인가
세상에는 워털루를 증오하지 않는 매우 존경할 만한 자유주의 일파가 있다. 그러나 작자는 그러한 자들과 동류가 아니다. 워털루는 다만 자유의 어리둥절한 한 시기를 구획짓고 있을 뿐이다. 그러한 알에서 그러한 독수리가 태어나는 건 실로 뜻밖의 일이다.

워털루를 그러한 문제의 최고 견지에서 본다면 의식적인 반혁명의 승리다. 그것은 프랑스에 대항하는 유럽이며, 빠리에 맞서는 피츠버그와 베를린과 빈이다. 그것은 진취에 대항하는 현상유지이며, 1815년 3월 20일(나뽈레옹이 엘바 섬에서 빠리로 돌아와 백일천하를 시작한 날)을 통해서 공격당한 1789년 7월 14일(바스띠유 감옥 습격으로 대혁명이 시작된 날)이며, 억압할 수 없는 프랑스의 폭동에 대항하는 여러 군주 국가의 동요이다. 이미 26년째 불을 뿜고 있는 이 우렁찬 민중을, 어떻게 해서라도 소멸시켜 버리는 것이 오랜 세월에 걸친 꿈인 부룬비크 가와 나쏘 가와 로마노프 가와 호헨쏠레른 가와 합스부르크 가들과 부르봉 가의 제휴이다. 그런데 워털루는 신권설을 등에 짊어지고 있다. 물론 제국(나뽈레옹의 제정)이 독재했기 때문에 왕정(부르봉 가문. 루이 18세의 왕정 복고)이 사물의 자연적인 반동에 의해 싫어도 자유주의적이었어야 했으며, 또한 승리자들로서는 몹시 아니꼬운 일이었으나 입헌 체제가 마지못해 워털루에서 나왔다는 것도 사실이다. 왜냐하면 진실로 혁명은 뿌리뽑을 수 없는 것이며, 신의 뜻에 따라 절대적으로 결정되어 늘 되살아나기 때문이다.

그리하여 워털루 전에는 낡은 왕조를 쓰러뜨린 보나빠르뜨 속에 나타났고, 워털루 뒤에는 '헌법'에 동의하고 이에 복종한 루이 18세 속에 형체를 바꾸어 나타나고 있다. 보나빠르뜨는 평등을 표명함에 있어 불평등을 사용하여, 한 마부를 나폴리의 왕위(뮤라 원수. 1808년 왕위에 오름)에, 한 하사관을 스웨덴의 왕좌(베르나뻬뜨 원수. 1810년 칼 13세의 왕위 계승자가 되어 1818년 칼 14세가 되었음)에 올려앉혔다. 루이 18세는 쌩 뚜앵에서 인권 존중 선언에 서명했다.

만약 혁명이 무엇인지를 알고자 한다면 여러분은 그것을 '진보'라 불러 보라. 진보가 무엇인지를 이해하고자 한다면 그것을 '내일'이라고 불러 보라. 내일은 누가 뭐래도 내일의 일을 하는 것이며, 더욱이 그것을 오늘부터 벌써 하고 있다. 그것은 이상하게도 그 목적하는 바를 달성한다. 한 병졸에 지나지 않았던 프와를 웅변가로 만들기 위해 웰링턴을 끌어낸다. 프와는 우고몽에서 쓰러지고, 연단에서 다시 일어난다(프와 장군은 워털루에서 부상을 입었으나 나뿔레 / 옹 몰락 뒤 자유당 대의원이 되어 인기를 모았음). 진보란 이렇게 행동하는 것이다.

이 직공에게 쓸모없는 연장이란 하나도 없다. 그는 알프스를 넘었던 그 사람(나뿔 / 레옹)도, 엘리제 노인이라고 불린 그 절름거리는 불구의 착한 노인(루이 18세. 엘리제 궁은 부르봉 가문의 대영사로 엘리제 / 부르봉이라고도 불림. 엘리제에는 '극락'이라는 뜻이 있음)도, 조금도 당황하는 일 없이 자기의 신성한 일에 끌어 넣는다. 그는 중풍환자이거나 정복자이거나 마찬가지로 다 이용한다. 바깥에서는 정복자를, 안에서는 중풍환자를 이용한 워털루는 유럽 여러 왕조의 붕괴를 황급히 칼로 막으면서, 또 한편으로는 혁명의 작업을 계속시키는 결과를 초래했다. 군도를 차고 뽐내던 시대는 지나가고 사상가의 세상이 되었다. 워털루는 세기의 발걸음을 멈추게 하려고 길을 가로막았으나, 세기는 그 위를 뛰어넘어 제 길을 계속 간다. 그 불길한 승리는 자유에 의해 격파당했다.

요컨대 확실한 것은, 워털루에서 승리를 거둔 것은, 웰링턴 뒤에서 미소를 지은 것은, 사람들 말처럼 프랑스의 원수장(元帥杖)을 포함하여 유럽의 모든 원수장을 송두리째 그에게 가져다준 것은, 해골이 득실거리는 흙을 흥겨운 듯 손수레로 퍼 옮겨 사자상의 언덕을 쌓아올린 것은, 그 대리석에 '1815년 6월 18일'이라는 날짜를 의기양양하게 쓴 것은, 블뤼헤르를 부추겨 도망치는 자를 후려치게 한 것은, 몽 쌩 장 고지 위에서 마치 먹이를 덮치려는 것처럼 프랑스를 내려다본 것은 바로 반혁명이었다. 저 '분할'이라는 파렴치한 말을 중얼거린 반혁명이다. 그 반혁명은 빠리에 이르러 눈 앞의 분화구를 보고, 그 재가 발을 태우는 것을 느끼고는 생각을 돌렸다. 반혁명은 다시 '헌법'이라는 말을 입에 올리는 데까지 양보했다.

우리는 워털루 속에서 다만 워털루 속에 있는 것만을 보기로 하자. 거기에는 애초부터 희구하여 얻은 자유 따위는 털끝만큼도 없다. 반혁명은 본의 아니게 자유주의자가 되고, 마찬가지로 그것에 대응하는 현상으로 나뽈레옹도 본의 아닌 혁명가가 되었다. 1815년 6월 18일, 로베스삐에르는 말에서 굴러떨어진 것이다.

신권설의 재기

독재 정치의 종말. 유럽의 한 체제는 완전히 허물어졌다.

제국은 멸망해 가는 로마 제국처럼 암흑 속에 쓰러졌다. 사람들은 암흑시대처럼 다시 심연을 보았다. 다만 반혁명이라는 통칭으로 불러야 하는 이 1815년의 암흑은 숨결이 짧아 곧 숨이 끊어지고 말았다. 멸망한 제국은 사실대로 말하면 사람들의 눈물을 자아냈다. 더욱이 용감한 사람들 눈에 눈물을 흘리게 했다. 만약 영광이 제왕의 칼 속에 들어 있는 것이라면 제국은 지난날 영광 그 자체였다. 제국은 압제자가 줄 수 있는 모든 빛을 지상에 흩뿌렸다. 그것은 어두운 빛, 아니 더 나아가 깜깜한 빛이었다. 그러면서도 그 어두운 밤의 소멸은 일식 같은 인상을 주었다.

루이 18세는 다시 빠리로 돌아왔다. 7월 8일^(1815년 루이 18세가 뛸르리 궁에 도착한 날)의 원무도(圓舞蹈)는 3월 20일의 열광을 지웠다. 코르시카 인이라는 말은 베아른 인^(베아른은 부르봉 가문의 발상지)이라는 말과 대조를 이루었다. 뛸르리 궁전 둥근 지붕에 나부끼는 기는 흰 기가 되었다. 망명자가 왕좌에 앉았던 것이다. 하트웰의 전나무 테이블은 루이 14세의 백합꽃 무늬가 있는 안락의자 앞에 놓였다. 부비느며 퐁뜨느와^(둘 다 옛 프랑스 왕들의 전승지)의 이름이 어제 일처럼 화제에 오르고 아우스테를리츠는 아득한 옛날 일처럼 빛이 바랬다. 성당과 왕좌는 엄숙하게 형제의 의를 맹세했다. 19세기 사회 안녕의 가장 확고한 형식 하나가 프랑스와 대륙에 확립되었다. 유럽은 흰 모표를 달았다.

트레스따용 (본명은 자끄 뒤뽕. 1815년에 일어난 과 격 왕당파에 의한 백색 테러의 우두머리) 은 세상에 이름을 떨쳤다. 오르쎄 강둑 병영 정면의 태양 광선을 나타내는 돌 위에는 '많은 자에게 골고루'라는 문구가 다시 나타났다. 황제의 근위대가 있었던 곳에는 왕실 근위대가 들어섰다. 카르젤 광장의 개선문 (루이 14세 시대의 馬術場이었던 광 장에 나뽈레옹이 전승을 기념하여 세운) 은 비열하게 얻어진 승리에 가려지고, 그 새로운 유행 속에서 어리둥절해하고, 마렝고와 아르꼴라의 전승에 대하여 얼마쯤 부끄러운 얼굴을 하고서 앙굴렘므 공작의 동상에 의해 겨우 한숨돌리고 있었다.

93년 (1793년 공포 정치 시대) 의 무시무시한 공동묘지가 되었던 라 마들렌느의 묘지는, 루이 16세와 마리 앙뜨와네뜨의 유골이 먼지 속에 그대로 방치되어 있다고 해서 대리석과 벽옥으로 둘러쌌다. 뱅센느 성 밖에 둘러 판 못 속에서는 묘석 하나가 나와, 나뽈레옹이 제위에 올라앉은 바로 그 달에 앙갱 공작이 총살당한 일 (나뽈레옹에 대한 음모로 처형됨) 을 새삼스레 생각나게 했다. 이 총살이 있던 바로 그 무렵 황제의 대관식을 주관한 교황 피우스 7세는, 그 즉위를 축복했을 때와 마찬가지로 이번에는 사뭇 엄숙하게 그 몰락을 축복했다. 쉰부른에는 4살 난 조그마한 그림자 (나뽈레옹 의 아들) 하나가 있었다. 사람들은 그를 로마 왕이라고 부르기를 꺼려 했다.

이렇듯 위와 같은 일들을 모두 실행한 뒤 제왕들은 다시 왕위에 오르고, 유럽의 지배자는 우리 속에 갇히고 (나뽈레옹이 세인트 헬레나로 유배된 일), 구체제는 신체제가 되고, 지상의 모든 빛과 그림자는 완전히 그 위치를 바꾸었다. 그 원인은 어느 여름날 오후, 한 목동이 한 프러시아인에게 숲 속에서 이렇게 말했기 때문이다.

"이쪽 길로 가셔야지 저쪽으로 가셔서는 안 됩니다 !"

이 1815년은 어쩐지 고통스러운 4월과 흡사했다. 유해유독한 낡은 현실이 새로이 몸단장을 하고 나섰다. 허위가 1789년과 결혼하고, 신권설이 '헌법'의 탈을 쓰고, 가짜 제도는 입헌적이 되고, 편견과 미신과 저의는 헌법 제14조(왕은 국가의 최고 수령으로서 육해공군을 통솔하고, 선전포고를 하고, 평화와 동맹과 통상조약을 체결하고, 관리를 임명하고, 법률의 적용과 국가의 안녕을 위하여 필요)를 핵심으로 하여 그 위에 자유주의를 칠해 놓았다. 한 규정 및 명령을 내린다. 구렁이가 허물을 벗는 식이었다.

인간은 나뽈레옹에 의해 위대해졌으며 아울러 왜소해졌다. 이상은 화려한 물질의 지배 아래 있으면서, 공상이라는 기묘한 이름을 가지게 되었다. 미래를 웃음거리로 만든 것은 위인의 중대한 실수였다. 그래도 민중은 대포에 몸을 바치면서도 그 포수를 열렬히 사랑하고 있어, 그를 눈으로 찾고 있었다. 그는 어디 있는가? 그는 무얼 하고 있는가? 마렝고와 워털루에서 싸운 어느 상이군인에게 지나가던 한 행인이 "나뽈레옹은 죽었소"라고 말하자, "그 사람이 죽었다고! 대관절 그분을 알기나 하오! (발작의《시골》의사》에서)"라고 병사는 소리쳤다. 민중은 그 패배한 사나이를 신격화하고 있었다. 유럽 천지는 워털루 뒤로 캄캄해졌다. 나뽈레옹이 사라짐으로써 그 어떤 거대한 것이 오랫동안 텅 비어 있었다.

왕들은 그 공허 속에 들어앉았다. 낡은 유럽이 그것을 기화로 옛날로 돌아갔다. 쌩 딸리앙스(1814년 9월 프러시아와 러시아와 오스트리아 사이에 성립된 신성 동맹)가 생겨났다. 그런데 워털루의 운명의 들판은 그에 앞서 벨 알리앙스(워털루의 한 지명. '아름다운 동맹'이라는 뜻을 가진 말임)라고 불리지 않았던가!

이 재건된 낡은 유럽에 대해 새로운 프랑스의 구도가 그려졌다. 황제가 경멸하던 미래가 나타나기 시작했다. 미래의 이마에 '자유'라는 별이 있었다. 젊은 세대의 타오르는 눈은 미래 쪽으로 쏠렸다. 기묘하게도 사람들은 '자유'라는 미래와 나뽈레옹이라는 과거를 함께 흠모했다. 패배가 패자를 위대하게 만들어 놓았던 것이다. 쓰러진 보나빠르뜨는 서 있는 나뽈레옹보다 더 커 보였다.

승리를 차지한 자들은 불안스러워졌다. 영국은 허드슨 로에게 나폴레옹을 지키게 했고, 프랑스는 몽슈뉘에게 나폴레옹을 엿보게 했다. 팔짱낀 그의 두 팔은 여러 나라 왕좌의 불안의 씨가 되었다. 알렉상드르 1세는 그를 일컬어 '나의 불면'이라고 불렀다. 이와 같은 두려움은 나뽈레옹 속에 있는 그 어마어마한 혁명이 원인이었다. 이것이 보나빠르뜨적 자유주의의 설명이며 변명이다. 이 환영은 낡은 세계에 전율을 일으켰다. 왕들은 수평선 저 멀리 세인트 헬레나의 바위 때문에 왕좌에 앉아 있는 것이 편안치 않았다.

나뽈레옹이 롱우드에서 죽어 가는 동안 워털루의 들판에 쓰러진 6만의 사람들은 조용히 썩어 가고, 그들의 평화는 얼마쯤 온 세상에 퍼져 갔다. 빈 회의는 그것으로써 1815년의 조약을 만들고, 유럽은 그것을 복고라고 이름지었다.

이것이 있는 그대로의 워털루이다.

그러나 영원에 비해 어떤 의미가 있단 말인가? 그 모든 비바람, 그 모든 먹구름, 그 전쟁, 그리고 그 평화, 그 모든 어둠, 그들 가운데 어느 하나도 저 거대한 눈의 광채를 한순간도 흐리게 하지는 못했다. 그 눈앞에서는 풀잎에서 풀잎으로 옮아가는 진딧물도, 노트르담의 종탑에서 종탑으로 날아가는 독수리도 모두 평등한 것이다.

밤의 싸움터

다시 저 운명의 싸움터로 돌아가자. 사실은 그것이 이 이야기에 필요하다.

1815년 6월 18일 밤은 보름달이었다. 그 달빛이 블뤼헤르의 맹추격을 수월하게 해주고, 도망병들의 행방을 환히 드러내고, 그 불행한 집단을 무자비한 프러시아 기병의 거친 손아귀에 맡겨 학살을 도왔다. 파국에는 때때로 이러한 비참한 밤의 협조까지도 보태어지는 법이다.

마지막 포성이 울리고 난 뒤, 몽 쌩 장 평원에는 인기척이 없었다.

영국군은 프랑스군의 진영을 점령했다. 패자의 진지에서 잠자는 것은 승리를 확인하는 관습의 하나이다. 그들은 로쏘므 저편에 야영했다. 프러시아군은 도주하는 자의 뒤를 쫓아 계속 전진했다. 웰링턴은 워털루 마을로 들어가 버서스트 경에게 보낼 보고서를 작성했다.

'그처럼 너희들은 애쓰지만 보답받는 자는 너희가 아니다.'라는 격언(남의 공을 가로채려는 경우에 쓰임)이 교묘하게 들어맞는 경우가 바로 이 워털루 마을이었다. 워털루 싸움터에서 반 리그나 떨어져 있는 마을로, 아무것도 한 일이 없었다.

몽 쌩 장은 포격당했고, 우고몽은 불에 탔고, 빠쁠로뜨도 불에 탔고, 쁠랑쓰느와도 불에 탔고, 라 에 쎙뜨는 점령되었고, 벨 알리앙스는 두 승리자가 포옹하는 것을 보았다. 그런데 이 이름들은 거의 알려지지 않고, 아무 일도 하지 않은 워털루가 전투의 명예를 모두 차지하고 있다.

작자는 전쟁을 찬양하는 사람이 아니다. 기회만 있으면 그 전쟁의 진상을 알려 줄 작정이다. 전쟁에는 무서운 아름다움이 있다는 것을 작자는 숨기지 않고 말해 왔다. 그러나 아울러 여러 가지 추악한 면이 있다는 것도 인정하지 않으면 안 된다. 가장 놀라운 추악한 짓의 하나는, 승리 뒤에 바로 죽은자가 당하는 약탈이다. 싸움 뒤의 새벽은 으레 벌거숭이 시체 위로 밝아온다.

누가 그런 짓을 하는가? 누가 그런 짓을 하여 전승을 더럽히는가? 승리의 허리춤에 살그머니 집어넣는 그 더러운 손은 과연 누구의 손인가? 영광 뒤에 숨어서 그런 짓을 하는 소매치기는 어떤 자인가? 어떤 철학자들은, 그 중에서도 볼떼르는 영광을 획득한 바로 그 사람들이라고 단언하고 있다. 그들은 승리를 차지한 바로 그자들이라고 말한다. 다른 사람이 그럴 수는 없다. 서 있는 사람들이 넘어진 사람들에게서 약탈하는 것이다. 낮의 영웅은 밤의 흡혈귀가 된다. 요컨대 자기 손에 죽은 시체로부터 조금 훔친다는 건 매우 정당한 일이라고. 그러나 우리는 그렇게 생각지 않는다. 월계수의 가지를 꺾는 일과 죽은 자의 신을 훔치는 일을 같은 사람이 할 수는 없다고 생각된다.

다만 확실한 것은 승리자 뒤에는 으레 도둑이 끼어든다는 사실이다. 그러나 군인은, 더욱이 현대의 군인은 이런 논의의 대상으로 삼고 싶지 않다.

어떤 군대에나 꼬리가 있는 법이고, 탓해야 할 것은 바로 그것이다. 반은 도둑이고 반은 하인인 박쥐 같은 인간, 전쟁이라고 불리는 저 그늘이 만들어내는 온갖 박쥐족들, 군복을 입고 있으나 싸우지 않는 자들, 꾀병쟁이들, 무시무시한 경상 환자들이 때로는 조그만 수레에 아내까지 태우고 돌아다니며 술을 밀매하고, 다시 그것을 훔치는 무허가 상인들, 장교들의 길잡이를 자청하고 나서는 거지들, 군대에 따라다니는 심부름꾼들, 얼씬거리는 날치기들. 행진하는 군대는 옛날에 그 모든 것들을——현대에도 그렇다는 것은 아니다——뒤에 질질 끌고 다녔으므로, 전문 용어로는 그럴싸하게 낙오병이라고 불렸을 정도였다.

그런 족속에 대해서는 어느 군대도, 어느 나라도 책임이 없었다. 그들은 이탈리아 말을 지껄이면서 독일군을 따라다니는가 하면, 프랑스 말을 하면서 영국군을 따라다녔다. 페르바끄 후작이 엉터리 삐까르디 사투리(프랑스 동부의 옛 사투리)에 속아서 프랑스인으로 믿어 체리졸라(이탈리아 뼈몽에뻬 지방의 마을. 1544년 4월 14일 앙갱 백작이 이끄는 프랑스군이 여기서 스페인군을 격파했음)에서 승리한 날 밤 바로 그 싸움터에서 암살되고 약탈당한 것도, 그러한 비열한의 하나인 프랑스어를 지껄이는 스페인의 한 낙오병이 저지른 짓이었다. 약탈에서 무뢰한이 생겨났다. '적에게서 군량을 얻으라'는 치사스러운 격언이 그와 같은 악폐를 만들어냈다. 그것을 고칠 수 있는 것은 엄한 규율뿐이다.

그러나 세상에는 빛좋은 개살구 같은 사람들도 있다. 어떠어떠한 장군들은 사실 위대했음에는 틀림없겠으나 왜 그토록 인망이 있었던가 하는 점에서는 납득되지 않는 경우가 흔히 있다. 뛰렌느는 약탈을 너그럽게 보아 주었기 때문에 병사들에게 인기가 있었다. 악행을 눈감아주는 것은 친절의 일부다. 뛰렌느는 친절했던 나머지 팔라티나의 땅이 불과 피바다 속에 던져지는 것을 못 본 체했다. 사령관의 엄격성 정도에 따라 그 군대에 붙어 따라다니는 도둑떼가 많아지거나 적어진다는 것은 누구나 보아서 아는 바이다. 오슈며 마르쏘 (모두 젊어서 죽은 대혁명 시대의 장군) 두 장군에게는 낙오병이 하나도 없었다. 웰링턴에게도 거의 없있는데, 그 점은 우리가 기꺼이 인정해 주는 바이다.

그런데도 6월 18일로부터 19일에 걸친 밤 사이에 전사자들은 약탈당했다. 웰링턴은 엄격했다. 현행범으로 붙잡힌 자는 가차없이 총살한다는 명령이 내려졌다. 그러나 약탈은 끈덕지게 계속되고 있었다. 도둑놈들은 싸움터 한구석에서 총살이 이루어지고 있는 동안에 다른 한구석에서 약탈을 감행했다.

평원의 달은 음산하게 비치고 있었다.

한밤중에 한 사나이가 오앵의 골짜기 길쪽에서 어슬렁거리고 있었다. 아니, 어슬렁거린다기보다 기어 돌아다니고 있었다. 그것은 어느 모로 보나 방금 그 특성을 말해 온 자들 가운데 하나로 영국인도 아니고, 프랑스인도 아니고, 농군도 아니고, 병사도 아니고, 인간이라기보다도 식인귀에 가깝고, 송장 냄새에 끌려 도둑질을 승리로 알고 워털루를 약탈하러 온 자였다. 그는 군인 외투 비슷한 작업복을 입고 겁내고 있는 듯하면서도 대담한 얼굴로, 앞으로 나아갔다 뒤돌아보았다 하고 있었다. 그 사나이는 대체 어떤 자였을까? 낮보다는 밤이 그에 대해 더 잘 알고 있었으리라.

그는 자루는 갖고 있지 않았으나, 외투 밑에 커다란 포켓이 몇 개 달려 있는 것만은 확실했다. 가끔 걸음을 멈추고 누가 보고 있지나 않은가 살피는 것처럼 주위 평원을 둘러보고, 갑자기 몸을 구부려 땅바닥에서 말없이 움직이지 않는 무엇인가를 뒤적거리고 나서는 다시 몸을 일으켜 자취를 감추는 것이었다. 그 미끄러지는 듯한 걸음걸이며 거동, 날쌔고도 신기한 손의 동작은 고대 노르망디 전설에서 황혼의 폐허에 산다는 알뢰르라는 원귀를 연상케 했다.

어떤 밤 물새는 늪지에서 그와 비슷한 형상을 하는 수가 있다.

만일 그 밤안개 속을 유심히 들여다 본 자가 있었다면, 거기서 좀 떨어진 니벨 가도 위 몽 쌩 장에서 브레느 랄뢰로 통하는 길 모퉁이에 서 있는 찌그러진 집 뒤에 감추듯 놓아 둔 조그마한 종군 행상 마차가 눈에 띄었을 것이다. 그 마차에는 타르 칠을 한 고리버들로 짠 덮개를 씌웠고, 수레에 비끄러맨 굶주려 야윈 말은 재갈이 물린 입으로 쐐기풀을 뜯고 있었으며, 그 수레 안에는 궤짝과 보퉁이 위로 여자 같은 사람 그림자가 앉아 있었다. 아마도 그 마차와 들판에서 어슬렁대는 사나이 사이에는 무슨 연관이 있는지도 모른다.

밤하늘은 밝았다. 하늘에는 구름 한 점 없었다. 땅은 붉은 피로 물들어 있어도 달은 역시 새하얬다. 이것이야말로 하늘의 무관심이리라. 들판에서는 산탄을 맞아 부러진 나뭇가지들이 껍질만으로 매달린 채, 밤바람에 조용히 흔들리고 있다. 산들바람이 마치 사람의 숨결처럼 찔레 덤불을 쓰다듬고 있다. 덤불 속에는 영혼이 날아가기라도 할 것 같은 설레임이 있었다.

멀리 영국군 진영에서 순시병과 순회 군의관이 왔다갔다 하는 발자국 소리가 어렴풋이 들려왔다.

우고몽과 라 에 쌩뜨는 아직도 불타고 있었다. 하나는 서쪽에서 또 하나는 동쪽에서 두 개의 커다란 불기둥이 치솟고, 지평선 능선 위 큼직하게 반원형으로 펼쳐진 영국군이 야영하는 불길이 그 사이를 띠처럼 잇고 있어, 마치 끌러진 루비 목걸이의 양 끝에 석류석이 매달려 있는 듯했다.

오앵 골짜기 길의 참극에 대해서는 이미 이야기했다. 그토록 수많은 용사들에게 그 죽음이 어떤 것이었는지 생각하기만 해도 소름이

끼친다.

만약 세상에 어떤 무서운 게 있다면, 만약 꿈보다 더한 현실이 있다면, 이런 일을 가리키는 것이리라. 살아 있고, 태양을 바라보고, 억센 힘이 온몸에 넘쳐흐르고, 건강하고 명랑한 마음을 가지고, 기운차게 웃고, 눈부신 영광을 향해 돌진하고, 가슴에는 호흡하는 폐와 고동하는 심장과 올바르게 작용하는 의지를 느끼고, 이야기하고, 생각하고, 희망하고, 사랑하고, 어머니가 있고, 아내가 있고, 아이들이 있고, 빛이 있고, 그러다가 느닷없이 '앗' 하고 외칠 겨를도 없이 순식간에 심연 속으로 떨어져 넘어지고, 미끄러지고, 밟고, 밟히고, 보리 이삭과 꽃과 잎사귀와 가지를 보고, 그러면서 아무것에도 매달리지 못하고, 칼도 이제 아무 소용 없음을 느끼고, 밑에는 사람들이 깔리고, 위에는 말들이 덮치고, 빠져나가려고 헛되이 몸을 버둥거리고, 어둠 속에서 난데없이 말의 뒷발에 세게 채여 뼈가 부러지고, 이어 누군가의 발꿈치에 짓밟혀 눈알이 튀어나오는 것을 느끼고, 미친 듯 말발굽에 매달리고, 숨이 막히고, 아우성치고, 몸을 뒤틀고, 밑바닥에 깔린 채 '아까까지도 나는 살아 있었는데!'라고 생각하는 것이다.

그처럼 애달픈 재난의 허덕임 소리가 들렸던 그곳도 지금은 완전히 정적에 묻혀 있었다. 골짜기 길은 손을 댈 수 없을 만큼 빽빽이 포개어 쌓아올려진 말과 기병으로 꽉 들어차 있었다. 무시무시한 뒤얽힘. 비탈도 이미 사라졌다. 시체가 길과 들을 평평하게 만들어, 말에 깨끗이 되어 놓은 보리처럼 길 가장자리까지 찰랑하게 올라와 있었다. 위쪽은 시체의 산, 아래쪽은 피의 냇물. 이것이 1815년 6월 18일 밤, 그 길의 상태였다.

피는 니벨 가도까지 흘러내려 길을 가로막은 가시나무 울타리 앞에서 커다란 웅덩이처럼 넘쳐흐르고 있었다. 그 자리는 지금도 가려낼 수 있다. 그러나 독자도 기억하다시피, 흉갑기병대가 떼죽음당한 곳은 그곳과 반대쪽인 주나쁘 가도 쪽이었다. 시체가 포개진 두께는 골짜기의 길 깊이와 비례했다.

골짜기가 얕은 지점은 들로르 사단이 지나간 곳으로, 거기는 시체 층도 얇았다. 한밤에 어슬렁거리고 있는 모습을 독자에게 잠시 그려 보였던 조금 전의 그 사나이는 그쪽으로 가고 있었다. 그는 이 거대한 무덤을 여기저기 더듬고 돌아다녔다. 지그시 살피며 둘러보았다. 혐오스러울 만큼 처참한 이 시체부대를 마치 사열하는듯 지나갔다. 피 속

그는 거대한 무덤을 이룬 전장터 여기저기를 더듬고 돌아다녔다.

에 발을 적시며 걸어갔다.

갑자기 그가 걸음을 멈추었다.

대여섯 발자국 앞 골짜기 길 속에, 시체 쌓인 것이 끝나가는 곳의 사람과 말이 겹쳐진 더미 밑에 손바닥을 펼친 손 하나가 불쑥 튀어나와 달빛에 비치고 있었다.

그 손에는 무언가 반짝이는 것이 손가락에 끼워져 있었다. 금반지였다.

사나이는 몸을 구부리고 시체와 시체 사이에 한참 웅크리고 있었는데, 그가 다시 몸을 일으켰을 때 튀어나온 그 손에는 이미 반지가 없었다.

사나이는 사실 제대로 일어선 것이 아니었다. 겁먹은 짐승처럼 엎드린 채 엉거주춤 궁둥이를 추켜들어, 시체가 쌓인 쪽으로 등을 돌리고 무릎을 꿇은 채 지평선을 응시하면서 땅에 짚은 두 손의 집게 손가락에 윗몸을 떠받치고 머리만 골짜기 길 가장자리 위로 내밀어 주위를 살피고 있었다.

어떤 행동에는 들개의 네 발이 썩 편리한 것이다.

그런 뒤 그는 마음을 정한 듯 일어섰다.

그 순간 그는 움찔했다. 뒤에서 누가 자기를 붙잡은 것 같았다.

고개를 돌렸다. 아까 펼쳐져 있던 그 손이 손가락을 오그려 그의 외투 자락을 붙잡고 있었던 것이다.

여느 사람이라면 질겁했으리라. 그러나 이 사나이는 소리내어 웃기 시작했다.

"난 또 뭐라고" 하고 그는 말했다. "송장이로군. 귀신이 헌병보다야 낫지."

그러는 동안에 그 손은 힘이 빠져 그를 놓았다. 무덤 속에서는 금방 기진해 버리는 법이다. 어슬렁대던 사나이는 말했다.

"흠, 이 송장은 살아 있는 모양이지. 어디 좀 보자."

사나이는 몸을 구부리고 시체와 시체 사이에 한참 웅크리고 있었는데…….

그는 다시금 몸을 웅크리고, 시체더미를 파헤쳐 걸리적거리는 것을 치우고, 그 손을 붙잡아 팔을 움켜쥐고, 머리를 추켜들고, 몸을 끄집어내어, 얼마 뒤에는 죽은 것 같은, 아니 정신을 잃은 건지도 모르는 한 사나이를 골짜기 길 가장자리 어둠 속으로 끌어내고 있었다.

그것은 흉갑기병으로 장교였으며, 상당한 계급인 듯했다. 커다란 금빛 견장이 갑옷 밑으로 드러나 보였다. 그 장교에게는 이미 철모가 없었다.

심한 칼자국이 얼굴에 나 있으며 온통 피투성이였다. 그 밖에 팔다리는 부러진 데가 없는 모양이며, 요행히도——이런 경우에도 요행이라는 말을 쓸 수 있다면——많은 시체들이 그 위에 아치모양으로 서로 떠받치고 있어 이 장교는 밟혀 죽지 않은 것이다. 그의 눈은 감겨 있었다.

갑옷 위에 레지옹 도뇌르 은십자 훈장을 달고 있었다. 어슬렁거리던 사나이는 십자훈장을 떼내어 외투 밑에 감춰진 포켓 속에 집어넣었다.

그런 뒤 장교의 가슴께를 더듬어 시계가 만져지자 그것을 빼냈다. 조끼에서 찾아낸 지갑도 포켓에 집어넣었다.

사나이가 이 죽어가는 인간에게 베푸는 구조의 손길이 거기까지 이르렀을 때 장교는 눈을 떴다. 그리고 꺼져가는 목소리로 말했다.

"고맙소."

사나이의 거친 동작과 밤의 냉기와 자유로이 숨쉬게 된 공기가 그를 빈사 상태에서 되살아나게 해주었던 것이다.

부랑배는 대답하지 않았다. 그는 머리를 쳐들었다. 사람 발자국 소리가 들판에서 들렸다. 아마도 순시병이 다가오는 모양이었다.

장교는 꺼져가는 목소리로 다시 말했다.

"어느 쪽이 이겼소?"

그 목소리에는 아직도 죽음의 고통이 깃들어 있었다.

배회하던 사나이는 대답했다.

"영국군이오."

장교는 다시 말을 이었다.

"내 포켓을 찾아보시오. 지갑과 시계가 있을 것이오. 그걸 가지시오."

그것은 이미 꺼낸 뒤였다.

배회하던 사나이는 그의 말대로 하는 시늉을 하고, 그러고 나서 말했다.

"아무것도 없소."

"누가 훔쳐갔군. 거참, 유감스러운걸. 당신에게 주려고 했는데."

순시병의 발소리가 점점 뚜렷해졌다.

배회하던 사나이는 가버릴 듯한 몸짓을 하며 말했다.

"사람이 오는군요."

장교는 가까스로 한 팔을 들어 사나이를 붙들었다.

"당신은 내 목숨을 구해 주었소. 이름이 무엇이오?"

배회하던 사나이는 낮은 목소리로 서둘러 대답했다.

"나는 당신과 마찬가지로 프랑스군이었소. 이제 헤어져야 합니다. 붙잡히면 총살이니까요. 나는 당신 목숨을 구했으니 뒷일은 알아서 해주십시오."

"계급은?"

"중사입니다."

"이름은 뭔가?"

"떼나르디에입니다."

"그 이름을 잊지 않을 걸세. 자네도 내 이름을 기억해 두게나. 나는 뽕메르씨라고 하네."

제2편 군함 오리옹 호

24601호가 9430호로 되다

장 발장은 다시 붙잡히고 말았다.

그 비통한 경위를 여기서 장황스럽게 설명하지 않는 편을 독자들은 더 좋아하리라. 다만 저 뜻하지 않은 사건이 몽트뢰이유 쉬르 메르에서 일어난 지 두어 달 뒤 신문에 실렸던 두 개의 조그만 기사를 옮겨 놓는 것으로 그치겠다. 기사치고는 간단한 것들이다. 누구나 알다시피 그때에는 아직 가제뜨 트리뷔노지^(법정 신문. 1825
년 11월 1일 창간)가 없었다.

먼저 드라뽀 블랑^(흰 깃발
이라는 뜻)지에 실렸던 1823년 7월 25일자 기사를 뽑아 보겠다.

최근 빠 드 깔레 군의 한 지방이 유례없는 어떤 사건의 무대가 되었다. 타곳에서 떠돌다 온 마들렌느 씨라는 사나이가 여러 해 전부터 새로운 제조법으로 그 지방에 예로부터 내려온 공업인 흑옥과 검은 유리 구슬 제조를 부흥시켰다. 그는 이로써 자신의 부를 이룩했으며 그 지방까지도 윤택하게 만들었다. 그는 그 공로를 인정받아 시장에 임명되었다. 그런데 경찰은 마들렌느 씨가 장 발장이라는 전과자로서 1796년에 절도죄로 형을 받은 일이 있으며, 또한 감시 위반자인 것을 알아냈다. 그리하여 장 발장은 감옥으로 다시 끌려갔다. 체포되기 전에 그는 라피뜨 은행에 예금해 두었던 50만 프랑이 넘는 돈을 교묘히 인출한 것으로 보인다. 단 이 돈은 그가 정당하게 장사하여 번 것이라고 한다. 장 발장이 뚤롱 감옥에 들어간 뒤 이 돈을 어디에 숨겼는지 아무도 알지 못한다.

다음 기사는 같은 날짜의 주르날 드 빠리지에서 발췌한 것으로, 더 상세하다.

장 발장이라는 한 전과자가 최근 바르의 중죄 재판소에 출두했다. 그 앞뒤 사정은 참으로 사람들의 주목을 끌 만했다. 이 전과자는 교묘하게 경찰의 눈을 피하고, 이름을 바꾸어 북부의 어느 조그만 도시에서 버젓이 시장 자리에 앉아 있었다. 그는 그 시에서 상당히 중요한 산업을 일으킨 바 있다. 그는 검찰 당국의 끈질긴 노력으로 마침내 가면이 벗겨지고 체포되었다. 그는 한 매춘부를 정부로 삼고 있었는데, 그 여자는 그가 체포될 때 놀란 나머지 죽고 말았다. 이 악한 사나이는 비상한 힘을 타고 나서 감쪽같이 탈주해 버렸다.

그러나 탈주한 지 3, 4일 뒤 경찰은 빠리에서, 그가 마침 몽페르메이유 마을(세느 에 와즈 도)로 가는 작은 마차에 올라타려는 순간 다시 그를 붙들었다. 그런데 그는 자유로운 몸이었던 그 사나흘을 이용하여 우리 나라 안에서도 손꼽히는 은행에 예금해 두었던 막대한 금액을 손에 넣을 수 있었다고 한다. 그것은 6, 70만 프랑쯤으로 추측되고 있다. 기소장에 따르면, 그는 이 돈을 그 자신만이 아는 어떤 곳에 파묻은 모양이지만 그곳을 아직 밝혀내지 못한 것 같다. 어쨌든 이 장 발장이라는 사나이는 최근 바르의 중죄 재판소에 회부되었다. 8년 전 시골길에서 한 어린아이의 돈을 강탈한 절도죄 때문이었다. 그 어린아이란 페르네의 대주교(볼떼)가 그 불후의 시 속에서 노래부른 근면한 소년들 가운데 하나이다.

사브와에서 해마다 찾아와
손으로 흥겹게 닦아내는
그을음 막힌 저 긴 통.

이 도적은 자기 변명을 하지 않았다. 그리고 검사의 능란한 논고에 따라 공범자가 있었으며 장 발장은 남부지방 도둑떼의 한 사람이었다는 것이 분명하게 드러났다. 따라서 장 발장은 유죄로 인정되어 사형을 선고받았다. 범인은 상고할 것을 거부했다. 국왕 폐하는 무한한 관용을 베푸시어 무기징역으로 형을 감해 주셨다.
장 발장은 즉시 뚤롱 감옥으로 호송되었다.

장 발장이 몽트뢰이유 쉬르 메르에서 종교상의 의식을 잘 지켰던 것을 사람들은 기억하고 있었다. 그래서 어떤 신문들은, 특히 꽁스띠뛰씨오넬지는 이처럼 형이 가볍게 된 것은 사제집단의 승리라고 했다.
장 발장은 감옥에서 번호가 바뀌었다. 9430호로 불리게 되었다. 또한 더 이상 재론하지 않아도 되게끔 여기서 말해 두거니와, 몽트뢰이유 쉬르 메르의 번영은 마들렌느 씨와 더불어 사라졌다. 고뇌와 주저의 그날 밤에 그가 예상했던 모든 일이 현실로 나타났다. 그가 없어졌다는 것은 글자 그대로 '넋이 빠져 버린' 것이나 마찬가지였다.

그가 권력의 자리에서 굴러떨어진 뒤 몽트뢰이유 쉬르 메르에는, 위대한 인물이 쓰러졌을 때 볼 수 있는 저 이기적인 분할이 이루어졌다. 영화로웠던 자가 그런 모양으로 해체되는 일은 피할 길 없는 것으로 인간 공동체에서 날마다 이뤄지고 있지만, 역사에 기재된 것은 오직 한 번뿐으로, 그 유명한 알렉산더 대왕이 세상을 떠난 뒤에 일어났다.

장군들이 스스로 왕관을 쓰고, 직공장이 하룻밤 사이에 공장장이 되고, 시기심 많은 경쟁이 시작된다. 이제 마들렌느 씨의 그 커다란 공장은 닫혔다. 건물은 황폐해지고 직공들은 뿔뿔이 흩어졌다. 어떤 자는 그 고장을 떠나고, 또 어떤 자는 그 직업을 버렸다. 그 뒤로는 모든 것이 커지는 대신 쪼그라들고 선을 위해서가 아니라 이익을 위해서 실행되었다.

이제 중심이 없어지고, 어디를 가나 경쟁에 눈이 벌개져 있었다. 마들렌느 씨는 모든 것을 지배하고 이끌어갔었으나, 일단 그가 쓰러져 버리자 모두들 사리사욕으로만 치달렸다. 단체 정신이 투쟁 정신으로, 친화는 냉혹으로, 모든 사람들을 위한 창립자의 호의는 상호간의 증오심으로 바뀌었다.

마들렌느 씨가 맺어놓은 유대는 헝클어지고 끊어져 버렸다. 사람들은 제조과정을 속이고, 제품의 질을 떨어뜨렸으며, 따라서 신용이 땅에 떨어졌다. 상품 판로가 좁아지고 주문은 줄어들었다. 직공의 임금이 내려가고, 공장은 휴업하고, 파산이 눈앞에 다가왔다. 이리하여 이제 가난한 사람들을 위한 아무 원조도 없게 되었다. 모든 게 사라져 버린 것이다.

국가에서도 어디선가 누가 없어진 것을 깨달았다. 마들렌느 씨가 장 발장임에 틀림없다는 판결을 내려 중죄 재판소가 그를 감옥으로 보낸 뒤 4년도 채 되기 전에 몽트뢰이유 쉬르 메르에서는 세금 징수

비가 두 갑절로 불어났다. 그리고 빌레르 씨는 1827년 2월, 국회에서 그 점을 지적하고 있다.

도깨비가 지은 시 두 줄

이야기를 진전시키기 전에 마침 그 무렵 몽페르메이유에서 일어난 이상한 일을 여기서 조금 자세하게 말해 두는 게 좋을 것 같다. 검찰 당국의 어떤 추측과 어딘가 일치하는 점이 없지 않다고 생각되기 때문이다.

몽페르메이유 지방에는 예로부터 전해 내려오는 한 가지 미신이 있다. 빠리 근처에 그와 같은 민간의 미신이 있다는 것은 시베리아에 알로에(잎이 용설란 비슷한 늘푸른 열대 식물)가 있다는 것과 마찬가지로 진기한 일이니만큼 더욱더 희귀한 일이라 하겠다. 무릇 인간이란 진기한 것을 존중하는 법이다.

그런데 그 몽페르메이유의 미신이란 이런 것이다. 도깨비는 태고적부터 보물을 감추는 장소로 숲을 택한다고 사람들은 믿고 있다. 아낙네들은 해질 무렵 먼 숲 속에서 한 검은 사나이를 발견하는 일이 흔히 있다고 주장한다.

그 사나이는 짐마차꾼이나 나무꾼 같은 얼굴을 하고, 나막신을 신고, 무명 바지와 작업복 윗옷을 입고 있지만, 그런 사람들이 쓰는 모자 대신 머리에 커다란 뿔이 두 개 돋아 있어 쉽게 알아본다고 한다. 하기는 그런 게 있다면 쉽게 알아볼 수 있을 것이다. 그 사나이는 언제나 열심히 구덩이를 파고 있다.

그리고 그를 만났을 때 대처하는 세 가지 태도가 있다. 첫째는 사나이에게 다가가 말을 거는 것이다. 그러면 그 사나이는 단순히 여느 농부에 지나지 않으며, 저녁 무렵이므로 검게 보일 뿐이고, 구덩이를 파고 있는 게 아니라 젖소에게 먹일 풀을 베고 있는 중이며, 뿔이라고 생각한 것도 사실은 등에 지고 있는 쇠스랑으로 그 끝이 사나이 머리 위로 내밀어져 황혼에 뿔처럼 보인 것뿐임을 알게 된다. 그러나 그렇게 이야기를 나누고 집으로 돌아오면 1주일이 못 되어 죽어 버린다.

둘째 방법은 사나이의 거동을 멀리서 지켜보고 있다가, 그가 구덩이를 파고 나서 무엇인가 묻고 가버린 다음에 얼른 구덩이로 달려가 그것을 파헤쳐, 그 검은 사나이가 틀림없이 파묻어 놓았을 그 '보물'을 꺼내 갖고 오는 것이다. 그러나 이 경우에는 한 달이 못 되어 죽어 버린다.

마지막 세 번째 방법은, 그 검은 사나이에게 이야기도 걸지 않고, 거들떠보지도 않고, '걸음아 날 살려라' 하고 도망치는 것이다. 그러나 이런 경우에도 1년이 못 되어 죽어 버리게 된다.

세 가지 방법이 모두 나중에 화를 미치기는 마찬가지지만, 그래도 둘째 방법에는 얼마쯤 좋은 점이 있다. 더욱이 겨우 한 달일지라도 보물을 가질 수 있다는 마음에서 사람들은 대개 이 방법을 쓴다. 그래서 무슨 수를 써서라도 한 밑천 잡아 보려는 배짱좋은 사나이들은 검은 사나이가 판 구덩이를 파헤쳐 도깨비의 보물을 훔치려고 한 일이 흔히 있었다는 이야기이다.

그러나 그리 대단한 벌이는 못 되었던 모양이다. 적어도 그렇게 전해지고 있으며, 특히 트리퐁이라는 마술에 좀 능한 노르망디의 악덕 수도사가 이 일에 관해 남긴 수수께끼 같은 서투른 라틴어 시구 두 줄에 따르면, 전혀 대수롭지 못한 것 같다. 이 트리퐁이라는 수도사는 루앙 근처 쌩 조르주 드 보셰르빌 수도원에 매장되었으며, 그의 무덤 주위에는 두꺼비만이 들끓고 있다.

그런 것도 모르고 사람들은 굉장한 노력을 한다. 그 구덩이는 의외로 깊어 땀을 뻘뻘 흘리며 샅샅이 파헤치고, 날이 새기 전에 끝내야 하므로 밤새도록 애를 쓴다. 셔츠는 땀에 흠뻑 젖고, 초를 있는 대로 닳아 없애고, 곡괭이를 망가뜨리고, 그리하여 구덩이 밑바닥까지 다다라 그 '보물'을 손에 잡고 보면, 대체 그것은 무엇이리라고 독자는 생각하는가? 도깨비의 보물이란 과연 무엇일까?

1수짜리 동전 한 닢이거나 때로는 은화 한 닢, 돌멩이, 해골바가지, 피투성이 송장, 지갑 속에 든 지폐처럼 두 번 접혀진 도깨비, 또 때로는 아무것도 아닌 수도 있다. 그것은 무작정 비밀을 들춰내기 좋아하는 호기심 많은 경박한 사람들에게 트리퐁의 시가 말해 주고 있는 그대로인 모양이다.

땅을 파고, 어두컴컴한 구덩이에 파묻은 보물은 동전, 은화, 돌멩이, 시체, 유령, 또는 아무것도 아니다.

오늘날에 이르러서는 그 밖에도 탄환과 화약통을, 또 도깨비들이 사용했음에 틀림없는 손때 묻은 불그레한 낡은 트럼프를 거기서 파낼 수 있으리라. 트리퐁은 이 두 가지에 대해서는 언급하고 있지 않으나, 생각해 보면 그는 12세기 사람으로서 도깨비나 로저 베이컨보다 먼저 화약을 발명하고 샤를르 6세보다 먼저 트럼프를 고안해낼 만한 머리는 없었던 모양이다.

게다가 그 트럼프로 노름을 한다면 가진 것을 모두 털릴 게 틀림없는 사실이고, 또 화약통 속의 화약으로 말하면 총을 가진 사람의 얼굴을 향해 쏘아대는 특성을 갖고 있다.

그런데 전과자 장 발장이 며칠 동안 탈주해 있는 사이에 몽페르메이유 언저리를 방황했던 모양이라고 검찰에서는 추측한 바 있었는데, 바로 그 얼마 뒤 마을의 블라트뤼엘이라는 나이먹은 한 도로 인부가 숲 속에서 '야릇한 짓'을 하고 있는 게 사람들 눈에 띄었다.

그 지방에서는 블라트뤼엘이 지난달 감옥에 들어간 적 있는 사람이라고 믿었다. 그는 경찰의 감시를 받는 사나이로 아무 데서도 일자리를 얻지 못했기 때문에, 정부에서는 가니에서 라니에 이르는 샛

길을 만드는 인부로 쓰면서 싼 임금을 주었다.

이 블라트뤼엘은 그 고장 사람들의 업신여김을 받고 있었다. 그는 지나치게 공손하고 어처구니없을 정도로 겸손하여 헌병들 앞에서는 벌벌 떨며 비위를 맞추고, 아마도 도둑떼들과 관련있을 거라는 뒷공론을 들었다. 날이 저물면 숲 속 으슥한 데서 지나가는 사람을 노린다는 의심을 받고 있었다. 그의 인간다운 점은 주정뱅이라는 것뿐이었다.

사람들이 수상쩍게 여긴 일은 다음과 같았다.

얼마 전부터 블라트뤼엘은 도로에 자갈을 깔고 손질하는 일을 일찌감치 집어치우고 곡괭이를 든 채 숲 속으로 들어갔다. 저녁 무렵 인적 없는 숲 속의 빈터나 멋대로 뒤얽힌 덤불 속에서 무언가 찾는 듯 때로 구덩이를 파는 그를 볼 수 있었다.

지나가던 여자들은 처음에 그 모습을 보고 벨제부르^(성경에 나오는 악마의 우두머리인 베엘제불을 가리킴)가 아닌가 여겼으나, 잘 보니 블라트뤼엘이었다. 그녀들은 그것을 알고 나서도 좀처럼 놀란 가슴이 가라앉지 않았다. 그런 모양으로 사람들과 마주치는 것을 블라트뤼엘도 굉장히 거북스러워하는 것 같았다. 분명 그는 사람 눈에 띄는 것을 꺼려했으며, 그가 하는 행동에는 무슨 비밀이 있는 것 같았다.

마을에는 이런 말이 떠돌고 있었다.

"모르긴 해도 아마 도깨비가 나타난 모양이야. 블라트뤼엘은 그것을 보았기 때문에 찾고 있는 거야. 사실 그놈이라면 마왕의 은밀한 재산을 움켜잡는 일쯤은 하고도 남거든."

볼떼르 파 사람들은 이렇게 덧붙였다.

"블라트뤼엘이 도깨비를 때려눕히거나 도깨비가 블라트뤼엘을 잡거나 둘 중 하나야."

늙은 아낙네들은 몇 번이나 성호를 그으며 성부·성자·성령을 찾았다.

이럭저럭하는 동안 블라트뤼엘은 숲 속에서 하던 그 일을 그만두고 다시 도로 인부 일을 제대로 하기 시작했다. 사람들의 화제도 다른 데로 돌려졌다.

그러나 몇몇 사람은 아직도 호기심을 갖고, 그것이 전해 내려오는 이야기의 황당무계한 보물이 아니고 도깨비의 재물보다도 더 진실한 더 실제적인 횡재가 있어 틀림없이 저 도로 인부가 그 비밀을 반쯤은 알아낸 모양이라고 생각하고 있었다.

그 가운데에서도 특히 '호기심에 끌린' 사람은 초등학교 선생과 싸구려 음식점 주인인 떼나르디에였다. 아무하고나 상관 않고 어울리는 떼나르디에는 블라트뤼엘 같은 사람과 사귀는 일도 마다 하지 않았다.

"그 놈이 감옥살이를 한 적 있었단 말이지? 뭐, 상관 있나? 누가 거기 들어갔었으며, 앞으로 거기 들어갈 것인지 알 게 뭐야!" 하고 떼나르디에는 말하는 것이었다.

어느 날 밤 그 초등학교 선생은 옛날 같으면 당국에서 블라트뤼엘이 숲 속에 들어가 무슨 짓을 했는지 틀림없이 조사했을 테니 놈도 입을 열지 않을 수 없었을 것이고, 필요에 따라 고문이라도 하면 블라트뤼엘은 물을 먹이는 정도쯤에서 자백하지 않고는 못 견디었으리라고 말했다.

떼나르디에는 말했다.

"그렇다면 놈에게 어디 술을 한번 먹여 보자."

그들은 교묘하게 수단을 부려 그 늙은 도로 인부에게 술을 먹였다. 그러나 블라트뤼엘은 술만 벌컥벌컥 퍼마시면서 도무지 입을 열지 않았다. 그는 술이 넘어가는 목구멍과 재판관의 조심성을 지닌 입을 솜씨있게 구분하며 실수없이 다뤘다. 그러나 끈덕지게 물어본 결과, 그의 입에서 모호한 몇 마디를 끌어내는 데 성공했고, 그것을 모으고 이은 끝에 떼나르디에와 학교 선생은 대강 다음과 같은 것을

저녁 무렵 인기척 없는 숲 속의 빈터나 멋대로 뒤얽힌 덤불 속에서 무엇인가
를 찾는듯이 때때로 구덩이를 파는 블라트뤼엘의 모습을 볼 수 있었다.

알아냈다.

블라트뤼엘은 어느 날이 밝을 무렵 일터로 나가다가 숲 한쪽 구석의 덤불 밑에 '마치 누가 숨겨놓은 것처럼' 삽과 곡괭이가 한 자루씩 놓여 있는 것을 보았다. 그러나 그는 물장수 영감 씨푸르의 삽과 곡괭이일 거라고 생각하여 그리 마음에 두지 않았다. 그런데 그날 저녁 그는 한 그루의 커다란 나무 뒤에 숨어서 상대방에게 눈치채이지 않게, '이 지방 사람은 전혀 아니지만 자기, 블라트뤼엘은 잘 알고 있는 사나이'가 길에서 숲 속의 가장 으슥한 곳으로 들어가는 것을 보았다.

떼나르디에는 그것을 해석하여 '감옥 동료의 한 사람'으로 짐작했다. 블라트뤼엘은 그 이름을 말하기를 완강하게 거부했던 것이다. 그 사나이는 하나의 짐, 커다란 상자나 아니면 조그만 돈궤 같은 무슨 네모진 것을 들고 있었다. 블라트뤼엘은 깜짝 놀랐다. 그래도 '그 사나이'의 뒤를 밟아 보자는 생각이 떠오르기는 했으나, 7, 8분이나 지난 뒤였던 모양이다. 때는 이미 너무 늦었다. 사나이는 숲 안쪽으로 들어가 버렸고, 날도 저물어 블라트뤼엘은 사나이를 찾아내지 못했다.

그래서 그는 숲 어귀를 지켜보려고 마음먹었다. '달이 떠 있었다.' 그런 뒤 두어 시간 지나 블라트뤼엘은 사나이가 숲에서 나오는 것을 보았다. 그러나 그때는 벌써 조그마한 돈궤 같은 것 대신 곡괭이와 삽만 들고 있었다. 블라트뤼엘은 사나이를 지나가게 내버려두었을 뿐 가까이 다가가 보려는 생각은 하지 못했다. 상대방은 자기보다 세 갑절이나 힘세고 게다가 곡괭이를 가졌으니, 그 사나이가 자기를 알아보고 또 아는 사람에게 들켰음을 알게 된다면 틀림없이 자기를 죽일 거라고 생각했기 때문이다. 두 옛동료의 갑작스러운 만남치고는 너무나 끔찍스러운 일이다.

그러나 그 삽과 곡괭이에 대해 블라트뤼엘은 짐작되는 바가 있었다. 그가 아침나절에 보았던 덤불께로 달려가 보니, 거기에는 이미 삽도 곡괭이도 보이지 않았다. 그래서 그는, 그 사나이가 숲 속에 들어가 곡괭이로 구덩이를 파고 그 상자를 묻은 다음 다시 메우고 가버린 거라고 짐작했다. 그런데 그 상자는 사람 시체를 담기에는 너무나 작았으므로 틀림없이 돈이 들어 있을 거라고 단정하여 그는 찾기 시작했다. 블라트뤼엘은 숲을 모조리 살피고 돌아다니며 쑤시고 뒤져 땅을 갓 파헤친 것같이 보이는 데는 어디고 파보았다. 그러나 헛수고였다.

그는 아무것도 '파내지' 못했던 것이다. 몽페르메이유에서는 이제 아무도 그 일을 생각하지 않게 되었다. 다만 몇몇 수다스러운 아낙네들만이 이렇게 지껄였다.

"정말이에요, 그 가니의 도로 인부가 아무것도 아닌 일로 그렇게 야단법석을 떨었을라구. 틀림없이 도깨비가 왔던 거야."

쇠망치 일격에 부서진 족쇄

같은 해인 1823년 10월도 다 갈 무렵 어느 날, 뚤롱 사람들은 군함 오리옹 호가 폭풍우를 만나 파손된 데를 수리하기 위해 항구로 돌아오는 것을 보았다. 이 오리옹 호는 뒷날 브레스트에서 연습함으로 사용되었지만 그즈음에는 지중해 함대에 속했다.

이 군함은 몹시 거친 바다 때문에 많은 상처를 입었지만 항구로 들어오는 그 모습은 참으로 장관이었다. 어떤 기를 달고 있었는지 지금은 잘 모르겠지만, 그 기로 말미암아 항구에서는 11방으로 정해져 있는 예포를 쏘고, 그 한 방 한 방에 대해 함상에서도 답례가 있어 모두 22방이 울려퍼졌다.

예포에는 군주에 대한 예의, 군대의 의례, 떠들썩한 의례의 교환, 예식의 신호, 항구와 포대의 의식, 날마다 요새와 군함에서 맞는 일출과 일몰, 항구의 열림과 닫힘 같은 여러 가지 뜻이 포함되어 있었다.

문명사회는 곳곳에서, 어떤 사람이 계산한 바에 따르면 24시간마다 15만 발이나 되는 대포를 쓸데없이 쏘아올리고 있다. 한 방에 6프랑이라고 한다면 하루에 90만 프랑, 1년이면 3억 프랑이 연기로 사라져 버리는 셈이다. 그러나 이런 것쯤은 아주 하찮은 예에 지나지 않는다. 그 동안에도 다른 한편에서는 가난한 사람들이 굶어죽어 가고 있다.

1823년은 왕정 복고 정부가 '스페인 전쟁시대'라고 부른 해였다.

이 하나의 전쟁 속에는 많은 사건과 여러 가지 특이한 사실이 포함되어 있었다. 부르봉 왕가의 중대한 가계문제로서, 프랑스 왕실이 마드리드의 왕실을 원조하고 보호하여 이를테면 부르봉 가문이 본가 구실을 다했다는 점. 북쪽 여러 나라의 정부에 예속 복종하여 한층 혼잡을 초래하긴 했으나 겉으로는 프랑스 고유의 국민적 전통으로 되돌아갔다는 점. 앙굴렘므 공작이 자유주의자들의 공상적인 공포 정치와 싸우고 있던 종교 재판소의 실제적인 예로부터의 공포 정치를, 이제까지 온화했던 태도와 달리 고답적인 태도로 탄압하여 자유파 신문들로부터 '앙듀하르의 영웅'이라고 불려졌다는 점 _(1823년 8월 8일 스페인 원정에 나선 프랑스군 총사령관 앙굴렘므 공작은 스페인의 앙류하르에서 그 나라의 극단적인 왕당파를 탄압하는 명령에 조인했음).

쌍 뀔로뜨_(1792년 대혁명 시대의 과격 공화당을 가리킴. 反髢 르봉파)가 '데까미사도스_(1823년대에 스페인 혁명을 꾀한 자유당원. 反서츠派)'라는 이름으로 다시 일어나 귀족 미망인들에게 큰 공포를 안겨주었다는 점. 군국주의가 무정부주의 취급을 받고 있던 진보에 대하여 장애가 되었다는 점. 1789년의 혁명 이론이 깊이 침투해 가다가 느닷없이 허물어지고 중단되었다는 점. 프랑스가 어떤 사상을 갖고 있는지 꿰뚫어본 온 유럽의 경계하는 소리가 세계에 울려퍼졌다는 점. 총사령관인 프랑스 황태자_(샤를르 10세의 장남. 앙굴렘므 공작. 1824년에 프랑스 황태자가 됨)와 어깨를 나란히 하며 뒤에 까를로 알베르뜨라고 불린 까리냥 대공이 민중과 맞서는 여러 나라 왕들의 십자군에 붉은 모직 척탄병 견장을 달고 지원병으로 가입했다는 점.

제정 시대 병사들은 다시 전장에 참가했으나 8년 동안의 휴식 뒤인지라 이미 늙어 용맹을 떨치지 못했지만 그래도 그들이 흰 모표를 달고 있었다는 점. 30년 전 코블렌츠서 흰 기가 휘날렸듯(흰 빛은 부르봉 왕조의 빛. 대혁명으로 망명한 왕당이 군대를 만들어 쳐들어 가려고 했던 때의 일을 말함) 이번에는 3색기가 소수의 용감한 프랑스 사람 손을 거쳐 외국에서 휘날렸다는 점. 수도사들이 프랑스 군대 속에 섞여들었다는 점. 자유와 신시대의 정신이 총검에 억압당했던 점. 원칙이 포탄 앞에 무릎을 꿇은 주의. 정신이 이룩한 것을 무력으로 허물어뜨리는 프랑스. 거기에 더하여 매수된 적의 장수들과 갈피를 잡지 못하는 병사들과 수백만 금의 돈으로 포위공격된 도시들. 불의의 습격을 받아 점령당한 갱도 속처럼, 포화에 따른 위험은 전혀 없으나 언제 폭발할지 모르는 위험. 많은 피를 흘리지 않은 대신 얻은 명예는 적고, 어떤 자에게 치욕은 있었으나 영광은 아무에게도 없었다는 점.

이상과 같은 것들이, 루이 14세의 피를 이어받은 여러 왕공 귀족이 수행하고 나뽈레옹 휘하에서 배출된 여러 장군이 지휘한 이 전쟁의 실태였던 것이다. 이 전쟁은 이미 나뽈레옹의 저 위대한 전쟁이나 루이 14세의 저 위대한 정략의 그림자조차도 찾아볼 수 없는 자못 슬픈 운명을 지니고 있었다.

훌륭한 전공이 없었던 것은 아니다. 그 가운데에서도 트로카데로 요새의 점령 등은 실로 훌륭한 일전이었다. 그러나 되풀이해서 말하지만, 이 전쟁의 나팔 소리는 끝내 깨진 소리밖에 내지 못했고, 전체로 볼 때 무언가 분명하지 않은 전쟁이었으므로 역사가 인정하고 있듯 프랑스는 이름뿐인 승리를 마음 괴롭게 느꼈던 것이다.

저항의 책임을 지고 있던 스페인의 어떤 장군들이 너무나 쉽게 항복해 버렸다는 것은 누가 보아도 분명했으며, 이 승리에서는 타락의 냄새까지 풍겼다. 승리를 얻었다기보다 장군들을 매수한 느낌을 준 것이다.

　그래서 싸움에 이긴 병사들은 굴욕을 느끼며 귀환했다. 군기의 주름 사이로 '프랑스 은행'이라는 글자를 읽을 수 있었던, 가치 없는 전쟁이었다.

　1808년의 전쟁에 참가했던 병사들은 싸라고스의 성벽이 머리 위에 무너져내리는 무서운 경험을 맛보았었는데, 이제 1823년에는 차례차례로 쉽게 열리는 성문을 앞에 두고 눈살을 찌푸리며 새삼스레 빨라포스 장군(1808년 전쟁에서 싸라고스를 지킨 스페인의 용감한 장군)을 그리워했다. 발레스테로스(그 즈음의 스페인 정부를 배반한 장군들 가운데 하나)보다 로스톱신(나뽈레옹을 알아 모스크바를 불태워 승리한 러시아 장군)을 상대하고 싶어하는 것이 프랑스 사람의 기질이다.

　그리고 훨씬 더 중요하여 마땅히 강조해야 하는 견지에서 볼 때, 이 전쟁은 프랑스 군국 정신을 손상시켰고 아울러 민주 정신의 분노마저 샀다. 그것은 민중을 복종시키려는 음모였다.

　이 전쟁에서 민주주의의 아들인 프랑스 병사는 남에게 멍에를 지울 목적으로 싸워야 했다. 끔찍스러운 모순이다. 프랑스는 여러 나라 민중의 영혼을 눈뜨게 하기 위해 세워진 것이지, 영혼을 질식시키기 위해서 세워진 것은 아니다.

　1792년 이후에 일어난 유럽의 모든 혁명은 프랑스 혁명이다. 자유의 빛의 근원은 프랑스이다. 이것은 태양처럼 명확한 사실이다.

　"그것이 보이지 않는 자는 장님이다!"라고 보나빠르뜨도 말하지 않았던가!

　1823년의 전쟁은 용감한 스페인 국민에게 저지른 범죄이며 아울러 프랑스 혁명에 대한 가해였다. 그와 같은 엄청난 폭거를 프랑스 자신이 범했던 것이다. 더욱이 폭력으로 저질렀다. 왜냐하면 독립 전쟁을 제외하고 군대가 하는 모든 것은 폭력으로 이루어지기 때문이다. '맹목적 복종'이라는 말이 이 점을 잘 나타내고 있다.

　군대란 불가사의한 집합체의 걸작으로, 그 힘은 무능력의 엄청난 합계에서 생긴다. 이리하여 전쟁이라는 것이 인류에 의하여, 인류에 대하여, 인류에 반하여 이루어진다는 게 비로소 설명된다.

부르봉 왕가 사람들에게 1823년의 전쟁은 치명적이었다. 그러나 그들은 이 전쟁을 성공한 것처럼 생각했다. 하나의 사상을 짓밟고 죽이는 일이 얼마나 위험한 짓인지 몰랐던 것이다. 그들은 얕은 소견의 오산으로 죄(혁명운동)에 대한 엄청난 둔갑을 마치 힘의 한 요소처럼 그들의 체제 속에 끌어들이는 오류를 범했다. 그리하여 호시탐탐 사람을 모함하는 비겁한 정신이 그들의 정책 속에 들어왔다.

1830년(7월 혁명이 일어나 부르봉 왕정이 끝나는 해)은 1823년에 싹텄다. 스페인 전쟁은 그들의 어전회의에서 무력행사와 신권발동을 변호하는 논거가 되었다. 프랑스는 스페인에 '전제군주'를 재확립함으로써 이번에는 자기 나라 안에도 감쪽같이 전제군주를 세울 수 있었다. 그들은 병사의 복종을 국민의 동의로 지레짐작하는 저 무서운 과오에 빠졌다. 그런 허망한 기대는 왕위를 잃는 요소가 되는 법이다. 만티닐나무(열대 아메리카의 독있는 식물) 그늘에서 잠들어서는 안 되는 것과 마찬가지로 군대의 그늘에서도 잠을 자서는 안 된다.

이제 다시 군함 오리옹 호로 이야기를 되돌리자. 황태자를 총사령관으로 추대한 군대가 스페인에 출동한 동안 다른 함대 하나는 지중해를 순항하고 있었다. 아까 말한 바와 같이 오리옹 호는 그 함대에 속해 있었는데, 폭풍우로 상처를 입어 뚤롱 항구로 되돌려 보내진 것이다. 군함이 항구에 들어와 있는 모습은 어딘지 군중을 매혹하고 그 마음을 들뜨게 하는 힘이 있다. 그것은 웅장하며, 군중은 웅장한 것을 좋아하기 때문이다.

전함은 인간의 재능과 자연의 힘을 가장 장엄하게 결합한 것이다.

전함은 가장 무거운 것과 가장 가벼운 것으로 이루어져 있다. 왜냐하면 그것은 물질의 세 형태인 고체와 액체와 기체를 한꺼번에 상대하여 그 세 가지에 모두 맞서 싸워야 하기 때문이다.

바다 밑 화강암을 움켜잡기 위해 11개의 무쇠 손톱이 있고, 구름 사이의 바람을 잡기 위해 날벌레보다도 더 많은 날개와 촉각이 있다. 거대한 나팔에서 나오는 것처럼 120문의 대포를 통해 숨결을 토하고 의기양양 천둥 번개를 향해 짖어댄다. 망망대해는 판에 박은 듯 똑같은 그 무시무시한 파도를 일으켜 군함을 집어삼키려고 하지만 전함은 정신을, 나침반을 가지고 있어 그것의 가리킴을 받아 언제나 북쪽을 안다. 깜깜한 밤에는 항해등이 별빛을 보충한다.

이와 같이 전함은 바람에 낮줄과 돛이 있고, 물에 대하여 목재가 있고, 바위에 대하여 무쇠와 구리와 납이 있으며 어둠에 대하여 불빛이 있고, 가없는 공간에 대하여 나침반을 가지고 있다.

이러한 것이 모두 거대한 비율로 짜여서 전체로 하나의 전함을 형성하는 구조에 관해 대강의 개념을 파악하고 싶다면, 브레스트나 뚤롱 같은 항구에 있는 지붕달린 7층 높이나 되는 도크 하나에 들어가 보면 될 것이다.

거기서는 건조 중인 배가 마치 유리 그릇에 들어 있는 것처럼 잘 보인다. 어머어마한 대들보 같은 것은 활대이다. 눈도 미치지 않을 만큼 기다랗게 땅바닥에 뉘여 있는 굵다란 나무 기둥은 큰 돛대다. 선창 밑바닥에서부터 구름을 찌르는 듯한 꼭대기까지 재어 보면, 길이는 16뜨와즈(^{1뜨와즈는}_{6피트})를 헤아리고, 밑동의 지름은 3피트나 된다. 영국 배의 큰 돛대는 흘수선 위 270피트 높이에 다다르는 것이 있다.

우리 조상은 배에 굵은 밧줄을 사용했으나 지금은 쇠사슬을 사용하고 있다. 100문의 대포를 가진 배의 쇠사슬만 쌓아놓아도 높이 4피트, 가로 20피트, 세로 8피트의 산더미가 된다. 그리고 그 함선을 하나 만드는 데 목재가 대체 얼마나 드는가 하면 3천m³에 이른다. 이것은 숲 하나가 바다에 뜨는 것과 같다.

특히 이것은 독자들이 잘 기억해 주기 바라는 바이지만, 여기서 말하고 있는 것은 40년 전의 옛 군함이던 단순한 범선에 관한 이야기다. 그 무렵 갓 선을 보인 증기력은 그 뒤 군함이라고 불리는 불가사의한 이 물체에 더욱 새로운 기적을 보탰다. 스크루가 달린 오늘날의 절충식 함선 같은 것은 겉넓이 3천m²의 돛과 2천 5백 마력의 힘을 내는 기관이 움직이는 어마어마한 기계다.

이러한 새로운 기적에 대해서는 말할 나위도 없지만, 크리스토퍼 컬럼버스나 디 로이테르(17세기 네덜란드의 제독)의 구식 배도 인간이 만든 위대한 걸작의 하나다. 마치 무한이 끝없는 숨결을 지니고 있듯 그것은 무궁한 힘을 지니고서 돛에 바람을 품고, 끝없이 펼쳐진 파도에 에워싸여도 방향이 정확하며, 바다 위에 떠서 군림한다.

그러나 때로는 돌풍이 길이 60피트나 되는 활대를 마치 지푸라기처럼 부러뜨리고, 질풍이 높이 400피트나 되는 돛대를 마치 등심초처럼 휘어놓으며, 무게 10톤이나 되는 닻은 부로세(아래턱 이빨이 날카로운 담수어. 갑상어라고도 불리며, 큰 것은 1m나 됨)의 입에 걸린 어부의 낚시처럼 성난 파도의 입 속에서 비틀어지고, 괴물 같은 대포의 포효도 태풍 때문에 허공과 암흑의 밤 속에 헛되이 휩쓸려 가버리고, 그 모든 위력과 위풍은 더욱 큰 위력과 위풍 속에 사라져 버린다.

막대한 위력이 전개될 때마다 결국에는 이 힘도 극도로 쇠약해지지만, 그런데도 사람들은 언제나 몽상에 잠긴다. 그래서 항구마다 수많은 구경꾼들이 자기들도 알 수 없는 흥미에 끌려, 전쟁과 항해의 경이로운 이 기계 주위로 몰려드는 것이다.

그래서 뚤롱 항구는 아침부터 저녁까지 해안이며 선창이며 방파제에, 오리옹 호를 바라보는 것밖에 아무 할 일도 없는 한가로운 사람들과 이른바 건달이라고 불리는 수많은 사람들로 가득차 있었다.

오리옹 호는 오래 전부터 손상되어 있었다. 이제까지 항해해 오는 동안 조개껍질이 배 밑에 몇 켜씩 두껍게 늘어붙어 속력이 반으로 줄어들었다. 그래서 지난해 도크에 넣어 조개껍질을 제거한 다음 다시 바다로 내보냈던 것이다.

그런데 그 제거 작업 때문에 배 밑의 볼트가 상해버렸다. 발레아르 군도 앞 큰 바다에서는 화물 창고가 쓰러져 틈이 벌어졌고, 그 무렵에는 아직 내부 기재에 철판을 쓰지 않았으므로 물이 새기 시작했다. 게다가 모진 가을 태풍이 불어닥쳐, 좌현의 이물과 창문 하나가 부서지고 앞 돛대의 밧줄걸이가 상했다. 이러한 파손 때문에 오리옹 호는 뚤롱 항구로 돌아왔다.

오리옹 호는 해군 정비소 옆에 정박했다. 항해준비가 된 그대로 수리하고 있었다. 선체의 우현은 조금도 상하지 않았으나, 늘 하는 관습대로 뱃전 널빤지를 여기저기 뜯어내어 뼈대 속까지 공기가 통하도록 하였다.

어느 날 아침 오리옹 호를 구경하던 군중은 뜻밖의 사고를 목격하게 된다. 선원들이 활대에 돛을 달아매고 있을 때였다. 우현 큰 중간 돛 아래에서 두 번째 돛 귀퉁이를 붙잡는 소임을 맡은 선원이 몸의 평형을 잃었다. 그가 비틀거리는 것을 보고 해군 공창 안 벽에 모여 있던 수많은 사람들이 '앗' 하고 함성을 지르기가 무섭게, 사나이의 몸은 머리를 밑으로 하고 활대 둘레를 빙 돌아 심연을 향해 두 팔을 벌렸다.

그렇게 떨어지는 도중 그는 우연히 한 손으로 돛 아래 밧줄을 잡은 다음 다른 한 손으로 마저 잡고 거기에 매달리게 되었다. 그의 발 밑에는 아득한 깊이로 바다가 입을 벌리고 있었다. 그가 떨어져 온 반동으로 매달린 밧줄은 그네처럼 몹시 흔들렸다. 사나이의 몸은 마치 돌팔매질한 돌처럼 밧줄 끝에서 휘둘리고 있었다. 그를 구조하기 위해서는 무서운 위험을 무릅써야만 했다.

선원들은 모두 새로 채용되어 일하는 연안의 어민들이었으므로 그런 위험한 짓을 하려고 나서는 자가 아무도 없었다. 그 동안에도 불행한 선원은 지쳐 가고 있었다. 얼굴에 떠오르고 있을 고통의 빛은 멀어서 보이지 않았으나, 기진맥진해지는 모습이 팔다리에 역력히 나타나고 있었다. 그의 두 팔은 보기에도 무서울 정도로 늘어져 있었다. 줄을 타고 기어오르려고 안간힘을 쓸 때마다 오히려 늘어진 밧줄의 흔들림을 더욱 증가시킬 뿐이었다. 그는 힘이 빠질까 두려워 소리도 지르지 못하고 있었다.

사람들은 이제 그가 밧줄을 놓치는 순간을 기다리고 있을 뿐이었다. 그리고 그들은 사나이가 떨어지는 것을 차마 못 보겠다는 듯 때로 얼굴을 돌리곤 했다. 한 오리의 끈이나 한 토막의 막대기 또는 나뭇가지가 바로 생명처럼 여겨지는 경우가 있는 법이다. 그리고 어떤 생명을 가진 물체가 익은 과실처럼 떨어져 나가는 것을 보는 것은 참으로 무섭다.

그때 갑자기 한 사나이가 살쾡이처럼 날쌔게 돛의 밧줄을 타고 올라가는 게 보였다. 그 사나이는 붉은 옷을 입고 있었다. 죄수였다. 그는 푸른 모자를 쓰고 있었다. 무기수였다. 조망대 위에 이르자 바람이 그 모자를 휙 날려 버려 백발이 성성한 머리가 보였다. 젊은이가 아니었다.

그 사고가 일어나자 배 안에서 노역을 치르고 있던 한 죄수가 곧 당직 장교에게 달려가, 선원들도 어쩔 줄 몰라 하며 주저하고 모든 수부들도 벌벌 떨며 망설이고 있는 때 목숨을 걸고 저 선원을 구조하러 갈 것을 허락해 주도록 간청했던 것이다.

장교가 고개를 끄덕이자, 그는 자기 발의 쇠고랑에 달린 사슬을 쇠망치로 단번에 때려 부수고는 이어 줄을 들고 돛대의 밧줄로 올라갔다. 그 족쇄가 어찌나 쉽사리 부서졌는지 그 순간에는 아무도 깨닫지 못했다. 사람들이 그것을 생각해 낸 것은 훨씬 뒤의 일이었다.

눈깜짝할 사이에 그는 활대 위로 올라섰다. 그는 잠시 동안 가만히 움직이지 않고 서서 활대의 길이를 눈으로 재어 보는 모양이었다. 그 사이에도 바람이 불어 밧줄 끝에 매달린 선원의 몸이 흔들려 아래에서 지켜보는 사람들로서는 그 순간이 몇백 년이나 되는 긴 세

월처럼 아득하게 느껴졌다.

마침내 죄수는 눈을 하늘로 치뜨더니 한 걸음 앞으로 내디뎠다. 군중은 숨을 죽였다. 그는 활대 위를 달리는 것 같았다. 그 끝에까지 이르자 그는 가지고 간 밧줄의 한 끝을 거기에 비끄러매고, 다른 한 끝은 내려뜨려 두 손으로 그 줄을 타고 내려가기 시작했다.

이때에 이르러 바라보고 있는 사람들의 안타까움은 이루 말할 수 없었다. 이제 바다를 아득히 밑에 두고 밧줄에 매달린 것은 한 사람이 아닌 두 사람이 된 것이다.

마치 한 마리 거미가 파리를 잡으러 오는 듯했다. 다만 여기서는 거미가 죽음이 아닌 삶을 가져가고 있었다. 몇만의 눈길이 그 두 사람 위에 쏠렸다. 아무도 외치지 않았고, 입을 벌려 말하는 사람도 없었다. 모두 똑같이 떨리는 마음으로 눈길을 모으고 있었다. 누구나 숨마저 죽이고, 참담한 지경에 놓인 그 두 사람을 흔들어 대는 바람에 숨결조차 보태지 않으려고 애쓰는 것 같았다.

마침내 죄수는 선원 가까이까지 타고 내려갈 수 있었다. 극한의 순간이었다. 이제 1분만 더 늦으면 그 선원은 기진맥진하여 아스라한 바다 밑으로 떨어질 판이었다. 죄수는 한 손으로 밧줄에 매달린 채, 비어 있는 다른 손으로 선원의 몸을 그 밧줄에 꽉 비끄러맸다.

이윽고 그가 다시 활대 위까지 기어올라 선원을 끌어올리는 게 보였다. 그는 거기서 선원이 기운을 차리도록 한참 동안 붙잡고 있다가, 두 팔에 끌어안고 활대 위의 가로대 있는 데까지 걸어가, 거기서 다시 돛대 위 장루에 이르러서야 비로소 그를 동료들 손에 넘겨주었다.

군중은 환성을 질렀다. 늙은 간수 중에는 눈물을 흘리는 사람들도 있었고, 여자들은 바닷가에서 서로 껴안고, 그리고 모든 사람이 감동어린 들뜬 목소리로 다같이 "저 사람을 용서해 주라!"고 외치는 소리가 들렸다.

가엾은 한 죄수가 바다에 떨어진 것이다.

죄수는 그러는 동안에도 노역으로 돌아가기 위해 곧장 돛대를 타고 내려오기 시작했다. 조금이라도 빨리 아래로 내려오려고 그는 돛속으로 내려 아랫돛의 활대 위를 달리기 시작했다. 사람들 눈길은 일제히 그를 쫓았다. 순간 사람들은 흠칫 몸을 움츠렸다. 기운이 빠졌는지 아니면 눈이 어지러워졌는지, 그가 별안간 주춤하며 비틀거린 것 같이 보였다. 그러자 별안간 군중은 크게 고함을 질러댔다. 죄수가 바다에 떨어진 것이다.

목숨이 위태로웠다. 군함 알제지라스 호와 마침 나란히 정박해 있는 오리옹 호 두 척 사이로 가엾은 한 죄수가 떨어진 것이다. 그는 이 두 배 가운데 한 척 밑으로 빨려들어갈 우려가 있었다. 네 사나이가 급히 보트에 뛰어올랐다. 군중은 그들에게 격려의 말을 던졌다. 불안이 다시 사람들의 마음을 내리눌렀다. 사나이는 수면에 떠오르지 않았다. 마치 석유통 속에 빠지기라도 한 듯 물결 하나 일으키지 않고 바닷속으로 사라져 버렸다. 사람들은 물 속을 더듬고 또 잠수해 보았으나 허사였다. 저녁 때까지 계속 찾았다. 그러나 시체조차 찾아내지 못했다.

이튿날, 뚤롱의 한 신문은 다음과 같은 몇 줄의 기사를 실었다.

'1823년 11월 17일, 어제 오리옹 호의 갑판에서 노역에 종사하던 한 죄수가 조난당한 선원을 구출하고 돌아오다가 바다에 떨어져 익사했다. 시체는 찾아내지 못했다. 추측컨대 조선 공창 끝의 구멍 속으로 빨려들어간 것 같다. 그 사나이의 수감번호는 9430호로 이름은 장 발장이다.'

제3편 죽은 여자와의 약속

몽페르메이유의 음료수 문제

몽페르메이유는 리브리와 셸 사이, 우르끄 강과 마르느 강을 갈라 놓고 있는 고지의 남쪽 끝에 자리하고 있다.

오늘날에는 제법 큰 도시로 1년 내내 흰 석회칠을 한 별장들이 곳곳에 자리잡고 일요일이면 화사하게 차린 사람들로 붐비지만, 1823년에는 지금처럼 흰 집도 많지 않고 시민들 수도 그리 만족스럽지 못했다. 그저 숲 속의 한 작은 마을에 지나지 않았다. 하지만 여기 저기에 근세풍 별장이 몇 채 있어, 그 당당한 모습과, 발코니에 달린 구부러진 철책과, 흰 널빤지로 된 문 위에 달린 색유리창으로 온갖 푸른색이 떠올라보이던 꼭 닫혀진 긴 유리창으로 작은 시골마을과는 차이가 났다.

그렇기는 해도 몽페르메이유는 역시 한 작은 마을에 지나지 않았다. 대대로 주단 포목상을 하거나 별장을 갖고 살 만한 사람들이 미처 이 땅을 발견하기 전이었다. 그곳은 평화롭고 아름다운 고장이었으며 어느 곳과도 길이 통해 있지 않았다.

거기서는 적은 비용으로 넉넉하고 안온한 시골생활을 보낼 수가 있었다. 다만 지대가 높아 물이 부족했다.

물은 꽤 멀리까지 길러 가야만 했다. 가니 쪽으로 잇닿은 마을 변두리에서는 숲에 있는 몇 개의 아름다운 못에서 물을 길어다 먹었다. 성당을 에워싸고 있는 셀 쪽으로 면한 마을 변두리에서는 몽페르메이유에서 15분이나 걸리는 셀로 가는 길가 산허리에 있는 작은 샘터까지 가지 않으면 물을 길을 수 없었다.

그렇기 때문에 어느 집에서나 물을 긷는 것은 꽤 힘든 일이었다. 큰 집들, 상류계급, 떼나르디에의 싸구려 음식점도, 한 통에 1 리아르(리아르는 1/4수)씩 주고 물장수 노인에게서 사먹고 있었다.

이 노인은 마을의 물을 긷는 일로 하루에 8수쯤 벌고 있었다. 그러나 이 노인은 여름에는 저녁 7시, 겨울에는 5시까지만 일했으므로, 집집마다 아래층 덧문이 닫힐 밤이 되면 마실 물마저 떨어진 집에서는 자기들이 길러 가거나 아니면 아예 물없이 참아야 했다.

독자들은 아마 잊지 않았겠지만, 저 가엾은 여자아이 꼬제뜨가 몹시 두려워하는 것은 바로 이 일이었다. 꼬제뜨는 두 가지 점에서 떼나르디에네 집에 보탬이 되었다. 그들은 아이 어머니에게서는 돈을 뜯어내고 어린아이에게는 일을 시키고 있었던 것이다.

그리하여 훨씬 앞의 여러 군데에서 독자가 본 바와 같이 아이 어머니가 전혀 돈을 보내지 못하게 되었을 때에도 떼나르디에 부부는 꼬제뜨를 내놓지 않았다. 그애는 하녀 노릇을 하고 있었던 것이다.

그러므로 필요할 때 물을 길러 가야 하는 것은 꼬제뜨가 하녀로서 해야 하는 일이었다. 한밤중에 샘터까지 간다는 것은 생각만 해도 소름끼치는 일로 두려워하고 있던 꼬제뜨는, 결코 집에 물이 떨어지지 않도록 몹시 마음쓰고 있었다.

1823년의 크리스마스 이브는 몽페르메이유에서 특히 법석거렸다.

그해 초겨울은 날씨가 제법 따뜻하여 아직 얼음도 얼지 않았고 눈도 내리지 않았다. 흥행사 패거리들이 빠리에서 내려와 읍장의 허가를 얻어 마을 큰길가에 가건물을 세웠고, 행상인들도 마찬가지로 성당 광장에서 불랑제 골목에 이르기까지 허가된 노점을 차리고 있었다.

독자들도 기억하고 있겠지만, 떼나르디에의 싸구려 음식점은 이 불랑제 골목에 있었던 것이다. 그리하여 여관이며 술집은 사람들로 가득 들어차고, 이 조용한 마을의 생활은 흥청거리고 들떴다.

또한 그밖에——이것은 충실한 역사가의 자격으로 말해 두는 것이지만——1823년이라는 해에 광장에 늘어선 구경거리 중에는 짐승 우리 비슷한 것이 하나 있었는데, 어디서 굴러왔는지 알 수 없는 남루하고 험상궂은 광대들이 그 안에서 저 무시무시한 브라질 산 독수리 표본 하나를 몽페르메이유의 시골 사람들에게 보여주고 있었다.

이것은 1845년까지 왕실 박물관에도 없었던 것으로, 그 눈빛은 어떻게 보면 모자에 다는 삼색 장식(대혁명 때 하양·파랑·빨강의 삼색으로 된 국민 휘장. 이 새의 눈이 갖가지로 변해 보인다는 뜻임)처럼 보였다. 자연과학자들은 이 새를 '까라까라 폴리포르스'라고 부른다던가. 그것은 아피씨데과에 속하는 매의 한 종류이다.

옛날 보나빠르뜨 파 병사였던 마을의 몇몇 노인들이 와서 이 새를 경건한 마음으로 바라보았다. 광대들은 삼색 장식을 닮은 이 새의 눈을 가리켜, 고마우신 하느님께서 우리들의 동물원을 위해 특별히 내리신 다른 데서는 볼 수 없는 불가사의한 것이라고 떠들어대고 있었다.

이 크리스마스 이브에 천장이 나지막한 떼나르디에의 여관 홀에는 마차꾼과 행상인 몇 사람이 너덧 개의 촛불을 둘러싸고 식탁에 앉아 술을 마시고 있었다. 어느 술집에서나 흔히 볼 수 있는 그런 홀로 몇 개의 테이블과 놋쇠 주전자와 술병이 있고, 술마시고 담배 피우는 사람들이 있었으며, 불빛은 희미하고 몹시 시끄러웠다.

그래도 한 테이블 위에는 이 1823년이라는 해에 특히 시민계급 사이에 유행하던 두 가지 물건이 올려져 있었다. 즉 만화경과 나뭇결 무늬의 양철 램프였다.

떼나르디에의 아내는 밝게 타오르는 불 앞에서 구워지는 저녁 식사거리를 지켜보고 있었고, 주인 떼나르디에는 손님들과 어울려 술을 마시면서 정치 이야기를 하고 있었다.

주로 스페인 전쟁과 앙굴렘므 공작에 대한 그런 종류의 정치 이야기를 하다가는 이따금 지방에서 일어난 여러 가지 여담으로 벗어나기도 했다.

"낭떼르와 쉬렌느 지방에서는 포도주가 많이 나왔다지, 아마. 10통으로 예상했던 것이 12통이나 나왔대. 압착기를 사용했기 때문에 액즙이 많이 나온 거래."

"하지만 포도가 아직 익지 않았을 게 아냐?"

"아니, 그곳에서는 다 익은 뒤에 따지 않아. 다 익은 다음에 담근 포도주는 봄이 되면 곧 텁텁해지거든."

"그럼, 아주 묽겠군?"

"암, 그렇지. 이런 데서 나는 것보다야 훨씬 묽지. 어쨌든 포도는 파랄 때 따야 한다네."

그리고 또 방앗간 사나이는 이렇게 말하고 있었다.

"아니, 부대 속에 들어 있는 것을 우리가 어떻게 책임질 수 있겠나? 잘디잔 씨들이 잔뜩 들어 있는 걸 일일이 골라낼 수야 없지 않나. 그냥 확 쏟아 붓는 게 내 일이야. 보리며, 누에콩이며, 깜부기며, 풀씨며, 가브롤이며, 세콩이며, 오만 가지 것이 다 들어 있지 않겠나. 게다가 또 돌이 엄청나게 많이 섞인 밀도 있지. 특히 브르따뉴의 밀은 지독해. 브르따뉴 밀을 찧는 건 정말 싫어. 목수가 못이 박힌 대들보에 톱질하는 걸 싫어하는 것이나 마찬가지지. 그 따위 밀로 얼마나 고약한 밀가루가 될 것인지 생각해보란 말이야. 그런데도 가루만 탓하다니, 그거야말로 억지야. 가루가 좋고 나쁜 건 내 탓이 아니거든."

창문과 창문 사이의 자리에서는 풀 베는 일꾼 하나가 지주와 한 테이블에 앉아 봄이 되면 해야 할 목장 일의 품삯에 대해 의논하고 있었으며, 이렇게 말하는 게 들렸다.

"젖은 풀이 나쁠 건 하나도 없습죠. 오히려 그편이 베기는 더 좋습니다요. 이슬은 상관없어요, 나리. 그것은 상관없습니다만, 풀이 아직 어려서 베기 힘들단 말이에요. 글쎄 너무 부드러우면 낫 밑에서 휘어져서 곤란해요……"

꼬제뜨는 여느 때와 마찬가지로, 벽난로 옆에 있는 부엌 식탁 다리의 가로대 위에 걸터앉아 있었다. 누더기를 걸치고, 맨발에 나막신을 신고, 벽난로 불빛에 비춰가며 떼나르디에네 딸들이 신을 긴 털양말을 짜고 있었다. 아주 조그마한 새끼 고양이 한 마리가 걸상 밑에서 장난치고 있었다. 옆방에서는 두 어린아이가 쾌활하게 웃으며 떠들어대는 소리가 들려왔다. 그것은 에뽀닌느와 아젤마였다.

벽난로 구석에는 회초리가 하나 못에 걸려 있었다.

이따금 집 안 어디선가 아주 어린 아기의 울음소리가 술집의 소음을 뚫고 들려오곤 했다. 그것은 떼나르디에의 아내가 지난해 겨울에 낳은 남자아이였다.

"왜 또 저런담, 추워서 깬 모양인가"라고 그녀는 말하곤 했다.

아이는 벌써 3살이 되어 있었다. 그런데 떼나르디에의 아내는 그 아이를 기르고는 있으나 조금도 사랑하지 않았다. 어린애의 자지러지는 듯한 울음소리가 너무나 시끄럽게 들려와 떼나르디에는 말했다.

"아이가 울고 있구먼. 어서 가서 좀 보구려."

"흥!" 하고 어머니는 대답했다. "저 아인 정말 지긋지긋해 죽겠어."

돌봐주지 않는 어린아이는 어둠 속에서 계속 울어댔다.

두 인물의 완전한 묘사

독자들은 이 책에서 아직 떼나르디에 부부의 옆얼굴밖에 보아 오지 않았다. 이제 이 부부의 둘레를 돌며 앞뒤 양옆으로 바라볼 때가 되었다.

떼나르디에는 겨우 오십 고개를 넘어선 참이었다. 떼나르디에의 아내는 사십 고개를 바라보고 있었는데, 여자의 경우 이것은 오십이 된 거나 마찬가지이다. 그래서 그들 아내와 남편은 서로 나이가 걸맞는 셈이었다.

이 키가 크고 금발이며, 불그레한 얼굴에 개기름이 흐르고, 피둥피둥 살찐데다 얼굴이 네모지고, 덩치가 크면서도 동작은 날쌘 이 떼나르디에의 아내를 독자들은 처음부터 잘 기억하고 있으리라 믿는다.

앞에서도 말한 바와 같이 그녀는 시장거리를 거드럭거리며 다니는 저 절구통 같은 몸집의 야만스러운 족속 가운데 하나이다. 집안일은 혼자서 모두 해치우고 있었다. 침대를 매만지는 일도, 방을 치우는 일도, 빨래도, 요리도, 무엇이나 닥치는 대로 해내는 입싸고 손이 잰 여자였다. 심부름꾼이라고는 꼬제뜨 하나가 있을 뿐으로, 이 어린아이야말로 코끼리에게 시달림받는 한 마리의 생쥐였다.

그녀가 한 번 소리치면 온 집안이, 유리 창문도, 가구도, 사람들도, 모든 것이 벌벌 떨었다. 커다란 주근깨투성이 얼굴은 거품을 떠내는 구멍 뚫린 국자 그대로의 모습이었다. 게다가 수염마저 나 있었다. 시장의 짐꾼으로는 더할 나위 없이 이상적인 타입인데 그런 짐꾼이 여자 옷을 입고 있다고 생각하면 된다.

그녀가 욕설을 퍼부을 때는 굉장한 구경거리였다. 그녀는 호두를 주먹으로 단번에 깨뜨린다고 자랑하고 있었다. 그래도 소설을 읽은 덕분인지 때로 식인귀 같은 모습 아래에서 야릇하게 교태를 머금은 여자 모습이 나타나는 일이 있기 망정이지 그런 것마저 없었다면 아무도 그녀를 여자라고 생각지 않았으리라.

이 떼나르디에의 아내는 마치 생선장수와 천한 여자를 섞어서 만들어낸 위인이라고나 하면 알맞을 것이다. 그녀가 하는 이야기를 들으면 헌병이 아닌가 싶어지고, 술을 마시는 꼴을 보면 마차꾼이 아닌가 싶어지고, 꼬제뜨를 부려먹는 것을 보면 냉혈동물이 아닌가 싶어진다. 그녀가 쉬고 있을 때에는 이 한 개가 입밖으로 튀어나와 있었다.

남편 떼나르디에는 몸집이 자그마하고, 여위고, 창백하고, 광대뼈가 불거지고, 빼빼 마르고, 궁상스럽게 생긴 사나이로 얼른 보기에는 앓는 사람 같으나 실은 여간 튼튼하지 않았다.

그의 교활성은 이러한 체질에서부터 비롯되고 있었다. 그는 언제나 조심스러운 웃음을 띠고, 거의 누구에게나 공손하고, 한푼의 적선도 하지 않으면서 거지에 대해서조차 공손했다. 눈초리는 족제비 같고 얼굴 생김새는 문인 같았다. 아베 들리유(18세기의 시인, 주사위 놀이를 하는 사나이를 그린 시로 유명함)가 그린 인물과 비슷한 데가 많았다.

그는 곧잘 마차꾼들과 한데 어울려 술을 마시며 혼자 고상한 척했다. 그러나 이제까지 아무도 그를 취하게 하지는 못했다. 그는 언제나 커다란 파이프로 담배를 피웠다. 그는 작업복 윗도리를 걸치고 그 밑에 헌 검정 옷을 입고 있었다.

그는 문학을 애호하며 유물론자라고 자칭하고 있었다. 자기 주장에 얼마쯤 무게를 주기 위해 흔히 입에 올리는 몇몇 이름이 있었는데, 그 중에는 볼떼르와 레나르(18세기 문인 아베 레나르)와 빠르니(18세기 시인) 외에 가소롭게도 성 아우구스티누스까지 들어 있었다. 그는 자기가 '하나의 철학'을 지니고 있다고 호언하고 있었다. 하지만 천만에, 그는 사기꾼이었다. 철학자가 아니라 절학자(窃學者)(학문 도둑)였다. 그에게는 확실히 그렇다고 할 만한 점이 있었다. 여기서 또 생각나는 것은 군대에 있은 적이 있다고 그가 말하는 점이다. 그가 자랑삼아 늘어놓는 말에 의하면, 그는 워털루에서 경기병 제6연대인지 제9연대인지의 중사로 그 지독한 프러시아의 1개 중대에 혼자 저항하여 빗발치듯 날아오는 탄환 속에서 '중상입은 어떤 장군'을 자기 몸으로 가려 교묘히 빠져나와 그 생명을 구해 주었다고 했다. 여관벽에 걸린 빨간색 간판과, '워털루 중사의 여관'이라는 이 지방에 알려진 이름은 거기서 유래한 것이라고 한다.

그는 자유주의자이고, 고전파이고, 보나빠르뜨 당이었다. 그는 지난날 샹 다질 (프랑스의 자유주의자와 추방된 보나빠르뜨 파 사 람들이 미국 텍사스주에 개척한 가난한 식민지) 에 보내기 위하여 돈을 낸 일이 있었다. 마을 사람들 이야기로는, 그는 사제가 되기 위해 학문을 익혔다고 한다.

우리가 믿는 바에 의하면, 그는 다만 여관주인이 되기 위해 네덜란드에서 공부한 것 같다. 그리고 이 혼합적인 악당은 틀림없이 플랑드르에서는 리유 태생의 플랑드르 사람이 되고, 빠리에서는 프랑스 사람이 되고, 브뤼셀에서는 벨기에 사람으로 둔갑하여 교묘하게 두 개의 국경을 넘나들고 있었던 모양이다.

그의 이른바 워털루 무용담이란 이미 독자가 알고 있는 그대로이다. 그는 물론 이 이야기를 좀 과장하고 있었다. 유랑, 방황, 모험, 그것이 그의 일생의 특성이었다. 닳아빠진 양심은 생활을 엉망으로 만든다. 1815년 6월 18일 난리 때 떼나르디에가 종군 상인 겸 도둑 무리에 속해 있었다는 것은 그럴 듯한 이야기이다.

앞에서도 말한 바와 같이, 그들은 전장을 돌아다니며 어떤 자에게는 술을 팔고, 어떤 자에게서는 무엇을 훔쳐내고, 사내도 계집도 어린아이도 온통 한 식구가 절뚝거리는 헌 수레에 올라앉아, 언제나 이긴 군대에 붙는다는 본능에 지배되어 진군하는 부대의 뒤를 따라다녔던 것이다.

그렇게 전쟁에 따라다니면서, 그는 자기가 말하듯 '한밑천' 잡아 몽페르메이유로 와서 음식점을 차렸다.

그 밑천이란 시체가 뿌려진 밭에서 알맞은 수확기에 거둬들인 지갑과 시계와 금반지와 은십자훈장 같은 것을 말하며, 그리 큰 액수가 못 되어 그것만으로는 이 음식점 주인이 된 종군 상인을 오래 버티어 주지 못했다.

떼나르디에의 거동은 어딘지 부동 자세 같은 데가 있어 호통을 칠 때면 군인을, 성호를 그을 때면 신학생을 연상케 했다. 말솜씨가 좋아서 학자인가 싶을 때도 있었다.

그러나 초등학교 선생이 재빠르게 알아차렸듯, 그에게는 'r'의 발음을 잘못하는 버릇이 있었다. 그는 손님에게 내는 계산서를 훌륭하게 써냈으나, 능숙한 눈으로 보면 더러 철자법이 틀렸다.

떼나르디에는 교활하고 탐욕스럽고 게으르고 꾀가 많았다. 그는 하녀에게도 부드럽게 대했으므로 그의 아내는 그 때문에 하녀를 두지 않게 되었다. 이 절구통 같은 여자는 질투가 심했다. 그녀는 이 여위고 누르퉁퉁한 얼굴의 작은 사나이에게 누구나 반할 것만 같이 생각되었던 것이다.

떼나르디에는 무엇보다도 간계에 능한 침착한 사나이로, 악당치고는 온순한 편이었다. 그런 종류가 정말은 가장 질이 좋지 못하다. 거기에 위선이 섞여 있기 때문이다.

그렇다고 해서 떼나르디에가 아내처럼 화내는 경우가 없다는 것은 아니다. 다만 매우 드물었다. 그 대신 그런 때 그는 마치 인류 전체에 원한을 품는 것 같고, 뿌리깊은 증오의 불을 마음 밑바닥에서 태우는 것 같고, 끊임없이 복수를 다짐하고, 자기들 신상에 떨어진 불행은 모두 눈앞에 있는 것들의 탓이라고 생각하고, 인생의 실의와 파탄과 재앙 모두를 마치 당연한 불평인 듯 언제나 함부로 누구한테든지 퍼부어 주려 하는 것 같고, 마음 속의 울분이 한꺼번에

끓어올라 입과 눈 속으로 넘치는 것 같았으므로 그 무서운 형상이란 이루 말로 다 할 수 없었다. 그러니 그의 분노를 사는 사람이야말로 불행한 사람이다!

그밖에 그의 여러 가지 성질은 그만두고라도, 떼나르디에는 또한 조심성많고 관찰력 풍부하며 때와 경우에 따라 벙어리도 되고 웅변가도 되었다. 그것은 그의 두뇌가 명석하기 때문이다. 그는 망원경을 들여다보는 일에 익숙해진 선원이라고도 할 만한 그런 눈초리를 가지고 있었다. 떼나르디에는 일종의 정략가였다.

이 음식점에 처음 들어오는 사람은 모두 떼나르디에의 아내를 보고 "저 여자가 이집 주인이군" 하고 생각한다. 그러나 그것은 잘못이다. 그녀는 이 집의 주부조차도 아니었다. 주인과 주부 모두 남편 혼자서 겸하고 있었다. 아내는 일하고 남편은 일을 꾸미고 있었다.

그는 눈에 보이지 않는 자석 같은 작용으로 끊임없이 모든 일을 지휘하고 있었다. 그는 한 마디 말만으로 충분했다. 때로는 슬쩍 눈짓만 해도 코끼리 같은 아내는 순순히 그 분부대로 따르는 것이었다. 떼나르디에의 아내는, 무슨 이유에서인지 자신도 이해되지 않았지만, 남편이 어떤 특별한 주권자처럼 느껴졌다.

그녀는 자기 나름의 미덕을 가지고 있었다. 만일 자질구레한 일로 '주인양반'과 의견이 맞지 않을지라도——물론 이런 일은 실제로 있을 수도 없는 가정이지만——그녀는 결코 어떤 일이든 남들 앞에서 남편이 나쁘다는 따위의 말을 하는 법이 없었다. 걸핏하면 보통 여자들이 범하기 쉬운 그런 과오, 법정 용어로 말하면 '남편의 위엄을 손상시킨다'고 하는 것 같은 과오를 그녀는 결코 '남들 앞에서' 저지르는 법이 없었다.

이들 두 사람이 배가 맞으면 결과적으로 악밖에 태어나지 않지만, 떼나르디에의 아내가 그 남편의 지시에 다소곳이 따르는 태도에는 어떤 차분함이 있었다.

이 꽥꽥 소리지르고 살찌고 절구통 같은 여자는 휘청휘청한 말라 깽이 독재자의 손가락 하나로 움직였다. 말하자면 그것은 물질이 정신에 바치는게 숭배였다. 왜냐하면 추한 것일지라도 어떤 것들은 영원한 아름다움의 심연 속에서 그 존재 이유를 가지고 있을 수 있는 법이니까.

떼나르디에에게는 딱 꼬집어 얘기할 수 없는 무언가가 숨어 있었다. 그 무언가에서 이 사나이가 아내에게 휘두르는 절대 권력이 생겨나는 것이었다. 그녀는 이따금 불타는 촛불인 듯 그를 바라보고, 또 어떤 때는 그를 짐승의 발톱처럼 느끼고 있었다.

이 여자는 자기 아이들밖에 사랑하지 않고, 자기 남편밖에는 두려워하지 않는 끔찍스러운 동물이었다. 그녀는 포유동물이기 때문에 어머니가 되었을 뿐이다. 더욱이 그녀의 모성애는 오로지 딸자식에게만 한정되고, 뒤에 알게 되지만 아들아이에게까지는 미치지 못했다.

한편 남편 쪽은 머리에 단 한 가지 생각밖에 없었다. 부자가 되려는 계획이었다.

그러나 그는 그 계획에 성공하지 못하고 있었다. 그의 훌륭한 재능에 어울릴 만한 무대가 없었던 것이다. 몽페르메이유의 떼나르디에는 파산지경에 이르러 있었다. 물론 파산이라는 말이 재산이 전혀 없었던 자에 대해서도 가능하다는 전제 아래에서의 이야기지만……스위스라든가 피레네 지방(保養地 모두 관광)에서였다면 이 무일푼 사나이도 백만장자가 되었을는지 모른다. 그러나 여관 주인은 운명이 매어 놓은 범위에서 풀을 뜯지 않으면 안 되었다 (염소는 매여진 범위에서 풀을 뜯어 먹어야 한다. 사람은 주어진 환경에서 살아가야 한다는 속담의 인용임). 물론 여기서 '여관 주인'이라는 말은 좁은 의미로 사용된 것이며, 전체적인 의미로 말하고 있는 것은 아니다.

이 1823년 떼나르디에는 1500프랑쯤 되는 빚 때문에 성화 같은 독촉을 받으며 속을 썩이고 있었다.

운명이 제아무리 끈덕지게 행패를 부릴지라도 이 떼나르디에라는 사나이는, 야만인에게는 하나의 덕이고 문명인에게는 하나의 상품인 그 애교있는 접대방법을 가장 적절하고 가장 투철하게, 또한 가장 근대적으로 터득하고 있는 사람의 하나였다. 그리고 그는 교묘한 밀렵자요, 명포수로 이름나 있었다. 그의 웃음은 어딘지 섬뜩하고 조용한 데가 있었으며, 특히 위험성을 내포하고 있었다.

여관 주인으로서의 그의 이론은 이따금 번갯불처럼 그의 입에서 뿜어나왔다. 그는 장사에 대한 몇 가지 신조를 갖고 있어 그것을 아내의 머릿속에 새겨넣어 주고 있었다.

"여관 주인이 해야 할 일은" 하고 그는 어느 날 거칠고 나지막한 목소리로 그녀에게 말했다. "누구든 들어온 사람에게는 음식과 휴식과 촛불과 난로불과 더러운 시트와 하녀와 벼룩과 애교띤 웃음을 팔아야 한다. 밤을 지나가는 놈들을 붙들어 조그만 지갑이라도 몽땅 털어 버리게 하고, 큼직한 지갑이라면 적당히 가볍게 만들어 주고, 식구를 거느린 나그네는 정중히 재워 주며 남편에게서는 털어내고 아내에게서는 뜯어내고 아이놈들에게서는 벗겨내야 한다. 창문 하나 여닫는 데도 값을 쳐서 받고, 벽난로 구석, 안락의자, 보통의자, 걸상, 발판, 깃털 이불, 요, 짚방석, 무엇이거나 손님이 건드린 것은 일정한 값을 정해 계산에 넣는다. 거울에 비친 그림자라도, 그것이 얼마나 거울을 닳게 하는지 알아 두었다가 그 값을 매겨야 한다. 그 밖에 만일 손님의 개가 파리를 잡아 먹었다면 그 값까지도 손님에게 모조리 치르게 해야 한다!"

이 남편과 아내는 마치 음모와 억척이 한데 어울린 것같은 형상으로, 정말 지독하고 끔찍스러운 부부였다. 남편이 이런저런 궁리를 하고 일을 꾸미는 동안에, 아내는 당장 눈앞에 있는 것도 아닌 빚쟁이 따위는 생각지 않고, 어제 일도 내일 일도 아랑곳없이 오직 눈앞의 일에만 정신쏟으며 나날을 보내고 있었다.

이상 말한 것이 이 두 사람이 살아가는 모습이었다. 꼬제뜨는 그들 틈바구니에 끼어 양쪽에서 짓눌려, 마치 맷돌에 갈림과 동시에 쇠집게로 집힌 것 같은 꼴이 되어 있었다.

이 부부는 저마다 다른 방식을 지녀 꼬제뜨가 매질을 당하는 것은 아내 쪽으로부터였고, 겨울에 맨발로 걸어 다녀야 하는 것은 남편 때문이었다.

꼬제뜨는 층계를 올라갔다 내려갔다 하고, 빨래를 하고, 솔로 문지르고, 닦고, 쓸고, 뛰어돌아다니고, 헐레벌떡거리고, 무거운 짐을 나르며 허약한 몸에도 불구하고 온통 힘든 일을 해내고 있었다.

인정이라고는 털끝만큼도 없었다. 잔인한 안주인에 혹독한 바깥주인. 떼나르디에의 싸구려 음식점은 마치 거미줄처럼 꼬제뜨를 휘감아 떨게 했다. 압제의 본보기는 이 지독한 가정에서 만들어지고 있었다. 꼬제뜨는 마치 거미에게 봉사하는 파리 새끼와도 같았다.

가엾은 여자아이는 꾹 참고 견디었다. 이처럼 어리디어린 꼬제뜨가 여리고 벌거벗은 인생의 첫새벽부터 이렇듯 모진 어른들의 틈바구니에 놓여졌으니, 이제 막 하느님의 품을 떠나온 그 어린 영혼 속에는 대체 어떠한 일이 일어나고 있을 것인가?

사람에게는 술이, 말에게는 물이

새로 네 나그네가 도착했다.

꼬제뜨는 슬픈 생각에 잠겨 있었다. 아직 8살밖에 되지 않았는데도 너무나 많은 고통을 겪어와 나이먹은 여자 같은 처량한 모습으로 시름에 잠기는 것이었다. 꼬제뜨의 눈두덩은 떼나르디에의 아내에게 주먹으로 쥐어박혀 늘 시꺼멓게 멍들어 있었으며, 떼나르디에의 아내는 그것을 보고 이따금 이렇게 말했다.

"아이, 보기 흉해라, 눈두덩에 기미가 끼어 있다니!"

꼬제뜨는 생각하고 있었다. 이제 밤이다, 아주 깜깜해졌다, 느닷없이 들이닥친 저 손님들 방의 물그릇이나 주전자에 물을 넣어야 할 텐데, 물통에는 이제 물이 떨어졌으니.

다만 떼나르디에의 집에서는 사람들이 물을 그리 마시지 않으므로 얼마쯤 마음 놓였다. 갈증나는 사람이 없는 것은 아니나, 목이 마르면 물주전자보다 술병을 더 찾았다. 만일 이만큼 많은 술병이 늘어놓인 가운데에서 물을 한 잔 원하는 사람이 있었다면 모두들 야만인으로 취급했을 것이리라.

꼬제뜨는 갑자기 몸을 떨었다. 떼나르디에의 아내가 화덕 위에서 끓고 있는 냄비뚜껑을 열어 보고 나서, 컵을 하나 손에 들고 급히 물통 쪽으로 갔기 때문이다. 그녀는 꼭지를 틀었다. 꼬제뜨는 고개를 빼들고 그 여자가 하는 거동을 처음부터 지켜보고 있었다. 물이 실오리처럼 꼭지에서 흘러내려 컵을 반쯤 채웠다.

"이런" 하고 그 여자는 말했다. "벌써 물이 떨어졌군!"

그리고는 잠시 말이 없었다. 꼬제뜨는 숨도 제대로 쉬지 못했다.

"그래, 좋아."

그 여자는 물이 반쯤 담긴 컵을 쳐들어 보면서 "이만하면 되겠지" 하고 말했다.

꼬제뜨는 다시 하던 일을 계속했다. 그러나 거의 15분 동안이나 심장이 커다란 솜뭉치처럼 가슴 속에서 뛰고 있는 것 같았다. 그렇게 흘러가는 시간을 헤아리면서 어서 내일 아침이 되어 주었으면 좋겠다고 생각했다.

가끔 술을 마시고 있는 패들 가운데 한 사람이 밖을 내다보면서 커다란 목소리로 말했다. "굉장히 어둡군, 아궁이 속 같아!" 또는 "이런 때 고양이 아니고는 등불 없이 밖에 나다닐 수 없겠어." 그 말을 듣고 꼬제뜨는 소름이 돋는 것을 느꼈다.

갑자기 여관에 들어 있는 행상인 하나가 들어와 거친 목소리로 말했다.

술을 마시는 패들 가운데 한 사람이 밖을 내다보면서 커다란 목소리로 말했다.

"내 말에게 물을 주지 않았더군."

떼나르디에의 아내는 말했다.

"안 줄 리가 있나요?"

상인은 다시 말했다.

"주지 않았으니까 말하는 거요, 아주머니."

꼬제뜨는 식탁 밑에서 나와 있었다.

"아니에요! 주었어요! 손님!" 하고 여자아이는 말했다. "말은 물을 먹었어요. 물통 하나 가득 다 마셨는걸요. 내가 물을 가져다 말하고 이야기하면서 먹였는데요."

그것은 정말이 아니었다. 꼬제뜨는 거짓말하고 있었던 것이다.

"요것 봐라, 주먹만한 것이 집채만한 엄청난 거짓말을 꾸며대는구나" 하고 상인은 외쳤다. "말은 물을 먹지 않았다고 말하고 있어, 요것아! 내 말은 물을 먹지 않았을 때 코를 부는 버릇이 있는 걸 잘 알고 있단 말이다, 나는."

꼬제뜨는 억지를 부렸다. 그리고 고통스러운 나머지 목이 쉬어서 거의 들릴락말락한 목소리로 덧붙였다.

"벌컥벌컥 마셨는걸요!"

"제기랄" 하고 상인은 화가 나서 말했다. "그럴 리 없어, 내 말에게 물을 줘야 해. 어서 갖다 줘!"

꼬제뜨는 다시 식탁 밑으로 들어갔다.

"아무렴요, 그렇고말고요." 떼나르디에의 아내는 말했다. "말이 아직 마시지 않았다면 갖다 주어야지요."

그리고 주위를 두리번거렸다.

"아니, 요놈의 계집애가 어딜 갔어?"

그녀는 몸을 구부려 식탁 저쪽 끝, 술을 마시고 있는 사나이들의 발치께에 웅크리고 있는 꼬제뜨를 찾아냈다.

떼나르디에의 아내는 소리쳤다.

"이리 못 나오겠니?"

꼬제뜨는 숨어 있던 굴 같은 데서 기어나왔다. 떼나르디에의 아내는 다시 말을 이었다.

"이 미친 개 같은 계집애야, 어서 말에게 물을 갖다 먹여."

"그렇지만 아주머니" 하고 꼬제뜨는 꺼져 들어가는 목소리로 말했다. "물이 없는걸요."

떼나르디에의 아내는 한길 쪽으로 난 바깥 문을 활짝 열어젖혔다.

"어서 빨리 길어 와!"

꼬제뜨는 고개를 떨어뜨리고 화덕 구석으로 가서 빈 물통을 집어 들었다. 그 물통은 꼬제뜨의 몸뚱이보다도 더 커서 그 속에 들어앉을 수도 있을 정도였다.

떼나르디에의 아내는 다시 화덕께로 돌아가 나무 국자로 냄비 속에 있는 것을 떠서 맛보면서 중얼거렸다.

"샘터에 가면 물은 얼마든지 있어. 저런 능청맞은 계집애 같으니라구. 아니, 이 양파는 넣지 말걸 그랬군."

그리고 그녀는 서랍 속을 뒤졌다. 거기에는 잔돈이며 후추며 마늘 같은 것들이 가득 들어 있었다.

"야, 이 두꺼비 같은 년아" 하고 그녀는 덧붙였다. "돌아오는 길에 빵가게에 들러 커다란 빵 한 덩어리 사오너라. 자, 15수짜리야."

꼬제뜨의 앞치마에는 조그만 주머니가 하나 달려 있었다. 아무 대꾸 없이 돈을 받아 그 주머니에 집어넣었다.

꼬제뜨는 물통을 손에 들고 열어젖혀진 문 앞에 서서 움직이지 않았다. 누군가 구원해 주러 오기를 기다리고 있는 것 같았다.

떼나르디에의 아내는 소리쳤다.

"빨리 가지 못해!"

꼬제뜨는 밖으로 나갔다. 문은 다시 탕 닫혔다.

인형의 등장

노점의 행렬이 성당 앞에서부터 시작하여 떼나르디에네 여관 앞까지 펼쳐져 있다는 것을 독자들도 기억하리라. 그 가게들은 자정 미사에 가는 시민들이 머지않아 그 곁을 지나게 될 터이므로, 깔때기 모양 종이 촛대에 켜놓은 촛불로 온통 휘황찬란하게 밝혀져 있었다. 그때 떼나르디에네 여관 테이블에 앉아 있던 몽페르메이유 초등학교 선생의 말을 빌리면 '마술 같은 효과'를 내고 있었다. 그와 반대로 하늘에는 별 하나 찾아볼 수 없었다.

그 노점들의 맨 끝 가게는 바로 떼나르디에 여관문 맞은편에 세워져 있는 장난감 가게였다. 그곳에서는 금빛 은빛으로 번쩍거리는 싸구려 장난감이며, 유리로 만든 것이며, 고운 양철 제품 같은 것들이 찬란하게 빛나고 있었다.

이 장난감 가게 주인은 맨 앞 첫째줄에 흰 보자기를 깔고 높이 2피트나 됨직한 커다란 인형을 장식해 놓고 있었다. 그것은 장밋빛 비단 의상을 입고, 머리는 금발로 진짜 머리털이었으며, 눈은 파란 빛이었다.

이 아름다운 인형 앞에는 하루 종일 10살 아래 어린아이들이 몰려들어 홀린 듯 바라보았지만, 몽페르메이유에는 이것을 사줄 만큼 넉넉하고 사치스러운 어머니는 한 사람도 없었다. 에쁘닌느와 아젤마도 몇 시간이나 이것에 정신이 팔려 있었으며 꼬제뜨조차 살그머니 구경하러 갔을 정도였다.

물통을 들고 밖으로 나온 꼬제뜨는 풀죽어 있었으나 그래도 이 황홀스러운 인형에 눈을 주지 않을 수 없었다. 어린 여자아이는 이 인형을 '여왕님'이라 부르고 있었다. 불쌍한 소녀는 그 앞에서 화석처럼 서 있었다. 꼬제뜨는 이제까지 이 인형을 이렇게 가까이 다가서서 보지 못했던 것이다. 꼬제뜨에게는 가게 전체가 궁전처럼 생각되었다.

물통을 들고 밖으로 나온 꼬제뜨는 풀죽어 있었으나 그래도 이 황홀스러운 인형에 눈을 주지 않을 수 없었다.

그것은 단순한 하나의 인형이 아니라 환영이었다. 기쁨이며 빛이며 부귀며 행복이었고, 어둡고 싸늘한 고통의 저 밑바닥 깊숙이 웅크리고 있는 이 불행한 여자아이의 눈에 마치 꿈처럼 비쳤다.

꼬제뜨는 어린아이다운 천진하고 서글픈 분별심으로 자기와 인형 사이에 가로놓인 깊은 심연을 재어보았다. 왕비나 적어도 공주가 아니고서는 저런 '것'을 가질 수 없으리라 싶었다. 꼬제뜨는 그 아름다운 장밋빛 의상과 곱고 윤기 도는 머리를 바라보며 '저 인형은 얼마나 행복할까!' 하고 생각했다.

꼬제뜨의 눈은 이 꿈의 궁전 같은 가게에서 떨어질 줄 몰랐다. 마치 천국을 보고 있는 듯했다. 그 커다란 인형 뒤에는 더 많은 다른 인형들이 있어 요정이나 영혼들처럼 보였다. 가게 안쪽에서 왔다갔다하는 상인은 아버지이신 하느님 같은 느낌이 들었다. 그렇게 황홀경에 빠져 있는 동안 어린 소녀는 모든 것을 잊어버렸다. 심지어는 지금 해야 할 일까지도 잊어버리고 있었다. 그런데 불쑥 떼나르디에의 아내가 지르는 무서운 고함소리가 꼬제뜨를 현실 세계로 돌아서게 했다.

"아니, 저런 바보 천치 좀 보게나. 여태 안 갔다니! 게 있어! 내가 나갈 테니! 아니 그래, 거기서 뭘 꾸물거리고 있는 거냐! 정말 돼먹지 않은 계집애야. 어서 가지 못해!"

떼나르디에의 아내는 아무 생각 없이 밖을 내다보다가 멍하니 서 있는 꼬제뜨의 모습을 발견했던 것이다.

꼬제뜨는 물통을 들고 서둘러 달아났다.

어린 소녀 홀로

떼나르디에 여관은 마을에서도 성당 가까운 쪽에 자리하여 꼬제뜨는 셀 쪽의 숲쪽 샘터까지 물을 길러 가야만 되었다.

꼬제뜨는 이제 다른 가게는 한 군데도 들여다보지 않았다. 불랑제 골목에서 성당까지 가는 동안 가게의 불빛이 길을 비춰 주었으나, 이윽고 맨 끝 가게의 마지막 어스름 불빛도 사라졌다. 가엾은 어린 소녀는 어둠 속에 있었다. 꼬제뜨는 그 어둠 속을 무작정 뚫고 나아갔다. 어떤 두려운 생각에 사로잡혀 꼬제뜨는 걸으면서 물통 손잡이를 힘껏 흔들어댔다. 그렇게 하면 그 소리가 길동무 노릇을 해주기 때문이었다.

나아갈수록 어둠은 더욱 짙어만 갔다. 이제 길에는 아무도 없었다. 꼭 한 번 여자를 하나 만났는데, 그녀는 꼬제뜨가 지나가는 것을 보고 돌아서서 가만 있다가 속으로 중얼거렸다.

"대체 이밤에 어디 가는 것일까? 아기 도깨비 같애."

이윽고 여자는 그것이 꼬제뜨인 것을 알았다.

"누군가 했더니⋯⋯" 하고 여자는 말했다. "종달새 아기였구면!"

이리하여 꼬제뜨는 셀 쪽으로 몽페르메이유 마을 끄트머리의 꾸불거리는 인기척 없는 오솔길을 걸어갔다. 어린 소녀가 가는 길 양쪽으로 집이며 또는 담만이라도 있는 동안은 그래도 기운내어 걸어갔다.

이따금 꼬제뜨는 덧문 틈으로 새어나오는 불빛을 보았다. 그것은 광명이며 생명이었다. 거기에는 사람이 있다. 그것만으로도 마음이 놓였다. 그러나 앞으로 나아감에 따라 꼬제뜨의 걸음걸이는 거의 기계적으로 느려지고 있었다. 마지막 집 모퉁이를 완전히 돌았을 때 꼬제뜨는 발길을 멈추었다. 마지막 가게를 지나치기도 어려웠는데, 이제 마지막 집에서 더 앞으로 나아간다는 것은 도저히 해낼 듯 싶지 않았다.

꼬제뜨는 물통을 땅바닥에 내려놓고 머리털 속에 한 손을 집어넣어 천천히 머리를 긁기 시작했다. 겁먹어 어쩔 줄 모르는 어린아이들이 곧잘 하는 몸짓이다.

여기는 이제 몽페르메이유 마을이 아닌 들판이었다. 인기척 하나 없는 어둠이 꼬제뜨 앞에 펼쳐져 있었다. 어린 여자아이는 절망의 눈으로 그 어둠을 바라보았다. 거기에는 사람그림자 하나 없었다. 거기에는 짐승들이 어슬렁거리고 있었다. 틀림없이 유령도 있으리라.

꼬제뜨는 뚫어지게 쏘아보았다. 그러자 풀숲을 돌아다니는 짐승의 발자국 소리가 들렸다. 나무들 사이에서 흐느적거리는 유령의 모습을 역력히 보았다. 꼬제뜨는 물통 손잡이를 다시 꽉 움켜잡았다. 공포가 꼬제뜨를 대담하게 만들어 주었다.

"그래!" 하고 꼬제뜨는 말했다. "물이 없었다고 해야지."

그리고는 결단을 내려 몽페르메이유 쪽으로 발길을 되돌렸다.

백 걸음도 채 못 가서 꼬제뜨는 다시 멈추고 머리를 긁기 시작했다. 이번에는 떼나르디에의 아내 모습이 눈앞에 나타났던 것이다. 몰인정한 떼나르디에의 아내는 늑대 같은 입을 벌리고, 두 눈은 이글이글 분노에 타고 있었다.

꼬제뜨는 애처로운 눈초리로 앞을 보고 뒤를 보았다. 어떻게 하면 좋단 말인가? 앞으로 어떻게 되는 것일까? 어디로 가야 할 것인가? 앞에는 떼나르디에 아내의 무서운 얼굴이 있고, 뒤에는 밤과 온갖 숲의 유령이 얼씬거렸다.

그러나 마침내 어린 소녀는 떼나르디에의 아내 앞에서 물러섰다. 꼬제뜨는 다시 샘터로 가는 길을 달리기 시작했다. 달려서 마을을 빠져 나가고, 달려서 숲으로 들어갔다. 이제는 아무것도 보지 않고 아무것도 듣지 않도록 애썼다.

꼬제뜨는 숨이 끊어지도록 달리고 나서야 비로소 달음질을 그쳤지만 그래도 걸음은 멈추지 않았다. 꼬제뜨는 정신없이 앞으로 앞으로 걸어가고 있었다. 달리면서 울고 싶어졌다.

밤 숲의 설레임이 꼬제뜨를 송두리째 에워싸고 있었다. 꼬제뜨는 이제 아무것도 생각하지 않았다. 아무것도 보지 않았다. 한없이 깊은 밤이 이 어리디어린 소녀와 마주 대하고 있었다. 한쪽은 깜깜한 어둠의 세계, 한쪽은 한낱 미립자에 불과했다.

숲가에서 샘터까지는 7, 8분 거리밖에 되지 않았다. 꼬제뜨는 벌써 몇 번이나 낮에 와본 적 있어 그 길을 잘 알았다. 그래서 신기할 정도로 길을 잘 찾아들었다. 그 어떤 본능 같은 것이 남아 있어 어렴풋이 인도해 주었던 것이다. 어쨌든 꼬제뜨는 오른쪽으로도 왼쪽으로도 눈을 돌리지 않았다. 높은 나뭇가지 사이나 낮은 덤불 속에서 무엇이 튀어나오지 않을까 겁이 나서였다. 꼬제뜨는 샘에 다다랐다.

그 샘은 황토질 땅바닥에 물의 힘으로 천연적으로 팬 깊이 2피트쯤 되는 좁은 웅덩이로 둘레에 이끼가 끼고, 앙리 4세의 목도리라고 불리는 레이스처럼 꼬불꼬불한 잎사귀의 풀이 우거지고, 또 커다란 돌이 몇 개 깔려 있었다. 한 줄기 물이 조용한 소리를 내며 졸졸 흘러내리고 있었다.

꼬제뜨는 숨 쉴 겨를도 없었다. 깜깜한 어둠 속이었으나 이 샘에는 익숙했다. 샘 위로 늘어져 있어 언제나 휘어잡고 몸을 지탱하는 어린 참나무를 어둠 속에서 왼손으로 더듬어 가지 하나를 잡고, 거기에 매달려 몸을 구부리고 통을 물 속에 집어넣었다. 그런 때 어린 여자아이는 몹시 흥분되어 여느 때의 세 갑절이나 되는 기운이 나는 법이다.

그런데 몸을 구부리고 있는 동안 앞치마 주머니에 들었던 것이 샘 속으로 떨어지는 것을 몰랐다. 15수짜리 동전이 물 속에 빠져 버렸으나 꼬제뜨는 그것이 떨어지는 것을 보지도 듣지도 못했다. 꼬제뜨는 물이 거의 가득차게 담긴 통을 끌어올려 풀밭 위에 놓았다.

거기까지 하고 나서 꼬제뜨는 완전히 지쳐버린 것을 깨달았다. 얼른 되돌아가고 싶었으나 통을 가득 채우려고 너무나 힘을 써버렸기 때문에, 한 걸음도 나아갈 수 없었다. 꼬제뜨는 그 자리에 주저앉았다. 축 늘어져 풀 위에 그대로 쪼그리고 앉아 눈을 감았다. 그러고 나서는 다시 떴다. 왜 그렇게 했는지 자기도 몰랐지만 그렇게밖에 달리 어떻게 할 수가 없었다.

곁에서는 통 속에서 흔들리는 물이 몇 개나 되는 원을 그리고, 그 통이 양철뱀같이 보이고 있었다.

머리 위에는 연막 같은 검은 구름이 펼쳐져 하늘을 덮고 있었다. 깜깜한 어둠이 덮어쓰고 있는 무시무시한 탈이 꼬제뜨 위에 서서히 뒤덮여 내려오는 것 같았다.

목성은 하늘 저 멀리 기울어져 가고 있었다.

꼬제뜨는 근심스러운 눈초리로 그 커다란 별을 바라보았다. 어떤 이름의 별인지 모르지만 그애는 무서워 소름이 오싹 끼쳤다. 그 유성은 그때 지평선 가까이에 걸려 있어, 짙게 깔린 안개를 통해 불그스름한 무서운 빛을 띠고 있었다. 그리고 끔찍하게도 빨갛게 물든 안개는 그 별을 실제보다 크게 보이도록 했다. 그것은 마치 하나의 새빨간 상처와도 같았다.

찬 바람이 들판에 불고 있었다. 숲은 어둡고, 나뭇잎의 살랑거림도 없고, 여름의 저 몽롱하고 서늘한 으스름빛 하나 없었다. 커다란 나뭇가지들이 무서운 형상으로 저마다 툭툭 불거져 있었다. 보기 흉하게 말라 비틀어진 덤불이 듬성듬성한 나무 사이에서 서로 스치는 소리를 내고 있었다. 키 큰 풀이 북풍을 받아 뱀장어처럼 꿈틀거렸다.

가시덩굴은 뒤얽혀 먹이를 찾고 있는 손톱 달린 기다란 팔 같았다. 바싹 마른 히드의 이삭 끝이 바람에 날려 떠나는 모양은 마치 무엇이 습격해 올 것을 예상하고 무서워 도망치는 듯했다. 어디를 보나 무시무시한 것들뿐이었다.

어둠은 마음을 어지럽힌다. 인간에게는 빛이 없으면 안 된다. 낮과 반대의 세계로 떨어져 들어가는 이는 누구나 가슴이 죄어드는 것 같은 마음이 든다. 눈앞이 캄캄해질 때 정신은 산란해진다. 일식과 밤, 지척을 분간 못하는 깜깜한 어둠 속에는 더할 나위 없이 강한 사람까지도 피할 길 없는 불안이 있다.

밤중에 홀로 숲 속을 걸으면서 떨지 않을 사람은 하나도 없다. 그림자와 나무들은, 두 가지 모두 무섭도록 깊은 두께를 지니고 있다. 환영이 현실이 되어 그 몽롱한 심연 속에서 나타나 온다. 상상도 못할 것이 요괴가 되어 몇 걸음 앞에 선명하게 떠오른다.

잠든 꽃의 꿈이라고나 할 만한 그 어떤 어렴풋하고 걷잡을 수 없는 것이 공간 속에, 또는 자기 머릿속에 나부끼고 있는 게 보인다. 지평선에는 무서운 들짐승 같은 형상을 한 것이 있다. 시꺼멓고 커다란 공허감이 가슴 속에 스며든다.

무서워져서 뒤돌아다보고 싶어진다. 밤의 동굴이며, 갖가지 사나운 형상이며, 다가가면 사라져 버리는 말없는 것들의 옆모습이며, 머리를 풀어헤친 듯한 시꺼먼 것들이며, 설레는 풀숲이며, 희푸른 물웅덩이며, 음산한 죽음의 반영이며, 무덤 같은 끝없는 침묵이며, 어딘가에 실제로 있을지도 모르는 기괴한 존재며, 기울어져 있는 신비로운 나뭇가지들이며, 흠칫 놀라게 하는 나무 둥치며, 흔들거리는 기다란 풀줄기 등 그 모든 것들과 대항하여 몸을 지킬 도리가 없다.

아무리 대담한 자라도 몸이 떨리고 격렬한 불안에 쫓긴다. 마치 자기 마음이 어둠에 잦아들어 가는 듯 형언할 수 없는 끔찍스러움을 느낀다. 그리고 그처럼 가슴 속까지 스며드는 어둠은 어린아이의 마음에 더할 나위 없이 불길한 손톱 자국을 남기는 법이다.

숲은 하늘의 묵시다. 조그만 영혼의 날개짓은 거대한 괴물과도 같은 숲의 둥근 천장 아래에서 임종의 고통스런 신음만 지를 뿐이다.

지금 무엇을 느끼고 있는지 꼬제뜨는 스스로 잘 알 수 없었으며,

다만 자기가 자연의 거대한 어둠에게 붙잡혀 있는 것 같았다. 꼬제 뜨를 휘어잡고 있는 것은 이미 단순한 무서움뿐만이 아니었다. 그것 보다도 더 무서운 그 무엇이 있었다. 어린 여자아이는 떨고 있었다. 마음 밑바닥까지 얼어붙게 하는 그 떨림이 얼마나 기이한 것인지 말 로는 표현할 수 없으리라. 꼬제뜨의 눈은 거칠고 사나워져 있었다. 내일도 이같은 시간에 어김없이 여기 오지 않으면 안 되리라는 생각 이 들었다.

그러자 어떤 본능에서 이 까닭 모를 무섭고 불가사의한 상태에서 빠져나가려고 꼬제뜨는 커다란 목소리로 하나, 둘, 셋, 넷 하고 열 까지 세기 시작했다. 그리고 그것이 끝나자 다시 처음부터 되풀이했 다.

그렇게 하고서야 겨우 지금 자기를 에워싸고 있는 것들을 정말로 의식하게 되었다. 물을 들어올릴 때 젖은 두 손이 시려웠다. 꼬제뜨 는 일어섰다. 그러자 다시 무서워졌다. 누를 길 없는 두려움이 절로 되살아났다.

꼬제뜨는 이제 다만 한 가지 생각, 즉 도망치고 싶은 생각밖에 없 었다. 죽을 힘을 다해 숲을 지나고, 들을 건너, 인가가 있는 데까 지, 창문이 있는 데까지, 촛불이 켜져 있는 데까지 도망치고 싶은 생각뿐이었다. 꼬제뜨는 자기 앞에 놓인 통에 눈길을 떨어뜨렸다. 꼬제뜨는 떼나르디에의 아내를 너무나 무서워하고 있었기 때문에 도저히 물통을 버리고 달아날 수는 없었다. 두 손으로 물통 손잡이 를 잡았다. 그리고 겨우 물통을 들어올렸다.

이렇게 하여 꼬제뜨는 열 걸음쯤 걸었으나, 통에 물이 가득차서 무거웠기 때문에 다시 땅바닥에 내려놓지 않으면 안 되었다. 꼬제뜨 는 잠시 숨을 돌리고 다시 손잡이를 들어올려 걷기 시작했다. 이번 에는 먼저보다 조금 오래 걸었다. 그러나 다시 걸음을 멈추어야 했 다. 잠시 쉰 다음 꼬제뜨는 다시 걷기 시작했다. 몸을 앞으로 구부리고, 고개를 늘어뜨리고, 늙은이 같은 모습으로 걸어갔다.

물통이 무거워서 꼬제뜨의 여윈 두 팔은 늘어지면서 뻣뻣해졌다. 젖은 채 무쇠 손잡이를 잡고 있는 조그만 두 손은 감각이 없어지고 얼어붙었다. 때때로 걸음을 멈춰서지 않을 수 없었다. 그리고 멈출 때마다 찬물이 통에서 넘쳐 흘러 꼬제뜨의 드러난 맨발에 끼얹어졌다. 더욱이 숲속에서, 밤중에, 겨울에, 사람 눈으로부터 멀리 떨어진 곳에서였다.

꼬제뜨는 겨우 8살이 된 어린 여자아이였다. 이 애처로운 모습을 보고 있는 것은 그때 오직 하느님뿐이었다.

그리고 또 어쩌면 꼬제뜨의 어머니도 보고 있었으리라. 아! 왜냐하면 무덤 속의 죽은 사람도 벌떡 일어나게 하는 그런 일이 이 세상에는 있는 법이니까.

꼬제뜨는 괴로운 듯 헐떡이며 숨쉬고 있었다. 북받쳐 오르는 흐느낌으로 숨이 막힐 것 같았지만 차마 울지는 못했다. 그만큼 떼나르디에의 아내는 멀리 떨어져 있어도 무서운 존재였다. 언제나 떼나르디에의 아내가 눈앞에 있다고 생각하는 버릇이 꼬제뜨에게 붙어 버렸던 것이다.

그런 까닭으로 꼬제뜨는 그동안 얼마 못 갔다. 꼬제뜨는 조금씩 나아갔다. 서 있는 시간을 적게 하고 한 번에 되도록 오래 걸어보려 했으나 소용없는 일이었다. 이래서는 몽페르메이유까지 돌아가는 데 한 시간도 더 걸릴 것이다. 떼나르디에의 아내에게 얻어맞게 되리라고 생각하니 불안했다. 이 불안은 숲 속에 혼자 있다는 두려움과 한데 뒤섞였다. 꼬제뜨는 이미 쓰러질 만큼 지쳐 있었는데도 아직 숲도 빠져나오지 못했던 것이다.

꼬제뜨는 낯익은 늙은 밤나무 옆까지 왔을 때 후유 숨을 내쉬고 이것을 마지막 휴식으로 삼을 셈으로 다른 데서보다 더 오래 서 있었다. 그리고 다시 있는 힘을 다 짜내 통을 들고 기운을 내어 걷기 시작했다. 그렇게 걸으면서 절망적인 이 어린 소녀는 저도 모르는 새 이렇게 외치지 않을 수 없었다.

"아, 하느님! 하느님!"

그때 별안간 물통이 조금도 무겁지 않게 된 것을 느꼈다. 누군가의 아주 커다란 손이 물통 손잡이를 잡아채 기운차게 들어올렸던 것이다. 어린 여자아이는 고개를 쳐들었다. 검고 커다란 모습이 우뚝 서서 꼬제뜨와 나란히 어둠 속을 걷고 있었다.

그것은 어린 여자아이 뒤에서 나타난 한 사나이로, 꼬제뜨는 그가 다가오는 발자국 소리를 전혀 듣지 못했다. 그 사나이는 말없이 어린 여자아이가 잡고 있는 물통 손잡이를 움켜쥐고 있었다.

인생의 어떤 일에나 그것에 순응하는 본능이 있는 법이다. 꼬제뜨는 조금도 두려워하지 않았다.

블라트뤼엘의 짐작이 맞음을 증명하는 것

1823년 바로 그 크리스마스날 오후, 한 사나이가 빠리 로삐딸 거리의 인적이 드문 곳을 꽤 오래 거닐고 있었다. 그 사나이는 셋방이라도 찾는 듯 보였으며, 특히 포부르 쌩 마르쏘의 그 황폐한 변두리에서도 가장 허술한 집 앞에 발을 멈추는 듯했다.

독자는 그 사나이가 과연 이 한적한 지역에 방을 하나 빌렸다는 것을 나중에 알게 될 것이다.

사나이는 차림새로 보나 인품으로 보나 상류 거지라고나 할 만한, 몹시 초라하면서도 깔끔한 면이 뒤섞인 듯한 인물이었다. 그러한 대조는 좀처럼 볼 수 없는 일로, 뜻있는 사람들로 하여금 가난한 인간에 대한 경의와 훌륭한 인간에 대한 경의를 둘 다 느끼게 하는 그런 것이었다.

그는 굉장히 낡았지만 깨끗이 손질된 운두 높은 둥근 모자를 쓰고, 다 낡아빠져 날실이 드러난 두툼한 주황색 나사 프록코트를 입고 있었다. 그 무렵에는 주황색 옷이 조금도 이상스러울 것이 없었다.

포켓 달린 커다란 구식 조끼에, 무릎이 잿빛으로 바랜 검정 반바지, 털실로 짠 검은 털양말, 그리고 구리 죔쇠가 달린 두꺼운 가죽구두, 어딘지 망명지에서 돌아온 문벌좋은 집안의 가정교사라고 하면 좋을 그런 차림새였다.

그 새하얀 머리털이며, 주름잡힌 이마며, 핏기없는 입술이며, 생활의 고통과 피로가 그대로 새겨진 얼굴을 보면, 이미 육십 고개를 훨씬 넘어 보였다. 그러나 느리지만 힘찬 걸음걸이며 동작 하나하나에 나타나는 보통 이상의 탄력성 등으로 미루어보면 아직 오십도 채되지 않은 것 같았다.

이마의 주름도 보기좋게 잡혀서, 주의깊게 그를 살펴본 사람이라면 아마도 좋은 인상을 느꼈을 것이다. 꽉 다문 입술은 좀 색다른 주름을 만들어 내어 얼른 보기에 엄격할 듯싶으나 정말은 겸손했다. 그의 깊은 눈동자 속에는 무어라 말할 수 없는, 침울하지만 맑은 빛이 담겨 있었다.

그는 왼손에 손수건으로 비끄러맨 조그만 보퉁이를 들고 오른손에는 어딘가의 산나무 울타리에서라도 꺾어온 것 같은 지팡이를 짚고 있었다. 그 지팡이는 상당히 공들여 손질한 모양으로 그리 볼썽사납지 않았다. 마디는 모두 교묘하게 다듬어지고, 손잡이는 빨간 밀초를 칠하여 산호 꼭지처럼 보였다. 그 지팡이는 하나의 막대기에 불과했으나, 제법 그럴듯해 보였다.

그 거리는 오가는 사람들이 적은 곳으로 겨울이면 더욱 그랬다. 그 사나이는 그리 눈에 띌 정도는 아니었지만, 행인을 찾는다기보다 차라리 피하는 것 같은 눈치였다.

그 무렵 국왕 루이 18세는 거의 날마다 슈와지 르 르와에 행차하고 있었다. 이것은 국왕이 좋아하는 유원지의 하나였다. 2시쯤이면

으레 국왕이 탄 마차와 호위 기병대가 전속력으로 로삐딸 거리를 달리는 것을 볼 수 있었다.

그 행렬은 이 언저리에 사는 가난한 여자들의 회중시계며 벽시계 노릇을 해주었기에 그들은 이렇게 말하곤 했다.

"벌써 2시가 됐군, 뛸르리 궁으로 돌아가고 계시니."

그리고 그 중에는 달려가는 사람도 있고 거리에 늘어서는 이들도 있었다. 왜냐하면 국왕 행차는 어느 세상에서나 사람들을 떠들썩하게 만드는 법이니까. 더욱이 루이 18세의 행차는 빠리의 거리거리에 확실히 그 어떤 인상을 주고 있었다. 그것은 눈깜짝할 사이에 지나가 버리는데도 장엄한 그 무엇이 있었다.

다리가 부자유스러운 이 임금은 빠른 속도로 달리는 것을 좋아했다. 자신이 걸을 수 없으므로 그는 달리고 싶었던 것이다. 절름발이인 그는 번개처럼 빨리 달리고 싶었던 것이리라.

칼을 빼어든 기병에 호위되어 평온하고 엄숙한 얼굴로 그는 지나갔다. 포장에 커다란 백합꽃 송이가 그려진 육중한 그의 황금빛 사륜마차는 요란한 소리를 내며 굴러갔다. 흘끗 쳐다볼 겨를조차 없을 정도였다.

마차 안 오른편의 흰 공단으로 만들어진 모란이 만발한 보료 위에 앉아 있는 빈틈없어 보이는 상기된 큰 얼굴은, 왕실 격식에 따라 이마에 분을 칠하고 거만하고 쌀쌀맞은 날카로운 눈에 학자 같은 미소를 짓고 있었다. 시민복 위로 흔들리는 장식술 달린 2개의 큰 견장 아래로 뜨와종 되르 장(章), 성 루이 훈장, 레지옹 도뇌르 훈장, 성 데스쁘리 기사단 은훈장, 그리고 불룩한 배와 넓고 푸른 어깨휘장들이 보였다. 그가 바로 왕이었다. 파리 교외에서는 영국식으로 각반을 넓게 두른 무릎 위에 흰 새의 깃털이 달린 모자를 올려두었으나, 시내로 들어서면서 모자를 쓰고 눈인사조차 별로 하지 않았다. 그는 시민들을 무관심하게 바라보았고, 시민들 역시 그렇게 지켜보았다.

망명지에서 돌아온 문벌좋은 집안의 가정교사라고 하면 좋을 그런 차림새였다.

그가 쌩 마르쏘 지역에 모습을 처음 나타냈을 때 그가 얻은 성공
이란 이 도성 밖에 사는 한 사나이가 옆의 사나이에게 이렇게 한 말
뿐이었다.

"저 뚱뚱보가 이번 정부를 이끈다지."

어쨌든 언제나 똑같은 시간에 지나가는 국왕의 행차는 로삐딸 거
리의 일종행사가 되었다.

누런 프록코트를 입고 그 거리를 걷고 있던 사나이는 분명 그곳에
서 사는 사람도 아니고, 또 빠리 사람도 아닌 모양이었다. 그는 이
국왕의 행차에 대해 조금도 모르고 있었기 때문이다.

2시에 국왕이 탄 마차가 은몰을 늘어뜨린 근위기병대에 호위되어
살뻬트리에르 구호소 모퉁이를 돌아 그 거리에 나타났을 때 사나이
는 깜짝 놀라며 겁먹은 것처럼 보이기조차 했다. 이때 인도에 나와
있는 것은 그 사나이 하나뿐이었다. 그는 황급히 어느 집 벽 모서리
에 숨었으나, 그럼에도 불구하고 아브레 공작의 눈에 띄었다. 아브
레 공작은 이 날 호위대 대장으로 마차 안에 국왕과 마주앉아 있었
던 것이다. 그는 폐하에게 말했다.

"저기 인상이 좋지 않은 자가 있습니다."

국왕의 행차를 경호하던 경관들 역시 그 사나이를 보았고, 그 중
한 사람은 그 뒤를 쫓으라는 명령을 받았다. 그러나 사나이는 가까
운 호젓한 골목길로 피해 들어가 버렸고 해가 질 무렵이기도 하여
경관은 그의 자취를 놓치고 말았다.

이 사실은, 그날 저녁 국무대신이며 경시총감인 앙글레스 백작에
게 제출된 보고서에 기록되어 있는 그대로이다. 누런 프록코트의 사
나이는 경관을 따돌리고 나서 걸음을 재촉하면서 더 추적해 오지 않
는 것을 확인하기 위해 몇 번이나 뒤돌아보았다.

4시 15분에, 곧 해가 졌을 무렵 그는 뽀르뜨 쌩 마르땡 극장 앞
을 지나가고 있었다. 그날은 '두 사람의 죄수'라는 연극이 상연되고

있었다. 극장 조명등에 비쳐진 그 간판이 주의를 끌었던 모양인지, 그는 급하게 걷고 있던 중이었는데도 걸음을 멈추고 그것을 들여다보았다.

그리고 잠시 뒤 라 뺄랑세뜨의 막다른 골목길로 접어들어 '뺄라데땡'이라는 가게의 문을 밀고 들어갔다. 그즈음 거기에는 라니행 마차 사무소가 있었다. 마차 출발 시간은 4시 반이었다.

말은 벌써 마차에 매어져 있고, 여행자들이 마부의 지시에 따라 승합마차의 높은 쇠사다리를 서둘러 올라가고 있는 참이었다. 사나이는 물었다.

"자리가 있습니까?"

"하나 남았소. 내 옆자리요만." 마부는 말했다.

"그걸 주시오."

"타십시오."

그러나 출발하기 전에 마부는 그 손님의 초라한 행색과 빈약한 짐보따리를 흘끗 보고는 요금을 먼저 치르게 했다.

"라니까지 가십니까?" 마부는 물었다.

"그렇소" 하고 사나이는 대답했다.

손님은 라니까지의 차삯을 치렀다.

마차는 출발했다. 성 밖으로 나서자 마부는 말을 걸려고 했으나, 손님은 '네'라든가 '아니오'라고만 대답할 뿐이었다. 마부는 단념하고 휘파람을 불기도 하고 말에게 호통치기도 했다.

마부는 망토를 꺼내 몸을 쌌다. 추운 날씨였다. 그러나 사나이는 추위 같은 건 느끼지도 않는 모양이었다. 이렇게 하여 구르네를 지나고 뇌이 쉬르 마른느를 지났다.

저녁 6시가 되어 마차는 셸에 닿았다. 마부는 말을 쉬게 하려고 낡은 왕립 대수도원 건물 안에 있는 마차꾼들 여관 앞에 마차를 세웠다.

"난 여기서 내리겠소." 사나이는 말했다.

그는 보통이와 지팡이를 들고 마차에서 뛰어내렸다. 얼마 뒤 그의 모습은 사라져 버렸다. 그는 여관으로 들어간 것도 아니었다.

몇 분 뒤 마차가 라니를 향해 다시 출발할 때 셀의 신작로에서는 더 이상 그 사나이를 찾아볼 수 없었다.

마부는 마차 안의 손님들을 돌아보았다.

"아까 그 손님은" 하고 그는 말했다. "이 근처에 사는 사람이 아닙니다. 그리 본 적 없는 얼굴이거든요. 빈털터리같이 보이지만 돈 같은 건 안중에도 없는 것 같아요. 라니까지 마차삯을 치렀는데, 셀에서 내리지 않았겠어요. 이젠 깜깜한 밤이 되어 집들은 어디나 다 닫혔을 텐데, 여관에도 들어가지 않고 어디로 갔는지 영 보이지 않으니 아마 땅 속으로라도 들어간 모양인가, 원."

그러나 그 사람은 땅 속으로 들어간 게 아니었다. 사나이는 셀 가도를 따라 어둠 속을 바삐 걸어가다가 성당에 이르기 전 왼쪽으로 구부러져 몽페르메이유로 통하는 시골길로 접어들었다. 이 언저리 지리에 밝은 듯 전에도 여기 온 적 있는 사람 같았다.

그는 빠른 걸음으로 그 길을 걸어갔다. 가니에서 라니로 가는 오래된 가로수길과 마주치는 데까지 왔을 때 그는 여러 사람들이 오는 발자국 소리를 들었다. 그는 재빨리 도랑 속에 숨어들어 지나가는 사람들이 멀어져 가기를 기다렸다. 그러나 앞에서도 말한 바와 같이 깜깜한 섣달 그믐밤의 일이라 그런 조심은 거의 필요 없었다. 하늘에는 겨우 두세 개의 별이 보일 뿐이었다.

바로 거기부터는 오르막길이었다. 사나이는 몽페르메이유로 가는 길로 들어서지 않았다. 오른쪽으로 길을 접어들어 들판을 가로질러서 성큼성큼 숲 속으로 들어가 버렸다.

숲으로 들어가자 걸음을 늦추고 한 걸음 한 걸음 밤길을 옮겨 디디며, 나무를 하나하나 조심스럽게 살펴보기 시작했다. 무언가 자기 혼자만 알고 있는 비밀의 길을 찾고 있는 것 같았다. 한 번은 방향을 잃은 모양인지 우뚝 서서 한참 망설였다.

그러나 이리저리 찾아다닌 끝에 어느 빈터에 이르렀다. 거기에는 희부옇고 커다란 돌멩이가 몇 개 포개져 놓여 있었다. 그는 그 돌쪽으로 재빨리 다가가 마치 검열이라도 하듯 밤안개 속에서 그 돌을 유심히 살펴보았다. 식물의 혹인 옹이가 잔뜩 달린 큰 나무 한 그루가 그 돌무더기에서 몇 걸음 떨어진 곳에 서 있었다. 그는 그 나무로 다가가 손으로 둥치의 껍질을 어루만져 보았다. 마치 그 혹 한 개 한 개를 확인하며 수를 세는 것 같았다.

그것은 물푸레나무였으며 그 맞은편에 밤나무가 한 그루 서 있었다. 그 나무는 병들어 껍질이 벗겨졌고, 자그마한 아연판이 붕대인 양 못으로 박혀 있었다. 사나이는 발돋움하고 서서 그 작은 아연판을 손으로 만져보았다.

그는 얼마 동안 그 밤나무와 돌무더기 사이의 땅바닥을 발로 밟았다. 마치 그 땅바닥이 새로 파헤쳐지지 않았는지 확인하는 듯이.

그리고 난 다음 그는 방향을 잡아서 다시 숲 속을 걷기 시작했다.

아까 꼬제뜨가 만난 것은 바로 이 사나이였던 것이다.

숲을 지나 몽페르메이유 쪽으로 가던 그는 조그만 그림자를 하나 발견했다. 그 사람그림자는 낑낑 앓는 소리를 내면서 무슨 무거운 것을 땅바닥에 내려놓았다가 다시 들어올리고는 걷기 시작하는 것이었다.

다가가 보니 어린 여자아이 하나가 커다란 물통을 들고 있었다. 그는 말없이 그 아이한테로 가서 물통 손잡이를 들어 주었다.

어둠 속에 낯선 사람과 나란히 걷는 꼬제뜨

이미 말한 대로 꼬제뜨는 무섭지 않았다. 사나이는 그녀에게 말을 걸었다. 묵직하고 낮은 목소리였다.

"이 물통은 네게 너무 무거운 것 같구나."

꼬제뜨는 고개를 들고 대답했다.

"네, 아저씨."

"이리 다오" 하고 사나이는 말했다. "내가 들어다 주마."

꼬제뜨는 물통에서 손을 떼었다. 사나이는 그녀와 나란히 서서 걷기 시작했다.

"이거 꽤 무겁군." 사나이는 입 속으로 중얼거렸다. 그리고 덧붙였다.

"나이가 몇 살이냐?"

"8살이에요, 아저씨."

"이런 무거운 걸 들고 먼 데서 오니?"

"숲속 샘에서예요."

"갈 곳은 아직 머냐?"

"여기서 15분쯤 가야 해요."

사나이는 잠시 잠자코 있다가 이윽고 불쑥 말했다.

"그럼, 어머니가 안 계신 게로구나?"

"모르겠어요."

사나이가 다시 뭐라고 말을 꺼내기 전에 어린 여자아이는 덧붙였다.

"없나 봐요. 다른 애들에게는 있는데, 난 없어요."

그렇게 말하고 잠시 입을 다물었다가 다시 말을 이었다.

"내겐 처음부터 없었나봐요."

사나이는 우뚝 멈춰섰다. 물통을 땅바닥에 내려놓고 몸을 구부려 어린아이의 두 어깨에 손을 얹고, 어둠 속에서 그 모습을 훑어보고 그 얼굴을 들여다보았다.

꼬제뜨의 여위고 가냘픈 얼굴이 하늘의 으스름빛에 어렴풋이 떠올라 보였다.

"이리 다오. 내가 들어다 주마" 하고 사나이는 말했다.

"이름은 뭐라고 하지?"

"꼬제뜨예요."

사나이는 마치 전기에라도 감전된 듯 어린아이를 더 바라보고 있다가 꼬제뜨의 어깨에서 손을 떼어 물통을 집어들고 다시 걷기 시작했다.

조금 뒤 그는 물었다.

"너는 어디 살고 있니?"

"몽페르메이유에요. 아저씨가 아실지 모르겠지만……"

"그럼, 지금 거기로 가는 거니?"

"네."

그는 잠시 입을 다물었다가 다시 말을 이었다.

"대체 누가 이런 시간에 물을 길어 오라고 하든?"

"떼나르디에 아주머니요."

말을 묻는 사나이의 목소리는 아무렇지도 않은 듯 꾸미려 애쓰고 있었지만 이상하게도 떨려 나왔다.

"그 떼나르디에 아주머니라는 사람은 뭘하고 있지?"

"우리 주인집 아주머니예요" 하고 소녀는 말했다. "여관을 하고 있어요."

"여관?" 하고 사나이는 말했다. "그럼, 오늘 밤은 거기서 자야겠군. 날 데려다 다오."

"지금 그리로 가는 길이에요" 하고 어린 여자아이는 말했다.

사나이는 꽤 빨리 걷고 있었다. 꼬제뜨도 그리 힘들어하지 않고 따라갔다. 이제 피로도 느끼지 않았다. 꼬제뜨는 이따금 눈을 들어 말로 표현할 수 없는 안심과 신뢰를 갖고 사나이를 올려다보았다.

이제까지 하느님께 마음을 돌리거나 기도드리는 법을 가르쳐 준 사람은 하나도 없었다. 그런데도 지금 꼬제뜨는 희망과 환희 비슷한 감정을 느끼고, 하늘을 향해 날아올라가는 듯한 묘한 기쁨을 느꼈다.

몇 분 지났다. 사나이는 다시 말했다.

"떼나르디에 아주머니네는 하녀가 없니?"

"없어요."

"너 하나뿐이로구나?"

"네."

다시 말이 끊어졌다. 꼬제뜨가 목소리를 높여 말했다.

"그렇지만 여자아이가 둘 있어요."

"어떤 아이들인데?"

"뽀닌느와 젤마라는 애들이에요."

꼬제뜨는 떼나르디에의 마누라가 좋아하는 두 아이의 소설풍 이름을 그런 식으로 줄여서 부르고 있었다.

"뽀닌느와 젤마라니, 뭘 하는 아이들인데?"

"떼나르디에 아주머니의 딸들이에요. 말하자면 아가씨들이지요."

"뭘하고 있니, 그 애들은?"

"여러 가지 것을 가지고" 하고 꼬제뜨는 말했다. "예쁜 인형이랑, 금이 달린 것이랑, 또 별의별 것을 다 갖고 재미있게 놀고만 있어요."

"하루 종일?"

"네."

"그리고 너는?"

"난 일해요."

"하루 종일?"

꼬제뜨는 그 커다란 눈을 쳐들었다. 밤이라 보이지 않았지만, 그 눈에 눈물이 괴어 있었다. 어린애는 조용히 대답했다.

"네."

꼬제뜨는 잠시 가만히 있다가 다시 말을 이었다.

"이따금 일이 끝나고 나서 놀아도 좋다고 할 때는 나도 노는 적이 있어요."

"뭘 하고 놀지?"

"내 멋대로요. 무엇이든 하고 놀아요. 하지만 난 장난감이 그리 없어요. 뽀닌느와 젤마는 내게 인형을 빌려주지 않는걸요. 내게는 조그만 납칼 하나밖에 없어요. 요만한 것이에요."

꼬제뜨는 새끼손가락을 들어 보였다.

"잘라지지도 않겠지?"

"아니, 잘라져요. 배추잎도 베어지고 파리 대가리도 끊어지는걸요."

두 사람은 마을에 닿았다. 꼬제뜨는 낯선 사나이의 앞장을 서서 큰 거리로 들어섰다. 빵가게 앞을 지났으나 꼬제뜨는 빵을 사야 하는 것을 잊고 있었다. 사나이는 이런저런 말을 묻기를 그치고 침울하게 입을 다물고 있었다. 그러나 성당을 지나 그 노점들이 죽 늘어서 있는 광경이 눈에 들어오자 사나이는 꼬제뜨에게 물었다.

"여기가 시장이로구나?"

"아니에요, 크리스마스예요."

여관이 가까워지자 꼬제뜨는 조심조심 사나이의 팔을 건드렸다.

"아저씨?"

"왜?"

"이제 집에 거의 다 왔어요."

"그래서?"

"여기서부터는 내가 물통을 들어야겠어요."

"왜?"

"다른 사람이 들어다 준 걸 알면 아주머니한테 매맞아요."

사나이는 꼬제뜨에게 물통을 건네주었다. 그리고 두 사람은 곧 여관 앞에 이르렀다.

부자인지 가난뱅이인지 알 수 없는 사나이를 숙박시키는 불쾌

꼬제뜨는 저도 모르게 장난감 가게에 여전히 진열되어 있는 그 커다란 인형 쪽으로 눈길을 돌렸다. 그런 다음 문을 두드렸다. 문이 열렸다. 떼나르디에의 아내가 촛불을 들고 나왔다.

"오! 너로구나, 이 거지 같은 년아! 어떻게 된 거냐, 이렇게 늦다니! 실컷 놀다 온 게로구나!"

꼬제뜨는 온 몸을 떨면서 말했다.

"아주머니, 이 손님이 주무시고 가시겠대요."

떼나르디에의 아내는 여관주인 특유의 태도를 재빠르게 바꾸는 몸에 밴 재간으로 얼른 그 성낸 얼굴을 애교있게 허물어뜨리며 새로 들어온 손님을 탐색하듯 바라보았다.

"묵으시겠다고요?" 그녀는 말했다.

사나이는 모자에 손을 대면서 말했다.

"네."

돈많은 손님은 그런 공손한 인사를 하지 않는 법이다. 이 동작을 보고, 이 나그네의 행색과 몸에 지닌 짐을 재빨리 훑어보더니 떼나르디에의 아내는 애교있는 웃음을 거두고 다시 성난 얼굴이 되었다. 그녀는 무뚝뚝하게 말했다.

"어서 들어오시오, 할아버지."

'할아버지'는 안으로 들어갔다. 떼나르디에의 아내는 다시 흘끔 훑어보고, 다 해진 프록코트와 낡아빠진 모자를 특히 유의해 본 다음, 머리를 흔들고 코를 찡긋거리고 눈을 껌벅이며 아까부터 마차꾼들과 술을 마시고 있는 남편에게 의향을 물어보았다. 그러자 남편은 대답으로 집게손가락을 움직여 보였는데, 그것은 이런 경우 삐죽이 내민 입술과 더불어 빈털터리라는 뜻을 나타내는 것이었다.

떼나르디에의 아내는 이렇게 외쳤다.

"아, 여보세요, 할아버지, 안됐지만 빈방이 없는데요."

"아무 데라도 좋으니 묵게 해주십시오. 헛간이나 마굿간이라도 좋습니다. 방 하나 값을 치를 테니까요."

"40수예요."

"40수. 좋습니다."

"그럼, 그렇게 하시지요."

"40수라고!" 하고 한 마차꾼이 떼나르디에의 아내에게 나지막하게 속삭였다. "20수잖소?"

"저 사람에겐 40수예요" 하고 떼나르디에의 아내는 마찬가지로 낮은 목소리로 대답했다. "그 이하로는 가난뱅이를 재울 수 없어요."

"정말 그래" 하고 남편이 슬며시 덧붙였다. "저런 자를 재웠다간 우리집의 불명예니까."

그 동안에 사나이는 보퉁이와 지팡이를 걸상에 내려놓고 옆 테이블에 앉아 있었으며, 꼬제뜨가 열심히 포도주병과 컵을 늘어놓고 있었다. 물을 길러 가게 했던 행상인은 그것을 말한테로 직접 들고 갔다. 꼬제뜨는 다시 조리대 밑의 늘 앉는 자리로 돌아가 뜨개질하기 시작했다.

사나이는 술잔에 포도주를 따랐으나 거의 입에 대지 않고 이상하게도 꼬제뜨를 유심히 바라보기 시작했다.

꼬제뜨는 못생겨 보였다. 그러나 행복하게 살고 있었다면 아마 예뻤을지도 모른다. 이 어린 여자아이의 침울한 얼굴 모습에 대해서는 앞에서도 말한 바 있듯이, 꼬제뜨는 여위고 팻기가 없었다. 그럭저럭 8살이 되어 있었지만, 겨우 6살쯤으로밖에 보이지 않았다.

커다란 두 눈은 깊은 그늘 속에 꺼져들고 눈물이 마를 새 없어 거의 윤기를 잃고 있었다. 죄수나 중병환자에게서 흔히 볼 수 있듯이 입은 끊임없는 고통으로 일그러져 있었다.

두 손은 그 어머니가 예전에 짐작했었듯 얼음이 박혀 형편없이 거칠어져 있었다. 마침 그때 화덕의 불이 꼬제뜨를 비추어 앙상한 뼈마디가 드러나 여윈 모습이 무섭도록 두드러져 보였다.

언제나 추위에 떨며 두 무릎을 꼭 붙이는 버릇이 배어 있었다. 입은 옷은 누더기로 이것 가지고는 여름에도 어떨까 싶을 정도의 것이었으니 겨울에는 차마 눈뜨고 볼 수 없을 정도였다. 몸에 걸친 것이라곤 구멍뚫린 무명옷뿐, 털로 된 것은 눈을 씻고 보려 해도 없었다.

군데군데 살이 드러나 보이는데, 온통 푸르고 검은 멍투성이로 그것은 떼나르디에의 아내에게 얻어맞은 자국이었다. 드러난 다리는 빨갛게 얼고 가늘어 부러질 것 같았다. 어깨뼈 언저리가 움푹 들어간 모습은 눈물이 나올 지경이었다.

이 아이의 온몸, 걸음걸이, 몸짓, 말하는 목소리, 더듬거리는 말투, 눈초리, 침울하게 말없는 모습, 하찮은 동작 하나하나는 모두 오직 한 가지 생각, 곧 공포를 나타내고 있었다.

공포심은 아이의 온몸에 배어 있었다. 말하자면 아이는 공포심에 휩싸여 있는 것 같았다. 공포심으로 말미암아 아이는 두 팔꿈치를 허리에 대고, 발꿈치는 스커트 밑으로 밀어넣어 되도록 자리를 차지하지 않게끔 오그려뜨리고, 죽지 않을 만큼의 숨밖에 쉬지 않았다.

그러한 공포심은 이렇듯 아이의 몸에 밴 습관이 되어 버려, 더욱 심해져 갈 뿐 조금도 변함이 없었다. 아이의 눈동자 저 밑바닥에는 언제나 놀란 듯한 흔적이 있고 공포심이 깃들어 있었다.

그 공포심은 너무나 강렬하였으므로 꼬제뜨는 아까 돌아와서 그토록 함빡 젖어 있었는데도 몸을 말리러 불 곁으로 가려고도 하지 않고 말없이 일하기 시작했던 것이다.

이 8살밖에 되지 않은 아이의 눈은 언제나 몹시 침울하고 서글퍼 보였기 때문에 때로 어린 백치 아니면 악마라도 되지 않을까 싶어질 때조차 있었다.

꼬제뜨는 기도를 드린다는 것이 어떤 일인지 잘 몰랐으며 성당에 발을 들여놓은 적이 한 번도 없었다.

"그럴 겨를이 어디 있어?"라고 떼나르디에의 아내는 말하는 것이었다.

누런 프록코트의 사나이는 꼬제뜨에게서 눈을 떼지 않았다.

갑자기 떼나르디에의 아내가 소리질렀다.

"아, 그래그래! 빵은?"

꼬제뜨는 떼나르디에의 아내가 소리를 지를 때면 언제나 그렇듯 곧 테이블 밑에서 기어나왔다.

꼬제뜨는 빵 생각을 까맣게 잊어버리고 있었다. 그래서 언제나 겁을 집어먹고 있는 아이들이 흔히 쓰는 방법으로 거짓말을 했다.

"아주머니, 빵가게는 문이 닫혀 있었어요."

"문을 두드리면 되지 않아?"

"두드렸어요, 아주머니."

"그랬더니?"

"그래도 열어 주지 않았어요."

"정말인지 거짓말인지 내일이면 다 알게 되니까" 하고 떼나르디에의 아내는 말했다. "만약 거짓말이었단 봐라, 혼구멍을 내줄 테니. 아무튼 15수는 이리 도로 내놔."

꼬제뜨는 앞치마 주머니에 손을 넣어 보고 새파랗게 질렸다. 15수짜리 동전은 거기에 들어 있지 않았다.

떼나르디에의 아내는 말했다.

"아니! 내 말이 안 들리냐?"

꼬제뜨는 주머니를 뒤집어 보았다. 아무것도 없었다. 그 돈은 대체 어떻게 된 것일까? 불쌍한 어린아이는 한 마디도 하지 못했다. 말못하는 돌이 되어 버렸다.

"잃어버렸구나, 그 15수짜리를?" 떼나르디에의 아내는 소리쳤다. "그게 아니면 슬쩍 할 작정이냐?"

그렇게 말하면서 그녀는 벽난로가에 매달아 놓은 회초리 쪽으로 팔을 뻗쳤다. 그 무서운 동작이 꼬제뜨로 하여금 가까스로 이렇게 말하게 했다.

"잘못했어요, 아주머니! 아주머니! 다신 안 그러겠어요."

떼나르디에의 아내는 회초리를 내렸다.

한편 누런 프록코트의 사나이는 아무도 눈치채지 못하게 조끼 포켓을 더듬었다. 다른 손님들은 술을 마시고 트럼프놀이를 하느라고 다른 일에는 조금도 상관하지 않았다.

꼬제뜨는 파르르 떨면서 벽난로 구석에 몸을 움츠리고, 거의 다 드러난 작은 팔다리를 오그려 감추려고 애썼다. 떼나르디에의 아내는 회초리를 쳐들었다.

"잠깐, 아주머니, 이제 방금 그 아이의 앞치마 주머니에서 뭔가 굴러 떨어지는 걸 보았는데요. 어쩌면 그게 아닐는지 모르겠군요."

그렇게 말하면서 사나이는 허리를 구부려 마룻바닥에서 잠시 찾는 시늉을 했다.

"역시 그랬었군, 여기 있소."

그는 몸을 일으키면서 말했다. 그리고 한 닢의 은화를 떼나르디에의 아내에게 내밀었다.

"네, 그거예요." 그녀는 말했다.

사실은 그것이 아니었다. 왜냐하면 그가 내민 것은 20수짜리 은화였으니까. 하지만 떼나르디에의 아내는 그편이 득이라고 생각했다. 그녀는 은화를 주머니에 집어넣고 무서운 눈초리를 소녀 쪽으로 던지며 말했다.

"다시 그런 짓을 했단 봐라!"

꼬제뜨는 떼나르디에의 아내가 '그 아이의 집'이라고 이름붙인 테이불 밑으로 기어들어갔다. 그리고 그 낯선 나그네를 지그시 바라보는 그녀의 커다란 눈에 이제까지 한 번도 볼 수 없었던 표정이 떠오르기 시작했다. 물론 그것은 아직 순진한 놀라움에 지나지 않았으나, 거기에는 어리둥절한 신뢰의 마음이 섞여 있었다.

떼나르디에의 아내는 손님에게 물었다.

"그런데 저녁식사는 어떻게 하실 건가요?"

손님은 대답하지 않았다. 무엇인가 깊이 생각에 잠겨 있는 모양이었다. 그녀는 입 속으로 중얼거렸다.

"대체 어떤 사나이일까? 아무래도 굉장히 가난해 보이는걸. 저 꼴에 저녁 먹을 돈이나 있을라구. 숙박료나 받아내게 될는지? 그래도 마룻바닥에 떨어진 돈을 훔치려 하지 않다니 다행이야."

안쪽 문이 열리고 에뽀닌느와 아젤마가 들어왔다.

둘 다 예쁜 소녀였다. 시골 아이라기보다 차라리 넉넉한 도시 아이들에 가까웠고 여간 귀엽지 않았다. 하나는 윤기있는 밤색 머리를 땋아 얹고, 또 하나는 길게 땋은 검은 머리를 등 뒤로 치렁치렁 늘이고 있었다. 둘 다 활발하고, 깔끔하고, 포동포동 살찌고, 건강하고, 보기에도 즐거울 만큼 생기있어 보였다.

그들은 춥지 않게 옷을 많이 입고 있었으나, 어머니의 솜씨가 좋아서 두껍게 입었어도 모양이 나고 둔해 보이는 데가 없었다. 겨울 차림새에 봄의 산뜻함이 느껴지도록 매만져져 있었다. 이 두 소녀는 빛나고 있었다. 게다가 그들에게는 두려울 게 아무것도 없었다. 그 옷차림에도, 그 밝고 명랑함에도, 그 떠들며 돌아다니는 태도에도, 집안에서 소중히 여겨지고 있는 모습이 잘 나타나 보였다. 떼나르디에의 아내는 그들이 들어오자 사랑스러움에 겨운 말투로 타이르듯 말했다.

"어머나! 너희들은 왜 여기 나오니!"

그리고 하나씩 무릎으로 끌어다가 머리를 매만져 주고, 리본을 고

쳐 매어 주고, 어머니들에게서 흔히 볼 수 있는 그런 독특한 정다움
으로 다독거려주고 나서 손을 떼며 말했다.

"글쎄, 이 꼴들이 뭐냐, 볼썽사납게!"

두 아이는 벽난로가에 가서 앉았다. 그리고 가지고 온 인형 하나
를 무릎 위에 놓고 만지작거리면서 즐거운 듯 재잘거렸다. 가끔 꼬
제뜨는 뜨개질에서 눈을 떼고 두 아이가 놀고 있는 모양을 슬픈 듯
이 바라보았다.

에뽀닌느와 아젤마 쪽에서는 꼬제뜨를 거들떠보지도 않았다. 꼬제
뜨는 두 아이에게 그저 강아지새끼나 마찬가지인 존재였다. 이 세
어린 소녀의 나이를 모두 합쳐도 24살밖에 되지 않는데, 그들 사이
는 이미 완전한 하나의 어른들 세계 그대로였다. 한편에는 부러움
이, 한편에는 멸시가 있었다.

떼나르디에의 딸들이 가지고 있는 인형은 이제 상당히 바래고 낡
아 거의 망가져 있었지만, 그래도 꼬제뜨는 인형을——모든 아이들
이 잘 알아듣는 말로 한다면 '진짜 인형'을——태어나서 아직 한 번
도 가져 본 일이 없었다.

홀 안을 왔다갔다하던 떼나르디에의 아내는 문득 꼬제뜨가 일하
지 않고 멀거니 딸들의 놀이에 정신을 팔고 있는 것을 알아차렸다.

"아니, 저 계집애가!" 하고 그녀는 소리를 질렀다. "그래 그게
일하는 거냐! 일하지 않으면 회초리로 때려 줄 테다."

낯선 손님은 의자에 앉은 채 떼나르디에의 아내를 돌아다보았다.
그는 미소지으며 조심스럽게 말했다.

"아주머니! 그러지 말고 좀 놀게 해주시지요!"

만일 이것이 저녁식사로 양의 엉덩이살 불고기를 먹고, 포도주 두
어 병을 비운 손님, 이렇듯 지독하게 가난한 사나이로 보이지 않는
손님의 입에서 나온 말이라면 마치 어떤 명령처럼 들렸으리라.

그러나 저 따위 모자를 쓴 사나이가 감히 무슨 의견을 말한다거

나, 저런 프록코트를 입은 사나이가 무슨 지시 비슷한 말을 하는 것은 떼나르디에의 아내에게는 용납할 수 없는 일로 생각되었다. 그녀는 볼멘 소리로 되받았다.

"일을 시키지 않을 수 없어요. 저래도 밥은 먹으니까요. 아무것도 않는데 먹일 순 없잖아요?"

"대체 뭘 하고 있는 겁니까?" 낯선 사나이는 물었다. 의젓한 그 말투는 거지 같은 행색이나 막벌이꾼처럼 떡벌어진 그 어깨와 야릇한 대조를 이루고 있었다.

떼나르디에의 아내는 호기롭게 대답했다.

"긴 양말이에요. 우리 어린 딸들의 양말이지요. 이제 거의 다 떨어져서 머지않아 맨발로 다닐 지경이 됐거든요."

사나이는 꼬제뜨의 빨갛게 언 작은 정강이를 보며 말했다.

"얼마나 걸리면 그 양말을 다 짭니까?"

"아무래도 아직 사나흘은 더 걸릴걸요, 게으름뱅이니까."

"그리고 그 양말이 완성되면 한 켤레 얼마짜리가 됩니까?"

떼나르디에의 아내는 업신여기는 눈초리로 흘끔 사나이를 보았다.

"적어도 30수는 되겠죠."

"그럼, 그걸 5프랑에 내게 팔지 않겠소?"

옆에서 듣고 있던 한 마차꾼이 굵직한 목소리로 웃으면서 외쳤다.

"뭐라고? 5프랑이라니, 어처구니없군! 총알(총알은 1 프랑의 속칭)이 다섯 개라!"

떼나르디에는 지금이 참견하고 나설 때라고 생각했다.

"좋아요, 나리. 나리가 그렇게 하고 싶으시다면 그 양말을 5프랑에 드리지요. 손님 말씀을 거절할 순 없으니까요."

떼나르디에의 아내가 버릇인 간단명료한 어조로 말했다.

"당장 내셔야만 해요."

"그럼, 그 양말을 사겠소." 사나이는 대답했다. 그리고 주머니에서 5프랑 지폐 한 장을 꺼내 테이블 위에 놓으면서 덧붙였다. "자, 돈을 드리리다."

그는 꼬제뜨 쪽을 돌아보았다.

"이제 네 일은 내 것이다. 자, 놀아라, 아가."

마차꾼은 5프랑짜리 지폐에 너무나 놀라 술잔을 내버려둔 채 다가왔다. 그는 그 지폐를 살펴보며 소리쳤다.

"아니, 정말이군! 이건 진짜배기 커다란 바퀴인데! 가짜가 아냐!"

떼나르디에는 옆으로 다가와 잠자코 그 돈을 주머니에 집어넣었다. 떼나르디에의 아내는 할 말이 없었다. 그녀는 입술을 깨물었다. 그 얼굴에 원망의 빛이 떠올랐다.

그 동안에도 꼬제뜨는 몸을 떨고 있었다. 그래도 마음을 단단히 먹고 물어보았다.

"아주머니, 정말이에요? 놀아도 좋아요?"

떼나르디에의 아내는 앙칼지게 말했다.

"놀려무나!"

"고맙습니다, 아주머니."

꼬제뜨는 입으로는 떼나르디에의 아내에게 고맙다고 말하면서도 그 작은 마음은 낯선 손님에게 감사하고 있었다.

떼나르디에는 다시 술을 마시기 시작했다. 아내가 그의 귀에 속삭였다.

"대체 저 누런 옷의 작자는 누구일까요?"

떼나르디에는 의젓하게 대답했다.

"나는 백만장자가 곧잘 저런 프록코트를 입고 다니는 것을 본 적이 있어."

꼬제뜨는 뜨개질감을 내려놓았다. 그러나 자기 자리에서 나오지는 않았다. 그애는 언제나 될 수 있는 대로 움직이지 않도록 하고 있었다. 꼬제뜨는 자기 뒤에 놓인 상자에서 몇 조각의 낡은 헝겊과 작은 납칼을 꺼냈다.

에뽀닌느와 아젤마는 주위에서 일어나는 일에는 조금도 관심을 두고 있지 않았다. 두 어린아이는 굉장히 중요한 일을 시작한 참이었다. 그들은 고양이를 붙잡았던 것이다.

인형은 마룻바닥에 내동댕이치고 나이가 위인 에뽀닌느는 고양이가 울며 바둥대는 것도 상관않고 빨강과 파랑의 낡은 헝겊 조각으로 그 고양이 새끼에게 옷을 입히고 있었다.

그러한 몹시 진지하고 어려운 일을 하면서 에뽀닌느는 동생에게 어린아이들만이 갖는 저 곱고 깜찍한 말로 이야기를 걸고 있었다. 그러한 말의 상냥함은 나비 날개의 반짝임과도 같아서 붙잡으려고 하면 달아나 버리게 마련이다.

"애, 이 고양이 인형 쪽이 저것보다 얼마나 더 재미있다구. 움직이기도 하고, 울기도 하고, 따스하거든. 애, 이걸 가지고 놀자. 이건 내 딸이야. 나는 엄마이고. 내가 널 찾아가면 너는 이 아기를 보는 거야. 그러다가 우리 아기에게 수염이 있는 걸 보고 네가 깜짝 놀라지. 그리고 또 그 귀를 보고, 꼬리를 보고 다시 깜짝 놀라는 거야. 그리고 나에게 이렇게 말해. '어머나, 이런! 이걸 어쩌나!' 그러면 내가 네게 말하는 거야. '그럼요, 아주머니, 이건 내 조그마한 딸이랍니다. 요즘 작은 여자아이들은 다 이렇게 생겼어요.'"

아젤마는 에뽀닌느가 하는 말을 감탄하며 듣고 있었다.

한편에서는 술꾼들이 음탕한 노래를 부르며 천장이 흔들릴 만큼 웃어대고 있었다. 떼나르디에는 그들을 부추겨 비위를 맞췄다.

새들은 무엇으로나 둥지를 틀 듯이 어린아이들은 아무 거로나 인형을 삼는다. 에뽀닌느와 아젤마가 고양이에게 옷을 입히는 동안 꼬제뜨는 칼에 옷을 입히고 있었다. 그리고는 칼을 가슴에 안고 가만 가만 노래 부르며 잠재웠다.

인형은 여자아이들이 가장 갖고 싶어하는 것 가운데 하나이며, 그들의 가장 귀여운 본능을 나타낸다. 시중들고, 옷을 입히고, 예쁘게 꾸며 주고, 옷을 입혔다 벗기고, 다시 입히고, 타이르고, 잔소리하고, 다독거리고, 흔들고, 재우며 그것이 살아있는 듯 여기는 놀이 속에 여자의 미래가 포함되어 있다.

꿈을 그리거나 재잘거리며 귀여운 나들이옷과 속옷 같은 것을 만들고, 예쁜 드레스와 코르셋과 속저고리 같은 것을 만들면서 어린아이는 소녀가 되고, 소녀는 아가씨가 되고, 아가씨는 한 남자의 아내가 된다. 그리고 첫아기가 마지막 인형이 되는 것이다.

인형을 갖지 못한 어린 소녀는 아기가 없는 부인과 마찬가지로 불행하고, 또 그와 마찬가지로 부자연스럽다.

따라서 꼬제뜨도 칼을 인형으로 삼았던 것이다.

한편 떼나르디에의 아내는 '누런 옷의 사나이' 곁으로 다가가 보았다.

'그이 말이 맞아' 하고 그녀는 생각했다.

'이건 어쩌면 라피뜨 씨(은행가)일는지도 몰라. 부자들 중에도 무척 묘한 사람이 있으니까!'

그녀는 그의 테이블로 다가가 팔꿈치를 짚었다.

"나리!"

이 '나리'라는 말에 사나이는 고개를 들었다. 떼나르디에의 아내는 이제까지 그를 '여보시오' 또는 '할아버지'라고밖에 부르지 않았던 것이다.

"저, 나리." 그녀는 상냥한 모습으로 말했다. 그것은 그녀의 흉포한 얼굴보다 더 보기 흉했다. "그야 물론 나도 저 아이를 놀게 하고 싶어요. 덮어놓고 놀지 못하게 하는 건 아니에요. 한 번쯤은 상관

없어요. 나리께서 친절하게 해주셨으니까요. 하지만 저 애는 아무것
도 가진 게 없어요. 일을 시키지 않을 수 없어요.”

“그러면 저 애는 댁의 아이가 아닙니까?” 사나이가 물었다.

“천만에요, 나리! 저 애는 가난뱅이 자식이에요. 우리가 불쌍해
서 거두어 키워 주고 있답니다. 좀 모자라는 아이예요. 머리통에
물이라도 들어찼는지 원. 보시는 바와 같이 머리만 커다랗답니다.
우리들도 저 아이에게 힘 자라는 데까지는 하고 있습니다만, 원체
돈이 없어서 말예요. 저것의 어미에게도 편지를 보냈지만 벌써 여
섯 달이나 답장이 없어요. 아마도 죽은 모양이에요.”

“흐음!”

사나이는 고개를 끄덕이고 다시 생각에 잠겼다.

“그 어미라는 것도 보잘것없는 여자지요” 하고 떼나르디에의 아
내는 덧붙였다. “자기 아이를 버리고 갔으니 말이에요.”

그런 대화가 이루어지고 있는 동안, 꼬제뜨는 본능적으로 자기 이
야기를 한다는 것을 느낀 모양인지 떼나르디에의 아내에게서 눈을
떼지 않았다. 어린 여자아이는 어렴풋이 듣고 있었다. 그리고 이따
금 두어 마디씩 알아들을 수가 있었다.

한편 술을 마시던 이들은 거의 취해서 더욱 떠들썩하게 지저분한
노래의 후렴을 되풀이하고 있었다. 그것은 성모 마리아와 어린 예수
같은 것이 섞여 나오는 품위없는 음탕한 노래였다. 떼나르디에의 아
내마저 한데 어울려 킬킬 웃고 있었다.

꼬제뜨는 테이블 밑에서 불을 바라보고 있었다. 가만히 앉아 움직
이지 않는 눈동자에 불그림자가 빨갛게 비치고 있었다. 그러다가 꼬
제뜨는 자기가 만든 아가를 다시 흔들어 주기 시작하고, 흔들면서
낮은 목소리로 노래했다.

“우리 엄마는 죽어 버렸다네! 우리 엄마는 죽어 버렸다네! 우리
  엄마는 죽어 버렸다네!”

에쁘닌느와 아젤마가 고양이에게 옷을 입힐 때 꼬제뜨는 칼에 옷을 입히고……

여관집 안주인이 다시금 성가시게 권하므로 누런 옷의 '백만장자'는 마침내 저녁식사를 하기로 했다.

"뭘 드릴까요?"

"빵과 치즈를."

떼나르디에의 아내는 생각했다.

'뭐야, 이건 틀림없이 거지로군.'

술꾼들은 여전히 노래를 부르고, 테이블 밑의 꼬제뜨도 저만의 노래를 부르고 있었다.

갑자기 꼬제뜨는 노래를 그쳤다. 떼나르디에의 딸들이 고양이 때문에 내동댕이쳐 버린 인형이 조리대에서 대여섯 걸음 되는 곳에 뒹굴어 있는 걸 문득 발견한 것이다.

그래서 꼬제뜨는 마음에 썩 들지 않던 그 옷 입힌 칼을 손에서 내려놓고 천천히 방 안을 둘러보았다. 떼나르디에의 아내는 무언가 작은 목소리로 남편과 이야기하며 돈을 세고 있고, 에뽀닌느와 아젤마는 고양이와 놀고 있고, 손님들은 먹고 마시며 노래부르고 있었다. 아무도 이쪽을 보고 있지 않았다. 이때를 놓쳐서는 안 된다.

꼬제뜨는 테이블 밑에서 무릎과 손으로 기어나와 다시 한 번 아무도 보고 있지 않는 것을 확인한 다음 얼른 인형 있는 데까지 기어가 그것을 집어들었다. 꼬제뜨는 곧 자기 자리로 돌아와 앉아 조금도 움직이지 않고, 다만 팔에 안은 인형을 그늘 쪽으로 감추듯 몸을 비틀고 있었다. 진짜 인형을 가지고 노는 행복을 한 번도 누린 적 없었으므로, 꼬제뜨는 표현할 길 없는 격렬한 기쁨을 느끼는 것 같았다.

아무도 꼬제뜨를 보고 있는 사람은 없었다. 보잘것없는 저녁식사를 천천히 하고 있는 그 낯선 사나이 말고는.

꼬제뜨의 기쁨은 15분쯤 계속되었다.

무척 조심하고 있었지만, 꼬제뜨는 인형의 한쪽 다리가 '나와 있는' 것을, 그리고 난롯불이 그 다리를 환히 비추고 있는 것을 깨닫지 못했다. 그늘진 곳에서 밖으로 나와 있는 장밋빛으로 물든 인형의 한쪽 다리가 문득 아젤마의 눈에 띄었다. 아젤마는 에뽀닌느에게 말했다.

"저것 봐, 언니!"

두 여자아이는 어이가 없어 놀이를 그쳤다. 꼬제뜨가 인형을 갖고 있다니!

에뽀닌느는 일어나 고양이를 안은 채 어머니에게로 가서 그 스커트를 잡아당기기 시작했다.

"아이, 귀찮아!" 하고 어머니는 말했다. "뭐냐?"

"엄마, 저것 좀 봐!"

여자아이는 꼬제뜨를 가리켰다.

한편 꼬제뜨는 인형을 팔에 안고 너무나 좋아서 이제 아무것도 보이지도 들리지도 않았다.

떼나르디에의 아내 얼굴에 독특한 표정이 떠올랐다. 무서운 살기와 인생의 추악함이 한데 섞여 만들어진, 이른바 독부라고 불리는 그러한 종류의 표정이었다.

이번에는 자존심이 상하여 그 노기가 더욱 충천했다. 꼬제뜨가 한계를 넘어버린 것이다. 감히 꼬제뜨가 '아가씨들'의 인형에 손댄 것이다. 농부가 황태자의 휘장에 손대는 것을 본다면 러시아의 여황제도 지금 그녀와 같은 얼굴을 지으리라.

그녀는 분노에 목쉰 소리로 외쳤다.

"꼬제뜨!"

꼬제뜨는 발 밑의 땅이 흔들리기나 한 듯 파르르 떨었다. 그리고 뒤돌아보았다.

떼나르디에의 아내는 다시 소리쳤다.

"꼬제뜨!"

꼬제뜨는 안고 있던 인형을 절망한 모습으로 무슨 존귀한 것을 모시듯 가만히 마룻바닥에 내려놓았다. 그리고 인형에게서 눈을 떼지 않은 채 두 손을 모아 쥐었다. 그리고 그 나이의 어린아이에게서는 말하기조차 애처로운 일이지만, 그 두 손을 비틀어쥐었다.

그리고 그날 하루 종일 겪은 무서운 일——어두운 숲에 갔던 일이며, 물통이 무거웠던 일이며, 돈을 잃어버렸던 일이며, 회초리가 들먹여졌던 일이며, 또 떼나르디에의 아내한테서 들은 가슴메이는 것 같은 말 등 그러한 모든 걸 겪고도 꾹 참아왔던 눈물이 마침내 흘러나왔다. 꼬제뜨는 소리내어 흐느껴 울었다.

그동안 낯선 사나이는 저도 모르게 일어서 있었다. 그는 떼나르디에의 아내에게 물었다.

"무슨 일입니까?"

떼나르디에의 아내는 꼬제뜨의 발밑에 뒹굴고 있는 증거물을 손가락으로 가리키면서 말했다.

"보시면 모르시겠어요?"

"그런데 뭐가 어쨌다는 겁니까?"

"저 거지 같은 계집아이가 우리 아이들의 인형을 몰래 만졌어요!"

"그래서 이 야단이로군요!" 하고 사나이는 말했다. "그래, 저 아이가 그 인형을 가지고 놀면 어떻단 말입니까?"

"저 더러운 손으로 만졌단 말이에요!" 하고 떼나르디에의 아내는 말을 이었다. "저 흉측스러운 손으로!"

그 말을 듣고 꼬제뜨의 흐느낌은 한결 높아졌다.

떼나르디에의 아내는 소리를 질렀다.

"닥치지 못해!"

사나이는 곧바로 출입구로 걸어가 문을 열고 한길로 나갔다.

그가 나가자 떼나르디에의 아내는 기회를 놓칠세라 테이블 밑의 아이에게 세게 발길질했으므로 아이는 비명을 질렀다.

문이 다시 열리고 사나이가 나타났다. 그는 멋진 인형을 가슴에 안고 있었다. 앞에서 말한, 마을 어린아이들이 아침부터 넋잃고 바라보던 바로 그 인형이었다. 사나이는 그것을 꼬제뜨 앞에 세워놓으며 말했다.

"자, 이건 네 것이다."

그는 여기에 들어온 지 한 시간이 넘었는데, 그동안 줄곧 무언가 생각에 잠겨 있으면서도 램프와 촛불이 눈부시게 켜진 장난감 가게가 이 여관 유리창 너머로 화려한 장식등처럼 빛나는 것을 멍하니 바라보고 있었던 것이다.

꼬제뜨는 고개를 들었다. 사나이가 인형을 들고 자기 쪽으로 오는 것을 태양이 다가오는 것을 보듯 바라보았다. '이건 네 것이다'라는 믿을 수 없는 말이 귓전을 울렸다. 꼬제뜨는 그 사나이를 바라보고, 인형을 바라보고, 주춤주춤 뒤로 물러나더니 테이블 밑 벽구석으로 깊숙이 숨어 버렸다.

꼬제뜨는 이제 울지 않고 소리도 내지 않았다. 거의 숨도 쉬지 못하고 있는 듯했다.

떼나르디에의 아내와 에뽀닌느와 아젤마도 모두 거기 꼼짝 않고 서 있었다. 술꾼들까지 손에 든 술잔을 잊고 있었다. 온 방 안이 무거운 침묵 속에 빠졌다.

떼나르디에의 아내는 돌처럼 굳어져 말도 못하고 다시금 제멋대로 억측하기 시작했다.

'이 늙은이는 대체 뭐란 말인가? 가난뱅이일까? 백만장자일까? 아마 양쪽 다일지도 몰라. 그렇다면 도둑놈이라는 결론이 되는데.'

남편인 떼나르디에의 얼굴에는 의미심장한 주름이 잡혔다. 강한 본능이 그 야수성을 발휘하여 인간의 얼굴을 날카롭게 만드는 그러한 주름이었다. 싸구려 음식점 주인은 인형과 낯선 사나이를 번갈아 바라보았다. 그는 마치 돈주머니 냄새라도 맡는 것처럼 그 사나이의 냄새를 맡고 있는 것 같았다. 그러나 그것은 아주 잠깐 동안에 지나지 않았다. 그는 아내에게로 다가가 나지막하게 소곤거렸다.

"저 인형은 적어도 30프랑은 돼. 바보짓을 해선 안 돼. 저 사나이 앞에 납짝 엎드려. "

비열한 성질과 순진한 성질은 하나의 공통점을 가지고 있다. 손바닥을 뒤집듯 돌변하는 점이다.

"자, 꼬제뜨" 하고 떼나르디에의 아내는 말했다. 그녀는 애써 부드러운 목소리를 냈지만, 심술궂은 여자의 쉬어 버린 사탕발림 같은 소리만 새어나왔다.

"인형을 받지 않을 테냐 ? "

꼬제뜨는 용기를 내어 자기 구멍에서 기어나왔다.

떼나르디에도 달콤한 소리로 말했다.

· "꼬제뜨, 나리께서 네게 인형을 주시는 거야. 어서 받아. 그 인형은 네 것이야. "

꼬제뜨는 놀란 얼굴로 그 멋진 인형을 바라보았다. 얼굴은 아직 눈물에 젖어 있었으나, 두 눈은 새벽 하늘처럼 기묘한 기쁨으로 빛나기 시작했다. 지금 꼬제뜨는 "아가씨, 당신은 프랑스의 여왕님이십니다"라는 말을 갑자기 듣기라도 한 기분이었다. 만일 그 인형을 건드리면 자칫 벼락이라도 떨어질 것 같은 기분도 들었다. 그리고 그것은 어느 정도 사실이었다. 왜냐하면 꼬제뜨는 떼나르디에의 아내에게 욕을 먹지나 않을까, 얻어맞지나 않을까 생각하고 있었던 것이다.

그러나 인형이 잡아당기는 힘은 더 강했다. 꼬제뜨는 마침내 인형쪽으로 다가가, 떼나르디에의 아내를 향해 겁먹은 목소리로 중얼거렸다.

꼬제뜨는 놀란 얼굴로 그 멋진 인형을 바라보았다.

"가져도 돼요, 아주머니?"

그렇게 말할 때의 절망과 두려움과 환희가 한꺼번에 깃든 꼬제뜨의 표정은 어떤 말로도 나타낼 수가 없었을 것이다.

"물론이지!" 떼나르디에의 아내는 말했다. "네 것이야. 나리께서 네게 주신 거란다."

"정말이에요, 아저씨?" 하고 꼬제뜨는 말했다. "정말이에요? 정말 제것인가요, 이 여왕님은?"

낯선 사나이의 눈에 눈물이 어렸다. 너무나 감동한 나머지 눈물을 흘리지 않고는 말도 할 수 없는 상태인 것 같았다. 그는 다만 꼬제뜨에게 고개를 끄덕여 보이고, 그 '여왕님'의 손을 꼬제뜨의 조그마한 손 안에 쥐어 주었다.

꼬제뜨는 흠칫 손을 움츠렸다. 마치 그 '여왕님'의 손이 자기의 손을 태우기라도 한 것처럼. 그리고는 마룻바닥을 바라보았다. 이때 꼬제뜨가 있는 한껏 혀를 빼물고 있었다는 것도 덧붙여 말하지 않으면 안되겠다. 그리고 갑자기 아이는 고개를 번쩍 쳐들고 인형을 와락 끌어안았다.

"이걸 까뜨린느라고 이름지어 주어야지." 꼬제뜨는 말했다.

꼬제뜨의 누더기옷이 인형의 리본이며 산뜻한 장밋빛 모슬린 옷과 맞닿으며 그것을 으스러지게 꼭 끌어안은 모습은 참으로 기이한 광경이었다.

꼬제뜨는 다시 말했다.

"아주머니, 이걸 의자 위에 놓아도 괜찮을까요?"

떼나르디에의 아내는 대답했다.

"암, 괜찮고말고."

이번에는 에뽀닌느와 아젤마가 꼬제뜨를 부러운 듯 바라보고 있었다. 꼬제뜨는 까뜨린느를 의자 위에 올려놓고 자기는 그 앞 마룻바닥에 앉아 그대로 꼼짝하지 않고 말없이 바라보았다.

사나이는 말했다.

"어서 놀아라, 꼬제뜨."

어린 여자아이는 대답했다.

"지금 놀고 있는걸요."

이 낯선 사나이, 하늘이 꼬제뜨에게 내려보내 준 것 같이 생각되는 이 알 수 없는 사나이를 지금 떼나르디에의 아내는 이 세상에서 가장 증오하고 있었다. 그러나 자기 자신을 꼭 억누를 수밖에 없었다. 그녀는 남편이 하는 대로 시키는 대로 하려고 애쓴 덕분에 감정을 죽이는 일에 익숙해져 있었으나, 그래도 이토록 격한 감정은 도저히 견뎌낼 도리가 없었다.

그녀는 서둘러 딸들을 침실로 보내고, 이어서 꼬제뜨도 잠자리에 보내기 위해 누런 옷의 사나이에게 '허락'을 구했다.

"오늘은 저 애가 여간 지치지 않았을 거예요."

그녀는 어머니다운 티마저 내보였다. 꼬제뜨는 까뜨린느를 꼭 껴안고 자러 갔다.

떼나르디에의 아내는 가끔 홀 맞은편 끝에 있는 남편에게로 갔다. '마음을 가라앉히기 위해서'라고 그녀는 자신에게 말하고 있었다. 그녀는 남편과 두어 마디씩 말을 주고받았다. 차마 큰소리로 말할 수 없으므로 더더욱 화가 치밀었다.

"저 거지 같은 늙은이! 대체 무슨 심보일까? 우리를 골탕먹이려고 왔나봐! 저 계집애를 멋대로 놀게 하는가 하면, 인형을 사주고! 40프랑이나 하는 인형을 저런 계집애에게 주다니! 저 따위 계집앤 40수짜리도 못되는데! 아마 이제 얼마 안 있으면 베리 공작부인이라도 대하듯 왕비마마라고 떠받들어야 할지도 몰라. 제정신인지 돌아버린 것인지, 아무래도 수상한 늙은이야!"

떼나르디에는 반박했다.

"천만에, 그게 아냐. 그렇게 하는 게 놈에게는 재미있는 거야!

당신은 저 아이를 부려먹는 게 재미있고, 놈은 애를 놀게 하는 게 재미있다는 거지. 그거야 저 사나이의 권리지. 손님이니 돈만 낸다면 무슨 짓을 한대도 상관없어. 저 늙은이가 자선가라고 해서 그게 당신과 무슨 상관이야? 저놈이 얼간이라고 해도 당신과 아무 상관도 없는 일이거든. 당신이 뭐 이러쿵저러쿵 할 건 없어, 저쪽엔 돈이 있으니까."

남편으로서의 말, 여관 주인으로서의 이론——그 어느 것에 대해서도 아내는 아무 대꾸할 여지가 없었다.

사나이는 테이블 위에 팔꿈치를 괴고 아까처럼 다시 무슨 생각에 잠겨 있는 모습이었다. 상인과 마차꾼 등 다른 손님들은 모두 좀 떨어진 곳에 몰려앉아 이제 노래는 부르고 있지 않았다. 저렇게 초라한 행색인데도, 쉽사리 주머니에서 '커다란 바퀴'를 꺼내 나막신을 신은 하녀 같은 계집아이에게 아낌없이 커다란 인형을 사주는 저 기묘한 사나이는 틀림없이 훌륭하고 어마어마한 노인일 것이다.

몇 시간이 지났다. 자정 미사도 끝나고, 크리스마스 만찬도 끝나고, 술집 문도 닫히고, 천장이 낮은 홀 안에도 인기척이 없어지고, 불이 꺼져 버렸는데도, 낯선 사나이는 여전히 같은 자리에 같은 자세로 가만히 앉아 있었다. 가끔 이마를 떠받친 팔꿈치를 바꾸곤 했다. 오직 그뿐이었다. 꼬제뜨가 자러 간 뒤로는 더 이상 한 마디도 하지 않았다. 다만 떼나르디에 부부만이 손님에 대한 예절과 호기심으로 홀에 남아 있었다.

떼나르디에의 아내는 중얼거렸다.

"저렇게 앉아 밤을 새울 셈인가?"

새벽 2시가 울리자 그녀는 그만 지쳐서 남편에게 말했다.

"난 그만 자겠어요. 뒷일은 당신이 알아서 해요."

남편은 한구석 테이블에 앉아 촛불을 켜놓고 〈꾸리에 프랑쎄〉지를 읽기 시작했다.

이렇게 꼬박 한 시간이 지나갔다. 여관주인은 〈꾸리에 프랑쎄〉를 날짜에서부터 맨 끝 인쇄인의 이름까지 적어도 세 차례나 되풀이 읽었으나 나그네는 꼼짝도 하지 않았다.

떼나르디에는 부스럭거리고, 헛기침을 하고, 침을 뱉고, 코를 풀고, 의자를 삐걱거렸으나, 사나이는 여전히 움직이지 않았다.

'잠이 든 것일까?' 하고 떼나르디에는 생각했다.

잠든 것은 아니었다. 그러나 그 어떤 소리도 사나이의 마음을 깨우지 못했다. 마침내 떼나르디에는 모자를 벗고 조용히 다가가 용기를 내어 그에게 말해 보았다.

"손님께서는 쉬시지 않겠습니까?"

'자지 않겠습니까?'라는 말 정도도 그에게는 과분하고 친근감을 주었을지도 모른다. '쉬시지 않겠습니까?'라는 말은 사치스럽고 정중한 말씨였다. 이러한 말은 다음날 아침에 계산서의 숫자를 부풀리게 하는 기이한 기능을 가지고 있다. 손님이 '자는' 방이 20수라면 '쉬시는' 방은 20프랑이 되는 것이다.

"아, 그렇지!" 하고 사나이는 말했다. "깜박 정신놓고 있었군. 마굿간은 어디요?"

떼나르디에는 민망한 듯한 웃음을 띠며 말했다.

"나리, 제가 안내해 드리지요."

그는 촛불을 들고 사나이는 보퉁이와 지팡이를 들었다. 떼나르디에는 사나이를 이층의 한 방으로 데리고 갔다. 대단히 훌륭한 방으로, 마호가니 가구와 배 모양의 호화로운 침대가 있고, 붉은 캘리코우(^{평직으로 짠 흰}^{무명의 총칭}) 커튼이 드리워져 있었다.

나그네는 말했다.

"아니, 여긴 뭡니까?"

"저희들 내외 혼인 때의 신방입죠. 요즘 아내와 저는 다른 방에서 거처합니다. 이 방은 일 년에 두 서너 번밖에는 손님을 들이지 않습니다. ”

사나이는 무뚝뚝하게 말했다.

“나는 마굿간이라도 상관없는데. ”

떼나르디에는 그 냉담한 말을 못 들은 체했다.

그는 벽난로 위에 놓인 두 개의 새 초에 불을 붙였다. 벽난로 안에서는 장작이 제법 기세좋게 타오르고 있었다. 벽난로 위에 놓인 유리상자 안에는 은실과 오렌지꽃이 장식된 여자 모자가 하나 들어 있었다.

나그네는 물었다.

“그런데 이건 무엇이오 ? ”

떼나르디에는 대답했다.

“나리, 그건 아내가 결혼할 때 썼던 모자지요. ”

사나이는 그것을 바라보았는데, 마치 ‘그러면 그 괴물 같은 여자에게도 처녀시절이 있었던가 ! ’라며 놀라는 눈초리였다.

그러나 떼나르디에는 거짓말을 하고 있었다. 음식점을 차리려고 이 집을 얻을 때 이 방이 지금처럼 꾸며져 있는 것을 보고 이 가구며 오렌지꽃이 장식된 모자도 샀던 것이다. 그렇게 함으로써 ‘자기 배우자’에게는 아름다움이 더해지고, 그의 집도 이른바 영국 사람들의 말처럼 관록이 붙게 되리라고 생각했던 것이다.

나그네가 돌아보았을 때에는 주인은 이미 그곳에 없었다. 떼나르디에는 이튿날 아침 듬뿍 돈을 뜯어낼 작정인 사나이에게 버릇없이 굴지 않는 편이 좋겠다 싶어 안녕히 주무시라는 인사도 없이 살그머니 빠져나갔던 것이다.

여관 주인은 자기 방으로 물러갔다. 아내는 침대에 들어 있었으나 잠들지 않았다. 남편이 들어오는 기척이 나자 그녀는 돌아보고 말했다.

“내일은 정말 꼬제뜨를 내쫓아 버릴 테에요. ”

떼나르디에는 냉담하게 대꾸했다.

"마음대로 하시지!"

두 사람은 그밖에는 아무 말도 하지 않았다. 그리고 몇 분 뒤 촛불이 꺼졌다.

한편 나그네는 방 구석에 지팡이와 보퉁이를 내려놓고 있었다. 주인이 없어진 뒤 그는 안락의자에 앉아 한동안 골똘히 생각에 잠겨 있었다. 그리고 나서 구두를 벗고, 초를 한 자루 집어들고, 다른 한 자루는 불어서 꺼버린 다음 문을 열고 방을 나가 무언가 찾는 것처럼 주위를 둘러보았다. 그는 복도를 지나 층계에 이르렀다. 거기까지 오자 어린아이의 숨결인 듯한 아주 낮은 소리가 희미하게 들려왔다.

그는 그 숨소리에 이끌려 층계 밑에 만들어진, 아니 만들어졌다기보다는 층계 그 자체라는 편이 옳은 세모꼴 굴 속 같은 데로 다가갔다. 그 굴은 바로 층계 밑의 공간이었다. 온갖 헌 바구니와 빈 병들 사이의 먼지와 거미줄 틈에, 잠자리가 하나 있었다. 잠자리라곤 하나 구멍이 뚫려 짚이 삐어져 나온 요와 그 짚요가 드러나 보일 정도로 다 해진 홑이불뿐이었다. 짚요 위에 까는 천 하나 없었다. 그리고 그러한 것만이 바로 땅바닥에 놓여 있었다. 그 잠자리 속에 어린 꼬제뜨가 잠들어 있었다.

사나이는 가까이 다가가 어린아이를 들여다보았다. 꼬제뜨는 깊이 잠들어 있었다. 옷은 입은 채로였다. 겨울에는 조금이라도 덜 춥도록 옷을 벗지 않고 자는 것이었다.

꼬제뜨는 인형을 꼭 끌어안은 채 자고 있었다. 어둠 속에서 인형의 커다란 두 눈이 빛나고 있었다. 가끔 아이는 잠이 깨려고 할 때처럼 커다랗게 한숨을 내쉬며 거의 경련적으로 인형을 끌어안았다. 잠자리 옆에는 나막신이 한 짝만 놓여 있었다.

꼬제뜨가 잠들어 있는 헛간 옆에 문이 열린 채인 어두컴컴한 꽤 큰 방이 보였다. 낯선 사나이는 그곳으로 들어갔다. 유리문을 통해 한 쌍의 희고 조그마한 침대가 보였다. 아젤마와 에뽀닌느의 침대였다. 그 침대 너머에 실버들가지로 엮은 휘장없는 요람이 보이고, 그 날 저녁 내내 보채던 조그만 남자아이가 거기에 잠들어 있었다.

나그네는 그 방이 떼나르디에 부부의 방과 잇닿아 있는 것을 알아차렸다. 거기서 발길을 돌리려 했을 때 벽난로가 눈에 띄었다. 그것은 여관 같은 데 으레 있는 커다란 벽난로의 하나로, 불을 지펴도 언제나 불길이 조금밖에 없어 보기에도 을씨년스러운 벽난로였다. 지금 그 벽난로에는 불도 없고 재조차도 없었다. 그러나 그 속에 들어 있는 물건이 사나이의 눈길을 끌었다. 그것은 귀엽게 생긴 크고 작은 두 켤레의 어린아이 신이었다. 크리스마스 이브 벽난로 속에 신을 넣어두면 산타크로스 할아버지가 근사한 선물을 가져다줄 거라고 믿는 어린아이들의 아름답고 오래된 관습이 나그네의 머릿속에 떠올랐다. 에뽀닌느와 아젤마는 그것을 잊지 않고 저마다 신발을 한 짝씩 벽난로 속에 넣어 두었던 것이다.

나그네는 몸을 구부렸다.

친절한 산타클로스 할아버지는 벌써 왔다 간 모양으로 신 속에는 10수짜리 새 은화가 한닢씩 번쩍번쩍 빛나고 있었다.

사나이는 몸을 일으켜 자리를 뜨려다가 벽난로 구석, 가장 컴컴한 한쪽 구석에 무엇인가 또 하나 호젓이 놓여 있는 게 눈에 띄었다. 잘 보니 그것은 나막신 한 짝이었다. 말할 수 없이 허름한 나막신이었다. 꼬제뜨는 늘 속아 왔으면서도 결코 낙심하지 않는 어린아이의 저 갸륵한 믿음으로, 이번에도 벽난로 속에 제 나막신을 놓아두었던 것이다.

무엇을 원해도 한 번도 이루어진 적 없는 어린아이가 그래도 희망을 잃지 않는다는 것, 그것은 실로 숭고하고 아름다운 일이 아닌가.

그 나막신 안에는 아무것도 들어 있지 않았다. 나그네는 조끼 안

꼬제뜨는 인형을 꼭 끌어안은 채 자고 있었다.

을 더듬으며 몸을 구부려 꼬제뜨의 나막신에 루이 금화 한 닢을 넣었다.

그리고 나서 그는 발소리를 죽여 방으로 돌아갔다.

떼나르디에의 흥정

이튿날 날이 밝으려면 아직 두 시간은 더 있어야 할 무렵, 주인 떼나르디에는 술집의 천장이 나지막한 홀에서 촛불을 밝히고 테이블에 앉아 펜으로 누런 프록코트를 입은 손님의 계산서를 꾸미고 있었다. 아내는 곁에 서서 남편 쪽으로 몸을 반쯤 구부리고 눈으로 펜자국을 쫓고 있었다.

두 사람은 서로 한 마디도 하지 않았다. 한 사람은 깊이 궁리하고 있고, 또 한 사람은 인간의 머리에서 놀라운 것이 생겨나 꽃피는 것을 바라볼 때의 저 경건한 감탄으로 가슴이 가득차 있었다.

집 안에서는 한 가지 소리만 들렸다. 그것은 '종달새'가 층계를 청소하고 있는 소리였다.

15분쯤 걸려, 군데군데 지웠다 썼다 한 끝에 떼나르디에는 다음과 같은 걸작을 만들어냈다.

1호실 손님 청구서

저녁식사	3프랑
숙박비	10프랑
초	5프랑
연료	4프랑
서브스	1프랑
합계	23프랑

나그네는 꼬제뜨의 나막신에다 루이 금화 한 닢을 넣었다.

이 청구서에서 서비스는 '서브스'라고 잘못 적혀 있었다. "23프랑!" 하고 아내는 다소 주저하는 빛을 띠며 흥분해서 외쳤다.

위대한 예술가라면 누구나 그렇듯 떼나르디에도 자기 작품에 아직 만족하지 못했다.

"흠!" 하고 그는 목을 울렸다.

마치 빈 회의에서 프랑스에 대한 배상금을 작성하고 있는 캬슬리그(빈회의 때의 영국 전권 대사. 프랑스 배상 문제에 있어 가혹했음. 베로나 회의 직전에 자살)와도 같은 태도였다.

"하긴 그렇죠. 이 정도는 마땅해요." 아내는 낯선 사나이가 그녀의 딸들 앞에서 꼬제뜨에게 인형을 주었던 일을 생각하면서 중얼거렸다. "마땅하고말고요. 하지만 좀 너무 많은 것 같아요. 치르지 않으려고 할지도 모르지요."

떼나르디에는 싸늘한 미소를 띠었다.

"아니, 치를 거야."

이 웃음은 확신과 권위를 뚜렷이 나타내는 웃음이었다. 그렇게 말한 이상 반드시 그렇게 될 것임에 틀림없었다. 아내는 더 이상 자기 주장을 내세우지 않았다. 그녀는 테이블을 늘어놓기 시작하고, 남편은 홀 안을 이리저리 서성거렸다. 이윽고 잠시 뒤 그는 덧붙였다.

"내게는 1500프랑이나 빚이 있거든!"

그는 벽난로 앞으로 다가가 앉아 두 발을 따뜻한 재 위에 올려놓고 생각에 잠겼다.

"아, 그렇지!" 아내가 말했다.

"오늘은 꼭 꼬제뜨를 내쫓아 버릴 테에요. 그 거지 같은 계집애를! 그 계집애가 그런 인형을 껴안고 있다니 메스꺼워요! 그런 계집애를 집에 놓아둘 바에야 난 차라리 루이 18세의 마누라가 되는 편이 낫겠어요!"

떼나르디에는 파이프에 불을 붙여 한 모금 빨고 나서 대답했다.

"계산서는 당신이 갖다 주구려."

그리고 그는 밖으로 나갔다. 그가 홀에서 나가자마자 나그네가 들어왔다.

떼나르디에는 곧 다시 손님의 등 뒤에 나타나 아내에게만 보이도록 반쯤 열린 문그늘에 가만히 서 있었다.

누런 옷의 사나이는 손에 지팡이와 보퉁이를 들고 있었다.

"아니, 이렇게 일찍!" 하고 떼나르디에의 아내는 말했다. "벌써 떠나시려고요?"

그렇게 말하면서 그녀는 겸연쩍은 듯 계산서를 두 손으로 만지작거리며 손톱으로 접고 있었다. 그녀의 험상궂은 얼굴에 보기 드물게 조바심하는 빛이 감돌았다.

어느 모로 보나 '가난뱅이'로밖에 보이지 않는 사나이에게 이런 청구서를 내밀다니 어쩐지 꺼림칙하게 여겨졌기 때문이었다.

나그네는 무언가 생각에 잠겨 멍하니 있는 것 같았다.

그는 대답했다.

"네, 아주머니, 지금 떠납니다."

"나리께서는" 하고 그녀는 말했다. "그럼, 몽페르메이유에 볼일이 있었던 게 아니셨군요?"

"아니오, 그저 지나던 길이었을 뿐입니다. 그뿐이죠. 그런데……" 하고 그는 덧붙였다. "얼마지요?"

떼나르디에의 아내는 접어들고 있던 계산서를 말없이 그에게 내밀었다.

사나이는 그 종이조각을 펼쳐 보았으나 정신은 분명 다른 데 쏠려 있는 것 같았다.

"아주머니" 하고 그는 말했다. "몽페르메이유는 경기가 좋습니까?"

"보시는 바와 같습죠, 나리."

떼나르디에의 아내는 대답했으나 상대방이 계산서에 대해 별 대꾸가 없는 것을 보고 어리둥절해졌다. 그녀는 한탄하는 듯 호소하는 말투로 말을 이었다.

"경기라니요! 이만저만 나쁜 게 아니랍니다! 게다가 이 고장에는 돈많은 사람이 그리 없거든요! 보시는 바와 같이 조그만 시골에 지나지 않으니까요. 더러 나리 같은 후한 부자양반들이 오시지 않는다면 정말 큰일일 거예요! 이래봬도 비용이 많이 든답니다. 우선 제 계집애를 먹이는 일만 해도 눈알이 튀어나올 만큼 여간 많이 들지 않거든요."

"계집애라니요?"

"아, 저, 엊저녁의 그 어린 계집애 말씀이에요, 꼬제뜨라는! 이 근처 사람들은 '종달새'라고 부릅니다만!"

"아, 네!"

그녀는 계속하여 말했다.

"정말 어리석단 말이야, 시골 사람들이란, 그런 별스러운 별명을 다 지어주고! 저애는 종달새보다도 박쥐에 가깝게 생겼는데. 저, 나리, 저희는 말씀이에요, 남에게 손을 내밀지 않는 대신 남에게 적선을 해줄 만한 그런 힘도 없어요. 수입은 통 없는데 나가는 건 엄청나게 많답니다. 영업세다, 소비세다, 문세(門稅)다, 창세(窓稅)다, 게다가 부가세까지 있지 않겠어요! 손님께서도 아시겠지만, 정부에서 무섭게 돈을 빼앗아 간답니다. 그런데다 또 저에게는 딸들이 있으니, 뭐 굳이 남의 아이까지 키울 까닭은 없잖겠어요."

사나이는 애써 무관심한 듯 입을 열었는데, 그 목소리가 떨리고 있었다.

"그럼, 당신에게서 그 귀찮은 존재를 없애 드릴까요?"

"누굴요? 꼬제뜨를요?"

"그렇소."

싸구려 음식점 안주인의 흥분된 빨간 얼굴이 보기 흉한 기쁨의 빛으로 확 밝아졌다.

"아이구, 나리! 친절하신 나리! 제발 그것을 가져가, 맡아서, 데려가, 가지고, 사탕을 넣어 졸이든 지지든 마시든 잡수시든 마음대로 하세요. 이런 고마울 데가 있나! 자비로우신 성모 마리아님, 하늘에 계신 모든 성인께서 나리를 축복해 주시기를!"

"그럼, 그렇게 합시다."

"정말이세요? 데리고 가주시겠어요?"

"데리고 가겠소."

"지금 곧?"

"지금 곧 데려가겠습니다. 아이를 불러 주시오."

떼나르디에의 아내는 외쳤다.

"꼬제뜨!"

"그런데 먼저" 하고 사나이는 말했다.

"셈을 치릅시다. 얼마라고 했지요?"

그는 계산서를 흘끗 훑어보고 놀라움을 금치 못했다.

"23프랑?"

그는 안주인을 바라보며 되뇌었다.

"23프랑!"

이렇게 두 번 되풀이한 말투에는 놀라움과 의혹이 담겨 있었다.

떼나르디에의 아내는 그 동안에 반격 태세를 갖출 수 있었다. 그녀는 자신만만하게 대답했다.

"그렇습니다, 나리! 23프랑이에요."

나그네는 5프랑짜리 다섯 닢을 테이블 위에 놓았다.

"아이를 데려오시오."

그때 떼나르디에가 홀 안으로 들어서면서 말했다.

"나리의 계산은 26수로 충분해."

아내는 외쳤다.

"26수요?"

떼나르디에는 냉정한 목소리로 말했다.

"방값 20수. 그리고 저녁식사가 6수! 계집애에 대해서는 내가 나리와 잠깐 의논할 것이 있어. 당신은 자리를 좀 비켜줘."

떼나르디에의 아내는 그 뜻밖의 재치에 얼이 빠져 버렸다. 주연배우가 무대에 등장한 것 같은 기분이 들었다. 그녀는 한 마디도 대꾸하지 않고 나갔다.

두 사람만 남게 되자 떼나르디에는 나그네에게 의자를 권했다. 손님은 앉았다. 떼나르디에는 선 채로 있었다. 그리고 그의 얼굴은 사람좋고 정직한 듯한 특별한 표정으로 바뀌었다.

"나리, 제 말 좀 들어 보세요. 저는 사실 그 아이를 무척 귀여워하고 있습니다."

나그네는 그를 물끄러미 바라보았다.

"그 아이라니요?"

떼나르디에는 못 들은 체 말을 계속했다.

"정말 묘한 일입니다! 어쩐지 마음이 끌리니 말씀이에요. 웬 돈입니까, 이건? 아, 손님의 100수(프랑짜리 다섯 닢을 말함)로군요, 어서 이 돈을 넣으십시오. 그런데 나는 그 아이가 무척 귀엽답니다."

"대체 어느 아이 말씀입니까?"

"우리집 꼬제뜨 말씀입죠! 나리는 고걸 데리고 가시겠다는 거지요? 한데 털어놓고 말씀드린다면, 나리가 훌륭한 분이라는 것이 사실인 것처럼 사실을 말씀드리자면 말씀이에요, 저는 거기에 동의할 수 없습니다. 고것이 없으면 적적해질 거예요. 아주 어릴 때부터 길러왔거든요. 그야 물론 돈도 많이 들었고, 그 아이에게 좋지 못한 점도 있고, 그리고 또 저희는 부자가 아니고, 그애가 병이 났을 때 약값으로 단 한번에 400프랑 이상 치른 일이 있는 것도 사실입죠! 그러나 하느님을 위해서라도 어느 정도는 해줘야 한다고 생각합니다. 아비도 없고 어미도 없는 애여서 제가 맡아서 키워 왔습니다.

　하긴 저는 그 아이를 먹이고 저 자신도 먹을 만큼의 빵은 벌고 있습니다. 정말 그애를 귀여워하고 있습니다. 정이 든 거지요. 저는 참 사람좋은 바보여서 이치는 모릅니다만, 그냥 귀엽다는 말씀이에요. 여편네는 성질이 괄괄하지만, 그래도 귀여워해 주고 있습니다. 보신 바와 같이 저희 아이들도 마찬가지입니다. 고것이 집 안에서 천진난만하게 재잘거리고 노는 게 저에게는 큰 낙이지요.”

나그네는 여전히 그를 물끄러미 바라보고 있었다. 떼나르디에는 말을 계속했다.

“죄송합니다만 나리, 자기 아이를 지나가는 사람에게 함부로 내줘 버리는 사람은 없지 않겠습니까? 어떻습니까, 안 그렇습니까? 그렇다고 해서 전 뭐……나리께선 부자이시고 또 실로 훌륭한 분이시니, 그 아이가 행복할 것인지 어떤지를 의심하는 것은 아닙니다만, 그래도 사정은 잘 알아두어야지요. 잘 밝혀둬야지요. 아시겠습니까? 만일 그애를 어디로 보낸다면, 제 사정은 접어두더라도 그애가 어디로 가는지 쯤은 분명하게 알아두고 싶은 겁니다. 저는 그애를 영 잃어버리고 싶지 않거든요. 어디에 가 있는가쯤은 알아 두었다가 가끔 만나러 가기도 하고, 그 아이가 자기에게 정다운 수양아버지가 있어 보살펴 준다는 걸 알게 하고 싶은 겁니다. 세상에는 참 별의별 터무니없는 일이 다 있는 법이니까요. 저는 나리의 이름조차도 모릅니다. 나리가 그애를 데리고 가 버리신다면, 아, ‘종달새’는 어디로 갔을까? 하고 저는 탄식할 수밖에 없을 겁니다. 무언가 종이쪽지라도, 이를테면 통행증 나부랭이라도 좀 보여 주십사고 말씀드리고 싶습니다만.”

나그네는 사람의 마음 저 밑바닥까지도 꿰뚫는 듯한 눈초리로 상대방을 쏘아보며 무겁고 단호한 말투로 대답했다.

"떼나르디에 씨, 빠리에서 50리쯤 오는 데 통행증을 가지고 다니는 사람은 없습니다. 나는 꼬제뜨를 데리고 간다고 했으면 데리고 갈 뿐이오. 당신에게 내 이름도 주소도 또 저 아이가 어디로 가는지도 가르쳐 줄 까닭은 없소. 나는 저 아이를 앞으로 당신네들과 두 번 다시 만나지 못하게 할 작정이오. 나는 저 아이의 발에서 줄을 끌러 놓아주려는 거요. 자, 그러니 어떻소? 되겠소, 안 되겠소?"

악마나 요귀들이 어떠한 표시로 저희들을 능가하는 신이 존재함을 아는 것처럼 떼나르디에는 상대가 대단한 강적으로 자기의 적수가 아니라는 것을 깨달았다. 그것은 어떤 직감과도 같은 것이었다.

지난 밤 마차꾼들과 술 마시고, 담배 피우고, 음탕한 노래를 부르면서, 그는 고양이 새끼처럼 노리고 수학자처럼 계산하면서 내내 이 낯선 사나이를 관찰하고 있었던 것이다. 첫째는 자기를 위해서, 다른 한편으로는 재미와 본능에서 그 사나이의 행동을 염탐하고, 마치 돈에 고용되기라도 한 것처럼 살펴보고 있었던 것이다. 그리하여 이 누런 옷을 입은 사나이의 모든 움직임을 그는 하나도 놓치지 않았다.

이 낯선 사나이가 꼬제뜨에게 마음 끌리고 있음을 드러내기 전부터, 벌써 떼나르디에는 그것을 알아차리고 있었다. 그는 이 늙은이의 깊숙한 눈초리가 쉴새없이 어린아이에게로 쏠리고 있는 것을 꿰뚫어보았다.

왜 저토록 흥미를 가지는 것일까? 저 사나이는 대체 어떤 자일까? 왜 지갑에 돈을 가득 지니고도 저토록 초라한 행색을 하고 있는 것일까?

여관집 주인은 여러 가지로 짐작해 보았으나 전혀 해답을 얻지 못해 초조해하고 있었다. 그는 밤새도록 그 일을 생각했다.

저 사나이가 꼬제뜨의 아버지일 리는 없다. 그렇다면 할아버지가 되기라도 한단 말인가? 그렇다면 왜 신분을 밝히지 않는 것일까? 권리가 있는 사람이라면 떳떳하게 나설 것이다. 저 사나이는 분명 꼬제뜨에 대해 아무 권리도 가지고 있지 않음이 틀림없다. 그러면 대체 뭐란 말인가?

떼나르디에는 도무지 종잡을 수 없었다. 무슨 냄새든 잘 맡는 사나이인데도 무엇 하나 갈피가 잡히지 않았다. 아무튼 그 사나이에게 이것저것 이야기를 걸어보고 나서, 여기에는 무슨 비밀이 있다고 느끼고, 더욱이 상대방이 정체를 감추려 한다는 것을 확인하자, 그는 자기 입장이 유리함을 느꼈다.

한데 지금 사나이의 단호한 대답을 듣고 이 정체모를 사나이가 끝내 정체를 드러내지 않으리란 것을 알았을 때 그는 자기 입장이 불리해짐을 느꼈다. 실로 꿈에도 생각지 못한 일이었다. 그의 추측과 기대는 완전히 빗나가 버렸다.

그는 생각을 정리했다. 잠시 이제까지의 일을 곰곰이 되씹어보았다. 떼나르디에는 상황을 순간적으로 파악하는 형의 인간이었다. 그래서 이제는 미련없이, 날쌔게 일을 매듭지을 때라고 생각했다. 오직 뛰어난 장수들만이 결정적인 순간을 포착하여 결행하듯 그도 그렇게 행동했다. 떼나르디에는 느닷없이 가려놓았던 포문을 열었다. 그는 말했다.

"나리, 저는 1500프랑이 필요합니다."

나그네는 옆 주머니에서 검은 가죽으로 된 낡은 지갑을 꺼내 그것을 열고 지폐 세 장을 집어내어 테이블 위에 놓았다. 그리고 그 지폐를 커다란 엄지손가락으로 누르고 음식점 주인에게 말했다.

"꼬제뜨를 이리 데려오시오."

이런 일이 일어나고 있는 동안 꼬제뜨는 무엇을 하고 있었던가?

꼬제뜨는 일어나자마자 나막신 있는 데로 달려갔다. 거기에서 아이는 금화를 발견했다. 그것은 나뽈레옹 금화가 아니라 왕정 복고 시대의 20프랑짜리 반짝이는 새 금화로 그 표면의 초상은 월계관 대신 프러시아풍의 조그만 변발을 늘어뜨리고 있었다.

꼬제뜨는 눈이 부셨다. 운명은 아이를 황홀하게 만들었다. 아이는 금화라는 게 어떤 것인지 모르고 있었다. 아직 한 번도 금화를 본 일이 없었던 것이다.

꼬제뜨는 마치 도둑질이라도 한 것처럼 얼른 주머니에 감추었다. 그러나 분명 자기 것이라는 건 잘 알고 있었다. 누가 이 선물을 주었는지도 느끼고 있었다.

아이는 두려움에 찬 기쁨을 맛보았다. 아이는 만족스러웠다. 그러나 무엇보다도 어리둥절해 있었다. 이렇듯 훌륭하고 아름다운 것이 실제로 존재하리라고는 믿기지 않았다. 인형이 꼬제뜨를 두렵게 만들고, 금화가 또 아이를 두렵게 만들고 있었다. 그 훌륭한 것들을 앞에 두고 아이는 몸이 떨려왔다. 오직 그 손님만이 아이를 두렵게 하지 않았다.

여러 가지 놀라움 속에서 엊저녁부터, 꼬제뜨는 어린 마음 속으로 그 늙고 가난하고 슬퍼 보이지만 돈많고 친절한 그 할아버지를 줄곧 생각하고 있었다. 그 할아버지와 숲 속에서 만난 뒤로 아이에게는 모든 것이 변한 듯 생각되었다.

하늘을 나는 조그만 제비보다도 더 가엾은 꼬제뜨는 어머니의 품이나 어미새의 품에 안긴다는 게 어떠한 느낌인지 여태껏 알지 못하고 있었다. 5살 때부터, 다시 말해 이 집에 오면서부터 이 가엾은 어린 여자아이는 언제나 추위와 공포에 떨며 살아왔다. 언제나 헐벗은 몸으로 불행이라는 이름의 모진 북풍에 시달리고 있었던 것이다.

그런데 이제는 자기가 옷을 입은 것 같았다. 전에는 마음이 얼어 있었으나, 지금은 따뜻했다. 이제는 떼나르디에의 아내도 그리 무섭

꼬제뜨는 일어나자마자 나막신 있는 데로 달려갔다. 거기에서 반짝거리는 금화
하나를 발견했다.

지 않았다. 이젠 혼자가 아니었다. 누군가 곁에 있기 때문이었다.

꼬제뜨는 아침마다 해야 하는 일을 부지런히 시작했다. 자기 몸에 지닌 루이 금화가, 어제 저녁 15수짜리 은화를 떨어뜨렸던 바로 그 앞치마 주머니에 들어 있는 루이 금화가 자꾸 걱정되어 아이는 견딜 수 없었다. 그리고 5분 동안이나 가만히 그것을 생각했다——이것은 살며시 말해 두는 것이지만 자기도 모르게 혀를 길게 내민 채. 층계를 청소하면서도 일손을 멈추고 그 자리에 움직이지 않고 서서, 손에 든 빗자루도 다른 무엇도 세상의 온갖 것도 잊어버리고 자기 주머니 속에서 반짝이고 있는 금빛 별에만 정신을 빼앗긴 채 멍하니 마음 속으로 그것을 바라보았다.

그렇게 정신을 놓고 있을 때였다. 떼나르디에의 아내가 꼬제뜨에게로 왔다.

남편의 지시로 꼬제뜨를 부르러 왔던 것이다. 뜻밖에도 떼나르디에의 아내는 그애를 때리지 않고 소리도 지르지 않았다. 그녀는 아주 부드럽게 말했다.

"꼬제뜨, 저리로 가자."

얼마 뒤 꼬제뜨는 천장이 낮은 홀로 들어왔다.

낯선 사나이는 가져 온 보퉁이를 집어 그것을 끌렀다. 그 안에는 조그만 모직 원피스, 앞치마, 무명 속옷, 속치마, 숄, 털실로 짠 긴 양말, 그리고 구두 등 8살짜리 소녀를 위한 옷가지 일습이 들어 있었다. 모두 검은색이었다.

"자, 아가" 하고 사나이는 말했다. "이걸 가져가 얼른 갈아입고 오너라."

해가 뜰 무렵, 문을 열던 몽페르메이유 사람들은 초라한 행색의 한 노인이 커다란 장밋빛 인형을 껴안은 상복차림의 어린 여자아이와 손을 잡고, 빠리 가도를 걸어가는 것을 보았다. 두 사람은 리브리 쪽으로 가고 있었다. 그들은 나그네와 꼬제뜨였다.

그 사나이를 아는 사람은 아무도 없었다. 꼬제뜨는 누더기를 입고 있지 않아 사람들은 대부분 그 아이를 알아보지 못했다.

꼬제뜨는 가고 있었다. 누구와 함께? 아이는 그것을 알지 못했다. 어디로? 그것도 몰랐다. 아이가 아는 것은 자기는 지금 떼나르디에의 음식점을 떠나가고 있다는 것뿐이었다. 누구 하나 아이에게 작별인사를 하려는 사람은 없었고, 아이 또한 아무에게도 작별인사를 하려고 생각지 않았다. 미워하고 미움을 받던 그 집에서 아이는 떠나고 있었던 것이다.

애처롭고 갸륵한 꼬제뜨여, 이제까지 네 마음은 그저 짓눌리기만 했었다!

꼬제뜨는 커다란 눈을 뜨고 하늘을 쳐다보면서 힘차게 걸었다. 루이 금화는 새 앞치마 주머니에 들어 있었다. 가끔 꼬제뜨는 몸을 기울여 그것을 들여다보고, 노인을 올려다보았다. 어쩐지 자비로운 하느님 곁에라도 있는 듯한 마음이었다.

허욕을 부리다가는 손해를 입는다

떼나르디에의 아내는 여느 때와 마찬가지로 남편이 하는 일에 간섭하지 않았다. 그녀는 무슨 굉장한 일이 일어날 것을 은근히 기대하고 있었다. 꼬제뜨가 가버린 뒤 떼나르디에는 조용히 15분 동안이나 잠자코 있다가, 이윽고 아내를 곁에 불러 1500프랑을 보여 주었다.

"겨우 그뿐이에요?" 그녀는 말했다.

두 사람이 살림을 차린 뒤로 아내가 남편이 한 일에 참견 비슷한 말을 한 것은 이번이 처음이었다. 그리고 정통으로 핵심을 찔렀다.

"흠, 당신 말이 맞아." 남편은 말했다. "내가 어떻게 된 모양이지. 모자를 이리 주구려."

그는 세 장의 지폐를 접어서 포켓에 밀어넣고 허둥지둥 집을 나섰으나, 방향을 잘못 잡아 처음에는 오른쪽 길로 접어들었다. 그러나 그 언저리 사람들에게 물어보고 겨우 그들이 간 방향을 알아냈다. '종달새'와 그 사나이는 리브리 쪽으로 가고 있었다는 것이다. 떼나르디에는 혼잣말을 중얼거리면서 일러준 대로 성큼성큼 걸어갔다.

"그 사나이는 누런 옷 따위를 입고 있지만 틀림없이 큰 부자다. 나는 정말 바보였다. 놈은 처음에 20수 내더니, 다음엔 5프랑 또 50프랑, 그리고 1500프랑, 더욱이 선선히 내놓았다. 15000프랑이라도 내놓았을는지 모르지. 곧 쫓아갈 수 있을 거야."

게다가 미리 준비해 가지고 온 여자아이에게 입힐 옷보퉁이, 그것도 이상하지 않은가. 확실히 무슨 비밀이 있음에 틀림없었다. 비밀을 잡았으면서 그것을 놓칠 수는 없다. 부자의 비밀은 돈을 담뿍 머금은 해면과도 같다. 그것을 짜낼 방도를 생각해내야 한다. 그런 생각이 떼나르디에의 머릿속에서 맴돌고 있었다. "나는 참 바보였다" 하고 그는 혼잣말을 되뇌었다.

몽페르메이유 거리를 빠져나가 리브리로 가는 길 모퉁이에 이르면, 거기서부터 길이 언덕 위로 쭉 뻗어 있는 게 멀리까지 바라보인다. 그래서 그는 거기까지만 가면 사나이와 여자아이의 모습이 보이리라고 생각했다. 거기서 그는 시야가 미치는 한 둘러보았으나 아무것도 보이지 않았다. 그는 다시 사람들에게 물어보았다. 그럭저럭하는 동안 시간이 헛되이 지나고 있었다. 지나가는 사람들의 말에 의하면, 그가 찾는 사나이와 어린아이는 가니 방면 숲 쪽으로 걸어가고 있더라고 했다. 떼나르디에는 그쪽으로 걸음을 재촉했다.

두 사람이 그보다 먼저 떠났다고 하나, 어린아이의 걸음은 느리고, 그는 빠르게 뒤쫓아가고 있었다. 게다가 그는 이 근처 지리에 밝았다.

갑자기 그는 우뚝 멈춰서서 이마를 두드렸다. 마치 중요한 것을 잊고 있다가 다시 되돌아가려고 하는 사람 같았다.

"총을 가지고 오는 건데!" 하고 그는 자신에게 말했다.

떼나르디에는 이중성격의 소유자였다. 그러한 이중성격의 소유자는 태어나면서부터 그 성격의 한 면밖에 겉으로 드러내지 않으므로 사람들과 한데 섞여 있어도 때로는 아무 눈에도 띄지 않고 아무도 모르는 사이에 자취를 감춰 버리는 것이다.

떼나르디에는 변화없는 평온한 생활에서는 정직한 장사꾼, 선량한 시민이라고 세상이 불러 줄 만한 인간——실제로 그렇다고는 할 수 없지만——이 될 만큼의 자질을 충분히 가지고 있었다. 그와 동시에 기회만 주어지면, 감춰진 성질을 떨쳐 일으킬 만한 계기만 생기면 그는 악당이 될 자질도 충분히 가지고 있었다.

말하자면 몸 안에 괴물이 들어앉아 있는 장사치인 셈이었다. 떼나르디에가 거처하는 방구석에는 가끔 악마가 웅크리고 앉아, 자기가 만든 추악한 걸작을 앞에 놓고 몽상에 빠져 있을 게 틀림없었다.

잠시 주저하다가 그는 생각을 고쳤다.

'아니야! 그러는 동안에 공연히 놓치려고!'

떼나르디에는 그냥 길을 재촉했다. 급한 걸음걸이로, 마치 자고새들의 냄새를 맡아낸 여우처럼 날쌘 동작으로 짐작되는 곳을 향해 앞으로 나아갔다.

아니나다를까, 못을 지나고 벨뷔의 가로수길 오른쪽에 있는 넓은 숲 사이 공지를 비스듬히 가로질러 셀 대수도원의 낡은 수도관을 뒤덮으면서 언덕을 둘러싸다시피 무성하게 자라고 있는 저 목초지의 오솔길까지 이르렀을 때 어느 떨기나무숲 위로 한 개의 모자가 눈에 띄었다. 그 사나이의 모자였다. 숲은 나지막했다. 떼나르디에는 사나이와 꼬제뜨가 거기 앉아 있는 것을 알 수 있었다. 어린아이는 작아서 보이지 않았으나, 인형의 머리가 보였다.

떼나르디에의 생각은 어긋나지 않았다. 사나이는 꼬제뜨를 좀 쉬게 하기 위해 거기에 앉아 있었던 것이다. 떼나르디에는 떨기나무숲을 돌아서, 그가 추적해 온 두 사람 앞에 불쑥 나타났다.

"죄송합니다, 나리" 하고 그는 숨을 헐떡거리며 말했다. "실은 나리의 1500프랑을 가져왔습니다."

그는 세 장의 지폐를 사나이에게 내밀었다. 사나이는 고개를 쳐들었다.

"그건 또 무슨 뜻이오?"

떼나르디에는 정중하게 대답했다.

"나리, 꼬제뜨를 돌려 주셨으면 합니다."

꼬제뜨는 몸을 떨며 늙은이에게 달라붙었다.

사나이는 떼나르디에의 눈 속을 꿰뚫듯이 들여다보면서 한 마디씩 천천히 말했다.

"꼬제뜨를, 돌려 주었으면, 좋겠다는 거요?"

"그렇습니다, 나리, 그렇게 해 주십시오. 다름이 아니라, 저는 잘 생각해 봤습니다. 생각해 보니 사실 저는 나리께 이 아이를 내드릴 권리가 없더군요. 보시는 바와 같이 저는 정직한 사람이거든요. 이 아이는 저희 아이가 아니라 이 애 어머니의 아이입니다. 그 어머니가 이 애를 우리에게 맡겼으니, 그 어머니에게 도로 돌려 주는 수밖에 없습니다. '하지만 애 어머니는 죽어 버리지 않았는가' 라고 나리는 말씀하시겠지요. 지당하신 말씀입니다. 그렇다면 '이 사람에게 어린아이를 내주시오'라든가 뭐, 그런, 어머니의 서명이 든 쪽지라도 들고 온 분에게밖에는 이 아이를 내드릴 수가 없습니다. 그거야말로 뻔한 이치지요."

사나이는 아무 대답도 않고 주머니를 더듬었다. 떼나르디에는 그 지폐가 들었던 지갑이 다시 눈앞에 나오는 것을 보았다. 싸구려 음식점 주인은 너무나 기뻐서 몸이 떨렸다.

'됐어!' 하고 그는 생각했다. '흥정을 잘해야지. 나를 매수할 작정인 모양이로구나.'

지갑을 열기 전에 나그네는 힐끗 주위를 둘러보았다. 전혀 인기척이 없는 곳이었다. 숲 속에도 들판에도 개미새끼 한 마리 없었다. 사나이는 지갑을 열고, 떼나르디에가 고대하고 있는 한 줌의 지폐가 아닌 한 장의 조그마한 종이 조각을 꺼내 그것을 펼치더니 떼나르디에에게 내밀며 말했다.

"그렇겠지요. 이걸 읽어 보시오."

떼나르디에는 쪽지를 받아들고 읽었다.

<blockquote>
몽트뢰이유 쉬르 메르에서
1823년 3월 25일

떼나르디에 귀하

이분에게 꼬제뜨를 내주십시오. 자질구레한 비용은 모두 치르실 겁니다.

여러 가지로 잘 부탁드립니다.

팡띤느
</blockquote>

"이 서명을 기억할 테지요?" 사나이는 말했다.

그것은 어김없는 팡띤느의 서명이었다. 떼나르디에는 그것을 알아보았다.

할 말이 없었다. 그는 여러 가지로 분통함을 느꼈다. 기대했던 돈을 단념하는 것도 분했고, 보기좋게 나가떨어진 것도 분했다. 사나이는 덧붙여 말했다.

"이 쪽지는 아이를 내준 표시로 받아 주시오."

떼나르디에는 선선히 물러서기로 했다.

"이 서명을 교묘하게도 잘 흉내냈군" 하고 그는 입 속으로 중얼거렸다. "할 수 없지!"

그리고 밑져야 본전이라는 마음으로 한 번 더 부닥쳐 보자고 마음

먹었다. 그는 말했다.

"나리, 좋습니다. 나리가 바로 그분이니까. 그런데 '자질구레한 비용은 모두' 처러 주셔야겠습니다. 상당한 액수니까요."

사나이는 벌떡 일어나서 해진 옷소매에 붙은 검불을 손가락 끝으로 털어내면서 말했다.

"떼나르디에 씨, 1월에 이 아이 어머니는 당신에게 120프랑의 빚이 있다고 말했소. 그런데 당신은 2월에 500프랑의 청구서를 다시 보내와 2월 말에 300프랑, 3월 초에 300프랑을 받았소. 그러고 나서 아홉 달이 지났으니 약속한 대로 한 달에 15프랑씩 계산하여 135프랑이 되는 셈이오. 그렇지요? 그런데 당신은 전에 이미 100프랑 더 받고 있었으니까, 나머지 빚은 35프랑이오. 나는 그것에 대해 아까 당신에게 1500프랑을 주었소."

떼나르디에는 덫에 걸린 이리에게 강철 이빨로 쬐어지는 것 같은 느낌이 들었다.

'이 빌어먹을 녀석은 대체 누구일까?' 하고 그는 생각했다.

이때 그는 이리처럼 행동하기로 했다. 이미 한 번 뻔뻔스러운 행동으로 성공하지 않았던가. 그는 부르르 몸을 떨었다. 이번에는 정중한 태도를 내팽개치고 협박조로 말했다.

"이름도 모르는 양반. 나는 꼬제뜨를 데리고 돌아가겠소. 싫으면 천 에뀌(¹에뀌는 ³프랑)를 내놓으시오."

나그네는 조용하게 말했다.

"가자, 꼬제뜨야."

그는 왼손으로 꼬제뜨의 손을 잡고 오른손으로 땅바닥에 내려놓았던 지팡이를 들어올렸다. 떼나르디에는 그 몽둥이가 엄청나게 큰 것과 주위에 인기척이 없다는 걸 깨달았다.

사나이는 어린아이를 데리고 숲 속으로 들어갔다. 싸구려 음식점 주인은 남겨진 채 꼼짝 않고 멍하니 서 있었다. 두 사람이 멀어져

떼나르디에는 "할 수 없지!" 하고 중얼거리며 물러섰다.

가는 동안, 떼나르디에는 사나이의 좀 구부정한 넓은 어깨와 커다란 주먹만을 바라보고 있었다. 그러고 나서 그는 자기 자신을 훑어보고, 빈약한 팔과 여윈 손에 눈을 떨어뜨렸다.

'정말 난 어처구니없는 바보야' 하고 그는 생각했다. '사냥하러 오면서 총을 두고 오다니!'

그래도 여관집 주인은 아직 사냥거리에 미련이 남았다.

"어디로 가는지 쫓아가 봐야지."

그는 멀리서 두 사람의 뒤를 밟기 시작했다. 그의 손에는 두 가지 것이 남아 있었다. '팡띤느'라고 서명된 운명의 종이 조각과, 그나마 위로가 되는 1500프랑.

사나이는 꼬제뜨를 데리고 리브리와 봉리 쪽으로 가고 있었다. 느릿한 걸음으로 고개를 떨어뜨리고, 무언가 생각에 잠긴 듯한 슬픈 모습이었다. 겨울이라 숲은 훤히 트여 있어서, 떼나르디에는 꽤 떨어져 있었는데도 두 사람의 자취를 놓치지 않았다. 가끔 사나이는 뒤돌아보고 누가 뒤쫓아오지 않는지 살폈다. 갑자기 떼나르디에의 모습이 보였다. 사나이는 느닷없이 꼬제뜨와 함께 나무 숲으로 들어가 둘 다 보이지 않게 되었다.

"빌어먹을!" 하고 떼나르디에는 말했다. 그리고는 더욱 빨리 걸었다.

나무가 빽빽하게 들어서서 그는 두 사람을 바싹 따라가지 않으면 안 되었다. 사나이는 숲 가장 깊은 데까지 오자 고개를 돌렸다. 떼나르디에는 가지 뒤에 숨으려 했으나 뜻대로 되지 않았다. 사나이에게 들키지 않을 수가 없었다.

사나이는 여관집 주인에게 불안스러운 눈초리를 던지고는 고개를 흔들더니 다시 걷기 시작했다. 떼나르디에도 다시 뒤쫓았다. 그들은 그렇게 2, 300걸음쯤 갔다. 사나이는 느닷없이 다시 보았다. 그는 여관 주인을 보았다. 이번에는 사나이가 너무도 무서운 얼굴로 흘겨

보았으므로, 떼나르디에는 더 이상 따라가 봐야 헛일임을 깨달았다.
그는 가던 길을 돌아섰다.

9430호가 다시 나타나고, 꼬제뜨가 그를 만나다

장 발장은 죽은 것이 아니었다.

바다에 떨어졌다기보다 스스로 뛰어들었을 때, 그는 앞에서 말한
것처럼 쇠사슬에서 벗어나 있었다. 그는 물 속으로 잠수해 정박중인
어느 배 밑까지 헤엄쳐 다가갔다. 그 배에는 작은 배 한 척이 매여
있었다. 그는 해가 저물 때까지 그 배 안에 숨어 있었다. 밤이 되자
그는 다시 헤엄치기 시작하여, 브렝 곶에서 그리 멀지 않은 해안으
로 올라갔다. 돈은 가지고 있었으므로 거기서 입을 것을 손에 넣었
다. 그 무렵 발라기에 근처에 술집이 하나 있어 탈옥한 죄수에게 옷
을 팔고 있었는데 꽤 돈벌이가 되는 장사였다. 장 발장은 법의 눈과
사회의 제재에서 벗어나려는 모든 탈옥수가 그렇듯, 아무도 알지 못
하는 저 꼬불꼬불한 고달픈 길을 더듬어 가기 시작했다.

그는 보쎄^(뚤롱에서 17㎞ 떨어진 르 보쎄) 언저리 프라도에서 첫 은신처를 찾아냈다. 이
어 그는 오뜨알프 지방으로 들어가 브리앙송 가까이에 있는 그랑 빌
라르로 향했다. 더듬더듬하는 불안한 도주이므로, 도무지 어디가 갈
림길인지조차 알 수 없는 두더지 굴 속 같은 노정이었다.

뒷날에야 그의 발자취가 조금 밝혀졌는데 이를테면 앵 지방에서
는 씨브리외의 땅으로, 피레네 지방에서는 샤바유 마을 언저리의 그
랑즈 드두멕끄라고 불리는 아꽁으로, 그리고 뻬리괴 근처에서는 샤
뻴 고나게 마을의 브뤼니로 갔다는 식이다.

그는 마지막으로 빠리에 들어왔다. 그리고 나서 몽페르메이유로
오게 된 경로는 이제까지 말한 그대로다.

빠리에 와서 그가 맨 먼저 한 일은 장례식 때 7, 8살 소녀가 입는
검은 상복을 사고 다음에는 집을 구하는 일이었다. 이를 끝내고 나

서 그는 몽페르메이유로 갔던 것이다.

독자의 기억에도 있듯, 그는 지난번 탈주 때에도 이미 몽페르메이유 또는 그 근처로 은밀한 여행을 했었으며, 당국에서도 이 일을 대충 눈치챘다. 그러나 지금 그는 죽은 것으로 되어 있으므로, 그를 뒤덮은 어둠은 한층 짙어져 있었다. 빠리에서 그는 자기 사건이 실린 신문을 한 부 구했다. 그는 그것을 보고 안심하게 되었고, 마치 자기가 정말로 죽어 버린 듯한 편안한 기분이 되었다.

장 발장은 꼬제뜨를 떼나르디에 부부의 손에서 구출하여 바로 그날 저녁 빠리로 돌아왔다. 저녁 무렵 꼬제뜨를 데리고 몽쏘의 성문으로 시내에 들어갔다. 거기서부터 그는 포장마차를 타고, 천문대 앞 광장까지 갔다. 거기서 마차를 내려 마부에게 삯을 치르고 꼬제뜨의 손을 잡고 둘이서 우르씨느와 글라씨에르에 잇닿아 있는 인기척없는 거리를 지나 오삐딸 거리 쪽으로 어두운 밤 속을 걸어갔다.

꼬제뜨에게 이 날은 감동에 찬 이상한 하루였다. 산나무 울타리 그늘에서 성밖 싸구려 음식점에서 사온 빵과 치즈를 먹고, 몇 번이나 마차를 바꿔 탔으며, 한참 걷기도 했지만 어린아이는 조금도 불평하지 않았다. 그러나 여기까지 오자 꽤 지쳐 버린 듯 걸으면서 차츰 손을 잡아당기는 듯했으므로 장 발장도 이윽고 눈치채게 되었다. 그는 아이를 등에 업었다. 꼬제뜨는 까뜨린느를 손에 든 채 장 발장의 어깨에 머리를 대고 그대로 잠들어 버렸다.

제4편 황폐한 집

고르보 선생

지금으로부터 40년 전에는, 혼자 산책하면서 사람이 잘 다니지 않는 살뻬트리에르 병원 거리 일대의 뒷골목으로 들어가 한길(오삐딸)을 걸어서 이탈리아 성문까지 올라가면 웬만큼 빠리를 벗어났다고 할 수 있는 데가 나왔다.

사람들이 지나다니는 것을 보면 그곳은, 인적이 드물지도 않고, 집과 한길이 있는 것을 보면 황량한 벌판도 아니고, 시골 신작로처럼 길에 수레바퀴 자국이 나고 풀이 돋은 것을 보면 도회지도 아니고, 집들이 꽤 높은 것을 보면 시골마을도 아니다. 그렇다면 대체 어떤 곳일까?

그곳은 사람이 살고 있지만 아무도 없는 듯 보이는 곳이었으며, 소리없이 적적하건만 역시 누군가 있는 그런 곳이었다. 그곳은 대도시의 큰 길이요 빠리의 한 거리인데도, 밤이 되면 숲 속보다 더 을씨년스럽고 낮에는 묘지보다 더 음산했다.

그곳은 마르셰 오 슈보 $\binom{馬}{시장}$라는 옛 구역이었다.

그 마시장의 거의 허물어진 사방 벽 저편까지 걸어가 쁘띠 방끼에 거리를 지나고, 높다란 담으로 둘러친 채마밭을 오른편으로 끼고 가다가, 커다란 물개 오두막 같은 탠 껍질 $\binom{무두질에 쓰는 참나}{무 따위의 껍질}$다발을 쌓아놓은 목장을 지나고, 목재로 가득찬 가운데 나무 밑동이며 톱밥이며 나무 조각 등이 산적한 위에 커다란 개가 올라앉아 짖는 울타리 친 땅을 지나고, 초상이라도 난 듯 음산하며 검고 작은 문이 달려 있고 봄에는 꽃이 만발하는 이끼로 뒤덮인 길고 나직한 다 허물어진 담을 지나고, 마지막으로 더욱 쓸쓸한 곳에 이르러 '벽보를 붙이지 말 것'이라고 큼직한 글씨가 씌어진 흉칙스러운 건물 하나를 지나면, 마침내 사람들에게 전혀 알려져 있지 않은 비뉴 쌩 마르쎌이라는 어느 길모통이로 나오게 된다.

그 무렵 거기에는 한 공장 곁에 양쪽 정원의 담 사이로 한 채의 황폐한 저택이 있었다. 얼른 보기엔 작아 보이지만, 정말은 대성당이라도 되듯 큰 건물이었다. 측면의 박공 벽만 한길로 면하여 밖에서는 아늑하고 작아 보였다. 집의 거의 대부분은 한길에서 가려져 있고, 다만 문과 창문 하나만 보일 뿐이었다.

황폐한 그 집은 2층 건물이었다.

이 건물을 세밀하게 잘 살펴볼 때 맨 먼저 이상해 보이는 것은 문은 아주 초라한 집 문에 지나지 않는데도 창문이 만약 이런 거친 돌벽 사이가 아닌 반듯하게 자른 돌벽에 있다면 아마도 훌륭한 저택에 어울리는 것이리라 생각되는 점이었다.

문은 벌레먹은 자국투성이인 판자 조각을 아무렇게나 네모지게 조각낸 장작 같은 가로장에 마구 붙여 놓은 것에 지나지 않았다. 거기서부터 곧바로 잇닿은 급경사진 계단은 단이 높고 석회칠이 되어 있으며, 흙과 먼지투성이이고, 문과 같은 폭으로, 한길에서 들여다보면 사다리처럼 똑바로 올라가 두 벽 사이의 어둠 속으로 사라지고

고르보 저택. 황폐한 그 집은 2층 건물이었다.

있었다.

문이 달려 있는 더러운 벽 위쪽에는 폭좁은 얇은 판자가 하나 못 박혀 있고, 그 판자 복판에 작은 삼각형 창구멍이 나 있어 문이 잠 겼을 때 채광창 구실을 하고 내다보는 창구멍이 되기도 하였다.

문 안쪽 판자 표면에는 잉크를 듬뿍 찍은 붓을 두 번 거듭 휘두른 것처럼 52라는 숫자가 씌어 있고, 문 위쪽 얇은 판자 쪽에 같은 필 법으로 50이라는 번지수가 씌어 있었다. 그래서 어느 것이 정말인 지 알 수 없었다. 대체 여기는 몇 번지인 것일까? 문 위는 50번지 인가 하면, 문 안쪽은 52번지이다.

삼각형으로 된 창구멍에는 먼지투성이 걸레 조각 같은 것이 가리 개처럼 늘어져 있었다.

창구멍은 큼직하고, 높이도 충분하고, 덧문이 달렸으며, 창틀에 커다란 유리를 여러 개 끼워놓았다. 다만 유리는 어느 것에나 여러 가지 모양의 금이 가 있는 것을 솜씨 좋게 종이를 발라 감추었으나 도리어 눈에 띄었으며, 덧문은 걸쇠가 떨어져 나가 건들거려 안에 사는 사람들을 보호한다기보다 오히려 아래를 지나가는 사람들을 불안하게 했다.

덧문의 가로지른 창살이 군데군데 떨어져 나간 곳에는 판자조각 을 세로로 아무렇게나 못질해 놓았다. 그래서 처음엔 덧문이었던 것 이 나중에 판자문이 되어 버린 셈이다.

이렇듯 더러운 문과, 부서지기는 했을망정 단정한 창문이 한 집에 서 보여주는 광경은 마치 어울리지 않는 두 거지를 보는 듯했다. 이 들이 함께 나란히 걸어가고는 있지만 똑같은 넝마 조각 속에서도 서 로 다른 얼굴 표정을 하고 있어, 하나는 본디부터 거지 몰골이나 다 른 하나는 본디 번듯한 신사였으리라 여겨진다.

계단은 건물의 주요 부분으로 통하고 있었다. 그곳은 매우 넓고, 마치 헛간을 주택으로 한 것처럼 보였다. 건물 내부에는 긴 복도가 창자처럼 이리저리 뻗어 있고, 그 좌우로 크기가 다른 방 비슷한 것들이 있는데 가까스로 사람이 살 수 있을까 말까 한, 방이라기보다 오두막에 가까운 것이었다.

그러한 방들은 주위 빈터로 향하고 있었다. 어디나 다 어두컴컴하고, 을씨년스럽고, 어렴풋하고, 꺼져들어가는 느낌으로 묘지 같았다. 천장과 문에 틈이 벌어져 있어 차가운 빛이 새나오거나 얼어붙는 듯한 찬 바람이 들이쳤다. 이러한 주택에서 흥미롭고 남의 눈을 즐겁게 하는 하나의 특징은 거미집이 터무니없이 커다랗다는 것이다.

현관문 왼편의 한길을 향한 사람 키 높이만한 곳에 채광창이 하나 있어 그 네모지게 움푹 들어간 곳에 지나가던 아이들이 던져 넣은 돌이 가득했다.

이 건물은 최근에 이르러 일부분 철거되었다. 그러나 지금 남아 있는 것만으로도 옛날의 모습을 더듬어볼 수 있다. 전체로 보아 이 건물은 아직 100년 이상 되지 않았을 것이다. 100년이라면 성당으로는 아직 청년이지만, 인간으로서는 이미 노년이다. 사람이 사는 집은 어쩐지 인간 목숨의 짧음과 서로 통하고 하느님 집은 신의 영생과 통하는 듯싶다.

우체부들은 이 허물어져 가는 집을 50-52번지라 부르고 있었다. 그렇지만 이 주위에서는 고르보의 저택이라는 이름으로 알려져 있었다. 이 명칭이 어디서 온 것인지 이야기해 두기로 하자.

소문을 좋아하는 사람——약초 연구가가 잡초를 수집하듯, 온갖 일화를 끌어모아 기억 속에서 사라지지 않도록 핀으로 날짜를 단단히 박아두는 이들——이라면 1770년 무렵 파리 샤뜰레 재판소에 꼬르보(까마귀)니 르나르(여우)니 하던 두 검사가 있었던 사실을 기억하리라. 이것은 둘 다 라 퐁뗀느의 우화에 나오는 여우와 까마귀의 이름이다. 그러므로 입 사나운 법조계의 놀림감이 되기에 아주 좋았다.

그리하여 오래지 않아 몹시 어설픈 풍자 시구가 법정 복도에 흘러퍼지게 되었다.

　　꼬르보 선생은 서류 위에 올라앉아
　　집행할 차압을 입에 물고 있었다.
　　르나르 선생은 맛있는 냄새에 이끌려나와
　　위를 쳐다보고 말을 건넸다.
　　"여, 안녕하십니까!……"

　　(라 퐁뗀느의 우화에는 ……, 까마귀 선생은 나무에 앉아서 치즈를 부리에 물고 있었다.
　　여우 선생은 냄새에 끌려 쳐다보며 그에게 말했다. 여, 안녕하십니까…… 로 되어 있음)

　　두 근엄한 검사는, 그런 장난에 마음쓰이고, 등 뒤에서 일어나는 웃음소리에 위엄의 손상을 입어 이름을 바꾸려 결심하고 국왕에게 청원했다. 청원서가 루이 15세에게 제출된 것은, 마침 로마 교황의 특파 대사와 라로슈 에몽 추기경이 둘 다 공손하게 폐하 어전에서 무릎을 꿇고, 잠자리에서 일어나 걸어나온 뒤바리 부인(루이 15세의 애첩)의 맨발에 저마다 슬리퍼를 신겨드린 바로 그날이었다. 웃으며 이 광경을 보고 있던 국왕은 청원서를 보고 더 한층 웃으면서, 두 주교로부터 두 검사 쪽으로 눈길을 옮겨 흔쾌히 이름을 바꾸도록 허락해 주었다.
　　그리하여 국왕의 허락으로 꼬르보 선생은 이름 첫글자를 바꾸어 고르보로, 르나르 선생은 첫글자 앞에 프라는 글자를 붙여 프르나르로 바꾸었으나 고르보만큼 그리 달가워하지 않는 것 같았다. 왜냐하면 나중 이름도 처음 것과 대체로 비슷했기 때문이다.
　　그런데 이곳에 전해오는 바에 의하면, 그 고르보 선생이 오삐딸 거리 50-52번지인 이 건물의 주인이었다고 한다. 저 훌륭한 창문을 만든 것도 바로 그 사람이었던 것이다. 이런 내력으로 이 황폐된 집에는 고르보 저택이라는 이름이 붙게 되었다.

50-52번지 바로 앞에는 한길 가로수 틈에 끼어 거의 말라죽어 가는 한 그루의 느티나무가 서 있었다. 또 그 집 정면으로는 고블랭 성문 거리가 지나고 있었지만 그 무렵에는 인가도 없고 포장도 되어 있지 않아 계절에 따라 초록투성이가 되었다 먼지투성이가 되었다 하는 잘 자라지 못하는 나무들이 심어져 있으며 빠리의 외곽 지대를 둘러싼 성벽으로 똑바로 통하고 있었다. 유황산 냄새가 이웃 공장의 지붕에서 푹푹 뿜어 나오곤 했다.

성문은 바로 그 근처였다. 1823년에는 외벽도 아직 남아 있었다.

이 성문은 사람 마음에 을씨년스러운 환상을 던져주었다. 그것은 비쎄트르(빠리 교외의 마을로 요새와 감옥과 정신병원이 있음. 비쎄트르는 보통 명사로 '불행'을 뜻함)로 통하는 길이었다. 제정시대와 왕정복고 시대에는 사형수가 형집행을 받는 날 거기를 통해 빠리로 들어왔다.

1829년 무렵, 이른바 '퐁뗀블로 성문'의 불가사의한 살인 사건이 일어난 것도 거기였다. 당국에서도 범인을 발견하지 못하고, 아직도 밝혀지지 않은 참극, 풀려지지 않은 무서운 수수께끼였다.

거기서 몇 걸음 더 나아가면, 마치 멜로드라마에서처럼 윌박크가 우레 소리와 함께 이브리의 산양 치는 여자를 찔러 죽인 저 불길한 크룰르바르브 거리가 된다. 또 몇 걸음 더 나아가면, 쌩 자끄 성문 근처의 꼭대기를 쳐버린 보기 흉한 느티나무숲에 다다른다. 그곳은 저 박애주의자들이 단두대를 숨기는 장소로 사용한 곳이며, 정작 사형을 눈앞에 두고는 주춤거리면서 당당히 이를 폐지하지도 단호한 태도로 이를 저지하려고도 하지 않은 상인과 시민 계급의 비겁하고 수치스러운 형장이었다.

옛날부터 숙명지워졌다고나 할 지금도 소름끼치는 느낌이 드는 이 쌩 자끄 광장을 제외한다면, 지금부터 37년 전에는 이 음산한 한 길(오삐딸 거리) 중에서 가장 음산한 곳은 50-52번지 저택이 있는 곳으로 지금도 거기에는 사람들이 그다지 가지 않는다.

거리의 집들은 그 뒤 25년쯤 지나서야 비로소 그 주위에 세워지기 시작했다. 그무렵 그곳은 음산함이 가득찬 곳이었다. 앞서 말한 바와 같은 을씨년스런 여러 가지 추억에 더하여, 둥근 지붕이 보이는 살뻬트리에르 구호원(여자 정신병자를 수용했음)과 바로 가까이에 그 울타리가 있는 비쎄트르 구호원(남자 정신병자를 수용했음) 사이에 자리해 흡사 여자 정신병자와 남자 정신병자 사이에 끼어 있는 듯 느껴지는 것이었다.

내다보면 눈에 띄는 것이라곤 도살장과 성곽의 외벽, 그리고 병영이나 수도원처럼 외떨어져 점점이 보이는 공장들의 앞면뿐이었다. 어디를 보나 판잣집과 벽토가 떨어져나간 벽, 장례식 포장 같은 검은 색 옛벽이거나 새벽인가 하고 바라보면 수의처럼 새하얀 벽, 어디나 온통 나란한 가로수, 일직선으로 늘어선 집들, 평범한 건물, 기다랗고 차가운 선과 음산하고 쓸쓸한 직각, 토지의 기복도 없고, 색다른 건물도 없고, 주름살 하나도 없다. 모든 것이 얼어붙은 것 같고, 규칙적이고, 흉측스러웠다.

무릇 균형잡힌 것만큼 가슴답답한 것은 없다. 균형은 지루하며, 권태는 슬픔의 근원이다. 권태는 하품을 한다. 고뇌의 지옥보다도 더 무서운 것이 있다면, 그것은 권태의 지옥이다. 그리고 만일 그러한 지옥이 정말로 있다면 이 오삐딸 거리 언저리야말로 바야흐로 그 지옥의 통로일 것이다.

아무튼 해가 저물어 밝은 데라곤 전혀 없어질 무렵이면, 더구나 겨울 저녁 추운 바람이 느티나무에 지다 남은 고엽을 털어 버릴 때면, 어둠이 깊고 별도 나와 있지 않을 때면, 또는 달빛과 바람이 구름 틈새로 떨어져 내릴 때면 이 한길은 별안간 처절한 형상을 띠었다.

온갖 것의 직선적인 윤곽은 어둠 속으로 자취를 감춰버리고 무한의 한 귀퉁이인 듯 여겨져 온다. 그런 때 이곳을 지나면, 이곳에 얽혀 있는 숱한 소문들이 생각지 않으려 해도 저절로 떠오른다.

많은 범죄가 저질러진 이곳의 쓸쓸함 속에는 무언가 무서운 것이 담뿍 들어 있다. 그 어둠 속에는 여러 개의 올가미가 쳐져 있는 것 같이 느껴지고, 그늘진 곳에 어렴풋이 떠오르는 모습은 무엇이나 모두 요사스럽고, 나무와 나무 사이로 보이는 기다랗고 네모진 우묵한 데는 무덤 구멍처럼 여겨진다. 대낮에는 보기 흉할 뿐이지만, 저녁에는 음산하고, 밤에는 불길하다.

여름날 저녁에는 여기저기 느티나무 밑의 비에 썩은 벤치에 할머니들이 앉아 있는 것을 보게 된다. 할머니들은 흔히 구걸을 하고 있었다.

하기야 이 고풍스럽다기보다 오히려 황폐해 버렸다는 느낌이 드는 이곳도, 그 무렵부터 마침내 변화하기 시작하고 있었다. 이미 그즈음부터 그 변화를 좇으려는 자는 급히 서둘러야 할 정도였다. 나날이 주위 일대 어딘가가 스러져 가고 있었다.

오늘날에는 물론 벌써 20년도 더 전부터 오를레앙 철도 발착지 (오스떼를리쯔 역)가 여기 이 옛성당 옆으로 나 있어 이곳에 변화를 미치고 있다. 수도를 벗어나는 어귀의 어느 곳에 철도 발착지를 두면, 반드시 교외는 소멸하고 하나의 시가가 태어난다.

민중 활동의 대중심지인 도시 주위에서는 철도와 같은 강력한 기계의 요란스러운 소리와 석탄을 먹고 불을 내뿜는 그 괴물 같은 문명의 말들의 숨결에, 생명의 싹이 가득찬 땅은 몸을 뒤틀며 입을 벌리고 인간의 낡은 집들을 죄다 삼켜버리고 새로운 것들을 내뱉는 것처럼 보인다. 낡은 집들은 무너지고 새로운 것들이 치솟는다.

오를레앙 철도역이 살뻬트리에르 모퉁이에 들어서면서 쌩 빅또르의 해자(垓子)며 식물원을 지나는 좁은 옛길은, 역마차와 전세마차와 승합마차가 잇따라 하루에 서너 번씩 왕성하게 오가며 진동하여 집들은 어느새 좌우로 밀려나갔다. 왜냐하면 엄연한 사실이면서도 새삼스레 말하기에는 어쩐지 묘한 일이 세상에는 얼마든지 있는 법이어서, 대도시에서는 태양이 남향집을 만들어내며 넓혀져 가는 게 사실인 것처럼, 마차가 멈출 새 없이 지나다니면 길이 넓어져 가는 것도 확실한 사실이기 때문이다.

이제 거기에는 새로운 생명의 징조가 뚜렷이 보이고 있었다. 이 시골 같은 오래된 구역에, 더할 나위 없이 황폐해버린 한구석에, 아직 통행이 없는 곳까지도 도로가 포장되기 시작하고 있었다. 어느 날 아침, 1845년 7월의 어느 기념할 만한 날 아침, 콜타르가 가득 찬 검은 가마솥이 연기를 뿜고 있는 게 보였다. 그날이야말로 문명이 그루르씨느 거리에 찾아들고, 빠리가 쌩 마르쏘 외곽까지 이르렀다고 비로소 말할 수 있게 된 날이었다.

부엉이와 종달새의 둥지

장 발장이 발을 멈춘 곳은 황폐한 고르보 저택 앞이었다. 들새처럼 그는 가장 인기척 없는 곳을 골라 둥지를 틀었던 것이다.

그는 조끼 안을 더듬어 짝열쇠를 꺼내 입구 문을 열고 안으로 들어가 조심스레 문을 닫고 꼬제뜨를 업은 채 계단을 올라갔다. 계단 위로 오르자 주머니에서 또 하나의 다른 열쇠를 꺼내어 또 다른 문을 열었다.

그가 들어가 곧 닫아 버린 그 방은 꽤 넓은 지붕밑 다락방으로, 거기에는 마룻바닥에 요가 하나 깔려 있고 테이블 하나와 몇 개의 의자가 갖추어져 있었다.

한구석의 난로에는 불이 피워져 있어 어른거리는 불빛이 눈에 들어왔다. 바깥 한길의 가로등이 이 가난한 방을 희미하게 비추어 주었다. 안쪽으로 딸린 작은 방에 접는 침대가 하나 놓여 있었다. 장 발장은 어린아이를 침대로 안고 가 잠이 깨지 않도록 가만히 내려놓았다.

그는 부싯돌을 쳐서 촛불을 켰다. 그런 것들은 모두 테이블 위에

장 발장은 어린아이를 침대로 안고 가 가만히 내려놓았다. 아이는 어디에 있는 지도 모르는 채 잠들어 있었다.

미리 준비되어 있었다. 그런 다음 그는 지난 날 밤처럼 친절과 애정이 흐르는 황홀한 눈으로 꼬제뜨를 지켜보기 시작했다.

한편 아이는 극도의 강자가 아니면 극도의 약자만이 지니는 강한 신뢰를 품은 마음으로 누구와 함께 있는지, 지금 어디에 있는지도 모른 채 잠들어 있었다.

장 발장은 몸을 굽혀 어린아이의 손에 입맞추었다. 아홉 달 전에는 영원한 잠에 들어간 그애 어머니 손에 입을 맞추었던 것이다. 그때와 같은 슬프고 통절하게 경건한 감정이 지금 그의 가슴에 넘쳐나고 있었다. 그는 꼬제뜨의 침대 옆에 무릎을 꿇었다.

날이 환히 밝도록 아이는 잠들어 있었다. 12월 태양의 희미한 빛이 지붕밑방 유리창으로 비쳐들어 천장에 그림자와 빛의 긴 줄기를 아로새기고 있었다. 그때 별안간 무거운 짐을 실은 석공의 짐수레가 바깥 한길을 지나다가 텅 빈 그 집을 마치 폭풍우가 휘몰아치듯 뒤흔들어 밑바닥에서 지붕까지 진동시켰다.

"네, 아주머니, 갈께요!" 꼬제뜨는 갑자기 벌떡 일어나며 소리쳤다. "지금 곧 내려가요!"

그리고 꼬제뜨는 아직도 졸린 듯 눈을 반쯤 감은 채 침대에서 뛰어내려 벽 구석진 곳으로 손을 뻗쳤다.

"어머! 어쩌나! 비가!"

꼬제뜨는 그때 비로소 눈을 활짝 떴다. 그리고, 장 발장의 미소지은 얼굴을 보았다.

"어머나! 참 그랬었지!" 하고 아이는 말했다. "밤새 안녕하셨어요, 아저씨?"

어린아이들은 본디 그 자신이 행복이며 기쁨이므로 곧 거리낌없이 기쁨과 행복을 받아들이는 것이다.

꼬제뜨는 까뜨린느를 침대 밑에서 찾아내어 품에 꼭 끌어안았다. 그리고는 놀면서 장 발장에게 여러 가지 것을 물었다.

여긴 어디에요? 빠리는 넓어요? 떼나르디에 아주머니가 있는 곳과 아주 멀리 떨어져 있나요? 이젠 돌아가지 않아도 괜찮아요? 등등.

그러다가 느닷없이 외쳤다.

"어머, 여기는 아름다워요!"

사실은 처참할 만큼 헐어빠진 집이었으나, 꼬제뜨는 그곳에서 자유로움을 느끼고 있었던 것이다.

꼬제뜨가 마침내 말했다.

"집안 청소를 할까요?"

"놀기나 하렴." 하고 장 발장은 말했다.

그 날은 이렇게 지나갔다. 꼬제뜨는 아무것도 모르고 걱정하지도 않고, 그 인형과 노인 사이에 있는 게 더없이 행복했다.

불행한 두 사람이 함께 되어 행복을 만들어내다

이튿날 새벽녘에도 역시 장 발장은 꼬제뜨의 침대 곁에 있었다. 그는 거기서 조용히 움직이지 않고 기다리고 있다가, 아이가 눈뜨는 것을 지켜보았다.

무언지 새로운 것이 그의 영혼 속으로 들어왔다.

장 발장은 이제까지 아무도 사랑한 적이 없었다. 25년 전부터 그는 이 세상에서 오로지 혼자였다. 아버지도, 애인도, 남편도, 친구였던 적도 없었다. 감옥에서는 험악하고, 음울하고, 순결하고, 무지하고, 남과 어울리기 어려운 사나이였다.

이 늙은 죄수의 마음은 천진스러움으로 가득 차있었다. 누이와 누이의 아이들에 대한 추억도 어렴풋했으며, 마침내는 모두 사라져 버렸다. 그는 그들을 찾으려고 최선을 다했지만 찾아내지 못한 채 잊고 만 것이었다.

인간성이란 본디 그렇게 되어 있는 것이다. 그밖에 젊었을 무렵의 상냥스러운 정서가 있었다할지라도, 모두 마음 깊은 곳에서 소멸해 가고 있었다.

그러한 그가 꼬제뜨를 보았을 때, 꼬제뜨를 손에 넣고 데려내와 구출해냈을 때, 자기의 심장이 격동하기 시작하는 것을 느꼈다. 그의 속에 숨어 있던 정열과 애정이 모두 눈떠 이 아이 쪽으로 날아갔다. 그는 꼬제뜨가 잠들어 있는 침대 곁으로 가서 기쁨에 몸을 떨고 있었다. 그는 마치 어머니와 같은 마음 속의 어떤 열망을 느끼고 있었지만, 그것이 무엇인지 알지 못했다. 왜냐하면 사랑하기 시작한 마음의 저 이상스러운 커다란 감동은 참으로 파악하기 어렵고 참으로 부드러운 것이기 때문이다.

싱싱하게 되살아난 가엾은 늙은 마음이여 !

다만 그는 55살이고 꼬제뜨는 8살이었으므로, 자기가 앞으로 일평생 품게 될 모든 사랑은 이제 무어라 말할 수 없는 하나의 빛 속으로 혼연히 녹아들어 버렸다.

흰 빛이 두 번째로 나타난 것이었다. 저 미리엘 주교는 그의 마음의 지평선에 미덕의 새벽빛을 가져다 주었고, 지금 꼬제뜨는 사랑의 새벽빛을 가져다 준 것이다.

처음 며칠 동안은 그렇게 황홀하게 지나갔다.

한편 꼬제뜨 역시 자기도 모르는 사이에 변해 가고 있었다. 가엾은 어린 소녀여 ! 어머니와 헤어졌을 때는 아주 어렸으므로 어머니에 대해서는 이미 조금도 생각나지 않았다.

무엇에고 감기는 포도덩쿨 같은 어린아이들의 본성으로 꼬제뜨도 사랑해 보려고 한 적이 있었다. 그러나 잘 되지 않았다. 누구나——떼나르디에 부부도, 그 아이들도, 다른 아이들도 꼬제뜨를 떠밀어냈다. 강아지를 귀여한 적도 있었지만, 그것도 죽어 버렸다. 그러고 나서부터는 무엇 하나 누구 하나 그 아이를 좋아해 주지 않았다.

말하기조차 가엾은 일이지만, 앞에서도 말한 것처럼 꼬제뜨는 8

살에 벌써 차가운 마음을 가지고 있었다. 그것은 꼬제뜨가 나쁜 아이기 때문이 아니었다. 그 아이에게 결여된 것은 사랑하는 능력이 아니었다. 결여된 것은 슬프게도 사랑할 기회였다.

그러니만큼 첫날부터 꼬제뜨 속의 모든 느낌과 생각은 이 노인을 사랑하기 시작했다. 어린아이는 이제까지 한 번도 가져 본 적 없는 기분, 마치 꽃이 피어나는 듯한 느낌을 맛보았다.

꼬제뜨에게는 이 노인이 늙었다고도 가난하다고도 생각되지 않았다. 헐어빠진 이 집이 아름답게 보인 것처럼, 그 아이에게 장 발장은 아름답게 여겨졌다.

그것은 실로 새벽빛과 유년과 젊음과 희열이 주는 작용이다. 땅의 새로움과 생활의 새로움도 이 기분을 얼마쯤 돕는다. 지붕밑 다락방을 물들이는 행복의 영롱한 빛만큼 아름다운 것은 없었다. 사람은 누구나 일생에 한 번은 그런 푸른 지붕밑 다락방의 추억을 갖는 법이다.

자연은 50년이라는 세월을 사이에 두고 장 발장과 꼬제뜨 사이에 깊은 도랑을 만들어 놓고 있었다. 그러나 운명은 그 도랑을 없애버렸다. 운명은 나이 차이는 있지만 똑같이 불행한 이 두 사람의 뿌리째 뽑힌 생애를 하나로 결합시켜 거역할 수 없는 힘으로 붙들어 매 놓았다.

꼬제뜨의 본능은 아버지를 찾고 있었고, 장 발장의 본능은 어린아이를 찾고 있었다. 두 사람의 만남은, 서로를 찾아내는 것이었다. 두 사람의 손이 맞닿은 그 신비스러운 순간에, 그 둘은 서로 꼭 붙어 버렸다. 이 두 사람의 영혼이 서로 만났을 때, 둘은 서로를 구하고 있었음을 느끼고 꼭 껴안았다.

가장 깊고 절대적인 의미에서, 말하자면 두 사람은 무덤의 벽으로 모든 것에서 격리되어 장 발장은 '홀아비'였고 꼬제뜨는 '고아'였다. 그러한 처지였기에 장 발장은 하늘의 섭리로 꼬제뜨의 아버지가 된 것이다.

실제로 셸의 깊은 숲속에서 장 발장의 손이 어둠 속에서 꼬제뜨 손을 쥐었을 때, 그 아이 마음에 일어난 신비로운 감정은 단순한 환상이 아니라 현실이었다. 이 어린아이의 운명 속으로 이 사나이가 들어온 것은 하느님의 출현이었다.

게다가 또 장 발장은 은신처를 교묘하게 잘 골라 놓고 있었다. 거기라면 더 말할 나위 없이 안전하게 살아갈 수 있었다.

그가 꼬제뜨와 함께 들어 있는 작은 방이 딸린 곳은 한길 쪽으로 창문이 나 있는 방이었다. 이 창은 이 집에 단 하나밖에 없는 것이었으므로, 앞에서도 옆에서도 이웃 사람들에게 보일 염려가 전혀 없었다.

이 50-52번지 집의 아래층은 황폐해 버린 헛간 같은 것으로 채소를 가꾸는 사내들이 광으로 쓰고 있었지만, 어디에서도 2층으로 갈 수 없다. 2층과 아래층 사이의 바닥은 출입구도 계단도 없이 마치 이 집의 횡격막처럼 보였다.

2층에는 앞에서도 말했듯 몇 개의 방과 몇 개의 지붕밑 다락방이 있었지만, 그 가운데 하나에만 한 노파가 살며 장 발장의 여러 가지 집안 일을 돌봐 주었다. 그 나머지 방은 모두 비어 있었다.

크리스마스날 그에게 방을 빌려 준 이 노파는 '셋집 주인'이라는 이름을 가졌지만, 사실은 문지기 노릇을 하고 있는 데 지나지 않았다.

장 발장은 이 노파에게, 자기는 연금을 갖고 있지만 스페인의 공채에 손댔다가 실패했으므로 손녀딸과 함께 여기에 살러 온 것이라고 말해 두었다. 그는 6개월치를 미리 내고, 앞에서 본 바와 같은 가구를 두 방에 마련하도록 할머니에게 부탁해 두었다. 두 사람이 도착한 날 밤, 난로에 불을 피우고 모든 준비를 해둔 것은 이 노파였다.

몇 주일 지났다. 두 사람은 이 흉측스럽고 헐어빠진 집에서 행복한 생활을 하고 있었다. 새벽녘부터 벌써 꼬제뜨는 웃고 재잘대고 노래를 불렀다. 어린아이들에게는 작은 새처럼 아침의 노래가 있는 법이다.

이따금 장 발장은 꼬제뜨의 빨갛게 얼어터진 작은 손을 잡고 입을 맞추곤 했다. 가엾은 아이는 언제나 얻어맞는 일에만 익숙해져 있었으므로, 그것이 어떤 의미인지 모르고 수줍어하며 손을 옴츠렸다.

때로 꼬제뜨는 정색을 하고 자기의 작고 검은 옷을 들여다보았다. 꼬제뜨는 이제 누더기가 아닌 상복을 입고 있었다. 비참에서 빠져나와 여느 생활로 들어가 있는 것이었다.

장 발장은 꼬제뜨에게 읽기를 가르치기 시작했다. 그는 아이에게 글자를 하나하나 읽게 하면서, 자신이 감옥에서 읽기를 배운 것은 나쁜 짓을 하려는 마음에서였던 일을 때때로 생각했다. 그 마음이 이제는 어린아이에게 읽기를 가르치는 일로 바뀌어 있었다. 그것을 생각하며 늙은 죄수는 생각에 잠긴 천사와도 같은 미소를 지었다.

장 발장은 그것에 대하여 하늘의 뜻을, 인간 이상의 어떤 의지를 느끼며 명상에 잠겼다. 좋은 생각도 나쁜 생각과 마찬가지로 그 심연을 가지고 있는 것이다.

꼬제뜨에게 읽기를 가르치는 것과 그 아이를 놀게 하는 것이 장 발장의 거의 모든 생활이었다. 그리고 또 그는 꼬제뜨에게 어머니 이야기를 들려 주고 기도를 드리게 하였다.

꼬제뜨는 장 발장을 '아버지'라고 불렀다. 그밖에 이름은 알지 못했다.

그는 꼬제뜨가 인형에게 옷을 입혔다 벗겼다 하는 것을 바라보고 또 그 아이가 작은 새처럼 재잘거리는 것에 귀기울이며 몇 시간이고 보내곤 했다.

그에게는 이때부터 인생이 흥미에 넘쳐 보이고, 인간은 선량하고 올바른 것으로 여겨져 이제 마음 속으로 아무것도 탓하는 일이 없었으며, 또한 이 어린아이에게 사랑을 받는 지금에 이르러서는 늙어 빠질 때까지 오래 살아서 안될 이유를 전혀 알지 못했다.

장 발장은 아름다운 빛과 같은 꼬제뜨 때문에 자기의 미래가 먼 앞날까지 빛나고 있는 것을 보았다. 어떤 선량한 사람일지라도 사사로운 마음이 전혀 없는 사람은 없다. 그는 때때로 꼬제뜨가 아름다워지지는 않으리라 생각하며 어떤 기쁨을 느끼곤 했다.

이것은 단지 작자 개인의 의견에 지나지 않지만 여기서 말한다면, 꼬제뜨를 사랑하기 시작한 무렵 장 발장의 상태로 볼 때 올바른 길을 끝까지 지켜 나가기 위해 이 같은 사랑의 보급이 필요했을 것은 의심의 여지가 없다.

장 발장은 인간의 사악함과 사회의 비참함을 새로운 면에서 보았던 것이다. 물론 그것은 불완전한 진리의 일부분에 지나지 않았지만, 팡띤느 속에 요약되어 있는 여자의 운명과 자베르 속에 구현되어 있는 공권력을 본 것이었다.

장 발장은 다시 감옥으로 되돌아갔었지만, 이번에는 좋은 행위로 말미암아서였다. 그는 새로운 괴로움을 맛보았다. 그는 또다시 혐오와 피로에 사로잡혔다. 주교에 대한 추억조차도——나중에 다시 빛나고 승리를 거두기는 하지만——때로 천체의 일식처럼 사라질 뻔했었다. 실제로 그 거룩한 추억도 엷어져 가고 있었던 것이다.

장 발장이 낙담하여 다시금 타락의 수렁으로 빨려들 고비에 있지 않았다고 누가 말할 수 있으랴? 그러나 그는 사랑을 알게 되고 다시금 강해졌다. 아! 그도 또한 꼬제뜨와 마찬가지로 비틀거리고 있었던 것이다.

장 발장이 꼬제뜨를 보호함과 아울러 꼬제뜨는 그의 마음을 강하게 해주었다. 장 발장 때문에 꼬제뜨는 여느 생활 속으로 걸어들어 갈 수 있었고, 이 아이 때문에 그는 덕의 길을 계속 나아갈 수가 있었던 것이다. 그는 꼬제뜨의 기둥이었으며 어린 꼬제뜨는 그의 지팡이였다. 아, 운명에 내재된 균형의 헤아릴 길 없는 숭고한 신비여!

셋집 주인 노파가 본 것

장 발장은 낮에는 결코 밖으로 나가지 않도록 조심하고 있었다. 저녁마다 어두컴컴해진 뒤 한두 시간 때로는 혼자서, 대개는 꼬제뜨를 데리고 산책하곤 했다. 더욱이 가로수길의 가장 쓸쓸한 보도를 택해서 걷고, 밤이 어두워지면 때로 성당에도 들어갔다. 그는 가까운 쌩 메다르 성당으로 곧잘 갔다.

함께 나가지 않을 때 꼬제뜨는 노파와 함께 집을 지켰다. 그러나 장 발장과 함께 외출하는 쪽이 아이에게는 더 기뻤다. 까뜨린느를 상대로 놀고 있는 것보다 장 발장과 함께 한 시간 산책하는 쪽이 더 좋았다. 장 발장은 꼬제뜨의 손을 잡고 걸으면서 여러 가지 즐거운 이야기를 해주었다.

꼬제뜨는 몹시 쾌활한 아이가 되었다.

노파는 방 안을 정돈하고, 부엌일도 하고, 장을 보아다 주기도 했다.

그들은 언제나 불을 피우고 있었지만, 몹시 곤궁한 사람 같은 검소한 생활을 하고 있었다. 장 발장은 방의 가구를 첫날 그대로 조금도 바꾸지 않았다. 다만 꼬제뜨의 작은 방으로 들어가는 유리 끼운 문을 판자문으로 바꾸었을 뿐이었다.

장 발장은 지금도 그 누런 프록코트와 검은 바지와 낡아빠진 모자를 쓰고 있었다. 길에서는 가난뱅이처럼 보였다. 친절한 여자들이 돌아보고 1수짜리 동전을 주는 일도 간혹 있었다. 장 발장은 그러한 동전을 받을 때 공손히 절을 하곤 했다.

또 때로는 적선을 구하는 불쌍한 사람을 만나는 수도 있었는데, 그런 때면 그는 뒤돌아 누가 보고 있지 않은가 확인하고 난 뒤 살그머니 다가가 그 손에 돈을, 대개 은화를 쥐어주고는 얼른 가 버렸다.

그것은 장 발장에게 이롭지 못한 일이었다. 그는 '적선하는 거지'라는 이름으로 이 일대에 알려지기 시작했던 것이다.

셋집 주인 노파는 인상이 고약한 여자로 늘 이웃 사람들을 호시탐탐 엿보았는데, 장 발장에 대해서도 눈치채이지 않게 자세히 탐색하고 있었다. 노파는 귀가 좀 먹었다. 때문에 몹시 수다스러웠다. 이는 모두 빠져 버려 위에 하나, 아래에 하나밖에 남아 있지 않았으며 그것을 늘 맞부딪치고 있었다.

노파는 꼬제뜨에게 여러 가지 일을 물어보았으나 몽페르메이유에서 왔다는 것밖에 모르는 꼬제뜨로부터 아무것도 알아낼 수 없었다.

어느 날 아침 노파가 엿보고 있노라니, 장 발장이 집 안에 있는 어떤 빈 방으로 들어갔다. 노파는 늙은 고양이 같은 발걸음으로 뒤따라가 맞은편 문의 틈새로 눈치채이지 않게 그가 하는 짓을 엿볼 수 있었다.

장 발장은 매우 근심스럽게 그 문으로 등을 돌리고 있었다. 노파가 보고 있노라니, 그는 주머니 속을 뒤져 조그만 상자와 가위와 실을 꺼내 놓고 프록코트의 한쪽 안을 뜯기 시작하더니 그 속에서 한 장의 누르스름한 종이를 꺼내 펼쳤다. 노파는 그것이 1000프랑짜리 지폐임을 알고 소름이 끼쳤다. 1000프랑짜리 지폐를 본 것은 태어나서 두 번째인가 세 번째였다. 그녀는 두려워 달아났다.

잠시 뒤 장 발장이 노파한테 와서 그 1000프랑짜리 지폐를 잔돈으로 바꾸어 달라고 부탁하며, 이것은 어제 받은 반년치 연금이라고 덧붙였다.

'어디서 난 돈일까?' 노파는 생각했다.

'저 사람은 어제 저녁 6시에야 외출했었는데 그런 시간에 은행이 열려 있을 리 없잖나.'

노파는 지폐를 바꾸러 가면서 여러 모로 생각해 보았다. 그리하여
이 1000프랑짜리는 온갖 억측과 꼬리가 달려, 비뉴 쎙 마르쎌 거리
의 수다스러운 아낙네들을 깜짝 놀라게 하고 숱한 이야깃거리가 되
었다.

며칠 지난 어느 날, 장 발장은 조끼 하나만 입고 복도에서 톱으로
장작을 켜고 있었다. 노파는 방 안을 치우고 있었다. 그녀는 오직
혼자 있었다. 꼬제뜨는 장작을 톱으로 켜는 것을 보느라 정신이 팔
려 있었다.

노파는 방에 혼자 있는 틈을 타 못에 걸린 프록코트를 찾아내어
뒤져 보았다. 옷 안은 본디대로 다시 꿰매어져 있었다. 노파는 그것
을 주의깊게 만져 보았다. 옷자락과 소매 겨드랑이 사이 속에 종이
의 부피가 느껴지는 듯했다. 더 많은 1000프랑짜리 지폐가 들어 있
는 게 틀림없었다!

노파가 보고 있노라니, 그는 주머니 속을 뒤져 누르스름한 종이를 꺼내 펼쳤다.

노파는 그밖에도 여기저기 주머니 속에 온갖 게 다 들어 있는 것을 알았다. 앞서 본 바늘과 가위와 실뿐 아니라 커다란 지갑과, 커다란 칼, 게다가 수상쩍게도 서로 다른 색깔의 가발 몇 개도 들어 있었다. 그 프록코트의 주머니에는 무슨 뜻밖의 일에 대비한 물건들로 가득차 있었다.

황폐한 이 집에 사는 사람들은 이렇게 하여 그해 겨울의 끝무렵을 맞이했다.

5프랑짜리 은화가 마룻바닥에 떨어져 소리를 내다

쌩 메다르 성당 근처에 한 가난한 사나이가 있었다. 그는 그곳의 황폐한 공동 우물가 돌 위에 언제나 쪼그리고 앉아 있었는데, 장 발장은 그 사나이에게 곧잘 적선을 베풀었다. 그 앞을 지날 때면 반드시 몇 수의 돈을 준 것이다. 때로는 말을 건네기도 했다.

이 거지를 부러워하는 이들은 그를 '경찰의 끄나풀'이라고 말하고 있었다. 그는 75살이나 된 늙은 성당지기로, 입 속으로 쉴 새 없이 기도문을 외고 있었다.

어느 날 밤 장 발장이 꼬제뜨를 두고 혼자 그곳을 지나갈 때, 그 거지가 막 불이 들어온 여느 때의 그 자리, 가로등 밑에 있는 것을 보았다. 그 사나이는 늘 하는 버릇대로 기도를 드리고 있는 모양인지 몸을 깊숙이 구부리고 있었다.

장 발장은 그 곁으로 가서 여느때와 마찬가지로 그 손에 돈을 쥐어주었다. 그러자 거지는 불현듯 눈을 들어 뚫어지게 장 발장을 쳐다보다가, 얼른 머리를 숙여 버렸다. 그 동작은 번개 같았다. 장 발장은 오싹 소름이 끼쳤다.

지금 가로등 불빛으로 얼핏 본 것은 늙은 성당지기의 평화롭고 믿음깊은 얼굴이 아니라 전에 본 적 있는 어떤 무시무시한 얼굴인 것 같았다. 그는 마치 밤중에 느닷없이 호랑이와 얼굴을 마주친 듯한

장 발장은 그의 얼굴을 힐끗 보는 순간 오싹 소름이 끼쳤다.

느낌이었다. 그는 흠칫 놀라며 뒷걸음질쳐 돌처럼 굳어져 숨도 쉬지 못하고 말도 못한 채, 그 자리에 있을 수도 달아날 수도 없이 되어, 가만히 거지를 지켜보고 있었다. 거지는 누더기를 둘러쓴 머리를 숙이고, 그가 거기 있다는 것도 벌써 잊어버린 것 같이 보였다.

이 이상한 순간 어떤 본능에서, 아마도 몸의 안전을 지키려는 숨은 본능에서, 장 발장은 한 마디도 말하지 않았다. 거지는 언제나와 같은 몸짓에, 똑같은 누더기를 걸치고, 똑같은 모습을 하고 있었다. 장 발장은 말했다.

"아니야…… 내 머리가 어떻게 된 모양이야! 꿈을 꾸고 있어! 있을 수 없는 일이다!"

그리고는 몹시 심란한 마음으로 집에 돌아왔다.

얼핏 본 그 얼굴이 자베르라고 자신의 입으로 말하기에는 오히려 끔찍했다.

그날 밤, 장 발장은 '그 사내에게 무엇인가 물어 한 번 더 얼굴을 들게 했었더라면' 하고 생각했다.

이튿날 저물녘 그는 또 거기로 가보았다. 거지는 언제나의 그 자리에 있었다.

장 발장은 1수짜리 동전을 주면서 용기를 내어 말했다.

"어떠시오, 노인."

거지는 얼굴을 쳐들고 측은한 목소리로 대답했다.

"고맙습니다요, 친절하옵신 나리님."

그것은 틀림없는 여느 때의 그 늙은 성당지기였다.

장 발장은 완전히 안심했다. 그는 웃기 시작했다.

'자베르를 보았다니, 나도 참 정신이 빠졌었지!' 하고 그는 생각했다. '아, 나도 이젠 눈에 안개가 끼기 시작한 모양인가?'

그는 이제 더 이상 그 일을 염두에 두지 않았다.

그로부터 며칠 뒤, 밤 8시쯤 되었을까, 장 발장은 방 안에서 커다란 소리로 꼬제뜨에게 글자를 따라 읽히고 있었다. 그때 장 발장은 집의 현관문이 열렸다 다시 닫히는 소리를 들었다. 그는 이상스럽게 생각했다. 그와 함께 이 집에 살고 있는 또 한 사람인 노파는 촛불을 쓰지 않으려고 언제나 밤이 되면 곧 자는 습관이 있었다.

장 발장은 꼬제뜨에게 잠자코 있으라고 손짓했다. 누군가 계단 올라오는 소리가 났다. 어쩌면 노파가 몸이 불편해 약국에 갔다 오는 것인지도 알 수 없었다.

장 발장은 귀를 기울였다. 발자국 소리는 묵직하게 울리는 것으로 보아 남자인 듯싶었다. 그러나 노파는 구두를 신고 있으며, 늙은 여자의 발자국 소리는 남자의 발자국 소리와 비슷하다. 그래도 장 발장은 촛불을 불어 꺼버렸다.

그는 낮은 목소리로 "조용히 침대로 들어가거라" 하고 속삭여 꼬제뜨를 자러 보냈다. 그가 꼬제뜨의 이마에 입맞추고 있는 동안, 발소리는 뚝 그쳤다. 장 발장은 의자에 앉아 말없이 꼼짝도 않고 등을 문 쪽으로 돌린 채 어둠 속에 숨죽이고 있었다.

시간이 꽤 지났다. 그런데도 아무 소리도 들리지 않았으므로 그는 소리나지 않도록 가만히 돌아보았다. 그리고는 방 입구 쪽으로 눈길을 주려는 찰나, 열쇠 구멍에서 새어나오는 불빛이 보였다. 그 불빛은 문과 벽 사이 어둠 속에서 불길한 별처럼 빛나고 있었다. 확실히 그곳에 누군가 손에 촛불을 들고 귀기울이고 있는 게 분명했다.

몇 분 지났다. 불빛은 사라졌다. 그러나 발자국 소리 하나 들리지 않았던 것으로 미루어, 문 앞에 숨어 귀기울이고 있던 사람은 구두를 벗고 있었음에 틀림없었다.

장 발장은 옷을 입은 채 침대에 몸을 던졌으나, 밤새도록 한잠도 자지 못했다.

새벽녘 피로에 지쳐 잠이 들락말락하던 그는, 복도 끄트머리에 있는 지붕밑 방 언저리의 문이 하나 삐거덕거리며 열리는 소리에 잠을 깨었다. 그리고 사나이의 발자국 소리가, 간밤에 계단을 오르고 있던 것과 똑같은 발자국 소리가 들려왔다. 그 발자국 소리는 점점 가까이 다가오고 있었다. 그는 침대에서 뛰어내려 열쇠 구멍에 눈을 갖다 댔다. 구멍은 제법 컸기 때문에, 간밤에 이 헐어빠진 집으로 들어와 그의 방문 앞에서 귀기울인 자가 과연 누구였는지 한 번 보아두려고 생각했던 것이다.

짐작대로 그것은 남자였지만, 이번에는 걸음을 멈추지 않고 장 발장의 방 앞을 그대로 지나가 버렸다. 복도는 아직 어둠침침해 얼굴

방 입구쪽으로 눈길을 주려는 찰나, 열쇠 구멍으로 새어 나오는 불빛이 보였다.

을 잘 알아볼 수 없었다. 그러나 사나이가 계단까지 갔을 때, 밖에서 들어오는 한 줄기 광선이 그 사나이의 모습을 그림자처럼 떠오르게 했기 때문에, 장 발장은 그 사나이의 뒷모습을 완전히 볼 수가 있었다. 사나이는 키크고, 긴 프록코트를 입고, 굵직한 지팡이를 겨드랑이에 끼고 있었다. 그것은 무시무시한 자베르의 뒷모습같았다. 장 발장은 한길 쪽으로 나 있는 창문을 통해 한 번 더 그 사나이를 볼 수도 있었다. 그러나 그렇게 하려면 창문을 열어야만 되었다. 그는 차마 그럴 용기가 없었다.

틀림없이 그 사나이는 열쇠를 갖고 있어서, 마치 제 집 드나들 듯 들어온 것이었다. 그렇다면 누가 그에게 열쇠를 주었을까? 대체 어떻게 된 일일까?

아침 7시에 노파가 방을 치우러 왔을 때, 장 발장은 그녀를 무서운 눈길로 쏘아보았으나 아무것도 물어보지는 않았다. 노파의 행동은 여느 때와 조금도 다른 점이 없었다.

청소하면서 그 노파는 말했다.

"선생님도 간밤에 누군가 들어온 소리를 들으셨겠지요?"

그녀와 같은 늙은이에게, 그리고 그 거리에서는 밤 8시면 한밤중이었다.

"그러고보니 그런 것 같소" 하고 그는 되도록 자연스럽게 대답했다. "누구였나요?"

"새로 방을 빌려 든 사람이에요."

"이름은 뭐라고 하지요?"

"확실하게 기억할 수는 없지만, 뒤몽이라든가 도몽이라든가, 아무튼 그런 이름이었지요."

"어떤 분인가요, 그 뒤몽이라는 분은?"

노파는 족제비 같은 조그만 눈으로 그를 찬찬히 들여다보며 대답했다.

"연금을 받는 사람이래요, 선생님처럼."

노파는 분명 아무 생각 없이 말했을 테지만, 장 발장에게는 노파의 말 속에 어떤 의미가 숨어 있는 것처럼 여겨졌다. 노파가 가 버린 뒤, 그는 서랍 속에 넣어두었던 100프랑쯤 되는 돈을 싸서 주머니에 집어넣었다. 그 돈을 만질 때 소리나지 않게 하려고 무척 조심했는데도, 5프랑짜리 은화 하나가 미끄러 떨어져 마룻바닥 위를 구르면서 큰 소리를 내었다.

저녁 무렵에 그는 밑으로 내려가 주의깊게 한길을 여기저기 살폈다. 아무도 보이지 않았다. 한길에는 사람 그림자가 전혀 없는 것 같았다. 그러나 나무 그늘에 몸을 숨기려면 숨길 수 있었다.

그는 위층으로 다시 올라갔다.

"이리 오너라" 하고 그는 꼬제뜨에게 말했다. 그는 꼬제뜨의 손을 잡고, 둘이서 함께 밖으로 나갔다.

그는 꼬제뜨의 손을 잡고, 둘이서 함께 밖으로 나갔다.

제5편 어둠 속 사냥 소리 없는 사냥개

계략의 지그재그

독자가 읽게 되는 다음 페이지를 위해, 또한 훨씬 뒤에 나올 페이지를 위해 여기서 한 가지 주의해 둘 일이 있다.

자신과 관계되는 이야기를 하게 된 것은 본의가 아니나, 이 책의 작자는 빠리를 떠난 지 꽤 여러 해가 되었다 (빅또르 위고는 나뽈레옹 3세의 혁명, 1851년 12월 2일 이후 국외로 추방된 지 이때 이미 10년이 됨). 그리고 작자가 떠난 뒤 빠리는 많이 변했다 (오스망 남작의 도시 계획에 의해서임). 작자에게 있어서는 미지의 새로운 도시가 생겨난 셈이다. 그러나 작자가 빠리를 사랑하고 있었다는 것은 새삼스레 말할 필요도 없다.

빠리는 마음의 고향이다. 다만 여러 모로 파괴되고 다시 재건된 결과 작자의 젊은 시절의 빠리, 작자가 자신의 기억 속에 소중하게 간직해 둔 빠리는 지금에 이르러 이미 옛날의 빠리가 되었다. 그러나 그 빠리가 지금도 아직 그대로 남아 있는 것처럼 말하는 것을 용서해 주기 바란다. 작자가 '어떠어떠한 거리에 이러이러한 집이 있다'고 독자를 안내해 가는 곳에, 지금은 이미 그런 집도 거리도 없을지 모른다.

만약 귀찮지 않다면 그것을 조사해 보는 것도 좋으리라. 작자로서는 새로운 빠리를 모르는 채로, 옛날의 빠리를 눈앞에 그리면서 그리운 환영에 싸여 글을 써 나가기로 한다. 고국에 있을 때 눈여겨보던 것을 몇 가지 뒤에 남김으로써, 모든 게 다 사라져 버린 건 아니라고 생각하는 것은 작자로서 즐거운 일이다.

누구든 고국에서 살고 있는 동안에는 그 거리가 자기에게 아무 관계 없고, 그 창문도 지붕도 문도 쓸 데가 없고, 그 벽도 그저 그렇고 그 나무도 흔해 빠진 것이며, 자기가 드나들지 않았던 그 집은 소용없고, 길바닥에 깔린 그 돌도 그저 단순한 돌에 지나지 않는다고 생각하는 게 보통이다.

그러나 뒷날 고국을 떠나 보면 그 거리가 그립고, 그 지붕, 그 창문, 그 문에 마음이 끌리고, 그 벽도 필요해지고, 그 나무도 귀중해지고, 들어가 보지도 않았던 그 집들이 날마다 드나들었던 것처럼 여겨지며, 그 길바닥에 깔린 돌에도 자기의 오장육부와 피와 마음을 두고 온 것을 느끼게 된다.

이제는 볼 수 없는, 그리고 일생을 통해 아마 다시는 볼 수 없을지도 모르는 그 장소들, 그 영상을 가슴 속에 간직하고 있는 그 장소들은, 모두 일종의 애처로운 매력을 지니고 우울한 환상 속에 떠오르며 눈앞에 성지를 보는 것 같은, 한 마디로 말해 프랑스 그 자체의 형태로 나타나는 것이다.

그리고 사람들은 그것을 사랑하고, 있었던 그대로의 모습을 회상하고, 그것에 집착하여 그곳에 있었던 것은 무엇 하나 변하지 않고 있기를 바라는 것이다. 왜냐하면 인간은 조국의 모습을 어머니의 환영처럼 아끼기 때문이다.

그러므로 옛날 일을 현재의 일처럼 말하는 것을 용서해 주기 바란다. 그리고 그러한 것에 유의해 줄 것을 독자들에게 바라며 이야기를 다시 계속하기로 하겠다.

장 발장은 곧 오삐딸 거리를 떠나 작은 골목길로 숨어들면서 되도록 몇 차례 구부러지게 방향을 바꾸고 혹시 뒤를 밟히지 않나 싶어 때때로 느닷없이 뒤돌아가기도 했다.

이것은 쫓기는 사슴이 곧잘 하는 짓으로, 발자국이 남지 않는 지역에서는 그렇게 하면 사냥꾼과 사냥개를 속여 반대 방향으로 쫓게 하는 효과가 있다. 개를 사용하는 사냥에서 말하는, 뒷걸음질로 도망간다는 것이 바로 이런 방법이다.

보름달이 밝게 비치는 밤이었다. 그러나 장 발장은 조금도 구애받지 않았다. 달은 아직 지평에 가깝게 있어서, 그늘진 곳과 달빛이 비치는 곳의 두 면으로 크게 구분되고 있었다.

장 발장은 그늘진 쪽의 집들과 담벽을 따라 몸을 미끄러뜨리듯 움직이면서, 밝은 쪽을 살펴볼 수 있었다. 그늘진 쪽의 볼 수 없는 것에는 별로 개의치 않는 듯했다. 그러나 뽈리보 거리로 통하는 근처의 적적한 골목을 지나면서는 아무도 뒤따르고 있지 않다는 확신을 가졌다.

꼬제뜨는 아무 말도 묻지 않고 걷고 있었다. 태어나서부터 6년 동안 고생만 해온 나머지, 그 아이는 가만히 시키는 대로 하는 습관이 들어 있었다. 게다가——이것은 나중에도 여러 번 언급하게 되겠지만——꼬제뜨는 자기도 모르는 사이에 이 노인의 기묘한 행위와 운명의 불가사의함에 익숙해져 있었다. 또한 그 아이는 노인과 함께 있는 한 자신은 안전하다고 생각하고 있었다.

장 발장도 꼬제뜨와 마찬가지로, 자기가 어디로 가고 있는지 몰랐다. 꼬제뜨가 자기에게 몸을 맡기고 있듯, 그는 하느님에게 몸을 맡기고 있었다. 그는 자기 역시 자기보다 위대한 누군가의 손을 붙잡고 있는 것같이 생각되었다. 그는 누군가 눈에 보이지 않는 것이 자기를 인도하고 있는 듯 느꼈다. 더욱이 그는 지금 무엇 하나 뚜렷한 생각도, 어떠한 계획도, 아무런 묘책도 없었다. 그것이 자베르였는지 어떤지도 확실치 않았으며, 또 그것이 자베르였다 하더라도 자베르 쪽에서 자기가 장 발장임을 알았는지 어떤지도 확실히 몰랐다.

자기는 변장을 하고 있지 않았던가? 자기는 죽은 것으로 여겨지고 있지 않았던가?

하지만 이 며칠 동안 이상한 일이 확실히 여러 차례 일어나고 있었다. 그에게는 그것만으로 충분했다.

그는 이제 다시는 고르보 저택으로 돌아가지 않으려 마음먹고 있었다. 그는 마치 보금자리에서 쫓겨난 짐승처럼, 안정되게 있을 좋은 장소가 발견될 때까지 잠시 몸을 숨길 장소를 찾고 있는 것이었다.

장 발장은 무프따르 구역 내에 있는 복잡한 작은 길을 돌아다녔다. 그 언저리는 마치 중세의 소등 관제를 아직 지키고 있는 것처럼 벌써 조용히 잠들어 있었다. 그는 교묘한 수단을 써서, 쌍씨에 거리와 꼬뽀 거리를, 바드와르 쌩 빅또르 거리와 삐이 레르미뜨 거리를, 여러 가지 방법으로 얼기설기 피해 다녔다.

그 언저리에는 잠잘 방을 빌려 주는 집이 여러 곳 있었으나, 이만하면 좋으리라고 여겨지는 곳이 눈에 띄지 않아 안으로 들어가지 않았다. 만일 누군가 자기 뒤를 밟던 자가 있었다 하더라도, 이미 그 사나이를 따돌렸음에 틀림없다고 믿고 있었다.

쌩 떼띠엔느 뒤 몽 성당의 종이 11시를 알릴 무렵, 그는 뽕뜨와즈 거리 14번지에 있는 경찰서 앞을 지나고 있었다. 그리고 얼마 뒤, 그는 앞서 말한 것처럼 본능적으로 뒤돌아보았다. 그러자 세 사나이의 모습이 경찰서 외등에 똑똑히 비쳐 보였다.

그들은 꽤 가까운 거리를 두고 그의 뒤를 따라오고 있었으며, 그 외등 아래를 한 사람씩 지나갔다. 그 가운데 한 사람은 경찰서 안으로 들어갔다. 그러나 선두에 서서 걸어오는 사나이는 확실히 수상해 보인다고 그는 생각했다.

"빨리 오너라"라고 그는 꼬제뜨에게 말했다. 그리고는 급히 뽕뜨 와즈 거리를 벗어났다.

그는 원을 그리며 이젠 벌써 시간이 늦어 모두 닫혀 버린 빠트리 아르슈 거리의 아케이드 아래에 있는 통로를 돌아, 에뻬 드 브와 거 리에서 아르발레뜨 거리를 지나 뽀스트 거리로 접어들었다.

그곳에는 십자로가 있었다. 지금은 롤랭 중학교가 있는 곳으로, 뇌브 쌩뜨 즈느비에브 거리와 연결되는 곳이다.

말할 것도 없이 이 뇌브 쌩뜨 즈느비에브 거리는 뇌브(새로운 곳 이라는 뜻)라곤 해도 오래된 옛거리이며, 또한 뽀스트(우편이 라는 뜻) 거리는 10년 동안에 우 편 마차 한 번 지나가지 않을 만큼 쓸쓸한 곳이다. 이 뽀스트 거리 는 13세기에 도기류 항아리를 굽던 옹기장이들이 살던 곳으로 본디 이름은 뽀우(항아리 라는 뜻) 거리였다고 한다.

달은 그 십자로에 선명한 빛을 던지고 있었다. 장 발장은 어느 문 아래 몸을 숨겼다. 그 사나이들이 아직도 자기 뒤를 밟고 있다면 이 렇게 환한 달빛을 받으며 모퉁이를 돌 때 틀림없이 그들을 똑똑히 볼 수 있으리라는 계산에서였다.

과연 사나이들은 3분이 채 되기 전에 나타났다. 그들은 이제 네 사람이 되어 있었다. 모두 키크고, 검은 색 긴 프록코트를 입고, 둥 근 모자를 쓰고, 손에는 굵직한 지팡이를 쥐고 있었다. 그들의 그 거대한 몸집과 주먹은, 어둠 속을 걷는 그 불길한 걸음걸이와 함께 사람을 불안하게 만드는 것이었다. 마치 시민으로 둔갑한 네 괴물과 도 흡사한 모습이었다.

그들은 십자로 한복판에 이르자 걸음을 멈추고 무슨 의논이라도 하는 듯이 모여 섰다. 그들은 결정을 내리지 못하고 있는 것 같았 다. 우두머리 격인 사나이가 뒤돌아보더니 오른손을 번쩍 쳐들어 장 발장이 숨어 있는 방향을 손짓했다. 또 한 사나이는 상당히 집요하게 반대 방향을 향해 손짓하는 것처럼 보였다.

　먼젓번 그 사나이가 그쪽을 돌아보는 순간, 달빛이 그 얼굴을 환히 비추었다. 장 발장은 확실하게 자베르의 얼굴을 알아보았다.

다행히도 오스떼를리쯔 다리는 차를 통과시키고 있다

　장 발장으로서는 더 이상 의심할 여지가 없었다. 다행스럽게도 네 사나이는 아직 의견의 일치를 보지 못하고 있었다. 장 발장은 그들이 결정짓지 못하고 머뭇거리는 사이를 이용했다. 그들이 시간을 허비하면, 그로서는 그만큼 시간을 버는 셈이다.

　그는 숨었던 문에서 나와 식물원 쪽 뽀스트 거리로 나아갔다. 꼬제뜨가 지치기 시작했으므로, 두 팔로 들어올려서 안고 걸었다. 길 가는 사람은 한 사람도 없었다. 달밤이라서 가로등마저 켜 있지 않았다.

　그는 걸음을 빨리했다.

　몇 걸음 걷자 옹기를 파는 고블레 상점에 이르렀다. 그 상점 정면에는 오래 된 글귀가 달빛 아래 뚜렷이 보였다.

　아들 고블레의 공장은 여기요
　자, 어서 오셔서 골라잡으시오
　항아리, 병, 꽃병, 토관, 기와
　누구에게나 원하는 대로 팝니다.

　장 발장은 끌레 거리를 지나 이어서 쌩 빅또르 샘을 뒤로 하며, 식물원을 따라 아랫길을 지나 강변으로 나왔다. 거기서 그는 뒤돌아보았다. 강변에는 사람 그림자 하나 없었다. 길에도 아무도 없었다. 자기 뒤에도 아무도 없었다. 그는 비로소 숨을 내쉬었다.

　오스떼를리쯔 다리에 도착했다.

그때까지도 다리를 건널 때 통행세를 내는 제도가 있었다.

그는 다리를 지키는 곳으로 가서 1수를 주었다.

"2수예요" 하고 다리를 지키는 상이군인이 말했다. "걸을 수 있는 아이를 안고 있으니, 두 사람 분을 내십쇼."

장 발장은 이곳을 지남으로써 단서를 잡히지나 않을까 염려하면서 돈을 주었다. 달아나기 위해서는 언제나 눈치채이지 않도록 슬그머니 하지 않으면 안 된다.

마침 그와 함께 세느 강을 건너 오른쪽 강가로 가는 한 대의 짐마차가 있었으므로, 그 그림자에 숨어서 다리를 지날 수 있었다.

다리 중간쯤 왔을 때 꼬제뜨는 다리가 저려서 걷고 싶다고 했다. 그는 아이를 내려주고 다시 손을 잡고 걸었다.

다리를 건너자 바로 앞쪽으로 조금 오른편에 목재 적재장이 보였다. 그는 그쪽으로 갔다. 거기까지 가려면 달빛이 비치는 제법 넓고 환히 트인 장소를 지나가야만 했다.

그는 주저하지 않았다. 뒤를 밟던 자들은 틀림없이 길을 잃었을 터이므로, 이제는 걱정할 것 없다고 믿고 있었다. 그야 물론 아직도 자기를 찾고 있겠지만, 뒤를 밟고 있지는 않으리라.

작은 길인 슈맹 베르 쌩 땅뜨완느 거리가 담으로 둘러싸인 두 개의 목재 적재장 사이로 통하고 있었다. 그 길은 좁고 어둠침침하여 일부러 그를 위해 만든 것 같았다. 그는 그곳에 들어가기 전에 뒤를 돌아다보았다.

그곳에서는 오스떼를리쯔 다리의 전체 모습이 잘 보였다.

네 개의 그림자가 막 다리로 들어서고 있었다.

그 그림자들은 식물원을 등지고, 오른쪽 강가 쪽으로 오고 있었다.

네 개의 그림자는 바로 네 사나이였다.

장 발장은 도로 잡힌 짐승처럼 몸서리를 쳤다.

꼬제뜨는 다리가 저려서 걷고 싶다고 했다. 그는 아이를 내려주고 다시 손을
잡고 걸어갔다.

하나의 희망이 남아 있었다. 그것은 자기가 꼬제뜨의 손을 잡고 달빛 가득한 넓은 빈터를 지나올 때, 저 사나이들이 다리 위에 없었으므로 자기 모습을 보지 못한 것이었다.

그렇다면 눈 앞에 있는 작은 골목길로 들어가 목재 적재장이나, 채소밭이나, 논밭이나, 경작지나, 건물이 없는 빈터로 나가게 된다면 달아날 수 있을 게 틀림없다.

그는 이 조용한 골목길 같으면 안심해도 좋을 듯싶었다. 그는 그곳으로 들어갔다.

1727년의 빠리 지도를 보라

300걸음쯤 갔을 때, 장 발장은 길이 두 갈래로 갈라지는 곳으로 나왔다. 둘로 나뉜 길의 하나는 왼편으로, 또 하나는 오른편으로 비스듬이 뻗어 있었다. 장 발장 앞에 Y자의 두 줄기 길이 나 있었던 것이다. 어느 쪽을 택할 것인가?

그는 주저하지 않고 오른편을 택했다.

왜인가?

왼편 길은 교외 쪽으로, 다시 말해 사람들이 살고 있는 곳으로 통해 있었지만, 오른편 길은 시골로, 다시 말해 사람이 살지 않는 곳으로 통해 있었기 때문이다.

두 사람은 이제 그다지 빨리 걷고 있지 않았다. 꼬제뜨 걸음에 맞추어 걷기 때문에 장 발장의 걸음도 느려지고 있었다.

그는 다시 꼬제뜨를 안아올렸다. 꼬제뜨는 노인의 어깨에 머리를 기대고 한 마디도 말하지 않았다.

그는 때때로 뒤를 돌아보았다. 그는 여전히 조심스럽게 거리의 어둠이 깔린 쪽을 걸어갔다. 그가 걸어온 길은 일직선이었다.

처음에 두서너 번 뒤돌아보았을 때에는 아무것도 보이지 않고 아주 조용했기 때문에 조금은 마음놓고 걸음을 계속했다. 그런데 어느 지점에 와서 갑자기 뒤를 돌아보니, 지금 막 지나온 어둠 속에서 무엇인가 움직인 듯한 기분이 들었다.

그는 걷는다기보다 앞으로 돌진해 갔다. 어디서든 길모퉁이를 찾아내어, 그곳으로 도망쳐서 한 번 더 자취를 감춰 버릴 작정이었다.

그는 어떤 담에 부딪쳤다.

그러나 그 담은 막다른 담이 아니었다. 그것은 지금 장 발장이 들어온 길에 이어져 있는 옆길의 담이었다.

여기서 또 결정을 내리지 않으면 안 되었다. 왼편으로 갈 것인가, 오른편으로 갈 것인가.

그는 오른편을 바라보았다. 그 골목은 창고며 헛간 따위의 건물이 있는 사이로 가늘게 뻗어 막다른 길이 되어 있었다. 그 막다른 끝이 뚜렷이 보였다. 크고 높은 하얀 담이었다.

그는 왼편을 바라보았다. 그쪽 골목은 열려 있었으며, 200걸음쯤 저쪽에서 또 하나의 다른 큰길과 통하고 있었다. 살아날 길은 그쪽이었다.

장 발장이 그 골목 저쪽으로 보이는 큰길로 나가기 위해 왼편으로 돌려고 했다. 그때, 지금부터 그가 나가려던 큰길과 골목이 마주친 곳의 길모퉁이에 무언가 검은 입상 같은 것이, 가만히 움직이지 않고 서 있는 게 눈에 띄었다.

누가 있었다. 누군가 한 사나이가 그곳을 살피러 와서 통로를 막고 잠복해 있는 것이었다.

장 발장은 뒷걸음질쳤다.

장 발장이 지금 서 있는 빠리의 그 지점은 쌩 땅뜨완느 거리와 라뻬 강변의 중간 지점이며 최근의 공사로 지금은 완전히 변해 버렸는데, 어떤 사람들은 그로 말미암아 더 추하게 되었다고 하고 어떤 사람들은 그 모습이 아주 새로워졌다고도 하는 곳이다. 논밭과 목재 적재장과 오래 된 건물들은 흔적도 없이 사라졌다.

요즈음은 그곳에 새로운 큰 거리가 몇 개 생기고, 경기장과 곡예장과 경마장이 있고, 기차역이 있고, 마자스 감옥이 있다. 그런 징벌기관까지 만들어졌으니 과연 진보이기는 하다.

반세기 전까지 그곳은 학술원을 '네 개 국가'라 부르고 오페라 꼬믹 극장을 '페도 극장'이라고 부르기를 고집하는 전통 위주의 통속어로, '쁘띠 삑쀠스'라고 불리고 있었다.

쌩 자끄 문, 빠리 문, 쎄르장 성문, 뽀르슈롱, 갈리오뜨, 쎌레스땡, 까쀠쌩, 마유, 부르브, 아르브르 드 크락꼬비, 쁘띠뜨 뽈로뉴, 쁘띠 삑쀠스, 이러한 것들이 빠리에 남아 있는 옛 빠리의 지명들이다. 민중의 기억은 과거의 유물 위를 떠돌고 있다.

게다가 쁘띠 삑쀠스는 다만 그러한 구역이 만들어졌다는 것뿐 전혀 형태가 갖추어지지 않아 스페인 도시의 수도원 같은 풍치를 지니고 있었다. 길바닥에는 돌도 제대로 깔리지 않았고, 거리에 집들도 드문드문 있었다.

지금부터 나오게 될 두서너 개의 작은 거리를 제외하면, 어느 곳을 둘러보아도 담뿐이었으며 적막하기 그지없었다. 상점 하나 없고, 마차 한 대 지나가지 않았다. 겨우 점점이 촛불이 밝혀진 창들이 비쳐보일 뿐이었으며, 10시만 넘으면 그것마저 모두 꺼져 버렸다. 정원이 있고, 수도원이 있고, 목재 적재장이 있고, 채소밭이 있고, 그리고 나직한 집들이 이따금 보이고, 집과 같은 높이의 큰 담들이 있을 뿐이었다.

지난 세기 이 언저리의 모습은 그러했다. 그것이 대혁명으로 큰 상처를 입었다. 공화 정부의 시 토목과에 의해 파괴되고, 관통되고, 구멍이 뚫렸다. 쓰레기 버리는 곳까지 만들어졌다. 그러나 이것도 지금으로부터 30년 전에 없어지고, 새로운 건물들이 들어섰다. 오늘날에는 옛날의 흔적조차 없어져 버린 것이다.

쁘띠 삑쀠스는 오늘날의 어떤 지도를 보아도 그 흔적이 남아 있지 않지만, 1727년의 지도에는 제법 분명하게 나타나 있다. 빠리의 쁠라트르 거리와 마주보는 쌩 자끄 거리의 드니띠에리 서점과, 리용의 메르씨에르 거리에 있는 '프뤼덩쓰'사의 장 지랑 서점에서 발행된 지도이다.

쁘띠 삑쀠스에서 앞서 우리가 Y자 형 거리라고 불렀던 것은, 슈맹 베르 쌩 땅뜨완느 거리가 두 개로 갈라졌기 때문이다. 왼쪽은 삑쀠스 골목길, 오른쪽은 뽈롱쏘 거리라고 불렀다. 또 Y자의 두 줄기 길은 그 끝이 한 개의 가로지르는 길로 합쳐졌는데 그 길을 드르와 뮈르 거리라 불렀다.

뽈롱쏘 거리는 거기서 끝났으나, 삑쀠스 골목길은 거기서도 더 뻗어가 르느와르 시장 쪽으로 올라가고 있었다.

세느 강 쪽에서 와서 뽈롱쏘 거리 끄트머리에 이르면 왼쪽으로 드르와 뮈르 거리가 통해 있는데, 그것이 느닷없이 직각으로 구부러져 있기 때문에 그 거리의 담이 바로 눈앞에 보였고, 오른쪽으로는 역시 그 드르와 뮈르 거리의 한 동강이 뻗어서 막다른 골목을 이루어, '장로 막다른 길'이라고 불리고 있었다.

장 발장이 있는 곳은 바로 그곳이었다.

앞서 말한 바와 같이, 드르와 뮈르 거리와 삑쀠스 골목길이 만나는 모퉁이에 서서 지키고 있는 검은 그림자를 보자 장 발장은 뒷걸음질쳤다. 의심할 여지가 없었다. 그는 그 그림자의 사나이로부터 감시당하고 있었던 것이다.

어떻게 해야 할까?

뒤로 돌아갈 여유는 없었다. 조금 전 그의 뒤쪽에서 보였던 무언가 움직이는 것은, 자베르와 그의 부하들임에 틀림없었다. 자베르는 지금 아마도 장 발장이 들어온 길의 입구에 와 있을 게 분명했다.

모든 점으로 미루어 보건대, 자베르는 이 좁은 미로의 지리를 잘 알고 있어, 부하 하나를 보내 처음부터 그 출구를 지키게 하고 있었던 것 같았다. 그러한 추측은 틀림없는 것으로 여겨져, 마치 돌풍에 한줌의 먼지가 둘둘 말려 하늘로 올라가듯 한순간에 장 발장의 고통스러운 머릿속을 휩쓸었다.

그는 장로 막다른 길을 살펴보았다. 거기는 막혀 있었다. 삑쀠스 골목길을 살펴보았다. 그곳에는 잠복하는 사나이가 있었다. 달빛을 흠뻑 받은 하얀 포장도로 위로 그 원망스러운 그늘이 새까맣게 떠올라 있는 것이 보였다.

앞으로 가면 잠복하는 그 사나이 손에 떨어진다. 뒤로 물러서면 자베르에게 몸을 던지는 격이다. 장 발장은 올가미에 걸려 그 올가미가 천천히 죄어드는 듯한 기분이 들었다. 그는 절망하여 하늘을 바라보았다.

암중모색하여 도망치다

지금부터 일어나는 일을 잘 이해하려면 드르와 뮈르 거리와, 특히 뽈롱쏘 거리에서 드르와 뮈르 거리로 들어가는 왼쪽 모퉁이를 확실하게 파악하고 있지 않으면 안 된다.

드르와 뮈르 거리는 삑쀠스 골목길에 이르기까지, 오른쪽 가장자리에 초라한 모습의 집들이 다닥다닥 늘어서 있었다. 왼편에는 몇 개의 큰채로 된 꾸밈없는 음산한 건물이 하나 있다. 이 큰채들은 삑쀠스 골목으로 가까워짐에 따라 한 층 한 층씩 점점 높아지고 있었다.

따라서 그 건물은 삑쀠스 골목 쪽은 상당히 높았으나, 뽈롱쏘 거리 쪽은 퍽 낮았다.

앞서 말한 그 모퉁이에서는 이 건물이 벽 높이밖에 안 될 정도로 낮아져 있었다. 그 담은 길과 똑바르게 잇닿아 있지 않고 쑥 들어간 하나의 단면을 이루어 뽈롱쏘 거리와 드르와 뮈르 거리의 양쪽에서 보는 사람이 있다 해도, 그 단면은 양쪽으로 튀어나온 두 개 모퉁이

덕분으로 보이지 않게 되어 있었다.

그 단면의 양쪽 모퉁이에 연결된 담은, 한편으로는 뽈롱쏘 거리 쪽으로, 49번지라고 적혀 있는 한 채의 집 쪽으로 뻗어 있고, 다른 한편인 드르와 뮈르 거리 쪽은 그 담이 짧아 앞서 말한 그 음산한 긴 건물 쪽으로 늘어져, 그 건물의 박공벽과 더불어 끝나고, 거기서 다시 한길에서 쑥 들어간 곳을 만들어내고 있었다.

그 박공벽은 아주 음산해 보였다. 하나뿐인 창에는 양철판을 덮어 씌운 두 장의 들창문이 달렸고, 그것은 늘 닫혀 있었다.

여기서 그리고 있는 이 근처의 상황은 대단히 정확하여 옛날에 이 근처에서 살았던 사람들이면 이것을 보고 매우 뚜렷한 기억을 불러 일으키게 될 것이 틀림없으리라.

앞서 말한 그 담의 단면은 그 전체가 그냥 그대로 크고 보잘것없는 커다란 문 같은 것으로 되어 있었다. 그것은 수많은 판자를 바로 세워 붙여 놓은 것 같이 모양없는 것으로 위의 판자가 아래 판자보다 넓으며 모두 기다란 쇠띠로 가로질러 붙여 놓았다. 한쪽 옆에 보통 크기의 정문이 있었는데, 그것은 생긴 지 분명 50년 이상은 되지 않은 것 같았다.

보리수 한 그루가 그 담의 단면 위로 가지를 뻗고 있었고, 뽈롱쏘 거리 쪽 담은 담쟁이덩굴로 뒤덮여 있었다.

절박한 위험에 놓인 장 발장은 어쩐지 사람이 살고 있지 않는 듯 한 그 음산한 건물의 적막함에 마음이 끌렸다. 그는 재빨리 그 건물을 눈으로 살폈다. 만약 그 안으로 들어갈 수만 있다면 틀림없이 달아날 수 있겠다고 생각했다. 그는 순간적으로 그런 생각과 희망을 가졌다.

드르와 뮈르 거리에 면한 이 건물 정면의 중간쯤에는, 층마다 창에는 모두 납으로 된 깔때기 모양의 오래된 빗물통이 달려 있었다. 중앙의 큰 파이프에서 그 빗물통 하나하나로 연결된 여러 가지 색의 파이프가 건물 정면에 마치 나뭇가지처럼 떠올라 보였다. 그 수많은 파이프 가지는 오래된 농가의 정면 벽에 서로 얼킨 포도나무 덩굴 같았다.

이 함석과 쇠의 가지가 붙은 기묘한 담장 나무가 장 발장의 눈길을 끌었다. 그는 꼬제뜨를 경곗돌 위에 등을 기대어 앉힌 다음 잠자코 있도록 일러 놓고, 그 빗물통이 길바닥에 닿아 있는 곳으로 뛰어갔다. 분명 거기서 기어올라가 안으로 들어갈 방법이 있으리라고 생각되었다.

그러나 빗물통은 상해 있어서 쓸모가 없었으며, 벽면에서 거의 빠져나와 건들거리며 붙어 있었다. 게다가 괴괴한 집의 창은 지붕밑 창까지 모두 굵은 철망으로 덮여 있었다.

뿐만 아니라 달이 그 정면을 환하게 비추고 있었기 때문에, 길 모퉁이에서 지키고 있는 사나이가 기어오르는 장 발장을 발견할 염려가 있었다. 그리고 또 꼬제뜨는 어떻게 할 것인가? 꼬제뜨를 4층 건물의 옥상까지 어떻게 끌어올린단 말인가?

그는 빗물통을 기어오르는 것은 단념하고 벽을 따라 기어가며 뽈롱쏘 거리로 되돌아왔다.

꼬제뜨를 남겨 둔 벽의 단면까지 왔을 때, 그는 그곳이 어느 쪽에서도 보이지 않는다는 것에 생각이 미쳤다. 조금 전에 설명했듯 그곳은 어느 쪽에서 보아도 누구의 눈에도 보이지 않게 되어 있었다. 더욱이 그곳은 어둡게 그늘이 져 있었다.

그리고 또 거기에는 문이 둘 있었다. 억지로 열면 어쩌면 열릴지도 모른다. 담 위로 보리수와 등나무가 뻗어 있는 것으로 보아 그 안쪽은 분명 정원인 듯싶었다. 나무에는 아직 잎이 나 있지 않았지만, 적어도 그곳에 숨어서 날이 밝기를 기다릴 수는 있을 것 같았다.

시간이 흐르고 있었다. 서두르지 않으면 안 되었다.

정문을 살펴보니, 그것은 드나들지 못하게 안팎으로 잠겨져 있음을 곧 알 수 있었다.

그는 그래도 희망을 잃지 않고 또 하나의 커다란 문으로 다가갔다. 그것은 형편없이 낡아 있었고, 큰 만큼 더욱 허술해 보였다. 판자는 썩었고 세 개뿐인 쇠장식은 녹슬어 있었다. 이렇게 벌레에게 파먹힌 문 같으면 부수고 들어갈 수도 있을 것 같았다.

그러나 가만히 살펴보니 그것은 문이 아니었다. 손잡이도 없었고, 자물쇠도 없었고, 한가운데 벌어진 틈도 없었다. 쇠띠가 이 문을 한쪽에서 다른 한쪽으로 죽 가로지르고 있었다.

그는 부서진 판자 틈 사이로 아무렇게나 시멘트로 쌓아올린 돌들을 볼 수 있었다.

문같이 보였던 것은 실은 돌담의 겉부분을 나무로 입혀 놓은 것에 지나지 않는다는 것을 알게 된 장 발장은 당황했다. 판자를 한 장 떼어내기는 쉬웠지만, 그렇게 한들 벽에 부딪칠 뿐이었다.

가스등이 있었다면 불가능한 일

그때 조금 앞에서 규칙적인 무거운 발자국 소리가 들리기 시작했다. 장 발장은 위험을 무릅쓰고 잠시 내다보았다. 7, 8명의 병사가 대열도 정연하게 지금 뽈롱쏘 거리로 막 들어서고 있었다. 총검의 번쩍임이 보였다. 그들은 그가 있는 곳을 향해 오고 있었다.

그 병사들은 키가 큰 자베르를 선두로 천천히 조심스럽게 다가오고 있었다. 그 병사들은 여러 번 걸음을 멈추었다. 그들은 담의 구석진 곳과 문이며 골목 어귀 등을 샅샅이 살피고 있었다.

그들은 자베르가 도중에서 만나 도움을 부탁한 순찰대이리라. 그 추측은 사실 틀리지 않았다. 자베르의 부하 두 사람도 그 대열 속에 끼어 다가오고 있었다.

그들이 때때로 걸음을 멈추는 것으로 보아, 장 발장이 있는 곳까지 도착하려면 아직 15분쯤 더 걸릴 듯했다.

몸서리쳐지는 순간이었다. 몇 분의 차이를 두고 저 소름끼치는 절벽이 세 번째 입을 벌리고 장 발장 앞에 있었다. 이번에 겪어야 할 형벌은 보통 형벌이 아니라 꼬제뜨를 영원히 잃어버리게 되는 일이었다. 그것은 곧 무덤 속과 같은 생활이었다.

이제 가능한 길은 하나뿐이었다.

장 발장에게는 두 개의 배낭을 가졌다고도 할 만한 색다른 데가 있었다. 하나의 배낭 속에는 성자의 생각이, 또 하나의 배낭 속에는 죄수의 무서운 재능이 들어 있었다. 그는 때에 따라 그 어느 쪽이든 뒤져서 찾아내었다.

뚤롱 감옥에서 몇 번 탈옥한 덕분으로, 그는 여러 가지 수법을 터득하고 있었다. 그 중에서도 특히 기어오르는 기술은 믿을 수 없을 만큼 뛰어나, 사다리나 밧줄 없이 단지 근육의 힘만으로 목과 어깨와 허리와 무릎으로 몸을 버티며, 돌의 울퉁불퉁함을 이용하여 벽의 반듯한 모서리를 때로는 7층 높이까지라도 기어오를 수 있었다는 것을 독자들은 기억할 것이다.

지금으로부터 20년쯤 전에 죄수 바뜨 몰이 이 기술을 사용하여, 꽁씨에르즈리 감옥 마당에서 벽 모서리를 타고 넘어 탈출해 그 벽을 아주 유명하게 만든 일이 있었다.

장 발장은 보리수 가지가 뻗어나온 담의 높이를 눈으로 어림해 보았다. 18피트쯤 되는 높이였다. 그 담이 커다란 건물의 박공벽과 잇닿아 있는 모퉁이 아래 구석진 곳에 삼각형으로 돌이 쌓여 있었다. 아주 깊숙한 구석이라서 너무 편하게 통행인들이 용변을 보는 것을 막기 위한 것 같았다. 이렇게 벽의 구석진 곳을 막아 놓은 것은 빠리에서는 얼마든지 볼 수 있었다.

그 구석진 곳에 놓인 돌의 높이는 5피트쯤 되었다. 그 위에서 담 꼭대기까지는 14피트쯤밖에 되지 않았다. 담 위에는 편편한 돌이 놓여 있을 뿐, 기와 같은 것은 얹혀 있지 않았다.

그러나 꼬제뜨가 문제였다. 꼬제뜨는 담을 기어오를 수 없다. 그러면 꼬제뜨를 버리고 갈 것인가? 장 발장은 그런 생각은 꿈에도 해본 적이 없었다. 그렇긴 하나 꼬제뜨를 데리고 담을 기어오른다는 것은 불가능했다. 이 엄청난 일을 해내기 위해서는 자기 혼자서 최선의 힘을 다해야만 되었다. 조그마한 짐이라도 있어서는 중심을 잃고 아래로 굴러떨어질 게 분명했다.

그러나 줄이 있으면 될 것도 같았다. 장 발장은 줄이 없었다. 이 한밤중에 뽈롱쏘 거리의 어디에서 줄을 구하겠는가? 실로 그 순간에, 만약 장 발장이 왕국이라도 가지고 있었다면, 한 가닥의 줄을 얻기 위해 왕국마저 버렸을 것이다.

발등에 불이 떨어졌을 때는 언제나 머리에 번갯불 같은 번뜩임이 있어 어떤 때는 사람을 장님으로 만들고, 어떤 때는 길을 비춰 주기도 한다. 절망한 장 발장의 시선은 어느덧 장로 막다른 길의 T자 모양 가로등 기둥 위로 가 있었다.

그즈음 빠리의 거리에는 가스등이 없었다. 해가 지면 일정한 간격을 두고 배치된 램프에 불이 켜졌다. 그것은 줄을 사용하여 오르내렸으며, 그 줄은 기둥 구멍을 통하여 양쪽에서 기둥을 중심으로 팽팽하게 뻗어 있었다. 그 줄을 올렸다내렸다 하는 회전 고리는 가로등 아래의 조그만 쇠상자 속에 넣어져 있었고, 그 상자의 열쇠는 가로등 관리인이 간수했다. 또한 그 줄은 어느 높이까지는 금속을 입혀서 보호하고 있었다.

장 발장은 죽을 힘을 다하여 거리를 단번에 뛰어넘어 막다른 길로 들어서서, 나이프 끝으로 조그만 상자의 자물쇠를 벗기고, 눈깜짝할 새 꼬제뜨 곁으로 돌아왔다. 그의 손에는 가로등의 줄이 들려 있었다. 온갖 수단을 다 찾아내는 그늘진 세계의 사람들은, 뒷걸음칠 수 없는 운명에 맞닥뜨렸을 때 어떤 일이든 순식간에 해치워 버리는 것이다.

앞서도 말한 바와 같이 이날 밤에는 가로등이 켜져 있지 않았다. '장로 막다른 길'의 가로등도 물론 다른 것과 마찬가지로 꺼져 있었으며, 누군가 그 곁을 지나간다 할지라도 가로등에 불이 켜 있지 않는 데 신경쓰는 사람은 없었을 것이다.

한편 그 시간과 장소와 어둠, 그리고 장 발장이 무엇엔가 열중해서 움직이는 점이며, 그의 기묘한 행동이며, 그가 이리저리 왔다갔다하는 모양이, 차츰 꼬제뜨에게 불안감을 불러일으켰다. 다른 아이였다면 이미 큰소리로 울어댔을 것이다. 꼬제뜨는 다만 장 발장의 프록코트 자락을 잡고 있을 뿐이었다.

다가오는 순찰대와 자베르의 발자국 소리는 점점 뚜렷하게 들려오고 있었다.

"아버지" 하고 꼬제뜨는 낮은 목소리로 말했다. "무서워요, 저기서 오는 사람들은 누구예요?"

"쉿!" 하고 불행한 사나이는 대답했다. "떼나르디에 아주머니가 오고 있는 거다."

꼬제뜨는 몸을 떨었다. 사나이는 덧붙여 말했다.

"조용히 있어. 내게 맡겨 둬. 소리를 내거나 울면, 떼나르디에 아주머니가 숨어서 기다리고 있다가 틀림없이 너를 다시 데려갈 거야!"

그리고는 그리 서두르지 않고, 그러나 무엇 하나 결코 되풀이하는 법 없이 교묘하게 확실한 손재주로, 더욱이 순찰대와 자베르가 언제 밀어닥칠지 모르는 위급한 순간이니만큼 더욱 놀라운 일이었는데, 그는 자기 넥타이를 끌러 그것을 꼬제뜨의 겨드랑이 밑으로 둘러 아프지 않도록 주의하면서 단단히 잡아매어서는, 뱃사람들이 제비매듭이라고 부르는 매듭으로 그 넥타이를 줄 한쪽 끝에 매고 줄의 또 한쪽 끝을 자기 입에 물고, 구두와 양말을 벗어서 담 너머로 던지고 구석진 곳에 쌓여 있는 돌 위로 뛰어올랐다.

　그리고는 담과 박공벽과의 모서리를, 마치 뒤꿈치와 팔꿈치를 사다리에 걸친 것같이 힘차게, 확고한 동작으로 기어오르기 시작했다. 30초도 채 못 되는 사이에 그는 담 꼭대기에 무릎을 걸치고 있었다.

　꼬제뜨는 어리둥절하였다. 한 마디도 입을 열지 않고 그를 쳐다보고만 있었다.

　장 발장이 이른 말과 떼나르디에 아주머니라는 그 이름이 그 아이를 꼼짝 못하게 하고 있었던 것이다.

　갑자기 꼬제뜨는 여전히 아주 낮은 목소리로 장 발장이 자기에게 말하는 소리를 들었다.

　"담에다 등을 붙여라."

　꼬제뜨는 그대로 했다.

　장 발장은 다시 말했다.

　"아무 말도 해서는 안 돼! 겁내지 말고."

　꼬제뜨는 몸이 땅바닥에서 끌려 올라가는 것을 느꼈다. 스스로 깨닫기도 전에 아이는 담 위로 올라와 있었다.

　장 발장은 꼬제뜨를 등에 업고 그 조그만 두 손을 왼손으로 쥐고는, 배를 담 위에 딱 붙이고 기어가기 시작해 담 위의 쑥 들어간 단면이 있는 곳에 다다랐다.

　그가 예측한 대로 그곳에는 집이 한 채 있었고, 그 지붕이 판자를 붙인 돌담 위로부터 보리수를 스치며 땅바닥 가까운 곳까지 꽤 완만한 경사로 뻗어 있었다. 다행스럽게도 담은 이 울안에서는 밖에서 본 것보다 훨씬 더 높았다. 장 발장이 내려다 보니 땅바닥이 아래로 꽤 깊어 보였다.

　그가 지붕의 경사진 면에 막 도착하여 아직 담 뒤에서 손을 떼지 않았을 때, 밤공기를 휘젓는 소란함이 순찰병들이 담 밖에 도착했음을 알려 주었다. 자베르의 벼락치는 듯한 목소리가 들렸다.

"막다른 길을 찾아봐! 드르와 뮈르 거리도 빽뛰스 골목길도 지키고 있어. 골목 안에 있을 게 틀림없다."

순찰병들은 장로 막다른 길 안으로 뛰어들어갔다.

장 발장은 꼬제뜨를 업은 채 지붕을 타고 내려 보리수를 붙잡고 땅 위로 풀쩍 뛰어내렸다. 무서워서인지 긴장된 탓인지 꼬제뜨는 숨을 죽이고 있었다. 아이의 두 손에는 조금 긁힌 자국이 나 있었다.

수수께끼의 시작

장 발장은 탁 트인 넓고 이상스럽게 긴 정원 안에 들어와 있었다. 마치 겨울 밤에나 바라보기 위해 만들어 놓은 것 같은 그런 쓸쓸한 정원이었다. 직사각형으로 안쪽에 키가 큰 포플러가 나란히 선 오솔길이 있고, 구석구석에 꽤 키큰 나무숲이 있었다. 한가운데는 휑히 트인 빈터로 그곳에는 하늘을 가리듯이 서 있는 큰 나무 한 그루, 커다란 덤불처럼 뭉쳐서 빽빽하게 나 있는 몇 그루의 과실수, 네모진 채소밭, 여러 개의 종 모양 유리 덮개가 달빛을 받으며 빛나고 있는 멜론 밭, 그리고 해묵은 웅덩이 등이 보였다.

여기저기에 돌로 만든 벤치가 있었으나, 이끼가 새까맣게 끼어 있는 것 같았다. 오솔길에는 키가 작고 거무칙칙한 떨기나무들이 똑바로 나란히 서 있었으며, 마당의 반은 잡초가 점령했고, 그 나머지는 푸른 이끼가 뒤덮고 있었다.

장 발장의 옆에는 지금 그 지붕을 타고 내려온 집과, 산더미처럼 쌓인 장작, 그리고 그 장작 뒤로 담에 딱 붙어서 한 개의 석상이 서 있었다. 부서져서 보기 흉한 가면처럼 되어 있는 석상의 얼굴이 희미한 어둠 속에 어렴풋이 떠올라 보였다.

광처럼 생긴 그 집은 형편없이 낡아서 벽이 떨어진 방들이 몇 개 보이는데, 그 중 하나는 무엇인가 물건이 꽉 들어 쌓여 헛간으로 사용되고 있는 것 같았다.

꼬제뜨는 몸이 땅 위로 끌어 올려지는 것을 느꼈다.

삑뛰스 골목길 쪽으로 굽어지며 계속되고 있는 드르와 뭐르 거리의 커다란 건물이 직각을 이룬 두 개의 정면으로 이 정원을 둘러싸고 있었다. 그 안쪽 정면은 바깥쪽의 정면보다 훨씬 더 삼엄한 느낌이었다. 어느 창문에나 모두 철망이 쳐져 있고, 불빛 하나 비치지 않았다. 위층 창에는 마치 감옥처럼 겉창이 달려 있었다. 달빛을 받는 지금은 한쪽 정면의 그늘이 다른 정면으로 떨어지고, 그것이 다시 마당에 떨어져서 커다란 검은 보자기를 펼쳐 놓은 것 같았다.

그 밖에는 한 채의 집도 보이지 않았다. 정원 안쪽은 안개와 어둠 속에 묻혀 있었다. 그러나 몇 개의 담이 어렴풋이 보이고 있었으며, 그것들이 서로 마주쳐 있는 것으로 보아, 그 저쪽으로는 밭이 있는 것 같았고, 또 뽈롱쏘 거리의 그 나지막하게 늘어선 지붕들도 가려낼 수 있었다.

이 정원보다 더 황량하고 적막한 곳은 생각조차 할 수 없을 정도였다. 사람 그림자 하나 없는 것은 시간이 시간이니만큼 당연한 일이었겠지만, 비록 대낮이라 할지라도 사람이 걸어다닐 만한 곳은 못 되는 것 같았다.

장 발장이 맨 먼저 생각해 낸 것은, 구두를 찾아 신고 꼬제뜨와 함께 헛간 속으로 들어가는 일이었다. 도망자들은 제아무리 몸을 잘 숨겨도 그것으로 충분하다고 생각지 않는 법이다. 꼬제뜨는 아직도 떼나르디에 아주머니를 생각하고 있었으므로, 그와 마찬가지로 되도록 몸을 조그맣게 움츠렸다. 꼬제뜨는 떨면서 그에게 꼭 달라붙어 있었다.

밖에서는 막다른 길과 거리를 찾아 헤매고 있는 순찰병들의 소란스런 소리가 들리고 있었다. 개머리판이 돌에 부딪치는 소리, 잠복시켰던 밀정들을 불러내는 자베르의 목소리, 뚜렷하지는 않으나 무언가 호통치는 소리.

15분쯤 지나자 그 소란스러운 소리도 점점 멀어져 가기 시작했다.

그는 언제부터인지 꼬제뜨의 입에다 손을 대고 있었다.

더욱이 그가 몸을 숨기고 있는 이 인기척 없는 마당은 불가사의할 정도로 고요했으므로, 그토록 격렬했던 바로 눈앞의 무서운 소란도 이곳에서는 조금도 불안하게 여겨지지 않았다. 마치 이 집의 담은 성서에 나오는 침묵의 돌로 만들어져 있는 것 같았다.

갑자기 그 고요한 가운데 새로운 소리가 들려왔다. 무엇이라고 표현할 수 없는 맑고 숭고한 소리, 앞서 있었던 소리가 그토록 무서웠던만큼 참으로 기쁘기 짝이 없는 소리였다. 그것은 어둠 속에서 들려 오는 찬미가요, 어둡고 무서운 밤의 고요 속에서의 기도와 화음 소리였다.

여자들의 목소리, 그것도 동정녀의 맑은 음조와 소녀의 천진스러운 음조가 곱게 뒤섞인 목소리, 이 세상의 것으로 여겨지지 않는 목소리, 갓 태어난 아기의 귀에는 아직도 쟁쟁하고, 죽어가는 사람들의 귀에는 이미 들리기 시작하는 그 소리와 비슷한 목소리였다. 그 노랫소리는 정원에 우뚝 솟아 있는 검은 건물에서 흘러나오고 있었다. 악마들의 소란이 멀어져 가자 천사들의 합창이 어둠 속으로부터 다가오고 있는 것 같았다.

꼬제뜨와 장 발장은 무릎을 꿇었다. 두 사람은 그것이 무엇인지를 몰랐으며, 자기들이 지금 어디 있는지도 몰랐다. 그러나 두 사람 다, 이 어린아이도 노인도, 그 천진난만한 사람도 회개한 사람도 두 무릎을 꿇어야만 한다고 느꼈던 것이다.

그러한 소리가 들리는데도 건물은 여전히 인기척이 없는 것 같았다. 사람이 살지 않는 집 안에서 울리는 초자연적인 노랫소리 같았다. 그러한 찬미가가 들려오는 동안 장 발장은 이미 아무것도 염려하고 있지 않았다. 그는 이미 지금 밤을 보고 있는 것이 아니라 푸른 하늘을 바라보고 있었다. 그는 어떤 사람이나 모두 자기 속에 지니고 있는 저 하늘을 나는 날개가 펼쳐지는 것을 느끼는 듯한 기분이었다.

노래는 그쳤다. 그것은 어쩌면 제법 상당한 시간 동안 계속되었는지도 모르나 장 발장에게는 어느 정도였는지 짐작되지 않았다. 황홀한 시간은 아무리 길어도 한순간으로밖에 여겨지지 않는 법이다.

모든 것은 또다시 고요 속으로 되돌아갔다. 이젠 거리에도 정원에도 아무런 기척이 없었다. 마음을 졸이게 하는 것도 안심시키는 것도 모두 사라져 버렸다. 바람이 담 위에 있는 가련하게 시든 풀을 흔들어 쓸쓸하고 처량한 소리를 일으키고 있었다.

수수께끼의 계속

밤의 북풍이 일기 시작했다. 그것으로 보아 이미 오전 1시와 2시 사이임에 틀림없었다. 불쌍하게도 꼬제뜨는 한 마디도 말하지 않았다. 장 발장은 그 아이가 자기 옆 땅바닥에 앉아 머리를 기대고 있었기 때문에, 이미 잠든 것으로 생각하고 있었다. 그는 몸을 구부려 그 얼굴을 들여다보았다. 꼬제뜨는 잠들기는커녕 눈을 크게 뜨고 무언가 생각하고 있는 중인 것 같았다. 장 발장은 그것을 보자 가슴이 아팠다. 꼬제뜨는 아직도 떨고 있었다.

"잠이 오지 않느냐?" 장 발장은 말했다.

"굉장히 추워요." 꼬제뜨는 대답했다.

잠시 뒤 그 아이는 다시 말했다.

"아직도 저기 있나요?"

"누가?"

"떼나르디에 아주머니 말이에요."

장 발장은 꼬제뜨의 입을 봉하기 위해 썼던 그 방법을 벌써 잊어버리고 있었다.

"아, 아주머니는 이제 가 버렸어, 무서워할 것 없다."

꼬제뜨는 가슴에서 무거운 짐을 내려놓은 듯 겨우 숨을 몰아쉬었다. 땅바닥이 축축한데다 헛간 속은 사방이 트여 있어 북풍은 점점 더 차가워지기만 했다. 장 발장은 프록코트를 벗어 꼬제뜨를 감싸 주었다.

"이제 조금 따뜻해졌지?"

"네, 아버지."

"그렇다면 잠깐만 기다려라, 내 얼른 다녀올 테니."

그는 그 헛간을 나와 어딘가 더 좋은 장소가 없을까 하고 큰 건물을 따라 걷기 시작했다.

문은 몇 개나 있었지만 모두 잠겨 있었다. 아래층 창문에는 모두 철망이 씌워져 있었다.

건물 안쪽 모퉁이를 돌아서, 몇 개의 아치형 창문이 있는 곳까지 나왔다. 거기에는 불빛이 보이고 있었다. 그는 뒤꿈치를 들고 하나의 창문을 통하여 안을 들여다보았다. 그 창문들은 모두 꽤 넓은 하나의 방에 달려 있는 것으로, 넓은 방 안에는 바닥에 커다란 돌이 깔렸고, 여러 개의 기둥과 아케이드로 구분되어 있었으며, 희미한 불빛 하나와 커다란 그림자밖에는 아무것도 분간할 수 없었다. 빛은 구석에 켜 있는 한 개의 장명등에서 흘러나오고 있었다.

방 안에는 인기척 하나 없었고, 움직이는 것은 아무것도 없었다. 그러나 유심히 들여다보고 있으려니까, 마룻바닥 돌 위에 수의에 덮인 사람 모습 같은 게 보이는 듯했다. 그것은 엎드려서 얼굴을 바닥 돌에 붙이고, 팔을 열십자로 벌리고 죽은 듯 움직이지 않았다. 마치 뱀 같은 모양으로 바닥 위를 기고 있는 것 같았으며, 그 이상스런 형상에는 목에 줄이 매여 있는 것 같기도 했다. 넓은 방 안에는 빛이 흐르는 곳에 있게 마련인 안개 같은 것이 자욱이 차 있어서 한층 무서운 느낌을 주었다.

장 발장 자신이 그 뒤에도 여러 번 말한 적 있거니와, 그는 일생을 통해 온갖 처참한 광경을 보았지만 그 어둠침침한 장소에서 그러한 수수께끼 같은 사람의 모습이 무엇인지 이유를 알 수 없는 신비를 행하고 있는 것을 한밤중에 들여다본 이때처럼 온몸이 얼어붙는 무서움을 느낀 적은 한 번도 없었다.

그것이 아마 죽어 있는지도 모른다고 생각하니 등골이 오싹해져 왔으나, 어쩌면 살아 있을지도 모른다고 생각하는 것은 더욱 무서운 일이었다.

그는 정신을 가다듬고 유리창에 이마를 대고 그것이 움직이는지 어떤지 살펴보았다. 상당히 오랫동안 그렇게 가만히 엿보고 있었으나, 길게 늘어져 있는 그 형태는 조금도 움직이지 않았다.

갑자기 그는 형언할 수 없는 무서움에 사로잡혀 달아나기 시작했다. 뒤를 돌아볼 용기마저 잃고 헛간 쪽을 향해 뛰기 시작했다. 만일 뒤돌아보면 그 형상이 팔을 흔들면서 성큼성큼 뒤쫓아오는 걸 보게 될 것만 같았다. 그는 단숨에 헛간으로 되돌아왔다. 무릎이 절로 굽어들고, 허리에는 식은땀이 흐르고 있었다.

여기는 어딜까? 빠리 한복판에 이런 묘지 같은 데가 있으리라고 누가 상상이나 할 수 있겠는가? 이 기묘한 집은 대체 무엇일까? 밤의 신비에 넘치는 건물, 천사들의 노랫소리로 어둠 속에 사람의 마음을 끌어들이는 집, 더욱이 가까이 다가가 보면 갑자기 나타나는 저 무서운 광경, 천국의 빛나는 문이 열리는가 하면 별안간 무덤의 무서운 문이 열린다! 더욱이 그것은 분명 현실에 존재하고 있는 건물, 한 거리에 뚜렷한 번지를 가지고 있는 하나의 집인 것이다! 꿈이 아니다! 꿈이 아닌 것을 믿기 위해서 그는 그 집 돌에 손을 갖다 대어 보지 않고는 견딜 수가 없었다.

추위와 걱정과 불안, 그 밤의 여러 가지 격렬한 감정으로 말미암아 그의 몸에서는 열이 나고 있었다. 그리고 그의 머릿속에는 별의별 생각이 얽혀 있었다.

그는 꼬제뜨에게 다가갔다. 꼬제뜨는 잠들어 있었다.

더욱 깊어지는 수수께끼

꼬제뜨는 돌을 하나 베개삼아 잠들어 있었다.

그는 그 곁에 앉아서 꼬제뜨를 들여다보기 시작했다. 그 아이를 바라보고 있는 동안 차츰 기분이 가라앉아 마음의 여유를 되찾고 있었다.

그는 하나의 진실을, 앞으로 자기 생활의 근본이 될 것을 확실하게 깨닫기 시작했다. 꼬제뜨가 있는 한, 그 아이를 곁에 두고 있는 한, 자기가 구하는 것은 오직 꼬제뜨를 위해서일 뿐이며, 자기가 두려워하는 것도 오직 이 어린아이를 위해서일 뿐이라는 것을. 그는 프록코트를 벗어서 꼬제뜨를 감싸 주었는데도 별로 추위를 느끼지 않았다.

그러나 그러한 생각에 잠겨 있는 동안, 조금 전부터 묘한 소리가 들려오고 있었다. 그것은 방울을 흔들고 있는 것 같은 소리였다. 그 소리는 정원에서 나고 있었다. 아련하지만 또렷하게 들려 오고 있었다. 그것은 밤의 목장에서 가축의 목에 달린 방울이 흔들거리는 저 희미한 음악 소리와도 흡사했다. 그 소리를 듣고 장 발장은 돌아다 보았다. 눈을 비비며 잘 살펴보니, 정원 한복판에 누군가 있는 것이 보였다.

한 남자라고 여겨지는 희미한 그림자가, 멜론 밭의 종 모양 유리 덮개 사이를 걸으면서 일정한 동작으로 일어서기도 하고 몸을 굽히기도 하고 멈추기도 하며, 무엇인가를 땅 위로 끌기도 하고 펼치기도 하는 것 같았다.

장 발장은 불행한 자들이 끊임없이 떨듯이 부르르 몸을 떨었다. 그들에게는 모든 게 자기에게 적의를 품고 있는 것 같고 모든 게 의심스럽게 여겨지는 법이다. 사람 눈에 띄기 쉽다고 하여 대낮을 싫

어하고, 갑자기 습격당하기 쉽다고 하여 밤을 싫어한다. 장 발장은
조금 전에는 정원 안에 인기척이 없는 것을 무서워했고, 이번에는
정원 안에 누가 있는 것을 무서워했다.

환영처럼 스며 있는 무서움은 이제 현실적인 무서움으로 바뀌었
다. 자베르와 형사들은 아마도 아직 철수하지 않았을 것이다. 틀림
없이 거리나 골목에 감시하는 사람을 남기고 있을 것이다. 자기가
정원 안에 있는 것을 저 사나이가 발견하면, 도둑이야 하고 소리치
며 자기를 그들의 손에 넘겨줄 것이리라.

그는 자고 있는 꼬제뜨를 살그머니 안아 헛간 속의 가장 깊은 곳,
구석에 가구가 쌓인 뒤로 옮겼다. 꼬제뜨는 꼼짝도 하지 않았다.

그곳에서 그는 멜론 밭에 있는 사나이의 행동을 지켜보았다. 기묘
하게도 방울 소리는 그 사나이의 움직임에서 나고 있었다. 사나이가
가까워지면 방울 소리도 가까워지고, 사나이가 멀어지면 방울 소리
도 멀어졌다. 사나이가 재빠르게 움직이면 방울도 거기에 알맞게 떨
면서 소리를 내고 사나이가 멈춰 서면 방울 소리도 멎었다. 분명 방
울은 그 사나이에게 달려 있는 것 같았다.

그렇다면 대체 그것은 무슨 뜻일까? 염소나 소처럼 방울을 단 저
사나이는 대체 어떤 자란 말인가? 스스로 그런 의문을 품으면서 그
는 꼬제뜨의 두 손을 만져 보았다. 그것은 얼음처럼 차가웠다.

"앗, 이래서는 안 되겠어! 꼬제뜨!" 그는 나직한 목소리로 불
렀다. "꼬제뜨!"

꼬제뜨는 눈을 뜨지 않았다. 그는 마구 흔들었다. 그래도 그 아이
는 눈을 뜨지 않았다.

"죽은 것일까?"

그는 중얼거렸다. 그리고는 머리에서 발 끝까지 떨면서 일어섰다.

무서운 생각들이 복잡하게 그의 머릿속을 스쳐갔다. 어처구니없는
상상이 한 떼의 격노한 복수의 여신들처럼 밀어닥쳐서 두뇌의 벽을

꼬제뜨는 돌을 하나 베개삼아 잠들어 있었다.

마구 부수려는 때가 있다. 그것이 사랑하는 사람의 신상에 관계될 때는 아무리 조심성 있는 사람이라 할지라도 별의별 미친 생각을 다 해보는 법이다.

추운 밤, 문 밖에서 잠드는 것은 생명에 치명적일지도 모른다는 것에 그는 생각이 미쳤다. 꼬제뜨는 핼쑥한 얼굴로 그의 발 아래 땅바닥에 축 늘어져 움직이지 않았다. 그는 숨소리를 들어보았다. 숨결은 아직 계속되고 있었다. 그러나 그것도 겨우 지속되는 것으로서, 금방이라도 멎어 버릴 것만 같았다.

어떻게 하면 몸을 따뜻하게 해줄 수 있을까? 어떻게 하면 의식을 되찾게 할 수 있을까? 그 밖의 모든 생각은 그의 뇌리에서 사라져 버렸다.

어떠한 일이 있어도 15분 안에 꼬제뜨를 불 옆으로 옮겨 놓지 않으면 안 되었다.

방울을 단 사나이

장 발장은 정원에 있는 사나이에게 똑바로 다가갔다. 그는 주머니에 넣어둔 돈뭉치를 손에 쥐고 있었다. 사나이는 얼굴을 숙이고 있었기 때문에 그가 다가오는 것을 모르고 있었다. 장 발장은 몇 걸음 성큼성큼 걸어서 사나이 바로 앞에 이르렀다. 장 발장은 가까이 다가가서 소리쳤다.

"100프랑!"

사나이는 소스라치게 놀라면서 고개를 들었다.

"100프랑 주겠소!" 하고 장 발장은 말했다. "오늘 밤 나를 재워 준다면!"

달빛이 장 발장의 당황한 얼굴을 정면으로 비추고 있었다.

"아니, 마들렌느 씨가 아닙니까!" 사나이는 말했다.

이런 한밤중에, 이런 모르는 곳에서, 이런 낯모르는 사나이 입에

희미한 그림자가, 멜론 밭의 종 모양 유리 덮개 사이를 걸으면서 일정한 동작으로 일어서기도 하고 몸을 굽히기도 하고 멈추기도 하며, 무엇인가를 땅 위로 끌기도 하고 펼치기도 하는 것 같았다.

서 마들렌느라는 이름으로 불리자 장 발장은 뒷걸음질쳤다.

그는 모든 것을 각오하고 있었지만 이것만은 참으로 뜻밖이었다. 그에게 그 말을 한 사나이는 허리가 구부러진 절름발이 노인으로, 농부 같은 모습이었으며, 왼쪽 무릎에는 가죽을 대고, 거기에 제법 커다란 방울을 달고 있었다. 얼굴은 그늘이 져 있어 알아볼 수 없었다.

한편 노인은 모자를 벗고 부들부들 떨면서 부르짖었다.

"세상에! 마들렌느 씨, 어떻게 이곳엘 다 오셨습니까? 대체 어디로 들어오셨습니까? 하늘에서 내려왔습니까? 그러시겠지요, 네. 당신께서 오셨다면 하늘에서 내려온 것임에 틀림없으시겠지요. 그런데 그 모습은 무엇입니까? 넥타이도, 모자도, 윗옷도 없이! 아니, 모르는 사람이 보았으면 놀라 자빠지겠습니다. 윗옷도 안 입으시다니! 아니, 아니, 요즈음은 성자 같은 분들이 더 뜻밖의 일을 잘하십니다그려. 그런데 대체 어떻게 이곳으로 들어왔습니까?"

그 말은 마구 쏟아져 나왔다. 노인은 시골사람 같은 빠른 말투였으나, 조금도 상대를 불안하게 만들지 않았다. 그 말 속에는 놀라움과 순박함이 뒤섞여 있었다.

"댁은 누구신지요? 이 집은 또 무엇하는 곳인가요?"

장 발장은 물었다.

"이거, 정말 놀랐습니다!" 노인은 소리쳤다. "저는 당신께서 여기에 넣어준 사람이고, 이 집은 당신께서 저를 넣어준 집이에요. 그런데 저를 몰라보시겠습니까?"

"모르겠는걸" 하고 장 발장은 말했다. "당신은 어떻게 나를 알고 있다는 거요?"

"당신께선 저의 생명을 구해 주신 분입니다."

그 사나이는 몸의 방향을 바꾸었다. 달빛이 그의 옆얼굴을 비춰 주었다. 그제서야 장 발장은 포슐르방 노인을 알아보았다.

"호!" 장 발장은 감탄했다. "당신이었구려? 음, 생각이 나는군."

"겨우 아셨습니까?" 노인은 나무라듯 말했다.

장 발장은 다시 말을 이었다.

"여기서 뭘 하고 있는 거요?"

"보시다시피 멜론을 가꾸고 있습죠."

그러고 보니 장 발장이 가까이 다가와 말을 걸었을 때, 포슐르방 노인은 손에 가마니 끝을 잡고 그것을 멜론 밭 위에 덮고 있는 참이었다. 그는 한 시간쯤 전부터 정원에 나와 이미 꽤 많은 가마니를 펼쳐 놓고 있었다. 장 발장이 헛간 안에서 살폈던 그의 기묘한 동작은 그런 일을 하고 있었던 것이다.

노인이 계속해서 말했다.

"저는 생각했습죠. 달이 밝아서 서리가 내릴 것 같다. 나의 멜론에게 외투를 입혀 줄까 하고 말이에요." 그는 너털웃음을 웃고 장 발장을 바라보며 덧붙였다. "당신에게도 입혀 드려야 할 것 같은데요! 그런데 여기엔 대체 어떻게 오셨습니까?"

장 발장은 지금 이 노인은 자기를 알고 있다, 적어도 마들렌느라는 이름으로 알고 있다는 것을 느끼고 몹시 조심스레 말했다. 장 발장은 여러 가지로 질문을 퍼부었다. 이상하게도 역할이 거꾸로 바뀌어 버린 것 같았다. 이제 질문을 던지는 것은 침입자인 장 발장이었던 것이다.

"당신이 달고 있는 그 방울은 대체 뭔가요?"

"이것 말입니까?" 포슐르방은 대답했다. "이것은 사람이 피하도록 달고 있는 겁니다."

"흠, 당신을 피하게 하기 위해서라고?"

포슐르방 노인은 무어라 설명할 수 없을 만큼 눈을 가늘게 떠 보였다.

"그렇습죠! 이 집에는 여자들만 있기 때문이에요. 그것도 아주 젊은 처녀들만 많이 있습지요. 저와 맞닥뜨리는 것은 위험하다고 해서 방울로써 알려 주는 겁니다. 방울 소리가 나면 모두 달아나 버리지요."

"이 집은 대체 무슨 집이오?"

"저런, 잘 아시면서!"

"아니, 모르겠소."

"저를 이 집의 정원사로 넣어 주셨으면서……."

"내가? 전혀 모르겠으니 말해 주시오."

"그렇다면 말씀드립죠. 여기는 쁘띠 삑쀠스 수도원입니다."

그제야 장 발장의 가슴 속에 기억이 되살아났다. 우연하게도, 다시 말하면 신의 섭리에 의해 그는 바로 쌩 땅뜨완느 지구의 그 수도원 안에 떨어진 것이다.

지금부터 2년 전 마차에서 떨어져 절름발이가 된 포슐르방 노인이 그의 추천을 받아 그곳에 고용되어 있었던 것이다. 장 발장은 자신에게 이르듯 노인의 말을 되풀이했다.

"쁘띠 삑쀠스 수도원!"

"네, 그렇습니다. 그런데 대체," 포슐르방 노인은 말을 이었다. "어떻게 여기 들어오셨습니까, 마들렌느 씨? 그야 당신께선 성자이시긴 하지만 그래도 남자인데, 남자는 이곳에 전혀 들어올 수 없답니다."

"당신도 여기 있지 않소?"

"저 혼자뿐입니다."

"그러나……" 장 발장은 말을 이었다. "그러나 어떤 일이 있어도 나를 여기에 머물게 해주지 않으면 안 되겠는데!"

포슐르방 노인은 소리질렀다.

"그건 정말 큰일입니다!"

장 발장은 노인에게 다가서서 무거운 목소리로 말했다.

"포슐르방 노인, 당신 생명을 구해 준 것은 나요."

"그건 제가 먼저 잊지 않고 말씀드렸습니다."

"그렇다면 오늘은 당신이 해줄 수 있을 거요. 옛날에 내가 당신에게 했던 그대로를, 나를 위해서."

포슐르방은 주름투성이인 그 떨리는 손으로 장 발장의 굳건한 두 손을 힘있게 잡고, 잠시 동안은 입도 열지 못했다. 마침내 그는 부르짖듯 말했다.

"아, 조금이나마 은혜를 갚을 수 있다면, 그건 하느님의 은총입니다! 제가 당신의 생명을 구한다! 아, 시장님, 무엇이든 이 늙은 이에게 말씀해 주십시오!"

말할 수 없는 환희가 이 노인을 변화시켜놓았다고 할까. 그 얼굴에서는 빛이 나오는 것 같았다.

"무엇을 해드리면 됩니까?"

"그건 지금 말하겠소. 그런데 당신 방은 있겠지요?"

"저쪽에 외따로 오두막을 가지고 있습니다. 옛날 수도원 자리의 뒤쪽으로 누구의 눈에도 띄지 않는 구석진 곳이지요. 방은 셋입니다."

그 집은 과연 허물어진 수도원 뒤쪽에 숨어 있어 누구의 눈에도 띄지 않게 되어 있었기 때문에 장 발장도 미처 못 보고 있었던 것이다.

장 발장은 말했다.

"좋소. 그러면 당신에게 두 가지 부탁이 있소."

"어떤 일입니까, 시장님?"

"먼저, 당신이 나의 신상에 관해서 알고 있는 것을 아무에게도 말하지 않을 것. 그리고 이 이상 나에 관해서 알려고 하지 않을 것.”

“좋습니다. 저는 잘 알고 있습니다요. 당신께서 결코 나쁜 짓을
하시지 않는다는 것과, 당신께서는 언제나 올바른 신앙심을 가지
고 계시다는 것을. 게다가 저를 이곳에 넣어 주신 게 당신이셨다
는 것도. 무엇이든지 당신 마음대로 하십시오. 저는 하라시는 대
로 하겠습니다.”

“약속했소. 그럼, 나를 따라오시오. 아이를 데리러 가야 하니까.”

“옛? 아이가 있다고 하셨습니까?”

그러나 포슐르방은 그 이상 아무 말도 하지 않고 개가 주인의 뒤
를 따르듯 장 발장의 뒤를 따라갔다.

그 뒤 반 시간도 못 되어 꼬제뜨는 잘 타오르는 불 옆에서 장밋빛
얼굴을 되찾고 늙은 정원사의 침대 속에 잠들어 있었다. 장 발장은
도로 넥타이를 매고 프록코트를 입고 있었다. 돌담 너머로 던졌던
모자도 찾아서 주워왔다. 장 발장이 프록코트를 입고 있는 동안 포
슐르방이 풀어둔 방울 달린 무릎 덮개는, 지금은 광주리 옆 못에 걸
려 벽을 장식하고 있었다.

두 사람은 테이블 위에 팔꿈치를 괴고 불을 쬐었다. 테이블 위에
는 포슐르방이 내놓은 한 조각의 치즈와 검은 식빵과 포도주 한 병
과 술잔 두 개가 가지런히 놓여 있었다. 노인은 장 발장의 무릎에
손을 얹고 말했다.

“마들렌느 씨, 당신께서 저를 그토록이나 알아보시지 못하다니!
당신께선 사람 목숨을 구해주시고도, 구해 준 사람을 잊어버립니
다. 그건 아주 좋지 못해요. 구원받은 사람은 언제나 당신을 잊지
않고 있는데, 어쨌든 당신께선 인정이 없으십니다요.”

자베르가 실패한 까닭

여태까지 그 이면을 보아왔다고도 할 수 있는 이상의 사건은 실은

노인은 장 발장의 무릎에 손을 얹고 말했다.

지극히 간단한 사정 아래에서 일어난 것이었다.

죽은 팡띤느의 침대 옆에서 자베르에게 붙잡혔던 그날 밤, 장 발장이 몽트뢰이유 쉬르 메르 시립 감옥을 탈출했을 때, 경찰은 탈옥수가 빠리를 향해 사라진 게 틀림없으리라고 추측했다.

빠리는 모든 것을 삼켜 버리는 일대 소용돌이다. 그러므로 한번 거기에 빠지는 날이면 모든 게 바다의 소용돌이 속에 사라져 버리듯 인파의 소용돌이 속에 사라져 버리고 만다. 아무리 넓은 숲이라도, 빠리의 군중만큼 사람을 잘 감출 수는 없다. 어떤 도망자일지라도 그러한 사실을 알고 있다. 일단 빠리의 소용돌이에 빨려들어가기만 하면 살아날 수 있는 것이다.

경찰 쪽에서도 이런 사실을 잘 알고 있어서, 다른 곳에서 놓친 자도 으레 빠리에서 찾는다. 그러니만큼 경찰은 몽트뢰이유 쉬르 메르의 전 시장도 빠리에서 찾았다.

자베르는 수사를 돕기 위하여 빠리로 호출되었는데 실제로 그는 장 발장을 체포하는 데 커다란 힘이 되었다. 그가 그때 보여준 열의와 지혜는, 앙글레스 백작 아래에서 빠리 시경국장 비서를 지내고 있던 샤부이예 씨의 인정을 받았다.

게다가 샤부이예 씨는 자베르를 돌보아 주고 있었기 때문에, 이 몽트뢰이유 쉬르 메르의 경위를 빠리 시경 소속으로 영전시켜 주었다. 자베르는 빠리에서 여러 방면에 걸쳐 활약하여, 그러한 직무에 이런 표현은 우스운 일이지만, 꽤 명예로운 기량을 나타냈다.

그는 장 발장에 대해서는 이미 잊어버리고 있었다. 언제나 사냥감을 뒤쫓고 있는 그러한 개들은 오늘의 늑대 때문에 어제의 늑대를 잊어버리게 마련이다. 1823년 12월 어느 날, 여느때 신문 같은 것을 조금도 읽지 않는 그가 뜻밖에도 신문을 읽었다. 자베르는 왕당파였기 때문에 '총사령관 대공' 바이욘느의 개선에 관해 상세한 기사를 읽고 싶었던 것이었다.

그 기사를 재미있게 모두 읽고 난 뒤, 아랫면에 있는 하나의 이름이, 장 발장이라는 이름이 그의 주의를 끌었다. 신문이 전하는 바에 의하면 죄수 장 발장은 죽었다는 것이었는데, 그러한 내용이 너무나 확실하게 씌어 있었기 때문에 자베르는 조금도 의심하지 않았다. 그는 단지 잘되었어, 하고 느꼈을 뿐이었다. 그러고 나서 신문을 집어 던진 뒤로 그 일에 대해 완전히 잊어버렸다.

그로부터 얼마 되지 않아 세느 와즈 도청으로부터 빠리 시경 앞으로, 몽페르메이유 마을에서 예사롭지 않은 상황 아래 발생한 어린이 유괴사건에 관한 경찰 사항의 보고서가 제출되어 왔다. 그 보고에 의하면, 그 지방의 어느 여관 주인에게 어머니가 맡겨두었던 7, 8살쯤 된 여자아이가 낯선 한 사나이에 의해 유괴되었다는 것이었다. 그 아이의 이름은 꼬제뜨였고, 어머니는 팡띤느라는 이름으로 자선 병원에서 죽었으나 그것이 언제 어디서였는지 알 수 없다는 것이었다.

이 보고서가 자베르의 눈에 띄었다. 그는 생각에 잠겼다. 팡띤느라는 이름을 그는 잘 알고 있었다. 장 발장이 그 여자의 아이를 데리러 가도록 사흘 동안만 여유를 달라고 했던 것을 그는 기억하고 있었다. 그는 또 장 발장이 빠리에서 체포된 것은 마침 몽페르메이유행 마차를 타려던 찰나였던 일도 생각해 냈다.

또한 여러 가지 사실을 종합해 보건대 장 발장이 그 마차를 탄 것은 그것이 두 번째로, 이미 그전에도 그 마을 안까지는 모습을 나타내지 않았으나 마을 근처까지 다녀왔다는 정황은 충분히 있었다.

몽페르메이유의 시골까지 그는 무얼 하러 갔었던가? 그것은 결국 모르는 채 넘어가고 말았다. 그러나 지금 자베르는 생각의 일치점에 이르렀다. 그것은 팡띤느의 딸의 존재에서 비롯되었다. 장 발장은 그 아이를 데리러 갔던 것이다. 그런데 이번에는 그 아이가 어떤 사나이에 의해 유괴되었다고 한다.

그 낯선 사나이는 대체 누구일까? 장 발장일까? 그러나 장 발장은 죽고 없었다. 그리하여 자베르는 아무에게도 말하지 않고, 쁠랑셰뜨 골목에서 쁠라 데땡의 승합마차를 타고 몽페르메이유로 가보았다.

그곳에 가면 밝혀지리라고 그는 기대하고 있었으나 수수께끼는 오히려 미궁에 빠져들었다.

처음 며칠 동안, 떼나르디에 부부는 화가 나서 마구 떠들어 대고 다녔던 모양이다. 그래서 '종달새'가 없어졌다는 소문이 마을에 자자하게 퍼졌다. 소문은 곧 여러 가지 형태로 퍼지기 시작하여, 결국은 어린아이가 유괴되었다는 이야기로 결말지어졌다. 그리하여 경찰의 보고로까지 번졌던 것이다.

그러나 그 동안에 화났던 기분이 얼마쯤 가라앉자, 떼나르디에는 그 뛰어난 본능으로 뒤처리에 대한 일을 생각하게 되었다. 재판소의 검사님까지 움직이는 것은 자기에게 이익될 것이 추호도 없을 뿐더러 꼬제뜨의 유괴사건으로 자칫 잘못하면 자기가 하고 있는 온갖 수상쩍은 일에 대해 사직 당국의 이목을 쏠리게 하는 결과를 초래하게 된다는 것을.

부엉이가 가장 싫어하는 것은 촛불을 들이대는 일이다. 게다가 자기가 받은 1500프랑의 돈 문제는 어떻게 말해야 좋단 말인가. 그는 별안간 생각을 바꾸고 아내의 입도 굳게 막은 뒤 유괴된 어린아이 이야기만 나오면 깜짝 놀라는 체 해 보였다.

자기는 그런 건 통 모른다. 그야 물론 귀여운 아이를 그 모양으로 눈 깜박할 사이에 데리고 가 버렸으니, 처음에는 화가 나서 불평도 했었다. 그래도 인정상 다만 2, 3일만이라도 더 곁에 두고 싶었는데, 아무튼 데리러 온 사람이 그애 할아버지였으니 지극히 당연한 일이 아닌가. 그가 할아버지라고 덧붙인 것이 효과를 발휘했다.

자베르가 몽페르메이유에서 알아낸 일은 이상과 같은 것이었다.

할아버지라는 한 마디에 장 발장이 아닐까 하던 생각이 사라지고 말았다.

그러나 자베르는 두서너 가지 질문을 던져 떼나르디에의 말에 탐색의 침을 꽂아 보았다.

"그 할아버지란 어떤 자이며 이름은 무엇이었나?"

떼나르디에는 여기에 대해 시원스레 대답했다.

"돈많은 시골 영감이었습죠. 통행증도 보았어요. 뭐라든가, 기욤 므 랑베르 씨라고 하던가요."

랑베르란 과연 사람좋은 시골영감 같은 믿을 만한 이름이었다. 자베르는 빠리로 돌아왔다.

"장 발장은 틀림없이 죽은 것이다" 하고 그는 스스로 마음에 타일렀다. "나는 한 방 먹었어."

그는 다시 이 사건을 잊어버렸다. 그런데 1824년 3월에 접어들어, 쌩 메다르 교구에 살고 있는 '적선하는 거지'라는 별명으로 불리는 기묘한 사나이에 관한 말을 들었다.

그 말에 의하면 그 사나이는 연금을 받고 있으며 본명은 아무도 모르고, 8살쯤 된 여자 아이와 단둘이 살고 있는데 아이에게 물어보아도 몽페르메이유에서 왔다는 것 말고는 무엇 하나 알 수 없다는 것이었다.

몽페르메이유! 또다시 이 지명이 나왔기 때문에 자베르는 귀를 기울였다. 전에 성당지기를 하다가 지금은 밀정 노릇을 하고 있는 나이먹은 거지 하나가 그 사나이에게 언제나 적선을 받고 있다기에 더욱 자세한 내용을 알아낼 수 있었다.

그 연금을 가진 사나이는 사람을 전혀 사귀지 않으며, 저녁에만 외출하고, 아무에게도 말을 걸지 않으며, 단지 어쩌다 한 번씩 가난한 자에게만 말을 할 뿐 사람을 가까이 하지 않는다. 이루 말할 수 없이 낡아빠진 누런 프록코트를 입고 있으나, 그 속에는 지폐가 잔뜩 꿰매어져 몇 백만 프랑의 값어치가 있다는 것이었다.

이 마지막 말이 자베르의 호기심을 끌었다. 그리하여 그는 그 이상한 연금 생활자를 눈치채이지 않고 바로 눈 앞에서 보기 위해, 어느 날 성당지기 사나이로부터 헌 누더기와 그가 매일 밤 쪼그리고 앉아 콧소리로 기도문을 중얼거리면서 염탐을 하고 있는 장소를 빌렸다.

과연 '수상한 사나이'는 그렇게 변장한 자베르에게 다가와 적선을 했다. 그 순간 자베르는 얼굴을 들었다. 장 발장이 자베르를 알아보고 느낀 것과 똑같은 충격을, 장 발장인 것을 알아본 자베르 쪽에서도 느꼈다.

그러나 어둠 속이었기 때문에 잘못 본 것인지도 모른다는 생각이 들었다. 장 발장의 죽음은 공식적으로 기정사실이 되어 있었다. 의혹이, 그것도 대단히 중요한 점에서의 의혹이 자베르의 머릿속에 남아 있었다. 자베르는 조심성 많은 사나이였으므로, 의혹을 품고 있는 동안에는 누구의 목덜미에 손대는 짓은 하지 않았다.

그는 그 길로 고르보 저택까지 그 사나이의 뒤를 밟아, 노파에게 입을 열게 했다. 그것은 손쉬운 일이었다. 노파는 몇 백만 프랑의 거액이 프록코트 안에 들어 있는 게 사실이라고 단정하면서, 천 프랑짜리 지폐에 대해서도 말을 꺼냈다.

"이 눈으로 본걸요! 이 손으로 만졌는걸요!"

그래서 자베르는 방을 하나 빌려 바로 그날 저녁부터 미행에 들어갔다. 그리하여 셋방살이하는 그 이상한 사나이의 방문 앞에서 목소리를 엿듣고, 안에서 일어나는 일을 알려고 했으나 장 발장은 열쇠 구멍에서 흐르는 불빛을 알아차리고 침묵을 지킴으로써 자베르의 계획을 무너뜨려 버렸던 것이다.

다음날 장 발장은 집을 옮기려 했다. 그러나 5프랑짜리 은화가 바닥에 떨어지는 바람에 그 소리가 노파의 귀에 들렸다. 노파는 돈 소리가 나는 걸 보니 떠나려는 게로구나 생각하고 급히 자베르에게 알렸다. 자베르는 큰 거리의 가로수 그늘에서 두 부하를 데리고 잠복해 있었다.

자베르는 시경에 협력을 요청했으나 체포하려는 자의 이름을 밝히지 않고 자기 가슴 속 깊숙이 접어 두었다. 이름을 밝히지 않은 데에는 세 가지 이유가 있었다.

첫째, 조금이라도 경솔한 짓을 했다가는 장 발장에게 경계심을 줄지도 모른다는 두려움이었다.

둘째, 죽은 것으로 되어 있는 늙은 탈옥수, 법정의 기록에 '가장 위험한 종류의 악한'이라고 영원히 기록되어 있는 죄수, 그러한 자를 체포한다는 것은 커다란 공로이므로 그것을 빠리 경찰국의 고참들이 신참인 자베르에게 맡길 리 없었기 때문에, 그는 자기가 눈독 들인 죄수를 남의 손에 빼앗길까 걱정되었다.

세째로, 자베르는 본디 예술가로서, 사람들을 깜짝 놀라게 하는 것을 좋아했다. 그는 오래 전부터 사람들 입에 오르내려 이미 알려져 있는 일의 성공은 좋아하지 않았다. 어둠 속에서 걸작을 만들어 내어 느닷없이 베일을 벗겨 보이기를 원했던 것이다.

자베르는 장 발장의 뒤를 밟아 나무에서 나무로, 거리 모퉁이에서 모퉁이로 뒤따르면서 잠시도 눈을 떼지 않았다. 장 발장이 이제 안심해도 된다고 여겼을 때도 자베르의 눈은 그에게서 떨어져 있지 않았다.

왜 자베르는 장 발장을 곧바로 체포하지 않았던가? 그것은 아직도 의문이 남이 있었기 때문이었다.

이즈음 경찰은 무엇이든 마음대로 할 수 없었다는 사실을 기억해 두어야겠다. 언론의 자유가 경찰권을 누르고 있었던 것이다. 몇 번인가 영장 없는 체포에 대해 신문이 떠들어 대어 의회에서까지 문제가 되었기 때문에 경찰은 겁을 먹고 있었다. 개인의 자유를 침해한다는 것은 중대한 문제였다.

경관들은 잘못을 범할까 두려워했고, 시경국장은 그들 자신에게 책임을 지우고 있었다. 한 번만 실수하면 그것으로 끝장이었다. 다음과 같은 기사가 스물이나 되는 신문에 게재되었을 때 빠리 안에 어떤 반향이 일어날 것인지 한 번 생각해 보면 이해가 될 것이다.

'어제 연금으로 생활하는 훌륭한 백발 노인이 8살 된 손녀를 데리고 산책하던 중 탈옥수로 체포되어 빠리 경찰국 유치장에 보내졌다!'

게다가 되풀이 말하지만, 자베르에게는 세심한 조심성이 있었다. 그의 내심의 주의가 시경국장의 주의에 더해져 있었던 셈이다. 그는 정말로 의혹을 품고 있었다.

장 발장은 그에게 등을 보이며 어둠 속을 걷고 있었다.

슬픔과 불안과 걱정과 낙담, 밤중에 달아나 꼬제뜨와 자기를 위해 빠리 안을 정처없이 헤매며 숨을 집을 찾지 않으면 안 되는 새로운 불행, 어린아이의 걸음에 자기 걸음을 맞추지 않으면 안 되는 안타까움, 이러한 것들이 쌓여서 자신도 모르는 사이에 걸음걸이마저 변화시켜 그의 모습이 아주 늙어 보였기 때문에 자베르라는 경찰의 화신 같은 자까지도 잘못 알아볼 정도여서 실제로 못 알아보았던 것이다.

너무 가까이 다가가 볼 수도 없었고, 망명한 늙은 가정교사와도 같은 그의 옷차림, 그를 어린 여자아이의 할아버지라고 단언한 떼나르디에의 이야기, 게다가 감옥에서 죽은 것으로 되어 있는 일 등을 생각할수록 짙은 의혹이 자베르의 가슴에 피어 오르는 것이었다.

한 번은 신분 증명 서류를 제시하라고 느닷없이 요구할까 하는 생각도 해보았다. 그러나 만약 그 사나이가 장 발장이 아니라면, 정당한 연금을 받는 선량한 늙은이가 아니라면, 아마도 빠리의 온갖 범죄조직에 깊이 관여하는 악한이며 위험한 패들의 우두머리로서 정체를 숨기기 위해 적선을 하는 낡은 수법을 쓰고 있는 늙은이임에 틀림없을 것이다.

그에게는 반드시 부하들과 동료들이 있고, 여러 곳에 아지트를 두고 있어 그 속에 몸을 숨기려 할 게 틀림없으리라. 저렇게 거리를 빙글빙글 도는 것만 봐도 여느 늙은이로 생각되지 않는다. 너무 서두르면 '황금 달걀을 낳는 암탉을 죽이는' 격이 된다. 천천히 덤벼든들 어떠랴?

이쯤 되고 보면 절대로 놓치지 않으리라는 배짱을 자베르는 가지고 있었다. 그리하여 그는 망설이면서 그 수수께끼 같은 인물에 대해 여러 모로 생각하며 그의 뒤를 쫓고 있었다.

그런데 상당히 뒤늦은 셈이긴 했으나, 뽕뜨와즈 거리까지 왔을 때 어느 술집에서 흘러나오는 밝은 불빛으로 그는 그가 분명 장 발장이라는 것을 알아보았다.

이 세상에는 너무나 기뻐서 부들부들 몸을 떨게 되는 경우가 두 가지 있다. 어머니가 잃었던 자식을 다시 만나거나, 호랑이가 먹이를 다시 만난 경우이다. 자베르는 그러한 주체할 길 없는 기쁨에 부들부들 몸을 떨었다.

무시무시한 탈옥수 장 발장의 모습을 확실히 알아보았을 때, 그는 곧 자기 편에는 세 사람뿐이라는 것에 생각이 미쳤다. 그래서 그는 뽕뜨와즈 거리의 경찰서에 협조를 요청했다.

가시돋친 막대기를 쥐기 위해서는 우선 장갑을 끼지 않으면 안 된다.

그 때문에 시간이 걸린 것과, 롤랭의 네거리에서 걸음을 멈추고 부하 경관들과 의논한 일 등으로 그는 하마터면 장 발장을 놓칠 뻔했다. 그러나 장 발장이 틀림없이 강을 사이에 두고 추적꾼들과 자기 사이를 떼어놓으려 할 거라고 그는 곧 꿰뚫어 보았다.

마치 사냥개가 땅에 코끝을 대고 방향을 냄새맡는 것처럼 자베르는 머리를 갸웃거리며 생각했다. 그는 올곧은 본능의 힘으로, 똑바로 오스떼를리쯔 다리로 향했다. 다리지기에게 한 마디 물어봄으로써 사태를 파악할 수 있으리라 짐작되었다.

"어린 여자아이를 데리고 있는 사나이를 못 보았나?"

"그 사나이에게 2수를 치르게 했습니다" 하고 다리지기는 대답했다.

자베르가 다리에 들어서니, 마침 장 발장이 꼬제뜨의 손을 잡고 달빛이 환히 내리비치는 빈 터를 지나가는 모습이 보였다. 그리고 뒤이어 그가 슈맹 베르 쌩 땅뜨완느 거리로 들어가는 것도 보였다. 그는 그곳에 그물을 쳐놓은 듯한 이상적인 '장로 막다른 길'이 있는 것을 떠올리고, 거기에서 드르와 뮈르 거리를 거쳐 삑뛰스 골목으로 빠지는 하나뿐인 출구를 생각해 냈다.

그는 사냥꾼들의 말처럼 앞질러 출구를 막아 버리기 위해 부하를 하나 다른 길로 급히 보냈다. 병기창으로 돌아가는 순찰병들을 만나자, 그들에게 부탁하여 돕도록 했다.

이러한 승부에는 군인들이 어울린다. 게다가 산돼지 사냥에는 사냥꾼의 지혜와 사냥개들의 협력이 필요한 게 원칙이다.

이만한 조치를 취해 놓았으니 오른쪽으로 가면 장로 막다른 길이고, 왼편으로 가면 부하 경관이 있고, 뒤에는 자베르 자신이 있어서 장 발장은 이미 잡은 것이나 다름없다고 생각하면서 그는 코담배를 한 움큼 집어 냄새 맡았다.

그런 뒤 그는 사냥을 시작했다. 그것은 벅차오르는 즐거움에 찬 잔혹한 시간이었다. 그는 눈앞에 있는 사냥감이 가는 대로 내버려두었다. 이미 자기 손아귀에 들어왔다는 자만심이, 포박하는 순간을 되도록 뒤로 늦추고 있었다.

이미 잡힌 거나 다름없는 것이 자유롭게 돌아다니는 모습을 보는 게 즐거워서, 거미줄에 걸린 파리를 파닥거리게 내버려두는 거미나

또는 사로잡힌 쥐를 이리저리 도망다니게 하는 고양이 같은 쾌감에 넘친 눈초리로 지그시 사나이를 살피고 있었다. 먹이를 짓누르는 발톱에는 악마적인 쾌감이 스며드는 법이다. 사로잡은 먹이가 발버둥치고 움직이는 것을 느끼며, 차츰 숨통을 짓눌러 가는 즐거움이 얼마나 큰가!

자베르는 즐기고 있었다. 올가미의 줄은 단단히 죄어져 있었다. 일이 잘되어 가는 것은 의심할 여지가 없었다. 그는 이제 다만 손에 힘을 주기만 하면 되었다.

그에게는 든든한 부하들까지 딸려 있었기 때문에, 장 발장이 아무리 용기있고 힘세고 필사적으로 도망친다 할지라도 잡지 못하게 되리라고는 꿈에도 생각할 수 없었다.

자베르는 조금씩 올가미의 줄을 죄어갔다. 마치 도둑의 주머니라도 뒤지듯 거리의 구석진 곳을 샅샅이 살피며 죄어들어갔다.

그러나 거미집 한가운데까지 이르렀을 때, 파리는 이미 그곳에 없었다. 그가 얼마나 이를 갈며 분해했을 것인지 상상하고도 남음이 있다.

그는 드르와 뮈르 거리와 뻑뿌스 골목의 모퉁이에 배치해 두었던 잠복 경관에게 물어보았다. 자기가 맡은 장소에 침착하게 버티고 있었으나, 그 사나이가 지나는 것은 보지 못했다고 말했다.

때로는 사슴도 귀신같이 숨어 버린다. 사냥개 무리에게 바싹 쫓기다가 갑자기 없어져 버리는 일이 있다. 그런 때는 아무리 노련한 사냥꾼일지라도 아연해진다.

뒤비비에며 리니빌이며 데프레스 같은 명수들도 어쩔 수 없는 것이다. 그런 실패를 한 뒤 아르똥즈는 이렇게 내뱉었다.

"그것은 사슴이 아니라 마법사였어!"

자베르도 같은 한탄의 소리를 질렀을지도 모른다.

그는 낙담한 나머지 한동안 절망과 광포에 미쳐 날뛰었다.

나뽈레옹은 러시아 전투에서 실수하고, 알렉산더는 인도 전투에서 실수하고, 시저는 아프리카 전투에서 실수하고, 키로스는 씨씨아 전투에서 실수했듯이, 자베르는 장 발장을 상대로 한 일전에서 분명 실수를 했다.

무엇보다도 그 전과자를 알아보는 데 주저한 것이 잘못이었다. 한눈으로 보아 알 수 있는 일이 아니었던가! 처음부터 그 황폐한 집에서 단번에 체포하지 않았던 게 잘못이었다. 뽕뜨와즈 거리에서 확신을 가졌을 때 단번에 덤비지 않았던 게 잘못이었다. 롤랭 십자로에서 정면으로 달빛을 받으며 부하들과 의논한 것이 잘못이었다.

물론 여러 사람들의 의견이란 무시할 수 없는 것이고 믿음직한 사냥개들의 의견을 듣는 것도 좋은 일이다. 그러나 늑대나 탈옥수 같은 방심할 수 없는 짐승을 몰아세울 때는 사냥꾼이 아무리 조심에 조심을 거듭해도 지나치지 않다.

자베르는 사냥개들에게 방향을 지시하는 일에 지나치게 골몰한 나머지 짐승으로 하여금 이쪽의 기척을 알아차리게 하여 보기좋게 놓쳐 버렸다. 더욱이 오스떼를리쯔 다리에서 다시 종적을 붙잡은 다음, 그 정도의 상대를 한 가닥 실 끝에 매어두려고 한 바보스럽고 어리석은 장난질이 잘못이었다.

자기 힘을 과신하고 쥐를 상대하듯 사자와 맞섰다. 동시에 자기 힘을 과소평가하고 도움을 청해야 한다고도 생각했다. 그러한 조심이야말로 파탄을 가져온 원인으로서 귀중한 시간을 잃었던 것이다.

자베르는 그러한 실수를 모조리 저지르기는 했으나, 그래도 역시 세상에서 가장 현명하고 정확한 경찰의 하나임에 틀림없었다. 말 그대로, 그는 사냥에서 말하는 '영리한 개'였던 것이다. 그러나 세상에 어떻게 완전한 것이 있으랴?

위대한 전략가라 할지라도 실수는 하는 법이다.

큰 실패도 굵은 동아줄처럼 숱한 가는 줄이 한데 꼬아져 이루어지는 일이 많다. 동아줄을 한 가닥 한 가닥의 새끼로 풀어내듯 큰 실패도 아주 적은 결정적인 원인으로까지 풀어헤치고 보면 그 하나하나를 잘라나가기란 손쉬운 일이어서 뭐야 겨우 이 정도인가 하고 여겨진다. 그러나 그것을 모조리 주워 맞추고 꼬아올리면 거대한 것이 된다.

그리하여 앗틸라는 동방의 마리샹 황제와 서방의 발렌티니앙 황제 사이에서 우물쭈물했고, 한니발은 카푸아에서 꾸물거렸고, 당똥은 아르씨 쉬르오쁘 (당똥의 고향)에 잠들었던 것이다.

장 발장이 자기 손아귀에서 달아난 것을 알았을 때 자베르는 이성을 잃거나 하지는 않았다. 올가미를 뚫고 나간 그 죄수가 아직 멀리 갔을 리 없다고 믿은 그는 감시자를 두고, 함정과 복병을 쳐놓고, 밤새도록 그 주위를 뒤졌다.

그는 가로등이 파손되고 그 줄이 잘라진 것을 발견했다. 그것은 중요한 단서였다. 그러나 그는 그 때문에 오히려 방향을 잘못 잡아, 장로 막다른 길에만 눈길을 돌렸다.

그 막다른 골목에는 꽤 야트막한 담장들이 몇 개나 있었으며, 그 안으로 정원이 있고 정원 주위로 넓은 황무지가 펼쳐져 있었다. 장 발장은 틀림없이 그곳으로 달아났을 거라고 생각했다.

사실 장 발장이 장로 막다른 길로 좀더 들어갔더라면 아마도 붙잡혔을 것이다. 자베르는 마치 떨어뜨린 바늘을 찾듯 그 정원들과 황무지를 샅샅이 뒤졌다.

날이 샐 무렵 그는 영리한 부하 둘을 파수꾼으로 남겨 놓고, 마치 도둑에게 되잡힌 밀정 같은 수치심을 느끼며 시경찰국으로 돌아갔다.

제6편 쁘띠 삑쀠스

삑쀠스 골목 62번지

반세기 전쯤에는 삑쀠스 골목 62번지에 있는 정문은 아무데서나 흔히 볼 수 있는 보통 대문이었다. 여느 때는 언제나 반쯤 열려져 사람 마음을 끄는 그 문 안에서 음울한 느낌이 전혀 없는 두 가지를 볼 수 있었다. 포도덩굴에 뒤덮인 담장으로 에워싸인 안마당과, 이리저리 거닐고 있는 문지기의 표정이었다. 그리고 안쪽 담장 위로는 큰 나무들이 보였다. 햇빛이 안마당을 화사하게 비추거나 문지기가 한잔 마셔 기분좋을 때 이 삑쀠스 골목 62번지 앞을 지나가면 어쩐지 가벼운 미소가 절로 떠올랐다. 그런데 지금은 독자도 이미 보신 바와 같이 음산한 곳이다.

입구는 미소짓고 있었으나, 건물 내부는 기도를 드리며 울고 있었다.

제법 까다롭게 구는 문지기를 어떻게 해서든 겨우 통과하여──이것은 '열려라, 참깨!'라는 주문을 알아야만 되므로 대부분의 사람으로서는 힘든 일이었지만——오른쪽의 조그만 현관에 발을 들여놓으면, 두 벽 사이로 한 사람씩밖에 오르내리지 못할 만큼 좁은 층계가 있다. 그 층계의 초콜릿빛 장식 판자를 아랫부분에 붙인 미색 벽을 꺼림칙하게 여기지 않고 올라가 층계참을 지나면 2층 복도로 나가게 되어 있었다. 그 노랗게 칠한 벽과 초콜릿빛 장식 판자는 이루 말할 수 없는 고요를 빚어내고 있었다.

층계와 복도는 두 개의 훌륭한 창문으로 빛을 받아들이고 있었다. 복도는 구부러져 거기서부터 어둠침침했다. 모서리를 돌아 몇 걸음 나아가면 어떤 문 앞에 이르는데, 그 문은 꼭 닫혀 있지 않아서 한결 신비로움을 느끼게 한다. 문을 밀고 들어가면 안은 사방 6피트쯤 되는 작은 방으로 바닥에 타일이 깔려 있고, 티 하나 없이 청결하고 차가우며, 벽은 한 두루마리에 15수 하는 푸른 꽃무늬가 찍힌 중국 난징 벽지로 발라져 있었다.

방의 왼편은 벽 전체가 큼지막한 창으로, 조그만 유리를 여러 장 끼운 그 창문으로 흐릿한 햇빛이 비쳐들고 있었다. 방 안을 둘러보면 아무도 없다. 귀를 기울이면 발자국 소리도 사람 목소리도 들리지 않는다. 벽에는 아무것도 걸리지 않았으며, 가구는 의자 하나 놓여 있지 않았다.

좀 더 자세히 살펴보면, 문 맞은편 벽에 사방 1피트쯤 되는 네모진 구멍이 뚫려 있었다. 검고 마디진 튼튼한 쇠창살이 가로세로 끼워져, 바둑판 무늬처럼 되어 있다기보다 오히려 대각선 길이가 1인치 반도 안 되는 그물눈을 만들어내고 있었다. 벽지의 자잘한 푸른 꽃무늬는 차분하고 질서정연하게 늘어서서 그 쇠창살까지 와닿아 있었으며, 그 음울한 구도 속에서도 꽃무늬의 따뜻한 분위기는 조금도 흐트러지지 않고 있었다.

그 네모진 구멍으로 드나들 만한 깜짝 놀랄 정도로 작은 생명체가 있다 할지라도, 창살은 그것을 막았으리라. 그곳으로 물체는 드나들지 못하고 눈, 곧 정신은 드나들게 하고 있었다. 어쩌면 본디 그러한 생각에서 만들어진 것 같기도 했다. 왜냐하면 창살에서 조금 안쪽으로 그물국자의 구멍보다도 더 자잘한 구멍이 무수히 뚫린 양철판 한 장이 벽에 끼워져 있었으니까.

그 양철판 밑으로는 우체통 같은 구멍이 하나 뚫려 있었다. 방울장치에 달린 끈 하나가 창살 구멍 오른쪽에 늘어져 그 끈을 잡아당기면 방울이 울리고, 깜짝 놀랄 만큼 바로 곁에서 사람 목소리가 들린다.

"누구십니까?" 하고 그 목소리는 묻는다.

너무도 조용해서 어쩐지 슬프게 느껴지는 여자 목소리였다.

여기서 또 주문 하나를 알고 있지 않으면 안 된다. 주문을 알지 못하면 그 목소리는 끊어져 버리고, 벽 저쪽은 무덤 속 암흑처럼 잠잠해지는 것이다.

만약 그 주문을 알고 있으면 목소리는 대답한다.

"오른쪽으로 들어오십시오."

창문 맞은편 오른쪽에 천창이 달려있는 잿빛으로 칠한 유리문이 있었다. 쇠고리를 올려 문을 열고 안으로 들어가면 아직 격자문이 내려지지 않고 샹들리에도 켜지지 않은 극장 칸막이 좌석에 들어간 듯한 느낌이 든다. 아닌게아니라 그것은 꼭 극장의 칸막이 좌석처럼 유리문으로 약한 햇빛이 희미하게 비쳐드는 좁은 공간에 두 개의 헌 의자와 올이 풀린 짚방석 하나가 준비되어 있다. 그리고 팔꿈치만한 높이의 면접창에는 한 장의 검은 널빤지가 가로질러져 있었다. 창구에는 창살이 달렸는데, 그것은 오페라 극장에서 보는 것처럼 금빛 번쩍이는 나무 창살이 아니라 주먹만한 크기의 회반죽으로 벽에 박아놓은 끔찍한 쇠창살이었다.

조금 지나 그 지하실 같은 어스름빛에 눈이 익숙해져서, 창살 저쪽을 들여다보려고 해도 겨우 6인치쯤밖에는 더 보이지 않는다. 바로 그 눈길이 가 닿는 곳에 고동색으로 칠한 가로장을 튼튼하게 질러놓은 검은 판자문이 있었다. 길고 엷은 널빤지를 빈틈없이 이어서 만든 그 판자문은 창살을 통째로 가리고 있었다. 그것은 언제나 닫혀 있었다.

한참 있으면, 그 판자문 저쪽에서 어떤 목소리가 들려 온다.

"나는 여기 있습니다. 무슨 볼일이십니까?"

그것은 귀여운 여자의 목소리, 어떤 때는 사랑스러운 여자의 목소리다. 그러나 그 누구의 모습도 보이지 않는다. 숨소리마저 거의 들리지 않는다. 무덤 같은 벽을 통해 말을 걸어오는 하늘의 목소리와도 같다.

매우 드문 일이지만, 이쪽이 만일 저쪽에서 원하는 대로 일정한 조건을 갖춘 사람일 경우 한쪽 판자문의 좁은 널빤지가 맞은편에서 열리면서 하늘의 목소리가 그 모습을 나타낸다. 창살 뒤로, 판자문 뒤로 창살 사이를 통하여 얼굴 하나가 보인다. 겨우 입과 턱언저리만 보일 뿐, 그 나머지는 검은 베일로 가렸다. 검은 가슴받이와 검은 수도복에 싸인 또렷하지 않은 모습이다. 그 얼굴이 말을 걸어온다. 그러나 이쪽으로 눈길을 주는 일도 없고, 웃는 일은 더더욱 없다.

이쪽 등 뒤에서 비쳐드는 햇빛으로 저쪽 사람은 하얗게 보이고, 저쪽에서는 이쪽 모습이 검게 보이도록 되어 있었다. 그 빛은 하나의 상징이었다.

이윽고 눈은 열린 창구멍으로, 모든 사람의 눈과 격리된 그 장소 안으로 마구 빨려 들어간다. 깊숙하고 몽롱한 그 무엇이 검은 옷 입은 여인을 감싸고 있다. 눈은 그 몽롱한 것을 더듬어, 나타난 여인의 주위에 있는 것을 알아내려고 애쓴다. 그러나 얼마 되지 않아 아무것도 보이지 않는 것을 깨닫게 된다. 보이는 것이라고는 밤이며, 공허이며, 어둠이며, 무덤의 공기와 한데 섞인 겨울 안개이며, 무섭

기까지 한 안식이며, 심지어는 한숨 소리조차도 들을 수 없는 정적
이며, 환영조차도 볼 수 없는 어둠뿐이었다.

여태까지 보고 있던 것은 수도원의 내부였다.

그것은 상시(常時) 성체 조배(朝拜) 베르나르 수녀회 수도원이라
고 부르는 음산하고 엄격한 집의 내부인 것이다. 지금 그 방은 응접
실이었다. 처음에 말을 걸어온 그 목소리는 접수하는 수녀의 목소리
로, 그녀는 벽 저쪽의 네모진 구멍 옆에 마치 두 겹의 가면을 쓴 듯
쇠창살과 무수한 구멍이 뚫린 양철판으로 격리되어 움직이지 않고
늘 말도 없이 앉아 있었다.

창살 달린 그 방이 어둠 속에 잠겨 있는 것은, 응접실 창문이 세
상 쪽으로만 하나 나 있고 수도원 안쪽으로는 전혀 없기 때문이었
다. 그 성역 안 어떤 것도 세상 사람들에게 보여서는 안 되었던 것
이다.

그러나 어둠 저쪽에는 무엇인가 있었다. 하나의 광명이 있었다.
그러한 죽음의 그림자 속에는 하나의 생명이 있었다. 이 수도원은
세상과 가장 등지고 있지만 작자는 이제부터 그 안으로 들어가 보기
로 하겠다. 그리고 독자들도 그 안으로 들여보내 일찍이 어떤 작가
들도 본 적 없는, 따라서 한 번도 알려진 일이 없었던 것을 조심스
럽게 이야기해 볼까 한다.

마르땡 베르가의 분원

이 수도원은 1824년을 아득히 거슬러 올라간 먼 옛날부터 이 삑
쀠스 골목에 세워진 것으로 마르땡 베르가 수도회 분원인 베르나르
수녀회였다.

그러므로 여기 있는 베르나르회 수녀들은, 베르나르회 수도사들처
럼 끌레르보회에 속하지 않고 베네딕뜨회 수도사들처럼 씨또회에
속해 있었다. 다시 말해 성 베르나르가 아닌 성 베네딕뜨를 따르는

사람들이었다.

　조금이라도 옛 문헌을 뒤적여 본 적 있는 사람이라면 누구나 알겠지만, 마르땡 베르가는 1425년에 베르나르회와 베네딕뜨회 수녀들을 한데 합친 베르나르 베네딕뜨회를 창설하여 본원을 쌀라망까에, 지부를 알깔라에 두었다.

　이 수도회는 유럽의 모든 가톨릭교 나라에 가지를 펼치고 있었다.

　이렇듯 하나의 수도회를 다른 수도회에 접목하는 것은, 로마 교회에서 그리 드문 일이 아니었다. 여기에 이야기하고 있는 성 베네딕뜨회만 해도, 마르땡 베르가의 분원 말고도 네 개의 수도회가 더 연결되어 있었다. 이탈리아에 둘——몬떼 까시노회와 빠뚜바의 쌘따 쥬스띠나회——프랑스에 둘——끌뤼니회와 쌩 모르회——있었다. 그리고 다시 그것에 연결된 9개의 수도회 곧 발롬브로자회, 글라몽회, 쎌레스땡회, 까말뒬회, 샤르뜨뢰회, 위밀리에회, 올리바뙤르회, 씰베스뜨랭회, 그리고 씨또회가 있었다. 여기에 씨또회를 넣는 까닭은, 씨또회 자체가 다른 몇 개 수도회의 기둥이면서도 성 베네딕뜨에 대해서는 줄기에서 갈라져 나온 하나의 가지에 지나지 않기 때문이다. 씨또회는 1098년에 랑그르교구의 몰레므 대수도원장이었던 성 로베르가 세웠다. 그런데 수비아꼬의 사막에 은거하고 있는 악마가(그 무렵 무척 나이가 많았기 때문에 은퇴할 단계에 이르렀던 것일까?) 17살의 성 베네딕뜨에게 살고 있던 아폴로의 낡은 신전에서 쫓겨난 것은 529년의 일이었다.

　언제나 맨발로 걸어다니고, 목에 버들바구니를 걸고, 결코 앉는 법이 없는 까르멜회 수녀들의 규칙 다음으로 가장 엄격한 것은, 마르땡 베르가의 베르나르 베네딕뜨 수녀들의 규칙이다. 수녀들은 검은 수도복을 걸치고, 가슴받이는 성 베네딕뜨의 엄명에 따라 턱 아래까지 올라가 있다. 소매가 넓은 모직 장옷, 커다란 모직 베일, 가슴 위에서 네모지게 잘려 턱을 치받치고 있는 가슴받이, 눈 가장자리까지 내려온 머리띠, 이것이 수녀들의 차림새이다. 검정 일색으로 다만 이마의 머리띠만 희다. 예비수녀도 똑같은 복장에 색깔만 희게 해서 입는다. 서원 수녀는 그 밖에 묵주를 허리에 차고 있다.

마르땡 베르가의 베르나르 베네딕뜨회 수녀들은 쌩 싸크르망 (성체를 받 들는 수녀)이라고 불리는 베네딕뜨회 수녀들처럼 늘 성체 조배를 했다. 금세기 첫무렵 베르나르 베네딕뜨회 수녀들은 빠리에 수녀원이 두 채 있었는데 하나는 땅쁠, 다른 하나는 뇌브 쌩뜨 즈느비에브 거리 에 있었다. 그러나 지금 여기서 이야기하고 있는 쁘띠 삑쀠스의 베 르나르 베네딕뜨회 수녀들은 뇌브 쌩뜨 즈느비에브나 땅쁠 수도원 의 쌩 싸크르망 수녀들과는 전혀 다른 성격을 지니고 있었다.

규칙도 복장도 꽤 다르다. 쁘띠 삑쀠스의 베르나르 베네딕뜨회 수 녀들은 검은 가슴받이를 걸치고 있었으나, 쌩 싸크르망의 베네딕뜨 회 수녀들과 뇌브 쌩뜨 즈느비에브 거리의 베네딕뜨회 수녀들은 흰 가슴받이를 걸치고 있었다. 그리고 길이 3인치쯤 되는 도금한 은이 나 구리로 만든 성체를 가슴에 달고 있었다. 쁘띠 삑쀠스의 수녀들 은 그런 성체를 달고 있지 않았다. 상시 성체 조배는 쁘띠 삑쀠스 수녀원과 땅쁠 수녀원이 똑같이 하고 있었으나, 두 수녀원은 전혀 다른 수도회였다. 다만 상시 성체 조배를 한다는 점이 같을 뿐이었 다.

이것은 마치 필립 드 네리가 피렌체에 설립한 이탈리아의 오라뜨 와르 수도회와 삐에르 드 베륄이 빠리에 설립한 프랑스의 오라뜨와 르 수도회가, 예수 그리스도의 탄생과 생애와 죽음과 성모 마리아에 관한 모든 신비를 연구하고 찬미하는 점에서 비슷하면서도 꽤 큰 차 이점을 지녀 때로는 적이 되는 일도 있는 것과 마찬가지라고 하겠 다. 필립 드 네리는 한낱 성자에 지나지 않았으나 베륄은 추기경이 었으므로, 빠리의 오라뜨와르 수도회는 늘 우위를 주장하고 있었다.

마르땡 베르가의 엄격한 스페인식 규칙으로 이야기를 되돌리기로 하자.

그 분원인 베르나르 베네딕뜨 수도회 수녀들은 일 년 내내 고기를 먹지 않고, 사순절이나 이 수도회가 정한 많은 특별한 날에 단식을 하고, 잠자는 시간도 아주 짧아 날마다 새벽 1시부터 3시까지 일어나 성무일도서를 읽고 새벽기도를 한다. 어느 계절에나 모직 담요를 덮고 짚방석 위에서 자며, 더운 물을 쓰지 않고, 결코 난로에 불을 지피지 않으며, 금요일마다 고행하고 침묵의 규칙을 지키고 아주 짧은 휴식 시간에만 서로 이야기한다.

십자가를 현양하는 축일인 9월 14일부터 부활절까지 여섯달 동안은 거친 모직 셔츠를 입는다. 이 여섯달이라는 것은 규칙이 완화된 뒤의 일이고, 실제로는 일 년 열두 달 내내로 규정짓고 있었다. 그러나 아무래도 이 거친 모직 속옷으로는 한여름의 더위를 견뎌내지 못해 열병이나 신경통을 일으키는 수가 많았기 때문에, 착용을 제한하게 되었다. 그런데 이 정도로 규칙이 완화되었어도, 9월 14일이 되어 수녀들이 이 속옷을 입으면 며칠은 열을 내며 앓게 마련이다. 순명, 청빈, 정결, 봉쇄구역 안에서 생활하는 게 이 수녀들의 서원이고 규칙이 그것을 더욱 무겁게 만들고 있었다.

수도원장은 집회에서 발언권이 있으므로 '메르 보까르'(선거권을 가진 동정의 어머니)라고 불리는 메르들이 3년마다 선출한다. 원장은 두 번밖에 재선될 수 없으므로 한 원장이 아무리 오래 원장으로 있는다 해도 9년으로 제한된다.

수녀들은 절대로 사제를 보아서는 안 되기 때문에, 사제는 7피트 높이로 쳐진 휘장으로 언제나 가려진다. 강론 때 성당 안에 남자 강론자가 있을 때 수녀들은 얼굴 위로 베일을 내린다. 또 언제나 낮은 목소리로 말해야 하며, 눈을 내리깔고 고개를 숙이고 걸어야 한다. 남자로서 그 수도원 안에 자유로이 들어올 수 있는 사람은 교구장인 대주교 한 사람뿐이다.

하긴 또 한 사람 있었다. 바로 정원사였다. 그러나 정원사는 노인으로 한정되어 있으며, 언제나 정원에 혼자 있도록 하고, 수녀들이 그를 피할 수 있도록 무릎에 방울을 달고 있어야 했다.

수녀들은 모두 절대 순명으로 원장을 따른다. 교회법이 정하고 있는 순명의 완전한 자기 포기로서 따르고 있는 것이다. 그리스도의 말씀에(ut voci Christi), 그분의 행동과 최초의 손짓에(ad nutum, ad primum signum), 곧바로 기쁘고 끈기있게 절대 순명하는(prompte, hilariter, perseveranter et coeca quadam obedientia), 노동자 손 안에 있는 줄(^열_쇠)처럼(quasi limam in manibus fabri) 되어야 하고 또한 어떠한 것이든 특별한 허락 없이 읽거나 쓰면 안 된다(legere vel scribere non addiscerit sine expressa superioris licentia)는 것이다.

수녀들은 모두 차례차례로 그들이 이른바 '속죄'라고 부르는 것을 실행한다. 속죄라는 것은 지상에서 범하는 모든 악과 모든 과오, 모든 방종, 모든 위법, 모든 부정, 모든 죄를 위해 기도드리는 일이다. 오후 4시부터 오전 4시까지, 또는 오전 4시부터 오후 4시까지 12시간 계속하여 '속죄'하는 수녀는 두 손을 마주잡고 목에 줄을 걸고 성체 앞 돌 위에 무릎을 꿇고 앉는다. 지쳐서 견딜 수 없게 되면 얼굴을 밑으로 하여 팔을 열십자로 벌리고 엎드린다. 이것이 유일하게 허락된 편안한 자세이다. 그러한 자세로 수녀들은 이 세상 모든 죄인을 위해 기도를 드린다. 그것은 숭고하리만큼 위대한 일이다.

이 고행은 위에 큰 촛불을 밝힌 기둥 앞에서 하므로, '속죄한다'거나 '기둥에 있다'고 구별없이 말한다. 수녀들은 겸손한 마음에서 고행과 굴종의 뜻을 포함하고 있는 뒤의 말을 즐겨 쓴다.

'속죄한다'는 것은 온 마음을 기울이는 일이다. 기둥에 있는 수녀는 벼락이 떨어져도 돌아보지 않는다.

그 밖에도 성체 앞에는 늘 한 수녀가 무릎을 꿇고 있다. 이 조배는 한 시간으로 되어 있다. 수녀들은 불침번을 서는 병사들처럼 교

성체 앞에는 늘 한 수녀가 무릎을 꿇고 있다.

대해 가면서 떠나지 않는다. 이것이 상시 성체 조배(l'Adoration per-pétuelle)인 것이다.

수녀원장이나 메르들은 대개 어마어마한 뜻을 지니는 이름을 갖고 있다. 그 이름은 성녀와 여성 순교자가 아니고, 예수 그리스도 생애의 어느 시기를 상기시킨다. 이를테면 메르 나띠비떼(예수 탄생의 어머니), 메르 꽁쎕시용(예수 잉태의 어머니), 메르 쁘레장따시용(예수 봉헌의 어머니), 메르 빠씨용(예수 수난의 어머니) 등이다. 그러나 성녀의 이름을 갖는 게 금지된 것은 아니다.

수녀들을 만나도 입밖에 보이지 않으며, 모두 누런 이빨을 하고 있다. 칫솔은 절대로 이 수도원 안으로 들어오지 못한다. '이를 닦는' 것은 '영혼을 멸망시키는' 일이다. 수녀들은 무엇에 대해서도 '나의'라고 하지 않는다. 나의 것은 아무것도 없으며, 또 무엇에도 집착하지 않는다. 수녀들은 모든 것에 대해 '우리'라고 한다. 이를테면 우리 베일, 우리 묵주, 입고 있는 속옷에 이르기까지도 '우리 속옷'이라고 말한다.

때로 수녀들은 기도서나 유품이나 축성 받은 메달 같은 것에 마음 끌리는 일이 있다. 그러나 자기가 그 물건을 소중하게 여기기 시작했다고 깨달으면 곧 버리지 않으면 안 된다. 수녀들은 성녀 대데레사의 말을 명심하고 있다. 어느 귀부인이 성녀 대데레사의 수도회에 들어갈 때 "제가 몹시 소중하게 여기는 성서를 가지러 집에 가도록 허락해 주세요"라고 말했더니, 성녀 대데레사는 대답했다.

"아, 당신은 무엇인가를 소중하게 여기고 계시는군요! 그렇다면 우리가 있는 곳에 들어오지 못하십니다."

혼자 방 안에 틀어박히거나, 자기만의 장소를 가지고 자기 방을 갖는다는 것은 모든 수녀에게 금지되어 있다. 수녀들은 개방된 방에서 생활한다. 서로 마주칠 때에는, 한 수녀가 "제단의 성체에 찬미와 조배를 드릴지어다!"라고 말한다. 그러면 상대방은 "영원토록"이라고 대답한다. 한 사람이 다른 사람의 방을 찾을 때에도 같은 인사를 한다. 문에 손을 대기도 전에 저쪽에서 정다운 목소리로 "영원 토록"이라고 재빨리 말하는 것이 들린다. 모든 의식처럼 그것도 습관으로 말미암아 기계적인 인사가 되어 있다. 그래서 상대방이 "제단의 성체에 찬미와 조배를 드릴지어다!"라는 꽤 긴 인사말을 채 끝내기도 전에 "영원토록"이라고 말해 버리는 수도 있다.

성모 방문회 수녀들 사이에서는, 방문해 온 쪽이 "아베마리아"라고 말하고 맞이하는 쪽은 "그라띠아 쁠레나(은총이 충만하라는 뜻)"라고 말한다. 성모 방문회의 이 인사는 실제로 '은총이 충만한' 인사이다.

시간마다 수도원 안의 성당 종에 덧붙여 보조 종을 세 번 친다. 그 소리가 들리면 수도원장도, 메르 보까르도, 서원 수녀도, 평수녀도, 예비 수녀도, 지원 수녀도, 일제히 하던 이야기나 일 또는 하던 생각을 멈추고, 모두 같이 일정한 기도문을 왼다. 5시라면 "5시에, 또 모든 시간에 제단의 성체에 찬미와 조배를 드릴지어다!"하고, 8시라면 "8시에, 또 모든 시간에……" 한다. 이처럼 시간에 따라서 하는 것이다.

자기 생각을 버리고 언제나 하느님께 마음을 바치는 것을 목적으로한 이 관습은 많은 수도회에 있다. 다만 기도문이 여러 가지일 뿐이다. 예컨대 어린 예수 연맹에서는 이렇게 말한다.

"지금 이 시간에, 또 모든 시간에 예수님의 사랑이 내 마음을 불타게 하옵소서!"

지금으로부터 50년 전 쁘띠 삑쀨스 수도원에 있었던 마르땡 베르가의 베네딕뜨 베르나르회 수녀들은 갖가지 성무(聖務) 일과 중에 장중한 시편 낭송이나 순수한 단음 성가를 바치고 목청을 돋우어 노래를 불렀다. 미사 경본에 별표가 있을 때마다 잠깐 숨결을 가다듬고, 나직한 목소리로 "예수, 마리아, 요셉"이라고 왼다. 장례식 때에는 여자가 낼 수 있는 최저음으로 노래부르기 때문에 뼛속에 파고드는 듯한 비통한 효과를 나타낸다.

쁘띠 삑쀠스의 수녀들은 자기들의 공동 묘지로서 주제단 아래에 납골장을 마련해 놓고 있었다. 그러나 이 수녀들의 이른바 '정부'는 그 지하실에 관을 넣는 것을 허락하지 않았다. 그래서 죽으면 수녀들은 수도원에서 나가야 한다. 이것은 수녀들의 가슴을 아프게 하여 마치 죄악처럼 비탄에 빠뜨리게 한다.

수녀들은 예전에 수녀원 소유지였던 보지라르 옛 묘지의 일정한 자리에, 일정한 시간에 매장되도록 허락받고 그나마 위안으로 삼고 있었다.

목요일에 수녀들은 주일과 마찬가지로 대미사와 저녁기도와 그 밖의 모든 미사에 참석하도록 되어 있다. 이 밖에도 로마교회가 옛날 프랑스에 마구 퍼뜨렸고, 지금도 스페인이나 이탈리아에서 퍼뜨리고 있는 자질구레한 의식, 세상 사람 거의가 모르고 있는 자질구레한 의식까지 하나도 빠짐없이 정성을 다해 지키고 있다. 수녀들이 성당에 머물러 있는 시간은 굉장히 길다. 기도의 횟수와 시간에 대해서는, 수녀 한 사람이 천진하게 하는 말을 여기 옮기는 것이 가장 손쉬운 설명이 되리라.

"지원 수녀의 기도는 굉장한 것이고, 예비 수녀의 기도는 더 어마어마하며, 서원 수녀의 기도는 그것보다도 더 무시무시해요."

한 주일에 한 번 집회가 열린다. 수도원장이 회장이 되고, 메르 보까르들이 거기에 입회한다. 수녀들은 저마다 차례로 돌 위에 무릎을 꿇고, 그 한 주일 동안에 저지른 잘못이나 죄를 여러 사람 앞에서 큰소리로 고백한다. 고백이 끝날 때마다 메르 보까르들은 의논하여 소리높이 고행을 선고한다.

좀 무거운 잘못은 모두 집회에서 고백하기 위해 남겨 놓지만, 그 밖의 가벼운 것은 '뉘우침'이라고 한다. 내가 잘못했다고 뉘우치기 위해 수녀들은 성무 일과를 하는 동안 언제나 '우리 어머니'라고 불리는 원장수녀가 기도석 판자를 가볍게 두들겨 이제 일어나도 좋다고 할 때까지 그 앞에 엎드려 있는다.

　아주 사소한 것도 내 잘못이라고 뉘우친다. 컵을 깨뜨렸다든가, 베일을 찢었다든가, 성무 일과에 조금 늦었다든가, 또는 회당에서 음계를 잘못 읽었다든가 하는 것도 내 잘못이라고 하기에 충분하다. 이 뉘우침은 아주 자연스럽게 일어나 '죄를 지은'(여기서 이 낱말을 어원학에서 볼 때 알맞다) 자기를 스스로 심판하며 자기에게 과하는 것이다.

　대축일이나 일요일에는, 네 사람의 메르 보까르들이 네 개의 악보대가 달린 커다란 테이블 앞에서 시편 찬가를 노래부른다. 어느 날 한 메르 보까르가 '엑쎼(Ecce―십자가의 나 무를 보라라는 뜻)'로 시작되는 시편을 노래할 때 '엑쎼'라고 하지 않고 '도, 시, 솔'이라는 세 음계를 큰소리로 부른 부주의로 기도시간 내내 이 잘못을 견뎌야 했다. 그 잘못을 더욱 크게 만든 것은 회중들이 웃었기 때문이다.

　수녀가 응접실로 불려갈 때는, 비록 수도원장일지라도 앞에서 말한 바와 같이 입만 보이게 베일을 내린다.

　수도원장만이 외부 사람들과 이야기할 수 있다. 다른 사람들은 한정된 친척, 그것도 아주 드물게 만날 수 있을 뿐이다. 만약에 뜻밖의 일로 속세에서 누가 찾아와 잘 아는 사이였다던가 사랑했다던가 하며 수녀를 만나고자 할 때에는, 한 차례 담판을 벌여야만 한다. 찾아온 사람이 여자일 경우에는 때로 허락받을 수도 있다. 그러면 수녀는 나와서 판자문을 사이에 두고 이야기한다. 판자문은 어머니나 자매가 왔을 때가 아니면 열리지 않는다. 남자에게는 결코 허락되지 않는 건 말할 것도 없다.

　이상이 마르땡 베르가가 더욱 어렵게 만들어 놓은 성 베네딕뜨의 규칙이다.

　이곳 수녀들은 다른 수도회 수녀들이 흔히 그렇듯 쾌활하거나 장밋빛 얼굴을 하고 있거나 발랄하지 않다. 이 수녀들은 창백하고 근엄하다. 그 결과 1825년부터 1830년 사이에 세 수녀가 미쳤다.

엄격성

이 수도회에 들어가면 적어도 2년이지만 대개는 4년 동안 지원 수녀로, 그 다음 4년 동안은 예비 수녀로 지내게 된다. 마지막 서원을 23년 내지 24년이라는 세월이 흐르기 전에 하는 일은 매우 드물다. 마르땡 베르가의 베르나르 베네딕뜨 수도원은 미망인을 결코 받아들이지 않는다.

수녀들은 저마다 독방에서 남모르는 숱한 고행을 하며, 남에게 결코 이야기해서는 안 된다.

예비 수녀는 서원식을 하는 날 가장 아름다운 옷을 입고, 백장미 모자를 쓰고, 머리에 기름을 발라 곱게 매만지고, 그런 다음에 엎드린다. 그러면 모두들 그녀 위에 커다란 검은 너울을 덮어 주고 장송곡을 부른다. 그리고 수녀들은 두 줄로 갈라져, 한 줄은 그녀 옆을 지나면서 '우리 자매는 죽었네' 하고 구슬픈 소리로 말하고, 다른 한 줄은 드높은 목소리로 '예수 그리스도 안에 살도다!'라고 화답한다.

지금 이야기하는 일이 일어난 무렵에는 기숙사가 수도원에 딸려 있었다. 대부분 돈 많은 귀족 집안 딸들의 기숙사로, 이 딸들 가운데에는 쌩 똘레르 양이며 벨리쌍 양이며 딸보라는 유명한 가톨릭 이름을 가진 영국 소녀들도 있었다. 그러한 젊은 아가씨들은 사방이 담으로 둘러싸인 곳에서 이곳 수녀들에게 교육받고, 속세와 시대를 두려워하면서 자랐다. 그 중 한 아가씨가 어느 날 이런 말을 했다.

"거리에 깔린 돌을 보면 나는 머리에서 발 끝까지 마구 떨려 와요."

기숙생들은 푸른 옷을 입고, 흰 모자를 쓰고, 도금한 은이나 구리로 만든 성체를 가슴에 달고 있었다. 몇 개의 대축일, 특히 성 마르타 축일(7월 29일)에는 깊은 은총 또는 지상의 행복으로서, 수녀복을 입고

그 무렵에는 기숙사 하나가 이 수도원에 딸려 있었다.

하루 종일 성 베네딕뜨의 성무일도를 드리고 의례를 지키는 특전이 허락되었다.

처음 얼마 동안은 수녀들 모두 자기의 검은 옷을 이 기숙생들에게 빌려 주었다. 그러나 신성을 모독하는 일 같아서, 원장은 금지령을 내렸다. 수녀복을 빌려 주는 일은 예비 수녀에게만 허락되었다.

여기서 주의해야 할 것은, 그러한 행사는 아마도 은근히 신앙심을 돋운다 하여 수도원 안에서 허락하고 또 권장했으며, 소녀들에게 성의(聖衣)의 감촉을 미리 몸으로 느끼게 하기 위한 것이기도 했는데, 기숙생들로서는 실제 행복이요 참된 즐거움이었다. 기숙생들은 지극히 천진난만하게 그것을 기뻐했다. '그것은 신기한 일이었고, 그들의 마음을 변화시켜 주었다.' 또 이것은 천진한 동심의 세계라고 할 수 있겠지만, 그렇더라도 손에 성수반을 들고, 악보대 앞에 네 사람씩 늘어서서 몇 시간이나 노래부르는 즐거움은 우리 속인으로서는 얼른 이해될 듯싶지 않다.

기숙생들은 고행을 제외한 수도원의 모든 의례를 지켰다. 그 중에는 세상으로 돌아가 결혼하여 몇 년이 지난 뒤에도 누군가가 문을 두드릴 때마다 허둥지둥 '영원토록!'이라고 말하는 버릇이 없어지지 않는 여자도 있었다.

수녀들과 마찬가지로, 기숙생도 응접실 이외에서는 부모와 만나지 못했다. 어머니조차 딸들에게 키스하는 게 허락되지 않았다. 그런 규칙들이 얼마나 엄하게 지켜졌는지는 다음과 같은 이야기로 알 수 있다. 어느 날 한 어린 기숙생에게 어머니가 3살짜리 여동생을 데리고 찾아왔다. 기숙생 아가씨는 울고 있었다. 어린 동생에게 키스하고 싶어 견딜 수 없었으나 허락되지 않았던 것이다. 이 아가씨는 하다못해 어린 여동생의 손이라도 창살 사이로 들이밀어 키스하게 해달라고 빌었다. 그러나 그것마저 거부되었다.

즐거움

이 젊은 아가씨들은 그래도 엄청난 고통을 주는 이 집을 온갖 아름다운 추억으로 가득 채우고 있다.

때로는 어린이가 이 수도원 안을 팔짝팔짝 뛰면서 노니는 일도 있었다. 휴식시간을 알리는 종이 울린다. 문이 활짝 열린다. 새들이 지저귄다. "아, 귀여워! 아이들이 오는구나!" 수의처럼 십자 길이 난 정원에 갑자기 젊음이 홍수처럼 넘실댄다. 빛나는 얼굴, 새하얀 이마, 즐거운 빛이 넘치는 맑은 눈, 온 세상의 새벽빛이 이 어둠 속에서 밝아온다.

시편 찬미가 뒤에, 크고 작은 종들이 함께 울리고 난 뒤에, 장송의 종이 울린 뒤에, 성무일과가 끝난 뒤에 갑자기 어린 아가씨들의 목소리가 꿀벌의 윙윙거림보다 더 정답게 솟아오른다. 기쁨의 벌통이 열리고 한 사람 한 사람이 꿀을 날라온다. 여기저기서 노닐고, 서로 부르고, 한데 모이고, 뛰어다닌다. 새하얗고 고운 치아를 머금은 입술들이 여기저기서 재잘거린다.

베일을 두른 사람들이 멀리서 그러한 환희를 지켜보고 있고, 그림자가 빛의 틈을 노리고 있어도, 아랑곳없이 모두 빛나고 모두 웃는다. 저 음울한 사방을 둘러싼 담도 한순간 밝게 빛난다. 담도 넘치는 환희를 반사하여 어렴풋이 반짝이며, 그러한 부드러운 꿀벌들의 파도를 황홀하게 바라본다. 그야말로 검정 일색의 수도원 안에 퍼붓는 장미꽃 비다. 아가씨들은 수녀 앞에서 웃고 떠든다. 엄격한 계율의 눈길도 천진함은 나무라지 못한다. 이 아가씨들이 있는 덕분에 어둡기만 한 수도원 안에도 천진무구한 순간이 있다. 작은 아가씨는 뛰어다니고 큰 아가씨는 춤을 춘다.

이 수도원 안에서는 놀이에 천국이 어울려들고 있다. 꽃처럼 피어나는 싱싱한 이 영혼보다 즐겁고 숭고한 것은 없다. 호메로스와 페로(샤를르 페로 동화작가)도 여기서는 미소를 지으리라. 이 암흑의 정원 안에는 젊음이 있고, 건강이 있고, 설레임이 있고, 외침이 있고, 열중한 마음이 있고, 환희가 있고, 행복이 있어서, 그것을 보면 어떤 노파라도, 서사시에 나오는 노파, 이야기 속의 노파, 궁중의 노파, 오두막에 사는 노파, 헤카베(《일리어드》에 나오는 노파)에서 메르 그랑(페로 동화에 나오는 어미 거위)에 이르기까지 모두 일제히 주름살이 펴지리라.

언제나 애교가 넘치고 꿈이 가득찬 웃음으로 사람을 웃게 만드는 어린 '아이의 말'은 아마도 다른 어디보다도 이 집에서 더 많이 말해졌을 것이다. 어느 날 5살 난 여자아이가 이렇게 부르짖은 것도 이 음울한 담이 사방에 둘러쳐진 곳에서였다.

"엄마! 나는 이제 9년 하고 10개월만 더 여기에 있으면 된다고 저 큰언니가 말했어요. 아이 좋아라!"

또 다음과 같은 마음에 남는 대화도 여기서 이루어졌다.

메르 보까르――"넌 왜 울고 있지?"

소녀(6살, 흐느끼면서)――"나는 프랑스 역사를 알고 있다고 알릭스에게 말했어요. 그랬더니 알릭스는 날더러 그걸 모른다고 그러는 거예요. 알고 있는데요."

알릭스(큰 아이, 9살)――"아니에요. 모르고 있어요."

메르 보까르――"왜 그렇지?"

알릭스――"어디든 책을 펼치고 안에 씌어 있는 걸 물어봐, 대답할 테니, 라고 그랬거든요."

――"그래서?"

――"대답하지 못했어요."

――"그래, 넌 뭘 물어봤는데?"

――"저애 말대로 아무 데나 펼치고서, 맨 먼저 눈에 띈 것을 물어보았지요."

――"그 물음은 어떤 것이었지?"

――"그건 '다음은 어떻게 되었는가?'라는 것이었어요."

기숙사에서 수도하고 있는 한 부인이 기르고 있는 제법 미식가인 잉꼬를 깊이 관찰한 것도 이곳에서였다.

"정말 귀여워! 잼 샌드위치의 껍질만 먹고 있네요. 어른 같아요!"

다음의 고백도, 7살 난 어느 어린아이가 죄를 느끼고, 그것을 잊어버리지 않도록 수도원의 디딤돌 위에 적어 놓은 것을 주운 것이다.

"하늘에 계신 아버지시여, 저는 욕심이 많았다고 고백합니다."

"하늘에 계신 아버지시여, 저는 더러운 짓을 했다고 고백합니다."

"하늘에 계신 아버지시여, 저는 눈을 들어 남자를 쳐다보았음을 고백합니다."

6살 난 장밋빛 입술이 다음과 같은 이야기를 그 자리에서 바로 만들어 4, 5살쯤 된 파란 눈의 아이에게 들려준 것도 이 정원 잔디 위 벤치에서였다.

"옛날 옛날 먼 옛날에, 세 마리의 조그만 닭이 꽃이 잔뜩 핀 나라를 가지고 있었습니다. 닭들은 꽃을 따서 주머니에 넣었습니다. 그리고 또 잎을 따서 장난감 속에 넣었습니다. 그 나라에는 늑대가 한 마리 있었습니다. 숲이 많이 있었습니다. 늑대는 숲 속에 있었습니다. 그리고 늑대는 조그만 닭들을 먹어버렸습니다."

그리고 또 이런 시도 지었다.

회초리가 딱 소리를 냈네.
고양이를 때려준 것은 뽈리쉬넬^(이탈리아 희극에 나오는 우스꽝스러운 인물)
고양이는 오히려 나빠지고
때린 이는 쫓겨나 감옥으로 갔다네.

수도원에서 자선사업으로 맡아 기르던 한 고아가, 다음과 같은 귀 엽고도 가슴을 때리는 말을 한 것도 여기에서이다. 그 고아는 다른 아이들이 어머니 이야기를 하는 것을 듣고 한쪽 구석에서 중얼거렸 다.

"내가 태어났을 때 엄마는 벌써 안 계셨대요 ! "

언제나 열쇠다발을 들고 복도를 분주하게 오가는 아가뜨라는 뚱 뚱하게 살찐 문지기 수녀가 있었다. 10살 넘은 큰 아이들은 이 수녀 를 '아가또끌레스(^{씨라쿠즈의 폭군,}_{BC361~289})'라고 불렀다.

식당은 커다란 직사각형 방으로, 정원과 같은 높이에 자리한 조각 된 회랑의 창으로 빛이 들어올 뿐이어서 어둠침침하고 눅눅하여, 어 린아이들의 말 그대로 벌레가 잔뜩 있었다. 사방에서 벌레들이 몰려 들었다. 그래서 식당 네 귀퉁이에 기숙생들은 재미있는 이름을 붙여 놓았다. '거미' 귀퉁이, '쐐기벌레' 귀퉁이, '쥐며느리' 귀퉁이, '귀뚜 라미' 귀퉁이 등이었다.

이 '귀뚜라미' 귀퉁이는 조리실 곁이어서 제법 좋은 자리였다. 거 기는 다른 구석처럼 춥지 않았던 것이다. 이 이름들은 식당에서 기 숙사까지 진출하여, 옛날 꼴레쥬마자랑의 네 나라 이름처럼, 모든 학생의 소속을 나타내게 되었다. 학생들은 저마다 식사할 때 앉았던 식당 귀퉁이에 따라 네 개 나라의 어느 하나에 속해 있었다.

어느 날 대주교가 시찰하러 왔는데, 마침 둘러보고 있던 교실에서 멋진 금발의 혈색좋은 아름다운 소녀가 들어오는 것을 보고, 곁에 있던 싱싱한 뺨을 한 예쁜 갈색 머리 기숙생에게 물어보았다.

"저 학생은 누구지 ? "

"거미입니다. "

"뭐라고 ! 그럼, 저 애는 ? "

"귀뚜라미입니다. "

"그럼, 이 애는 ? "

"쐐기벌레입니다."

"그럼, 너는?"

"저는 쥐며느리입니다."

이러한 종류의 집들은 저마다 특색을 지니고 있는 법이다. 금세기 (19세기) 초에는 에꾸앙(센느에 와르 지방에 있는 도시로, 레지용 드뇌르 여자 기숙사가 있음) 역시 존엄한 그늘 속에서 소녀들이 자라는 품위 있고 엄격한 장소의 하나였다. 에꾸앙에서는 성체 행렬에서 '소녀반'과 '꽃반'으로 나뉘어 있었다. 또 '덮개반'과 '향로반'이라는 것도 있어, 전자는 성체를 모신 수레의 덮개줄을 잡고, 후자는 향로를 받들었다. 꽃은 물론 '꽃반'이 맡았다. 4명의 '동정녀'가 앞장서서 걸었다. 그 영광스러운 날 아침이 되면, 침실에서 이렇게 묻는 목소리를 듣게 되는 것은 그다지 드문 일이 아니었다.

"누가 처녀일까요?"

깡빵 부인은 7살짜리 '작은아이'가 16살 난 '큰아이'에게 했다는 다음과 같은 말을 전하고 있다. 그때 큰아이는 행렬 선두에 서 있었고, 작은아이는 행렬 뒤에 있었다.

"언니는 처녀구나, 난 처녀가 아냐."

기분전환

식당문 위에는 사람들을 천국으로 이끄는 영험이 있다는 '순백한 주님의 기도'라는 다음과 같은 기도문이 검은 글씨로 커다랗게 씌어 있었다.

'순백한 주님의 기도. 하느님 몸소 만들어내시고, 하느님 몸소 외우시고, 하느님 몸소 천국에 가져다 놓으신 것. 어젯밤에 자리에 들려 할 때, 나는 세 천사를 나의 잠자리에서 보았노라. 성모 마리아님은 그 한가운데 계시다가, 어서 누워 자거라, 두려워하지 말라고 내게 말씀하셨도다. 하느님은 나의 아버지, 성모님은 나의 어머니, 세 동정녀는 나의 자매, 세 사도는 나의 형제. 주님의 배

내옷으로 나의 몸은 싸여 있고, 성 마르그리뜨의 십자가는 내 가슴에 새겨졌노라. 성모님은 주님의 죽음을 슬퍼하며 들로 나가 성 요한을 만나 가라사대, 성 요한이여, 어디서 오는가? 하시니, 나는 아베 살류스에서 왔습니다 하거늘, 그럼 그대는 주님을 만나지 못했는가 하고 물으니, 주님은 나무 십자가에 발을 늘어뜨리고, 손에는 못이 박히고, 희고 작은 가시 면류관을 머리에 쓰고 계시더라 하였도다. 이것을 저녁에 3번 외우고, 아침에 3번 외우는 자는 천국으로 들어가리로다.'

이 특별한 기도문은 1827년에는 3번이나 거듭 칠한 칠공사 때문에 벽에서 사라져 버리고 없었다. 그때의 소녀들도 이제 모두 늙어, 얼마 남지 않은 기억 속에서도 그 기도문은 완전히 사라져 버리고 말았다.

벽에는 커다란 십자가상이 하나 걸려 있어 식당의 장식을 보충해 주고 있었다. 문은 단 하나뿐으로, 이미 말한 대로 정원 쪽으로 여닫게 되어 있었다. 두 개의 나무 벤치가 양쪽으로 놓여 있는 폭이 좁은 식탁은 식당 끝에서 끝으로 두 줄의 긴 평행선을 그리고 있었다. 벽은 희고 식탁은 검었다. 이 두 가지 죽음의 빛깔만이 수도원을 채색할 수 있다.

식사는 간소했으며, 어린아이들이 먹는 것조차도 엄격했다. 고기와 야채를 섞은 것이 아니면, 소금에 절인 생선 한 토막, 그것만으로도 성찬이었다. 기숙생에게만 허락되는 이 음식도 정말은 예외적인 것이었다. 아이들은 주번 메르의 감시 아래 묵묵히 식사를 한다. 가끔 파리 한 마리가 앵앵거리며 날아다닐라치면, 메르는 나무 표지의 책을 펼쳤다닫았다 하며 커다란 소리를 냈다. 그러나 그 침묵도 십자가상 아래 설치된 조그만 강단에서 커다랗게 소리내어 성자의 전기를 낭독할 때면 얼마쯤 완화된다. 그것을 읽는 것은 그 주의 당번인 상급생이었다.

식탁보를 깔지 않은 식탁 여기저기에 도기 항아리가 놓여져, 학생들은 그 항아리에서 자신의 접시와 나이프와 포크 등을 씻었는데, 때로는 거기에 질긴 고기나 상한 생선 따위의 찌꺼기를 던져넣어 벌을 받기도 했다. 그들은 그 항아리를 수반이라고 불렀다.

침묵을 깨뜨린 아이는 '혀의 고행'을 치러야 했다. 어떻게? 바닥에 깔린 돌을 혀로 핥는 것이었다. 모든 기쁨의 마지막 흔적인 먼지가, 재잘대는 죄를 지은 그 애처롭고 작은 장미 꽃잎을 징계하는 소임을 맡고 있었던 것이다.

이 수도원에는 '단 한 부'밖에 인쇄되지 않았으며 읽는 것이 금지된 책이 한 권 있었다. 그것은 성 베네딕뜨의 계율로, 속인의 눈이 엿보아서는 안 되는 비밀이었다. '우리의 계율 또는 규약은 결코 외부에 알려져서는 안 된다.'

어느 날 기숙생들이 그 책을 훔쳐내는 데 성공하여 읽기 시작했다. 그러나 들킬까 겁나서 조금 보다가는 덮곤 하느라고 띄엄띄엄밖에 읽지 못했다. 기숙생들은 그렇게 큰 위험을 무릅썼는데도 결국은 시시한 재미를 얻었을 뿐이었다. 어린 남자아이의 죄에 대해 씌어 있는 아리송한 몇 페이지가 '가장 재미있었을 뿐'이다.

기숙생들은 대여섯 그루의 메마른 과일나무가 늘어선 정원 오솔길에서 놀았다. 감시가 심하고 벌이 엄했으나, 바람이 나무를 뒤흔든 뒤 같은 때에는, 가끔 익은 사과나 썩은 살구나 벌레먹은 배를 몰래 주울 수 있었다. 지금 여기 내 눈앞에 있는 한 장의 편지에게 이야기를 시켜 보기로 하자. 지금은 빠리에서 가장 우아한 높은 부인의 한 사람인 모 공작부인이, 옛날 이곳 기숙생이었던 25년 전에 쓴 편지이다. 원문 그대로 옮겨 보자.

"배나 사과를 되도록 숨겨둡니다. 저녁식사 전 베일을 침대에 얹어놓으러 갈 때 베개 밑에 넣어두었다가, 밤에 침대 속에서 먹습니다. 그것이 안 될 때는 변소에서 먹어요."

그것이 기숙생들에게는 굉장한 즐거움이었다.

역시 대주교가 이 수도원을 방문한 어느 때 일이었는데, 기숙생들 가운데 몽모랑씨 가문의 혈통을 얼마쯤 이어받은 부샤르 양이라는 아가씨가 대주교에게 하루의 휴가를 청원해 보겠으니 내기를 걸자고 제의했다. 엄하기로 유명한 이곳에서 휴가란 꿈도 못꿀 일이었다. 내기를 걸었으나, 내기에 참여한 아가씨들은 아무도 실현성 있는 일이라고 생각지 않았다. 이윽고 때가 다가와 대주교가 기숙생들 앞을 지나가는데, 동료들의 말할 수 없는 두려움에 아랑곳않고 부샤르 양은 줄에서 한 발 나섰다.

"각하, 휴가를 하루 주세요."

부샤르 양은 발랄하고, 키크며, 귀여운 장밋빛 얼굴을 하고 있었다. 대주교 껠랑 (1821년 이래 빠리의 대주교) 씨는 빙그레 웃으며 말했다.

"하필이면 왜 하루인가? 사흘이라도 좋아, 사흘 휴가를 주지."

수도원장도 어쩔 도리가 없었다. 대주교의 말씀인 것이다. 수도원으로서는 당치도 않은 일이었으나 기숙생들은 좋아서 야단법석이었다. 그 모습을 한 번 상상해 보시기를.

그러나 이 까다로운 수도원에도 바깥세상의 정열에 찬 생활이며 소설, 나아가 드라마 비슷한 일이 조금이나마 스며들만한 틈은 있었다. 우선 여기서 그 증거로, 분명히 일어났던 일로 믿어지는 사실을 하나 예로 들어 간단하게 이야기하기로 하겠다. 이것은 물론 이 책의 이야기와 아무 상관도 없다. 이 실화를 이야기하는 것은, 이 수도원의 모습을 독자들 머릿속에 확실히 새겨주기 위한 것이다.

그 무렵 정체를 알 수 없는 한 여자가 수도원에 있었다. 수녀는 아니었으나 매우 정중한 대우를 받았으며, '알베르띤느 부인'이라고 불렀다. 그녀에 관해 알려진 일은 정신이 좀 이상하다는 것과, 세상에서는 죽은 것으로 되어 있다는 사실뿐이었다. 또 그러한 이야기의 뒤에는, 어떤 훌륭한 결혼을 위해 필요한 재산정리 문제가 있다는

알베르띤느 부인은 세상에서는 죽은 것으로 되어 있었다.

소문이었다.

그 여자는 서른이 될까말까한 갈색 머리의 상당한 미인으로, 커다랗고 검은 눈으로 멍하니 무언가 바라보았다. 정말로 보고 있는지 어떤지는 의심스러웠다. 그 여자는 걷는다기보다 마치 미끄러져가는 것 같았다. 결코 말하는 일이 없고 숨을 쉬고 있는지 조차도 잘 알 수 없을 정도였다. 콧구멍은 마지막 숨을 거둔 뒤처럼 좁고 창백했다. 그녀의 손은 얼음을 만지는 듯했다. 그녀는 유령 같은 불가사의한 아름다움을 지니고 있었다. 그녀가 들어오면 한기가 오싹 느껴졌다.

어느 날 한 수녀가 알베르띤느 부인이 지나가는 것을 보고 옆 수녀에게 말했다.

"저분은 죽은 것으로 되어 있대요."

"정말로 죽은 게 아닐까요!"

알베르띤느 부인에 대한 갖가지 소문이 떠돌고 있었다. 그녀는 기숙생들의 끝없는 호기심의 대상이 되었다. 성당에 '둥근창'이라고 부르는 특별석이 하나 있었다. '둥근창'이 하나 있을 뿐인 그 자리에서 알베르띤느 부인은 성무 일과에 참례했다. 그녀는 대개 혼자 거기 앉아 있었다. 왜냐하면 2층의 그 좌석에서는 남자 강론자나 사제가 보이기 때문이었다. 그것은 수녀들에게 금지된 일이었다.

어느 날 강론단에 지위가 높은 젊은 사제가 서 있었다. 로앙 공작으로 상원의원이며, 레옹 대공으로 불린 1815년에는 근위대 기병 장교로 있었고, 나중에 추기경이 되고 또 브장송의 대주교가 되었다가 1830년에 죽은 사람이다. 그 로앙 공작이 쁘띠 삑쀠스의 수도원에서 강론하는 것은 그때가 처음이었다. 알베르띤느 부인은 여느 때 매우 침착하게 전혀 움직이지 않는 자세로 강론과 성무 일과를 들었는데, 그날은 로앙 공작의 모습을 본 순간 몸을 반쯤 일으키며 고요한 성당 안에서 소리높이 외쳤다.

"어머나! 오귀스뜨!"

모두들 깜짝 놀라 뒤돌아보았고, 강론자 쪽에서도 눈을 쳐들었으나, 알베르띤느 부인은 이미 여느 때와 같은 움직이지 않는 모습으로 돌아가 있었다. 바깥 세상의 한 가닥 숨결이, 생명의 한 줄기 빛이, 불이 꺼져 얼어붙은 그녀의 얼굴 위를 한순간 스쳐갔던 것이다. 그리고 다음 순간 모든 것은 사라지고, 미친 여자는 다시 주검이 되어 버렸다.

그러나 그 두 마디는 수도원 안에서 말을 할 수 있는 모든 사람의 화젯거리가 되었다. "어머나! 오귀스뜨!"라는 말 속에 얼마나 많은 뜻이 포함되었고, 얼마나 많은 비밀이 이 말에서 새어나왔던 것일까! 로앙 공작의 이름은 과연 오귀스뜨였다.

로앙 공작을 알고 있는 것을 보면, 알베르띤느 부인은 분명 굉장한 상류사회 출신임에 틀림없었다. 그토록 고귀한 사람을 그토록 친근하게 부르는 것을 보면, 그녀 역시 상류사회에서 높은 지위에 있었음이 분명했다. 또한 로앙 공작의 이름을 알고 있는 것을 보면 그녀와 그는 무슨 관계——친척 관계일지도 모르지만——아주 밀접한 관계가 있을 게 틀림없었다.

슈와죌과 쎄랑이라는 매우 엄격한 두 공작부인이 때때로 이 수도원을 찾아오고 있었다. 아마도 '고귀한 부인'의 특권으로 들어오는 것이겠지만, 기숙생들은 몹시 싫어하고 있었다. 두 노부인이 지나가는 동안 소녀들은 가엾게도 모두 떨면서 눈을 내리깔고 있었다.

로앙 공작도 본인은 알지 못하는 사이에 기숙생들이 주목하는 초점이 되어 있었다. 그는 그 무렵, 주교로 임명되기에 앞서 빠리 대주교의 주교 대리가 되어 있었다. 쁘띠 삑쀠스 수녀들의 회당에 미사를 집전하러 오는 것이 그의 임무 가운데 하나였다.

여기 갇힌 소녀들은 모두 휘장 뒤에 가려진 로앙 공작의 모습을 볼 수 없었으나 그는 좀 가늘고 부드러운 목소리를 갖고 있었으므로, 소녀들은 마침내 그것을 기억하게 되어 목소리만으로도 그라는 것을 알게 되었다. 로앙 공작은 근위대 기병이었던 적이 있는데다 들리는 바에 의하면 굉장한 멋쟁이로 아름다운 밤색 머리칼을 지져 공들여 매만지고, 검은색의 폭넓고 훌륭한 띠를 두른 법의 차림이 세상에서 가장 우아하다고 칭송받는 모양이었다. 그는 16살 난 처녀들이 하는 온갖 공상의 대상이 되었다.

외부의 소리가 수도원 안까지 들려오는 일은 전혀 없었지만, 어느 해에 피리 소리가 문득 들려왔다. 이것은 하나의 사건이었다. 그 무렵 기숙생이었던 사람들은 지금도 그것을 기억하고 있으리라.

그 피리는 누군가 근처에서 불고 있는 것이었다. 그 피리가 부는 곡조는 언제나 한 가지뿐으로, 이제는 아득히 잊혀지고 있는 '나의

그런데 어느 해에 피리 소리가 문득 들려왔다.

제뛸베여, 어서 와서 내 영혼의 주인이 되라'는 곡이었다. 그 소리는 하루에 두어 번씩 들려왔다.

소녀들은 몇 시간이고 정신없이 그 소리에 귀기울였다. 메르 보까르들은 당황했다. 신경과민이 되어 자주 벌을 내렸고, 그런 일이 몇 달이나 계속되었다. 기숙생들은 모두 누군지 모르는 그 악사에게 얼마쯤 마음을 주고 있었다. 저마다 자기야말로 제뛸베라고 생각하는 것이었다.

피리 소리는 드르와 뮈르 거리 쪽에서 흘러오고 있었다. 저토록 매혹적으로 피리를 불고 있는 그 '젊은이'를, 자신도 모르는 사이에 여기 있는 모든 소녀의 영혼을 동시에 불고 있는 그 '젊은이'의 모습을 잠시만이라도 볼 수 있고, 몰래 엿볼 수 있고, 힐끗 보기라도 할 수만 있다면, 기숙생 아가씨들은 모든 것을 희생해도 아깝지 않고 어떤 죄라도 저지르고 어떤 짓이라도 했으리라.

개중에는 부엌문 층계로 빠져나가 드르와 뮈르 거리로 면한 4층까지 올라가 채광창으로 내다보려고 한 소녀도 있었다.

그러나 뜻을 이루지 못했다. 한 기숙생 아가씨는 머리 위로 높이 손을 뻗어 창살 사이로 내밀고 흰 손수건을 흔들었다.

아니, 더 용감한 기숙생이 둘 있었다. 이 아가씨들은 지붕 위까지 기어올라가는 방법을 찾아내 그대로 감행했고, 마침내 그 '젊은이'를 볼 수 있었다. 그런데 그 사람은 늙은 망명 귀족으로, 눈 멀고 영락한 신세를 한탄하며 다락방에서 심심풀이로 피리를 불고 있었다.

작은 수도원

쁘띠 삑쀠스의 울 안에는 세 개의 건물이 따로따로 서 있었다. 수녀들이 살고 있는 큰 수도원, 학생들이 들어 있는 기숙사, '작은 수도원'이라고 불리는 건물이었다. 작은 수도원은 정원이 딸린 일련의 긴 건물로, 그곳에는 온갖 수도회에 속하는 늙은 수녀들이 함께 살고 있어서, 이를테면 대혁명으로 파괴된 수도원의 잔재 같은 것이었다. 검정과 잿빛과 흰빛 등 갖가지 빛깔이 어수선하게 뒤섞인 온갖 공동체의 혼합, 무릇 생각할 수 있는 한의 수많은 종류의 집합이었다. 그것은 혼합 수도원이라고나 할 수 있을까.

이미 제정시대부터 혁명으로 인해 쫓기고 흩어져 갈 곳 없는 불쌍한 수녀들은, 베네딕뜨 베르나르 수도원의 보호 아래 몸을 의지할 것을 허락받고 있었다. 정부는 이 수녀들에게 얼마쯤 연금을 주었다. 쁘띠 삑쀠스의 수도하는 부인네들은 오래 전부터 연금을 받고 있었다. 이것은 실로 기묘한 혼합체로, 저마다 자기 수도회 규칙을 지키고 있었다.

이따금 기숙생들은 휴가로 이 수녀들을 방문하는 것이 허락되었다. 그러한 젊은 학생들의 마음에 특히 쌩 바질 수녀님과 쌩뜨 스콜라스티끄 수녀님과 자꼬브 수녀님의 추억이 남아 있는 것은 그 때문이었다.

그 피난 수녀 중의 한 사람은 그야말로 자기 집에 돌아온 것이나 마찬가지였다. 이 수녀는 쌩 또르회 수녀로 그 회에서는 단 하나 남은 생존자였다. 쌩 또르회 수녀들의 옛 수도원은 18세기 초부터 바로 쁘띠 삑쀠스의 이 수도원 안에 있었는데, 나중에 마르땡 베르가의 베네딕뜨회 수녀들 소유가 되었다. 이 고결한 수녀는 몹시 가난하여 자기 회의 훌륭한 수도복인 진홍색 케이프가 달린 긴 흰옷을 늘 입고 있을 수 없었기 때문에, 그것을 조그마한 사람 형태의 스탠드에 정성들여 입혀 놓고 있었다. 그녀는 그 인형을 즐겨 사람들에게 보여 주다가, 죽을 때 이 수도원에 기념으로 남겼다. 1824년에는 이 수도원에 쌩 또르회 수녀가 단 한 사람밖에 남지 않았으며, 오늘날에는 그 인형 하나만 남았을 뿐이다.

그런 훌륭한 메르들 외에 이를테면 알베르띤느 부인 같은 세속 여인 몇 사람도 작은 수도원에 기거할 것을 수도원장에게 허락받고 있었다. 그 중에는 보포르 도뿔 부인이며 뒤프레느 후작부인 같은 이들도 있었다. 또 다른 한 부인은, 코를 풀 때 굉장한 소리를 낸다는 것밖에는 어떤 신분의 여자인지 수도원에 통 알려지지 않았다. 학생들은 그녀를 마담 바까르미니 (울림 부인이 이라는 뜻) 라고 불렀다.

1820년인가 1821년에 '앵또레뻿드'라는 조그마한 정기 간행물 편집인이었던 장리스 부인이 쁘띠 삑쀠스 수도원 기숙사에 들어오겠다고 희망해 왔다. 오를레앙 공 (뒷날의 루이 필립 왕. 장리스 부인은 그의 가정교사였음)의 추천이 있었다. 벌집을 쑤신 것 같은 소동이 벌어졌고 메르 보까르들은 모두 벌벌 떨었다. 장리스 부인은 소설을 쓴 일이 있었던 것이다.

그러나 부인은, 자기는 누구보다도 소설을 싫어한다고 주장하고, 지금은 열렬한 신앙의 경지에 이르렀노라고 말했다. 하느님의 힘과 오를레앙 공의 도움으로 그녀는 들어올 수 있었다. 그런데 여섯 달인가 여덟 달인가 있더니, 정원에 나무 그늘이 없다는 이유로 나가 버렸다. 수녀들은 좋아서 어쩔 줄 몰라했다. 부인은 나이가 꽤 많았으나 하프를 여간 잘 타지 않았다.

나갈 때 그녀는 수도자 독방에 글귀를 남겨 놓고 갔다. 장리스 부인은 미신을 믿었으며 또 라틴어 학자이기도 했다. 이 두 가지 점으로 그녀의 프로필을 어느 정도 파악할 수 있겠다. 몇 해 전까지도, 그녀가 돈과 보석을 넣어두던 그 독방의 벽장 안쪽에 다음과 같은 다섯 줄의 라틴어 시가 붙어 있는 것을 볼 수 있었다. 그것은 노란 종이에 붉은 잉크로 부인이 손수 써 붙여 놓은 것으로, 그녀의 말을 빌면, 도둑을 쫓는 영험이 있다는 것이었다.

가치 다른 세 개의 본체(本體), 십자가 가지에 매달리도다.
디스마스와 게스마스, 그리고 그 가운데에는 예수 그리스도.
디스마스는 천국을 원하고, 불행한 게스마스는 지옥을 원한다.
지상(至上)의 힘이여, 우리와 우리의 모든 재물을 지켜주소서.

이 시를 외우라, 네 재물의 안전을 위해.

6세기 라틴어로 쓴 이 시는, 골고다 언덕에서 그리스도와 함께 십자가에 못박힌 두 도둑의 이름이, 보통 알려진 대로 디마스와 게스따스냐, 아니면 이 시에 있는 것처럼 디스마스와 게스마스냐 하는 문제를 일으켰다. 이 시에 있는 알파벳으로는, 지난 세기에 제스따스 자작이 자기는 그 악당의 피를 이어받은 자라고 말한 주장과 모순되는 것이었다. 그것은 어떻든 이 시가 지닌 고마운 영험은, 오스삐딸리에회 수녀들에게 신앙의 한 조항이 되어 있다.

이곳 성당은, 큰 수도원과 기숙사가 완전히 격리되어 지어져 있으나 기숙사와 큰 수도원과 작은 수도원의 공용임은 물론이다. 뿐만 아니라 여느 사람들도 한길 쪽으로 열린 검역소처럼 생긴 입구를 통해 들어오는 게 허용되어 있었다.

그러나 수도원에 사는 사람들 눈에는 결코 외부 사람의 얼굴이 보이지 않게 되어 있었다. 예컨대 이 성당의 성가대석은 하나의 커다란 손에 쥐어진 것처럼 되어 있어, 여느 성당에서처럼 제단 뒤에 있지 않고, 사제의 오른쪽으로 어두컴컴한 방이나 굴을 이루듯 구부러져 있었다. 그리고 그 방은 앞에서 말한 7피트 높이의 휘장으로 가려져 있었다. 그 휘장 뒤로 나무 걸상을 죽 늘어놓고 성가대석의 수녀는 왼쪽에, 기숙생들은 오른쪽에, 평수녀와 예비 수녀들은 안쪽에 저마다 정해진 자리가 있었다.

이로써 성무 일과에 참례하는 쁘띠 삑쀠스 수녀들 모습이 어느 정도 짐작되리라 믿는다. 성가대석이라고 부르는 이 방은 하나의 좁은 통로로 수도원과 통하고 있었다. 성당은 정원 쪽으로 난 창문을 통해 햇빛을 받아들인다. 규칙상 입을 열어서는 안 되는 기도에 수녀들이 참례할 때에는, 의자의 접었다 폈다 하는 소리만으로 그녀들이 자리에 있는 것을 여느 사람들은 알았다.

그늘 속에 떠오르는 몇 사람의 실루엣

1819년부터 1825년에 걸친 6년 동안 쁘띠 삑쀠스 수도원장은 세 례명이 이노쌍뜨인 블리뮈르 수녀였다. 《성 베네딕뜨회 성자 열전》 을 저술한 마르그리뜨 드 블르뮈르 집안 출신인 그녀는 원장에 재선 되었다. 나이는 60살쯤이고 키가 작달막하고 뚱뚱하며 앞에서도 인 용한 기숙생의 편지에 의하면, '깨진 질항아리 같은 목소리로 노래 하는' 여자였다. 그렇긴 하나 훌륭한 인물로 이 수도원 안에서 둘도 없는 쾌활한 사람이며, 그 때문에 사람들의 존경을 받았다.

이노쌍뜨 원장님은 이 교단의 다시에^(다시에 부인은 18세기 초)라고도 할 만한 조상 마르그리뜨의 기질을 이어받고 있었다. 글재주있고, 박식하며, 학자인 데다 감식가이고, 역사를 좋아하고, 라틴어에 열심이며, 그 리스어와 헤브라이어에 정통하여 베네딕뜨회 수녀라기보다는 차라 리 베네딕뜨회 수사 같은 풍모를 갖추고 있었다.

부원장은 씨느레 수녀님으로 눈이 거의 보이지 않는 늙은 스페인 수녀였다.

메르 보까르들 중에서 중요한 사람들을 들면 다음과 같았다.

출납계인 쌩뜨 오노린느 수녀님, 수련장인 쌩뜨 제르뜨뤼드 수녀 님, 부수련장인 쌩 땅즈 수녀님, 성물담당 아농씨아씨용 수녀님, 수 도원 안에서 한 명뿐인 심술궂은 간호담당 쌩 또귀스땡 수녀님, 그 리고 아직 젊으며 몹시 아름다운 목소리를 가진 쌩뜨 메딸드 수녀님 (고뱅 양), 피유 디외 수도원과 지조르와 마니 사이의 트레조르 수 도원에 있었던 데 장즈 수녀님(드루에 양), 쌩 조제프 수녀님(꼬골 루도 양), 쌩 아델라이드 수녀님(도베르네 양), 미제리꼬르드 수녀 님(고행을 이겨내지 못했던 씨팡뜨 양), 꽁빠시용 수녀님(규칙에는 상관없이 60살에 들어온 굉장한 부자인 드라밀띠에르 양), 프로비 땅쓰 수녀님(로디니에르 양), 1847년에 원장이 된 프레장따시용 수 녀님(씨강자 양), 그리고 또 정신이상이 된 쌩뜨 쎌리뉴 수녀님(조각가 쎄락키의 누이동생), 역시 미쳐 버린 쎙뜨 샹딸 수녀님(쐬종양).

그밖에 또 가장 아름다운 사람으로 23살 된 굉장한 미인이 하나 있었다. 그녀는 부르봉 섬 출신으로 슈발리에 로즈의 피를 이어받았으며, 사교계라면 로즈 양이라고 불렸겠지만 수도원에서는 아쏭쁘씨옹 수녀님이라고 불렸다.

쎙뜨 메띨드 수녀님은 노래와 성가대를 담당하고 있었는데, 곧잘 기숙생 가운데서 성가대원을 뽑았다. 기숙생 중에서 목소리와 키가 알맞은 10살에서 15살까지의 학생을 보통 한 음계가 되도록 7명을 뽑아 어린아이부터 나이에 따라 차례로 나란히 세워놓고 선 채로 노래부르게 했다. 그것을 보면 소녀들로 만든 피리 같은 느낌이 들어, 천사들로 이루어진 판 신의 살아 있는 피리가 아닌가 싶어지는 것이었다.

평수녀들 가운데 기숙생들이 가장 좋아하는 사람은 다음과 같았다. 쎙뜨 외프라지 수녀, 쎙뜨 마르그리뜨 수녀, 아직 어린 티가 가시지 않은 쎙뜨 마르뜨 수녀, 그리고 그 기다란 코로 늘 기숙생들을 웃기는 쎙 미셸 수녀.

이 수녀들은 모두 기숙사의 어린 학생들 누구에게나 친절했다. 수녀들은 오직 자기 자신에게만 엄격했다. 난로는 기숙사 쪽에만 불을 피웠고, 먹는 것도 수도원과 비교하면 기숙사 쪽이 훨씬 나았다. 게다가 여러 가지 시중까지 들어 주었다. 다만 학생이 수녀와 마주쳐서 말을 걸어도 수녀는 결코 대답하지 않았다.

침묵의 규율이 있기 때문에, 수도원 안에서 말은 인간에게서 떨어져나와 생명없는 물건에게 주어지는 결과가 되었다. 어느 때는 성당 종이 말하고, 어느 때는 정원사의 방울이 말했다. 접수구 수녀 곁에 놓여 있는 커다란 소리를 내는 방울이 온 건물 안에 울려퍼지면, 그 울리는 방법의 차이로 하나의 음향 신호가 되어 해야 할 온갖 일을 알리고 볼일이 있을 때에는 이 집에 사는 누군가를 응접실로 불러내기도 했다.

한 사람 한 사람에 대해, 하나하나의 일에 대해 정해진 소리가 있었다. 수도원장은 하나와 하나, 부원장은 하나와 둘, 학과가 시작된다는 알림은 여섯과 다섯이었다. 그러므로 학생들은 교실에 들어간다고 말하지 않고 여섯과 다섯으로 간다고 했다. 넷과 넷은 장리스 부인의 종소리였다. 그 소리는 몹시 자주 울렸다. 호의를 갖지 않은 사람들은 '저건 네 개의 악마(네 개의 악마란 대소동이라는 뜻도 됨)야'라고 말했다.

열과 아홉은 중대사건을 알리는 소리였다. 중대사건이란 '벽의 대문'이 열리는 일로, 빗장이 굳게 질러진 그 무서운 철문은 오직 대주교 앞에서만 삐걱거리는 돌쩌귀 소리를 내며 열렸다.

이미 말한 것처럼 대주교와 정원사 말고는 어떤 남자도 수도원 안으로는 들어가지 못했지만 기숙생들은 그밖에 두 사람의 남자를 볼 수 있었다. 하나는 바네스 신부라는 늙고 못생긴 학교 소속 사제로, 그녀들은 그를 성가대석에서 창살 너머로 바라볼 수 있었다. 다른 한 사람은 미술선생인 앙씨오 씨인데, 앞에서도 몇 줄 인용한 기숙생 편지에 의하면 앙씨오 선생이라고 부르며 '징그러운 꼽추 할아버지'였다.

남자들은 모두 상당히 잘 선발된 자들이라는 것을 이로써 알 수 있을 것이다.

이 이상한 집의 상태는 대강 이러했다.

마음 다음에는 돌

정신적인 부분을 스케치한 뒤에 그 물질적 윤곽을 조금 이야기해 두는 것도 쓸데없는 일은 아닐 것이다. 그리고 이것은 독자가 이미 어느 정도 알고 있는 일이다. 쁘띠 삑쀠스 쌩 땅뜨완느 수도원은 뽈롱쏘 거리와 드르와 뮈르 거리와 삑쀠스 골목길과, 지금은 없어졌지만 낡은 지도에 오마레 거리라는 이름으로 나오는 골목길이 서로 교차하면서 만들어낸 넓은 네모꼴을 거의 모두 차지하고 있었다. 이 네 길은 마치 성곽의 해자처럼 그 네모꼴을 에워싸고 있었다.

수도원은 여러 개의 건물과 하나의 정원으로 이루어져 있었다. 전체로 볼 때 여러 가지 양식이 뒤섞인 중심건물은 위에서 내려다보면 마치 지상에 쓰러뜨린 교수대 같은 모습을 하고 있었다. 교수대의 큰 기둥은 삑쀠스 골목길과 뽈 골목길 사이 드르와 뮈르 거리의 한 모서리 전부를 차지하고, 가로대에 해당하는 부분은 창살이 달린 회색의 높고 어마어마한 정면으로 삑쀠스 골목길에 면해 있었다.

62번지라는 표찰이 붙은 정문은 그 끝에 있었다. 이 정문 중간쯤에 먼지와 재로 허옇게 바랜 나지막한 낡아빠진 아치형 문이 있어 거미가 그물을 쳐놓고 있는데, 그것이 열리는 것은 일요일마다 한두 시간과 이따금 수녀의 관이 수도원에서 나갈 때뿐이었다. 이 문이 여느 사람들의 성당 출입구였다.

교수대의 팔꿈치에 해당하는 곳에는 식료품과 그밖의 물건을 주고받는 네모난 방이 있으며, 수녀들은 그것을 '물품 창고'라고 불렀다. 큰 기둥에 해당하는 곳에는 메르들과 일반 수녀들의 독방과 예비 수녀의 거처가 있었다. 가로대에 해당하는 부분에는 조리실과 식당 그리고 성당이 있었다.

62번지의 문과 없어진 오마레 거리의 골목 모퉁이 사이에는 기숙사가 있지만 밖에서는 보이지 않았다. 사각형의 나머지 부분은 정원으로, 그 주위는 뽈롱쏘 거리의 지면보다 훨씬 낮았다. 그래서 담은 바깥보다 안쪽이 훨씬 높았던 셈이다.

정원은 전체적으로 편편하나 가운데가 좀 불룩했는데, 그 위에 뾰죽하게 원뿔형을 이룬 아름다운 전나무 한 그루가 서 있고, 마치 방패의 둥근 창받이 중심에 열십자로 줄이 나 있듯 그 나무 아래에서 4개의 큰 길이 뻗쳐 있었다. 또 그 길 사이로 2개씩 8개의 오솔길이

쁘띠 삑쀼스 쌩 땅뜨완느 수도원 정원

나 있어, 만약 정원이 원형이었다면 기하학적으로 나 있는 그 길의 배치는 마치 수레바퀴 위에 십자가가 놓인 듯 했을 것이다.

어느 길이나 다 정원을 에워싼 울퉁불퉁한 돌담에 이르고 있기 때문에 길이는 일정하지 않았다. 오솔길 양쪽으로 구즈베리나무가 늘어서 있었다. 정원 안쪽으로는 키 큰 포플러가 죽 늘어선 오솔길 하나가 드르와 뮈르 거리 모퉁이에 있는 낡은 수도원 자리에서 오마레 골목길 모퉁이의 작은 수도원까지 통해 있었다. 작은 수도원 앞에는 작은 정원이라고 불리는 빈 터가 있었다.

이러한 것들에 덧붙여 또 하나의 안마당, 내부 건물의 주요부가 만들어내고 있는 갖가지 각도, 감옥 같은 담, 그리고 뽈롱쏘 거리 건너편으로 죽 늘어서 있는 길고 검은 지붕들, 이런 것들을 아울러 상상한다면, 지금으로부터 45년 전의 쁘띠 삑쀠스 베르나르회 수녀들이 사는 집이 어떠했는지 완벽하게 떠올릴 수 있을 것이다. 이 성스러운 저택은 '1만 1천 악마의 테니스장'이라고 불리던, 14세기에서 16세기 사이에 유행했던 어느 테니스코트 자리에 세워져 있었다.

이 거리들도 모두 빠리에서는 가장 오래된 것이었다. 드르와 뮈르라든가 오마레라든가 하는 이름부터가 모두 몹시 낡은 것들이다. 그뿐 아니라 그런 이름을 가지고 있는 길 자체는 더욱 고색창연하다. 오마레 골목길은 본디 모그 골목길, 드르와 뮈르(반듯한 담
이라는 뜻) 거리는 에글랑띠에(들장미
라는 뜻)라고 불렸다. 인간이 잘라낸 돌로 담을 쌓아올리기 전에 하느님은 꽃을 피우고 있었던 것이다.

베일 아래에서의 1세기

작자는 지금 쁘띠 삑쀠스의 옛모습을 소상하게 살피고 있는 참이므로, 그리고 이미 이 조심스러운 은둔처의 창문 하나를 열고 안을 들여다 보았으므로, 여기서 한 가지 더 이야기해 보기로 한다. 이것은 물론 이 책의 내용과 아무 관련이 없지만, 이 수도원 자체가 독특한 면을 지니고 있음을 이해시키기 위해서는 매우 특이하고 알아둘 만한 값어치가 있는 것이다.

작은 수도원에는 퐁뜨브로의 대수도원에서 온 100살이 다 된 노파가 하나 있었다. 그녀는 대혁명 전에 상류사회 사람이었다. 루이 14세 아래에서 국새상서(國璽尙書)를 지낸 밀로메닐 공에 관한 이야기며 가깝게 지내던 뒤쁠라라는 장관 부인의 이야기를 늘 입에 올리고 있었다. 이 두 이름을 기회 있을 때마다 꺼내는 것이 그녀의 즐거움이며 자랑이었다.

노파는 퐁뜨브로의 대수도원에 대해서도 거기는 마치 도시 같다는 둥 수도원 안에 큰 길이 몇 개나 나 있다는 둥 여러 가지 허풍스러운 이야기를 했다. 그녀는 삐까르디 사투리를 썼기 때문에, 기숙생들은 모두 그것을 재미있어했다. 해마다 그녀는 엄숙하게 서약을 되풀이했으며, 맹세할 때마다 사제에게 이렇게 말했다.

"성 프랑수아 각하는 그것(서약)을 성 줄리앙 각하에게 바치시고, 성 줄리앙 각하는 그것을 성 외제브 각하에게 바치시고, 성 외제브 각하는 그것을 성 프로꼬브 각하에게 바치시고 등등……
그리고 저는 그것을 신부님 당신에게 바칩니다."

그러면 기숙생들은 두건 밑(은밀히 라는 뜻)에서가 아니라 베일 아래에서 살며시 웃는 것이었다. 귀엽고 작은 소리없는 웃음이었으나 메르 보까르들은 눈살을 찌푸렸다.

또 어떤 때 이 100살 먹은 여인은 여러 가지 이야기를 들려 주었다. "내가 젊은 시절에는 베르나르회 수도사라면 근위병에게도 뒤지지 않았다"는 등의 이야기였다. 그것은 한 세기를 이야기하는 것으로 18세기였다.

그녀는 샹빠뉴와 부르고뉴의 4가지 포도주 관습에 관한 이야기도 했다. 대혁명 전에는 어느 고귀하신 분, 이를테면 프랑스의 원수라

든가 대공이라든가 궁정 공작이라든가 하는 사람이 샹빠뉴와 부르
고뉴의 어느 도시를 지날 때면, 그 시의 대표단이 정중히 맞으러 나
와 환영 절차의 하나로서 저마다 다른 4가지 포도주를 따른 4개의
은잔을 헌상했다는 것이었다.

첫째 잔에는 '원숭이의 포도주', 둘째 잔에는 '사자의 포도주', 셋
째 잔에는 '양의 포도주', 넷째 잔에서는 '돼지의 포도주'라는 글씨가
씌어져 있었다. 그 4가지 이름은 취하는 정도에 따른 4단계를 나타
내는 것이었다. 취기의 첫단계는 마음을 유쾌하게 만들고, 둘째 단
계는 감정을 돋우며, 셋째 단계는 감각을 둔화시키고, 맨 마지막은
머리를 마비시킨다는 것이다.

그녀는 벽장에 무언가 비밀스러운 것을 넣어두고 몹시 소중하게
다루고 있었다. 퐁뜨르보의 규칙은 그런 일을 금지하지 않았던 것이
다. 그녀는 그 물건을 아무에게도 보여 주지 않았다. 자기가 그것을
보고 싶을 때는 언제나 방문을 꼭꼭 닫고 숨어서 보았는데, 이것 역
시 규칙상 허락된 일이었다. 만약 복도에서 발소리라도 들리면, 그
늙은 손으로 되도록 빨리 벽장 문을 닫아 버렸다.

누군가 그 이야기를 꺼내면, 그 수다스러운 여자는 입을 꽉 다물
어버렸다. 아무리 호기심 많은 사람도 그녀의 침묵 앞에서는 어쩔
수 없었으며, 아무리 끈덕진 사람도 그녀의 고집 앞에서는 손을 들
었다. 그것은 수도원 안에서 일없이 빈둥거리는 사람들의 화젯거리
가 되었다. 100살 먹은 할머니가 보물로 여기는 그 귀중한 비밀스
러운 물건은 대체 무엇일까? 무슨 성서같은 것일까? 또는 구하기
힘든 묵주일까? 그렇잖으면 어느 성자의 유품일까? 사람들의 억
측은 구구했다.

그 가엾은 할머니가 죽자, 사람들은 부리나케 벽장으로 달려가 그
것을 열어보았다. 그 물건은 성찬 접시처럼 헝겊으로 겹겹이 싸여
있었다. 그것은 파엔싸 접시 한 개로, 커다란 주사기를 든 약제사의

제자들에게 쫓겨 날아가는 큐핏들이 그려져 있었다. 추격자들은 저마다 야릇하게 얼굴을 찡그리거나 우스꽝스러운 자세를 하고 있었다. 귀엽고 작은 큐핏들 가운데 하나는 이미 주사바늘에 찔린 상태였다. 그는 몸부림치고 작은 날개를 퍼덕이며 아직도 날아가려고 애쓰지만, 피에로는 악마 같은 웃음을 띠고 있었다.

그림의 뜻은 복통에 항복한 사랑이었다. 이 접시는 매우 진귀한 것으로 어쩌면 몰리에르의 희극에 하나의 착상을 제공하는 영광을 가진 것일지도 모른다. 1845년 9월에 아직 남아 있었다. 보마르셰 거리의 어느 골동품점에 나와 있었던 것이다.

이 할머니는 외부에서 사람이 찾아오는 것을 좋아하지 않았다.

"왜냐하면" 하고 그녀는 말했다. "응접실이 너무나 음침하기 때문이지."

상시 성체조배의 기원

어쨌든 앞에서도 대강 말했듯, 이 무덤 속 같은 응접실은 이곳만의 독특한 장소로 다른 어떤 수도원에도 이처럼 엄격하게 만든 곳은 없다. 더욱이 땅쁠 거리의 수도원 같은 데서는, 물론 수도회가 다르다고는 하나 검은 판자문 대신 갈색 커튼이 드리워져 있고, 응접실 바닥도 판자가 깔려 있으며, 창틀은 온통 흰 모슬린 커튼으로 덮여 화사한 느낌이고, 벽에는 갖가지 액자가 걸렸으며, 그 중에는 베일을 쓰지 않은 베네딕뜨회 수녀의 초상화와, 꽃다발을 그린 그림 몇 점, 그리고 터번을 머리에 두른 터키인의 초상까지 있었다.

프랑스에서 가장 아름답고 큰 마로니에 나무 한 그루가 땅쁠 거리의 이 수도원 정원에 있었다. 18세기 사람들은 그것을 '왕국 안 모든 마로니에의 아버지'라고 하며 자랑으로 삼았다.

이 땅쁠 거리의 수도원은 앞에서도 말한 것처럼 씨또회에서 파생된 베네딕뜨 여자 수도회와 완전히 다르지만, 그래도 역시 상시 성체 조배를 하는 베네딕뜨 여자 수도회에 속해 있었다. 이 상시 성체 조배를 하는 수도회는 역사가 그리 오래지 않아 200년 이상 거슬러 올라가지 않는다.

1649년 빠리의 쌩 쒤삐스와 쌩 장 앙 그레브의 두 성당에서 며칠 사이를 두고 두 번이나 '성체'가 모욕을 받았다. 그것은 전례 없는 무서운 신성 모독으로 온 시내가 물끓듯했다. 쌩 제르맹 데 프레의 대수도원장 겸 주교대리는 자기를 따르는 성직자 전원에게 명을 내려 장엄한 성체 거동을 하게 했으며, 로마 교황의 특사가 그 의식을 집전했다.

그러나 그 속죄행위도 지체높은 두 부인, 부끄 후작부인인 꾸르땡 부인과 샤또비외 백작부인을 만족시키지 못했다. '제단의 지극히 엄숙한 성체'에 가한 그 모독은 한순간에 지나지 않았지만, 이 두 정결한 부인의 마음에서 지워지지 않아, 어딘가 수녀원 같은 데에서 '상시 성체 조배'를 하지 않으면 보상되지 않을 것으로 생각되었다.

그래서 한 사람은 1652년에, 또 한 사람은 1653년에, 쌩 싸크르망(성체라
는 뜻)이라는 세례명을 가진 베네딕뜨회의 까뜨린느 드 바르 수녀님에게 어마어마한 금액을 기증하여 성체 신앙심을 목적으로 성 베네딕뜨회 수도원을 하나 건립해 줄 것을 요청했다.

그것을 건립해도 좋다는 첫 허가는 쌩 제르맹의 대수도원장인 메쓰 씨가 '총액 6천 리브르, 매년 3백 리브르 정기 납금이 되지 않는 처녀는 입회시킬 수 없다'는 조건으로 까뜨린느 드 바르 수녀에게 내렸다. 쌩 제르맹 대수도원장의 허락 다음에 국왕이 특허장을 내렸다. 이렇게 갖춘 대수도원장의 허가장과 국왕의 특허장은 1654년에 회계원과 최고 법원에서 인가되었다.

이것이 성체를 상시 조배하는 베네딕뜨 수녀원이 빠리에 설립된 자초지종이며, 법률로 인정받게 된 경위다. 최초의 수도원은 부끄 부인과 샤또비외 부인의 헌금으로 까쎄뜨 거리에 '새로이 건립'되었다.

그 시의 대표단이 정중히 맞으러 나와 환영 절차의 하나로서…….

그러므로 이 수도회는 씨또의 베네딕뜨 수녀원과 관계가 없었다. 이것은 쌩 제르맹 데 프레의 대수도원장으로 말미암아 비롯된 것으로, 성심 수녀회가 예수회의 총회장에서 연유되고, 자선 간호회가 나사로회의 총회장에서 연유된 것과 같다.

이 수도회는 이제까지 그 내부를 이야기해 온 저 쁘띠 삑쀠스 베르나르 수녀원과도 전혀 다른 것이다. 1657년에 로마 교황 알렉상드르 7세는 쁘띠 삑쀠스의 베르나르 수녀원에 특별히 친서를 내려, 쌩 싸크르망의 베네딕뜨 수녀들처럼 상시 성체 조배를 할 것을 허락했다. 그러나 이 두 수도회는 여전히 서로 달랐다.

쁘띠 삑쀠스의 최후

왕정복고 첫무렵부터 쁘띠 삑쀠스 수도원은 기울어지기 시작했다. 18세기가 지나고부터 모든 종교단체에 죽음이 찾아들고 더불어 일반질서도 무너지기 시작했는데, 이 쁘띠 삑쀠스도 마찬가지로 그 한 부분에 지나지 않았다.

명상은 기도와 더불어 인간에게 없어선 안 되는 것이다. 그러나 혁명의 손이 닿았던 모든 것과 마찬가지로, 명상도 형체를 바꾸어 사회의 진보에 방해되는 것에서 진보를 도와주는 것으로 변해 가는 것이리라.

쁘띠 삑쀠스의 건물에서는 사람수가 눈에 띄게 줄고 있었다. 1840년에는 작은 수도원이 없어지고 기숙사도 없어졌다. 이젠 늙은 여자들도 없고 젊은 아가씨들도 볼 수 없었다. 늙은 사람들은 죽고 젊은 사람들은 떠났다.

'그 여성들은 날아가 버린 것이다.'

상시 성체 조배의 규칙은 소름끼치도록 가혹했다. 하느님의 부름을 받고 그것에 몸을 바치는 사람은 적어지고 새로 수도회에 들어오는 사람도 없어졌다. 1845년에는 그래도 평수녀들을 더러 볼 수 있었지만 성가대의 수녀는 하나도 없었다. 지금부터 40년 전에 100명쯤 되는 수녀가 있었다. 15년 전에는 겨우 28명뿐이었다. 지금은 몇 명이나 되는지?

1847년에는 젊은 사람이 수녀원장으로 뽑혔으며, 이것은 선출 범위가 좁아졌다는 증거였다. 그 원장은 40살도 채 못되었다. 사람 손이 줄어드는 데 따라 고역은 더해간다. 한 사람 한 사람의 과업은 더욱 더 무거워진다. 그리하여 성 베네딕뜨의 무거운 규칙을 짊어져야 할 고통스러운 굽은 어깨가 마침내 10명 안팎밖에 안 되리라는 것은 분명한 사실이 되어가고 있었다.

더욱이 그 무거운 짐은 적당히 줄어드는 일도 없이, 그것을 질 사람이 많거나 적거나 도무지 변함이 없었다. 그것은 사람을 압박하고 짓눌렀다. 이렇게 해서 수녀들은 죽어갔다.

이 책의 작자가 아직 빠리에 살고 있을 무렵만 해도 두 사람이나 죽었다. 하나는 25살, 또 하나는 23살이었다. 23살 난 여자는 마치 줄리아 알삐늘라처럼 아마 이렇게 말했으리라.

'스물 세 해를 살고 나는 지금 여기 누워 있노라.'^(고대 헬베시아의 폐허에 있는 묘비명. 라틴어로 되어 있음) 수도원이 소녀들의 교육을 단념한 것도 이러한 쇠퇴 때문이었다.

작자는 사람에게 알려지지 않은 이 기괴하고 어두컴컴한 건물 앞을 지나다가 그 안에 들어가 보지 않고 견딜 수 없었으며, 또 어떤 사람들에게는 도움되리라 싶어 장 발장의 슬픈 사연을 이야기하고 있는 작자에게 귀기울여 주고 따라와 주는 사람들을 그 안으로 이끌어들이지 않을 수 없었다.

지금은 사뭇 신기하게 생각되지만 사실은 구석구석까지 낡은 관습이 들어찬 이 수도원 안을 우리는 이렇게 둘러보았다. 이곳은 닫혀진 정원이다. '금원(禁園)'^(구약 '雅歌' 제14장 12절)이다. 작자는 그와 같은 불가사의한 장소에 대해 자세하게, 그러나 경의를 품고, 적어도 정확성과 경의를 되도록 양립시키며 이야기해 왔다.

우리는 그 전체를 이해할 수는 없지만, 그렇다고 무엇 하나 소홀하게 보지는 않았다고 단언한다. 사형집행인을 신처럼 숭앙하기에 이른 조제프 드 메스트르의 예찬에서도, 십자가상을 야유하기에 이른 볼떼르의 냉소에서도, 작자는 그 둘로부터 멀리 떨어진 자리에 있었던 것이다.

볼떼르의 사고방식은 이치에 맞지 않다는 것도 말이 난 김에 덧붙여 두기로 하자. 왜냐하면 볼떼르는 깔라스(18세기 프랑스 상인, 신교도 아들을 개종시키지 않으려고 이를 죽였다는 누명을 쓰고 사형을 언도 받았으나 1765년 볼떼르의 변호로 면죄됨)를 변호한 것과 마찬가지로 그리스도도 변호했어야 옳았기 때문이다. 인간을 초월한 어떤 것이 인간의 모습을 빌어 나타난다는 것을 인정하지 않는 사람들이 있다. 그렇다면 그런 사람들에게 십자가상은 무엇을 나타내는 것일까? 살해된 성현의 존재를 나타내는 게 아닌가?

19세기에 이르러 종교적 관념은 위기에 놓였다. 사람들은 어떤 것을 배우지 못하고 있다. 그러나 하나의 일을 배우지 않더라도 다른 일을 익힌다면 그것은 좋은 일이다. 다만 인간의 마음 속에 공허가 있어서는 안 된다. 또 어떤 종류의 파괴가 자행되고 있다. 다만 파괴된 다음에 새로 무엇인가가 세워지기만 한다면, 그것도 지극히 좋은 일이다.

그때까지는 이미 없어진 것에 대해서도 연구해야만 한다. 그런 것들을 피하며 전진하기 위해서라도 그것들을 알아두지 않으면 안 된다. 과거의 위조물은 가짜 이름을 둘러쓰고 곧잘 미래라고 즐겨 말한다. 이 과거라는 유령은 흔히 그 통행증을 위조한다. 우리는 그 속임수를 파헤쳐야 한다. 경계해야만 한다. 과거는 미신이라는 얼굴에 허위라는 가면을 쓴다. 그 얼굴을 간파하고 가면을 벗겨내야만 한다.

수도원으로 말하자면 여러 가지로 복잡한 문제가 있다. 문명은 수도원을 배척하고 자유는 수도원을 보호한다.

제7편 빠렁떼즈

수도원, 그 추상적 개념

이 책은 하나의 드라마이며, 그 주인공은 '무한'이다.

인간은 조연이다.

그러므로 지나는 길에 한 수도원을 발견하자 우리는 그 안으로 들어가지 않을 수 없었다. 왜냐하면 수도원이란 동서고금을 막론하고 이교(異敎)에도 불교에도 이슬람교에도 그리스도교에도 모두에 본디부터 갖춰져 있는 것으로, 말하자면 인간이 무한을 향해 조절한 렌즈와 같은 것이기 때문이다.

지금은 어떤 특정한 관념에 대해 굳이 덧붙일 때가 아니다. 그러나 신중함과 제한을 굳게 지키며, 또한 분노를 느끼면서 작자는 말해 두지 않으면 안 되겠다. 다시 말해 인간 안에서 무한을 발견했을 때, 그것을 옳게 받아들였을 경우에나 잘못 받아들였을 경우에나 우리는 늘 경의에 사로잡힌다.

유대 교회에도, 이슬람 사원에도, 불교의 사찰에도, 흑인의 사당에도, 거기에는 반드시 우리가 증오하는 추악한 일면과 우리가 숭배하는 숭고한 일면이 있다. 인간이라는 벽 위에 비쳐진 신의 모습, 그것은 사람 마음을 얼마나 깊이 관찰하게 하며, 얼마나 바닥모를 몽상으로 끌어들이는 것일까!

수도원, 그 역사적 사실

역사와 이성과 진리의 견지에서 보면 수도원 제도는 해로운 것이다. 한 나라 안에 수도원이 많이 있으면 교통의 방해물이 되고, 건물이 덧없이 자리만 차지하고, 노동의 중심이어야 할 곳에 게으름의 중심이 형성된다. 커다란 사회공동체 안에 수도원 단체가 있는 것은, 떡갈나무에 잠긴 기생목이나 사람 몸에 돋아난 사마귀와도 같다. 그것이 번영하고 살찔수록 나라는 쇠약해진다.

수도원 제도는 문명 초기에는 유익하여 정신적인 것에 의해 동물적인 본능을 길들이는 데 소용되지만, 민중의 씩씩한 활력을 북돋우는 데는 나쁜 영향을 미친다. 게다가 이 제도가 퇴폐기에 들어갈 때는, 그래도 여전히 본보기 행세를 하게 되므로 그 순결하던 시대에 유익했던 것과 똑같은 이유로 이번에는 유해한 것이 된다.

수도원의 은폐된 생활이 가치있던 시대는 이미 지났다. 근대 문명의 초기 교육에는 수도원 생활이 큰 도움이 되었지만, 문명의 성장에는 불필요하게 되었으며, 그 발전에는 해로운 것이 되었다. 교육기관으로서 또는 인격형성의 수단으로서 수도원은 10세기에 유익한 것이었으나, 15세기에는 문제점을 지니게 되었고, 19세기에 이르러 배척해야 할 존재가 되었다.

수도원 제도라는 질병은 뛰어나게 훌륭한 두 국민, 몇 세기 동안 유럽의 광명이었던 이탈리아와 그 광휘였던 스페인을 거의 뼛속까지 갉아먹어 들어갔다. 현대에 이르러 이들 두 전통 있는 국민이 이 해독에서 가까스로 회복하기 시작한 것은 다름아닌 1789년^(프랑스
대혁명)의

건전하고 힘찬 위생법 덕분이다.

수도원, 특히 금세기 초까지 이탈리아와 오스트리아와 스페인에서 볼 수 있었던 낡은 수녀원은 중세의 가장 어두운 구체적 표현의 하나이다. 이들 수도원 내부는 온갖 공포의 교차점이다. 이른바 가톨릭 수도원 내부는 죽음의 검은 방사선으로 가득차 있었다.

스페인의 수도원은 더욱 음울하다. 거기에는 안개낀 지붕 아래, 그늘로 말미암아 어슴푸레해 보이는 아치 아래 어둠 속에 대성당처럼 높고 바벨탑처럼 웅대한 제단이 우뚝 솟아 있다. 또 거기에는 십자가에 매달린 예수의 거대한 흰 상이 어둠 속에서 사슬에 걸려 있다.

거기에는 흑단 진열대 위에 벌거벗은 채 늘어서 있는 상아로 만든 커다란 그리스도 상이 피에 물들었다기보다 피를 뚝뚝 흘리고 있는 듯하여 두렵기도 하고 또한 장엄하기도 하다. 팔꿈치에는 뼈가 불거지고, 무릎은 벗겨졌으며, 상처에서는 살점이 드러나 보인다. 또 은으로 만든 가시 면류관을 쓰고, 금못에 못박혀 이마에서는 루비 핏방울이 떨어지고, 눈에는 다이아몬드 눈물이 괴어 있다. 다이아몬드와 루비는 마치 젖어 있는 것 같아서, 얼굴을 베일로 가리고 그 상 아래 그늘 속에 무릎꿇는 여자들을 울린다.

그 여자들은 고행자가 입는 말총 내의(살갗을 자극하게 되어 있는 고행용 내의)와 쇠못 박힌 채찍으로 옆구리에 상처를 내고, 버들가지로 엮은 브래지어로 가슴을 짓누르고, 기도를 드리느라 무릎 살갗은 벗겨져 있다. 자신을 그리스도의 아내라고 믿는 여자들, 자신을 천사라고 생각하는 유령들인 것이다. 이 여자들은 생각하고 있을까? 아니다. 원하고 있을까? 아니다. 사랑하고 있을까? 아니다. 살고 있는가? 아니다. 이 여자들의 신경은 뼈가 되고 그 뼈는 돌이 되어버렸다. 그 베일은 암흑으로 엮은 것, 그 베일 밑의 호흡은 죽음의 형언할 수 없는 비극적 숨결과도 같다.

원귀 같은 수도원장은 이 여자들에게 축복과 공포를 준다. 가혹한 순결이 거기에 있다. 이것이 스페인의 낡은 수도원 모습이다. 무서운 헌신의 둥우리, 동정녀들의 동굴, 잔인한 장소.

가톨릭교가 지배했던 스페인은 로마 자체보다 더 로마적이었다. 스페인의 수도원은 유난히도 가톨릭적인 수도원이었다. 그리고 거기에는 마치 터키의 궁전 같은 느낌이 있었다. 대주교는 마치 하늘의 후궁 관리인 같은 존재로, 신을 위해 끌어들인 영혼을 관장하는 이 하렘의 문을 잠그고 감시의 눈을 부라리고 있었다. 수녀들은 오달리스크 (터키 후궁 의 여자)이고, 사제는 환관이었다.

신앙이 열렬한 여자들은 꿈 속에서 선택되어 그리스도를 내 것으로 삼았다. 밤이 되면 그 나체의 미청년이 십자가에서 내려와 독방에 황홀을 가져다주는 것이다. 십자가에 못박힌 그리스도를 터키 황제로 떠받들고 있는 신비의 황후는, 겹겹이 둘러진 높은 벽으로 현세의 온갖 즐거움으로부터 격리되어 있다. 바깥 세상은 한번 흘긋 보기만 해도 부정한 것이 되었다.

'종신감옥 (수도원에서 큰 죄인을 죽을 때까지 넣어두는 지하굴)'은 가죽부대 (동양에서는 죄인을 여기 에 넣어 바다에 던졌음) 역할을 했다. 동양에서는 바다에 던졌을 것을 서양에서는 지하에 던졌던 것이다. 그 어느 경우에도 여자들은 팔을 뒤틀며 몸부림쳤다. 한쪽 여자들에게는 파도가 있고, 한쪽 여자들에게는 무덤이 있었다. 여기서는 많은 여자들이 물에 빠져 죽고, 저기서는 많은 여자들이 산 채로 묻혀 죽었다. 너무나도 잔혹한 대조이다.

오늘날 과거를 옹호하는 사람들도 이 사실들을 부인할 수는 없으므로, 그것에 대해 미소로 얼버무리려 애썼다. 그리하여 역사의 폭로를 억누르고, 철학의 주석을 헐뜯고, 난처한 사실이나 꺼림칙한 문제는 모두 생략하기 위해, 기묘하고도 편리한 방법을 유행시켰다.

'공리공론의 잠꼬대'라고 교묘한 자들은 말한다. 덮어놓고 따라하는 자들도 '공리공론'이라고 장단을 맞춘다. 장 자끄 루소도 공리공

스페인의 수도원은 더욱 음울하다.

론가요, 디드로도 공리공론가요, 깔라스와 라바르와 씨르방(세 사람 다 1860년대 종교상의 죄(사실무근한)로 말미암아 재판받았음) 등을 변호한 볼떼르도 공리공론가라는 것이다. 또 누군가가 최근에 주장한 바에 따르면, 타키투스(로마 역사가. 네로의 폭정을 폭로한 사람임)는 공리공론가요 네로는 그 희생자이다. 그리고 이 '가엾은 홀로페르네스(구약에 나오는 猛將. 유대인 여자 유디트에게 속아 잠자는 도중 살해되어 목이 베어짐. 여기서는 네로를 가리킴)'야말로 동정을 받아야 마땅하다는 것이었다.

그러나 사실은 왜곡시키기 어렵고 완강한 것이다. 이 책의 작자는 브뤼셀에서 8리외쯤 떨어진 곳에 자리한 누구나 역력히 중세적이라는 것을 알아볼 수 있는 빌레르 대수도원에서, 수도원 안마당에 해당하는 풀숲 한복판에 있는 땅굴 구멍과 딜 강의 둑 쪽으로 반은 땅속이고 반은 물 속으로 된 4개의 석굴을 눈으로 직접 본 일이 있었다.

그곳은 바로 '종신감옥'이었다. 이들 지하굴에는 어느 곳에나 철문의 잔재와 변소와 쇠창살이 달린 작은 채광창 등이 달려 있었다. 이 채광창은 밖에서 보면 강물보다 두 자 위에 있고, 안에서 보면 지하 여섯 자 지점에 있으니, 강은 넉 자 깊이로 벽을 따라 창 밖으로 흐르고 있는 셈이다. 땅바닥은 늘 축축하다. '종신감옥'에 갇힌 죄인은 이 눅눅한 땅바닥에 누워 있었다.

어떤 지하굴 속에는 벽에 쇠사슬이 박혀 있다. 또 다른 굴 속에서는 넉 장의 화강암으로 만들어진 네모진 궤짝 같은 것을 발견했는데, 그것은 안에 들어가 눕기에는 너무 짧고 서기에는 너무 낮았다. 옛날에는 그 속에 사람을 넣고 위에 돌뚜껑을 덮었다. 그것이 지금도 엄연히 남아 있어, 눈으로 보고 손으로 만질 수 있다.

이들 '종신감옥', 이들 땅굴, 이들 쇠돌쩌귀, 이들 쇠사슬, 강물이 찰랑거리며 흐르는 이 작은 채광창, 화강암으로 뚜껑이 덮여 있어 흡사 무덤 같은, 다른 점이라고는 안에 들어 있는 것이 죽은 송장이 아닌 살아 있는 사람이라는 것뿐인 이 돌궤짝, 진흙탕이라고 해도 좋을 정도의 이 땅바닥, 이 변소라는 이름의 구멍, 물이 배어나오는 벽, 그러한 것들이 말하는 게 어찌 공리공론이란 말인가!

과거를 존중하는 것은 어떤 조건에서인가

스페인이나 티벳에 있던 것 같은 수도원 제도는 문명에 대한 결핵이라 할 수 있다. 그것은 생명의 뿌리를 잘라버린다. 한 마디로 말해 그것은 인종을 멸망시킨다. 그것은 유폐이며 거세이다. 이 제도는 유럽에서는 하늘이 내린 벌이었다.

게다가 또 수없이 양심에 가하는 폭행, 강제하는 헌신, 수도원을 발판으로 하는 봉건제도, 넘쳐나는 가족을 수도원으로 쫓는 가장, 위에서 방금 말한 바와 같은 잔혹한 취급, '종신감옥', 침묵의 고행, 벽 속에 갇힌 두뇌, 영원한 맹세 아래 지하굴에 감금된 수많은 불행한 재능, 법의를 걸치고 산 채로 영혼을 매장하는 생활, 그리고 또 국가의 손해 위에 덧붙여지는 개인의 고통, 이러한 것들을 생각할 때, 인간이 만들어낸 두 가지 수의인 가슴받이와 베일 앞에서는 어떤 사람이라도 전율을 느끼지 않을 수 없을 것이다.

그러나 어떤 점에서는, 그리고 어떤 장소에서는, 수도원 정신이 철학이나 문명의 진보에 아랑곳없이 19세기 한복판에 고집스레 남아서 금욕주의의 기묘한 부흥을 보여 주어 우리의 이 문명사회를 놀라게 하고 있다. 낡은 교육제도를 끈덕지게 유지하려는 모습은 냄새 나쁜 향수를 여전히 머리에 바르기를 원하는 것과도 같고, 사람이 썩은 생선을 여전히 먹기를 바라는 것과도 같으며, 어른에게 어린아이의 옷을 아직도 입히려고 하는 것과도 같고, 송장이 된 뒤에도 아직 여전히 살아 있는 사람을 껴안기 위해 돌아오려고 하는 애정과도 같다.

'배은망덕한 자들이여! 날씨가 좋지 않을 때 그들을 감싸 주지 않았는가! 그런데도 왜 이젠 필요없다고 하는가!'라고 옷은 말한다. '나는 일부러 깊은 바다에서 왔는데'라고 생선은 말한다. '나는 장미꽃이었다'고 향수는 말한다. '나는 너희를 사랑하고 있었다'고 송장은 말한다. 그리고 수도원은 '나는 너희를 문명으로 이끌었다'고 말하는 것이다.

그들에게는 단 한 마디 이렇게 대답할 수밖에 없다. "이젠 옛날 일이다"라고.

못 쓰게 된 사물이 무한히 존속되기를 바라고, 미라가 인간을 다스리기를 꿈꾸고, 타락한 교의를 부흥시키고, 성물 상자에 다시 금박칠을 하고, 수도원 벽을 새로 바르고, 성자의 유골 상자에 다시금 축복을 내리고, 미신을 재생시키고, 광신을 다시 북돋우고, 성수반이나 칼의 손잡이를 갈고, 수도원 제도와 군국주의를 부활시키고, 기생자(寄生者)가 불어남으로써 사회가 구원된다고 믿고, 현재에 과거를 강요하는 것은 아무리 보아도 이상한 일로 생각된다.

그런데도 이같은 이론을 주장하는 이론가들이 있다. 그러한 이론가는 물론 재주꾼들이어서 매우 간단한 방법을 터득하고 있다. 그들은 그들이 이른바 사회질서, 신권, 도덕, 가정, 조상숭배, 낡은 권위, 신성한 전통, 권리의 정당성, 종교 등등으로 부르는 페인트를 과거 위에 칠한다. 그리고는 끊임없이 큰소리로 떠들어댄다.

"자, 선량한 사람들이여, 여기에 따를지어다."

이런 논법은 옛날 사람들에게도 잘 알려져 있었다. 고대 로마의 점쟁이들은 그것을 실제로 활용했다. 그들은 검은 소에 석회를 발라놓고 이렇게 말했던 것이다. "이 암소는 희다"고. 그야말로 '희게 칠한 소(희생의 소)'이다.

과거가 이미 죽어버렸다는 것을 스스로 인정하기만 한다면 우리는 과거의 어떠한 점에 대해서는 존중하기도 하고, 또 전체적으로 관대하게 보아주기도 하리라. 그러나 만일 과거가 살아 있기를 원한다면 공격하여 숨통을 끊어놓으려 할 것이다.

미신이나, 완고한 신앙이나, 거짓 신앙심이나, 편견의 허깨비는 그야말로 허깨비이면서도 생명에 끈덕지게 달라붙어 그 요기 속에 이빨과 발톱을 드러내보이고 있다. 그러한 것에는 마구 덤벼들어 싸워야 한다. 그리고 그 싸움의 기세를 늦추면 안 된다. 허깨비들과의 끊임없는 싸움은 인간의 정해진 숙명 가운데 하나이기 때문이다. 환영의 목덜미를 쳐서 땅바닥에 쓰러뜨리기란 힘든 일이다.

　19세기 한복판에 들어앉은 프랑스의 수도원은 대낮과 마주한 수리부엉이의 학교에 지나지 않는다. 1789년과 1830년과 1848년의 세 차례 혁명을 겪은 도시(프랑스 대혁명, 7월 혁명, 2월 혁명의 주요 무대였던 빠리) 한가운데서 당당히 고행을 감행하고 빠리에 로마를 부흥시키고 있는 수도원의 생활은 그야말로 시대착오다. 여느 때라면 시대착오를 타파하고 그것을 소멸시켜버리기 위해 그 성립연대를 수도원 자신에게 말하게 하기만 하면 된다. 그러나 지금은 여느 때가 아니다.

　그러므로 싸우자.

　싸우자. 그러나 적을 뚜렷이 분간하자. 진리의 특성은 결코 정도를 넘어서지 않는다는 것이다. 진리에 무슨 과장이 필요하겠는가? 반드시 파괴해야 할 것도 있지만, 그냥 밝은 데로 끌어내어 확인해보기만 해도 되는 것이 있다. 선의에서 우러나온 진지한 검토의 힘! 빛이 충분히 있는 곳에까지 불을 들고 가는 짓은 하지 말자.

　그러므로 이 19세기에 삶을 이어받은 우리는 전반적인 문제로서, 그리고 모든 나라의 국민은, 아시아건 유럽이건, 또는 인도건 터키건, 고행을 위한 수도원의 유폐생활을 반대해야 한다. 수도원에 대해 이야기하는 것은 늪에 대해 이야기하는 것과 같다. 그것이 썩었다는 것은 명백하며, 고인 물은 불건전하고 거기서 생겨나는 미생물은 국민을 열병에 걸리게 하고 쇠약하게 만든다.

　그것들이 수가 불어나면 성서에서 말하듯 '이집트의 재난'이 된다. 바라문교의 탁발승, 불교의 중, 이슬람교의 수도자, 그리스 정교의 신자, 아프리카 이슬람교의 은자, 타이의 불교승, 또한 이슬람교의 승려, 이와 같은 자들이 마구 불어나 벌레처럼 득시글거리고 있는 나라들을 생각하면 우리는 공포에 떨지 않을 수 없다.

그렇다고는 하나, 그래도 아직 종교상의 문제는 남아 있다. 이 문제는 신비롭고 또 두렵기조차 한 몇 가지 면을 가지고 있다. 이 문제를 잠시 직시하는 것을 허락해 주기 바란다.

원칙으로 본 수도원

많은 사람들이 같은 장소에 모여서 산다. 그것은 어떤 권리에 의해서인가? 단결의 자유에 의해서이다.

그들은 거기 들어박힌다. 어떤 권리에 의해서인가? 자기 집의 문을 열거나 닫는 것은 저마다 자유이기 때문이다.

그들은 밖에 나가지 않는다. 어떤 권리에 의해서인가? 오가는 권리에 의해서이다. 그것에는 또한 자기의 거처에 머무르는 권리도 포함되어 있다.

자기들의 거처에 있으면서 그들은 무엇을 하는가?

그들은 낮은 목소리로 이야기한다. 그들은 눈을 내리깔고 있다. 그들은 열심히 무엇인가를 하고 있다. 그들은 세상과도 도시와도 육욕과도 쾌락과도 허영과도 오만과도 이해와도 인연을 끊고 있다. 그들은 허술한 모직이나 값싼 무명옷을 입고 있다. 거기서는 어느 누구도 자기 것이 하나도 없다. 거기에 들어가면 부자도 가난한 생활을 한다. 자기가 가진 것은 모든 사람들에게 나누어준다. 귀족이나 신사나 왕후로 불리던 자도 농부였던 자와 동등해진다.

하나하나의 독방은 어느 누구의 것이나 다 똑같다. 모두들 똑같이 삭발례를 하고, 똑같은 법의를 입고, 똑같은 검은 빵을 먹고, 똑같은 짚 위에서 자고, 똑같은 재 위에서 죽어간다. 똑같은 자루를 등에 짊어지고, 똑같은 끈으로 허리를 맨다. 맨발로 걷는 것이 규칙이라면 모두 맨발로 걷는다.

거기 비록 한 사람의 왕족이 있다 할지라도 이 왕족도 다른 사람들과 마찬가지로 그림자의 존재다. 이미 어떤 칭호도 없다. 성마저 사라져버렸다. 그들에게는 이름밖에 없는 것이다. 모두 평등하게 세례명만 가지고 있다. 그들은 육친의 가족을 버리고 자기들의 공동체 안에 정신의 가족을 형성하고 있다. 그들에게는 친척도 다른 모든 사람들과 마찬가지다. 그들은 가난한 사람을 돕고 병든 사람을 간호한다. 그들은 자기가 복종할 사람을 스스로 선택한다. 그들은 서로 '우리 형제 자매'라고 부른다.

이렇게 말하면 독자는 작자의 말을 제지하며 외치리라. "하지만 그것은 이상적인 수도원의 이야기다!"라고.

그러나 수도원을 고찰하기 위해서는, 그러한 수도원도 가능하다는 이야기일 뿐이다.

그와 같은 생각에서 작자는, 앞에서 어느 수도원에 대해 존경심을 가지고 이야기해 두었던 것이다. 그리고 중세의 일은 별도로 하고, 아시아의 일도 별도로 하고, 역사와 정치의 문제도 잠시 접어두고, 순수한 철학의 견지에 서서, 공격적 논의가 필요없는 입장에서, 그리고 수도생활이란 절대로 스스로 원해서 이루어지는 것이며 오로지 동의에 의해 성립된다는 조건 아래에서, 신중하고도 어떤 점에 관해서는 겸허한 진지성을 가지고 이 수도원이라는 생활공동체에 대한 고찰을 계속해 보기로 하자.

생활공동체가 있는 곳에는 자치사회가 있고, 자치사회가 있는 곳에는 권리가 있다. 수도원은 '평등' '박애'라는 규범 아래 태어났다. 아, '자유'란 얼마나 위대한 것인가! 그리고 얼마나 어엿한 변모일까! '자유'롭기만 하면 수도원을 공화국으로 변모시킬 수 있다.

이야기를 계속하자.

그 4개의 벽 속에 숨어 있는 그들 남자나 여자들은 허름한 모직옷을 걸치고, 서로 평등하며, 서로 형제 자매라 부르고 있다. 그것은 좋은 일이다. 그러나 그들은 그 밖에 다른 일도 하고 있지 않는가?

그렇다.

무엇을?

그들은 그림자를 바라보며 무릎꿇고, 또 두 손을 모으고 있다.

그것은 무엇을 의미하는 것인가?

기도

그들은 기도드리고 있다.

누구에게?

신에게.

신께 기도드린다. 이 말은 무엇을 뜻하는가?

우리의 외부에는 어떤 무한한 것이 있는 것이 아닐까? 이 무한한 것은 단일한 것이며, 내재적인 것이고, 영구 불변한 것이 아닐까? 그것이 무한하다고 한다면, 그것은 필연적으로 본질적인 것이어야 하지 않겠는가? 그것이 본질적인 것이 아니라면 그 점에서 한정될 것이기 때문이다. 또한 그것이 무한하다고 한다면, 그것은 반드시 정신적인 것이어야 하지 않겠는가? 그것이 정신적이 아니라면 그 점에서 유한한 것이 될 것이기 때문이다.

우리는 존재의 관념밖에 스스로 가질 수 없는데 이 무한한 것은 우리들 안에 본질의 관념을 불러일으켜 주는 것이 아닐까? 바꾸어 말하자면 그것은 절대적이고, 우리는 그 절대적인 것에 종속하는 상대적인 것에 지나지 않는 것이 아닐까?

무한한 것은 우리의 외부에 있으면서 또한 우리의 내부에도 있는 것이 아닐까? 이 두 개의 '무한한 것'(이 얼마나 무서운 복수인가!)은 서로 포개어져 있는 것은 아닐까? 둘째의 무한한 것은 말하자면 첫째의 무한한 것의 밑바탕을 이루고 있는 것이 아닐까? 그

그들은 그림자를 바라보며 무릎꿇고, 또 손을 모으고 있다.

리고 그 거울이며, 반영이며, 반향이며, 첫째의 심연과 중심을 같이 하고 있는 심연이 아닐까? 이 두번째의 무한한 것 또한 정신적인 것이 아닐까? 이 두번째의 무한한 것은 생각하고 사랑하고 욕구하는 것이 아닐까?

이 두 개의 무한한 것이 다 같이 정신적인 것인 이상, 저마다 그 욕구하는 본체가 있어서 밑에 있는 무한한 것 중에 하나의 자아가 있는 것처럼, 위에 있는 무한한 것 중에도 하나의 자아가 있을 것이다. 밑에 있는 자아——그것은 곧 인간의 영혼이고 위에 있는 자아——그것은 곧 신이다.

상념에 의해 밑에 있는 무한한 것을 위에 있는 무한한 것과 접촉시키는 일, 그것이 곧 기도드리는 일이다.

인간의 정신에서는 아무것도 배제하지 말도록 하자. 제거한다는 것은 좋지 않은 일이다. 필요한 것은 개혁하고 변혁시키는 일이다. 인간의 어떤 능력은 상념이라든가 몽상이라든가 기도라든가 하는 '미지의 것'을 지향하고 있다. '미지의 것'은 하나의 대양(大洋)이다.

인간의 양심이란 무엇인가? 그것은 '미지의 것'에 대한 나침반이다. 상념, 몽상, 기도, 여기에야말로 위대한 신비의 광채가 있다. 이것들을 존중하자. 영혼에서 우러나는 이들 엄숙한 빛은 어디로 향해 가는가? 그것은 그림자를 향해, 다시 말하자면 광명을 향해 가고 있다.

민주주의의 위대한 점은, 아무것도 부정하지 않고 인간성 모두를 인정한다는 데에 있다. '인권'과 함께 적어도 그 옆에 '영혼의 권리'가 있는 것이다.

광신을 물리치고 무한한 것을 숭배하는 일, 그것이 법칙이다. '창조'의 나무 밑에 엎드려서 별이 빛나는 그 광대한 가지들을 물끄러미 바라보는 것만으로 그쳐서는 안 된다. 우리에게는 하나의 의무가 있다. 그것은 인간의 영혼에 영향을 미치고 기적에 반항하여 신비를 수호하고, 이해하지 못하는 것을 존중함으로써, 부조리한 것을 배척하고, 설명할 수 없는 것에 관해서는 필요한 것만을 받아들이고, 신앙을 건전한 것으로 하며, 종교 위에서 미신을 없애는 일, 즉 신의 주위에서 해충을 구제한다는 의무이다.

기도의 절대적인 정당성

기도의 방법에 대해서 말한다면, 그것이 진지한 것이기만 하면 어떠한 기도도 정당하다. 책을 덮고 무한한 것 속에 몰입하면 되는 것이다.

무한한 것을 부정하는 철학이 있다는 것은 우리도 알고 있다. 병리학상의 분류에도 또한 태양을 부정하는 철학이라는 것이 있지만, 그것은 맹목이라고 일컬어진다.

우리에게 없는 하나의 감각을 진리의 원천으로 삼는 것은 매우 위험한 일이라고 할 수밖에 없다.

지극히 기묘한 것은, 어림짐작의 철학이 신을 보는 철학에 대해서 취하는 오만스럽고 우월적이며 불쌍하다는 듯한 태도이다. 마치 두더지가 이렇게 외치는 것을 듣는 것과 같다.

"저것들이 태양, 태양하고 떠들어대는 것을 보면 정말 불쌍해!"

우리는 큰 세력을 가진 명성높은 무신론자들이 있다는 것을 알고 있다. 그들은 그들 자신의 힘에 의해 진실한 것으로 되돌아와 있으므로, 사실은 무신론자라고 할 수만은 없다. 그들의 경우 다만 정의만이 문제일 뿐이다. 그리고 그들은 위대한 정신의 소유자이기 때문에 신을 믿지 않는다고는 하지만, 대개의 경우 오히려 신을 증명하고 있다.

우리는 그들의 철학에 대해서는 엄정하게 변별하지만, 그들 내면에 깃든 철학자에 대해서는 존경을 아끼지 않는 바이기도 하다.

더 계속해 보자.

또 한 가지 희한한 것은 쉽사리 말로만 만족해 버리는 점이다. 북방의 한 형이상학파는, 아무래도 짙은 안개의 영향인지 '힘'이라는 말을 '의지'라는 말로 대치함으로써 인간의 오성(悟性)에 하나의 혁명을 가져온 것으로 믿고 있다.

'식물은 성장한다'고 말하는 대신 '식물은 의지를 갖는다'고 한다. 하긴 여기에 '우주는 의지를 갖는다'고 덧붙인다면, 이런 말도 아닌 게아니라 의미심장한 것이 되었으리라. 거기서 다음과 같은 결론이 날 것이기 때문이다. 즉 '식물은 의지를 갖는다, 고로 식물은 하나의 자아를 갖고 있다. 우주는 의지를 갖는다, 고로 우주는 하나의 신을 갖고 있다.'

반대로 아무것도 선입견으로 배척하려 들지 않는 우리로 말하자면, 이 학파가 인정하고 있는 식물 속의 의지라는 것은, 이 학파가 부정하고 있는 우주 속의 의지보다 더욱 인정하기 어려운 것으로 생각된다.

무한한 것의 의지를, 다시 말해 신을 부정한다는 것은, 무한한 것을 부정하지 않는 한 불가능하다. 이것은 이미 우리가 증명한 바이다.

무한한 부정은 그대로 허무주의에 빠져든다. 모든 것이 '사람의 정신의 한 개념'이 되어 버린다.

허무주의에 대해 논의하는 것은 불가능하다. 논리적인 허무주의자는 토론 상대의 존재를 의심하려 들고, 자기 자신의 존재에 대해서도 확신하고 있지 않기 때문이다.

그의 견해에 의하면, 그 자신도 그 자신에 대해서는 '자기 정신의 한 개념'에 지나지 않을 수 있다.

다만 그가 전혀 깨닫지 못하는 것은, '정신'이라는 말을 씀으로써 자기가 부정한 모든 것을 일괄해서 긍정하고 있다는 사실이다.

요컨대 모든 것을 '아니다'는 한 마디로 귀결시키는 철학에 의해서는 어떠한 사색의 길도 열리지 않는다.

'아니다'는 말에 대한 대답은 하나밖에 없다. '그렇다'는 한 마디이다.

허무주의는 일정한 범위가 없다.

허무라는 것은 없다. 제로는 존재하지 않는다. 모든 것은 무엇인가이다. 무언가가 아닌 것은 아무것도 아니다.

인간은 빵으로 산다기보다 훨씬 더 많은 긍정으로 살고 있다.

보는 것과 보여 주는 것만으로는 아무래도 충분하지 않다. 철학은 하나의 에너지가 아니면 안 된다. 그것은 인간을 향상시키는 것을 그 노력의 결과로 삼아야만 한다. 소크라테스는 아담 속에 들어가 마르쿠스 아우렐리우스를 낳게 해야한다. 바꾸어 말하자면 지복(至福)의 인간으로부터 현명한 인간이 나게 해야 하는 것이다. 에덴 동산을 리쎄옴으로 만들어야만 한다.

학문은 하나의 강심제이어야만 한다. 향락한다는 것은 얼마나 비열한 목적이며 얼마나 시시한 야심인가! 향락은 새나 짐승이 하는 짓이다. 생각하는 것, 거기에 바로 인간 영혼의 진정한 승리가 있다. 사람들의 갈증에 사상을 제공하고, 그들 모두에게 신의 지식이라는 묘약을 주고, 그들 내부에서 양심과 학문을 어울리게 하고, 그 신비로운 호응에 의하여 그들을 올바른 사람으로 만드는 일, 이것이야말로 진정한 철학의 사명이다.

윤리란 온갖 진실의 개화다. 관조는 점차 행동으로 옮아 간다. 절대적인 것은 실제적인 것이어야만 한다. 이상이란, 인간 정신이 그것을 호흡할 수 있고, 마실 수 있고, 먹을 수 있는 것이 아니면 안 된다.

'먹으라, 이것은 나의 살, 나의 피다'라고 말할 수 있는 권리를 가지는 것이야말로 이상이다. 지력(知力)은 신성한 성체 배수다. 오로지 이러한 조건에서만 지력은 학문에 대한 메마른 사랑이기를 지양하여 인류 결합의 유일하고 숭고한 방법이 되는 것이며, 이리하여 철학에서 종교로 승화해 가는 것이다.

철학은, 신비를 마음대로 바라보기 위해 신비 위에 세워짐으로써 호기심을 만족시키는 데 도움을 주는, 그런 단순한 전망대여서는 안 된다.

작자 자신의 사상을 소상하게 설명하는 것은 다른 기회로 미루고, 여기서는 다만 다음과 같은 것만을 알리고자 한다. 즉 신앙과 사랑이라는 두 가지 원동력 없이는, 인간을 출발점으로 생각할 수도 없고 진보를 목적으로 생각할 수도 없다는 것이다.

진보는 목적이며 이상은 그 전형이다. 이상이란 무엇인가? 그것은 신이다. 이상, 절대, 완전, 무한, 이것들은 모두 같은 뜻을 가리키는 말이다.

비난할 경우에 필요한 주의

역사와 철학은 영원한 의무를 갖는데 그것은 또한 단순한 의무이기도 하다. 주교 까이파스, 재판관 드라꼬, 입법자 트리말끼용, 황제 티벨리우스들과 싸우는 일이다. 이것은 분명하고 직접적이고 알기 쉬워 조금도 애매할 것이 없다. 그러나 세속을 떠나서 생활하는 권리는 그 부조리와 병폐에도 불구하고, 인정되고 허용되지 않으면 안 된다. 수도원 생활은 인간의 한 문제이다.

오류의 장소이면서도 결백한, 죄의 장소이면서도 선량한 의지의, 무지의 장소이면서도 헌신의, 고난의 장소이면서도 순교의 장소인 저 수도원에 관해서 이야기할 때에는 대부분 긍정하면서도 한편으로는 부정하지 않을 수 없다.

수도원은 하나의 모순이다. 그 목적은 영원한 안식이며, 그 수단은 희생이다. 수도원, 그것은 결과로서 최고의 자기 희생을 갖게 되는 최고의 이기주의다. 군림하기 위해 왕위를 버린다는 것이 수도원

제도의 표어인 모양이다.

수도원에서, 사람은 향락하기 위해 고행한다. 죽음을 써넣은 어음을 발행한다. 하늘의 광명을 지상의 어둠 속에서 기대한다. 수도원에서는 천국을 상속받기 위한 계약금으로서 지옥을 받아들이고 있다.

베일이나 법의를 걸치는 일은 영원에 의해 보상받는 자살이다.

이와 같은 것을 문제로 삼을 경우 비웃음이 통용되리라고는 생각하지 않는다. 여기서는 선도, 악도, 모두가 진지한 것이다. 올바른 사람은 눈썹을 찌푸리는 일은 있어도 결코 악의 있는 미소는 짓지 않는다. 작자인 나는 분노는 시인하나 악의는 시인하지 않는다.

신앙, 법칙
좀 더 이야기할 것이 있다.

작자는 성당이 책략으로 가득 차 있을 때는 그것을 비난하고, 그것이 세속의 이익과 욕심에 급급할 적에는 구도자를 경멸한다. 그러나 작자는 어떤 경우든 생각하는 사람들 모두를 존경한다.

작자는 무릎 꿇는 자에게 경의를 표한다.

신앙, 그것은 인간에게 필요한 것이다. 아무런 신앙도 갖지 못한 자야말로 불행할지어다!

사람이 멍하니 있다고 해서 아무것도 하지 않는 것은 아니다. 노동에는 눈에 보이는 것과 눈에 보이지 않는 것이 있다.

관조하는 것은 경작하는 것이며 생각에 골몰하는 것은 행동하는 것이다. 팔짱 낀 두 팔도 일하고 있는 것이며, 합장한 두 손도 무엇인가를 하고 있다. 하늘을 우러러 보는 것도 하나의 일이다. 탈레스는 4년 동안 정좌하고 있었다. 그리고 그는 그리스 철학의 기초를 쌓아올렸다.

작자의 의견으로는 수도자가 놀고 있는 것도 아니고, 은둔자가 게

으름을 피우고 있는 것도 아니다. '그림자'를 생각하는 것은 하나의 진지한 일이다.

앞에서 말한 것과 서로 모순되는 일 없이, 작자는 무덤에 대한 생각을 끊임없이 달리게 하는 일은 살아 있는 자가 마땅히 해야 할 일이라고 믿는다. 이 점에 대해서는 사제와 철학자의 의견이 일치하고 있다. '살아 있는 자는 반드시 죽지 않으면 안 된다.' 트라프의 수도원장은 호라티우스와 의견을 같이 하고 있다.

자기 생활에 무덤에 대한 현실관을 더하는 일, 그것은 현자의 법칙이며, 또한 고행자의 법칙이다. 이 점에서 고행자와 현자는 일치한다.

물질적 생장이 있다. 우리는 그것을 원하고 있다. 그리고 또 정신적인 위대성이 있다. 우리는 그것에 집착한다.

생각이 얕은 성급한 정신의 소유자들은 말한다.

"신비의 한 옆에 가만히 앉아서 움직이지 않는 저런 사람들은 무엇인가? 무슨 소용인가? 무얼 하고 있는 것인가?"

아아! 우리를 에워싸고 우리를 기다리고 있는 어둠을 앞에 두고, 그 무한한 공간 속으로 빨려들어가 자신이 어떻게 될지도 모르는 우리는, 다만 다음과 같이 대답할 따름이다.

"저 사람들의 영혼이 하고 있는 일보다 더 숭고한 일은 아마도 없을 것이다."

그리고 이렇게 덧붙이자.

"어쩌면 그 이상으로 유익한 일도 없으리라."

결코 기도하지 않는 사람들을 위해 항상 기도드리는 사람들은 필요하다. 작자의 견해로는, 모든 문제는 기도에 깃든 사상의 양에 있다.

기도하는 라이프니츠, 그야말로 위대하다. 예배드리는 볼떼르, 그야말로 훌륭하다. '볼떼르는 신께 하나의 건물을 봉헌한' 셈이 된다.

작자는 현세의 여러 가지 종교에는 반대하지만 진정한 한 종교에는 찬성한다.

작자는 설교의 비참함을 믿는 동시에 기도의 숭고함을 믿는 사람이다.

그리고 또 지금 우리가 지나고 있는 이 순간에, 다행스럽게도 19세기에 그 흔적을 남기지 않을 이 순간에, 그리고 수많은 사람들이 고개를 숙이고 영혼을 높이 쳐들지 못하고 있는 이 시간에, 또한 수많은 사람들이 향락적인 도덕을 받들고 일시적인 추악한 물질적 사물에만 마음을 빼앗기고 있는 그 속에서, 스스로 속세를 떠나는 사람은 누구나 존경할 만한 사람이라고 작자는 생각한다.

수도원에 들어가는 것은 하나의 자기 포기다. 그릇된 방법으로 이루어지고 있는 희생도 역시 희생임에는 틀림없다. 가혹한 오류를 의무로 받아들이는 일, 그것에는 나름대로 위대함이 있다.

그 자체로 말한다면, 그리고 관념적으로 말한다면, 또한 모든 양상을 공평하게 다 알아낼 때까지 샅샅이 진리의 둘레를 더듬기 위해 말한다면, 수도원은, 특히 여자 수도원은 확실히 어떤 엄숙한 면을 가지고 있다. 우리 사회에서 가장 고통을 받고 있는 것은 여자이며, 수도원으로 도피하는 데에는 항의의 뜻이 포함되어 있기 때문이다.

앞에서 어느 정도 윤곽을 잡아둔 저 엄격하고 우울한 수도원 생활은, 결코 거기 생명이 있다고는 할 수 없다. 왜냐하면 그것은 자유가 아니기 때문이다.

그러나 그것은 또 무덤도 아니다. 왜냐하면 그것은 완성이 아니기 때문이다. 그것은 실로 기이한 장소로서, 거기서 보면 마치 높은 산 위에 서서 보는 것처럼, 한편으로는 현세의 심연이 보이고 다른 한편으로는 내세의 심연이 보인다. 또 그것은 두 세계 사이를 가로막고 있는 안개 자욱한 좁은 경계로서, 양쪽에서 동시에 빛이 비치고 어둠이 몰려든다. 거기에는 너무나 약한 생명의 빛과 희미한 죽음의 빛이 뒤섞여 있다. 그것은 무덤이 갖는 희미한 빛이다.

두려움에 떨면서도 오직 믿음으로써 몸을 신께 바치고 있는 그 여자들이 믿고 있는 바를 우리는 믿지 않으나, 종교적이고 지극히 조용한 공포와 부러움 비슷한 그 어떤 연민을 느끼지 않고서는 그 여성들의 일을 생각할 수가 없다.

그 여자들은 바로 신비의 언저리에서 살면서, 이미 닫혀버린 속계와 아직 열리지 않은 천상계 사이에서 지치도록 기다리며, 보이지 않는 광명 쪽으로 얼굴을 돌리고, 그 광명이 있는 곳을 알고 있다고 생각하는 것만을 오직 하나의 행복으로 삼아, 심연과 미지의 것을 동경하며, 움직이지 않는 어둠을 응시하고, 무릎 꿇고, 열광하고, 전율하고, 때로는 영원의 깊은 숨결에 의해 아련히 떨치고 일어서는 영혼을 소유하였다.